William Somerset Maugham

A SELECTION OF SHORT STORIES BY W. S. Maugham

毛姆短篇小说精选集

[英国] 威廉 · 萨默塞特 · 毛姆 著 陆谷孙 等 译

译林出版社

图书在版编目（CIP）数据

毛姆短篇小说精选集 / （英）威廉·萨默塞特·毛姆（William Somerset Maugham）著 ；陆谷孙等译. 南京 ：译林出版社，2025. 5. --（毛姆精选集）.
ISBN 978-7-5753-0538-9

Ⅰ. I561.45

中国国家版本馆CIP数据核字第2025ZM3295号

毛姆短篇小说精选集 ［英国］威廉·萨默塞特·毛姆 / 著　陆谷孙 等 / 译

责任编辑　鲍迎迎
特约编辑　陆　灏
装帧设计　吴　悠
校　　对　戴小娥
责任印制　颜　亮

原文出版　Penguin Books
出版发行　译林出版社
地　　址　南京市湖南路 1 号 A 楼
邮　　箱　yilin@yilin.com
网　　址　www.yilin.com
市场热线　025-86633278
排　　版　南京展望文化发展有限公司
印　　刷　江苏凤凰新华印务集团有限公司
开　　本　787 毫米 ×1092 毫米　1/32
印　　张　19.5
插　　页　2
版　　次　2025 年 5 月第 1 版
印　　次　2025 年 5 月第 1 次印刷
书　　号　ISBN 978-7-5753-0538-9
定　　价　55.00 元

目录

附录

雨

冯亦代　译

差不多是上床的时候了，到他们明天清晨一觉醒来，眼前就会看到陆地。麦克费尔医生点燃了烟斗，探身靠在船栏上，在九天之上寻找南十字星座。经过在前线待了两年，一处早该愈合的伤口，竟久久不能复原，他很乐意能在阿皮亚安安静静地至少住上十二个月，而且就在旅途之中，他已经感到好得多了。因为有些旅客第二天要在帕果帕果下船，晚上他们跳了一会儿舞，至今他的耳鼓里还敲打着自动钢琴刺耳的键音。但是甲板上终于安静下来了。不远处，他看见自己妻子正和戴维森两口子坐在长椅上谈天，他就踱步过去。当他在灯光里坐下来，脱掉帽子，你便可以看到他一头深色的红发，头顶有一块已经光秃秃了，红润而满布瘢痕的皮肤辉映在红发之间；他年已四十，瘦骨嶙峋，一张干瘪的脸，刻板而迂腐；说起话来，满口苏格兰腔，声调缓慢低沉。

在麦克费尔一家和海外传教士戴维森一家之间，产生了一种同舟的情谊，这种情谊与其说是由于任何共同的爱好，倒不如说是由于气质上的近似。他们主要的联系是看不惯那些白天黑夜都在吸烟室里玩扑克或桥牌和酗酒的人。麦克费尔夫人一想到他们夫妇俩居然成为戴维森家在船上唯一愿意交往的人，不免有些受宠若惊，甚至医生本人，虽然有些腼腆却并不愚蠢，也有一星半点儿意识到这种礼遇。只是由于他禀性好辩，因此夜晚在他们那间舱房里，总让自己对传教士两口子吹毛求疵一番。

“戴维森夫人说，要是没有我们，她简直不知道怎样度过他们的旅程，”麦克费尔夫人说，一面麻利地收拾干净她的假发，“她说在船上这伙人中间，只有我们才是他们愿意结交的。”

“我并不以为一个海外传教士该是这样一位大亨，居然摆出这副臭架子来。”

“这并不是摆臭架子。我完全理解她说话的意思。戴维森两口子若是混在吸烟室里那批粗坯中间，就太不恰当了。”

“他们所信奉的宗教创始人可并不这样孤芳自赏。”麦克费尔扑哧一笑。

“我不知道曾经告诉你多少回不要拿宗教开玩笑，”他妻子回答，“我不该喜欢你这种德性的人，亚历克。你从来不看别人的优点。”

他用那双灰蓝色的眼睛，斜瞥了她一眼，但是没有作答。经过多年夫妻生活，他学会了得到和睦的最好办法，就是让他妻子讲完最后一句，不再回嘴。他比她先脱掉衣服，就此爬上上铺，躺下来看一会儿书入眠。

第二天一早，他走上甲板，船已经近岸了。他用贪婪的眼光注视着这块陆地。眼前是一条狭长的银色沙滩，后面紧接着是一抹隆起的草木茂盛的山冈。椰子树林又密又绿，一直伸展到海滨，树丛中可以看到点点萨摩亚人的草屋；这里那里点缀着一座白色闪耀的小教堂。戴维森夫人走来站在他的身边。她一身黑衣服，颈间戴了条金项链，下面摇晃着一个小小的十字架。她身材瘦小，褐色而无光泽的头发梳拢得十分平整，在一副夹鼻眼镜后面有双鼓出的蓝眼珠。她有张瘦长得像绵羊的脸，但是毫无蠢相，反倒是极度的机警；有种飞鸟似的迅捷动作。她最最令人注意的是她的语调，高亢，刺耳，一点也不婉转；听进耳朵里是种僵硬单调的声音，搅动得神经不安，一如风钻的无情喧嚣。

“这里对你说来一定像是家乡。”麦克费尔医生说，带着浅浅的勉强的笑容。

“我们那儿是群浅水的岛屿，你知道，跟这儿不一样，是珊瑚岛。这儿是火山岛。到我们那儿还有十天的航程。”

“在这些地方，简直像是家居邻近的街道。”麦克费尔医生打趣说。

“哎，这样说法不免有些夸张，但是在南海一带，人们对于远近的看法是有些不一样。至少你说的也对。”

麦克费尔医生轻叹一声。

“我很高兴我们幸而不是驻在这儿，”她继续说下去，“他们说在这块地方工作很困难。邮船的来来往往使人安不下心来；其次还有设在这儿的海军站；这对于当地土人很不好。在我们那一区里没有这儿那种困难可以让我们埋怨的。也有一两个生意人，当然啰，但是我们注意使他们行动规矩，如果他们不守规矩，我们就弄得他们受不了，宁愿永远离去。”

她正一正鼻上的眼镜，带着一种冷酷的眼光凝视着这个葱茏的岛屿。

“对海外传教士说来，这儿简直是白费气力的工作。我对上帝真是感恩无穷，至少我们不是在这块地方。”

戴维森的教区包括北萨摩亚在内的一群小岛；这些小岛分散得很广，因此他经常要坐小划子才能到达远处的岛上。在他远行的日子里，他的妻子就留在大本营主持海外教会的工作。麦克费尔医生一想到她必然会使用的管理方法的效率，不免感到心里一沉。她说到当地土人的腐化堕落，其语调之激昂恐怖，简直无法使之平静。她知羞识耻的敏感有独到处。早在他们相识初期，她就对医生说过：

“你知道，我们初到岛上时，这些土人的婚俗，使我们大吃一惊，简直无法向你叙述。我会告诉麦克费尔夫人，她会转告你的。”

接着，他便看见自己妻子和戴维森夫人的帆布躺椅并在一处，热切地咕哝了差不多有两小时之久。当他为了活动活动四肢，而在她们面前来回漫步时，他曾听到戴维森夫人激动的耳语，一如山间远处的洪流，他也看到自己妻子张大了嘴，脸色惨白，显然她为这一惊人的经历而感到一种享受。到了夜晚，在他们的舱房里，她把所听到的一切，用压低的声调向他复述了一遍。

“哎，我说的怎么样？”第二天早上戴维森夫人喊着，兴高采烈，“你曾经听见过比这更可怕的事吗？你不会怀疑为什么我不亲口告诉你了吧，你信了吧，虽然你是位医生。”

戴维森夫人端详了一下医生的脸色。她戏剧性地切望看到自己预料中的效果。

“你能猜想到我们初到该地时的心情低沉吗？你简直不能相信我对你说在任何一处村庄里也不可能找到一个好姑娘。”

她选用了“好”这个词的严格的专门意义。

“戴维森先生和我讨论了一番，我们决心要做的第一件事，就是禁止跳舞。土人对跳舞简直发了疯似的。”

“我自己年轻时就不反对跳舞。”麦克费尔医生说。

“昨晚上你要求麦克费尔夫人同你跳一圈时，我就猜想到了。我认为男人和他自己妻子跳舞并没有害处，但她不肯陪你跳，倒使我释然了。在这种情况之下，我们必须严于克己自持。”

“在什么情况下？”

戴维森夫人从她的夹鼻眼镜后面飞了一眼，却没有回答他的问话。

“但是在白人中间，事情就截然不同，”她说下去，“虽然我要说自己同意戴维森先生，照他说来做丈夫的怎么能站在一旁眼看自己的妻子抱在别个男人的臂圈里，至于我自己，自从结了婚，我从来没有跳过一步舞。可是土人的跳舞是另一回事。跳舞不仅本身不道德，而且肯定导致伤风败俗。无论如何，感谢上帝，我们扑灭了跳舞，我想我没有说错，在我们这一区里已经八年没有跳舞了。”

眼前，他们的船已经到了港口，麦克费尔夫人也来到他们一块。船转了一个急弯便鼓轮慢慢地向前行进。这是一处为广大陆地所围绕的海港，大得足以容下一队列海军舰只，在港口的周围，耸起一脉悬崖峭壁，碧绿的群山。在港口附近，迎着海上吹来的微风处，是所为花园围绕的总督府，旗杆顶上没精打采地悬挂着一面星条旗。他们航过两三所整齐的带廊子的平房和一处网球场，接着就到了码头和一群仓库。戴维森夫人指指停泊在离船约有两三百码远的纵帆船，这是载他们到阿皮亚去的。岸上有从岛上各处来的一群热切、喧嚣和情绪高涨的土人，有些是为了好奇，有些则是在同去悉尼的旅客做生意；他们带来了凤梨、大串大串的香蕉、塔巴土布、用贝壳或鲨鱼齿做成的项圈、胡椒木碗，和作战用划船的模型。美国水兵，整齐利落，脸上刮得干干净净，带着友善的神情，在土人中穿来穿去，另外还有一小群官员。他们行李正在搬上岸时，麦克费尔两口子和戴维森夫人一起眺望着人群。麦克费尔医生注意到大部分小孩和少年都患有一种皮肤传染病，畸形的溃烂像是蛰伏的溃疡症，他那双职业性的眼睛，因在他经验中第一次看到象皮病，而发出敏锐的闪光，那些男人不是有条粗胖、笨重的手臂，就是拖着一条庞大变形的小腿踽踽而行。男男女女都穿着萨摩亚围腰。

“这是最猥亵的穿着，”戴维森夫人说，“戴维森先生认为应该用法律来禁止这种服装。你怎么能盼望人们具有道德，而他们除了在胯间围上一块红布，什么也不穿着呢?”

“这很适应当地的气候。”医生说，擦擦额上的汗水。

现在他们已经上了岸，虽然是大清早，那个热劲儿压得人透不过气来。为群山围绕，没有一丝儿凉风吹进帕果帕果来。

“在我们那些岛屿上，”戴维森夫人的高亢声调继续下去，“我们实际上根除了这些土人穿的东西。少数几个老人还接着穿，但就是那么几个人了。妇女们都已穿上了齐胸的筒裙，男人们穿上了长裤和汗衫。我们初去的时候，戴维森先生在他的一份报告里写道：这些岛屿上的居民永远不会成为基督徒，除非规定十岁以上的儿童必须穿长裤。”

但是戴维森夫人用她那鸟似的眼光，向港口上空飘动着的成群乌云瞟了两三次。雨点开始降下来了。

“我们得找处地方躲躲。”她说。

他们夹在人群里挤进一处白铁瓦楞板盖顶的大棚下面，这时瓢泼大雨已经倾泻下来。他们在那里站了一会儿，戴维森也同他们合在一块了。在旅途中，他对麦克费尔夫妇礼貌周到，但是没有他夫人那样的交际手段，老是一个人在那儿看书。他是个沉默而经常闷闷不乐的人，使你感觉到他的和蔼可亲，完全是基督教给他的一种任务；他禀性冷淡甚至有些乖僻。他那副长相也是绝无仅有的。他的身材又高又瘦，长长的四肢松散地连接在躯体上；两颊深陷，颧骨出奇地高突；他带着一种死气沉沉的气派，可是只要注意到他那丰满而性感的双唇，不免会使你吃惊。他留着很长的头发。他那双乌黑的眼珠，深藏在眼窝里，又大又悲愁；手指又大又长，长得很好看，给他一种毅然有力的外相。但是他最最突出的一点是给你一种有一团火在身里被抑压的感觉，这团火含而不露却又蠢蠢欲动。他是那种难以亲近的人。

他如今带来了不受欢迎的消息。当地正麻疹流行，在岛上卡纳卡人中间这是既严重而又致命的疾病，纵帆船上的水手中也发现了一宗这样的病，而这条船正是要载着他们继续航程的。病人已经上岸进了检疫站的医院，但是阿皮亚来电报指示，这条纵帆船除非确定没有另外的水手传染上病，否则就不让进港。

“这意思是说我们不得不在这儿至少停留十天之久。”

“但是阿皮亚迫切需要我。”麦克费尔医生说。

“这也没有办法可想。如果船上不再发现染病的人，纵帆船可以开航，可只能载白人旅客，所有土人的来往要被禁止三个月。”

“这儿有旅馆吗？”麦克费尔夫人说。

戴维森咯咯一笑。

“没有。”

“那么我们怎么办？”

“我已经同总督说过了。海边有个做生意的有几间屋子出租，我的建议是等雨一停，我们就到那儿去想想办法。不要指望能舒舒服服。如果我们能有一张床，头上有个屋顶，这就该谢天谢地了。”

但是雨没有停下来的样子，最后，只能张着雨伞穿着雨衣，他们出发了。岛上没有市镇，只有一区官署建筑群、一两家商店，在街后椰树林和大蕉丛中，有几处土人的居处。

他们要找的那座房子从码头走去用不了五分钟。这是所两层楼的木板房，每层都有宽敞的阳台，屋顶是瓦楞铁皮。屋主是个混血种，名叫霍恩，娶了个土生妻子，前后围绕着一群孩子，第一层是铺面，出卖罐头食物和布匹。他领他们去看的屋子差不多空无一物。在麦克费尔的屋子里除了一张又破又烂的床、一顶千疮百孔的蚊帐之外，就是一把快要散架的椅子和一个脸盆架。他们沮丧地环视了一周。瓢泼大雨简直没完没了。

“除了拿非用不可的东西，我决不打开行李。”麦克费尔夫人说。

戴维森夫人一面打开手提包一面走进屋来。她显得轻快敏捷，令人丧气的环境毫未影响她。

“要是你们听我的话，你就马上拿出针线来补缀蚊帐，”她说，“要不你就不要想今晚合得上眼。”

“有那么厉害吗？”麦克费尔医生说。

“这是蚊子猖獗的季节。如果阿皮亚政府官邸请你参加晚会，你便能看到太太小姐们都把两条腿藏在发给她们的枕头套里。”

“我切望雨能停一会儿，”麦克费尔夫人说，“要是太阳出来，我就会有心思把这块地方弄得舒坦一些。”

“噢，你要是等那么一天，那就得等好多日子了。帕果帕果是太平洋雨下得最多的地方。你知道，群山，那个海湾，它们招引来了水，无论如何，人们在一年的这个时候都会知道雨要来的。”

她从麦克费尔医生身上打量到他的妻子，他们束手无策地在室内各人各站一边，一副失魂落魄的样子，她把嘴巴一噘。她看到一定得由自己来指挥一切了。像这类不中用的人使她不耐烦，但却不由自主地双手发痒要把一切安排得顺理成章。

“成，你把针线给我，我来给你们补好这顶帐子，你们就去打开行李拿东西。一点钟吃午饭。麦克费尔医生，你最好先到码头去，看看你那些大件行李是不是放在干燥的地方。你知道这些土人是怎么个德行，他们很可能把这些行李一径放在那儿任凭风吹雨打。”

医生又套上雨衣，下楼去了。在门口，霍恩先生正在同他们所搭那艘船上的事务长站着谈话，另外还有一位二等舱旅客，这是麦克费尔在船上见过几次的。事务长是个瘦小干瘪的汉子，脏得出奇，麦克费尔走过他身边时，他便点头致意。

“这次麻疹发生得真糟，”他说，“我想你已经安排停当了。”

麦克费尔医生认为这家伙有点放肆，可他是个谨小慎微的人，一般不会随便生气的。

“是呀，我们在楼上有了一间屋子。”

“汤普森小姐同你们一块儿去阿皮亚，所以我把她带到这儿来了。”

事务长用大拇指向站在他身边的女人一指。她约莫二十七岁，丰满、粗野的脸相，薄具姿色。她穿一身白色衣裙，戴一顶白色大帽，套在麻纱长筒袜里的粗胖小腿在高勒白漆皮靴统上鼓了出来。她向麦克费尔医生嫣然一笑。

“这家伙要赚我一块五毛钱一天，就是那么豆腐干大的一间房。”她嗓子沙哑地说。

“我告诉你她是我的朋友，乔，”事务长说，“她付不起比一块更多的钱，你一定得照她的办。”

老板胖得圆团团的，嘿嘿地笑着。

“好吧，要是你这样说法，斯旺先生，我来想想办法。我同霍恩太太商量一下，看看我们能不能减价出租。”

“别跟我耍这一套，”汤普森小姐说，“我们一言为定。我出一块半一天，一个子儿也甭想多。”

麦克费尔医生笑了。他钦佩她那种单刀直入的杀价手段。他自己是那种要多少钱就给多少钱的人，宁愿多付几个而不去讨价还价。老板叹了口气。

“好吧，看在斯旺先生的面上，我认了。”

“这才是生意经，”汤普森小姐说，“进屋来喝杯土烧酒。斯旺先生，你把我的手提包拿来，里面还有瓶黑麦威士忌酒。你也来，医生。”

“我怕不能来，谢谢你，”他答道，“我要去看看我们的行李有没有出什么问题。”

他跨出门向雨里走去。滂沱大雨从港口刮来，对岸一片模糊。他在路上遇见两三个胯间兜着一条宽布，打着一把大伞的土人。他们自在地走着，优哉游哉，身躯挺直；一面笑一面用古怪的语言向他打招呼，扬长而去。

麦克费尔回到住处已是午饭时分，他们的饭食就摆在商人的那间客厅里。说是客厅平时并无人去，只是为了装装体面，因此屋子里一股霉味，空气窒人。沿着墙壁整整齐齐摆着一套丝绒长沙发，天花板中央，吊着一盏镀金的枝形烛灯，四周绕了圈黄色薄纸，以免苍蝇丛集。戴维森没有来吃饭。

“我知道他去拜访总督，”戴维森夫人说，“我猜总督一定留他吃饭了。”

一个当地的小姑娘给他们上了一碟牛肉饼，不久，老板也进来看看是不是客人的饮食都上齐了。

“我看我们有了一位同住的旅客了。”麦克费尔医生说。

“她只租了一间房，就是那么回事，”老板回答，“自理伙食。”

他看看这两位妇人，一派奉承的神态。

“我把她安置在楼下，免得在这儿碍事。她不会来麻烦你们的。”

“是船上的人吧？”麦克费尔夫人问道。

“是的，太太，她搭的是二等舱。她要到阿皮亚去。有个出纳员的位子在等着她。”

“噢！”

等老板一走，麦克费尔说：

“我想她在自己屋里吃饭一定很乏味。”

“如果她搭的是二等舱，我想她还是在屋里吃好，”戴维森夫人答道，“我不知道她是哪一路货色。”

“船上事务长带她来时，我刚巧在那儿。她名叫汤普森。”

“不就是昨晚跟事务长跳舞的那个女人吗？”戴维森夫人问。

“可能就是那一个，”麦克费尔夫人说，“我那时对她有些疑心，看来她不免有点儿放荡。”

“绝不是好人家出身的。”戴维森夫人说。

他们随即换了话题，饭后，由于他们起身很早不免有些倦意，便各自分手回去午睡了。等他们醒来，虽然天色依然阴沉，乌云四垂，雨却已止住，他们到大路上去散步，这条路是美国人沿着海湾修起来的。

他们回来时，看见戴维森也刚进来。

“我们也许要在这儿留上半个月，”他烦躁地说，“我和总督争论了一场，但是总督说他一无办法。”

“戴维森先生渴望回去工作。”他妻子说，用焦急的眼光瞟了他一眼。

“我们已经离开了一年，”他说，在阳台上走来走去，“教会的事务便由当地人主持，我心里万分不安，生怕他们把事情搞糟。他们是批好人，我不会说一个字来斥责他们。敬畏上帝，虔诚，是些真正的基督徒——他们的基督精神会使国内那些号称基督徒的人脸红——可怜的是他们缺少胆略。他们可以顶住一次，他们也可以顶住两次，但是他们不可能老是顶住。要是你把海外传教事业交给当地的传教士，不论他看来多么可靠，时光流逝，你就可以看出他又故态复萌了。”

戴维森先生凝神伫立。他的体格高大、松垮，他的那双大眼睛在苍白的脸上忽闪忽闪，他实在是个令人印象深刻的人物。从他热情的姿势和深沉而又响亮的声调中，他的诚挚似乎可以一目了然。

“我切望使自己的工作有个安排。我要行动，而且要马上行动。如果一棵树已经腐朽，那就该砍掉而且投进火里去。”

吃过肉食茶点以后的晚上——这顿肉食茶点是他们一天里的最后一顿——他们坐在这间呆板的客厅里，妇人们做活计，麦克费尔抽着烟斗，传教士给大家讲他在群岛上的工作。

“我们刚到时，他们完全没有原罪的观念，”他说，“他们把十诫一条接一条触犯，而且从来不知道这是罪过的。我想这是我最最困难的工作，把原罪的观念逐渐灌输给土人们。”

麦克费尔夫妇早已知道戴维森在遇到他的妻子以前，已经在所罗门群岛工作了五年之久。她曾经在中国传教，他们在波士顿才彼此相识，他俩利用回国休假的部分时间参加了海外传教士大会。结婚之后，他们就被派遣到这些岛屿工作直至于今。

在麦克费尔夫妇和戴维森的历次谈话之中，有一件事是显示得再清楚不过的，那就是这个人从不畏缩的勇气。他是个行医的传教士，所以他有随时被叫到各处岛屿的可能。甚至在捕鲸船都感到不安全而怯于在雨季中波涛汹涌的太平洋上航行时，他却常常驾着一叶扁舟出海，虽然危险性是极大的。若是疾病或事故，他从未有瞬息犹豫。十几次，他从黑夜里换来劫后余生，而且不止一次戴维森夫人认为他已失踪而万念俱灰。

“有时我恳求他不要出海，”她说，“或是至少等待到风平浪静时再去，但他从不理会。他固执成性，一旦下定决心来，简直无法动摇。”

“要是我自己都害怕，我又怎能要求土人虔信上帝呢？”戴维森喊叫起来，“我决不，我决不。他们知道如果因有危急而求助于我，只要凡人所能做到的，我一定有求必应。你以为我在给上帝行道的时候，上帝就会离弃我吗？须知风因他吩咐而劲吹，波涛因他命令而汹涌哟。”

麦克费尔是个胆怯的人。他在战壕里连猛烈对射的枪弹都受不了，他在前沿阵地急救站做手术，由于要努力控制颤抖的双手，汗水老是从眉间流下来而迷糊住他的眼睛。所以他在注视这位传教士说话时，不免有些不寒而栗。

“但愿我能说自己什么也不怕。”他说。

“但愿你能说自己一向笃信上帝。”戴维森反唇相讥。

但是出于某种缘故，那一晚这对传教士夫妇的念头里老是围绕着他俩初到岛群时所度过的生活。

“有时候，戴维森夫人和我相对无言，泪流满颊。我们无止无休地工作着，看来却一无进展。那时如果没有她，我简直不知所措了。当我心绪低沉时，当我接近绝望时，是她给我勇气和希望。”

戴维森夫人垂下头来看着手里的活计，面颊上升起了一阵淡淡的红晕，双手微微颤动，无言以对。

“没有一个人来帮助我们。我们孤军苦战，远离几千英里外的亲人，被包围在黑暗之中。每当我沮丧疲惫，她就会把手头的工作抛在一旁，坐下来给我念《圣经》，直到宁静重新降临在我身上，一如睡神降临在孩子的眼睑上。最后她合上经书，对我说：‘不管他们愿意与否，我们一定要拯救他们。’于是我感到自己更为笃信上帝，我就回答她：‘对呀，有了上帝的帮助，我一定会拯救他们。我必须拯救他们。’”

他走上一步站在桌子前，似乎这里就是教堂的讲经坛。

“你知道，这些土人堕落到连自己的邪恶都看不到。我们从他们习以为常的动作中定出何者是罪恶来。我们不但把通奸、说谎和偷盗定为罪恶，而且把赤裸身体、跳舞、不进教堂也定为罪恶。我把女孩子露出胸部和男人不穿长裤都定为罪行。”

“怎样定法？”麦克费尔医生问，颇为惊奇。

“我施行了惩罚。显然要使人们知道什么是犯罪，唯一的办法就是在他们做那类事情时就处罚他们。如果他们不进教堂我罚他们钱，他们跳舞我也罚他们钱。如果他们衣衫不整，我也处以罚款。我立了张处罚表，每犯一种罪行，就得罚款或是劳役。最后，我终于使他们明白了过来。”

“但是他们从来不拒绝付款吗？”

“他们怎么敢？”传教士反问。

“敢于站出来反对戴维森先生，必须是个胆大包天的人。”传教士的妻子说，咬紧双唇。

麦克费尔医生用惶惑的眼光注视着戴维森。他听到的话使他吃惊，但是他怯于表示自己的反感。

“你须记住，我最后的一招，就是把他们从教堂里开除出去。”

“他们会介意吗？”

戴维森微微一笑，得意地搓搓自己那双手。

“他们无法卖掉椰子干。人们出去捕鱼，他就得不到应有的一份。这意思就是说他们要挨饿。是呀，他们是很在乎这些的。”

“告诉他弗雷德·奥尔森的事情。”戴维森夫人说。

传教士用他那双恶狠狠的眼睛盯住麦克费尔医生。

“弗雷德·奥尔森是个丹麦商人，他已经在岛上好多年了。作为一个商人，他很有钱，我们去时，他很不乐意。你知道，他在那儿一意孤行。他高兴付多少钱收买土人的椰子干就付多少，而且是用食物和威士忌酒当钱付给。他有个土生的妻子，但是他对她公然不忠实。他是个酒鬼。我给他机会改过自新，但是他毫不理会，还讥笑我。”

戴维森说最后那句话的声调降到低沉，而且沉默了一两分钟。沉默里充满了威胁。

“用不了两年，他就成了落魄潦倒的人。他在半世纪的岁月里积聚起来的财物，荡然无存。我把他搞得倾家荡产，最后他无可奈何只得来找我，已经一副乞丐模样，哀求我给几个钱买张船票回悉尼去。”

“我真愿你能见到他来找戴维森先生的那副样儿，”传教士的妻子说，“他原来是个五官端正身强力壮的人，更不少肥膘，说起话来声若洪钟，如今他干瘪瘦削，颤颤巍巍，前后判若两人。他突然变成个老态龙钟的人啦。”

戴维森出神地望着夜空。又下雨了。

猛地从楼下传来一阵声音，戴维森转过身来，心有所疑地望望他的妻子。这是留声机的声音，响得刺耳，喘气似的奏出音节交错的舞曲。

“那是什么？”他问。

戴维森夫人紧了紧她的夹鼻眼镜。

“楼下屋里住了一个二等舱搭客。我想声音大概是从那儿来的。”

他们默默地听着，显然还有跳舞的脚步声。接着音乐停了下来，他们又听到开酒瓶的声音和一片嘈杂的话音。

“我敢说她准是在给船上的朋友举行欢送会，”麦克费尔医生说，“十二点钟开船，不是吗？”

戴维森并不理会，只是看了下自己的表。

“你完了吗？”他询问自己的妻子。

她站起身来，折叠好手里的活计。

“对，我想完事了。”她答道。

“现在上床还早吧，是不是？”医生说。

“我们还要念好久书，”戴维森夫人解释道，“不论我们在哪儿，晚上临睡前，总要念一章《圣经》，按照详注做些研究，你知道，也就是加以彻底讨论。这对于心智是最最好的训练。”

这两对人相互道了晚安。这样便只有麦克费尔医生和他夫人留在屋里了。他们有两三分钟相对无语。

“我想还是去把纸牌拿来。”最后医生开口了。

麦克费尔夫人疑惑地望着他。和戴维森夫妇的谈话使她感到不安，但是却又不愿说他们最好不要玩纸牌，以免戴维森夫妇突然进屋来引起难堪。麦克费尔医生拿了纸牌回来，她便在旁边瞧着他一个人打通关，虽然不免心里有些说不清的做了错事的感觉。楼下还是一派酒会的喧闹。

麦克费尔夫妇不得不在帕果帕果坐待半月之久。第二天天气晴朗，他们为了打发百无聊赖的生活，便出门去消遣消遣。他们一直走到码头，从箱子里拿了几本书。医生去访问了海军医院的外科主任，还跟着主任去查病房。他们还在总督府留下自己登门拜访的名刺。在路上，他们遇见了汤普森小姐。医生脱帽致礼，汤普森小姐用响亮而兴奋的声音回了句："早上好，医生。"她还是穿着前一天那身服装，一身白色衣裙，一双发亮的高鞠高跟靴，她那双胖腿肚子还是鼓出在靴口上，在这片异国情调的景色里，添上了一笔奇异的色彩。

"照我说她穿着得有点儿不三不四，"麦克费尔夫人说，"看来真是庸俗不堪。"

等到他们回旅舍，汤普森小姐正在阳台上同商人子女中一个漆黑的孩子玩儿。

"跟她打个招呼，"麦克费尔医生在自己妻子耳边轻声说了句，"她孤身在这儿，不理睬她不太好。"

麦克费尔夫人有些怯场，但是她一向惯于按照自己丈夫的吩咐办事。

"我想我们是同住在一块的旅伴。"她说，不免有些笨嘴笨舌。

"可怕，是吧，窝在这么个偏僻无聊的鬼地方？"汤普森小姐说，"他们说我幸而有个房间住住。我不愿住在土人家里，可有些人却不得不住在那儿。我真不懂他们为什么不在这儿开爿旅馆。"

他们又谈了几句。汤普森小姐声气既大，又喋喋不休，事实上是个惯于饶舌的人，但是麦克费尔夫人却不善说三道四，无话应付，不久就说：

"对，我想我们该上楼了。"

晚上，他们坐下来吃肉食茶点，戴维森一进门就说：

“我看到住在楼下的那个女人同几个水手坐在一块，我猜不出她怎么会同这些人相识的。”

“她根本不懂得什么规矩。”戴维森夫人说。

他们过了懒散无聊的一天，反而感到疲惫不堪。

“要是像这样子过上半个月，到末了儿我真不知我们会腻烦到什么地步。”麦克费尔医生说。

“唯一的办法就是把日子分成几段来过，”传教士答道，“我准备花几个钟头坐下来看书，一些时候运动运动，不论晴天落雨——雨季里你无法去考虑晴天与否——另外一些时候搞些娱乐。”

麦克费尔医生用疑虑的眼光望望他的同伴。戴维森的计划使他烦恼。他们又是吃的牛肉饼。看来这是大师傅唯一能做的菜。接着楼下的留声机又唱起来了。戴维森一听便神情不安，但是没有说什么。男人的声音飘到了楼上。汤普森小姐的朋友们正在合唱一支时行的曲子，而且立刻就可以听到她的声调夹在中间，嗓门儿又哑又高，而且夹着叫喊和哄笑。楼上的四个人，本来想打起精神来谈话，却又按捺不住要去细听楼下的碰杯声和椅子挪动声。显然，又来了许多人。汤普森小姐正在举行晚会。

“我猜不透她怎样招来了那么多人。”麦克费尔夫人突然打住了传教士和她丈夫间关于医学的谈话。

这显出她的思想漫游到什么地方去了。戴维森脸上的搐动也证明这一点，即使他嘴里在谈论科学的东西，他的心同麦克费尔夫人走向了一处。刹那间，正是医生在大谈德兰特尔前线医治伤员的经验时，戴维森平白地大喊一声，从椅上跳了起来。

“怎么啦，阿尔弗雷德?”戴维森夫人问。

“准是这样的！我就没有想到这一点。她是从哀威里出来的。”

“不会的。”

“她是在火奴鲁鲁[①]上船的。这就一清二楚了。她居然把她的行业带到这儿来了，到这儿。”

他用憎恨的激情吐出了最后几个字。

“什么是哀威里?”麦克费尔夫人问。

戴维森把那双悲天悯人的眼光落在她身上，语声里带着恐怖，而且发颤。

“那是火奴鲁鲁藏垢纳污的去处。红灯区。这是我们文明的污点。”

哀威里在火奴鲁鲁市区的边缘。你从港口附近的偏街陋巷行去，黑灯瞎火，走过一座摇摇晃晃的小桥，就到了一条荒凉的街道，走完坑坑洼洼，于是你突然到了处灯光明亮的地方。马路两边设有停车处，还有酒吧间，到处是花里胡哨的色彩和光亮，每一家响着自动钢琴，一路还夹杂着理发店和烟草铺。那里的气氛令人飘飘然，而且有种随时随地都可以寻欢作乐的感觉。你拐弯走进一条窄巷，不论向右向左，因为这条街把哀威里劈成两半，你就发现自己进入了幽境。一行一行的带有阳台的小屋，整整齐齐干干净净漆上绿色，小屋相互之间的通道又宽又直，布置得像

① 即檀香山。

是座花园城市。它那值得尊敬的齐整规矩、井然有序和清洁潇洒的外表，给人一种冷酷嘲讽的印象；因为寻欢作乐之事从来没有过这样空前的系统化和制度化。幽径小道偶尔有盏微弱的路灯，要不是从这些小屋开着的窗里射出光亮来，这儿简直会漆黑一片。男人们在此踯躅往返，窥视着坐在窗前的娘儿们，她们有的在看书有的在做针黹，多半时分压根儿对那些过路人连正眼也不瞧；这些行人与窗里的娘儿们可以媲美的就是他们的国籍五花八门。那儿有美国人，港里船舶上的水手和炮舰上来的列兵，都喝得醉醺醺的，还有驻扎在岛上的团队里的兵士，白人和黑人都有；那儿有日本人，三两成群地信步闲行；夏威夷人、穿着长衫的中国人，还有戴着样式荒唐的帽子的菲律宾人。他们都默不作声，像是受到压抑。七情六欲是忧郁的。

“这是太平洋上最最臭名昭著的地方，”戴维森用力大喊，“海外传教会多少年来鼓动反对，最后当地的报纸也予以响应。但是警察却一无行动。你知道他们的论点。他们说罪恶是不能避免的，结果最好的办法就是划定区域加以控制。真情是他们收了贿赂。被买通了。酒吧间和妓院老板给他们陋规，甚至娘儿们自己也出一份。最后警方还是不得不采取行动。”

“在火奴鲁鲁停泊时，我在当地的报纸上看到了。”麦克费尔医生说。

“哀威里，它的罪恶与耻辱，我们到达时已经不再存在了。那里所有的人都受到审判。我不知道自己怎么会不一下子就看出这个女人是个什么货色。”

“现在你说明白了，”麦克费尔夫人说，“我记得就在我们这条船起碇前不几分钟她才上船的。记得我当时想到她来得真及时。”

“她怎么敢到这儿来！”戴维森恨恨地喊着，“我决不能容许。”

他向屋门走去。

“你要去干什么？”麦克费尔问。

“你希望我去干什么？我要去阻止他们。我决不让这所房屋变成——变成……”

他在找寻一个不会使夫人们觉得刺耳的字眼。在激动之中，他的双眼幽幽发光，已经惨白的脸更为惨白了。

“听起来，楼下屋子里有三四个男人，”医生说，“你不以为现在就去，是有点儿草率吗？”

传教士向他鄙视地扫了一眼，不作一语，就冲出门去了。

“你不太了解戴维森先生，你以为他在执行使命时会考虑到个人安危而畏惧吗？”戴维森的妻子说。

她坐在那儿两手不安地握在一起，高高的颧骨上起了一阵阴影，谛听着楼下会出什么事儿。他们三个人全在倾耳听着。他们听见传教士噔噔地奔下那座木板楼梯，把房门推开。歌声霎时停下来，但是留声机还继续放送那种下流的曲调。他们听到戴维森的语声，接着是什么重东西掉地的声音。音乐停止了。他把留声机扔在地上。以后他们又听到戴维森说话了，但是听不真他在说些什么，接着是汤普森小姐的声音，又高又尖，又是一阵嘈杂的吵闹，好像几个人在极力吼叫。戴维森夫人倒抽了一口冷气，把自己的双手握得更紧了。麦克费尔医生把游移的眼光从她扫到自己妻子身上。他不愿下楼去，但是他怀疑是不是她们盼望他去。接着又是一阵像是扭打的声音。现在吵闹声听得更清晰了。也许是戴维森被人们扔出门来。门砰的一声关上。有一刹那的沉寂，他们又听见戴维森上楼的跫然足音。他回自己的屋里去了。

“我想该去看看他。”戴维森夫人说。

她站起身来走出屋去。

“如果需要我，就喊一声。”麦克费尔夫人说。等到另一个出去之后她又说：“我希望他没有受伤。”

“为什么他要多管闲事？”麦克费尔医生说。

他们默默地坐了一两分钟，以后他们吃惊了，因为留声机又开始响了起来，挑衅似的，嘲弄的声调嘶哑地吼着一首淫荡的歌。

第二天戴维森夫人又苍白又疲惫。她抱怨头痛，样子憔悴枯槁像老了许多。她告诉麦克费尔夫人说传教士一夜没有合眼；在一种可怕的烦恼情况下度过一宵，一到五点钟就起身出门去了。一杯啤酒泼了他一身，全身衣服都染上了酒渍，一股臭味。但是一当戴维森夫人提到汤普森小姐，眼里便冒出阴沉的怒火。

“她得罪了戴维森先生，总有一天她会懊悔都来不及，”她说，“戴维森先生心地善良得无法形容，遭厄受困的人只要去找他，没有得不到安慰的，但是他嫉恶如仇，一旦激起了他的义愤，简直是势不可挡。”

“那样，他要怎么干呢？”麦克费尔夫人问。

“我不知道，但是我说什么也不愿置身于这个贱货的处境。”

麦克费尔夫人不寒而栗。在那位矮小女人昂然自信的神态中含有某种断然的恫吓。那天早上她们一块出去，并排地走下楼。汤普森小姐的房门洞开着，她们看见她披了件肮脏的晨衣，在火锅里煮着什么。

“早上好，”她对她们喊了声，“今儿早上戴维森先生好了些吗?”

她们不则一声地走了出去，高视阔步，好像就没有个汤普森小姐存在似的。但是一听见她那一串讥嘲的大笑声，她们不禁脸上发烧。戴维森夫人突然转过身去。

“你居然敢对我说话，”她高声嚷起来，“要是你侮辱我，我一定把你从这儿赶出去。”

“嗨，是我请戴维森先生上我这儿来的吗?”

“不要理睬她。”麦克费尔夫人赶快轻轻说了一句。

她们一直走去，一直走到听不见汤普森的话音。

“她简直厚颜无耻，死不要脸的东西。”戴维森夫人冲口而出。

怒气差不多窒息得她透不过气来。

她们在回头的路上，看见汤普森小姐在码头上漫步。她一身盛装。那顶特大白帽的帽檐上堆着庸俗而鲜艳的花朵，更为惹眼。她一边走一边兴致勃勃向她们打招呼，站在路边的几个美国水手一看见这两位太太冷若冰霜的眼光，不禁咧着嘴笑开了。她们刚在店里落脚，雨又下了起来。

“我想她准得把那身漂亮衣服糟蹋了。”戴维森夫人尖酸刻毒地说。

他们午饭吃了一半的时光，戴维森才姗姗而来，已经淋得透湿，却执意不去换衣服。他坐下身来，愁眉不展默然无语，吃了一口东西便拒绝再吃了，呆呆地望着斜扫的雨脚。戴维森夫人告诉他两次遇到汤普森小姐的经过，他不赞一词。只是他眉间越来越深的蹙纹表示他什么都听到了。

“你想我们去找霍恩先生把她赶出这儿好不好？”戴维森夫人问，“我们不能让她侮辱。”

“可她在这儿没有另外可以落脚的地方。”麦克费尔说。

“她可以同土人住在一块。”

“这样的天气，土人的茅屋住着一定很不舒服。”

“我曾经在茅屋里住过几年。”传教士说。

那个土生小女孩拿来煎香蕉作为甜点，这是他们每天必吃的一道菜，戴维森转身向着她。

“去问汤普森小姐一声，她什么时候方便，我可以去看她。”他说。

小女孩怯生生地点点头，就回身走了。

“你去看她做什么，阿尔弗雷德？”他妻子问。

“去看她是我的责任。我要做到仁至义尽，给她个回头的机会，否则我是不会采取行动的。”

“你简直不明白她是个什么货色。她会侮辱你的。”

“让她来侮辱我。让她来啐我。她有永恒的灵魂，我必须竭尽全力去拯救她。”

戴维森夫人的耳鼓里至今还回响着这个妓女的讥笑声。

“她已经走得太远了。”

“远得不能接受上帝的慈悲了吗？”他的眼睛突然发出光亮，口气也变得轻松柔和了，“永远不会。罪人的孽债也许比地狱更深，可是主耶稣的爱怜还能远及他的身上。”

小女孩带来了答复。

“汤普森小姐致意，只要戴维森牧师不在营业时间内光临，其他时间她都在屋里恭候。”

这一伙用石头似的沉默听着这个回音，而麦克费尔医生赶快把他已经出现在嘴唇上的笑意抹去。他深知要是觉得汤普森小姐无动于衷的厚颜是件有趣的事情，他的妻子会大大恼火的。

他们默默吃完午饭。一等撤去餐桌上的东西，两位太太就拿起了她们的活计。麦克费尔夫人又开始编织围巾，自从战争以来她已不知织了多少条了。医生则抽起烟斗。但是戴维森还是坐在椅上，用一种出神的眼光盯着餐桌。最后他站起身来，一句话也不说，离开了屋子。他们听见他走下楼去，又听见他敲门时，汤普森小姐那声挑衅性的“进来”。他在汤普森小姐那儿逗留了一个小时。麦克费尔医生注视着连绵的雨水，这简直使他六神不安。这里的雨水不像我们英国的那样轻轻落在地上，而是毫不留情使人害怕，使你感到大自然原始力量的邪恶。雨水不是倾盆而下倒像是决了堤似的。这好似洪水自天而降，打在那个瓦楞铁皮屋顶上一无间息，使人达到疯狂的程度。看来雨水也会狂怒。有时使你感到如果它再不停息，你会尖声叫喊起来，然后，你又突然觉得无能为力，好像你全身的骨头都酥软了，只有苦恼和绝望。

麦克费尔医生回头看见传教士走进屋来。两位太太也抬起头来探望着。

“我给她所有的机会。我规劝她悔改。她是个邪恶的女人。”

他略作停顿，麦克费尔医生看到他的眼光阴沉得厉害，苍白的脸变得铁青。

“现在我要拿起主耶稣所用的鞭子，他曾经把圣殿里的高利贷者和银币兑换商驱逐出去。”

他在屋子里来回走着，嘴唇紧闭，浓眉双锁。

“即使她逃到天涯海角，我也要把她追回来。”

突然一动，他转身出了屋子。他们又听见他下楼去了。

“他要干出什么来？”麦克费尔太太说。

“我不知道。”戴维森夫人除下了夹鼻眼镜，擦着，“他在执行上帝意旨的时候，我从来不问他任何问题。”

她微微一叹。

“怎么啦？”

“他非把自己累倒不可。他不知道爱惜自己。”

麦克费尔医生从出租给他们屋子的那个生意人那儿知道了传教士行动的第一回合。老板把正在店前走过的医生，拦到门廊里说话，他的胖脸显得无所适从。

“戴维森牧师责怪我不该让汤普森小姐住在这间屋里，”他说，“但是我出租给她的时候，并不知道她是干哪一行的。有人找上门来要我出租一间屋子，我只问他们能不能照付租金。何况她又预先给了我一个星期的房租。”

麦克费尔医生不愿卷进是非涡里。

“说来说去这是你的屋子。你能让我们留下来，我们是非常感激的。”

霍恩狐疑地看着他。不知道麦克费尔究竟支持传教士到什么程度。

“传教士们是互通声气的，”他迟迟疑疑说，“如果他们要对付一个生意人，他只能关上店门卷铺盖上路。”

“他要你把她赶出去吗？”

“没有，他说只要她规规矩矩，他不能要求这样干。他说要对我公平。我答应告诉她不要再招揽客人了。我刚去告诉了她。”

“她听了怎么样呢？”

“她痛骂了我一顿。”

老板扭动着他那条帆布旧裤衩，手足无措。他觉得汤普森小姐难以对付。

“噢，这样嘛，我敢说她一定得离开这儿了。我相信不让她的朋友来，她不会要留在这儿的。”

“可她没处去，只有土人的房屋，眼下本地人谁也不会收留她，现在传教士已经在她身上插了一刀。”

麦克费尔看看落下来的雨水。

“好，我看要等雨收天晴是没用的。”

这晚上，他们坐在客厅里听戴维森讲他当年的大学生活。他没法维持，只能在假期去打短工才读完大学。楼下一片寂静。汤普森小姐孤零零地待在屋里。但是霎时间留声机又唱起来了。她故意开留声机来挑衅，来掩盖她的寂寞，但是那儿没人和唱，而且唱片的音调也很凄切。这声音听起来好像在喊救命。戴维森睬也不睬。他故事正讲到一半，面不改色地继续说下去。留声机也继续唱下去。汤普森小姐放了一张又一张。看来静静的长夜使她受不了。闷热得透不过气来。麦克费尔夫妇上床后无法睡去。他们并排躺在那里，眼睛张得大大的，听着帐子外面蚊子的残酷的歌唱。

“那是什么？”麦克费尔夫人低声说。

他们听到了一个人的声音，戴维森的说话，从木板隔断那面传过来。他连绵不绝的声音显出单调热切而固执的语调。他正在大声祈祷着。他在为汤普森小姐的灵魂做祈祷。

两三天过去了。如今他们在路上遇见汤普森小姐，她再也不用那种敷衍的殷勤或满脸堆笑来向他们打招呼；她抬头朝天，涂着脂粉的脸上布满阴云，皱着眉头，好像没有见到他们。生意人告诉麦克费尔医生说她在各处找栖身之地，但是没有成功。到了晚上，她就开留声机听各式各样的唱片，但那种强作欢笑越来越看得清了。唱片里黑人音乐有种破碎的、伤心的节奏，像是绝望的舞步。星期天她也开留声机，戴维森请霍恩去要她立即停止，因为这是主日。唱片拿了下来，整座屋子鸦雀无声，除了永不休止的打在铁皮屋顶上的雨声。

“我想她有点耐不住了，”第二天生意人对麦克费尔医生说，“她不知道戴维森先生至今在干什么，这使她害怕。”

麦克费尔医生一清早曾经见过她一面，使他吃惊的是她那副傲慢的神情已经完全改变了。她脸上有种走投无路的神色。这位混血儿向麦克费尔医生斜了一眼。

“我想你也不知道戴维森先生在搞些什么名堂吧?”他毫无把握地问。

“不，我不知道。”

霍恩要问他这个问题是古怪的，因为他自己也有种看法，认为传教士正在秘密进行工作。

他有种印象，传教士正在这位女人的四周织成天罗地网，小心，一步一板，而且突然，一旦诸事齐备，就把网绳一收。

“传教士让我去告诉她，”生意人说，“不论什么时候她要找传教士，只要说一声，他便会去的。”

“你告诉她时，她说了些什么?”

“她什么也没有讲。我也没等她说话。我只把他要我说的话讲了一遍，就出来了。我想也许她要哭了。”

“我一点也不怀疑，这种孤寂的生活使她受不了，”医生说，“还有雨——这就使人心惊肉跳了。”他不耐烦地说下去:“这个讨厌的地方也会有不下雨的日子吗?”

“在雨季里，会一直下个不停。我们在一年里有三百英寸的雨量。你知道，这是由于港湾的地势。好像整个太平洋上的雨水都招引到这儿来了。”

“这港湾的地势真活见鬼。”医生说。

他抓搔蚊子叮过的地方。他觉得非常急躁。等到雨一停太阳出来，这儿就成了暖房，火热，潮湿，酷烈，闷气，你有种奇异的感觉，万物生长都带着一种野蛮的冲力似的。那些土人，一向以生性愉快，天真活泼闻名于世，他们一身的刺花、染过的头发，看起来却有些令人畏惧；他们赤着脚在你脚跟后面啪嗒啪嗒走时，你不由得不回头瞧瞧。你感到也许在任何一瞬间，他们会迅速抢上来，用长匕首在你的肩胛骨之间刺一刀。你猜不透那些土人长得很开的双眉之间，究竟在转着什么不祥的念头。他们有那么一点儿像古埃及人画在殿堂上的那种样子，浑身带着千百年传下来的恐怖。

传教士走进走出，忙得厉害，但是麦克费尔夫妇却不知道他在干些什么。霍恩告诉医生说传教士天天去找总督，有次戴维森还提到过这位总督。

“看起来总督的决心似乎很大，”传教士说，“但是要他斩钉截铁做决定，他的骨头就软了。”

“我想他一定不愿照你的要求办。”医生开玩笑似的提出。

传教士连笑也不笑。

“我要他做正确的事情。本来用不着说服人们去那样做。”

“但是对什么是正确的，人们有不同的意见。”

“要是一个人腿上长了坏疽病，又犹疑不决究竟锯不锯掉，你会对他耐心等待吗？”

“坏疽病是个存在的事实。”

“那么罪恶呢？”

戴维森在进行的勾当不久就水落石出了。他们四个人刚用完午饭，还没有分手各自去午睡，这是炎热驱使两位太太和医生的日课。戴维森对这种懒散的习惯毫无耐心。屋门突然一下子打开了，汤普森小姐走了进来。她眼光向屋内扫了一周，接着就走向戴维森。

“你这个臭流氓，你在总督面前说了老娘些什么话？”

她由于狂怒而口沫横飞。大家面面相觑了一会儿。然后，传教士把椅子推向她。

“坐下来好吗，汤普森小姐？我正盼望着和你再谈一次。”

“你这个穷极无赖的杂种。”

她冲口而出骂不绝声，难听而又蛮横。戴维森严正地看着她。

“我才不理睬你堆在我身上的责难呢，汤普森小姐，”他说，“但是我不得不请求你别忘了这儿还有两位太太在座。”

这时候，在盛怒之下，她反而把眼泪抑住了。她满脸红涨，气息短促。

“出了什么事？”麦克费尔医生说。

“刚才有一个家伙来，限我一定要在下次来船时卷铺盖。”

传教士的眼里会有一丝喜悦的闪光吗？但是，他的脸上还是那么声色不露。

“照你这种情况，怎么能盼望总督让你逗留呢？”

“你干的好事，”她尖叫起来，“你骗不了老娘。是你干的。”

“我不愿欺骗你。我力促总督采取这唯一可行的步骤，是为了维护他的职守。”

“为什么你要管老娘的事？我没有触犯过你。”

“你可以放心，如果你触犯我，我将是最最不计较的人。”

“你以为我要留在这个连小市镇都不如的鬼地方吗？我像是个

乡巴佬吗，像吗？”

“既然如此我想不出你有什么可以抱怨的理由。”他答道。

她含糊不清地怒骂了一声，就奔出屋去了。接着是一阵短暂的缄默。

“听见总督居然最后行动起来，真令人为之释然。”戴维森终于开口了，“他是个懦弱的人，犹犹豫豫。他说汤普森小姐说来说去也不过在这儿留半个月，要是她去阿皮亚，那里是英国法律统治的，就用不着他来管了。”

传教士跳起身来，走向屋子的另一头。

“那些有权力的人躲避责任的做法，真糟糕。照他们说起来，好像邪恶不在眼前就不成其为邪恶。人间有了那种女人，就是丑事，即使推到另一个岛上去，丑事总归还是丑事。结果我不得不摊牌了。”

戴维森倒竖双眉，咬牙切齿，凶相毕露，发横到底。

“这话怎么说起？”

“我们海外传教会在华盛顿不是毫无势力的。我向总督指出，要是有人控告他在这儿的所作所为，对他没有好处。”

“她该什么时候走？”医生迟疑了一下，问道。

“从悉尼开到旧金山的船，下礼拜二要过这儿。她必须搭这条船走。”

那还有五天好过。次日，医生为了找些有意义的事情做做，在医院里待了差不多一上午，他回到住处刚要上楼，混血儿霍恩就拦住了他。

“原谅我，麦克费尔医生，汤普森小姐不舒服。你能去瞧瞧病吗？”

“当然可以。”

霍恩引医生进了她的房间。她百无聊赖地坐在一把椅上，既不看书也不做活计，呆呆地望着身前。她穿了那身白衣裙，戴着别着花朵的大帽子。麦克费尔注意到她皮肤黄黄的，脂粉为泪水湿成斑斑块块，眼泡虚肿。

“听说你身体不好，我真抱歉。”他说。

“噢，我不是真个病啦。我这样说，只不过是要见到你。我只能搭去旧金山的船离开这儿。”

她盯着他，使他看到她的眼睛突然像从梦里醒来。她把自己双手捏住放开，放开捏住，一似害了痉挛。老板站在门边听着。

“我已经知道了。”医生说。

她哽咽了一下。

“我以为眼下要我去旧金山，对我是很不便的。昨天下午我去求见总督，但是他不见我。我看到了他的秘书，他告诉我除非坐这条船回去，别无他话。我无论如何要见到总督本人，今儿早上我在官邸门前等着他，他一出来，我就挡住他说话。他不愿睬我，我不得不这样说，但是我不让他甩掉我，最后他说他并不反对我留在这儿等下次船到悉尼去，要是戴维森牧师同意的话。”

她住了口，迫切地看着麦克费尔医生。

“我实在不知道能帮你什么忙。”他说。

“好吧，我想也许你不介意去替我向牧师讲个情。我向上帝起誓，只要他让我在这儿留下来，我决不重操旧业。要是他同意的话，我可以不出屋门一步。眼下日子也不到半个月了。”

“我去跟他说说。”

“他不会答应的，”霍恩说，“他要你下星期二就走，你还是早死了心的好。”

“告诉他，我可以在悉尼找到工作，正经八百的，我说的是正经八百的工作。这没有要求过分吧。”

“我努力去办。”

“一有结果马上来告诉我，可以吗？这个结解不掉，我无法安下心来。”

这个差使并不太使医生乐意，但是，由于他的生性使然，他拐了个弯去办这件事。他告诉自己妻子汤普森小姐说的话，要他妻子去和戴维森夫人谈谈。传教士的态度不免有点儿专横，就是让这个女人再在帕果帕果待上半个月，也不会有什么危害。可是他的外交手腕的结果，却出乎他的意料。传教士直接来找他了。

“戴维森夫人告诉我说汤普森曾经托你来说项。”

麦克费尔医生，由于这样直接打交道，被迫出面，不免露出了一个腼腆人的尴尬。他感到自己的火气上升，脸也涨红了。

“我不以为她宁愿去悉尼而不去旧金山有什么区别，而且她既然答应在这儿循规蹈矩，这样难为她，未免狠了一点。”

传教士用严峻的眼光盯住医生不放。

“为什么她不愿意回旧金山去？”

“我不曾问，”医生回答，带点粗气，“而且我以为一个人最好少管闲事。”

也许这并不是个婉转圆滑的回答。

“总督已经下令把她驱逐出境，搭最先离开这个岛的船。他不过是执行职责，我不会去干涉的。她的出现，对这儿来说是种危险。”

“我想你是太严厉专横了。”

两位太太吃惊地抬头看看医生，但是她们用不着害怕发生一场口角，因为传教士只是安详地笑笑。

“我万分抱歉，你居然这样看待我，麦克费尔医生。相信我，我的心为这个不幸的女人淌着血，但我不过是做了该做的事情。”

医生没有回答，绷起脸望着窗外。终于雨停了下来，远眺港口，可以看见影影绰绰夹在树丛中的土人茅屋。

“我想趁这会儿雨停到外面去走走。”他说。

“不要因为我没有实现你的愿望而抱怨我。我万分抱歉，我实在无能为力，”戴维森凄然一笑，“我十分尊敬你，医生，如果你以为我是个坏人，我很遗憾。”

“我毫不怀疑你早对自己有充分的自信，不可能坦然接受我的意见。”他反唇相讥。

“就算这是我的不是好了。”戴维森咯咯笑出声来。

医生看到自己无缘无故地冒失莽撞，自找没趣，只得扬长下楼，汤普森小姐半开着门在等候他。

“怎么样，”她说，“你跟他说过了？”

“说过了，我真抱歉，他不肯插手。”他回答道，在他的为难中连望也不敢望她一眼。

但是接着他瞅了她一眼，因为她抽搭起来。他看到她的脸因恐惧而变得煞白。这使他心里一沉。突然他有了办法。

“可是你还不要抛弃希望。我认为他们这样对待你简直丢人，我要自己去找总督。”

“眼下?”

他点点头。她的脸上发出了光亮。

“嗨，你真太好了。我肯定只要你跟他一说，他一定会让我留下的。我在这儿一天，我就决不干不该做的事。”

医生自己也不知道为什么他要下决心去请求总督。他跟汤普森小姐的事情毫无瓜葛，可是那个传教士触怒了他，而他的脾气素来是憋在心里的。他在官邸里找到了总督。总督是个身材魁梧、颇为英俊的人，水手出身，唇上留着一抹齐整的牙刷似的花白短髭，穿了一身纤无点尘的白斜纹制服。

“我来见你是要谈谈跟我们寄宿在一块的那个女人的，”他说，“她名叫汤普森。”

“我想这个名字已经听得我腻烦了，麦克费尔医生，”总督笑眯眯说，“我已经命令她下星期二出境，我只能这么办。”

“我来请求你宽容一些，让她等到旧金山来的船再离境，这样她可以到悉尼去。我担保她行动不出轨。”

总督还是笑眯眯的，但是他的双眼夹紧，而且严峻起来。

“我但愿能如你所嘱去办，麦克费尔医生，但是我已下令，无法再改了。”

医生又极力理论，现在总督不再微笑了。他一脸不高兴地听着，有所提防地瞪着医生。麦克费尔看到他并没有说动总督。

“对不起，我给这位女士带来了不方便，但是她一定得在星期二动身，再没有二话了。”

“但是对你说来，她到哪里去有多大的区别？”

“原谅我，医生，我认为除非对规定的上级，我并没有解释任何职权行动的必要。”

麦克费尔狠狠地盯了总督一眼。他记起了戴维森的暗示，戴维森是用过威胁手段的，而且从总督的态度，他也可以看到那种奇怪的窘相。

“戴维森是个天晓得的百事管。”他辛辣地说。

“你我之间说说，麦克费尔医生，我对戴维森先生并没多大好感，但是我不得不说实话，他有权向我指出像汤普森小姐这种品德的女人在这儿是有危险性的，因为有许多现役兵士驻扎在本地居民中间。”

他站起身来，麦克费尔也就不得不跟着站起来。

“我一定要请你原谅。我有个约会。请你替我向麦克费尔夫人致意。”

医生碰了一鼻子灰离开了总督。他知道汤普森小姐一定在等着，他不愿自己亲口告诉她失败的经过，所以从后门走进旅店，偷偷摸摸上了楼，好像要隐瞒什么事儿似的。

晚餐时，他默不作声而且坐立不安，但是传教士却兴高采烈。麦克费尔医生感到传教士的眼光不时落在他身上，流露出一种胜利的扬扬自得的神态。他忽然想到戴维森一定已经知道他去访问过总督而且碰壁归来。但是天晓得他怎么会听到这一切的呢？显然这个人有点儿鬼魅的力量。晚餐后，他看到霍恩在阳台上，便装作有什么话要和他说，走出屋去。

"她要知道你是不是已经去见过总督。"生意人轻声说。

"去过了。他什么都不肯干。我真个抱歉万分，我再无能为力了。"

"我知道他不会答应的。他们不敢得罪传教士。"

"你们在讲什么？"戴维森和蔼可亲地说，走出屋来找他们。

"我刚才说你们运气不好，至少还要一个礼拜才能去阿皮亚。"生意人脱口便说。

霍恩离开了，他们二人也回到客厅里。戴维森在每次饭后总要消遣一个小时。

不久，传来轻轻的叩门声。

"进来。"戴维森夫人用高亢的声调说。

可是门却没有打开。她站起身来开了门。他们看见汤普森小姐站在门洞前。但是她的外相有了不平常的改变。她已不复有那个在路上讽嘲他们时的扬扬得意的泼辣风度，而变成一个丧魂落魄、胆战心惊的女人了。她的头发，一贯是梳理得十分精致的，现在却蓬蓬松松地垂在颈际。她穿了双拖鞋，短衫长裙，肮肮脏脏，揉成一团。她站在门口，满脸泪痕，不敢走进来。

"你来干什么？"戴维森夫人粗暴地说。

"我可以同戴维森先生说话吗？"她哽咽着说。

传教士站起身来走向她。

“进来吧，汤普森小姐，”他好声好气地说，“我能够帮你什么忙吗？”

她进了屋里。

“我说，那天我说话冲撞了你，还有其他的一些事情，实在对不起。我想我有点儿过火，请你饶恕。”

“哦，那没什么。我的度量还担当得起这些难听的话。”

她走向他，行动之卑躬屈节简直使人害怕。

“你使我垮了。我也服了。你不会再让我到旧金山去了吧？”

他那副亲切样儿顿时消失，声音也变得突然死硬和严峻起来。

“为什么你不愿回到那儿去？”

她在传教士面前畏畏缩缩。

“我想我家里人住在那里。我不愿他们看见我这副落魄相。我会到你要我去的任何地方。”

“为什么你不愿回到旧金山去？”

“我告诉过你了。”

他俯身向前，盯住她，他那双又大又亮的眼睛看起来似乎要钻进她的灵魂中去。他猛地喘了口气。

“感化院。”

她尖叫起来，猛地跪在他的脚跟前，捧住他的那双小腿。

“不要送我到那里去。我在上帝面前向你发誓，我要做个正经女人。我把这个行当整个放弃了。”

她一口气说了一大串杂乱无章的哀求，眼泪在她抹过脂粉的脸上滚滚而下。他俯向她，把她的脸用手一抬，迫使她双眼望着他。

“就是那个感化院吗？”

“他们要捉我时，我就逃掉了，”她喘喘气，“如果警察逮住我，那就是三年监牢。”

他把手放下来，她就瘫在地上成了一摊泥，悲苦地抽泣着。麦克费尔医生站起身来。

“这样完全改变了事情的性质，”他说，“你明白了这一切就不能再强迫她回去。再给她一次机会吧。她决心翻开新的一页。”

“我给她一生从来没有过的机会。如果她要赎罪，那就让她接受这个惩罚吧。”

她错会了说话的意思，抬起头来向上瞧着。在她哭肿了的眼睛里露出了一线希望。

“你会放我走了？”

“不。下星期二你得上船去旧金山。”

她发出了可怕的呻吟，接着冲出一声低沉沙哑的狂吼，简直不像是人的声音，她把脑袋捣蒜似的撞着地板。麦克费尔医生跃身向前，把她拉起来。

“起来，你不能这样。你最好还是回去躺一会儿。我给你找点药吃。”

他拉着她站起身来，半拖半抱，送下楼去。他对戴维森太太和自己妻子十分气恼，因为她们两个一点也不帮忙。混血儿老板站在楼梯下，帮助医生把汤普森放到床上。她悲叹哭泣，差不多陷入昏迷状态。医生给她在皮下注射了一针。他又热又累地回到了楼上。

“我使她安睡下来了。”

那两个女人和戴维森还是坐在医生离开时的老地方。自从他一走，他们既不动弹也不说话。

“我在等你，”戴维森说，声音古怪冷淡，“我要你们和我一块儿祷告，为我们做了错事的姊妹的灵魂祈祷。”

他从书架上拿起了《圣经》，在他们吃晚饭的餐桌前坐了下来。餐桌还没有收拾过，他把挡在面前的茶壶向前一推，用一种有力、洪亮和深沉的音调，给他们朗读了记载耶稣基督同犯了通奸罪的女人见面的那段故事。

“现在跟我一起跪下来，给我们亲爱的姊妹萨迪·汤普森的灵魂祈祷。”

他一口气念了一篇长长的动人心弦的祷词，他祈求基督怜悯这个有罪的女人。麦克费尔夫人和戴维森夫人闭着眼跪着。医生则出乎意料，笨拙而又顺从地也跪了下来。传教士的祷词狂热雄辩，连自己也不禁为之大大感动，一面滔滔不绝，一面泪流满颊。屋外，无情的雨点落个不住，沉重地敲打着，带着一种人世间全部残酷的狠毒。

最后，他停住了，息了一气，说：

“我们现在重念一遍主祷文。”

他们念过之后，跟着他站起身来。戴维森夫人的脸色苍白安详。她感到既慰藉又心平气和，但是麦克费尔夫妇却突然感到羞惭。他们不知该把脸藏向何处。

“我马上下去看看她现在怎样了。”麦克费尔医生说。

他一叩门，开门的却是霍恩。汤普森小姐躺在摇椅上，默默地流着泪。

“你在那儿干什么？”麦克费尔喊了一声，“我告诉你要躺在床上。”

“我躺不下来。我要见戴维森先生。”

“我可怜的孩子，你想这有什么好处呢？你永远说不动他。”

“他说过只要我叫一声他就来。”

麦克费尔给生意人做了个手势。

“去叫他来。”

霍恩上楼时，他和汤普森默然等待着，戴维森来了。

“原谅我请你下来。”她说，忧郁地望着他。

“我正等着你来叫我。我知道上帝会应承我的祷告的。”

他俩相互注视了一会儿，接着她把目光移开了。她说话时也不正眼瞧他。

“我是个坏女人。我要赎罪。”

“感恩上帝！感恩上帝！他听见了我们的祈祷。”

他转身向另外两个男人。

“让我一个人来伴着她。告诉戴维森夫人，我们的祈祷应验了。”

他们退了出来，带上了身后的门。

“老天爷。”霍恩说。

这一晚，麦克费尔久久不能入睡，他听到传教士上楼时看了看自己的表。已是凌晨两点了。即使为时已迟，传教士还不立时上床，透过分隔他们两间房的木隔板，他听见传教士在大声祷告，一直听得他疲倦了才睡去。

第二天早上，医生看到传教士，简直为他的神态吃了一惊。他比往常脸色更为苍白，倦态依然，但是眼里喷出一团欲火。看来他好像充满着不能自制的欢乐。

"我要你立刻去看看萨迪，"他说，"我想她的肉体不会好起来，但是她的灵魂——她的灵魂却升华了。"

医生感到心情暗淡而且情绪不安。

"昨晚上你在她那儿待到很晚。"他说。

"对，我一要离开，她简直受不了。"

"可你看来快活得像个痴汉。"医生烦躁地说。

戴维森流露出一股心醉神迷的眼色。

"一种至高无上的宽恕已经托付给我了。昨天夜晚，我受到恩赐，使一个迷失的灵魂重又回到基督仁慈的怀抱里。"

汤普森又靠在摇椅里。床不铺，屋不整，甚至都懒得穿着，只披了一件肮脏的晨衣，头发慵懒地打了一个髻。她用湿手巾抹了一下脸，但是脸上浮肿，残泪犹在。她看来了无生气。

医生一进屋，她抬起迟钝的目光，一副丧魂落魄的样子。

"戴维森先生在哪儿？"

"如果你要他，他马上就来，"麦克费尔医生尖刻地说，"我来瞧瞧你怎么样了。"

“啊，想我没问题。你用不着担心。”

“你吃过东西了吗？”

“霍恩给我送来了咖啡。”

她切盼地望着屋门。

“你想他会马上下来吗？我感到有他和我一起，就没有那么可怕了。”

“下星期二你还得走吗？”

“还得走，他说我不得不走。请你告诉他马上就来。你对我没有什么用。他眼下是唯一可以救我的人。”

“好吧。”麦克费尔医生说。

在此后三天之内，传教士差不多把全部时光花在陪伴萨迪·汤普森。他只有吃饭的时候，才和其他三个人在一起。麦克费尔医生注意到他吃得很少。

“他要把自己搞垮为止，”戴维森夫人怜惜地说，“要是他不小心注意，他会精神崩溃的，但是他不会吝惜自己的健康。”

她自己的脸色也变得白里透青。她告诉麦克费尔夫人说自己也无法入眠。传教士从汤普森小姐那儿上楼来，还要做祷告直到筋疲力尽才罢休，但是即使这样他也睡得很少。不到一两个钟头，他就起身穿好衣服去海湾散步。他做了些古怪的梦。

“今天早上他告诉我说他梦到了内布拉斯加的山丘。”戴维森夫人说。

“这真梦入非非了。”麦克费尔医生说。

他回忆在漫游美国时，曾经在火车的车窗外，看到过这些山丘。这些山丘像是巨大的鼹鼠窝，浑圆光滑，在平地上突然耸起。麦克费尔医生回想到这一风景如此打动他，因为它们活像是女人胸前的双峰。

戴维森的忐忑不安甚至自己都感到难以忍受。可是他又被一种莫名其妙的兴奋燃烧着。他居然把这一可怜女人深藏在心房角落里最后一点罪恶之根的残余，也连根拔起了。他陪她读经，陪她祈祷。

"简直出了奇迹，"有天晚饭时，戴维森对在座的人说，"这是真正的重生。她的灵魂，漆黑得像是严夜，现在却变成洁白的初雪。我是那么卑微与畏惧。她对于一己罪恶的忏悔真是太美了。我简直不配去碰一碰她长袍的衣边。"

"你还有意把她送回旧金山去吗？"医生问，"在美国监狱里待三年。我本来想这一点你该饶了她吧。"

"啊，你不明白吗？这是必不可少的。你想不到我的心也在为她流出血来吗？我爱她像爱我的妻子，我的亲生姊妹。她在监狱里的时光，我将同她一起忍受牢狱的痛苦。"

"废话。"医生不耐烦地喊出声来。

"你不能理解，因为你看不见基督的光。她有罪，就得受苦。我知道她会忍受些什么。她要挨饿，受罚，忍辱。我要她接受人类的惩罚，作为奉献上帝的祭祀。我要她心甘情愿接受这一切。她获得了我们这群人中罕有的机会。上帝是善良的，仁慈的。"

戴维森的声调因激动而颤抖。他口齿模糊不清，这些话是从他颤动的双唇间抖落出来的。

“我整天和她一同祷告，即使我离开她，我还是祷告不辍。我倾出全身的力量来祈祷，恳求基督会把极大的怜悯恩赐给她。我到头来要使她从心底里甘受惩罚，即使我放过了她，她也会拒绝的。我要使她体会到牢狱里的辛酸惩罚，是她放在至高无上的主的脚下的感恩祭供，因为主曾为她捐献了自己的生命。”

日子过得慢吞吞。整屋里人的心意都专注在楼下那个备受苦痛折磨的女人身上，生活在一种不自然的骚动之中。她活像是个为了供祭凶神恶煞准备的牺牲品。她的恐怖使她呆若木鸡。她一眼都不让戴维森离开；只有戴维森和她在一起，她才有勇气，她用一种奴隶般的千依百顺缠住他。她哭泣得很多，念《圣经》，做祷告。有些时候，她筋疲力尽，麻木不仁。以后她真的以期待的心情面迎苦难，看来也只有这样才能使她从目前难以忍受的苦痛中，找到一条直截了当而又切切实实可以遁逃的出路。她再也承担不了眼下主宰着她全身心的那种捉摸不定的恐怖。带着一身罪恶，她放弃一切个人的虚荣，在斗室里踢踢踏踏地转来转去，蓬首垢面，穿着那件花里胡哨的晨衣。她已经四天不解睡衣，也不穿长袜了。她的屋子凌乱不堪。同时，大雨仍是残酷地一个劲儿下个不停。你感到九天之水全已枯竭，但却还在下注，滂沱倾泻，在铁皮屋顶上疯狂地周而复始，永无了日。任何衣物都潮湿黏糊。四壁墙上和放在地上的皮靴都发了霉。在长夜无眠中，静听蚊阵嗡嗡的狂歌。

“哪怕仅仅晴一天，日子也不会这样难过。”麦克费尔医生说。

他们全都盼望星期二那一天，因为这天去旧金山的邮船会从悉尼来到这个港口。这种紧张简直使人忍受不了。从医生说来，他只盼望这个命运多舛的女人早早离去，他的怜悯与怨恨都因这种心情一股脑儿烟消云散了。不能幸免的事情就只得逆来顺受。他感到只要邮船启碇，便连自己的呼吸也会自由自在一些。萨迪·汤普森按规定由总督府派一名办事员押送上船。这个人星期一晚上来了一次，通知汤普森小姐次日上午十一点钟准备停当。说话时戴维森也在汤普森一旁。

“我会照料一切妥帖的。我意思是自己陪她上船。”

汤普森小姐一语未发。

麦克费尔医生吹熄了蜡烛，小小心心钻进了蚊帐，如释重负地叹了口气。

“好啊，感谢上帝这事儿总算闹完了。明天的此时她早已经走了。”

“戴维森夫人也会高兴的。她说戴维森先生瘦得只剩一个影子了，”麦克费尔夫人说，“她是个不平常的女人。”

“谁?”

“萨迪。我从来没有想过这样的事是可以做到的。这件事使一个人能够谦恭一些。”

麦克费尔没有答话，而且马上睡着了。他疲倦不堪，比往日都睡得香沉。

次晨醒来时，他觉得有只手放在自己的臂上，张眼一瞧，看见霍恩站在床旁。这个生意人用一只手指放在嘴上做个手势要医生不用声张，而且招呼他起身。一向霍恩总是穿着一条破旧的帆布裤，但眼下他却赤着双脚，穿着土人的围腰。他突然变了个野蛮人的样儿，麦克费尔下了床，看见霍恩满身的刺花。霍恩打了个手势要他去阳台，麦克费尔医生便起步跟了出去。

“不要声张，”霍恩轻声说，“要请你去有些事儿。穿上上衣和皮鞋。快一点。”

麦克费尔首先一个想法，以为是汤普森小姐出了事。

“出了什么事？要我带医疗器械吗？”

“快，请你快，快。”

麦克费尔蹑手蹑脚回到卧室，在睡衣上面披上了件雨衣，另外穿上了双橡皮底鞋子。他又出来和商人会合，两人踮脚走下了楼梯。大门早已打开，门外站着五六个土人。

“出了什么事？”医生又问了一次。

“请跟我来。”霍恩说。

他走出了大门，医生跟在后面。一小批土人又跟在后面。他们穿过大路到了海滩。医生看到有一大群土人围住了一个在水边的物体。他们加速脚步走去，大概走了二十多码，土人看见医生来到，便闪出了一条路，生意人把他推向前去。接着他便看见一个一半泡在水里一半露出水面，令人吓一跳的物体，那是戴维森。麦克费尔医生俯下身来——他不是一个在意外事件中头脑糊涂的人——把尸体翻过身来。喉部从左耳切开到右耳，右手里还握着干这件事用的剃刀。

“他已浑身冰凉了，”医生说，“至少已死了好一会儿啦。”

“一个伙计在去上工的路上看到了他俯伏在这儿，马上来告诉我。你想他是自己动手的吗?”

“对，得派一个人去报告警察。”

霍恩用土话说了几句，就有两个年轻人离去了。

“我们一定得等他们来了再离开这儿。”医生说。

“他们不能把他抬进我的房子，我不愿把他留在我屋里。”

“你听当局的吩咐照办就是，”医生严厉地说，“事实上，我盼望他们把他送去停尸所。”

他们就站在那儿等候着。商人从围腰兜里掏出一个烟盒，从盒里递了支纸烟给麦克费尔医生。他们一边抽烟一边望着这具死尸。麦克费尔医生实在想不通。

“你想为什么他要这样干?”霍恩问。

医生耸耸双肩。过了一会儿，一个海军陆战队兵士带了土著警察抬着担架来了，不久一些海军军官和海军医生也来了。他们用公事公办的态度把一切例行手续办完。

“对他妻子怎么办?”军官之一说。

“现在你们既然来了，我要回屋去穿衣服。我将负责把噩耗报信给她。最好等到你们把他收拾妥当，再让她看见。”

“我想这样办很好。”海军医生说。

麦克费尔医生一到住处，发现自己妻子已经差不多穿着停当了。

“戴维森夫人对她丈夫的行踪很不安。”他一落脚，妻子便对他这样说，“他一夜都没有回来睡。她听见她丈夫两点钟离开汤普森的屋子，但是他出门去了。如果他不在附近漫步，那么到这时候他一定非死亡不可了。”

麦克费尔医生把事情的经过告诉了他妻子，而且要她把消息传给戴维森夫人。

“但是为什么他要这样干?”她问，恐怖莫名。

“我想不出。”

“但是我不能去，我去不了。”

“你一定要去。”

她露出一副害怕的脸相作为回答，就出去了。他听清妻子进了戴维森夫人的房间。他待了一分钟定了定神，然后去刮脸洗面，衣服穿齐整，就坐在床沿上等他的妻子。终于她回来了。

“她要亲眼见见他。”她说。

“他们已经把他抬到停尸所去了。我们还是陪她一块去。她受得了吗?”

“我想她吓昏了，一声也没有哭，就像树叶子那样哆嗦。”

“我们最好马上去吧。”

他们叩叩她的门，戴维森夫人走了出来。她脸色惨白，但是眼里却干干的没有一滴泪水。医生以为，她不免有些矫揉造作。他们没有交谈，一声不吭地上了路，到达停尸所时，戴维森夫人说话了。

“让我独个儿进去瞧瞧他。”

他们站在一边。一个土人开了门让她进去，随即把门关上。他们坐下来等着。有一两个白人走来同他们谈话，语声压得低低的。麦克费尔医生又把自己知道的悲剧对他们讲了一遍。最后那扇门悄悄打开了，戴维森夫人走了出来。他们一声不响。

“我现在准备回去了。”她说。

她的声音既冷酷又坚定。麦克费尔医生不能理解她那股眼光。她那惨白的脸十分严峻。他们慢慢地走回家去，默默无言，最后走到拐弯角上，对面就是他们的住处。戴维森夫人倒抽了口冷气，他们呆住了一会儿。多日来不发一声的留声机又唱起来了，奏着跳舞音乐，又响又刺耳。

“那是什么？”麦克费尔夫人惊恐地叫了起来。

“我们继续走吧。”戴维森夫人说。

他们上了台阶进了店堂。汤普森小姐站在房门口，正和一个水手在说话。她突然判若两人了。她不再是过去几天的那种吓得魂不附体的样子了。她把漂亮衣服全穿上了身；还有那双发亮的皮靴，裹在长筒纱袜里的胖乎乎的小腿鼓了出来；她的头发经过精心梳理；还戴上了那顶插上鲜艳俗气花朵的大帽子。她涂脂抹粉，双眉画得又粗又浓，嘴唇涂得猩红。她挺胸凸肚，又是他们初次见到她时那种不可一世的皇后姿态了。在他们进门时，她带着嘲弄放声大笑；接着，戴维森夫人不由自主地站了下来，汤普森小姐收刮嘴里所有的唾沫，啐了一口。戴维森夫人吓得向后一缩，脸颊上也突然出现了两点红色，然后，用双手捂着她的脸，猛然冲上了楼梯。麦克费尔医生勃然大怒。他把那个女人推在一边进了她的屋子。

“活见鬼，你这样干什么？”他喊着，“停住这个见鬼的留声机。”

他走上前去把唱片拿了下来。汤普森小姐转身向着他。

“嗨，医生，你也对我来这一手。见你的鬼，你到我屋里来干什么？”

“你这是什么意思？”他咆哮起来，“你这是什么意思？”

她昂首挺胸。简直没有人能用言语形容她那种轻蔑藐视的神情，以及答话中充满了的傲慢和憎恨。

“你们这些男人！你们这些又臭又脏的贱猪。你们全是一路货，你们这些鬼家伙。臭猪！臭猪！”

麦克费尔医生倒抽一口冷气，恍然大悟。

爱德华·巴纳德的堕落

傅惟慈　译

贝特曼·亨特睡得很不好。从塔希提岛到旧金山的两个星期航程中，他一直在考虑他不得不讲的故事；在三天火车的旅程中他反复推敲这个故事该用的词句。但现在，当他过不了几个小时就要到芝加哥的时候，他又开始疑虑重重了。他那永远敏感的良心感到忐忑不安。他不敢肯定自己是否已经尽了最大的努力；从道义上讲，他有责任比可能做到的还要做得多，但情况是，在这件同自己利益攸关的事上，他竟让自己的切身利害占了侠义精神的上风，每逢想到这里，他就感到一阵心神不宁。自我牺牲精神对他的想象力有着说不出的诱惑力，以致他未能做出任何牺牲的事竟使他产生了一种幻灭的感觉。他就像一位毫无利己动机为穷人盖起一批模范住宅的慈善家，到头来竟发现自己做了一笔颇能获利的投资生意。他就是想控制也控制不住自己的得意心情——撒到水里的粮食[1]居然获得

① 见《圣经·旧约·传道书》:“将你的粮食撒在水面，因为日久必能得着。”

一成的报酬；但是另一方面这未免使他的一桩美德黯然失色，让他觉得很不是滋味。贝特曼·亨特知道自己的良心是清白的，但他又没有把握，当他把自己的故事讲给伊莎贝尔·朗斯塔夫听的时候，他是否能够坚强得经得住她的冷静的灰眼睛的审视。这双眼睛既深邃又冷静。她总是以自己的明察秋毫的正直作为衡量别人的标准，对于不符合她严苛的准则的行为，她就用冷漠和沉默来表示不满，再没有比这种谴责更厉害的了。她的决断毫无调和的余地，因为她一旦下了决心就决不更改。但是贝特曼却决不愿意她是另外一种人。他不仅爱她外表的美——身段苗条，亭亭玉立，头部带有一些骄傲的仪态，他更爱的是她灵魂的美。在贝特曼眼里，她的诚实、她的一丝不苟的荣誉感和她的无所畏惧的精神，似乎把美国妇女的最令人赞佩的美德凝集到一起了。但是他在她身上看到的优点比一个美国女孩子的完美典型还要多。他觉得从某个方面来讲，她的优雅可以说是她的生活环境所特有的，他相信世界上除了芝加哥外，再没有哪个城市能够造就出她这样一个人来。当他想到他不得不这样严重地伤害她的自尊心，不由得被一阵痛苦攫住，可是一想到爱德华·巴纳德，心中又燃起一股无名的怒火。

火车终于呼哧呼哧地驶进了芝加哥，看到灰色房屋构成的一条条的长街，他的心兴奋得卜卜地跳起来。他的脑子里映现出斯台特和沃巴什两条街熙攘的行人、繁忙的车辆，和一片喧闹的声音，恨不得一下子也置身其间。到家了！他非常高兴他能出生在美国这一最重要的城市。旧金山有些闭塞，纽约已经衰老了，美国的前途全仗着它的经济能力的发展，只有芝加哥，由于它的重要的地位和它的公民的精力，注定要成为这个国家的真正首都。

“我想我一定能活到那么一天，亲眼见到它成为世界上最大的城市。”贝特曼迈步走上月台的时候自言自语道。

他的父亲到车站来接他。亲切地握过手后，身材颀长、体形匀称，同样生着禁欲主义者的面容和薄薄的嘴唇的父子俩走出了车站。亨特先生的汽车正等着他们，他们坐了进去。亨特先生一眼就注意到儿子扫视大街的快乐而骄傲的目光。

“回家了。高兴吧，孩子？”他问。

“我正这样想呢。”贝特曼说。

他的目光贪婪地注视着街头繁忙的景象。

“我猜想这里的车辆要比你们南海群岛热闹一些吧？”亨特先生笑着说，“你喜欢那地方吗？”

“我还是要芝加哥。”贝特曼回答。

“你没把爱德华·巴纳德带回来。”

“没有。”

“他怎么样？”

贝特曼半晌儿没言语，他英俊、敏感的面孔黯然下来。

“还是别谈他吧，爸爸。”最后他说。

“没什么，我的孩子。我想你妈妈今天要高兴死了。”

他们穿过路普区拥挤的街道，沿着湖滨一直驶到一所富丽堂皇的房子前面，这是亨特先生前几年盖的，式样同伫立在法国卢瓦尔河畔的大别墅一模一样。最后贝特曼一个人回到自己的房间。他马上拨了一个电话号码。当他听到对方回话的声音，他的心不禁卜卜地跳起来。

“早上好，伊莎贝尔。”他高兴地说。

“早上好，贝特曼。”

“你怎么听出来是我的声音?”

“从上次听到它到现在没过多久啊！再说，我一直等着你呢。”

“我什么时候能和你见面?”

“你要是没有什么别的事，今天晚上来我家一起吃晚饭吧。”

“你很清楚我不可能有什么别的事。”

“我想你一定带回不少新闻吧?”

他觉得自己从她的声音里已经听出她有所预感了。

“是的。”他回答。

“那好吧，你今天晚上一定要讲给我听，再见。”

她挂断了电话。这也正是她的性格——居然能够等那么多不必要再等的时间去了解一件与她休戚相关的事。在贝特曼看来，她的自我克制蕴含着一股不由你不敬佩的坚忍不拔的精神。

晚饭桌上，除了他同伊莎贝尔外就只有她的父母。他注意到她有意把话题引向礼貌性的闲谈，这给他一种印象：一个侯爵夫人在断头台的暗影下尽管有今天没明天，也正是像伊莎贝尔这样以游戏态度处理当天事务的。她的娇细的面容、贵族气息的短短的上唇、浓密的淡黄的头发，也的确能使人想到一位侯爵夫人；显而易见，她的血管里流的是芝加哥的最高贵的血液，尽管人们没有把这件事谈论开。饭厅和她的娇柔的美丽再相配不过了，因为是伊莎贝尔本人叫一位英国专家把这所房子——一所威尼斯大运河畔的豪华宫殿的复制品——用路易十五时期的家具布置起来的；与这位风流的君主的名字相关的优雅的布置增添了她的妩媚多姿，同时她的美丽又赋予房屋的装潢以深长的意味。因为伊莎贝尔的心灵非常丰富，无论她的谈话多么随便，也从不显得浮浅。她这时正在谈她和她母亲下午参加的一场音乐会，谈一位英国诗人在礼堂的讲演，谈政治形势，谈她父亲最近在纽约以五万美元的重价所购买的一位中世纪大师的名画。听她这样谈话使贝特曼心情非常舒适。他感到他又一次回到了文明世界，回到了文化中心和高贵典雅的人们中来。这使他烦乱的心绪和心中一直无法抑制的嘈杂喧嚣终于平静下来了。

“谢天谢地又回到芝加哥来了。”他说。

晚饭结束。他们走出餐厅，这时伊莎贝尔对她母亲说：

“我要把贝特曼带到我的房间去了。我们有好些事要谈谈。”

“好的，我亲爱的，”朗斯塔夫太太说，“你们谈完了，可以到杜巴利夫人房间来找我和你爸爸。”

伊莎贝尔领着这位年轻人上了楼，走进一间他留有多少美妙记忆的房间。虽然他对这间屋子那么熟悉，但是一走进去，还是禁不住像以往一样发出一声愉快的叫喊。她微笑着回过头来看了他一眼。

“我觉得房间布置得还不错，”她说，“重要的是样样都要合规矩，就连一只烟灰缸也一定得是那一时期的不可。”

“我想这间屋子所以能这么奇妙也正是因为这个。你无论做什么，总是一点儿错也没有。”

他们坐在燃烧着木柈子的壁炉前面，伊莎贝尔用她那沉静的灰眼睛盯着他。

“说说，你有什么要讲给我听的?”她问。

“我真不知道从何说起。”

“爱德华·巴纳德回来吗?”

“不回来。”

沉寂了好一会儿贝特曼才又重新开口讲话，他说的每句话都是经过深思熟虑的。他的故事非常难讲，有很多情节是伊莎贝尔的敏感的耳朵难以忍受的，他实在不忍心把这些事讲出来，但是另一方面，无论是对她还是对自己，他又绝不能做任何违心之谈，他还是要把真实情况和盘托出的。

事情发生在很久之前了，那时他和爱德华·巴纳德都还在大学读书，他们一起在为伊莎贝尔·朗斯塔夫进入社交界举办的一次茶会上和她会面了。伊莎贝尔还在孩提时期他们就都认识她，他俩那时也还都是细胳臂瘦腿的小男孩儿。后来她到欧洲去待了两年，在那里完成她的学业，他们无法抑制住又惊又喜的心情同这位刚刚回国来的可爱姑娘恢复了旧交。两个人都没头没脑地爱上了她。但贝特曼很快就看出来她的心里只有爱德华一个人。为了忠实于自己的好友，贝特曼退居到知心朋友的地位上。他度过了一段很长的痛苦时期，但他无法否认，爱德华交了这个好运是当之无愧的。他决计不使自己这么珍惜的友谊受到任何损伤，小心谨慎绝不让自己对伊莎贝尔的感情外露。六个月后这年轻的一对订了婚，但是他俩年纪都还太轻，伊莎贝尔的父亲决定至少要等爱德华毕业后再让他们结婚。他们只好等上一年。贝特曼清楚地记得他们婚期前的那个冬天——冬天一过他们就举行婚礼——有接连不断的舞会、戏剧欣赏会和非正式的欢宴，所有这些集会，贝特曼作为第三者，很少漏过一次。他对伊莎贝尔的眷恋并不因为她即将成为自己朋友的妻子而有所减少；她的笑容，她偶然对他说的一句开心话，她把他当作知心朋友而向他吐诉的衷情，永远使他说不出来地高兴；他带着些自得心情暗自庆幸，他对他们的幸福并没存有任何妒心。就在这个时候一件出乎意料的事发生了。一家大银行倒闭了，交易所掀起一场风波，爱德华·巴纳德的父亲发现自己破产了。一天晚上他回到家中，告诉他妻子他已经不名一文。晚饭后，他走进书房，开枪自杀了。

一个星期以后，爱德华·巴纳德面色苍白、疲惫不堪地来到伊莎贝尔跟前，请求她解除他们的婚约。她唯一的回答是用两臂搂住他的脖子，眼睛里迸出了泪珠。

"别让我更难过了，亲爱的！"他说。

"你觉得我现在会让你离开我吗？我爱你。"

"我怎么还能请求你嫁给我呢。什么希望都没有了。你父亲绝不会允许的。我连一个铜板都没有了。"

"我不在乎。我爱你。"

他把自己的计划告诉了她。他必须马上出去挣钱。他家的一位老友，乔治·布劳恩施密特愿意在自己的公司里给他个职位。布劳恩施密特在南海经营商业，在太平洋的很多岛屿上都有代办处。他建议爱德华到塔希提岛去，先干上一两年，在当地他的最好的经理手下学会经营不同货品的贸易门径，之后他可以在芝加哥给他一个职位。这是个千载难逢的机会，当他把这一切解释清楚以后，伊莎贝尔又重新露出了笑容。

“你这个傻孩子，为什么你不早说，故意叫我难受呢？”

她的话使他脸上泛上一层光彩，眼睛也亮了起来。

“伊莎贝尔，你的意思是不是准备等着我？”

“你不觉得你值得叫我等吗？”她笑着说道。

“噢，别笑话我。我求你认真考虑一下。可能要等上两年呢。”

“别担心。我爱你，爱德华。你一回来我就和你结婚。”

爱德华的东家是个办事干净利索的人，他告诉爱德华，如果愿意接受他的安排，过一个星期就必须离开旧金山启程远航。爱德华和伊莎贝尔一起度过最后的一个夜晚。一直到吃过晚饭，朗斯塔夫先生才说他要和爱德华说几句话，于是把他领到吸烟室。事先，朗斯塔夫先生已经同意他女儿告诉他的这一决定，并没有任何不满的表示，爱德华想象不出他还有什么秘事要同他谈。看到主人神情有些尴尬，爱德华自己也非常慌乱。朗斯塔夫说话有些前言不搭后语，开始时只是谈论一些无关重要的琐事，最后才把憋在心里的话说出来。

“我想你大概听说过阿诺德·杰克逊这个名字吧？”他说，皱着眉头扫了爱德华一眼。

爱德华犹豫了一会儿。他的诚实性格使他不得不承认一件他宁愿讳莫如深的事。

“是的，听说过。不过那是很久以前的事了。我想当时我也没太注意这件事。”

“住在芝加哥的人很少有不知道阿诺德·杰克逊的，”朗斯塔夫尖刻地说，“就是有人不知道，也不难找到乐意谈论这个故事的人。你知道他是朗斯塔夫太太的兄弟吗？”

“我知道。”

“当然了，我们已经和他多年没有联系了。他一找到脱身的机会马上就离开这个国家了，我想这个国家也没有因为失去他而感到有什么遗憾。据我们了解，这个人现在在塔希提。我劝你到那里以后，别同他接近。但是你如果听见有关他的什么消息的话，朗斯塔夫太太和我还是很希望你能把知道的告诉我们一下。”

“那是一定的。”

“我就想和你说这些。我敢说你一定愿意回到太太、小姐那边去了。”

几乎随便哪个家庭都有这么一个成员，如果邻居不提起的话，他们是很愿意把他忘掉的；随着一两代新人的出生和成长，这个人的怪诞行为会笼罩上一层浪漫色彩，这时他们的家庭日子就好过多了。但如果这个人一直还活着，再假如他的怪癖不是那种用一句“他心眼不坏，就是同自己过不去”就能宽恕过去的话——就是说，这个罪人没有干过什么大坏事，只不过爱喝喝酒，或者拈个花惹个草，可以用这么一句无关痛痒的话就遮饰过去的话，那么唯一的办法就是对这个人闭口不谈。朗斯塔夫一家人对阿诺德·杰克逊采取的就是这个对策。他们从来不提他。甚至他过去住过的那条街他们也从不涉足。他们心肠慈善，不忍看到他的妻子儿女为他做过的事受罪，多少年来一直在经济上扶持着这一家人，但是却有个默契，这家人一定得住在欧洲。他们做了一切能做的事，尽量把阿诺德·杰克逊从所有人的记忆中抹掉，但是他们心里却非常明白，人们对这个人记忆犹新，正像他的丑闻最初暴露在目瞪口呆的人们面前那时一样。阿诺德·杰克逊是个十足的败家子，只要哪个家庭出了这么个人，全家就都要跟着倒霉。一个阔绰的银行家，一个在自己的教会里尽人皆知的虔诚教徒，一个慈善家，一个大家都尊重的人物，这不只是由于他的社会关系（他的血管里流动着芝加哥名门贵族的蓝色血液），而且也因为他本人的诚实品格。但是就是这么一个人，却突然有一天因为犯了欺诈罪被逮捕了。经过审判揭露出的不法行为并不是那种可以解释为一时不检而误入歧途，而是精心策划、蓄谋已久的罪行。一句话，阿诺德·杰克逊是个恶棍。最后，当他被判七年徒刑送进教养所后，几乎没有人不说太便宜他了。

这最后一天晚上，当一对情侣分手时，两人少不得海誓山盟一番。伊莎贝尔虽然泪眼盈盈，但相信爱德华对自己一片深情，心中还不无些许宽慰。她的感情非常复杂：一方面因为分离在即，伤心欲碎，一方面又因为他对自己的倾倒，又感到自己是幸福的。

这已是两年多以前的事了。

分别以后，每班邮件他总有信寄给她；因为一个月只走一批邮件，所以前后一共只有二十四封信，这些信同任何一封情书没有什么两样，充满亲昵、迷人的词句，有时，特别是后来，很富于幽默，通篇情意缠绵。最初从信中可以看出，他很思念故乡，一再表示他想回到芝加哥，回到伊莎贝尔身边。伊莎贝尔有些担忧，急忙回信恳求他千万忍耐一个时期。她害怕他会抛弃这次良机，贸然跑了回来。她不希望她的爱人缺乏毅力，她引用了下面这句诗劝诫他：

如果我不更爱荣誉，
就不能这么一往情深地爱你。

但是没有过多久他似乎就习惯下来了。伊莎贝尔发现他热情越来越高，一心想把美国的工作方式介绍到那个被遗忘的角落，她感到非常高兴。但是她是了解他的，到了一年年终——这是他必须在塔希提停留的最短期限——她料到自己不得不施展全部影响力劝阻他回来。如果他能够彻底熟悉了他的业务，情况就大不一样了，再说，既然他们已经等了一年，她看不出有什么理由不能再等一年。这件事她同贝特曼·亨特谈过，贝特曼一直是最乐于助人的朋友（在爱德华走后最初一段日子里，如果没有他，她真不知道怎么打发日子），他们探讨的结果是，一切都应以爱德华的前途为前提。随着时间的推移，他已不再提及回国的事了，这使她大大地松了一口气。

“他简直是块美玉，对吗？”她对贝特曼赞美说。

“洁白无瑕。”

“从他来信的字里行间可以看出来，他很不喜欢那个地方，但他还是忍受下来，这是因为……”

她脸上泛起一层淡淡的红晕，贝特曼十分庄重地笑了一下——这是他非常迷人的一种表情——把她的话接下去。

“因为他爱你。”

“这使我感到自己配不上他。”她说。

“你太好了，伊莎贝尔，你真的太好了。”

第二年也过去了，伊莎贝尔仍然每个月接到爱德华一封信，但是不久她就发现事情有些蹊跷，他对回国的事竟闭口不谈了。看他的来信，倒仿佛他已在塔希提定居下来。更甚的是，给人的感觉是他不但定了居，而且竟然安居乐业了。她感到有些吃惊。之后，她又把他的来信，全部来信，反复重读了几遍。这次她着实迷惑不解了：她注意到字里行间有一种变化，以前她竟忽略了。后来的几封虽然在充满柔情蜜意和欢快情调这方面同最初的信没有什么两样，但那语气却大不相同了。她对这些信里的幽默词句隐隐约约有些怀疑，出于女性的本能，她对信中那些叫她捉摸不透的东西感到疑虑重重，她发觉信中颇有一些使她困惑不解的轻佻和浮躁。她不敢确定，现在给她写信的爱德华还是不是她以前熟识的那个爱德华了。一天下午，刚好是从塔希提来的邮件到达的第二天，她和贝特曼驾驶着汽车走在路上，他对她说：

“爱德华没告诉你他什么时候启程回来吗？”

“没有，他没提这个。我想也许他同你谈过这件事。”

“只字未提。”

“你知道爱德华是怎样一个人，”她笑着答道，“他是没有时间概念的。下次写信，你如果想到的话，不妨问问他准备什么时候回来。”

她说话的语调是那么随随便便，只有贝特曼的敏锐的心灵才感觉得到她提出的是一个多么急切的请求。他默默地一笑。

“好吧，我问问他。我真不知道他在想什么。”

几天以后，又同他见面的时候，她注意到他有一件什么心事。自从爱德华离开芝加哥以后，他俩经常在一起。两个人都十分惦念爱德华，只要一个人想谈谈这位不在身边的老友，另一个一定是热心的听众。结果是，伊莎贝尔了解贝特曼脸上的任何一种表情，想否认也没有用，她的敏锐的天性一眼就把他看穿了。她心里有一个声音告诉她，贝特曼心烦意乱的神色是同爱德华有关的，直到她逼着他承认这一点她才略略平静了一些。

“情况是这样的，”他终于吐露了真情，“我间接听人说，爱德华已经不在布劳恩施密特公司干事了。昨天我找了个机会问了问布劳恩施密特本人。”

“是吗？”

“爱德华离开他们公司差不多快一年了。”

“真不知道是怎么回事。他居然连一个字也没提过。”

贝特曼沉吟了一会儿，但是他的话已经说了这么多，只好把余下的也和盘托出了。这使他感到非常为难。

“他是被解雇的。”

“天哪，是为了什么？”

“好像他们早就对他提出过一两次警告，最后让他离开了。他们的意思是他既懒惰又不称职。”

"爱德华吗?"

有那么一会儿，两人谁也没再开口。后来他看到伊莎贝尔在掉眼泪。他本能地握住她的手。

"啊，亲爱的，别这样，别哭，"他说，"我受不了。"

她在一阵心慌意乱中一直没把手抽回来。他想尽力安慰她。

"简直不可理解，是不是? 爱德华不可能这样。我想肯定是个误会。"

她什么也没说，过了一会儿，才吞吞吐吐地开了口。

"他后来写的那些信，你看没看出有些奇怪?"她问，头扭向一边，眼睛里闪着晶莹的泪珠。

他真不知道如何回答才好。

"我从信里也看出他变了，"他坦白道，"好像把以前我非常敬佩的那种严肃认真的劲头给丢了。简直让你觉得一切对他——嗐，都没什么了不起。"

伊莎贝尔没有回答。不知什么原因，她神色非常不安。

"可能下次他给你写回信的时候会告诉你他什么时候回来。我们除了等待没有别的法子。"

爱德华又寄给他俩一人一封信，信里仍然没提到回来的事；但是他写信的时候，他还没接到贝特曼那封询问的信。下次邮件也许会给这个问题带来答案。下一班邮件又到了，贝特曼把他刚接到的信带来给伊莎贝尔，但是用不着读信，只要看一眼他的窘相就全明白了。她仔细把信读了一遍，之后抿紧了嘴巴，又重新读了起来。

“太奇怪了，”她说，“我看不太明白。”

“别人会想他是在和我开玩笑。”贝特曼说，脸唰地一下变得通红。

“读起来会给人这种印象，可这一定不是他有意这样写的。这太不像爱德华了。”

“他根本没说回来的事。”

“要不是我对他的爱情一点也不怀疑，我会想……我不知道我会怎么想。”

直到这个时刻贝特曼才把他下午在脑子里酝酿成形的计划讲出来。他现在是他父亲创建的公司的一个合股人，公司生产各式各样装配内燃机的车辆。他们准备在火奴鲁鲁、悉尼、惠灵顿等地设立经销处，贝特曼自告奋勇代替本来打算派去的经理到这些地方走一趟。从惠灵顿回来的路上，可以路经塔希提，实际上塔希提也是必经之路。他可以去看看爱德华。

“事情有些莫名其妙，我打算把它弄清楚，也只此一招了。”

“噢，贝特曼，你真是太好了，心地太善良了。”她叫道。

“你知道，世上没有什么比你的幸福对我更重要的了，伊莎贝尔。”

她注视着他，把手伸给他。

“你太好了，贝特曼。我不知道世界上还有像你这样的人。我怎么才能报答你呢？”

“我不要你的感谢。我只要你允许我帮助你。”

她垂下了眼皮，颊上泛起一层淡淡的红色。她和他太熟了，已经忘记他是多么英俊了。他和爱德华一样高大，体形匀称。他皮肤黝黑，脸色有些苍白，而爱德华却面色红润。她当然非常清楚他很爱她。她心里很感动，对他有一种爱怜的感情。

现在贝特曼·亨特就是从这次旅行回来的。

公事占用的时间比他预料的要长一些，他有的是时间思索两位朋友的事。他得出的结论是，爱德华不想回来绝不会是因为什么大不了的事，说不定是一种骄傲心理，立志要出人头地以后再要求他崇拜的姑娘同自己结婚；但这种骄傲必须用说理的方法叫他戒除。伊莎贝尔情绪低落。爱德华一定要同他一起回芝加哥，让他马上同她结婚，可以在亨特内燃机和汽车公司给他找个工作。虽然内心隐隐作痛，但当他想到自己做出这样牺牲，拼命为他最爱的两位朋友挣到幸福，又不禁有些自豪。他这一辈子都不结婚了。等爱德华和伊莎贝尔有了孩子，他就当孩子的教父。再过多少年，等那两个人都去世以后，他会讲给伊莎贝尔的女儿听，在很久、很久以前他曾如何爱过她的母亲。贝特曼脑子里幻想着这样一幅场景，眼睛不觉变得泪水模糊了。

为了要使爱德华感到意外，他事前并没有打电报来。在塔希提登岸以后，他随在一个自称是鲜花旅馆老板儿子的年轻人后边，向这家旅馆走去。当他想到他的朋友看到自己——一个最意想不到的客人——走进办公室那种目瞪口呆的样子，不禁咯咯地笑出声来。

“随便问一下，”在路上走的时候他问那个年轻人，“你能不能告诉我在什么地方能找到爱德华·巴纳德先生？”

“巴纳德?”年轻人说，“这个名字我好像听说过。”

“一个美国人。浅棕色的头发，蓝眼珠。他来这儿已经两年多了。”

“当然了。我知道你说的是谁了。你是说杰克逊先生的侄子。”

“谁的侄子?”

“阿诺德·杰克逊先生的侄子。”

“我想咱俩说的不是一个人。”贝特曼冷冷地回答。

他吓了一跳。太奇怪了，这位声名狼藉的阿诺德·杰克逊在这地方居然还沿用他被判罪时的那个不光彩的名字！但是这个以他的侄儿身份出现的人又是谁呢？贝特曼一点儿也捉摸不透。他只有朗斯塔夫太太一个妹妹，并没有兄弟啊。走在贝特曼旁边的年轻人操着一口流利的英语，但听起来还是掺杂着些外国腔调。贝特曼瞟了他一眼，发现他身上有许多自己开始没有注意到的土著血统的特征。虽然不是有意如此，他的态度却立刻变得矜持了。他们走进旅馆。贝特曼把房间安置好，就叫人指点去布劳恩施密特公司的路。这家公司的办事处在岸边上，面对与大海相连的咸水湖。八天的海上旅程使贝特曼非常高兴又踏上坚实的土地，他在洒满阳光的马路上悠闲地向湖滨踱去。找到他要寻找的地址以后，他把一张名片递进去。他被领着穿过一间高大的像是谷仓似的房子（这间房子兼做仓库和店面），走进经理的办公室，办公室里面坐着一位大腹便便、戴着一副眼镜的秃顶男人。

“你能不能告诉我在哪儿可以找到爱德华·巴纳德先生？我知道他在你们这儿干过一段日子。”

“你是找他呀。我可不知道他现在在什么地方。”

“可是我知道他到这儿来工作是经过布劳恩施密特先生特别介绍的。我同布劳恩施密特先生很熟。”

这个胖男人向贝特曼投过一道怀疑的、灼灼逼人的目光。他向在仓库里干活的那些男孩子中的一个喊道：

“我说，亨利，你知道巴纳德现在在哪儿？”

“他大概在卡麦隆商店干活吧。”那个人回答说，并没有走出来。

胖子点了点头。

“你出了这个地方向左拐，走三分钟的路就到卡麦隆商店了。”

贝特曼犹豫了一下。

“我觉得我应该告诉你，爱德华·巴纳德是我最要好的朋友。我听说他离开布劳恩施密特公司真太吃惊了。”

那个胖男人把眼睛眯缝起来，一直眯缝成一条线，死死地盯着贝特曼。贝特曼被他看得很不自在，甚至觉得脸都有些发烧了。

“我猜想布劳恩施密特公司和爱德华·巴纳德在某些问题上一定没能取得一致的意见。”他回答说。

贝特曼不大喜欢那家伙的态度，于是他就站起身来，保持着自己应有的体面，说了两句“多谢”“打扰”的客套话告辞了。他离开这个地方带着一种奇怪的感觉：他刚才会晤的这个人有不少事可以告诉他，只是不想说罢了。他按照那人指点的方向走去，没走多少路果然找到了卡麦隆商店。这是一家杂货店，和他路上经过的半打左右的小店铺没有什么两样。走进店门，他看到的第一个人就是爱德华。爱德华连外衣也没穿，只穿着一件衬衫，正在量一块棉布。贝特曼看到他正在做这样一件卑微的工作大吃了一惊。但这时爱德华已经抬起头来看到他，又惊又喜地喊起来了。

“贝特曼！真没想到你到这里来了。”

他从柜台后面伸出胳膊紧紧握住贝特曼的手。他的神色坦然自若，感到尴尬不堪的反而是贝特曼。

“等一下，我这就把这块布包好。”

他非常老练地剪开手里的一块料子，折起来包好，递给一个黑皮肤的顾客。

“请到交款处去付钱吧。”

他的眼睛闪闪发亮，满面笑容地转向贝特曼。

“你怎么到这地方来了？哎呀，看见你我太高兴了。快坐下，老朋友，在这儿别拘束。”

“我们不能在这儿谈话啊。到我旅馆去吧。我想你脱得开身吧？”

最后一句话他是怀着某些顾虑说的。

“当然脱得开身。我们在塔希提做买卖不需要那么规规矩矩。”他向对面柜台后边的一个中国人喊道：“阿林，老板来的时候，告诉他我有一个朋友刚从美国来，我出去和他喝一杯。”

“没错儿。”中国人满脸笑容地说。

爱德华穿上一件上装，把帽子戴上，随着贝特曼走出铺子。贝特曼想把他要办的正经事用轻松、诙谐的语调谈出来。

“没想到你在这儿干这个营生，给一个脏兮兮的黑人扯三码半烂布头儿。”他笑着说。

“布劳恩施密特把我辞了，你知道，我想不拘干什么都一样。”

爱德华的坦白叫贝特曼听了非常吃惊，但是他觉得自己还是应该拘谨一些，暂时不追问这个话题为妙。

“我想你干现在这个事是发不了大财的。”他说，语气有些干巴巴。

“我也这么想。可是我挣的钱喂饱肚子还是绰绰有余的，我倒也知足了。”

“两年以前你不会这样的。”

“我们总是越活越聪明嘛。”爱德华回答，心情显然是非常高兴。

贝特曼瞟了他一眼。爱德华穿着一身寒酸的白帆布衣服，一点也不干净，头上戴的是当地制作的草帽。他比以前消瘦了，皮肤晒得黝黑，但肯定比过去任何时候都显得更洒脱了。可是在他的表情里却有一种说不出来的劲头儿叫贝特曼觉得心里不安。他走起路来带着一股贝特曼没见过的兴致勃勃的劲儿，他的举止有些漫不经心。仿佛对什么事——说不上到底是对什么——非常高兴。贝特曼对他的这种表现无法指责，心里却感到惶惑不解。

“天知道，他为什么这么扬扬得意。”他暗自对自己说道。

他们回到旅馆，在阳台上坐定。一个当侍者的中国人给他们拿来了鸡尾酒。爱德华迫不及待地想知道芝加哥方面的新闻，劈头盖脸地问了他的朋友一大堆问题。他表现出的兴趣又真挚又自然。但奇怪的是他的兴趣并不专一，对许多不同的事情抱有同样程度的关切。他热切地打听贝特曼的父亲怎么样，正像他急于想知道伊莎贝尔在做什么一样。谈起伊莎贝尔来，他丝毫也不尴尬，让你弄不清她是他的亲姐妹还是他的未婚妻。在贝特曼还没有来得及品味爱德华谈话的真正含义以前，他发现话题已经转到他自己的工作和他父亲最近新建的大楼上来了。他决心把话题再拉回到伊莎贝尔身上，正当他寻找这样一个时机的时候，他看到爱德华亲热地对一个人挥了挥手。一个男人从阳台上向他们走来，但是贝特曼是背冲着他的，所以他看不到来的是什么人。

“来，这边坐。”爱德华快活地说。

新来的人走近了。这人身材高大、瘦削，穿着白帆布衣服，一头整齐的卷曲白发。他的脸也是又瘦又长，一只大钩鼻子，嘴巴却生得很美，富于表情。

“这位是我的老朋友贝特曼·亨特。我告诉过你他的事。”爱德华说，嘴角上又一次浮现出笑容来。

“非常高兴见到你，亨特先生，我过去同令尊很熟。”

这位陌生人伸出手来，亲切、有力地握住年轻人的手。直到这时爱德华才通报他的姓名。

“阿诺德·杰克逊先生。”

贝特曼的脸变得煞白，他感到自己两手冰冷。这就是那个开假支票被判过刑的人，这就是伊莎贝尔的舅父。他不知道该说些什么。他努力不使自己的慌乱窘劲儿流露出来。阿诺德·杰克逊眼光一闪一闪地打量着他。

“我敢说我的名字对你并不生疏。”

贝特曼不知道应该承认呢还是否认，更为狼狈的是杰克逊和爱德华两个人对他这种窘态好像都觉得很有趣儿。违拗他的本意，硬叫他认识一个他宁愿在这个岛上远远避开的人已经够背气的了，更让他受不了的是他看得出来这两人明明是在拿他打趣。也可能他这个结论下得太早了一点儿，因为杰克逊紧接着就加了一句：

“我知道你同朗斯塔夫一家人很有交情。玛丽·朗斯塔夫是我妹妹。”

现在贝特曼开始思忖，是否阿诺德·杰克逊居然以为他对芝加哥有史以来最大的一件丑闻真的一无所知。杰克逊这时却把一只手搭在爱德华的肩膀上。

“我不坐了，特迪[①]，”他说，“我还有点事。你们两个小伙子还是晚上到我那儿去吃晚饭吧。”

“太好了。”爱德华说。

“谢谢你的好意，杰克逊先生，”贝特曼不冷不热地说，“但是你知道我在这里只能停留很短的时间；我坐的那艘船明天就起航。我想要是你能见谅，我今天晚上就不去了。”

“噢，别胡说了。我来招待你一顿地方风味。我妻子做饭的手艺很不错，特迪会领你去的。早点儿来，可以看看落日。要是你们愿意的话，你们两个人都可以在我那里过夜。”

“我们当然去，”爱德华说，“轮船、旅馆晚上准吵翻了天，住在你家里我们可以好好聊一聊。”

---

① 爱德华的昵称。

“我不会放过你的，亨特先生，”杰克逊态度非常亲切地继续说，“我想听听芝加哥都有什么新闻，还有玛丽的事。”

贝特曼还没来得及说什么，他已点了点头走了。

“我们在塔希提这地方要是想请客，你是辞不脱的，”爱德华笑着说，“此外，你还可以吃一顿这个岛上最丰盛的晚餐。”

“他刚才说他妻子的手艺很不错，是什么意思？我凑巧知道他的妻子在日内瓦。”

“作为妻子来说，日内瓦路太远了点儿，不是吗？”爱德华说，“再说，他也好长时间没见到她了。我想他刚才谈到的是另外一个妻子吧！”

贝特曼半晌儿没说话。他的脸相显得很严肃，线条重重。但是在他抬起头来，发现爱德华的眼睛里流露着一种觉得好笑的神色时，他的脸一下子涨得通红。

“阿诺德·杰克逊是个没人看得起的家伙。”

“我怕让你说着了。”爱德华笑了笑说。

“我不懂正经人怎么能同他有来往。”

“也可能我不是个正经人。”

“你是不是常同他在一起，爱德华？”

“经常在一起。他认我做他的侄子了。”

贝特曼向前倾了倾身子，直勾勾地盯住了爱德华。

“你喜欢他？”

“很喜欢。”

“你难道不知道，这里的人难道都不知道，他造假支票，被判过刑吗？他是应该从文明社会里被赶出来的啊。”

爱德华两眼盯着从雪茄烟上升起的袅袅烟圈，烟圈一直飘到静止的、弥漫着烟草香的空气里。

“我想他可以说是个不折不扣的流氓，”沉吟了一会儿，他终于开口说，“即使他对自己的过错有所忏悔我看也不能取得人们的宽恕。他曾经是一个诈骗犯，欺骗过别的人；这种印象永远也抹不掉了。可是我还从来没有碰见过哪个人和我更处得来。我现在知道的这些事都是他教会的。”

“他教会了你什么？”贝特曼大为吃惊地喊起来。

“如何生活。”

贝特曼忍不住笑出声来。

“真是位名师。是不是因为他的谆谆教导你才丢掉大好前途而在一家不值十个小钱的杂货铺里站柜台？”

“他的性格太了不起了，”爱德华一点也没有发火，仍然笑着说，“也许你今天晚上可以知道我说这话是什么意思了。”

“如果你的意思是要我去和他共进晚餐，你死了这条心吧。说什么我也不会踏进那个人的门槛。”

“去吧，看在我的面子上，贝特曼。我们两人是这么多年的朋友了，如果我求你一件事，你总不会拒绝吧。”

爱德华说话的语调里有一种贝特曼所不熟悉的东西。他那柔声细气的调子有一种奇特的说服力量。

“你要这么说的话，爱德华，看样子我是非去不可了。”他笑了一下。

贝特曼另外还有考虑，这样做也可以尽量了解一下阿诺德·杰克逊是怎样一个人。事情非常清楚，这个人对爱德华有很大的影响，如果要把爱德华从他的手里夺回来，首先就要弄清楚，他为什么能左右着爱德华。贝特曼越同爱德华谈下去，越觉得爱德华发生了很大的变化。他本能地感到自己的脚步应该谨慎一些，他下决心一定要把道路看清楚再宣布他此行的真正目的。贝特曼开始天南地北地随便闲谈起来，旅途中的见闻啊，办成的几笔交易啊，芝加哥政界的新闻啊，以及他们的这位、那位朋友和大学生活，等等。

最后爱德华说他得回去再干一会儿活儿，他提议五点钟来接贝特曼，一起乘车去阿诺德·杰克逊家。

“顺便说一下，我本来一直觉得你该住在这家旅馆，”当贝特曼同爱德华慢慢踱出旅馆花园的时候，他开口说，“我知道这地方唯一高级一点儿的旅馆就是这家了。”

“我可不住在这儿，”爱德华笑起来，“对我来说太奢华了。我在城边上租了一间房子。又便宜又干净。”

“如果我的记忆力不错的话，在芝加哥的时候，你似乎对这些不太看重啊。”

“哼，芝加哥！”

“你这是什么意思，爱德华？芝加哥是世界上最伟大的城市啊！”

“我知道。”爱德华说。

贝特曼很快地扫了他一眼，可是从爱德华的面孔上一点也看不透他的内心思想。

“你什么时候回去？”

“我自己也常常琢磨这件事。”

他的这个回答和他所使用的口吻把贝特曼吓了一跳，但是还没容他叫爱德华解释以前，爱德华已经对着一个驾着小汽车从他们身边经过的欧亚混血儿招了招手。

“搭搭你的车，查理。”他说。

他朝着贝特曼点点头就向停在前面几步远的汽车跑去，留给贝特曼一堆纷乱、困惑的印象要他慢慢地去清理。

爱德华再去找他时坐的是一辆一匹母马拉着的东摇西晃的破马车，他们沿着海边的马路向前驶去。路两边都是种植园，种着椰子树或是香子兰；时不时他们会看见一株硕大无朋的芒果树，果实从浓密的绿叶里露出来，黄的、红的、紫的。另外他们还不时瞥到一眼远处的大海——一片平静，一片蔚蓝——和一两个为高大的棕榈树装点得美丽非凡的玲珑的小岛。阿诺德·杰克逊的房子伫立在一座小山上，只有一条小路通上去。他们把马卸下来，拴在一棵树上，把马车扔在路旁边。对贝特曼来讲，这种做事的方法有点儿马马虎虎了。在他们向房子走去的路上，一个高高的、相貌端正，但年纪已不很轻的本地女人迎着他们走出来。爱德华热情地同她握了握手，并把贝特曼介绍给她。

“这位是我的朋友亨特先生。我们到你家吃饭来了，拉薇娜。”

“太好了，”她说，脸上掠过一丝笑容，“阿诺德还没有回来。”

“我们先下去洗个澡。给我们拿两条‘帕瑞欧’来吧。”

那个女人点点头，走回屋子去。

“这人是谁?”贝特曼问道。

“噢，她是拉薇娜，阿诺德的妻子。”

贝特曼使劲抿住嘴，什么也没说。不一会儿那个女人拿着一捆东西走回来交给了爱德华。他们顺着一条陡峭的小路向海滩上一丛椰子树走去。脱掉衣服以后，爱德华教给他的朋友如何把这块叫作“帕瑞欧”的红棉布当作浴裤围在腰上。没有过一会儿，这两人已经在暖洋洋的、并不很深的海水里泼弄得水花四溅了。爱德华的兴致非常高。他笑着、喊着、唱着，活脱是个十五岁的孩子。贝特曼过去从来没有看见他这样快活过。后来他们躺在沙滩上，在清澈纯净的空气里抽着烟，爱德华兴高采烈的劲儿和欢乐的情绪简直叫人无法抗拒，由不得你看着不心动；贝特曼简直有点害怕了。

“你好像觉得生活是一片欢乐。”他说。

“就是这样嘛。”

他们听到一阵窸窸窣窣的声音，回头一看，原来是阿诺德·杰克逊走来了。

“我知道我非得来接你们这两个孩子不可，”他说，“洗得痛快吧，亨特先生?”

“太好了。”贝特曼说。

阿诺德·杰克逊这时已经脱去了他那身整洁的帆布服，只在胯下缠着一条“帕瑞欧”，赤着双脚。他的身体被阳光晒得黝黑。长长的卷曲的白头发和一张苦行僧似的面庞配着这种当地服装使他看起来又古怪又有趣，但是他自己却一点儿也没理会到，举止非常自然。

“你们要是收拾好了，我们就上去吧。”杰克逊说。

“我这就穿上衣服。”贝特曼说。

“怎么，特迪，你没有给你朋友拿一条‘帕瑞欧’来吗？”

“我想他还是愿意把衣服穿上。”爱德华笑着说。

“我当然得穿上衣服。”贝特曼的口吻很严峻。在他还没把衬衫穿好之前，他看见爱德华已经把腰部缠好，站在那里准备走了。

他又问爱德华：“你不穿鞋不嫌走路扎脚吗？我下来的时候就发现路上石头可不少啊！”

“哦，我已经习惯了。”

“从城里回来换上‘帕瑞欧’真是太舒服了，”杰克逊说，“你要是在这里待下去的话，我一定推荐你学会穿这种玩意儿。这是我所看到的最合理的服装了。既凉快，又方便，还非常经济。”

他们走向上面的房子，杰克逊把他们领进一间大屋子，墙壁粉刷得雪白，天花板是开放式的。屋子里饭桌已经摆好。贝特曼发现摆的是五个人的餐具。

“伊娃，过来让特迪的朋友看看你，然后给我们兑点鸡尾酒。”杰克逊喊道。

然后，他把贝特曼领到一个比较低的长窗子前面。“往外边儿看看，”他说，做了个戏剧性的手势，“好好看一下。”

房子外面，椰树林顺着陡峭的山坡迤逦而下，一直延伸到海滨，海水在夕阳余晖映照下呈现出鸽子胸脯一样的变幻莫测的柔和色彩。稍远一点是一个小港湾，两旁立着一簇簇土著居民的茅屋；靠近一块礁石的地方有一只独木舟，轮廓鲜明，几个土人正在船上捕鱼。再远一些，可以看到太平洋巨大、平静的水面。二十英里以外，则是那个名叫莫里亚的仙境般的岛屿，虚无缥缈，宛如诗人驰骋的幻想编织成的一块锦缎。太美了，贝特曼看得简直出神了。

"我从来没有领略过这样美丽的景色。"他终于说了一句话。

阿诺德·杰克逊站在那里，注视着前方，他的眼睛里流露出一股梦幻的柔情。他的瘦削的、沉思的面孔显得非常庄严。贝特曼看了一眼这张脸，再一次注意到它是那样强烈地给人以超脱的感觉。

"美，"阿诺德·杰克逊低声说，"一个人很少面对面地看到美。好好看看吧，亨特先生，你现在所看到的以后再也看不到了，因为这一时刻转瞬即逝，但是它在你心里将留下一个不可磨灭的印象。你接触到了永恒。"

他的声音深沉，好像发着回响。他吐露出的似乎是最纯洁的理想主义，贝特曼不得不一再提醒自己：现在和自己说话的这人是个罪犯，是个没人心的骗子。爱德华这时却好像听见有什么声音，一下子扭转了身子。

"这是我女儿，亨特先生。"

贝特曼和她握了握手。她生着一对晶莹的黑眼睛，绯红的嘴唇带着盈盈笑意，但是她的皮肤是棕色的，卷曲的长发波浪般地披在肩上，像石墨一般乌黑。她只穿了一件红棉布的宽松的长衫，光着脚，头上戴着一个香气袭人的白花编的花冠。她的样子非常可爱，好像波利尼西亚传说中的泉边女神。

她稍有些羞涩，但是更加扭捏不安的却是贝特曼。整个环境叫他困窘不堪，就是看着这个空气精灵般的窈窕的姑娘拿着一个调酒器熟练地一杯又一杯地调制鸡尾酒时，心情也没有好多少。

“让咱们的酒劲头大一点，孩子。”杰克逊说。

她把酒倒好后，甜甜地笑了一下，递给三个人每人一杯。平日贝特曼对自己掺和鸡尾酒的技巧不无自豪之感，可是在他尝了一口手里的酒以后，发现味道那么出色，也着实有些吃惊。杰克逊发现客人不自觉地流露出赞赏的神情，骄傲地呵呵大笑起来。

“还不坏吧？我亲自教会这孩子的，过去在芝加哥的时候，我曾经想，论调酒的本领全城没有一个酒侍配给我打下手。我在教养所里没事可做，常常琢磨鸡尾酒的新配法解闷儿，可是讲到真正的好酒，再也没什么比得上不带甜味的马提尼了。”

贝特曼觉得仿佛有人在他的胳臂肘的麻筋上狠狠打了一拳，他清清楚楚地知道自己的脸红一阵白一阵，但是在他还没能想起该说句什么话的时候，一个土著小男孩已经端进一大碗汤来。大家围着桌子坐下来开始吃饭。阿诺德·杰克逊的这番话好像让他回忆起一连串往事，因为他滔滔不绝地讲起他在狱中的日子来。他谈得那么自然，没有一点儿怨意，就好像在讲自己在国外上大学的经历。他总是朝着贝特曼讲话，贝特曼开始是觉得不知所措，后来简直狼狈不堪。他看到爱德华的眼睛始终盯着自己，目光里闪耀着饶有兴趣的光亮。他突然感到杰克逊是在耍弄他，脸不由涨得通红，之后他又觉得事情如此荒诞——想不出杰克逊这一举动有什么理由——他冒起火来。阿诺德·杰克逊的脸皮太厚了——没有别的什么词可以形容他了——而且麻木不仁，不管是假装的还是真实的，真是太没廉耻了。菜肴不断地递上来。贝特曼被逼让着品尝各种奇怪的食品，生鱼和他叫不出名字的一些东西；只是由于教养他才不得不吞咽下去。可是他发现这些东西非常可口，不觉大为吃惊。之后又发生了一件事，贝特曼认为这是整个晚上最叫他尴尬的了。他面前摆着一个小花环，纯粹为了找话说，他随口评论了一句。

"这是伊娃给你编的花冠，"杰克逊说，"我想她太害羞了，不好意思亲自给你。"

贝特曼把花环拿到手里，对那姑娘说了几句客气的感谢的话。

"你得把它戴上。"她笑着说，脸微微一红。

"戴上？这可不成。"

"这是我们这里的一个非常迷人的习俗。"阿诺德·杰克逊说。

他前边也放着一个，他把它戴在头上。爱德华也把自己面前的花冠戴上。

"我想我这身衣服不适宜于戴这个。"贝特曼有些不安地说。

"你要不要一条'帕瑞欧'？"伊娃马上接口说，"我马上就给你取一条来。"

"不，不，谢谢你。我这样蛮好。"

"教给他怎样戴，伊娃。"爱德华说。

一瞬间贝特曼恨起他这位最要好的朋友来了。伊娃从桌子旁站起来，笑得前仰后合，把花冠戴在他的黑头发上。

“你戴着真漂亮，”杰克逊太太说，“你看漂亮不漂亮，阿诺德？”

“漂亮极了。”

贝特曼的每一个汗毛孔都在往外冒汗。

“真可惜天已经黑了，”伊娃说，“不然我们可以给你们三个人拍一张合影。”

贝特曼感谢自己的星宿，幸亏天已经黑了。他想他穿着这套蓝色哔叽西装，系着高领——一副绅士派头——可头上顶着一个出洋相的花环，看起来一定是个十足的傻瓜。他心里简直火冒三丈，他一辈子从来没有像现在这样需要这么大的克制力，因为他需要始终保持着一副乐呵呵的笑脸。看见那个坐在桌子尽头上的老头儿，半裸着身子，漂亮的白发上戴着一顶花冠，一副圣徒般的脸相，贝特曼的气不打一处来。他现在这个处境简直叫他急也不是恼也不是。

晚餐结束了。伊娃和她母亲留下来收拾桌子，三个男人坐在外面露台上。天气很暖，空气里弥漫着夜间开放的一种白花的香气。晴朗无云的空中一轮满月缓缓移动，在广阔的海面上映出一条通路，直通向永恒的浩瀚无垠的国土。阿诺德·杰克逊开口谈起来。他的嗓音浑厚，像音乐一样。他谈的是这里的土著人民和他们古老的传说。他给他们讲过去的传奇，讲探索未知的冒险，讲爱情和死亡，仇恨和复仇。他谈到发现那些遥远的岛屿的冒险家，谈到在那些岛上落户定居的水手，这些人和一些酋长的女儿结了婚，也谈到那些在银色海岸边过着各式各样生活的流浪汉。贝特曼开始时强忍着自己满肚子的不高兴阴沉着脸听着，但是没过一会儿，他就被杰克逊话语中的一种魔力吸引住，像着了迷似的坐着。传奇的幻影使平凡庸俗的日常生活黯淡无光。难道他忘记了杰克逊的伶嘴俐舌了吗？难道他忘记了杰克逊就是凭这张巧嘴骗取了轻信他的公众的大笔钱财？就是凭这张巧嘴使自己几乎逃脱了法网吗？再没有谁比他的嘴巴更能说会道了，也再没有谁比他懂得怎样讲话更能引人入胜了。但是突然间他站起身来。

"好了，你们两个孩子很久没有见面了。我得让你们好好聊聊。什么时候你想睡觉，特迪会领你去你的房间。"

"啊，可是我没有想到在这里过夜啊，杰克逊先生。"贝特曼说。

"你会发现这里更舒服些，我们到时候会早一点叫醒你。"

非常礼貌地握了握手，阿诺德·杰克逊神态庄严，像身披法衣的大主教似的离开了他的客人。

"当然了，你要是实在不想住在这里，我就驾车送你回巴比特镇，"爱德华说，"但是我还是劝你住下。清晨走这条路那才叫妙呢。"

有好几分钟两个人谁也没说话。贝特曼在盘算该怎样开始这场谈话。这一天的经历使他觉得这场谈话更有必要进行了。

"你什么时候回芝加哥？"他突然问道。

爱德华片刻没有回答。之后他懒洋洋地转过身来看着他的朋友，笑着说：

“我不知道，也许永远也不回去了。”

“我可真不明白，你这是什么意思?”贝特曼喊了起来。

“我在这里很幸福。再改变生活不是太蠢了吗?”

“天哪，你不能在这里住一辈子啊。这不是正经人过的生活。这种生活跟死也没有什么两样。哎呀，爱德华，趁现在还不太晚，你立刻就走吧。我已经觉得有些事不对头了。这个地方把你迷住了，你已经被邪恶的势力抓到掌心里，但是你只需要狠一下心，还是可以挣脱的。一旦你摆脱了这个环境，你就会感谢一切神明了。你会像一个吸鸦片的人把烟戒掉一样。你会明白这两年来你一直在呼吸着有毒的空气。当你的肺叶再重新呼吸到故乡新鲜、洁净的空气时，你想象不到那会使你多么舒畅。”

他说得很快，因为激动，一句话紧跟着另一句话脱口而出，他的声音充满了真挚和热情。爱德华被感动了。

“你这么关心我，老朋友，太感谢你了。”

“爱德华，明天跟我走吧。你从一开始到这地方来，就是个错误。你不该过这种生活。”

“你跟我说这种生活、那种生活，可是你认为一个人怎样才能享受到生活中最美好的东西呢?”

“这还用问?我认为这个问题只能有一个答案。要取得生活中最美好的东西，只有恪尽职守，辛勤工作，不辜负地位职分对一个人的期许。”

“那么什么是他的酬报呢?”

“酬报是，他感觉到自己已经取得起初立志取得的成就。”

“这对我说来简直有点高不可攀了。”爱德华说，贝特曼借着夜晚的微光看到他正在微笑，“我怕你会认为我已经堕落到可悲的地步了。现在有些事情，三年以前我敢说对我来讲也是无法容忍的。”

“你是从阿诺德·杰克逊那里学来的吗？”贝特曼带着些鄙夷的神情问。

“你不喜欢他？或许根本就不能希望你会喜欢他。我刚到这儿也和你似的，和你一样对他怀着偏见。他不是一个一般的人。你自己也看到了，他并不隐瞒他坐过牢的事。我看不出他对坐牢，或者对让他坐了牢的那些罪恶感到悔恨。我听到他唯一抱怨过的事就是出狱以后健康受到损害。我想他这个人是不知道什么叫懊悔的。他完完全全没有道德观念。他把一切事都看作理所当然，对他自己的所作所为也毫不例外。他为人慷慨大方，心肠慈善。”

“他一直如此，”贝特曼打断了他的话，“对待别人的钱财很慷慨。”

“我发现他是一个很好的朋友。我根据自己对一个人的印象来评判他，不是一件很自然的事吗？”

“结果是你分不清是非善恶的界限了。”

“不是的，在我心里头，这种界限同过去一样划得很清楚，我感到有些混乱的只不过是好人和坏人的界限罢了。阿诺德·杰克逊是一个做好事的坏人呢，还是一个做坏事的好人呢？这是个很难回答的问题。也许我们把人同人之间的界限区分得太清楚了。也许我们当中那些最大的好人实际上却是罪人，而那些最坏的人倒是圣徒。谁能知道?”

“你永远也不能说服我，叫我把白的看成黑的，把黑的看成白的。”贝特曼说。

“我肯定做不到，贝特曼。”

贝特曼不明白，为什么爱德华在附和他的看法时嘴角上掠过一丝笑容。爱德华沉默了一分钟。

“我今天早上见到你的时候，贝特曼，”他又开口说，“我好像看到了两年以前的我。同样的假领，同样的皮鞋，同样的蓝色西装，同样的精力充沛。一点不错，同样也是立下了壮志。天哪，我那时候劲头儿多么足啊！这地方那种半死不活的办事方式叫我的血液都沸腾起来了。我各处走了走，不管走到哪儿都看到前途大有可为，可以大干一场。这里是能够狠做大笔买卖的。这里的椰子干为什么要用麻袋装到美国再榨油呢?我觉得太荒唐了。如果在当地提炼，利用廉价的劳动力，又省了运费，不是合算得多吗?我好像已经看到巨大的工厂在岛上巍然耸立起来。还有这里加工椰子的方法我也觉得笨得要死；我发明了一种裂壳剥肉的机器，每小时可以加工二百四十只椰果。这里的港口也不够大。我计划扩建港口，再组织一个辛迪加购置土地，为到这里来的旅客兴建两三个大旅馆，带露台的住房。我还有一个为从加利福尼亚州招揽游客而改善轮船服务行业的方案。二十年之后，这里再不是这个半法兰西式的懒洋洋的帕皮提小镇了，我看到的是一个美国式的繁华城市，十层高的大厦、电车、剧场、歌剧院，还有股票交易所和一位市长。”

“你要干啊，爱德华。”贝特曼喊了一声，一下子兴奋得从椅子上跳起来，“你既有策略又有本领。我说，你可以成为澳大利亚和美国之间最富有的人了。”

爱德华咯咯地笑了。

“可我不想。”他说。

“你的意思是说你不想要钱，不想发财，发几百万的大财？你知道你可以拿这笔钱做什么吗？你知道它能带给你什么权力吗？如果你自己不把钱放在眼里，想想你能用它做什么，为人类的繁荣开辟新渠道，给成千上万的人创造就业的机会。你刚才那番话在我脑子里唤起一幅幅的图景，弄得我都发晕了。”

“那么你就坐下吧，我亲爱的贝特曼。”爱德华笑起来，“我的椰果破碎机永远也不会有人使用，据我看来，帕皮提懒散的街市上也永远不会行驶电车。”

贝特曼咕咚一声坐回到自己的椅子上。

“我不明白你的意思。”他说。

“我也是一点点才明白的。我逐渐喜欢起这里的生活来，喜欢这里的安闲懒散，喜欢这里的人们，他们个个性格温顺，永远带着欢乐的笑脸。我开始思索起来。我以前从来没有时间考虑到这些事。我也开始读起书来了。”

“你从来就没有停止读书啊。”

“我那时读书是为了应付考试，为了在谈话的时候能够卖弄自己。我为了学问而读书。在这里我学会了为兴趣而读书。我学会了聊天。你知道吗？聊天是生活中一个很大的乐趣。但是聊天需要闲暇。过去我一直太忙碌了。逐渐地，过去对我非常重要的那种生活开始变得毫不足道了，庸俗不堪了。那种没时没晌的挣扎奋斗、忙忙碌碌有什么用呀？现在我一想起芝加哥就看到一座灰暗的城市——到处是石头砌的房屋，就像一座监狱——和无尽无休的喧嚣吵闹。而所有那一切活动到底是为什么呢？在那里人们能够享受到生活中最美好的事物吗？我们到这个世界上来难道就是为了这个——匆匆忙忙地赶着上班，一小时也不停地从早忙到晚，然后急着回家，吃晚饭，再上剧场？难道我就必须这样虚掷我的青春？要知道，青春是转瞬即逝的，贝特曼。当我年老的时候，我还能盼望什么呢？还是那一套——早上匆匆忙忙地上班，一小时也不停地工作到天黑，然后赶回家去吃晚饭，上剧场吗？如果想赚钱的话，这倒也值得一做；我不知道，这要看一个人的天性了。但是如果你不想赚钱的话，还值得这样做吗？我自己的生活想过得比这个更有意义一些，贝特曼。”

“你在生活中最珍贵的是什么呢？”

“我恐怕你会笑我的。真，善，美。”

“你认为这些你在芝加哥得不到吗？”

“或许有人能得到，我可不成。”现在轮到爱德华跳起来了，“我告诉你，每当我想起过去那种生活的时候，我就感到毛骨悚然。”他激动地喊起来：“想到我幸而逃避掉的危险，我简直吓得发抖。我以前从不知道我还有灵魂，直到在这里我才找到。如果我一直是有钱的人，我就可能永远失去灵魂了。”

“我不明白你怎么能这么说，”贝特曼气愤地喊道，“这个问题是我们过去常常讨论的。”

“是的，我知道。那简直和聋哑人讨论和弦一样，毫无意义。我永远也不回芝加哥了，贝特曼。”

“那伊莎贝尔怎么办？”

爱德华走到露台边上，向外倾着身子，专心致志地凝视着迷人的蓝色夜空。当他又一次转过身的时候，脸上挂着微笑。

“对我来讲，伊莎贝尔实在太好了。我崇拜她胜过我见过的任何一个女性。她非常聪明，内心的善良也不亚于外表的美丽。我敬佩她的充沛的精力，她的雄心壮志。她生到世界上来就是为了享受成功的。我一点也配不上她。”

“她可不这样想。”

“但是你必须把我的话告诉她。”

“我？”贝特曼喊道，“你找谁做这件事都可以，就是别找我。”

爱德华背对着皎洁的月光，看不见他的脸。他会不会又在窃笑呢？

“贝特曼，你想把什么事瞒着不告诉她是没有用的。她的脑子非常快，不出五分钟就把你心里的事都摸透了。你最好还是一和她见面就把事情全部告诉她吧。”

“我不知道你是什么意思。当然我要告诉她我见到你了。”贝特曼有些困惑地说，“老实讲，我真不知道该怎样对她讲。”

“告诉她我一事无成。告诉她我不但很贫穷而且我还安于贫穷。告诉她我因为懒散、干活不专心被解雇了。告诉她今天晚上你见到的一切，我同你说的一切。”

突然闪现在贝特曼脑海里的一个念头逼着他跳了起来，使他带着无法控制的焦灼站到爱德华面前。

“老天哪，你不想同她结婚吗？”

爱德华神情严肃地看着他。

“我绝不能要求她废除婚约，给我自由。如果她希望我恪守誓言，我将尽力做一个好丈夫，爱她的丈夫。”

“你想叫我把这个消息告诉她吗，爱德华？天啊，我不能。这太可怕了。她做梦也没想到过你不想同她结婚了。她爱你。我怎么能让她蒙受这样一个打击？”

爱德华又笑了。

“你自己为什么不同她结婚，贝特曼？你已经爱了她那么长时间了。你们太合适了。你会带给她幸福的。”

“别和我说这个话，我受不了。”

“我自己甘愿退让，贝特曼。你是一个更好的人。”

爱德华的语调使贝特曼很快抬起头来，但是爱德华的眼睛非常严肃，脸上也没有笑容。贝特曼不知道说什么好。他感到困窘不堪。他怀疑爱德华会不会猜疑他来塔希提是怀着一个特殊的任务呢？但是尽管他知道这个想法很可怕，却又掩盖不住心头的狂喜。

“如果伊莎贝尔写信来解除了同你的婚约，你预备怎么办？”他一个字一个字地慢吞吞地说。

“活下去。”爱德华说。

贝特曼非常激动，竟没有听清他的回答。

“我希望你穿的是通常的衣服，”他有些气恼地说，“你做出的是一个命运攸关的决定，而你穿的这件怪里怪气的衣服却让人觉得你是在信口开河。”

“我向你保证，我穿着‘帕瑞欧’，戴着玫瑰花花冠可以和戴着高顶帽、穿着长礼服一样严肃认真。”

贝特曼这时又想到另外一件事。

“爱德华，你不是为了我的缘故才这样做的吧？我自己也说不清，但是可能这件事使我的将来发生重大的变化。你不是为了我在牺牲自己吧？你知道，这我是不能忍受的。”

“不，贝特曼。我在这儿已经学会不再犯傻，也不再多情善感了。我希望你和伊莎贝尔幸福，但是我一点儿也不希望自己不幸福。”

这个回答多少有些使贝特曼感到心寒。这里面有点嘲讽的味道。如果叫他表现出高尚的风度他就不会感到歉疚了。

“你的意思是不是准备安心在这里浪费掉自己的生命？这简直等于自杀。我想到咱们刚出学校大门时你那番理想抱负，而现在你却甘心在一家小杂货店站柜台，简直太可怕了！”

“啊，我只是暂时凑合一下，我正在积攒很多极宝贵的人生经验。我脑子里还有一个计划。阿诺德·杰克逊在玻毛塔斯群岛有一个小岛，离这里大概有一千英里远，一个环形岛屿，环抱着一个咸水湖。他在那里种了椰子树林。他已经答应把它送给我了。”

“他为什么要这样做？”贝特曼问道。

“因为如果伊莎贝尔解除了我们的婚约，我就和他的女儿结婚。”

“你?”贝特曼简直被这个消息震骇住了，“你不能同一个混血儿结婚，你还不至于这么发疯吧?”

“她是个好姑娘，这么温顺、讨人爱。我想她会使我幸福的。”

“你爱上她了吗?”

“我不知道，”爱德华沉思着回答，“我现在爱她同我以前爱伊莎贝尔不一样。我崇拜伊莎贝尔。我认为她是我遇见过的最了不起的姑娘。我连她的一半也不如。我对伊娃的感情就不同了。她就像一朵异乡的花朵，需要你来保护才能不受寒风吹袭。我想保护她。而伊莎贝尔是用不着谁来保护的。我想伊娃爱我是爱我这个人，不是为了我以后会如何如何。不管今后我怎么样，我都不会使她失望。她对我非常合适。”

贝特曼什么也没有说。

“明天咱们还得早起，”爱德华最后说，“我们实在该睡觉了。”

这时贝特曼才开始讲话，他的声音中流露出真实的痛苦。

“现在我的脑子全乱了，我不知道该说什么好。我到这儿来是因为我觉得这里一定出了点儿什么事。我想你没有达到最初的目的，因为失败没有脸回去。我绝没想到会遇到这种情况。我感到太遗憾了，爱德华。我太失望了。我本来希望你会做出一番事业来。看到你这样可悲地浪费你的才华、青春，错过良机，我难过极了。”

“别忧伤，老朋友，”爱德华说，“我并没有失败。我成功了。你想象不出我多么热切地想投入生活，生活对我来说多么充实、多么有意义。当你同伊莎贝尔结婚以后，有时你会想起我来的。我将在珊瑚岛上盖一所房子，我要住在那儿，照看我的椰子树——用他们用了无数年的老法子取出椰壳里的果肉——我将在我的花园里种植各式各样的花草树木，我还要捕鱼。有的是工作让我不得停闲，我不会感到厌烦无聊。我会有我的书籍、伊娃，也有孩子——我希望，更重要的是，我会有千变万化的海洋、天空，清新的黎明、灿烂的落日和壮丽辉煌的夜晚。我会在不久以前还是一片荒野的土地上开垦出一个花园。我将会创造出一些东西来。岁月不知不觉地流逝，当我年纪老了，回首一生，我希望我过的是朴实、宁静、幸福的生活。尽管没有什么大作为，我将也是在'美'中过此一生。你是不是认为我满足于这一些东西太没有志气了？我们知道，假如一个人得到了整个世界却丢失了自己的灵魂，那他是没有什么意义的。我认为我已经获得了我的灵魂了。"

爱德华把他领到一间安放着两张床铺的屋子里，自己倒头躺在一张床上。十分钟以后，贝特曼从他那像孩子似的平静、均匀的呼吸中，知道他已经入了梦乡。但是贝特曼自己却平静不下来。他心里一直乱糟糟的，直到晨曦像幽灵似的静静爬进屋子，他才入睡。

贝特曼把他的这个长故事给伊莎贝尔讲完了。除去他觉得可能伤害她感情或者使自己显得太可笑的部分外，他什么也没有隐瞒。他没告诉她自己曾被逼着戴上花环坐在餐桌旁，也没告诉她一旦爱德华和她解除婚约就准备同她舅舅的女儿结婚的事。或许伊莎贝尔的直觉力比他了解的更为敏锐，因为他越往下讲这个故事，她的目光越冷静，嘴唇也抿得越紧。她时不时地仔细盯他两眼，如果他不是这么专心致志地叙述故事，他会琢磨一下她的这些表情的。

“那个姑娘长得什么样？”当他结束以后她问道，“我是说阿诺德舅舅的女儿。你觉得我和她的长相有相似的地方吗？”

贝特曼对这个问题感到有些吃惊。

“我没看出来。你知道，除了你我从来不仔细看别人的长相，我也从来不想有谁长得像你。”

“她漂亮吗？”伊莎贝尔说，因为他说的话露出了笑容。

“我想挺漂亮。我敢说有些男人会说她长得很美。”

“好了，这没什么要紧。我想我们没有必要议论她了。”

“你预备怎么办，伊莎贝尔？”他接着问。

伊莎贝尔低下头看了看自己的手，手上仍然戴着爱德华在订婚的时候送给她的戒指。

“我当时没有让爱德华解除婚约是因为我觉得这件事可以鼓起他的劲儿来。我想用这个激励他。我当时想，如果还有什么事能够鼓励他干出一番事业来，那就是让他想到我是爱他的。我已经尽了我的力量了。没有希望了。如果我今天再不面对现实，我就太软弱了。可怜的爱德华，他没有害人的心意，只不过同自己过不去。他是个很好的人，只不过缺少点儿什么，可能缺乏的是骨气吧！我希望他幸福。”

她褪下手上的戒指，把它放在桌上。贝特曼注视着她，心急促地跳动着，几乎喘不上气来。

“你太好了，伊莎贝尔，你真的太好了。”

她笑了，站起身来，把手伸向他。

“你为了我做了这么多事，叫我怎样感谢你呢？”她说，“你为了我出了大力。我早就知道我可以信赖你。”

他抓住她的手，握在自己的手里。她从没有像现在这样美丽过。

“啊，伊莎贝尔，为了你我可以做更多的事。你知道我对你的唯一请求就是允许我爱你，为你做事。”

“你是个坚强的人，贝特曼，”她叹了口气说，“你给我一种很舒服的感觉，让我觉得可以信赖你。”

“伊莎贝尔，我非常爱你。”

他自己也不了解怎么会灵机一动，突然把她抱在怀里。她一点也没有推拒，只是笑盈盈地看着他的眼睛。

“伊莎贝尔，你知道从我第一天看见你，我就想娶你做我的妻子。”他深情地说。

“那你为什么不向我求婚呢？”她说。

她也是爱他的。他几乎不敢相信这是事实。她把可爱的嘴唇递过去让他亲吻。当他这样把她抱在怀里的时候，眼前浮现出一幅图景：亨特内燃机和汽车公司声望越来越高，规模越来越大，占地一百英亩，生产出几百万台内燃机。另外他还看到他收集了大量名画，整个纽约城的收藏家都为之瞠目。他将戴上一副玳瑁眼镜。而伊莎贝尔，在贝特曼双臂的甜丝丝的环抱下，则幸福地叹着气；她想到的是她将有一所富丽堂皇的房子，摆满了古老家具，她将在这里举办音乐会、舞会，和只有最最上流的客人才有资格参加的宴会。贝特曼应该戴一副玳瑁镜框的眼镜。

“可怜的爱德华。”她哀叹道。

午餐

傅惟慈　译

我是在剧场看戏时见到她的。她向我招了招手，我趁幕间休息的时候走了过去，在她旁边坐下。我最后一次见到她还是很久以前的事了，如果不是有人提过她的名字，我想我这次就认不出来她了。她满面春风地和我拉扯起来：

"哦，好多年没见了，时间过得真快！我们也都老了。你还记得咱们第一次见面的情况吗？你邀请我去吃了一次中饭。"

我怎么能不记得。

那是二十年之前的事了，当时我住在巴黎。我在拉丁区有一间小小的公寓，从窗里可以俯瞰教堂的墓地。我的收入刚好够维持住我的灵魂和躯壳不分家。她读了一本我写的书，给我写了封信谈论这本书。我回信表示感谢。过了没多久我就又收到她一封信，说她要路经巴黎，想同我谈谈；不过她的时间有限，只能在下星期四抽出点空来，早上她要去卢森堡公园，问我是否愿意中午请她在福约特餐厅随便吃点什么。福约特是法国议员们经常光顾的一家餐厅。它远远超出我的经济能力，所以我从来不敢问津。但是她信中的恭维话说得我心头发痒，而且那时我太年轻，还没能学会对一位女士说“不”。（我不妨加一句，没有几个男人学得会拒绝女人。等到他们学会时，年纪已经太老了。）我还有八十个法郎（金法郎）可以维持月底之前的开销。一顿便餐不会超过十五个法郎。如果我后半月不喝咖啡的话，我没准可以对付过去。

我回信和我这位朋友约好星期四中午十二点半在福约特餐厅见面。她没有我想象的那样年轻。她的外表与其说风姿动人毋宁说富态魁梧。实际上她已经有四十岁了（一个颇能迷惑人的年纪，但不是一眼就可以使你激动和产生强烈情感的年龄），她给我的印象是她的牙齿比实际需要多了一些，整齐、洁白，比较大。她很善谈，但因为她好像倾向于谈论关于我的事，所以我准备好做一名专心致志的听众。

菜单拿上来的时候我吓了一跳，价钱比我预料的要贵得多。但她说的话叫我放了心。

“我中午从来不吃什么。”她说。

“哦，可不要这么说！”我慷慨大方地回答。

“我只吃一道菜。我觉得现在人们吃得太多了。也许我可以来点鱼，我不知道有没有鲑鱼。”

吃鲑鱼的季节还略嫌早了一点，菜单上也没有写着这道菜。但是我还是问了一下侍者。有，刚刚进了一条头等鲑鱼，这是他们今年第一次进这种货。我为我的客人叫了一份。侍者问她在等着烹制鲑鱼的时候是否吃点别的。

“不，”她回答，“我中饭只吃一道菜。除非你们有鱼子酱。吃点鱼子酱我倒不反对。”

我的心微微一沉，我知道我吃不起鱼子酱，但我无法对她讲明这点，结果我还是吩咐侍者拿了份鱼子酱。我为自己挑了一份菜单上价格最便宜的菜——一份羊排。

“我认为你吃肉可并不明智，”她说，“我不知道你在吃完像肉排这类油腻的东西以后还怎么能工作。我可不能叫我的胃负担过重。”

这以后出现了饮料问题。

“我中饭从来不喝什么酒。”她说。

“我也如此。”我迫不及待地补了一句。

“除了白葡萄酒，”她继续说道，仿佛没听到我刚才的话，“法国白葡萄酒一点儿也不厉害，对消化很有帮助。”

“你想喝点什么？”我依然殷勤地问道，但已不那么曲意逢迎了。

她的一口洁白的牙齿一闪，对我殷勤地笑了笑。

“除了香槟我的医生绝对禁止我喝其他的酒。”

我想我的脸当时一定变得有些苍白。我叫了半瓶。我用随便的语气提到我的医生不允许我喝香槟。

“那么你喝什么？”

“水。”

她吃掉鱼子酱。她吃掉鲑鱼。她谈笑风生地谈论艺术、文学和音乐。可我却一直琢磨账单加起来会要我多少钱。当我那份羊排端上来时，她非常严肃地教训我。

“我看得出来你习惯中饭吃得很多。我认为这肯定不好。为什么你不学学我只吃一道菜？我肯定这对你会大有好处的。”

“我是只吃一道菜。”我说道，这时侍者又带着菜单来了。

她手一挥把他打发到一边去。

“我可不这样，我中饭从来不吃什么，吃也只吃一点，吃这点也是为了聊天方便。我可再也吃不下什么了——除非那种大龙须菜。如果不尝尝的话，这次到巴黎来可是件憾事。”

我的心沉了下去。我在橱窗里见到过龙须菜，我知道这东西贵得要命。我的嘴巴也常常因为看到它们而馋涎欲滴。

“夫人想知道你们有没有龙须菜。”我问侍者。

我捏着把汗真希望他说没有，一个快乐的笑容掠过了侍者的神甫似的大脸。他对我说他们有一些那么大、那么好、那么嫩的龙须菜，简直绝无仅有。

我叫了一份。

“你不要吗？”

“不要，我从来不吃龙须菜。”

“我知道有人不喜欢龙须菜。事实是你吃的那些肉把你的胃口破坏了。”

我们等着龙须菜上来。我吓得心惊胆战。现在已经不是我可以剩下几个钱过日子的问题了，而是我是否有足够的钱拿出来付账。如果发现自己缺十个法郎不得不向客人张口的话，那就太叫人丢脸了。说什么我也不能丢这个丑。我清楚地知道我有多少钱，如果不够付账的话我下决心把手往兜里一伸，然后戏剧性地大喊一声，跳起来说我被扒手扒了。当然了，那将是一个极其尴尬的场面，如果她也没有足够的钱付账的话。要是那样，唯一可行的办法就是留下我的表作抵押，过后再来赎了。

龙须菜上来了，又大又粗，一咬一汪水，真吊人胃口。它那滋滋作响的奶油香味一阵阵地往我鼻孔里钻，就像耶和华嗅到虔诚的希伯来人奉献上烤得香喷喷的供品。我一边望着这位纵情大嚼的女人一大口一大口地往嗓子眼里塞，一边客客气气地谈论着巴尔干半岛的戏剧界现状。她终于吃完了。

“咖啡？”我问道。

“好吧，一客冰激凌加咖啡。”她回答。

我现在已经把一切置之度外了，我给自己也叫了咖啡，给她要了冰激凌加咖啡。

“你知道，我是相信这个真理的，”她边吃冰激凌加咖啡边说，“一个人吃饭时一定要只吃八成饱。”

“你还饿吗？”我有气无力地问道。

“哦，不饿了；你看，我中午不吃饭。早上我喝一杯咖啡，之后就吃晚饭了。中饭我至多只吃一道菜。我这也是在劝你。”

“说得是，我一定听从你的劝告。”

之后一件可怕的事发生了。当我们等着咖啡的时候，领班侍者摆着一副讨好的笑容向我们走来，胳膊上挎着一满篮子大桃，红得好像纯洁的姑娘的脸蛋，色调有如意大利绚丽的风景画。桃子肯定还没有到上市的季节。只有上帝知道多少钱一个。我也知道了——那是在过了一会儿以后，因为我的客人一边继续谈话，一边心不在焉地随手拿了一个。

“你看，你用肉塞满了肠胃，”——她指的是我那一块可怜的肉排——“你什么也吃不下去了。而我只随便像吃点心一样地吃了点，我还可以享受个桃子。”

账单来了，付完账后我发现剩下的钱不够一次像样的小费。她的目光在我留给侍者的三个法郎上停留了片刻，我知道她一定在想我很吝啬。但是我在走出饭馆时，带着一张嘴和一个肚子，口袋里却一文不名。

“学我的样子，”在我们握手道别时她说道，“中饭千万只吃一道菜。”

“我会比这做得还好，”我大声回答，“今天晚饭我就什么也不吃了。”

“幽默家！”她快乐地喊着，跳上了一辆马车，“你真是一个十足的幽默家！”

但我终于复了仇。我不认为我是位睚眦必报的人，可是当不朽的大神插手这件事时，你暗自得意地看着这个结果也还是可以原谅的。今天她体重三百磅。

生活的事实

冯涛　译

亨利·加奈特习惯于下午出城回家吃晚饭前先到他的俱乐部里弯一下，打会儿桥牌。他是个谁都喜欢的好牌手。他对桥牌相当精通，能把手里的牌打到最好的程度。而且他牌品很好，输了就大大方方地认输；赢了的时候则更乐于把胜利功归于运气，从不自诩牌技高明。他为人谦和宽容，如果他的搭档出错了牌，他总主动给人家找理由开脱。可是今天却非常奇怪，打牌的时候竟然听到他以毫无必要的尖刻口吻说，从没见过比他的搭档打得更臭的牌手；更奇怪的是不但眼看着他自己出牌的时候犯了个大错，这种错儿照说他是绝不该犯的，而且当他的牌搭子多少出于找补点面子回来的心理指出他错儿的时候，他竟完全罔顾事实，大发脾气地坚称他一点儿都没错。好在跟他一起玩牌的都是老朋友了，谁都没把他的坏脾气真正当回事儿。亨利·加奈特干的是股票经纪人，是某知名信托公司的股东，有一位牌友于是就想到他心绪不佳肯定是他参与投资的某一只股票出了什么问题。

“今天的行情如何？”他问道。

“暴涨。连笨蛋都在赚钱。”

显而易见，亨利·加奈特的烦恼跟股票市场无关；不过总归是有什么原因；这一点也同样显而易见。他是个热诚的好人，身体健康，家境富裕；既是体贴的丈夫又是慈爱的父亲。通常他都兴致很高，对于大家打牌时喜欢讲的那些胡言乱语很容易发笑；可是今天却面色阴沉、闷声不响地坐着，眉头紧锁，嘴巴生气地紧绷着。这时，有位牌友为了缓解紧张的气氛，便抛出了那个众所周知亨利·加奈特最高兴说起的话题。

“你儿子眼下如何，亨利？我看他在这次锦标赛上表现得相当不错啊。”

亨利·加奈特的眉头却锁得更紧了。

“他表现得可没我期望的那么好。”

“他什么时候从蒙特卡洛回来？”

“昨儿晚上已经回来了。”

“他过得开心吗？”

“我想是吧，不过据我看来他可是大大地出乖露丑了。”

“哦，怎么会？”

“如果你不介意的话，咱们还是不谈这个为好。”

那三个人一齐好奇地看着他。亨利·加奈特则自顾怒视着绿呢台面。

“对不起，老伙计。该你叫牌了。”

牌局在令人紧张的沉默中进行着。加奈特叫了牌，可是牌却打得糟糕透顶，连输了三墩，他一声都不吭。然后又开了一盘，打到第二局的时候加奈特拒绝了一次跟牌。

“一张牌都没有?”他的搭档问他。

加奈特的脾气竟然大到压根儿都不搭理对方，在最后摊牌时才发现他竟然藏了牌[①]，而正是他这次藏牌葬送了整个这一盘。事已至此，他的搭档就算脾气再好也会忍不住要埋怨几句他的魂不守舍了。

“我说你到底是怎么啦，亨利?”他道，“你这牌打得也太白痴啦。”

加奈特有些仓皇失措了。输了这一盘他自己倒是无所谓，可因为自己的疏忽带累搭档输牌他却相当痛心。他竭力振作了一下。

“我最好还是不要再打了。本来以为打上几盘会使我平静下来的，谁知我的心思根本就不在打牌上。跟你们实话实说吧，我的情绪真是糟糕透了。”

几个牌友一起哄然大笑。

“这还用说吗，老伙计？这实在是太明显啦。”

加奈特冲大家苦笑了一下。

“唉，我敢说你们要是碰上了跟我一样的事儿，也同样会大为光火的。不瞒你们说，我现在的处境实在是尴尬得很，你们几位老伙计要是有谁能给指点一二，告诉我该如何处理这件棘手的事

---

① “跟牌”指跟出与引牌（“引牌”即每墩牌的第一张出牌）相同花色的牌张，而所谓“藏牌”，则是指牌手在能够跟牌或可履行引牌判罚时却打出另外花色的牌张的犯规打法。

儿，我一定感激不尽。”

“咱们一块儿喝一杯，你把来龙去脉跟我们说说。咱们这里一位是王室法律顾问，一位是内政部官员，还有一位是杰出的外科医生——要是我们都不能给你提供点建议的话，恐怕谁都无能为力了。”

那位王室法律顾问站起身，按铃叫侍应过来。

“就是我那个倒霉儿子的事儿。”亨利·加奈特道。

酒点好了也端来了。以下就是亨利·加奈特跟他们讲的事情的原委。

他说到的那个男孩儿是他的独子，名字叫尼古拉斯，当然了，大家都叫他尼基，今年十八岁。加奈特夫妇还有两个女儿，一个十六，一个十二。做父亲的一般说来都特别喜欢女儿，不过亨利·加奈特却有些与众不同，尽管他竭力不表现出来，他还是非常明显地偏爱自己的儿子。他对两个女儿也很慈爱，是那种轻松随意开开玩笑打打趣儿的态度，每逢她们的生日和圣诞节都会给她们买很漂亮的礼物；而对于尼基他却近于溺爱了，再好的东西似乎都配不上他，全心全意都扑在他身上，关切的目光简直一刻都不离他左右。这也难怪，因为尼基实在是任何父母都会引以为傲的天之骄子：六英尺二[①]的个头，身体柔韧而又强壮，宽肩膀窄腰身，身姿笔直挺拔；头脸生得大小适中、俊美迷人，端端正正地挺立在宽阔的肩膀上，淡褐色的秀发，略微有点卷曲，两道漂

① 约一米八八。

亮的浓眉底下一双湛蓝的眼睛，围着一圈又黑又长的眼睫毛，嘴唇红润饱满，干净的肌肤晒成古铜色；一笑的时候露出一口整齐雪白的牙齿。他并不怎么怕羞，但举手投足间自有一种温雅蕴藉，特别惹人爱怜。在社交场合，他举止从容有礼而又沉静愉快。他正是那种正派健康、高尚体面的父母生出来的孩子，在富足的家庭中养大，在优良的学校里接受教育，这综合的结果终于造就出一个一般人心目中不可多得的翩翩佳公子、模范美少年。但凡看到他的模样，你就会觉得他肯定是既诚实又大方，内心一定跟外表一样高贵善良。他从来就没给他的父母双亲带来过片刻的焦虑不安：孩提时代他就极少生病、从不淘气，上学之后品学兼优、丝毫不辜负大家的期望，在学校里出尽风头，毕业的时候捧得无数奖品奖状，堪称整个学校的领袖人物，还是校足球队的队长。而且还不止如此。十四岁上，尼基就已出人意料地表现出在草地网球这项运动上不可多得的天赋。这可是他父亲非但喜欢，而且相当擅长的一项体育运动，当他明白无误地看出这孩子身上有成为网球明星的潜质之后，就决心一定要悉心培养，务求成功。于是每逢假期就请最好的职业选手来教他打球，十六岁刚到，他就已经赢得了好几次少年组的比赛锦标。他能轻而易举地把他父亲打得一败涂地，唯有真挚的父爱才能使老头子不至于气急败坏，安心接受自己的惨败。十八岁上尼基进了剑桥大学，亨利·加奈特怀揣着雄心壮志，一心期望他在毕业前就能代表剑桥参加职业比赛。尼基具有成为一位伟大的网球选手的一切条件：他个头高挑，臂展很长，脚程飞快，对时机的把控恰到好处。他凭本能就可以正确预判来球的方位，看似不慌不忙就能到位接球。他的发球强劲有力，而且具有诡异的旋转前冲，令对手很难把球接回去；他的正手击球过网既低，线路又长，而且精准异常，相当致命。他的反手还偏弱，网前截击还有点慌乱，不过就在他进入剑桥前的整个暑假，亨利·加奈特请了英国最好的教练特地针对这几项弱点让他狠下过一番功夫。在他内心深处，还隐藏着一个更为远大的野心，虽说就连对尼基本人他都从未提起，那就是有朝一日能看到他儿子在温布尔登参加大满贯比赛，而且说不定他还有希望入选国家队，代表英国出征戴维斯杯[①] 呢。每当亨利·加奈特在想象中看到自己的儿子跳过球网跟刚被他击败的美国冠军握手致意，然后离开球场朝观众那震耳欲聋的欢呼喝彩奔去时，他的喉头便忍不住一阵哽咽。

亨利·加奈特是温布尔登赛事的热心观众和忠实拥趸，因此在网球界结交了很多朋友。有天晚上在城里的一次宴会上，坐在他身旁的正是其中的一位：布拉巴宗上校；闲谈间他不禁提到尼基，以及有什么机会可以让他在下个赛季能被学校选中，代表剑桥参加网球赛事。

“你干吗不让他前往蒙特卡洛，参加那里的春季网球赛呢？”上校突然想起来道。

“噢，我觉得他的水平还没到那个程度。他还不满十九岁，去

① 男子职业网坛一年一度国家之间的网球赛事，入选国家队的球员是代表国家荣誉出战，所以在球员心目中较之常规的职业巡回赛乃至四大满贯都更受重视。

年十月才上的剑桥；他可没机会跟那些顶尖好手同场竞技。”

“当然啦，他跟奥斯丁[①]和冯·克拉姆[②]这帮大腕儿还差了一大截，不过没准儿也能从他们手里抢下个一两局呢；如果是跟那些名不见经传的小字辈对抗的话，没理由他就不会赢下一两场比赛。他还从没得到跟一流选手对抗的机会，这对他来说可是绝好的实战锻炼。他在这种级别的比赛中学到的东西可要比你送他去参加的那些海滨小比赛多了去啦。”

“这可是我做梦都不敢想的。我可不能让他在一个学期中间就离开剑桥。我一直都给他灌输这样一个观念，即网球不过是一种游戏，绝对不能为了它妨碍了正经学业。”

布拉巴宗上校就问加奈特这个学期什么时候结束。

“这没什么大不了。最多也就耽误个三四天，这肯定可以想办法解决的。你知道，我们原本寄予厚望的两个球员已经让我们彻底失望了，我们可以说是陷入了窘境。我们想尽可能选送最好的选手前去比赛。德国人已经派出了他们的最强阵容，美国人也是一样。”

“绝对不行，老伙计。首先，尼基的水平还没那么高，再说了，我可不想把一个没人照应的孩子就这么给送到蒙特卡洛去。要是我能陪他一起去的话还可以考虑，但这又是绝对不可能的。”

---

① 英国网球选手，曾闯入温网决赛和法网决赛，并作为主力同弗雷德·佩里一道为英国连续三年捧得戴维斯杯。

② 德国业余网球冠军，两届法网冠军得主。

“我会去的呀。我会以英国网球队名誉队长的身份前往蒙特卡洛。我会帮你照看他的。”

“到时候你会忙得团团转，再说了，我也不愿意请你平白承担这样额外的责任。他还从来没出过国呢，而且不瞒你说，他跑到国外的这段时间我会一刻都不得安宁的。”

话就说到这份上，没多久亨利·加奈特也就回家去了。不过布拉巴宗上校的建议还是让他倍感高兴，自觉是对他极大的恭维，于是忍不住把前后的经过都告诉了他妻子。

“你想想看他竟然认为尼基的水平已经好到那种程度了。他跟我说他看过他打球，他觉得尼基的范儿非常不错。他只需要更多的历练就能成为一流选手。咱们总有一天会看到这孩子在温布尔登一直打到半决赛呢，老姑娘。”

让他感到惊讶的是，加奈特太太倒并没有如他意料的那样强烈反对上校的主意。

“这孩子毕竟已经年满十八了。尼基打小就从没淘过气闯过祸，根本就没理由操心他现在反而会出什么差错。”

“还是他的功课要紧，别忘了这个。我觉得他上大学的这第一个学期就让他这么有始无终地混过去，实在是开了个很恶劣的先例。”

“可就差这三天有什么要紧的？平白剥夺了他这么大好的机会不是很可惜吗？我敢说你要是问他一声的话，他肯定会高兴得跳起来的。”

“哦，我根本就没打算告诉他。我送他进剑桥可不光是为了打网球的。我知道这孩子非常可靠，可是故意地把诱惑摆到他面前毕竟是件蠢事。他一个人去蒙特卡洛还是有点太年轻了。”

“你说他跟这些顶尖选手比赛的话一点机会都没有，这话也难说。”

亨利·加奈特轻轻叹了口气。坐在汽车里回家的路上，他也想到奥斯丁的体能状况不太稳定，而冯·克拉姆又在休假。假如，只是设想一下这种可能性，假如尼基能碰上点好运气的话——那么毫无疑问他肯定就能被选上代表剑桥出赛了。不过这自然都不过是瞎想想罢了。

“绝对不行，亲爱的。我已经决定了，不会中途变卦了。”

加奈特太太也没再说什么。不过第二天她就写信给尼基，把事情的原委都告诉了他，并建议他如果他真愿意去的话，她认为他该如何争取得到他父亲的同意。一两天以后亨利·加奈特收到了一封儿子的来信。信上说他听到这个消息简直乐疯了，说他已经去见过他的导师，他导师本人也是个网球选手，而且是他所在学院的院长，碰巧他也认识布拉巴宗上校，所以对于他在学期结束前就离开学校并无反对意见；并且师生俩都觉得机会难得，不容错过。他自己也看不出这会有任何害处，只要他父亲这一次肯稍稍迁就，成全了他的心愿，仅此一次，下不为例，那么下学期，他郑重发誓，他一定加倍地发奋用功。这封信写得非常动人。加奈特太太眼看着她丈夫在早餐桌上读那封信，对于他脸上的不悦神色丝毫不以为意。他把信扔给了她。

“我不知道你为什么会认为有必要把我私下告诉你的话讲给尼

基去听。你实在是太不应该了。你看，他现在的心思已经完全让你给搅乱了。”

“我很抱歉。我原以为让他知道布拉巴宗上校对他评价那么高会让他感到高兴呢。我就不明白啦，为什么你就只应该把别人说他们不好的话告诉人家。当然我也把话说得很清楚了，他如果想去的话是根本不可能的。”

“这么一来你可是把我置于一种非常可憎的境地了。我最讨厌的就是被这孩子看作坏人兴致的老厌物和专制独裁的暴君。”

“噢，他绝不会那么想的。他可能会觉得你傻呵呵的而且不可理喻，不过我敢肯定他会理解你这么不通情理全都是为了他好。”

“耶稣基督。”亨利·加奈特叹道。

他妻子差一点忍不住笑出声来。她知道这一仗她已经打赢了。天哪，哦天哪，要想让男人对你言听计从是多么容易啊。出于面子上的关系亨利·加奈特又硬撑了四十八个钟头，不过这之后他就让步了，两周后尼基来到了伦敦。第二天一早他就要启程前往蒙特卡洛，晚饭后，等加奈特太太和她大女儿离开以后，亨利便抓住这个机会向他儿子提出几条临行的忠告。

“在你这样的年龄就让你只身前往蒙特卡洛这样的地方，我真是有点不放心[①]，”他接着又道，“不过事已至此，我只能希望你凡事都要谨言慎行。我不想扮演那种严厉父亲的角色，不过我想

① 蒙特卡洛为摩纳哥公国的著名城市，濒临地中海，老加奈特之所以这么说是因为蒙特卡洛是世界闻名的赌城。

特别提醒你三件事，千万不可造次：一是赌钱，不可以赌钱；二是钱财，不要借钱给别人；三就是女人，不要跟女人有任何瓜葛。这三件事你只要敬而远之，你就不会招惹多大的祸患，所以千万要谨记在心。”

“好的，父亲。”尼基微笑道。

“这就算是我的临别赠言啦。我对人情世故还是相当精通的，相信我，我的忠告绝对是金玉良言。”

“我一定牢记在心。我向您保证。”

“这才是好孩子。咱们这就上楼去找你妈妈她们吧。”

在蒙特卡洛的网球赛上，尼基既没有打败奥斯丁也没有打败冯·克拉姆，不过他的表现也相当不俗。他爆冷击败了一位西班牙球员，又以出乎任何人意料的接近比分惜败给一位奥地利好手。在混合双打中，他甚至闯进了半决赛。他的魅力征服了每一个人，他自己也非常享受整个比赛的过程。大家一致公认他极有前途，布拉巴宗上校对他说，只要假以时日，跟第一流好手有更多的实战历练，他一定会成为他父亲的骄傲的。正式的赛程已经结束，第二天他就要飞回伦敦了。一心想把最好的状态呈现出来，这几天来他一直都过得非常谨慎小心，很少吸烟，滴酒不沾，每天都早早地上床睡觉；但在最后这一晚，他觉得不妨见识一下这闻名已久的蒙特卡洛的生活。赛会主办方为所有参赛选手举办了一次正式晚宴，宴会散后，他就跟其他选手一起走进了体育俱乐部。这是他头一次来到这里。蒙特卡洛到处人满为患，每个房间都是高朋满座。除了在影片当中，尼基还从没见过真正的轮盘赌；他有些头晕目眩地在经过的第一张赌桌旁就站了下来；不同规格的筹码散布在绿呢台布上，看起来就像是一片无可救药的混乱；庄家把轮盘猛力一转，然后又轻轻弹入一颗小白球。在经过一段似乎无穷无尽的漫长时间之后，小白球终于停了下来，另一个庄家就以夸张而又漠然的姿势把输家的筹码全都扒拉过去。

看了一会儿，尼基又溜达到玩trente et quarante[1]的赌台，可是他看不懂到底是怎么玩的，感觉索然无味。他看到另一个房间里挤了一群人，于是便也晃荡了进去。那里正在进行的是一种叫“巴卡拉”的纸牌大赌，他立刻就感受到那令人兴奋的紧张气氛。参加赌博的赌客们由一道铜栏杆跟麇集的观赌者隔离开来；他们围坐在牌桌边，一边九人，负责分牌的在中间，庄家在对面。输赢很大。分牌的是希腊辛迪加的成员。尼基端详着他那张毫无表情的脸。他的眼睛时刻警觉地关注着全场的动静，可他的表情却没有丝毫变化，不管他是输是赢。那真是一幅可怕而又怪异的场景，着实令人印象深刻。一向在勤俭持家的环境中长大的尼基，眼看着翻开一张牌就有上千镑的输赢，而输了的人竟然开个小玩笑就一笑置之，那感觉实在是太刺激了。一切都既恐怖又令人兴奋莫名。这时一个熟人走到他跟前。

“赢钱了吗?”他问。

“我没玩。”

① 法语，字面意思是“三十和四十”，即“rouge et noir”（“红与黑”）：一种纸牌赌博，赌台上标有两红两黑菱形压注标记，而“三十和四十”则是赢和输的点数。

“明智之举。烂透了的把戏。还是来一起喝一杯吧。”

“好的。”

一起喝酒的时候尼基告诉他的几位朋友，他这还是头一次到这种地方来。

“噢，那你在离开前一定要小赌一把。不试试你的运气就离开蒙特卡洛也未免太白痴了。毕竟就算输上个百把法郎也不会有多大关系。”

“话是这么说，不过家父本来就不太赞成我到这儿来，而且他特别嘱咐我千万不要去碰的三件事之一就是赌钱。”

可是尼基在离开他这帮朋友之后，竟然又溜达回那正在玩轮盘赌的赌桌面前。他站了一会儿，看着输家的钱被庄家搂进来，又把赢家的钱付出去。实在不得不承认这真是件极端刺激的乐事。他朋友说得没错，如果不在赌台上试试运气——只试那么一次——就离开蒙特卡洛的话，确实是未免太傻了。这也是一种经验嘛，在他这个年龄正是应该尽可能尝试各种经验的时候。回想起来他可并没有答应他父亲绝不赌钱的，他只是承诺把他的忠告牢记在心。这可不能算是一回事，对不对？他从口袋里掏出一张一百法郎的钞票，相当羞涩地把它放在了十八那个数字上。之所以选这个数字是因为这正好是他的岁数。他心脏怦怦地狂跳着，不错眼地盯着那轮盘的转动；那个小白球就像个恶作剧的小魔鬼一样吱吱乱转；轮盘转得越来越慢了，那小白球还在踌躇不定地晃荡，看似就要停下来了，却又转动起来；当它终于在十八那个数字上停下来时，尼基简直不敢相信自己的眼睛。一大堆筹码送到了他面前，他接的时候两只手一个劲儿地直打哆嗦。那看起来似乎是一大笔钱哪。他一时间心慌意乱，根本就没想到下一盘再下什么注；实际上他根本就无意再赌一盘了，一次已经足够了；当十八这个数字再度出现时，他真不由得大吃一惊。那个数字上只放了一个筹码。

“老天爷，你又赢啦。”站在他身边的一个人道。

“我？可我没下注啊。”

“是你的，你下了。就是你原来下注的数字。只要你不要求撤回，他们总是让它留在原处的。你不知道吗？”

又一堆筹码送到了他面前。尼基的脑袋旋转起来。他数了数赢进的数目：七千法郎。一种奇异的充满力量的感觉攫住了他，他觉得自己真是绝世地聪明。这可真是他闻所未闻、世上最容易的生财之道啊。他那张率真迷人的脸上溢满了笑容。他那双亮闪闪的眼睛碰上了一个站在他身边的女人的视线。她冲他嫣然一笑。

“你运气真好。”她道。

她说的是英语，不过带一点外国口音。

“我简直都不敢相信。这可是我第一次玩呢。”

“这正是你运气好的原因。借给我一千法郎，好不好？我身上的钱全都输得一干二净了。半小时之内我就还你。”

“好吧。”

她从他那堆筹码中拣了个巨大的红色筹码，道了声谢就消失不见了。之前跟他说过话的那个男人嘟囔了一声。

“你再也见不到那一千法郎了。”

尼基一下子醒了过来。他父亲曾特地嘱咐他不要借钱给任何人。这件事他做得有多傻！而且是借给一个素昧平生的陌生人。不过事实是，对于整个人类的热爱刚才正在他心头汹涌澎湃，所以他根本就想不到会拒绝人家。而且那不过是个红色的大筹码，你几乎不可能意识到它会有任何的价值。哦算了吧，这也没什么关系，他不是还有六千法郎嘛，他就再尝试一两次，碰碰运气，如果不赢的话就此打道回府。他在十六这个数字上放了个筹码，那是他大妹妹的岁数，但是没压中；然后又试了一下十二，那是他小妹妹的岁数，仍旧没中；他又随机试了几个数字，都没赢。真滑稽，他的诀窍似乎是失灵了。他打算再玩一次，然后就打住不玩了；结果他又赢了。他已经把输掉的都捞了回来，还绰乎有余。又过了一个钟头之后，在无数次的输赢之中他体验到了平生从未体验过的兴奋和刺激，他发现自己面前堆满了那么多的筹码，口袋里都几乎装不下了。他决定要走了。他来到换钱的柜台，当两万法郎的钞票在他面前摊开时，他几乎都透不过气来了。他这辈子还从没见过这么多钱。他把钱装进口袋，正要转身离开时，那个刚才借了他一千法郎的女人走上前来。

“我到处在找你，”她道，“只怕你已经走了。真是急死我了，不知道你会把我想成什么人。这是你那一千法郎，非常感谢你借钱给我。”

尼基脸涨得通红，惊讶地望着她。他刚才真是何等冤枉了人家！他父亲说过千万不要赌钱；好呀，他赌了，结果呢，白赚了两万法郎；他父亲又说不要借钱给任何人；好呀，他借了，而且是借了一大笔钱给一个素昧平生的陌生人，结果呢，她还回来了。事实证明，他绝非他父亲以为的那样一个傻瓜：他借钱给她的时候凭直觉就感到她是可以信赖的，你看，他的直觉果真没错。可是他当时的表情是如此惊诧莫名，那位娇小的女士忍不住咯咯一笑。

“你怎么啦？”她问道。

“实话告诉你吧，我真没想到这钱还能还回来。”

“你把我当什么人了？你本来以为我是个——流莺吗？”

尼基的脸一直红到鬈发的头发根。

“不，当然不是。”

“我看起来像吗？”

“一点都不像。”

她穿得很素净，黑色衣裙，脖子上绕了根小金珠子的项链；式样简单的连衣裙完美地凸显出她那优雅苗条的娇小身段；一张秀丽的小巴掌脸，头发梳理得干净利落。她化过妆，不过并不浓艳，尼基估摸着她最多也就比他大个三四岁。她冲他友善地嫣然一笑。

“我丈夫在摩洛哥政府里做事，我是来蒙特卡洛待个几星期的，因为他想让我出来散散心。”

“我正打算要走了。”尼基实在想不出别的话来说。

“已经要走啦！”

“对，明天一大早我就得起来。要搭飞机返回伦敦。”

“当然啦。球赛今天已经结束了，对不对？我看过你的比赛，你知道，看过两三次。”

“真的？我不知道你为什么会注意到我。”

“你打球的范儿非常优美，而且穿着运动短裤的样子真是甜美。”

尼基并不是个荒唐少年，不过他心里还是那么一闪念：没准儿她借那一千法郎不过是为了借机跟他搭讪。

“你去过尼克博克[①]夜总会吗？”她问。

“没有。从没去过。”

“噢，可是你在离开蒙特卡洛之前一定要去见识见识。为什么不去那儿跳会儿舞呢？不瞒你说，我都快饿死了，真想吃一客火腿蛋呢。”

尼基想起他父亲的忠告：不要跟女人有任何瓜葛，不过眼下可是要另当别论了；你只需看这位漂亮娇小的女人一眼，立刻就会知道她是绝对品行端庄的。她丈夫应该是在类似民政厅之类的政府部门服务，他猜想。他父母有好几位朋友就是这样的“人民公仆”，他们也经常会带太太来他们家吃饭。当然那些太太们绝对没有眼前这位这么年轻又这么漂亮，不过她确实是像她们一样仪态端庄的。而且在赢了两万法郎之后，他觉得出去稍微找点乐子也无可厚非。

“我很高兴跟你同去，”他道，“不过如果我不能待得太久的

① 本义为“纽约早期荷兰移民的后代”，后被华盛顿·欧文借用，假称为自己的作品《尼克博克的纽约史》（*Knickerbocker's History of New York*）的作者，后遂成为“纽约人”的绰号。

话，你不会见怪吧？我已经关照过我的旅馆要他们七点钟就叫醒我。”

“你愿意多早离开咱们就什么时候离开好了。”

尼基发现尼克博克是个很让人惬意的地方。他津津有味地吃了他的火腿蛋，两人还分享了一瓶香槟。吃完以后两人跳舞，那个娇小的女士说他跳得优美极了。他知道自己舞跳得相当不错，再加上她又是个极好的舞伴，就像根羽毛般轻盈。她把脸颊贴在他的脸上，当两人的目光相遇时，她的美目中流转着盈盈的笑意，使他的心怦怦地狂跳起来。一个黑种女人用沙哑而又肉感的嗓音唱着歌。舞池里挤满了人。

“有人告诉过你你非常漂亮吗?”她问道。

“我可不这么想。”他笑道。“天哪，”他暗想，“我觉得她是爱上我了呢。”

尼基并不是个傻瓜，知道女人总是很喜欢他，于是在她这样表示过之后，他便把她搂得更紧了些。她闭上眼睛，轻轻叹了口气。

“要是我当着所有这些人的面吻你恐怕不太好吧。”他道。

“你觉得他们会把我当成什么人呢?”

天已经不早了，尼基说他觉得他真的应该走了。

“那我也走吧，”她道，“你顺路把我送到我的旅馆好吗?”

尼基付了账。那数额之大让他吃了一惊，不过口袋里揣着那么多钱，他可以做到并不在乎。他们坐进一辆出租车，她紧紧地依偎在他身上，他吻了她。她像是喜欢这个调调。

“老天啊，”他不禁暗想，“没准儿会出什么事儿吧。”

诚然，她是个已婚女人，不过她丈夫在摩洛哥呢，而且看样子她确实已经爱上了他。毫无疑问是这么回事。诚然，他父亲也警告过他不要跟女人有任何瓜葛，不过，他再度想起来，他并不曾真正向父亲许诺过不会那么做，他只不过许诺他不会忘记他的忠告。而且，他确实没有忘记呀；他每时每刻都牢记在心呢。不过事情也不可一概而论，要具体情况具体分析嘛。她是个非常甜蜜的小东西；如果就这么白白放过已经放到盘子里端到你面前来的艳遇机会，未免有些太傻了吧。他们来到她住的旅馆门前时，他付了车资。

“我走回去好了，”他道，“离开那个窒闷的地方以后，呼吸点新鲜空气会舒服点儿。”

“上去坐一会儿吧，”她道，“我想让你看看我那个小毛头的照片。”

“哦，你已经有小孩儿了？”他叫道，略有些沮丧。

“是呀，一个很甜蜜的小男孩儿。”

他跟她上了楼。他压根儿就不想看什么小男孩儿的照片，不过他想出于礼貌的关系，还是假装想看看的好。他担心自己干了傻事；突然想到她之所以带他上去看儿子的照片，莫非是为了含蓄地暗示他自作多情转错了念头？他告诉过她，他只有十八岁。

“我猜她大概是觉得我还只是个孩子。”

他开始懊悔不该在夜总会花那么多钱喝香槟了。

不过她根本就没给他看她小儿子的照片。两人一跨进房门，她就转过身来搂住了他的脖子，嘴唇贴上来整个儿吻着他的嘴唇。他这辈子还从没这么热烈地被人吻过。

“小亲亲。”她道。

他父亲的忠告霎时间闪过尼基的脑海，不过随即就被抛到九霄云外去了。

尼基睡觉很警醒，一丁点声音都会把他给惊醒。两三个钟头以后他突然醒来，一时弄不清自己身在何处。房间里并不很暗，因为浴室的门开了一道缝，里面的灯一直没关。突然他意识到房间里有人在走动。然后他恍然大悟，一切都想了起来。他看到正在走动的正是他那位小女友，他正要开口跟她说话的时候，她举手投足中有种异样的感觉让他把话又咽了回去。她走动的样子非常小心，仿佛唯恐惊醒了他；中间特意停下来两三次回头望一下床。他很纳闷她到底这是要干吗。他很快就看明白了。她走到他放衣服的那把椅子跟前，并且又一次朝他躺着的方向望了望。她停住不动了一会儿，在他觉得简直有无限长。屋里真是静到了极致，尼基觉得都能听到自己心跳的声音。然后，非常慢，非常轻地，她把他的外衣拿了起来，把手伸进内袋里，把尼基如此自感得意赢到的所有美丽的千元法郎大钞统统掏了出来。她把外衣放回去，又在上面放了几件别的衣服，让人看起来像是从不曾动过的样子，然后，她手里攥着那一大把钞票，又一次一动不动地站了好长时间。尼基强压下一跃而起抓她个现形的冲动，一方面是太过惊讶，让他一时动弹不得，再有就是想到他现在是只身独处在一个陌生国度的一个陌生旅馆里，当真吵嚷起来的话谁知道会有什么结果。她在望着他。他眯着眼睛也在观察她，不过他能肯定她会以为他正在酣睡。在极端的静寂中，她应该能听到他均匀的呼吸声。当她断定她的举动并不曾惊动了他之后，她才又以无限的小心，蹑手蹑脚穿过了整个房间。窗前的小桌子上摆着一盆瓜叶菊。尼基现在是大睁着双眼注视着她的一举一动了。那盆花显然是很松地种在花盆里的，因为但见她抓住茎秆一把就将整株花拎了起来；她把钞票放到盆底，又将花栽了回去。那可真是个绝妙的藏钱处。谁都不会猜到那棵盛开的瓜叶菊底下竟然会藏着任何东西。她又用手指把花盆里的泥土压了压，然后非常缓慢地，小心翼翼一丁点声音都不出地从房间那头走回来，重新溜回到床上。

"Chéri.[①]。"她以爱抚的口吻叫道。

尼基沉稳地呼吸着，就像个陷于沉睡的人那样。那位娇小的女士背转身去，自己也睡着了。尼基虽说一动不动地躺着，脑筋却在忙碌地转动。刚才亲眼看见的那一幕简直把他的肺都给气炸了，他在心里不断地念叨着。

"她就是个下贱的娼妇。还胡扯什么她跟她那亲爱的小男孩儿，什么她丈夫在摩洛哥工作。我真是瞎了眼！她就是个该死的贼婆，一点都不冤枉她。把我当傻子耍弄呢。她要是以为这样她

---

① 法语：亲爱的。

就能得了手，那她可就大错特错啦。”

他已经打定主意要拿他那么聪明赢来的钱派什么用场了。他一直就想有辆属于自己的汽车，而且觉得他父亲不肯出钱给他买一辆未免有点太小气了。毕竟，一个大小伙子总不能老开家里公用的车子。这次他就正好给老家伙一个教训，自己给自己买一辆。有了这两万法郎，差不多相当于两百英镑，他就能买一辆相当像样的二手车了。他一定要把那笔钱弄回来，只是还不知道用什么办法最好。他不愿意撕破脸皮闹将出来，他在这儿人生地不熟，现在又是在一个完全陌生的旅馆里；那个混账女人很有可能在这儿有同伙的，虽然他绝不惧怕跟任何人光明正大地单打独斗，可要是有人掏出把枪来对着他，那可就是纯粹犯傻了。再者说了，理智地想想，他也没有证据证明那钱就是他的。要是闹将出来，而那女人又一口咬定钱是她的话，他也百口莫辩，很有可能会被拖到警察局里去。他可真不知道该如何是好了。这时，透过那女人均匀的呼吸声，他知道那个小女贼已经睡着了。她肯定是心满意足地安然睡去的，因为她已经如愿以偿地顺利得手了。尼基一时间怒不可遏：她竟能睡得如此安心惬意，而他却干瞪着眼躺在这儿心烦得要死。突然间他计上心头。这一计实在是太妙了，亏得他自制力强，否则的话他当时就会跳下床来依计行事了。她那个把戏两个人都能玩嘛。她偷了他的钱；好吧，他可以再偷回来嘛，这才算是天公地道，两不亏欠。他下定决心要一声不出地一直等到那贼婆子睡熟了，这才动手。他屏息凝神地等着，自己感觉已经等了很长一段时间。她一动也没动，呼吸就像小孩子一样均匀酣畅。

“亲爱的。”他终于轻轻叫了一声。

没有回答，也没有动静。她睡得活像死过去一般。他于是动一动就停一停，非常慢非常轻地悄悄从床上溜下来。他原地不动地站了一会儿，望着她看是否惊动了她。她的呼吸仍旧像刚才一样均匀稳定。在他等待的这段时间内，他已经仔细打量过屋内的家具方位，以免在屋里移动的时候碰到椅子或桌子发出响声。他走上一两步，停下来等等，然后才再走一两步；他把脚步放得非常轻，迈步的时候一点声音都没有；他花了整整有五分钟才来到窗下，在那儿又停下来等了一会儿。他吓了一跳，因为床铺轻轻咯吱了一声，但那不过是睡梦中的女人翻了个身而已。他强迫自己站在原地，一直默数到一百。她睡得就像根木头。他以无限的小心抓住了那棵瓜叶菊的茎秆，轻轻把它拎出了花盆；他把另一只手伸进去，当手指触摸到那沓钞票的时候，他的心跳得都快从嗓子眼里蹦出来了，他合拢手指把那沓钞票攥在手里，慢慢地拿出来。他把那棵植物重新栽回去，这次轮到他小心地把泥土往下按了按。他在做这些事情的同时，一只眼睛还盯着床上躺着的那个身体。那身体仍旧一动不动。又等了一会儿，他才蹑手蹑脚地溜到他放衣服的那把椅子旁。他先把那沓钞票放进上衣口袋，然后才开始把衣服往身上穿。穿了足足有一刻钟时间，因为他要确保不弄出一点声音来。他的无尾礼服里面穿的是一件软面衬衣，为此他真是庆幸不已，因为这可比一件浆硬的衬衣更容易不出声地穿上身去。只是在没有镜子的情况下把领结打好实在有些困难，好在他非常明智地想到领结打得好不好根本就没有任何关系。他情绪高涨，心情大好。整件事儿现在看来简直就像是一场有趣的闹剧了。最后他终于全部穿戴停当，就只剩下鞋子还没穿了；他把鞋子拎在手上，打算到走廊里再穿。现在他必须穿过房间到门口去了。他小心翼翼、轻手轻脚地来到门前，轻到就连睡觉最警醒的人都不会惊动。可是门总得打开。他很慢很慢地转动着门上的钥匙；到底还是咔嗒一下响了一声。

“谁?”

那小女人一下子从床上坐了起来。尼基的心一下子提到了嗓子眼儿。他竭尽全力保持镇定。

“是我。已经六点钟了，我得走了。本来不想吵醒你的。”

“噢，我都忘了。”

她又倒回到枕头上。

“既然已经吵醒了你，我还是先把鞋子穿上吧。”

他在床沿上坐下，把鞋子穿好。

“你出去的时候别弄出什么声响来。旅馆里的人要不高兴的。噢，我真是困死了。”

“你继续睡你的就是啦。”

“走之前再亲我一下。”他弯下腰去亲了她一口。“你可真是个甜蜜可人的男孩儿，外带妙不可言的小情郎。Bon Voyage.[①]”

尼基一直到出了那家旅馆才算放下心来。天色已经破晓。天

---

① 法语：一路平安。

空一碧万顷，海湾里的游艇和渔船在静止的水面上纹丝不动。码头上已经有渔人正准备开始一天的工作。街道上空荡荡的阒无人迹。尼基深深地吸入一口清晨甜美的空气。他自我感觉轻快无比，浑身洋溢着健康活力。而且感觉像潘趣[①]一样开心得意。他昂首挺胸大踏步朝山上走去，一路经过赌场前漂亮的花园——园里的花朵在明亮的晨光中，带着灿烂的露水开得娇艳无比——一直走到他的旅馆。旅馆里忙碌的一天已经开始。大堂里的搬运工脖子上围着围巾脑袋上戴着贝雷帽正在忙忙碌碌地打扫。尼基上楼来到自己的房间，洗了个热水澡。他舒舒服服地躺在浴缸里，满意地想着自己可绝非有些人以为的那种傻小子。洗完了澡马上就做健身操，穿戴齐整、收拾好行李后他下楼去吃早餐。他胃口好极了，才不要吃清淡的大陆式早餐[②]！他津津有味地吃了葡萄柚、麦片粥、培根和煎蛋，刚出炉的面包卷酥脆美味，入口即化，外带橘子果酱和三杯咖啡。虽然早餐前就感觉身心舒畅，饱餐后就更是快活似神仙了。他点上最近才学着抽的烟斗，付了账，跨进候在门外送他去飞机场的汽车，机场位于戛纳的另一边。从蒙特卡洛到戛纳一路上都在山上行驶，下面就是湛蓝的大海和优美的海岸线。他不由得暗想，这地方真他妈太漂亮啦。他们途经尼斯，那

① 英国传统滑稽木偶剧《潘趣与朱迪》中爱惹是生非的鹰钩鼻的木偶形象，是朱迪的丈夫。

② 西式早餐一般分为两种：(欧洲) 大陆式早餐 (continental breakfast) 以咖啡和面包卷等为主，比较清淡；英式早餐 (English breakfast) 则包括培根和煎蛋等内容，相对丰盛得多。尼基本就是英国人，又加上年轻胃口好，自然喜欢英式早餐。蒙特卡洛地处欧陆，传统上更盛行大陆式早餐。

地方在大清早显得如此明快而又友善，不久就驶上了一条沿着海岸线的笔直大道。尼基付账用的并不是昨晚上赢的钱，而是他父亲给他的；他只换开过一张一千法郎的钞票去付尼克博克夜总会的餐费，不过那个小贼婆又把他借给她的那一千法郎还给了他，所以算下来还有整整两万法郎揣在他口袋里呢。想到这里，他很想把钱拿出来好好看看它们。他差一点就把它们全都丢了，所以在他眼里这些钱简直具有了双倍的价值。他在旅馆里换上旅行服装的时候为保险起见把钱都放进了后裤兜里，现在就从裤兜里把钱掏出来一张张数着。可是竟然出了件非常奇怪的事儿。那一沓千元大钞不是应该的二十张，而是二十六张。他简直想不通怎么会是这样。他又数了两遍，一点没错，不知怎么回事，他手里总共有两万六千法郎而不是应该有的两万法郎。他真是百思不得其解。他自问昨晚在体育俱乐部里赢的钱是不是有可能比他记得的要多。可是不会啊，这是绝对不可能的；他清清楚楚地记得负责换钱的那个人把钞票摊开在他面前，五张一排，一共四排，而且他自己也数过一遍的。突然间他恍然大悟：他把那株瓜叶菊拎起来，把手伸进花盆里去的时候是把里面所有的钞票都抓了出来。那个花盆就是那小娼妇的钱柜，那么他抓出来的不仅有他的钱，连带她的积蓄也一并在内了。尼基往车座上一靠，忍不住爆发出一阵哈哈大笑。这可真是他生平闻所未闻的趣事。而且当他想到早上晚些时候她醒来后，满意欢喜地去检查一下她那么聪明地偷来的钱，结果却发现不但偷的钱不见了，就连她自己的积蓄也已经不翼而飞的情景时，他就笑得越发厉害了。况且对他来说这是件根本没有办法的事：他既不知道她姓甚名谁，也不知道她带他去的是哪家旅馆。即便是他想把钱还给她，也是根本做不到的。

“对她来说这也算是活该。”他道。

这就是亨利·加奈特在牌桌上告诉他几位朋友的故事，因为昨天晚上吃罢晚饭，等他妻子和女儿离开他们爷儿俩以后，尼基把事情的经过一五一十都跟他讲了一遍。

“你们知道，最让我恼火的是他那么扬扬自得，就像是一只猫刚吞了一只金丝雀。你们猜他讲完之后又对我说了什么？他用他那双无辜的大眼睛望着我说：‘您知道，父亲，我忍不住在想，您给我的忠告一定有些不对头的地方。您跟我说不要赌钱；我赌了，结果等于捡了个皮夹子；您又跟我说不要借钱给任何人；我借了，结果又还回来了；您还跟我说不要跟女人有任何瓜葛；我搭上了个女人，结果还白赚了六千法郎。’”

他那三位牌友听罢不禁哄然大笑，这对亨利·加奈特的心情可没有任何改善。

“事不关己，你们这几个家伙当然乐得开心啦，可你们知道，我的处境可真他妈尴尬死了。我那儿子一直都很崇拜我，敬重我，我不论说什么他都当作是金科玉律，言听计从，可是现在呢，我从他眼神里就看得出来，他不过是把我看成是个满嘴傻话的老傻瓜。我再说什么‘孤燕不成春，独木难成林’也没有用了；他看不明白这纯粹是出于侥幸，他真心以为这都归功于他自己的绝顶聪明呢。这会毁了他的。”

“你看起来是有点像个大傻瓜呢，老伙计，”有一位牌友道，“无可否认了，是不是?”

“这个我承认，我可一点都不高兴。这实在是太不公道了。命运无权跟人玩这样的恶作剧。毕竟，你总该承认我的忠告都是金玉良言吧。”

“绝对是金玉良言。”

“那倒霉孩子自己玩火就该烧了手指头的。可他竟然能全身而退。你们三位都是见过大世面的，你们倒是告诉我面对目前的境地我该怎么办。”

可是三个人当中谁都没办法告诉他。

“算啦，亨利，我要是你的话就不会这么咸吃萝卜淡操心，”那位做律师的道，“我认为你那位公子是天生走运的命，长远看来，这可比聪明天诞和富贵天生还要强得多哪。”

舞男舞女

翁如琏 译

酒吧间很拥挤。桑迪·韦斯科特已经喝过两杯鸡尾酒，开始觉得饿起来。他看看手表。应邀九点半来吃饭，现在已经快十点。伊娃·巴雷特总是姗姗来迟，如果能在十点半吃上点儿什么，就得算他福气。他又转身向酒吧伙计要了杯鸡尾酒，正好看见一个人来到酒吧间。

“喂，科特曼，”他说，“来一杯吗?”

“乐于从命，先生。”

科特曼长得挺好，三十岁左右，个子不高，但是身材匀称，使他看上去一点不显矮，他潇洒地穿着件双排纽扣的常礼服，腰身稍嫌过紧，蝴蝶领结却实在大而无当。一头波浪形的黑发，厚密蓬松，而又十分光润柔滑，从前额一直梳向脑后，两只大眼睛闪闪发亮。讲起话来温文尔雅，但却微带点伦敦土音。

“斯特拉好吗?”桑迪问。

“哦，她很好。她喜欢在表演前躺一会儿，您知道。定定神儿，她说。”

“她那个绝技，给我一千镑我也不干。”

“我想您也不会干的。除她之外，没有人能干得了，我是说，从那么高的地方，而且只有五英尺深的水。”

“这是我所见过的最令人提心吊胆的表演了。”

科特曼笑笑。他把这话看作恭维。斯特拉是他的妻子。当然，去冒险的是她，可那火焰却是他想出来的，而正是这把火吸引了观众，使节目获得巨大成功。斯特拉从一个六十英尺高的梯子顶上跳进一个水箱，如他所说，箱里水深不过五英尺。在她就要跳水之前，他们往水面泼满一层汽油，由科特曼点燃；烈焰腾空而起，斯特拉翩然飞降，直入其中。

“帕科·埃斯皮诺尔对我说这是夜总会有史以来最叫座的节目。”桑迪说。

“我知道。他告诉我，他们在七月里已经做了通常要到八月才能做的那么多生意。全是因为有了你们，他对我说。”

“这么说，你们该发一笔财了。”

“噢，还不能那么说。您知道，我们签了合同的。自然，我们当时没有料到会如此轰动，不过，埃斯皮诺尔先生提到下个月还要留我们，不妨告诉您，如果条件照旧或者和原来差不多，他可就留不住我们了。喏，今早我还收到一位经理人的信，邀请我们到多维尔去。”

“我们的人来了。”桑迪说。

他点点头，离开了科特曼。伊娃·巴雷特率领她的客人们昂然而入。她在楼下把他们聚到了一起，总共八个人。

“我就知道会在这儿找到你，桑迪，”她说，“我没迟到吧，对吗？”

“不过半个钟头。”

“问问他们都要什么鸡尾酒，然后咱们就吃饭。”

酒吧间在逐渐空下来，几乎所有的人都到下面露台吃饭去了，他们正站在柜台旁，帕科·埃斯皮诺尔走过，停下来和伊娃·巴雷特握手。帕科是个年轻人，钱财都挥霍光了，现在正靠替夜总会安排招徕客人的节目为生。职责所系，对阔绰显赫者当然得彬彬有礼。查洛纳·巴雷特太太是位家产巨万的美国富孀，不仅宴客豪奢，而且下场赌博。究其实，午饭也罢，晚饭也罢，就连那两场进餐时的节目，还不都是为了引诱人们到赌桌上去输钱吗？

“给我准备了个好桌位吗，帕科？”伊娃·巴雷特问。

“顶呱呱。”他那双漂亮的阿根廷人的深色眼睛，表露出对巴雷特太太徐娘半老却风韵十足的赞慕。这也是生意经。“您看过斯特拉的表演吗？”

“当然。三次啦。这是我见过的最吓人的玩意儿。”

“桑迪每晚都来。”

“我想在她摔死时能在场。她不久总有一晚会送命，只要能来，我就不想错过那个场面。”

帕科笑起来。

“她太成功了，我们打算再留她一个月。我只希望她八月底以前别把命送掉。那以后嘛，就随她的便了。”

“啊，天哪，难道要叫我每晚都是鳟鱼、烤仔鸡，一直吃到八月底吗？”桑迪嚷道。

“你真刻毒，桑迪，”伊娃·巴雷特说，“来，咱们进去吃饭吧。我饿坏了。”

帕科·埃斯皮诺尔问酒吧伙计看见科特曼没有。伙计说他刚才和韦斯科特先生一起喝过一杯。

“哦，好吧，如果他再来这儿，告诉他，我有话要跟他说。”

巴雷特太太在通向下面露台的台阶顶上站住，等那位报界代表，一个头发蓬乱、憔悴瘦小的女人拿着笔记本走上前来。桑迪低声向她通报了客人的姓名。这是个典型的里维埃拉交际会。在场的有位英国勋爵及其夫人，两人都又瘦又高，他们愿意同任何人一道进餐，只要能白吃就成。到不了午夜，这两位肯定就会喝得烂醉。有一位憔悴的苏格兰女人，她那张脸活像是一副挨过上千年暴风雨吹打的秘鲁面具，还有她的英格兰丈夫。此人尽管是个掮客，却也爽快、热诚，有副军人气派。他给人的印象是如此之正直，以至当他将一件好东西作为特别的恩惠推销给你，到头来却证明一无用处时，你几乎会替他比替自己还要惋惜。有一位意大利伯爵夫人，其实她既非意大利人，也不是伯爵夫人，不过，倒打得一手漂亮的桥牌，另外还有一位俄国亲王，他打算把巴雷特太太变成亲王夫人，目前正在替别人倒卖香槟酒、汽车以及古代大画家的作品。人们正在跳舞，巴雷特太太俯视着舞池里密集的人群，短短的上唇使她显出一副轻蔑的表情，她在等着这场舞结束。这是个有特别节目的夜晚，餐桌都挤到了一起。露台外面，波澜不兴的大海寂然无声。音乐终止，侍者领班笑容可掬地走上前来，引巴雷特太太到她的餐桌去，她气派十足地走下台阶。

“从我们这儿看跳水挺不错。”她边说边坐下来。

“我喜欢紧靠水箱的位子，”桑迪说，“在那儿能看见她的脸。”

“漂亮吗？”伯爵夫人问。

“不为那个。为的是要看她的眼神。每次她都吓得要死。”

“啊，我才不信呢。”那位商业家说，他叫古德哈特上校，虽然谁也弄不清他这头衔究竟是怎么得来的，“我说，这整个儿了不起的绝技无非是个骗人的把戏。不会真有危险的，我说。”

“你知道什么。从那么高，往这么浅的水里跳，她必得一碰水面，马上就闪电般地转身。只要稍有差错，脑袋就会狠狠地撞到水箱底，把脊梁骨摔断。”

“说的就是这个呀，老弟，”上校说，“骗人的把戏，我说，没什么可争的。”

“不管怎么样，没有危险，就没有意思了。”伊娃·巴雷特说，“统共不到一分钟。要不是她在拿性命冒险，这玩意儿就是当今最大的骗局了。别把咱们说成是一次又一次地来上当吧。”

“其实一切都是骗局。信我的话没错。”

“是呀，你是该知道。”桑迪说。

如果上校觉出了这话可能是恶意挖苦，倒掩饰得令人佩服。他笑了笑。

“不妨告诉你，我是知道一点儿，”他承认，“我是说，我的眼够尖的，要骗我可不容易。”

水箱在露台左边尽头，后面由支架撑起一个很高的梯子，梯顶有个极小的平台。又跳过两三轮舞，伊娃·巴雷特和客人们正在吃芦笋时，乐声停止，灯光渐暗。一盏聚光灯打到水箱上。在耀眼的白光中可以看见科特曼。他登上六级梯子，到了与箱顶齐平的位置。

“女士们，先生们，”他用响亮清晰的嗓音喊道，“您们即将目睹本世纪最最神奇的技艺表演。斯特拉女士，全世界最卓越的跳水家，就要从六十英尺高的地方跳进冒着火的五英尺深的水里。这个绝技还从来没有人表演过，谁愿意试试，斯特拉女士准备奉送一百英镑。女士们，先生们，我荣幸地向大家介绍斯特拉女士。”

一个小小的人儿在通到露台的台阶顶上出现，快步跑到水箱前面，朝喝彩的观众鞠了一躬。她身穿一件男用丝绸浴衣，头戴游泳帽。瘦瘦的脸儿上了舞台妆。意大利伯爵夫人透过长柄眼镜打量着她。

“不漂亮。”她说。

“身条儿好，”伊娃·巴雷特说，“一会儿你就看见了。”

斯特拉脱掉浴衣交给科特曼。科特曼从梯子上下来。她停立片刻，望着人群。人们都在暗处，只能看见一张张模糊不清的白脸和一块块白衬衫的前胸。斯特拉身材纤巧，体形优美，双腿颀长，臀部窄小。游泳衣十分合身。

“你说得对，身条儿的确不错，伊娃，”上校说，“当然，有点儿欠发育，不过，我知道，你们女人认为这样正好。”

斯特拉开始攀上梯子，聚光灯跟着她。梯子高得令人不敢相信。一个侍者往水面泼了汽油。科特曼接过一柄燃烧着的火炬。他看着斯特拉登上梯顶，在平台上站好。

“好了吗？”他喊道。

“好了。”

“跳。”他嚷道。

话刚出口，他几乎是将那燃烧着的火炬投进水中。火焰顿时飞起，火舌高舔，实在怕人。就在这一瞬间，斯特拉纵身飞跳，恰似一道闪电，穿过熊熊的烈焰，直冲而下，入水不久，大火即行熄灭。转眼间，她已钻上水面，在暴风雨般的欢呼喝彩声中跃出水箱。科特曼给她裹好浴衣。她一再鞠躬致谢。喝彩声继续着。乐声大作。最后，她挥挥手，跑下台阶，从餐桌之间向门口冲去。灯又亮了，侍者们赶紧忙起刚才被忽视的工作。

桑迪·韦斯科特舒了一口气。连他也不知道是失望呢，还是释然。

“妙极了。”那位英国贵族说。

“全是骗人，”上校有股子不列颠人的执拗劲儿，“随你拿什么打赌都行。”

“这么快就完了，”尊贵的英国夫人说，“我的意思是说，实在不值得花这份钱。”

不过，好歹不是她的钱。从来就没花过她的钱。意大利伯爵夫人向前探过身来。她英语讲得非常流利，只是口音很重。

“伊娃，我亲爱的，阳台底下靠门的桌上坐的那两个怪人是谁呀？”

“很有意思，是不是？”桑迪说，“我的眼睛简直就离不开他们。”

伊娃·巴雷特向伯爵夫人说的那张桌子望去，亲王本是背朝那边坐着，也转过身来看。

“真怪，”伊娃叫道，“我得问问安吉洛他们是谁。”

巴雷特太太是这样一种女人，她能叫出欧洲所有大饭店侍者领班的名字。她吩咐正给她斟酒的侍者去把安吉洛叫来。

那的确是很古怪的一对。他们孤零零地坐在一张小桌子上。两个人都很老。男的高大粗壮，一头厚密的白发，两道浓重的白眉，上唇还有一大抹白胡子。他的样子很像已故的意大利国王亨伯特[①]，但更像国王。他俨然端坐，身穿整套夜礼服，系一条白领带，外加硬领，式样已经过时几乎三十年。伴着他的是位老妇人，一身黑缎子舞会礼服，领口极低，腰间紧束。颈上围着好几串彩珠项链。她的头上显然戴的是假发，而且是很不合适的假发；做工极为精细，满是大大小小的发卷，乌黑油亮。她浓妆艳抹到惊世骇俗的程度，眼下和眼睑涂成艳蓝，眉毛描到漆黑，颊上搽着大块粉色胭脂，嘴唇抹得鲜红。她的脸上皮肉松垂，皱纹深重。那双肆无忌惮的大眼睛热切地搜视着一张张餐桌，将一切收入眼底，隔一小会儿便指点给老人看这看那。这里的男人都只穿常礼服，女人则穿浅淡颜色的薄长裙，在这时髦的人群中，他们显得

① 一八七八年至一九〇〇年在位。

如此之怪诞，引得许多眼睛都转过来看着他们。但是，这众目睽睽却似乎并未令那老妇人感到局促，当她觉得受到某些人注视时，反而调皮地挑起双眉，粲然一笑，眼珠骨碌碌地转，好似就要答谢人们的喝彩一般。

安吉洛匆匆赶到好主顾伊娃·巴雷特跟前。

“您找我吗，尊贵的夫人？”

“噢，安吉洛，靠门坐着的那两个老活宝是什么人呀？快说，我们都要急死啦。”

安吉洛朝那边瞧了一眼，然后显出一副不以为然的样子。他面部的表情，双肩的动作，脊背的扭转，两手的姿势，也许就连脚尖的转动，全都表示出一种半玩笑式的歉意。

“您不用理会他们，尊贵的夫人。”他当然清楚，巴雷特夫人无权领受这种称呼，正如他明白，那位意大利伯爵夫人既非意大利人，又非伯爵夫人，而那位英国勋爵只要有人肯破费，就从没掏过一次酒钱一样，可是他也知道，这种称呼绝不会让巴雷特夫人不高兴，“他们求我给张桌子，想看斯特拉女士跳水。早先，他们自己也干过这一行。我知道他们不配在这儿吃饭，可他们一个劲儿求我，实在不忍心驳回。”

“我可觉得他们着实有意思。我真喜欢他们。”

“我跟他们认识有年头啦。说实在的，那个男的还是我的同乡呢。”侍者领班屈尊似的笑了一声，“我答应给他们张桌子，条件是不准跳舞。我可不想冒险，尊贵的夫人。”

“哎，我倒挺想看看他们跳舞呢。”

“凡事总得有点分寸，尊贵的夫人。”安吉洛一本正经地说。

他微笑着，又鞠一躬，退了下去。

“看哪，”桑迪叫道，“他们要走了。”

那对老活宝正在付账。老头子站起来，将一条不怎么干净的大白羽毛披肩围在妻子的颈上。她也起身。老头子把手臂递过去，神态昂然，身躯笔挺，她挽着丈夫轻快地向外走，相形之下，显得又瘦又小。在她身后，黑缎袍曳着长长的裙裾，伊娃·巴雷特（她已经五十好几了）高兴得尖叫起来。

“瞧哇，我记得在上学的时候，我母亲就穿过一件这样的袍子。”

那滑稽的一对走着，一直手挽着手，穿过夜总会的一间一间的大厅，来到门口。老头子对看门人说：

“请告诉我演员化装室在哪里。我们想去向斯特拉女士致意。”

守门人打量他们一下，心里有了数。他们不是那种必须恭恭敬敬对待的人。

“在那儿找不着她。”

“她还没有走吧？我想她两点还要表演第二场？”

“不错。没准儿在酒吧间。”

“咱们就过去瞧瞧，不碍事的，卡洛。”老妇人说。

“成，亲爱的。”他的卷舌音挺重。

他们缓步登上大台阶，走进酒吧间。这里已经空荡荡的了，除酒吧间的小伙计外，只在屋角两张扶手椅上坐着一对男女。老妇人松开丈夫的胳臂，伸出双手，轻快地跑上前去。

“你好吗，亲爱的？我觉着非得来祝贺你不可。咱们一样，都是英国人。咱们还是同行。这节目真了不起，亲爱的，的的确确是个成功。”她转向科特曼，“这是你丈夫吗？”

斯特拉从扶手椅里站起身，有点惶然地听着这位老妇人滔滔不绝的话，唇上绽出一丝羞怯的微笑。

“是的，他叫希德。”

“见到你很高兴。”他说。

“这是我的丈夫，”老妇人用胳膊肘朝白发苍苍的高个子男人微微一指，“潘内齐先生。他其实是个伯爵，我当然也就是潘内齐伯爵夫人，不过，我们歇手不干这一行以后，就不用这头衔了。”

“你们喝一杯吗？”科特曼问。

“不，我们请，”潘内齐太太说着，坐到一把扶手椅上，“卡洛，你叫。”

酒吧伙计走过来，经过一番讨论，要了三瓶啤酒。斯特拉什么也不想喝。

“不演完第二场，她什么也不喝。”科特曼解释道。

斯特拉玲珑小巧，二十六岁左右，浅褐头发，剪短烫过，灰色的眼睛。她涂了口红，脸上却只淡淡地有一点胭脂。她肤色苍白，并不很漂亮，但是小脸儿端正悦目。她身穿一件十分简单的白绸夜礼服。啤酒送来，显然不太健谈的潘内齐先生痛痛快快喝了一大口。

“您是干的哪一行？”希德·科特曼客气地问。

潘内齐太太化过妆的亮闪闪的眼睛滴溜溜地转了他一眼，回身对她的丈夫说：

“告诉他们我是谁，卡洛。”

“美人炮弹。”他宣布。

潘内齐太太容光焕发地微笑着，用小鸟儿般的目光迅速地瞅瞅这个，望望那个。他们惊愕地看着她。

“弗洛拉，”她说，“美人炮弹。”

她是那样明显地期待着他们的强烈反应，弄得他们简直不知所措。斯特拉困惑地看了希德一眼。希德出来解围。

“那时候还没有我们吧。”

“当然没有你们啦。是呀，我们正好是在可怜的维多利亚女王驾崩的那一年歇手不干的。这在当年也轰动一时呢。你们准听说过我，一定的。”她看到两人茫然的样子，口气有点儿变化，“我那阵子在伦敦最叫座。在老水族馆，是呀。所有的上流人全来看我表演。有威尔士亲王，还有好些个我说不上来。满城的人都谈论我。对不对，卡洛？”

“她让水族馆整整挤了一年。”

“那可是从来没有过的最壮观的节目啦。是呀，前几年我走到德·巴思夫人跟前自我介绍一下。就是莉莉·兰特里，你知道。她常来这儿住住。夫人对我记得可清楚啦。她说，她看过我十次呢。”

“您怎么表演呢？”斯特拉问。

“拿大炮把我射出去。相信我，可轰动啦。在伦敦以后，我又到世界各地去表演。是呀，亲爱的，如今我是个老太婆了，我不否认。潘内齐先生七十八，我也不再是七十了，可是，那阵子我弄得伦敦所有贴海报的地方都贴着我的像。德·巴思夫人对我说：亲爱的，你跟我一样有名气。不过，你们也知道人们是怎么回事儿，给他们一点好东西，他们就疯一阵，只是他们要换口味；甭管多好，没多久就腻，就再也不来看了。对你也会这样，亲爱的，和从前对我一个样儿。这种事儿咱们大家全得碰上。不过，潘内齐先生脑子灵。他从这么高，就吃这碗饭。在马戏团，知道吧，当领班。我最早就是这么认识他的。我那时候在杂技团，表演空中飞人，你知道。他如今还挺漂亮，你们真该看看他当年那个样子，俄国长靴，马裤，上衣挺贴身，满胸丝绦，骑着马儿绕场飞跑，长鞭啪啪地响，是我这辈子见过的最俊的男人了。”

潘内齐先生一语不发，只是若有所思地捻着他那一大抹白胡子。

“是呀，我刚说了，他从不乱花钱，到经理人不能再聘我们的时候，他就说，咱们不干啦。他说得对，当过伦敦最红的明星，我们不能再回马戏团了，我是说，潘内齐先生真的是个伯爵，他得考虑他的尊严，所以，我们就来到这里，买下一所房子，开始出租。潘内齐先生早就有雄心想改这一行。如今，我们来这儿有三十五年了。一直到两三年前我们都干得不坏，然后经济萧条就来了，客人们也跟开始那会子的不一样了，他们要卧室里有电灯有自来水，还有别的我说不上来。给他们一张名片，卡洛。潘内齐先生亲自掌厨，你们什么时候想要个真正像家的地方，好知道上哪儿去找。我喜欢同行，咱们有好些个稀罕事儿可谈呢，你跟我，亲爱的。一朝卖艺，永远同行，我说。”

这时候，主管酒吧的侍者吃罢晚饭回来。他看见了希德。

“啊，科特曼先生，埃斯皮诺尔先生找你来着，说有事要谈。”

“哦，他在哪儿？”

“就在这附近什么地方。”

“我们要走了，”潘内齐太太说着站起来，“哪天来和我们一块儿吃午饭吧，好吗？我想给你们看看我的旧照片和剪报。真怪，你们没听说过美人炮弹。是呀，我那时候跟伦敦塔一样有名呀。”

潘内齐太太发现这些年轻人竟然没有听说过她，倒并不生气，只是觉得可笑。

他们互相告别，斯特拉又倒在她的椅子上。

“我把酒喝完，”希德说，“然后去看看帕科有什么事。小鸭子，你是待在这儿，还是想到你的化装室去？”

斯特拉双手紧紧攥着，没有回答。希德看看她，赶忙把眼睛转开。

“真有意思，那位老小孩，”他还是那么乐呵呵的，“真是个有趣的人。我估计她说的是真话。可是，我得说，实在难以令人相信。她居然吸引了整个伦敦，什么，四十年前？滑稽的是，她以为还有什么人会记得。她好像简直不能理解，我们怎么对她连听也没听说过。”

他不让斯特拉知道，偷偷斜了她一眼，却发现她在哭。希德一下子讲不出话了。眼泪正顺着她苍白的脸颊向下流。她没有哭出声。

“怎么啦，亲爱的？”

“希德，今晚我干不了啦。”她哽咽地说。

“怎么干不了？”

“我害怕。”

他拿起她的手。

“我知道你不至于，”他说，“你是世界上最最勇敢的女人。喝口白兰地，就振作起来了。”

“不，喝了更糟。”

“你不能这样让你的观众失望呀。”

“什么狗屁观众。胡吃滥喝的猪猡。一群叽叽喳喳的笨蛋，钱多得不知怎么好了。我受不了他们。我摔死了，他们才不在乎呢。”

“当然啦，他们就为找点儿刺激才来的，我不否认这个，”他不安地回答，“可是，你知道，我也知道，没什么危险，只要你稳住就没事儿。”

“我已经稳不住了，希德。我会摔死的。”

她的声音高了一点，希德连忙回身去看酒吧的侍者。那人正在看《尼斯的侦察兵》，没有注意他们。

“你不知道从那上边，从梯子顶上往下看水箱的时候有多害怕。我不骗你，刚才我以为我都要昏过去了。告诉你，今天晚上我干不了啦，你得帮我摆脱一下，希德。”

“今晚要是害怕，明天准会更糟。”

“不，不会的。就是这连演两场要我的命。得等那么久，多揪心呀。你去找埃斯皮诺尔先生，跟他说我不能一晚两场。我受不了。”

“他绝不会答应的。整个晚上生意全靠你呢。那些人就是为看你才来的。”

“我没办法，跟你说我干不了。”

他沉默了一会儿。泪水还在顺着斯特拉苍白的小脸儿往下淌，希德看出她正在很快地失去自制力。几天以来他一直觉得要出事，很是着急。他极力不给她谈话的机会，朦胧地感到不让她把情绪形诸言语更好些。可是他总在担心，因为他爱斯特拉。

“不管怎么样，埃斯皮诺尔在找我。”他说。

“干什么？”

“不知道。我去告诉他，说你一晚只能表演一次，不能再多，看他怎么说。你在这儿等着吗？”

“不，我到化装室去。”

十分钟后希德在那里找到了她。希德兴高采烈，脚步轻快，一下闯开了门。

“我给你带来了大好消息，亲爱的。他们下月要留我们，钱加一倍。”

他跳过去要抱着她亲吻，斯特拉把他推开。

“今晚我还得再接着表演吗？”

“恐怕只能这样了。我竭力想定成每晚一场，可他根本不要听。他说晚餐时你那一场相当要紧。不过毕竟是双倍的钱，值得了。”

斯特拉扑倒在地，这一次号啕大哭起来。

“我不能干了，希德，我不能。我要摔死的。”

希德在地上坐下来，扶起她的头，把她抱在怀里抚慰着。

“挺住，亲爱的。你不能拒绝这么大一笔钱哪。想想，这够我们维持一冬，什么也用不着干。再说，离七月底好在只有四天，往下就剩一个八月了。”

“不，不，不。我怕极了。我不想死，希德。我爱你。”

“我知道你爱我，亲爱的，我也爱你。想想，从我们结婚起，我就没有看过一眼别的女人。我们从没有过这么多钱，以后也不会再有了。这种事儿你是知道的，现在我们红得发紫，但是不会永远这样。我们得趁热打铁呀。”

“你要我去死吗，希德？”

“别说傻话。想想，没你我上哪儿去呢？你一定不能这样撒手。你还得考虑你的自尊心。你是世界闻名的人哪。”

“跟那个美人炮弹从前一样。”她叫道，接着又愤怒地笑起来。

“那该死的老太婆。”他心想。

他知道这是压垮骆驼的最后那根草。倒霉，斯特拉真受了影响。

“她让我开了眼，”她接着说，“他们干吗要一次又一次来看我表演呢？为的就是可能看到我把命送掉。等我死了一个星期，他们就会连我的名字都忘得一干二净。他们就是这样的。我一看那个涂脂抹粉的丑老婆子就全明白了。唉，希德，我难受极了。”她伸出双臂勾住他的脖子，把脸贴到他的脸上：“希德，干这个没好处，我不能再干了。”

“今晚，是吗？要是你真的不愿意，我就去告诉埃斯皮诺尔，说你昏倒了。我敢说，就这一次，没什么问题。”

“我不是说今晚，我是说永远不干了。”

她觉得希德的身子一绷。

“希德，亲爱的，别以为我是在发傻。这种感觉不是今天才有的，我越来越受不了。一想到这些，夜里就睡不着，刚一迷糊，就看见自己站在梯子顶上往下瞧。今天晚上我差点儿上不去了，哆嗦得那么厉害，你点火说跳的时候，好像有什么东西在把我往后拉。我甚至连自己跳了都不知道。一直到发现自己已经站在台上，听见他们鼓掌为止，我脑子都是木的。希德，你要是爱我，你不会要我受这份折磨。”

希德长叹一声。他自己也已泪眼模糊。因为他真心实意爱斯特拉。

“你知道那意味着什么，”他说，“过去的生活。马拉松舞，所有的一切。”

“什么都比这个强。”

过去的生活。他们都记得。希德十八岁就当上了职业男舞伴，他那黝黑的西班牙人模样非常漂亮，又生气勃勃，老年和中年女人都乐意花钱同他跳舞，他从没失过业。由英国漂流到欧洲大陆以后，就在这儿待了下来。从一个饭店转到另一个饭店，冬天到里维埃拉，夏天到法国海滨浴场。他们日子过得不坏，一般是两三个人在一起，都是男的，在廉价出租的寓所共住一间屋子。他们不必早起，只要能穿戴好，十二点到饭店陪那些想减轻体重的肥胖女人跳舞就成。下午他们没什么事儿，直到五点再来饭店，坐在桌旁，三个人一起，尖起眼打量着，看看谁可能是主顾。他们都有一些常客。夜里他们去餐厅，那里供给他们一顿像样的饭。在上菜的间隙，他们就跳舞。这能赚不少钱。从随便哪个同他们跳舞的人身上，通常都能得到五十或一百法郎。有时，某位阔女人同他们哪个连着大跳特跳两三晚之后，甚至会给一千法郎。又有时某位中年女人会叫他们之中的一个陪自已度一夜，就又能进账两百五十法郎。另外，总会有这种机会，个把老糊涂昏了头，他们就能弄到一些白金蓝宝石戒指、烟盒、衣服和手表。希德的一个朋友就同这么个人结了婚，女的老得足以当他的母亲，不过，人家给了他汽车和赌本，住在比亚里茨的一所漂亮别墅里。那是大家都有钱挥霍的好时光。萧条时期来到，职业舞男们便遭了殃。饭店空了，顾客们似乎都不肯为着跟漂亮小伙子跳舞的乐趣花钱了。希德常常是整天价连买杯酒的钱都挣不到，而且不止一次，某个足有一吨重的胖老娘儿们居然厚着脸皮只给他十个法郎。开销并没有减少，因为他必须衣冠楚楚，不然，旅馆经理就会啧有烦言，洗衣服又得破费一大笔，他需要的衬衣多得惊人；还有鞋子，那些地板对鞋子着实不客气，而鞋子又必须总是显得崭新才成。房钱得付，还有午餐。

就在那时，他遇上了斯特拉。在埃薇昂。那是个糟糕的季节。斯特拉当游泳教练，她是澳大利亚人，一个出色的跳水员。每天上午和下午表演，夜里受雇到饭店伴舞。他俩在餐厅里与客人分开的一张小桌上吃饭，乐队一开始演奏，两人便翩翩起舞，引顾客下舞池。但是，常常没有人随他们之后，于是，他俩便自己跳下去。做职业舞伴他们所获无几，只是互相爱上了，在那个季节末尾结了婚。

他俩从不为这后悔。他们熬过了艰难的岁月。尽管为了饭碗他们隐瞒了夫妻关系（上了年纪的太太们不喜欢同一个有妻子在场的已婚男人跳舞），可是，要想两人都找到饭店的差事还是不容易，而希德又远远赚不出足够的钱来供养妻子，使她不必工作，即使住最简陋的公寓也不够。舞男这一行没落了。他们到巴黎学了一种新舞蹈，但是竞争十分激烈，很难受到娱乐餐厅的雇用。斯特拉是舞厅的优秀舞女，可当时人们热衷的是惊险杂技，因此，不论他们怎样努力排练，她也没能做出什么惊人的成绩。人们看腻了阿帕什舞[①]。他们有次竟一连失业好几星期。希德的手表、金烟盒、白金戒指，统统进了当铺。最后，在尼斯，他们穷途潦倒到希德不得不把自己的夜礼服也送进了当铺。那真是场大灾难。他们不得已参加了一个大胆的经理兴办的马拉松舞展示。一天跳二十四小时，每小时休息十五分钟。真可怕，腿跳疼了，腿跳木了，常常好半天都不知道自己在干什么，只是跟着音乐的节拍，尽可能少花费气力。这样，他们挣到了一点点钱，人们拿出一百法郎，或是两百，给他们打气，有时，为了引人注意，他们强打精神，来一次舞蹈表演。碰上观众兴致好，倒也能带来一笔过得去的收入。他俩都精疲力竭。到第十一天头上，斯特拉晕了过去，

① 美国西南部的一种印第安舞。

只好不干了。希德一个人继续干下去，跳呀，不停地跳，怪可笑地独自跳着。那是他们最落魄的时候。真到了山穷水尽的地步。那段生活，给他们留下了悲惨可怕的回忆。

但也正在那时，希德忽然间灵机一动。这灵感是他独自个儿绕着大厅慢慢跳着的时候来的。斯特拉总说自己能往碟子里跳水。就是这个主意。

“人的主意来得真怪，”他后来说，“就像闪电一样。”

他忽然想起曾经看见过一个男孩点燃洒在便道上的汽油，呼地一下火烧了起来。当然是水面的烈火和壮观的跳水抓住了人们的心。希德立刻停止跳舞，他太兴奋，跳不下去了。把这个主意跟斯特拉一谈，她也很热心。于是希德便给一个当经理人的朋友写了封信；大家都喜欢希德，他是个挺好的小伙子，经理人出钱置办了设备，又在巴黎一家马戏团为他俩搞了份合同。节目大获成功。他们站住了。聘约四面飞来，希德为自己买了一整套新服装。当获得海滨夏季夜总会的预约时，他们的声誉达到了顶峰。希德说斯特拉红得发紫一点也不夸张。

“我们的一切烦恼不幸都已经过去了，好姑娘，”他怜爱地说，“现在我们能存上一点钱以防万一了，等观众看腻了这个，我再想出点别的什么。”

可是现在，一点思想准备也没有，在他们最走运的时刻，斯特拉却要撒手不干了。他不知道该对她说些什么。看她这样难过，他的心都要碎了。现在他甚至比刚结婚时更爱斯特拉。他爱她，因为他们共过患难，无论如何，有一次连着五天，每人除了一大块面包和一杯牛奶之外，什么吃的也没有；他爱她，还因为她使自己脱离了困境，又有了好衣服穿，一天又能吃上三顿饭了。他不敢看斯特拉，他受不了那双可爱的灰眼睛里痛苦的表情。斯特拉怯生生地伸出一只手来摸他的手。希德长叹一声。

“你知道那意味着什么，亲爱的。我们和饭店的关系早完了，无论如何，那一行也干不成了。就算还有点生意，也是比我们年轻的人的事。你和我一样清楚那些老娘儿们是什么东西；她们要的是小伙子，再说，我的个子实在也不够高。年轻的时候还不大要紧。说我显得年轻也没有用，因为我已经不年轻了。”

“也许咱们能去拍电影。”

他耸耸肩。这个，他们在走投无路的时候曾经试过。

“干什么我都不在乎。去商店卖东西我也愿意。”

“你以为只要一问就能找着工作吗?”

她又哭了起来。

“别哭了，亲爱的。我的心要碎了。”

“我们已经存了一点儿钱。”

“这我知道。只够维持六个月。以后呢，只有挨饿。先把零碎东西当掉，接着再当衣服，跟过去一样。再往后，就是到什么低级酒馆去跳舞，为了挣一顿晚饭和一夜五十法郎。还可能连着几个星期找不到工作。一听说有什么马拉松舞就会去参加。谁知道人们对这些会喜欢多久呢?”

“我知道你觉得我不讲理了，希德。”

这时，他转过身看着斯特拉。她双眼饱含泪水。希德对她微微一笑，那么温柔，那么迷人。

“不，我没有，小鸭子。我要使你快乐。不管怎么说，你是我的一切。我爱你。”

他把斯特拉搂过来，抱在怀里。他可以觉出她的心在怦怦地跳。既然斯特拉有这种感觉，他也无可奈何。万一她真送了命呢？不，不，就由着她吧，钱呢，见它的鬼去。斯特拉微微一动。

“怎么啦，亲爱的？”

斯特拉脱出他的怀抱，站了起来。她走到梳妆台前。

“我想是该准备上场的时候了。”她说。

希德蓦地站起身。

“你今晚不是不再上场了吗？”

“今晚，每晚，一直到摔死为止。有什么办法呢？我知道你说得对，希德。我不能回头再受那份罪了，那些第五流旅馆里臭气熏天的房间，连饭都吃不饱。啊，还有马拉松舞。你干吗又提起它？一连多少天又累又脏，非到身体垮了才算完。也许我能再坚持一个月，咱们挣到的钱也就足够让你有个机会去想点别的办法了。”

“不，亲爱的。我不能答应。不要干了。总会有办法的。从前我们挨过饿，以后再挨饿也无所谓。”

斯特拉脱掉衣服，只留一双长袜，在镜子前面全身赤裸地站了一会儿。她对镜子里的自己苦笑了一下。

“我不能让我的观众失望。”她冷笑着说。

狮皮

冯涛　译

当大家在报上看到弗雷斯捷上尉因为试图拯救被他妻子意外关在房子里的小狗而葬身于一次森林火灾的消息时，有很多人都大感震惊。有些人说他们从来不知道他竟有这等侠肝义胆；另有些人则说在他们看来，他正是能干出这种事来的那种人，不过说这番话的这些人当中，有的人是意在激赏，有的则未尽然。在这桩悲剧发生之后，弗雷斯捷太太暂时栖身于一个叫作哈代的人的别墅里，此人她跟她丈夫才刚结识没多久。弗雷斯捷上尉从来就没喜欢过哈代夫妇，至少从没喜欢过弗雷德·哈代，不过她觉得要是他能熬过那个可怕的夜晚的话，他应该会改变他的看法的。他将会认识到哈代身上究竟有多少美德，尽管此人拥有如此这般的名声；而凭他一贯光明磊落的绅士气概，他将毫不犹豫地坦白承认是他错了，冤枉了好人。当失去在这个世上就是她的一切的那个男人之后，除了哈代夫妇那令人惊叹的亲切友善之外，弗雷斯捷太太真不知道她如何才能维持自己正常的神志了。在她那难以忍受的丧夫巨痛之中，他们那无穷无尽不离不弃的同情和关怀就是她唯一的倚靠和慰藉。他们几乎是亲眼看见了她丈夫所做出的伟大牺牲，比任何人都更清楚地知道他的所作所为是何等的了不起。她永远都不会忘记亲爱的弗雷德在把那个可怕的消息告诉给她时对她讲的那番话。正是弗雷德讲的这番话使她不仅承受住了这个可怕的灾难，而且能够满怀勇气去面对那孤凄的未来，而且她知道得很清楚：那个大无畏的勇士，那个侠肝义胆的绅士，那个她如此深爱的人儿正是希望她带着这样的勇气去面对惨淡人生的。

弗雷斯捷太太是个非常好心的女人。善意的人们在对一个女人实在无话可说时经常会这么说，这种说法已经日益被当作一种敷衍冷淡的恭维使用了。我的本意却并非如此。弗雷斯捷太太既不娇媚又不漂亮，而且也不聪明；恰恰相反，她既可笑又家常，而且还很愚蠢；可是你越是了解她，你就会越发喜欢她，当被问及原因何在时，你会发现你被迫只能重复上面那句话：她是个非常好心的女人。她身高跟一个中等个头的男人不相上下；她长了张大嘴和一个巨大的鹰钩鼻，淡蓝色的眼睛还近视，还有一双丑陋的大手。她的皮肤沟壑纵横、饱经风霜，不过她总是化很浓的妆，她的头发留得很长，染成了金黄色，烫成紧致的大波浪，煞费苦心地梳理定型。她尽其所能，一心想抵消她的外表那咄咄逼人的阳刚之气，努力的结果看起来只不过更像个杂耍演员男扮女装的反串表演。她的声音倒确实是女性的声音，不过你总是期待她在演完一场戏后会一下子变成低沉的男低音，并且一把扯掉金黄色的假发套，露出一个男人的大秃瓢儿来。她在自己的衣着上不惜血本，所有的衣服全都由巴黎最时尚的裁缝为其定制，可不幸的是，她虽已年届五旬，在选择服装的品位上却实在令人不敢恭维——偏偏选择那种只有穿在娇小玲珑而且正值花季的服装模特儿身上方显精致优美的衣服。她总是佩戴大量的首饰，浑身上下珠光宝气。可是她的举手投足无不拙手笨脚，她的表情姿态尽显重拙呆滞。只要她走进一间摆放有一件名贵玉器的客厅，结果她肯定会把那件玉器给拂落到地上去；只要她跟你共进午餐的时候你有一套倍加珍爱的玻璃器皿，她几乎注定要把其中的一件摔碎不可。

然而，就在这个笨拙难看的外表下面却呵护着一个温柔、浪漫而又理想主义的灵魂。你得花点时间才能发现这一点，因为你刚刚认识她的时候只会把她当作一个滑稽突梯的丑角儿，然后当你对她有了更多的了解（也已经充分忍受过她的拙手笨脚）以后，她会让你感觉怒不可遏；可是当你终于发现了她那深藏不露的灵魂之后，你就会自悔不该如此愚蠢，竟然没有从一开始就洞察知悉，因为到了那时，它就会透过那双淡蓝的近视眼从里往外地看着你，相当羞赧，却又满怀真诚，只有真正的傻瓜才会视而不见。那些优美讲究的平纹细布和弹性十足的蝉翼薄纱，那些处女般鲜嫩雅洁的锦缎丝绸包裹着的并非一具粗笨的躯体，而是一个清新脱俗的少女般的灵魂。你会忘掉她打碎过你的瓷器、看起来像个打扮成女人的男人，你眼中看到的她就会像是她眼中的自己，的的确确是她真实的模样，就仿佛你眼睁睁看到了真相：她就是个有颗金子般的心的热切真诚的小东西。当你逐渐对她有所了解以后，你会发现她单纯得就像个孩子；她对于你对她付出的任何一点关心和注意都会令人感动地心怀感激；她自己的慈悲心肠简直无穷无尽，你可以要求她为你做任何事情，不管那件事是多么令人厌烦，而且她做起来就仿佛你不是在给她添麻烦，而是在为她服务一般。她具有一种极其罕有的无私爱人的天性。你很清楚她心头从来就没有掠过一丝一毫刻薄或是恶毒的念头。在你已经承认了所有这些之后，你会一遍又一遍地念叨：弗雷斯捷太太确实是个非常好心的女人。

可不幸的是，她也是个十足的傻瓜。你在认识她丈夫以后就会发现这一点。弗雷斯捷太太是个美国人，而弗雷斯捷上尉是英国人。弗雷斯捷太太出生在俄勒冈州的波特兰，一九一四年欧战爆发前从未到过欧洲，当时她第一任丈夫刚刚去世，她就加入了一个医院的编制，来到了法国。以美国人的标准来看她并算不上有钱，不过以我们英国人的标准她可就相当富有了。从弗雷斯捷夫妇的生活方式判断，我估计她一年能有三万美元的收入。除了她毋庸置疑地会把错误的药物拿给错误的病人，给他们缠的绷带还不如干脆不缠，并且把但凡能够摔破的器具统统摔碎之外，我敢肯定她确实是个极好的护士。我认为她从来都不会觉得她的本职工作令人厌烦，妨碍她义无反顾地全身心投入；她肯定从来都不曾偷过懒、厌过烦；我总觉得正是她碰到的那么多不幸的人，滋养了她那颗慈善的心灵，而且有不少人或许正是因为她那颗金子般心灵中所蕴含的慈悲和关爱，才最终满怀更大的勇气向那未知的死亡世界迈出最后那痛苦的一步的。弗雷斯捷上尉在战争的最后一年受到她的照拂，在和平宣告后没多久就跟她结了婚。他们在戛纳后面那群小山上的一个漂亮别墅里安顿下来，并很快就在里维埃拉的社交生活中占据了一个显著的位置。弗雷斯捷上尉的桥牌打得很好，又是个热心的高尔夫球手。他网球打得也不赖。他拥有一艘帆船，在夏日时节弗雷斯捷夫妇会举办非常出色的派对，在各岛屿间名闻遐迩。在步入婚姻十七年之后，弗雷斯捷太太仍旧衷心爱慕她那位相貌堂堂的丈夫，你认识她不用很久，就会听到她用她那拉长了语调、慢条斯理的西部口音将他们夫妇之间求爱的整个过程向你全盘托出。

“那可真是一见倾心，”她道，“他被送进医院的时候碰巧不是我值班，等我一上班发现他正躺在由我看护的一张病床上，噢，我的老天，我只觉得我的心脏一阵剧痛，我一时还觉得是不是自己工作过劳心力交瘁了呢。他可真是我这辈子见过的最英俊的男人。”

“他伤得很严重吗？”

“呃，他其实都算不上真正受了伤。你知道，那真是最不同寻常的事儿，他从头到尾经历了那场战争，有时一连好几个月都处于炮火的攻击当中，每天至少得有二十次冒着生命的危险，他就是那种压根儿就不知道什么是害怕的人；他身上竟然连道划痕都没落下。他当时是身上长了疔。”

这看起来可不像是开始一段激情恋爱的浪漫微恙。弗雷斯捷太太为人有点过于古板，弗雷斯捷上尉身上的疔虽然引起了她极大的兴趣，她却发现要告诉你它们确切地长在什么地方总有点困难。

“它们就长在他后背底下的那个部位，其实还要再下面一点儿，他总是很不情愿让我给他敷药。英国男人真是非同寻常地羞涩谦让，我已经反复再三地注意到这一点了，这让他觉得窘迫得要命。你会觉得在那样的情况下，我想你明白我的意思，自打我们初次相识以后，应该使我们感觉更加亲近的。可结果却并不是那么回事儿。他对待我非常疏远冷淡。我每次查房一走到他床前，就透不过气来，心怦怦跳得就像要蹦出来，我都搞不懂自己到底是怎么了。我天性可不是个拙手笨脚的女人，我从不会把东西掉到地上或是摔碎任何东西；可是说了你都不信，当我不得不给罗伯特递药的时候，我总是把汤匙掉到地上而且把玻璃杯给摔碎，我都想象不出他会怎么想我。”

当弗雷斯捷太太说到这里的时候，你几乎不可能不哈哈大笑。她则笑得非常甜蜜。

“我猜在你听来可能非常荒唐可笑，不过你得知道在此之前我可从没有过这样的感受。我嫁给我第一任丈夫的时候——呃，他是个鳏夫，几个孩子都成年了，他是个优秀的男人，在我们那个州里可是最著名的市民之一，可不知怎么的感觉就是不一样。”

“那你最终又是怎么发现你爱上了弗雷斯捷上尉呢？”

“呃，我并不指望你相信我的话，我知道这听起来挺滑稽的，可事实是这是一个护士告诉我的，而她这话一说出口，我就知道那是千真万确的。起先我真是坐立不安。你知道，我对他可是一无所知啊。就跟所有英国人一样，他这人非常矜持，我知道的所有情况就是他已经结了婚而且有五六个孩子。”

“你是怎么发现不是这么回事儿的?”

“我问他的。就在他告诉我他是个单身汉的那一刻，我已经下定决心不择手段甚至不惜欺骗一定要嫁给他。他那时候痛苦不堪，可怜的小亲亲；你知道，他几乎所有的时间都不得不脸朝下趴在床上，背朝下躺着就剧痛难当，至于说到坐下——噢，他当然是想都别想。可我并不认为他的痛苦要比我的更甚。男人都喜欢尽显曲线的丝绸和软乎乎毛茸茸的东西，你知道我的意思，而当时一身护士制服的我真是一点优势都没有。我们的护士长是新英格兰的那种典型的老处女，丝毫不能容忍化妆，而且当时我也根本就不化妆；我的第一任丈夫从来都不喜欢；还有那时候我的头发也没有现在这么漂亮。他经常用他那双迷人的蓝眼睛看着我，让我觉得他肯定认为我非常惹人注目。他当时的情绪非常低落，我觉得我应该竭尽所能让他振作起来，所以只要能匀出几分钟时间，我就会到他那儿跟他聊天。他说他这么个身强力壮的大男人就这么一周接一周地躺在床上，而他所有的战友却在战壕里浴血奋战，一想到这一点就让他无法忍受。你跟他聊天的时候不可能意识不到，在你面前的就是这样一个男子汉——当弹雨在他周围呼啸而过时他们才最最真切地感觉到生命的喜悦，而下一刻也许就是他们的最后一刻。危险对他而言不啻是一剂兴奋剂。不瞒你说，我当时经常在他的病历表上故意把他的体温多写个一两度，为的就是让医生认为他的病情比实际上要更严重一点。我知道他一直在竭尽所能让医生尽快允许他出院，而我却觉得只有确保医生们不放他出院对他来说才算公道。当我跟他喋喋不休地聊天时，他经常会体贴关切地望着我，我知道他也很期待我们之间的这种小小的闲聊。我告诉他我是个寡妇，没有什么亲人，还告诉他我打算战后就在欧洲安顿下来。渐渐地他的情绪也缓和了一些。他很少说到他自己，不过他开始跟我善意地开起了玩笑，他是个极有幽默感的人，你知道，有时候我都认真地开始觉得他挺喜欢我的了。终于，医生宣布他可以出院，重上前线了。令我惊讶的是他邀我在他最后一天晚上跟他共进晚餐。我设法跟护士长请下假来，我们开车去了巴黎。你无法想象穿上军装的他看起来有多帅。我从没见过任何人看起来如此光彩夺目。举手投足间都尽显贵族气派。可不知什么原因，他并不像我期待的那么兴致高涨。他一直以来可都是狂热地一心只想重返战场的。

“‘今晚你情绪为什么这么低落?’我问他，‘毕竟，你终于如愿以偿了呀。’

“‘我知道我确实如愿以偿了，’他道，‘如果我的确有些忧郁的话，你难道猜不出为什么吗?’

“我简直都不敢去想他到底什么意思。于是我想最好还是开个小玩笑糊弄过去。

“‘我可不擅长猜测人家的心思，’我笑着说道，‘你要是想让我知道的话，最好还是告诉我吧。’

“他垂下目光，我看得出来他很忐忑紧张。

“‘自打我住院以来你待我真是好得不能再好了，’他道，‘对

你的好处我永远都感谢不过来。你是我这一生中认识的最伟大的女人。'

"听他这么一说，我真是坐立不安。你知道英国男人是多么滑稽；在此之前他可从来都没恭维过我一回。

"'我只不过做了每一位称职的护士都会做的事。'我说。

"'我还能再见到你吗？'他问。

"'这就取决于你了。'我说。

"我希望他没有听出我话音中的抖颤。

"'我真不愿离开你。'他道。

"我真是几乎说不出话来了。

"'你一定要走？'我问。

"'只要我的国王和国家需要，我就会为他们服务到底。'"

当弗雷斯捷太太说到这里的时候，她那双浅蓝色的眼睛里已经充满了泪水。

"'可战争不可能永远持续下去。'我说。

"'等战争结束后，'他回答道，'假如一颗子弹并没有结束我的生命，我也会一文不名了。我甚至都不知道我该如何糊口谋生。你是个非常富有的女人，我却是个叫花子。'

"'你是位不折不扣的英国绅士。'我道。

"'当这个世界的民主已经赢得安全后，这一点还会有什么特别重要的吗？'

"到了那时我的眼睛都快哭出来了。他说的一切都是如此美丽。我当然明白他是什么意思。他并不认为求我嫁给他是件值得引以为荣的事。我感觉他宁肯死掉也不愿意让我以为他是在贪图我的钱财。他真是个杰出的男人。我知道我配不上他，不过我看得明白如果我真想得到他，我就必须得主动出击，靠我自己赢得他。

“‘就算假装我不为你着迷也是枉然，因为我确实为你着迷。’我说。

“‘请别让我的日子越发难熬吧。’他嗓音嘶哑地道。

“我觉得我都快死过去了，他说这番话的时候我真是刻骨铭心地爱着他。这句话透露出了我想知道的一切。我伸出手来。

“‘你愿意娶我为妻吗，罗伯特？’我说，单刀直入。

“‘埃莉诺。’他道。

“直到那时他才告诉我，自从他看到我的第一眼起他就爱上了我。起先他并没有当真，他觉得我只是个护士，也许他可以跟我来一段露水情缘，然后当他发现我不是那种女人而且有一定资产以后，他就下定决心必须要克制住他的爱情。你知道，他原本觉得谈婚论嫁根本是不可能的。”

或许再也没有比弗雷斯捷上尉本想跟她来段露水情缘更让弗雷斯捷太太感到志得意满的了。当然，从来就没有另外一个男人曾经向她提出过非分之请，虽然弗雷斯捷实际上也没有当真提出过，不过确信他曾认真起过这样的念头对她而言也是个永不枯竭的满足之源。等他们正式成婚以后，埃莉诺的亲戚们，那些坚忍不拔的美国西部人，曾暗示过她丈夫应该出去找个工作，而非单靠她的钱过活，而弗雷斯捷上尉对此完全赞同。他提出来的唯一条件是：

“有些事一位绅士是不能做的，埃莉诺。除此之外的不论什么事我都很高兴去做。上帝明鉴，我并不认为身份云云有什么重要的，可如果你生来就是个绅士，你就身不由己了，真该死，尤其是在当今这样的时代，可你身上确实是打上了你那个阶层的烙印。”

埃莉诺觉得在长达四年的时间里，他为了自己的国家在一场接一场的战斗中浴血奋战，甘冒生命的危险，已经做得够多的了，不过她又太以他为傲，不想让人家在背后嚼舌根，说他是个吃软饭的，娶她就是为了她的钱。于是她下定决心，只要他觉得有什么事是值得他去做的，她就绝不反对。可不幸的是，能够提供给他的工作全属鸡毛蒜皮，无足轻重。不过他之所以统统拒绝又绝非自作主张。

“这全都取决于你，埃莉诺，”他这么告诉她，“你只要点个头，我就会接受它。我那可怜的老总督若是死后有知，在他的坟墓里都会不得安宁的，不过这都没有关系，根本顾不上了。现在我的首要职责就是你。”

埃莉诺可听不得这个，于是渐渐地，他出去工作的想法也就被抛到一边了。弗雷斯捷夫妇一年当中的大部分时间都住在里维埃拉他们的别墅里。他们很少去英国；据罗伯特说，自打战争打响以后就没有绅士的立足之地了，所有那些好伙计，当然都是白人啦，他还是“小伙子”的时候交往的那批死党，全都在战争中阵亡了。他本来会很乐意冬天的时候在英格兰度过，一周里有三天跟夸恩[1]的伙计们一起猎猎狐，那才是一个男人该过的日子，可是可怜的埃莉诺，她要是处在那帮猎狐的哥儿们当中肯定会觉得格格不入的，他绝不会要求她做出这样的牺牲。埃莉诺是准备做出任何牺牲的，可弗雷斯捷上尉绝不答应。他已经不复当年那么年轻了，他打猎的日子也已经过去了。养养西里汉㹴[2]和黄种奥尔平顿鸡[3]他已经相当满足啦。他们有很大一块地产；房子矗立在一座小山顶上，位于一块高地上，三面被森林环抱，前面有个花园。埃莉诺说当他穿一身旧粗花呢西装跟兼管照顾鸡群的养狗场管理员一道在他们的地产上转悠时，他真是前所未有地高兴。只有在那时，你在他身上才能看到他们那个家族祖祖辈辈乡绅的影子。埃莉诺眼见着他跟养狗场管理员喋喋不休地讨论他们养的黄种奥尔平顿鸡，真是既开心又感动；那简直就跟他和他的猎场主管讨论雉鸡完全一样：他对那几只西里汉㹴瞎操心的劲头儿就跟它们是一大群猎犬一般无二，你忍不住会觉得要是把眼前的小狗换成猎狐犬他就更加如鱼得水了。弗雷斯捷上尉的曾祖父曾是摄政时期[4]著名的花花公子之一。正是他把整个家族给毁了，祖传的地产也不得不出售。他们在什罗普郡曾有一块极好的地产，有好几个

---

① 成立于一六九六年，为全世界最古老的猎狐组织，也号称是全英国最著名的狩猎活动，其猎区主要位于莱斯特郡（夸恩即莱斯特郡一村庄名），也包括诺丁汉郡和德比郡的一小部分。

② 一种短腿、方颚、白毛皮的威尔士小种㹴犬。

③ 原产英国的一种著名肉蛋兼用鸡种，奥尔平顿原为英国肯特郡西部一村庄名。

④ 在英国历史上专指一八一一年至一八二〇年乔治三世精神失常后由其子威尔士亲王（后为乔治四世）摄政的时期。

世纪都归他们家族所有，虽说现在已经不再属于他们了，埃莉诺还是表示很高兴前去看看；可是弗雷斯捷上尉说那对于他来说实在过于痛苦，他永远都不会带她去的。

弗雷斯捷夫妇经常会大宴宾朋。弗雷斯捷上尉是个品酒的行家，颇以他的酒窖为荣。

“他父亲就曾以英格兰最出色的味觉大师著称，”埃莉诺道，“他承继了父亲的遗传。”

他们的朋友大都是美国人、法国人和俄罗斯人。罗伯特发现他们整体而言要比英国人更有趣味，而只要是他喜欢的埃莉诺准定照单全收。罗伯特认为英国人现如今都不怎么上品了。他旧日里相与的那些人全都属于狩猎、钓鱼的乡绅阶层；而他们，这帮可怜的家伙，如今全都破了产了，虽说他不是个势利鬼，感谢上帝，可他实在不高兴让他的妻子跟一大帮谁都没听说过的 nouveaux riches[①]搅在一起。弗雷斯捷太太虽远没有这么苛求和挑剔，不过她还是颇为尊重他的这类偏见，并很赞赏他这种不入流俗的孤高脾性。

“他自然有他的心血来潮和非非之想，”她道，“不过我认为我必须遵从它们方是我唯一的忠贞之道。当你知道他出身于哪个阶层以后，你也就自然觉得他有这样的想法是何其自然了。自打我们结婚以来的这些年里，我就只见过他有一次禁不住勃然大怒，当时是在一个赌场里，一个舞男走上前来请我跳舞。罗伯特差一

① 法语：暴发户。

点把他给揍趴下。我告诉他那个可怜的小东西不过是在干他的工作，可他说他绝不能容忍那样一个该死的畜生竟然敢开口请他妻子跳舞。”

弗雷斯捷上尉秉持很高的道德标准。他感谢上帝他并非心胸狭窄，不过你必须得有自己的底线；他看不出为什么就因为他住在里维埃拉，他就得跟那些醉鬼、废物和变态开怀对饮、倾心交谈。他绝不迁就性行为上的不守规矩，绝不允许埃莉诺跟名声可疑的女人交往。

“你得明白，”埃莉诺道，“他是个正直磊落的大丈夫；他是我所认识的人里面最洁身自好的绅士；如果有时候他显得有点偏执的话，你必须得记得他自己不准备做的事情他从来也不会要求别人去做。毕竟，你总会情不自禁地衷心仰慕一个秉持如此高尚原则，并且随时准备不惜任何代价去实际践行的人。”

当弗雷斯捷上尉告诉埃莉诺说，你到处都能碰到的某某人，你本来觉得他相当讨人喜欢的，并不是个成色十足的绅士，她就知道哪怕她想坚持也没有用了。她就知道照她丈夫看来那个人已经完蛋了，她也就准备完全服从这一判决。在将近二十年的婚姻生活之后，如果说她只对一件事有把握的话，那便是罗伯特·弗雷斯捷就是个英国绅士的完美样板。

“我不知道上帝可曾创造过什么比他更加完美的人物。”她道。

问题在于弗雷斯捷上尉这个英国绅士未免有些太过完美了。他今年四十有五（他比埃莉诺要年轻两到三岁），仍旧是个非常英俊的男人，波浪般丰盛的灰色鬈发，漂亮的唇髭；他的肤色看起来饱经风霜，非常健康，被晒成了古铜色，一看就是经常在户外活动的。他个头高挑，身材瘦削，肩膀宽阔。他身上的每一英寸都活脱脱是个老兵。他举止坦率，充满活力，经常发出爽朗真诚的大笑。他的一言一语，一举一动，品貌穿着，无一不是如此典型，典型得你都几乎不敢信以为真。他简直就是个乡绅的活动样板，让你觉得就像是个出色的演员在绝妙地扮演这一角色。当你眼看着他走过克瓦赛特大街[①]，嘴里叼着一根烟斗，身着高尔夫灯笼裤和他在荒野沼地里通常穿的那种粗花呢大衣，他看起来活脱脱就是个英国运动家[②]的样板，足可以吓你一跳。还有他的谈吐，他那不容置疑的斩截态度，他那些陈词滥调的空话套话，他那蔼然可亲、教养良好的憨直鲁钝，在在皆是一个退伍军官的典型，你都忍不住要怀疑他是否就是在演戏了。

当埃莉诺听说他们山脚下的那幢房子已经被一位弗里德里克爵士和哈代夫人购得后，她大为高兴。有了这么一位跟他同一阶级的近邻为伴，罗伯特想必会很愉快。她向她在戛纳的朋友们多方打听这位新邻居的详情。看来弗里德里克爵士是最近因为叔父的过世刚刚才承继从男爵爵位的，他在偿付遗产税期间要在里维埃拉待上两三年时间。据说他年轻时代曾非常狂野放荡，他五十年代来到戛纳时仍旧不管不顾，可现如今他已经结了门体面的婚

① 法国戛纳一条著名的街道名，意思是“小十字车道”。

② 从词源上说，“运动家”（sportsman）特指讲求所谓公平竞赛、胜不骄败不馁等“运动家品格”的绅士、贵族。

事，娶了个非常正派的小女人，并且有了两个小男孩儿。遗憾的是哈代夫人曾经是个女演员，因为罗伯特对于女演员的看法未免略嫌呆板了些，不过每个人都说她仪态端庄、优雅得体，活脱脱是个风度雍容的贵妇人，要是不告诉你，你绝对猜不到她曾经登台做过戏子。弗雷斯捷夫妇第一次见到她是在一次茶会上，当时弗里德里克爵士并未一道出席，罗伯特也承认她看起来确是个非常端庄体面的人儿；于是埃莉诺一心想睦邻友好，就邀他们夫妇前来赴个午宴。定好了日子以后，弗雷斯捷夫妇又请了一大批客人作陪。那天哈代夫妇到得相当晚，埃莉诺立刻就喜欢上了弗里德里克爵士。他看起来比她预料中要年轻好多，剪得干净利落的短发中没有一根白毛儿；而且他身上确实洋溢着一种非常讨人喜欢的男孩儿气。他体格苗条，个头儿还没有她高；他一双眼睛明亮友善，脸上随时挂着蔼然的微笑。埃莉诺注意到他系的是罗伯特有时也喜欢系的同样的近卫团领带；不过他不像罗伯特那样总是衣冠楚楚，她的罗伯特看起来总仿佛刚从橱窗里走出来似的，不过他身上的旧衣服穿得随意洒脱，感觉他根本就不大在乎你穿的是什么。埃莉诺相当相信他年轻的时候是会有点放荡不羁的，不过她并不倾向于因此而责怪他。

“我必须把我丈夫介绍给您认识。”她道。

她喊他过来。罗伯特正在露台上跟另外一些客人闲谈，并没有注意到哈代夫妇进来。他蔼然可亲、精神饱满地走上前来，带着一种总是令埃莉诺心醉神迷的优雅风度跟哈代夫人握了握手。然后他转向弗里德里克爵士。弗里德里克爵士困惑地打量了他一眼。

“我们之前见过面吗?”他道。

罗伯特沉着自若地看了看他。

“应该没有。”

“我几乎敢发誓我在哪儿见过你。”

埃莉诺感觉到她丈夫的身体僵了一僵，立刻意识到肯定有什么地方出了岔子。罗伯特呵呵一笑。

“话说起来虽然未免太过失礼，不过据我所知我这一生当中还从没有见过您的尊容。我们可能在战场上偶然碰到过吧。当时有过一面之缘的机会可多了去了，是不是?您想来杯鸡尾酒吗，哈代夫人?”

在午宴期间，埃莉诺注意到哈代不断地在打量罗伯特。显然他是竭力想认清他到底是谁。罗伯特却忙于应酬他座位两侧的女客，并没有捕捉到这些目光。他在尽力款待好他的诸位芳邻，他那响亮的、歌唱般的笑声响彻了整个房间。他真是个完美的主人。埃莉诺一直都很赞赏他对社交义务的敏锐感觉；不管他身边的女客是何等迟钝乏味，他总会竭尽全力恪尽主人的职守。不过在所有的客人都散尽以后，罗伯特的欢快活泼就像一件斗篷一样从肩头脱落了。她觉得他有些心烦意乱。

“那位贵妇很让人厌烦吗?”她亲切地问道。

“她就是只恶毒的老母猫，不过除此以外也还好啦。”

“奇怪的是弗里德里克爵士觉得他认识你。”

“我这一生当中从没见过他的尊容。不过我对他的为人倒是颇为了解的。我要是你的话，就会尽可能少跟他产生瓜葛，埃莉诺。

我认为他跟咱们不是一类人。”

“可他的头衔算得上英格兰最古老的从男爵爵位了。咱们在《名人录》里查到过的呀。”

“他是个声名狼藉的流氓恶棍。我做梦都想不到那位哈代上尉，”罗伯特更正了一下自己的说法，“我过去有所耳闻的那个弗雷德·哈代摇身一变竟然成了弗里德里克爵士。我绝不允许你再邀请他到我的家里来。”

“为什么，罗伯特？我必须得说我倒觉得他很有魅力。”

生平头一回，埃莉诺觉得她丈夫相当不可理喻。

“很多女人都觉得他很有魅力，而且也因此让她们破费了不少钱财。”

“你也知道大家都是怎么议论别人的。你听到的闲言碎语也未可全信。”

他伸出手来握住她的一只手，情真意切地望着她的眼睛。

“埃莉诺，你知道我不是那种背地里说人家坏话的人，我最好还是不要告诉你我对哈代此人的了解；我只能请求你相信我的话，他不是你应该认识的那种人。”

对这一恳求埃莉诺绝对无法充耳不闻。知道罗伯特竟然如此信赖于她，不禁令她怦然心动；他知道在危急时刻他只需向她的忠诚提出吁请，她就绝对不会辜负于他。

“谁都比不上我对你的了解，罗伯特，”她用低沉的嗓音庄重地道，“你是个光明磊落的大丈夫；我知道但凡能告诉我，你肯定会这么做的，不过即便你现在想告诉我，我也不会让你再说啦；那会显得我对你的信任及不上你对我的信赖。我心甘情愿遵从你的判断。我向你保证，从此以后哈代夫妇再也不会踏进咱们的门槛了。”

不过罗伯特打高尔夫的时候，埃莉诺经常跟他一起在外头用午餐，所以也就经常能碰到哈代夫妇。她对于弗里德里克爵士的态度非常生硬，因为假如罗伯特不赞成他的为人，她也必须同仇敌忾才行；不过他要么是没注意到，要么就是压根儿没放在心上。他仍旧自说自话，一如既往地待她亲切有加，她也发现他真是个非常容易相处的人。你很难讨厌一个坦率地认为所有的女人都不过是假正经，可同时又惯会甜言蜜语的男人，而且他的行为举止又是如此讨人喜欢。或许他确实不是她应该认识的那种人，可是她又总是忍不住会喜欢他那双棕色眼睛里的神情。他那含有一丝嘲弄的目光会让你有所戒备，可同时又如此亲切熨帖，你绝不会认为他对你有丝毫恶意。不过埃莉诺对于他的所作所为听说得越多，她就越发认识到罗伯特的态度是何其正确。他是个毫无原则的无赖。大家一一列举那些为了他的缘故不惜把所有的一切都牺牲掉，还有他一旦感到厌烦就马上毫不客气地扔到一边去的女人的名字。现在他倒是貌似已经安顿下来，对他的妻子和孩子都尽心竭力；可俗话不是说江山易改，本性难移吗？极有可能只不过因为哈代夫人比大家料想的都更善于隐忍罢了。

弗雷德·哈代是个坏蛋。漂亮女人，chemin de fer[①]，再加上

① 法语，字面意思为“铁路”，为一种叫作“九点”的纸牌赌法，庄家和赌客各分两张至三张牌，以总点数最大但不超过九为胜。

赛马时总是不幸压错了宝，致使他二十五岁就上了破产法庭，同时也被迫辞去了军职。然后他就毫无羞耻地靠那些经不起他魅力诱惑的半老徐娘供养。不过战争爆发后，他又重新加入原来的军团，并获得了一枚杰出服务勋章。后来他退职去了肯尼亚，在那儿他又不失时机，成为一桩臭名昭著的离婚案的共同被告；他颇费了一番周折，付出一张支票以后才从肯尼亚脱身。他对于正直诚实的观念是相当松懈的。从他手里购买一辆车或是一匹马是很不安全的，而且你最好也不要去碰他向你热情推荐的香槟酒。当他以令人信服的魅力向你提出一桩貌似可以为你和他赚上一大笔的投机买卖时，你唯一能够肯定的是：不论他借此能捞到多少，你肯定是一分钱都没得赚。他依次做过汽车推销商、场外股票经纪人、佣金代理人和演员。如果世上尚有任何公道天理可言的话，他的结局即便不是被关进监狱，也至少要终老于贫民窟的。可是由于命运荒诞的拨弄，他最终竟然承继了从男爵的爵位外带一笔相当可观的收入，在四十大几的时候娶了位美丽、聪明的妻子，还生下两个健康、漂亮的孩子，未来提供给他的尽是富足、地位和名望。他对待生活的态度丝毫不比他对待女人更加严肃，而生活待他倒像是女人一样慷慨大度。如果他想起他的过去的话，那也是志得意满、自鸣得意的；他曾经花天酒地、狂欢作乐，曾经兴衰荣辱、起起伏伏；而现在，身体健康、问心无愧的他准备作为一位乡绅安定下来，他奶奶的，将两个孩子尽心竭力地抚养长大；等代表他选区选民的那个老家伙呜呼哀哉以后，老天在上，他就亲自进入国会当议员。

"到时候我会告诉他们一两件他们一无所知的好事儿的。"他道。

他或许是对的，不过他并没有停下来琢磨一下，也许他所谓的那一两件好事儿并非他们很想知道的呢。

有一天午后，大约日落时分，弗雷德·哈代走进克瓦赛特大街上的一家酒吧间。他是个十足的社交生物，并不喜欢对影独酌，于是他环顾了一下四周，看看店里面有没有他认识的什么人。他一眼看到了罗伯特，罗伯特刚才应该一直在打高尔夫，眼下正在店里等埃莉诺。

"你好啊，鲍伯，喝上一杯怎么样？"

罗伯特愣了一下。在里维埃拉还没有一个人叫过他鲍伯。等他看清楚是谁以后，就语气生硬地回答：

"我已经喝过一杯，多谢啦。"

"再来一杯嘛。我们家老太婆很不赞成我在两顿饭中间再喝酒，不过只要我能甩得掉她，我通常总是大约这个时候溜进来喝上一杯。我不知道你是怎么想的，不过我的感觉是：上帝造出六点钟来就是为了让男人在这个时候喝上一杯的。"

他一屁股坐进紧挨着罗伯特座位的一把巨大的皮质圈椅里，叫来了侍应。他冲着罗伯特蔼然、迷人地微微一笑。

"自打咱们相识以来已经过去了很多个年头啦，是不是，老伙计？"

罗伯特眉尖微蹙，盯着他看了一眼，旁观者也许会说那眼神是相当警惕的。

"我不明白您到底是什么意思。据我所知，我们是三四个礼拜前才第一次见面的，当时您跟尊夫人赏光前来舍下用了次午餐。"

“算了吧，鲍伯。我知道我以前就见过你。起先我迷糊了一会儿，然后我就想起来啦。你就是当初布鲁顿街上那家修车场里的洗车工，我当时经常把车停在那儿的。”

弗雷斯捷上尉不禁纵声大笑。

“我很抱歉，不过你肯定是记错了。我从没听到过这么荒谬可笑的事儿。”

“我他妈记性可好啦，我对于见过的人可是过目不忘的。我敢打赌你也同样没有忘了我。当初我嫌麻烦不愿意亲自动手，派你前往我的公寓把车开到修车场的时候，可是赏过你不少半克朗的小费的。”

“简直是一派胡言。直到你上次到舍下做客之前，我这辈子都从没见到过你。”

哈代兴高采烈地咧嘴一笑。

“你知道我一直都是个喜欢拍照的柯达发烧友。我存了好多相册的人物快照。如果你知道我已经找到了一张你站在我刚买的一辆双座轿车旁边的照片，你会感到吃惊吗？那时候你可真是个漂亮的家伙，虽然你一身工作服而且脸上也脏兮兮的。当然你长开了，你的头发变灰了，而且留起了小胡子，不过那就是同一个小伙子。绝对错不了。”

弗雷斯捷上尉冷冷地看着他。

“你肯定是被一两处次要的相似给误导了。你赏过半克朗小费的并非在下。”

“哦？那你一九一三和一九一四年间在哪儿高就呢，如果你不是那家布鲁顿修车场的洗车工的话?”

“我那时候在印度。”

“跟你的军团在一起?”弗雷德·哈代再度咧嘴一笑。

“我在打猎。”

“你这个骗子手。”

罗伯特的脸涨得通红。

“这儿可不是个适合打架的地方，不过如果你以为我会待在这儿任由一头醉猪侮辱的话，你可就大错特错了。”

“你不想听听我还知道你其他的一些什么底细吗?你知道人的记忆是有连带效应的，我想起来的事儿可真不算少呢。”

“对此我没有丝毫兴趣。我告诉你，你是大错特错了。你把我误认作别的什么人了。”

不过他却没有要走的意思。

“即便是当时你也是个小懒鬼。我记得有一回我一早就要到乡下去，我已经告诉过你要在九点之前把我的车洗好的，可到了时候却没有准备好，于是我勃然大怒，老汤普森就跟我解释说你父亲是他的一个哥儿们，他完全是慈悲为怀才雇了你，因为你当时实在是穷困潦倒、走投无路了。你父亲曾是某个俱乐部专司斟酒的男仆，是怀特还是布鲁克来着，我记不清了，而你本人曾是那儿的一个小听差。你参军进了科尔德斯特里姆警卫军团[①]，如

① 英国陆军著名的卫戍部队和皇家警卫军团之一，一六五〇年成立于苏格兰的科尔德斯特里姆，故名。而卫戍部队是根本不会开赴战场的。

果我没记错的话，有个伙计出钱把你买出来，让你当了他的贴身男仆。”

“真是奇情异想，匪夷所思。”罗伯特轻蔑地道。

“我还记得，有一次我休假回家去修车场的时候，老汤普森告诉我你参军进了皇家陆军勤务部队，你只要是有可能，就不想冒更多的风险，对不对？你一直都有点儿拉长弓、吹牛皮，对不对？我可是听到了不少你在战壕里如何英勇作战的故事。我猜想你确实得到军衔了吧，还是连军衔都是假的？”

“我当然得到军衔了。”

“哦，那些日子里还真有不少滑稽人物得到了军衔哪，不过你要知道，老伙计，如果参的是陆军勤务部队的军，换了是我，可就不会系那么条近卫团领带了。”

弗雷斯捷上尉下意识地把手放到了他的领带上，弗雷德·哈代则满怀嘲讽地盯着他，而且相当确信：尽管他皮肤晒得黝黑，他的脸色还是变得煞白了。

“我系什么领带丝毫不干你的事。”

“别这么急躁嘛，老伙计。根本就没必要这么气势汹汹的。我对你的底细是一清二楚，可我并不想揭发你啊，所以你干吗不坦白招认了呢？”

“我没有任何需要坦白招认的。我告诉你这完全是个荒谬的错误。而且我还要告诉你，如果我一旦发现你肆意传播这些有关我的无稽之谈，我马上就会提起诉讼，告你诽谤。”

“住嘴吧，鲍伯。我才不会去传播什么谈不谈的呢。你认为我会操这个心？我觉得整个儿这件事都挺好玩的。我对你没有丝毫的恶意。我本人就一直算得上是个冒险家；你竟然能如此瞒天过海、以假乱真，我都挺钦佩你的。从小听差起家然后当上骑兵，从贴身男仆到洗车工；你看看你现在，摇身一变成了个优雅的绅士，拥有一幢大宅子，设宴招待里维埃拉所有的显贵，赢得无数高尔夫锦标，贵为帆船俱乐部的副主席，还有我尚且不知道的林林总总。你在整个戛纳都是数一数二的人物，一点儿都没错。这可真是令人叹为观止。想当初我也曾干过些非同一般的勾当，不过你才真称得上胆大包天哪；老伙计，我要向你脱帽致敬呢。”

“我真希望自己能配得上你的这番恭维。可惜实在愧不敢当。家父当初在印度骑兵队服役，我至少生下来就算是个绅士。我也许没有什么值得夸耀的业绩，不过我至少没做过任何引以为羞的坏事。”

“噢，别装蒜啦，鲍伯。我不会告发你的，你知道，就连对我家的老太婆都不会说的。我不会告诉女人们任何她们还不知道的事儿。相信我，我要是没有这个原则的话，前半辈子早就陷入更糟糕的窘境了。我是觉得你身旁如果有个可以引为知己同道的什么人的话，你会挺高兴的。整天这么绷着你不难受吗？你这么刻意地拒我于千里之外实在是太傻了。我又不想抓你的什么把柄，老伙计。确实，现如今我是个从男爵，是个地主乡绅了，可我这辈子也经历过不少的危难关头，说起来啦，我到现在还没被抓进牢里去也真算是个奇迹了。”

“对于其他很多人来说，这确实是个奇迹。”

弗雷德·哈代爆发出一阵大笑。

“你这是拿我开涮哪，老伙计。话说回来啦，如果你不介意我这么说的话，我觉得你跟你老婆说我不是她应该交往的那种正派之人，这未免有些过分了吧。”

“我从没跟她说过这种话。”

“哦，没错儿，你说过。她是个了不起的老姑娘，不过却多少有些絮聒，还是我弄错了？”

“我可不准备跟你这样的人讨论有关我妻子的话题。”弗雷斯捷上尉冷冷地道。

“哦，别他妈跟我摆你的绅士谱儿啦，鲍伯。咱们就是一对吃白食的流氓，就这么回事儿。你只要多少识点时务，有点见识，咱们就能一块儿好好地享受人生。你是个撒谎大王，一个伪君子和骗子手，不过看起来你对你老婆倒是挺仗义的，而这对你是有利的。她对你可是百依百顺，是不是？这些女人可真是滑稽。她是个非常好心的女人，鲍伯。”

罗伯特的脸涨红了，他握紧拳头，从椅子上欠起身来。

“该死的，不许再谈论我妻子。你要是再敢提一遍她的名字，我发誓我就一拳把你给打趴下。”

“噢，不，你才不会呢。你可是个最最了不起的绅士，才不会欺负一个块头比你小的伙计呢。”

哈代是以取笑的态度讲这番话的，同时不错眼地盯着罗伯特，万一那个皮锤一样的拳头打过来，好随时准备躲闪；他对那对拳头的威力还是倍感吃惊的。罗伯特坐回到椅子上，松开了自己的拳头。

“你说得没错。不过只有卑鄙的无赖才会指望这个。”

这个回答是如此富有戏剧性，弗雷德·哈代忍不住哈哈大笑，不过接着他看出来罗伯特这话是真心诚意的。他绝对是认真的。弗雷德·哈代不是个傻子；这二十五年来，他若非挖空心思但求自保，日子也就不会过得有惊无险、舒舒服服了。而眼下，他震惊之余目不转睛地盯着眼前这个孔武有力的家伙，此人看起来竟活脱脱就是个典型的英国运动家，端坐在椅子里，他突然间对他有了一层深入的理解和认识。他可绝非一个钓上了个蠢女人、只知道享受荣华富贵的普通的骗子手。她只是他借以达到伟大目标的手段而已。他已经被一种理想迷住了，为了实现这一理想他可以不择手段。或许这种观念在他还是个时髦俱乐部里的小听差时就已经在他心头扎下了根；俱乐部里的那些会员，他们的那种悠闲和慵懒，他们那种漫不经心的举止风度，在他的眼里或许就已经奇妙无比了；而后来在他身为骑兵、贴身男仆和洗车工的时代，他偶然碰到的很多人，属于另外一个世界、只能透过一层英雄崇拜的雾霭远远仰视的那些人，或许在他心中激起了无上的景仰和渴慕。他一心想像他们那样。他一心想成为他们其中的一员。那就是他梦寐以求的理想。他一心想——那真是荒唐，真是可怜——他想成为一个绅士。那场战争，再加上战争带给他的军衔，给了他这个机会。埃莉诺的金钱为他提供了手段。这个可怜的家伙已经花了足足二十年的时间去假装某种东西，而这种东西唯一的价值却恰恰在于没有丝毫的矫饰。这也真够荒唐的。真是可怜。

无意中，弗雷德·哈代脑子里的想法从他嘴里脱口而出了。

“可怜的老伙计。”他道。

弗雷斯捷迅速地看了他一眼。他既不明白他这话什么意思，也弄不懂他说这句话的语气。他脸红了。

“你说这话是什么意思？”

“没什么。没什么。”

“我觉得我们没必要再继续这次交谈了。显然，无论我说什么你都不相信你是完全误会了。我只能再重复一遍，你说的话里没有一个字是真的。我不是你误以为我是的那个家伙。”

“好吧，老伙计，随你的便吧。”

弗雷斯捷叫来了侍应。

“你想让我请你的客吗？”他冷若冰霜地问。

“好的，老伙计。”

弗雷斯捷派头十足地递给侍应一张钞票，并告诉他不用找零了，然后一句话都没说，一眼都没再看弗雷德·哈代，昂首阔步走出了酒吧间。

此后两人就再也没碰面，一直到罗伯特·弗雷斯捷丧命的那天晚上。

冬去春来，遍布里维埃拉的各个花园一片万紫千红开遍。山坡上则整整齐齐地绽放着五颜六色的野花。春去夏至，里维埃拉一线各个城镇的街道上到处都充满了明亮、郁勃的暑热，使得人体内的血流速度都加快了；女人们戴着巨大的草帽、穿着睡衣到处溜达。海滩上人满为患。男人们只穿一条泳裤，而女人们几乎赤身裸体地躺在太阳下。一到傍晚，克瓦赛特大街上的各个酒吧里就挤满了坐立不安、喧闹不息的人群，就如同春花般五色斑斓。已经有好几个礼拜没有下雨了。海岸一线已经有几处森林起火，罗伯特·弗雷斯捷还兴致颇高地好几次开玩笑说，要是他们那片林子起了火，他们家可就几乎没救了。有几个人还认真建议他把他们家屋后的树木砍掉一些；但他可舍不得：当初弗雷斯捷夫妇刚买下那块地方的时候，林木的状况非常糟糕，而现在经过一年又一年的细心经营，枯死的树木都已被清除干净，林木间空气充足，病虫害绝迹，整个林苑的状况真是好极了。

“哎哟，哪怕砍倒一棵树也好比是砍掉了我的一条腿啊。算起来它们应该都有近一百年的树龄了。”

七月十四日那天，弗雷斯捷夫妇前往蒙特卡洛去参加一个庆典晚宴[①]，也给家里的仆人们放了一天假，让他们前往戛纳游玩。那天是国庆假期，他们在露天的法桐底下开心地跳舞，还有焰火燃放，远近的人们全都拥进城里尽情欢庆。哈代夫妇也给他们的仆人放了假，不过他们仍旧待在家里，两个小男孩已经上了床。弗雷德在玩单人的扑克牌戏，哈代夫人则在绣一块做椅垫用的织锦。突然间门铃大作，还有人在拼命敲门。

“谁在那儿瞎敲呢？”

哈代来到门前，发现是个男孩儿，那男孩儿告诉他弗雷斯捷家的林苑着了火。村里已经有些人跑上山去救火去了，不过人手

---

① 七月十四日是法国的国庆日。

还是不够，需要大家都去帮忙，问他会不会去。

“我当然要去。”他匆忙回屋告诉他妻子，“把孩子们叫起来，让他们上山看热闹去。老天爷，旱了这么久，终于还是烧起来啦。”

他脱口而出。那男孩儿跟他说已经给警察局打过电话，他们打算把部队派过来灭火。有人正试图把电话打到蒙特卡洛，让弗雷斯捷上尉知道灾情。

“他赶回来得花一个钟头。”哈代道。

他们往山上跑的时候，但见天际线上一片红光，等他们来到山顶，眼前就是一片跃动的火焰了。已经有些人在救火了。哈代也加入进去。可你刚刚扑灭一簇灌木丛的火焰，另一簇又开始噼啪作响，还没等你看清楚怎么回事，转眼已经烧成一个炽热的火炬。那热度实在可怕，这帮灭火的人都忍受不住，被慢慢逼着往后退去。还刮着微风，火星从树上不断被吹到灌木丛中。经过几个礼拜的大旱，所有的一切都干得跟火绒一般，沾火就着。火星刚从树上落下来，灌木丛立马就燃烧起来。如果说这还不够怕人的话，眼看着一棵巨大的冷杉，足有六十英尺高，烧得就像一根火柴棍儿一般，也着实令人敬畏不已。山火就像车间里巨大的熔炉中的火焰一般怒吼咆哮。阻止它进一步延烧的最好办法就是把树木和灌木丛砍倒，可人手实在有限，而且只有两三个手里有斧头。唯一的希望就寄托在部队身上，他们是惯于对付这种森林大火的，可部队到现在还没开到。

“除非他们尽快赶到，否则这幢房子就不保了。”哈代道。

这时他看到了他的妻子，她带着两个孩子也赶来了，就冲他们挥了挥手。他已经是满面尘灰烟火色，汗水哗哗地从脸上往下淌。哈代夫人跑上前来。

“噢，弗雷德，那些狗还有那些鸡。”

“老天爷，没错。”

狗窝和鸡埘在房子背后，位于一块从树林里清出来的空地上，那些可怜的畜生已经吓疯了。哈代把它们放出来，它们纷纷冲到安全地带。现在也只能任由它们自己乱跑了，等过后才顾得上把它们赶到一起。现在大老远就能看到熊熊的火焰，可是部队仍旧没有到，那一小帮灭火的人面对步步进逼的大火实在是束手无策。

“要是那些该死的大兵不能尽快赶到的话，这幢房子可就交待了，”哈代道，“我想咱们最好还是把能搬动的都搬出来吧。”

那是幢石造的房子，可外头一圈都是木制的游廊，肯定会跟引火柴一样一点就着。弗雷斯捷家的用人们这时候也都赶过来了。他把他们都召集起来，他妻子和两个孩子也都尽力帮忙；他们把屋里那些能搬动的东西全都抢救到屋前的草坪上来：亚麻布制品和银器，衣服，装饰品，油画，还有家具。最后部队终于开到了，整整有两卡车人，然后马上开始有条不紊地挖掘沟堑和砍倒树木。有个军官负责指挥，哈代向他指出房子面临的危险，求他先把房子周遭的树木全都砍倒。

“这房子必须指望自己啦，”他说，“我的当务之急是防止火势蔓延过这座山头。”

这时一辆轿车的车灯沿着蜿蜒的盘山路飞奔而来，几分钟后弗雷斯捷和他妻子就从车里跳了出来。

“那些狗在哪儿?”他叫道。

“我已经把它们都放出来了。”哈代道。

“噢，是你。”

起先他没认出眼前那个肮脏的家伙就是弗雷德·哈代，因为他脸上全都是烟灰和汗水。他生气地皱紧了眉头。

“我觉得这房子也可能会着火。我已经把能搬动的财物全都抢出来了。”

弗雷斯捷看着那片熊熊燃烧的森林。

“噢，我的这些树全都完啦。”他道。

“士兵们正在山那边挖沟。他们想救下隔壁的地产。咱们最好上去看看还有什么能救出来的。”

“我去。你没必要去。”弗雷斯捷烦躁地叫道。

埃莉诺突然间发出一声痛苦的嘶叫。

“噢，看哪。我们的房子。”

从他们站着的地方就能看到，房后的一处游廊突然间火光冲天。

“没事的，埃莉诺。房子不会烧着的。着火的只是那些木制品。拿着我的外套；我这就去给那些士兵帮忙去。”

他脱下身上的无尾晚礼服，递给了妻子。

“我跟你一起去，”哈代说，“弗雷斯捷太太，你最好去看着你的财物。我想我们已经把所有值钱的家当都抢救出来了。”

“感谢老天，我大部分的珠宝都戴在身上呢。”

哈代夫人是个头脑清醒的女人。

“弗雷斯捷太太，咱们把用人们都召集起来，把咱们能搬动的东西都搬到我们家吧。”

两个男人朝士兵们奋力抢险的地方走去。

“您把我家里的东西都抢救出来真是够意思。”罗伯特生硬地道。

“不必客气。”弗雷德·哈代回答道。

他们还没走出多远就听到有人在喊叫。两人环顾了一下四周，依稀看到一个女人正在后面追他们。

“Monsieur，Monsieur.[1]”

两人停下脚步，那个女人大张着胳膊冲上前来。原来是埃莉诺的女仆，她简直像是发了狂。

“La petite Judy.[2]朱迪。我们出去的时候我把她关起来了。她正在发情。我把她关在用人的浴室里了。”

“我的上帝！”弗雷斯捷叫道。

“怎么回事？”

“埃莉诺的小狗。我必须不惜代价把她给救出来。”

他转身开始朝失火的房子跑去。哈代一把抓住他的胳膊把他给拽住。

“别他妈犯傻了，鲍伯。房子都烧起来啦。你根本进不去。”

---

① 法语：先生，先生。

② 法语：小朱迪。

弗雷斯捷挣脱了哈代的拉扯。

“让我去，该死的。你认为我会让一只小狗活活烧死吗？”

“噢，闭嘴吧。现在可没工夫演戏啦！”

弗雷斯捷把哈代甩开，可哈代一跃而起拦腰把他给抱住。弗雷斯捷攥紧拳头，使尽全力冲着哈代迎面一拳。哈代踉跄了一下，松开了手臂，弗雷斯捷又给了他一拳；哈代倒在了地上。

“你这个臭烘烘的暴发户。我这就来向你展示一下一个真正的绅士该如何为人行事。”

弗雷德·哈代慢慢地爬起身来，摸了摸自己的脸。感觉生疼。

“上帝，明天我肯定要有黑眼圈了。”他深感震惊而且有些头晕眼花。那女仆突然一阵歇斯底里大发作，开始哭天抢地。“闭嘴，你个娼妇，”他怒道，“一个字都不许跟你的女主人提起。”

弗雷斯捷哪儿都见不到。足足花了一个多钟头才终于把他找着。他们发现他躺在浴室外头的楼梯平台上，已经死了，怀里还抱着那只死了的西里汉狊。哈代看了他好长时间后才终于说出话来。

“你个傻瓜，”他咬着牙喃喃道，怒不可遏，“你个该死的傻瓜！”

他多年来的欺世盗名终于让他付出了代价。正如一个纵容自己某种恶习的人终究反被其完全控制，结果成为这种恶习无可救药的奴隶，他的谎言重复了这么多年之后，就连他自己都信以为真了。鲍伯·弗雷斯捷假装了这么多年的绅士，结果都忘了这完全都是在作假了，最后他已经身不由己，只能按照他那个愚蠢、死板的头脑中认为一个绅士必须如何行动的标准来行动。他已经分不清作假与真实之间的区别，他已经把自己的生命牺牲给一种伪造的英雄主义了。可弗雷德·哈代不得不把这个消息告诉弗雷斯捷太太。她此时正跟他妻子在一起，在山脚下他们的别墅里待着，她仍旧以为罗伯特正在跟那些士兵们一起砍树和清理灌木丛。他尽可能温和地告诉她，可他又不得不告诉她，而且不得不把所有的一切都告诉她。起先她就像是根本不明白他在说些什么。

“死了？”她叫道，“死了？我的罗伯特？”

然后弗雷德·哈代，这个荒淫无度的浪子，这个愤世嫉俗的家伙，这个肆无忌惮的流氓，握住她的双手，说出了那句唯一能使她强忍住悲痛的话。

“弗雷斯捷太太，他是个真正豪侠的绅士。”

逃脱

李燕乔　傅惟慈　译

我一向坚信，一旦哪位女士下决心要嫁给一个男人，那么，能使这个男人幸免于难的唯一方法是立即逃之夭夭。其实也不尽然。比如有一次，我的一个朋友在意识到这种不可避免的阴影向他逼近时，就从一个港口乘船而逃（他的全部行装就是一把牙刷，因为他太清楚他面临的危险和立即行动的必要性了），他在世界各地周游了一年。然而，当他感觉平安无事之后（据他说，女人都是水性杨花的，不出十二个月她就会把你忘得一干二净），在他出走的那个港口登陆时，他看到的头一个人，那个兴高采烈地在码头上向他招手的人，正是他甩脱了的那位小妇人。只有一次我知道有个人在这种情况下想法逃出了罗网。他的名字叫罗杰·查林。在爱上露丝·巴罗的时候，他早已不是个年轻人了，因此他有丰富的经验，叫他谨慎从事。然而露丝·巴罗却有一种天赋（或者称之为一种特质？）可以使大多数男人俯首就范。正是这种才能剥夺了罗杰所具有的常识、谨慎和世故。他像九柱戏里的那排柱子一样被打倒了。巴罗太太的才能是善以哀婉感人。巴罗太太——因为她已经守寡两次了——生着一双非常漂亮的黑眼睛，那是我所见过的最动人的眼睛。泪水好像随时都会从这双眼睛里夺眶而出。从这双眼睛里你可以看出，这个世界对她来讲是太残酷了。你能感觉到，可怜的人儿，她所经历的苦难是其他任何人也没有经历过的。假如你像罗杰·查林那样，是一个坚强有力而又非常阔绰的人，那么，你毫无疑问会对自己说，我一定要挺身而出，站在生活的苦难和这个无依无靠的小人儿中间保护她。呵，要能从这双又大又可爱的眼睛中去掉那种悲伤的神色该多么好啊！我从罗杰的话里听出来，所有的人都欺负巴罗太太。她显然是那种事事全不顺心的倒霉人儿。要是她嫁了人，丈夫准打她；要是她和掮客打交道，人家准骗她；要是她雇个厨子，那家伙免不了也是个酒鬼。她所珍贵的东西，没有一样能保存得长久，哪怕是养一只小羊羔，也早晚非死不可。

当罗杰告诉我说他终于说服巴罗太太和他结婚时，我祝愿他幸福。

“我希望你们也能成为好朋友，”他说，“她有点儿怕你，知道吗？她觉得你这个人冷冰冰的。”

“说真话，我不知道她为什么有这种想法。”

“你是喜欢她的，对吗？”

“非常喜欢。”

“她有一段痛苦的经历，可怜的人儿，我真是太同情她了！”

“是啊。”

我的回答不能比这更简短了。我知道她很愚蠢，而又觉得她很有心计。她在我心目中是个冷酷无情的人。

我第一次遇见她时，我们一起打桥牌。在她跟我一家时，她两次打掉了我最大的牌。我却表现得像天使一样。不过应当承认，我当时想过，如果有人该流眼泪的话，与其说是她不如说是我。而且到晚上打完牌时，她输了我一大笔钱，她说以后她会寄给我一张支票，可是我一直也没收到。我不禁想到，下次我们见面时，要摆出一副苦相的，肯定是我而不是她。

罗杰把她介绍给他的朋友们。他送给她很多名贵的珠宝，不论他到什么地方去都要带着她。他们宣布说最近就要举行婚礼。罗杰非常幸福。这真是一举两得：他做了一件好事，同时又是一件他求之不得的事。这种情况可不常见，而且，如果说他稍微有一点得意忘形的话，那也不足为奇。

然而，忽然间，他的爱情终止了。我不知道是什么原因。不可能是因为他厌倦了她的谈话，因为她根本就不怎么会说话。也许仅仅是因为那忧伤的外表停止拨动他的心弦了吧？他的眼睛一下子睁开来。他又一次像过去那样地老于世故了。他敏锐地意识到，露丝·巴罗是下了决心要嫁给他。他郑重地起誓说任什么也不能使他和露丝结婚。可是他又感到进退两难。现在，由于头脑非常冷静，他清楚地了解他所要应付的是怎样一个女人。他明白，假如要求她解除婚约，她会（以恳求的方式）为她受伤的情感索取高价的报酬。除此之外，甩掉一个女人会使男人的处境非常尴尬：人们往往觉得他这样就是品行不端。

罗杰将自己的计划埋在心里。他不论从言谈上还是从举止上都丝毫不露出他对露丝的感情已产生变化的迹象。他还是尽量满足她的全部愿望，还是常常带她下饭馆，一起去看戏，给她送鲜花；他对她体贴入微，温柔备至。他们决定，只要他们找到合适的房子就立刻举行婚礼，因为他现在还住在单身房间里，而她也还住在公共寓所里。于是他们开始寻找他们所渴望得到的住宅。房屋经理人一给罗杰送去一批房单，他就要带着露丝去看看这些房子。要想找到完全令人满意的房子是非常困难的。罗杰又向更多的房屋经理人提出了申请。他们一幢接一幢地看过这些住所，检查得非常仔细，从房子底层的地窖一直看到房檐下面的阁楼。这些房子有的显得太大，有的又太小；有的离闹市区太远，有的又太近；有时房钱太贵，有时房子又过于破烂不堪；有时太憋闷，有时又太透风；有时太阴暗，有时又太空旷。罗杰总能挑出一点毛病说房子不合适。当然，他是不容易满足的：除非是十全十美的房子，否则他决不忍心让他心爱的露丝住进去，而十全十美的房子还有待发现。找房子是一件令人疲倦和厌烦的事儿。露丝很快就开始发脾气了。罗杰恳求她耐住性子：毫无疑问，他们所寻求的那种房子一定是有的，只要再稍稍坚持一下就一定会找到。他们挑过成百上千的房子，爬过成千上万阶楼梯，察看过数不清的厨房。露丝被搞得精疲力竭，不止一次地大发雷霆。

“如果你不能很快找到一幢房子，”她说，“我只好重新考虑一下我们的关系。哼！要是这样下去，我们再过多少年也没法儿结婚。”

“别这么说，”他回答，“我希望你要有耐心。我刚从新联系上的房屋经理人那里收到一批新房单。这一批至少有六十幢房子。”

他们又开始去追寻。他们又察看了更多更多的房子。有两年时间他们一直在找房子。露丝变得沉默寡言而且爱发牢骚了。她那伤感而美丽的眼睛里出现了一种几乎是阴沉沉的神色。人的忍耐是有限度的。巴罗太太有着天使一样的耐性，可是最后她也反叛了。

“你到底打算不打算跟我结婚？”她质问他说。

她的声音里含着一种不常出现的严厉。尽管如此，罗杰在回答时仍然是温文尔雅的。

“我当然想和你结婚。只要找到房子，我们立刻举行婚礼。顺便说一下，我刚听说有所房子可能对我们很合适。”

“我没有兴致再去看什么房子了。”

“可怜的人儿，我怕你是有点疲倦了吧？”

露丝·巴罗整天躺在床上不出门了。她不愿意再见罗杰。他呢，只好给她的住所去电话问候，不断地送去一些鲜花。他像以往一样地殷勤周到、曲意温存。每天他都要写信告诉她说又打听到有另一批房子值得他们去看一看。一个星期过去之后，他收到了下面这封信：

罗杰：

我认为你并不是真心爱我，我已经找到一个愿意照料我的人，而且我今天就要和他结婚了。

露丝

他派专人送去了回信：

露丝：

你送来的消息使我痛不欲生。我永远也无法从这一打击下恢复过来。然而，你的幸福当然是我要首先考虑的事。随信附上七份房单，请阅。这是今天早晨刚邮来的。我敢担保，在它们当中你一定能找到一所完全合你心意的房子。

罗杰

格拉斯哥的来客

郑庆芝　译

一个人初次来到一个大城市时，难得像雪莱驱车驶入那不勒斯那样有眼福目击下面这样一桩事：一个青年从一家店铺里跑出来，被一个手持匕首的男人紧追不放；那人追上他，一刀刺进他的脖颈，青年应声倒地，一命呜呼。雪莱是个软心肠的人，不认为这是一桩带着地方色彩的小事。他既恐惧又愤恨。但是，当他把自己的感触告诉给跟他一起旅行的一个卡拉布里亚的牧师时，这位身高力大的牧师却哈哈大笑，嘲笑他少见多怪。雪莱说，他从来没有像当时那样想打人。

我始终无缘碰上如此激动人心的场合。不过，我头一次到阿尔赫西拉斯[①]时，却经历了一件对我来说极不寻常的事情。当时，阿尔赫西拉斯是个龌龊、荒僻的小镇市。我夜间到得较晚，于是住进靠码头的一家客店。虽然这家小店简陋，但是从这里却能一

① 西班牙地名。

览直布罗陀的全貌。一轮明月悬挂在空中。账房设在一楼，我要求订个房间，一个邋邋遢遢的女仆把我领上楼去。店主正在玩牌，似乎对我很不耐烦，把我从上到下打量一番，顺手给了我一个房间号，就不再理会我，接着玩他的牌。

女仆指给我那个房间，我问她能给我弄点什么吃的。

“您想吃什么?”她说。

我明知她在说大话。

“你们店里有什么?”

“您可以叫一客鸡蛋火腿。”

看店里的情景，我也知道在这儿休想吃到别的。她把我领到一间狭窄的屋子里，房顶很低，四壁是用石灰水刷的，当中摆着一张长桌子，上面已放好第二天午饭用的餐具。一个身材高大的男人背朝门坐着，他正缩在一个盛着热灰的铜盆旁取暖。其实，这种取暖盆对安达卢西的冬季来说已无济于事了。我坐下来，等待那顿不很丰富的晚餐。我若无其事地瞥了那个陌生人一眼，他正在瞧着我，可是一接触我的目光，他迅速把头扭开。我等着我的鸡蛋。终于女仆端来了鸡蛋，这时，那个陌生人又把头抬了起来。

“我需要你按时叫醒我，好乘头班船。”他对女仆说。

“是，先生。”

他那重音说明他是个英国人，而看他那魁梧的身躯和精力充沛的外貌，却像是来自北方。在西班牙，能吃苦耐劳的苏格兰人要比英格兰人更常见。不论你走到储量丰富的里奥廷托矿井还是赫雷斯的酒仓，塞维利亚还是加的斯，你所听到的都是特威德以北的那种从容不迫的谈吐。在卡莫纳的橄榄林里，在阿尔赫西拉斯和博巴蒂拉之间的火车上，甚至在遥远的梅里达的软木林中，你都可以遇到苏格兰人。

饭后，我朝着那燃烧的炉盆走过去。当时正是严冬，刺骨的寒风掠过海滨吹进室内，冻得我直打哆嗦。我把椅子往前挪了挪，那个人却要让开。

“别起身，”我说，“这儿有地方坐。”

我点上一支雪茄，并且让给他一支。吉伯的哈瓦那雪茄在西班牙一向是受欢迎的。

“抽一支雪茄我倒没意见。”说着，他伸出手。

从他嗡嗡的说话声里，我辨认出那是格拉斯哥的口音。但是，这个陌生人沉默寡言，他那慢腾腾的回答使我失去跟他交谈的兴致。我们一声不吭地抽着烟。他比我乍一看到他的时候还显得壮实；肩膀宽阔，四肢发达，脸晒得黝黑，头发又短又灰。他外表结实，嘴巴、耳朵和鼻子长得又大又厚，皮肤满是皱纹。他那一双蓝眼睛显得暗淡无光。他不停地用手捋着不整洁的灰白胡须，这种神经质的举动使我不免感到有些厌烦。不一会儿，我发现他在瞅着我，咄咄逼人的目光把我弄得惴惴不安。于是，我又抬起头望着他，希望他像刚才似的把目光移开。果然，他不再盯着我了，可是没过多久，从那双浓密的长眼眉底下又射出两道侦察的目光。

“刚从吉伯来的？”他突然问。

“是的。”

“我明天走——回家去，谢天谢地。”

他把最后几个字说得那么一本正经，惹得我笑了。

“您不喜欢西班牙吗？”

“啊，西班牙蛮好。”

“您在这儿待得时间长吗？”

“太长了，太长了。”

他屏住气说。我很惊讶：我这随便一问竟引起他情感上那么大的波动。他猛地站起来，走来走去，一边跺着脚，犹如关在笼子里的野兽。他把妨碍他的椅子推到一边，不时重复地呻吟着：“太长了，太长了。”我默默地坐在那儿，感到很不自在。为了使自己保持镇静，我把火盆里烧透的灰烬拨到上面来，他突然停住脚步，弯下腰看着我，仿佛我这个动作使他忆起我的存在。然后，他沉重地坐回到椅子上。

“您觉得我古怪吗？”他问。

“并不比大多数人古怪。”我笑着说。

“您看不出我有什么奇怪的地方吗？”

他俯着身说，好让我能仔细地看看他。

“看不出。”

“如果您看出来我奇怪的地方，您不会不说吧？”

“不会的。”

这一切都意味着什么，真叫我不可思议。不知道他是否喝醉了。足有两三分钟，他没说话，我也不打算打破沉默。

“您叫什么名字？”他突然问。我告诉了他。

“我叫罗伯特·莫里森。”

“苏格兰人？”

“格拉斯哥人。我在这倒霉的国家待了好几年。有烟丝吗？”

我把烟丝包递给他。他装满烟斗，用一块燃烧的木炭点着了。

“我不能再待下去了，我待的时间太长了，太长了。”

由于一时的冲动，他又要跳起来走来走去，但是，他紧紧抓住椅子，克制住了自己。从他的面部表情，我看出来他费了好大的气力。我猜测他这种不安的情绪是由于酒精慢性中毒引起的。我一向讨厌醉鬼，因此想尽快脱身睡觉去。

“我一直在经营橄榄林，”他接着说，“我在这儿是为格拉斯哥和南西班牙橄榄油有限公司效劳。”

“哦，是的。”

“您知道，我们搞到一种新的炼油法，如处理得当，西班牙油一点不比卢卡[①]油差。况且我们可以卖得便宜些。”

他讲得平淡无味、有条有理，用词很精确，符合苏格兰人的特色。他看起来非常清醒。

“您知道，埃西哈多少是橄榄行业的中心。原来我们有一个西班牙人在那里照顾业务，可是我发现他老是偷我们的钱，结果我把他开除了。我通常住在塞维利亚，那里装运油比较方便。然而，在埃西哈物色不着一个可靠的人，所以在去年，我亲自到那儿去

---

① 意大利城市名。

了，您知道那个地方吗？”

“不知道。”

“离镇上两英里路远，正在圣洛伦索村外，公司有一片种植园。在种植园上有一所漂亮的房子，坐落在小山顶上，看起来美极了；从上到下都是白色的，您知道，那只有越发显得孤单，房顶上栖息有几只白鹳。没有人住在那儿。我想，如果我搬到那儿去住，岂不省下镇上的房租钱啦。”

“那儿一定够冷清的。”我说。

“一点不错。”

罗伯特·莫里森抽着烟，一两分钟没有说话。我纳闷他给我讲这些是什么意思。

我看了看表。

“忙着走吗？”他急切地问。

“倒不一定。夜深了。”

“唉，那有什么关系？”

“我想在那个地方您见不到很多人吧？”我又扯回话题。

“不很多。我在那儿跟一个老头儿和他的老婆住在一起，他们照料我的生活。有时，我到村里跟药店主人费尔南斯德，还有一两个他的主顾玩玩纸牌，偶尔也去骑马打打猎。”

“听起来那儿的生活还不坏嘛。”

“到去年春天，我已经在那儿待了两年。天啊，我压根儿就没碰上过像那儿的五月那么热的天气了。热得人什么也干不了，工人们干脆躲在荫处睡起觉来。羊热死了，有的牲畜热疯了，甚至牛都干不了活儿；它们弓着背站在那儿，挣扎着喘口气。该死的太阳直射下来，刺得你的眼睛都要蹦出你的脑袋。大地龟裂成碎块，农作物嗞嗞地响，橄榄林几乎被全部摧毁。简直活像地狱。人们根本无法合眼睡觉，我从这间屋子转到另一间屋子，想尽办法喘一口气。当然，我关闭窗户，在地板上喷了水，但仍然无济于事。夜间跟白天一样酷热，几乎像在烤箱里似的。

“最后，我想不如在楼下一间从没住过人的北房里放一张床，因为在一般气候下，这间屋子比较潮湿。我想起码我还能睡上几个小时，反正试试也无妨。哪知道这里更糟，我躺在床上来回翻腾，实在热得我难以忍受。我只好起来打开通往走廊的所有的门，然后走出去。那天晚上月色皎洁，美极了，我敢说，凭借月光您看书都没有问题。我没告诉您吗，那所房子是在小山顶上？我倚着栏杆，眺望那片橄榄林，看过去真像波浪起伏的大海。它使我忆起了我的家乡，忆起了格拉斯哥松林中吹来的凉爽的微风和回荡在大街上的喧嚣声。信不信由您，我仿佛嗅到了这一切，嗅到了故乡的大海。天啊，我情愿牺牲我所有的财产来换取哪怕一个小时的那种气息。人们说格拉斯哥气候恶劣，您相信吗？我喜欢那儿的雨、灰蒙蒙的天空、黄澄澄的海水和风浪。当时我简直忘记自己是在西班牙，在橄榄树国家的中心了。我张开嘴，深深地吸了口气，好像我是吸进了海上的雾。

“这时，突然间我听到一个声音，是男人的声音，声音不大，您知道，挺低，像是从寂静中蔓延出来的——呃，我真不知道怎么形容。我感到很奇怪。我很难想象在这个钟点，会有谁在橄榄林里。当时已过午夜。那是一个人在笑，笑声异乎寻常。我想人们会说那是母鸡的叫声，听起来好像从山上爬下来似的——断断续续。”

莫里森望着我，想看看我如何理解他这段不寻常的叙述；他确实不知该怎么样形容他的感受。

“我的意思是说，这声音仿佛是急促而不连贯地喷射出来的，有点像从桶里往外掷石头一样。我朝前探探身，睁大眼睛张望着。月光把四周照耀得如同白昼一般，但是我要是能够看见点什么的话，那才叫见鬼哩。声音消失了，可我仍然盯着声音发出来的地方，以防有人走动。一刹那，声音又开始响起来，这次更大了；绝不是咯咯的轻轻笑声了，而是名副其实的哈哈大笑，响彻云霄。我纳闷这声音竟然没有把我的仆人吵醒。听起来简直像一个醉汉在怒吼。

“‘谁在那儿呀?’我大声喊道。

“我得到的唯一答复是一阵狂暴的笑声。不瞒您说，我真有点儿恼火，很想下去看个究竟。我绝不允许一个醉鬼三更半夜在我这儿胡闹。接着，突然传来一阵狂呼。天啊，吓死人啦。然后是哭声，这个人的笑声低沉，可是哭声——叫人毛骨悚然。活像杀猪时的吼叫。

“‘我的天。’我叫起来。

“我翻过栏杆，朝哭声跑去。我寻思准是有人遭到不幸。一阵寂静过后，紧跟着是一声刺耳的尖叫。随后就是啜泣声和呜咽声。我告诉您这声音像什么，像一个人在做垂死的挣扎。最后是一声深沉的呻吟，再也没有响声了，周围鸦雀无声。我东跑西跑，到处搜寻，但一无所获。我只得爬回小山，到我的房间去。

“您可以想象我当天晚上睡了多少觉。天一亮，我就从窗户往外张望，寻找那吼声的来处。忽然，我发现在一片橄榄林中的一个山谷里有一所小白房子。那块地盘不属于我们公司，我从没到那边去过，一直没注意那所房子。难怪那所房子对我来说完全是陌生的。我问我的仆人乔斯，谁住在那儿。他告诉我，一个疯子跟他的兄弟，还有一个仆人曾经在那里住过。”

“噢，原来如此，”我说，“不是个很好的邻居。”

这个苏格兰人忽地弯下身抓住我的手腕，把脸凑近我。他的眼睛里充满极度恐惧的神情。

“那个疯子死了二十年了。”他低声说。他放松我的手腕，气喘吁吁地一屁股倒在椅子里。

“我下山直奔那所房子，在四周巡视了一番。房子的窗户都是钉死的，百叶窗关得严严实实，门也上了锁。我敲敲门，摇晃了几下门把手，按了按门铃。可是，光听见铃响，不见人出来。这是一所两层楼房，我抬头看看，百叶窗关得紧紧的。没有一点儿生命的迹象。”

“那么，房子的新旧程度如何？”我问了一句。

“啊，糟透了。墙面上的粉浆都掉了，门和百叶窗上的油漆大部分脱落了，房顶上的瓦，有些落在地上，很像是给一阵狂风刮下来的。”

“怪事。”我说。

“我到我的朋友，药店主人费尔南斯德那里去打听这件事，他的回答和乔斯的一模一样。我问起那个疯子。他说谁也没有看见过。从前，那个疯子多半总是处于昏迷状态中，但时不时地癫狂病发作，不论多远都听得见他的狂笑和哭号。四邻吓坏了。后来，在一次发作中死了。看守的人们也随即迁出。从此谁也不敢住进那所房子了。

“我没有告诉费尔南斯德我听见了什么，怕他嘲笑我。那天我整整守了一夜，什么动静也没有，直到东方破晓，我才上床睡觉。”

“您再也没有听到什么吗？”

“一个月里我没有听到任何动静。干旱在继续，我依旧睡在后面那间堆放东西的屋子里。一天夜间，我睡得正甜，突然发生了一件事。我不知该怎么确切地形容，反正有一种奇异的感觉，好像有人轻轻推了我一下，我马上惊醒了。我躺在床上，然后，跟上次一样，我听到一阵低沉的笑声，仿佛一个人正在玩味一个古老的笑话似的。笑声从远处的山谷里传来，越来越响，直至变成狂笑。我跳下床，走到窗前，我的腿开始发抖了，站在那儿听着静静的深夜的狂笑，实在可怕。声音突然停顿下来，又变成痛苦的号叫和恐怖的啜泣。听起来不像是人的声音，让人觉得是一个动物在受折磨。不怕您笑话，我当时吓得浑身僵直，想动都动不了啦。过了一会儿，声音停了，不是突然地而是一点儿一点儿消失的。我竖起耳朵，但是，什么也没有听见。我爬回床上，蒙上脸。

“这时我想起费尔南斯德曾告诉我，那个狂人每隔一段时间发病一次，不发作的时候，比较安静。费尔南斯德说这叫沉默期。我想这莫非是一种定期发作的癫狂症。我算出两次发病的间隔时间：整二十八天。不言而喻，每逢满月他必发病。我不是神经质的人，决定把事情弄个水落石出。我于是从日历上查出下一个满月的日子。到那天晚上，我没有去睡觉，我把手枪擦干净，装好子弹，并且准备了一个提灯，坐在栏杆上等着。我非常镇静。老实说，我对自己颇为满意，因为我并没有害怕。微风徐徐掠过屋顶，刮得橄榄树的树叶簌簌地响，好似海浪冲刷着海滩上的小圆石。月光照亮了那所小房子的白墙。我的心情特别轻松。

“终于我听到了那隐隐约约的熟悉的声音，我差点儿笑了起来。我估计得不错，又是一个满月的日子，像时钟一样准确，再准没有了。我跳下围墙，穿过橄榄林，奔向那所房子。咯咯的笑声随着我的逼近越来越响。到了房前，我抬头仰望，没有一点灯光。我把耳朵凑近房门，只听到那个狂人在里面放声大笑。我用拳头砸门，又按了门铃。似乎铃声引起了他的兴趣，笑声变得震耳欲聋。我继续敲门，愈敲愈响，他也愈笑愈狂。然后，我用尽全身力气喊道：

“‘打开这该死的门，否则我就砸了。’

“我退后一步，猛踢门闩，接着全力以赴用身子朝门撞去。门裂开了，我继续猛撞，这扇该死的门终于被我砸开了。

“我从口袋掏出手枪，一手提着提灯。门既然被打开，笑声就更大了。我走进屋去，一股恶臭味迎面扑来，几乎把我熏倒。想想看，里面的窗户足足二十年没有打开过了。那狂叫声简直能够把死人吵醒。但我一时难以辨认声音来自何处。它似乎回荡在四壁之间。我推开身旁的一扇屋门，走了进去。里面除了光秃秃的白墙，没有一件家具。狂叫声比刚才更大了，我迎着声音走去，我又走进另外一个房间，还是空洞洞的，一无所有。我打开一扇门，发现楼梯就在跟前，仿佛那个狂人就在我头顶上大笑似的。我小心翼翼地上了楼。您知道，这可不是闹着玩的。在楼梯顶，有一个小夹道。我顺着提灯的光亮沿夹道走去。尽头有一个房间，我停下来，他就在里面。眼下，我跟他只有一板之隔。

“那个叫声阴森可怕，令人不寒而栗。我咒骂着自己，因为我开始发抖了。那绝不是人的声音。天啊，我几乎要撒腿跑了。我咬紧牙抑制住自己，但是，我怎么也没有勇气去碰那门把手。忽然，笑声中断了，就像用刀子割断喉咙一样。这时，一阵痛苦的呻吟传进我的耳膜。这声音我以前没听到过，可能是因为声音太微弱了，传不到我的住处。然后，是奄奄一息的断气声。

“‘哎哟！’我听见那人用西班牙语说，‘你要杀死我。饶了我吧，啊，老天爷，救命呀！’

“他尖声吼叫着，像野兽在折磨他。我猛地推开门，冲了进去。一阵干燥的风顺门刮进室内，吹开了百叶窗，月光乘虚而入，那么明亮以至使我的提灯黯然失色。那不幸的人的呻吟声就在耳边，如同您眼下说话那样清晰，那样靠近。真吓死人啦。那呜咽声、啜泣声、可怕的断气声，简直让人无法忍受下去。他已经到了死亡的边缘。那断断续续使人窒息的声音近在咫尺。可是，室内空无一人。”

罗伯特·莫里森一下子沉陷在椅子里。这个膀大腰圆的巨人颇像画室里的奇形怪状的人体模型，只要您一推它，就会摔倒在地。

“后来呢？”我问。

他从口袋里掏出一条不十分干净的手绢，擦了擦前额。

“我不想再睡在北边的那间屋子里了，热也罢，不热也罢，反正我又搬回原来的卧室里去了。呃，整整四个星期以后，大约在早上两点钟，我又被那狂人的咯咯笑声惊醒了。声音好像近在眼前。不怕您笑话，到那时我已有些一蹶不振了。所以，到再次满月，这该死的家伙要发病的时候，我把费尔南斯德请来陪我过夜。我事先并没有告诉他什么事，只是死乞白赖留他玩牌，直到清晨两点钟，怪声果真又起。我问费尔南斯德是否听到了什么。‘没听见什么。’他说。‘有人在笑。’我说。‘您喝醉了，老兄。’他说着也笑起来。这太过分了。‘闭嘴，你这个傻瓜。’我说。笑声越来越大，我叫起来，用双手捂住耳朵，但无济于事。那痛苦的尖叫声还是钻进我的耳朵。费尔南斯德以为我发疯了，不过，他不敢说出来，恐怕我会把他杀了。他说他得睡觉了，可是到第二天早晨我发现他早已溜之大吉。他的床根本没有睡过，他准是跟我分手后就逃之夭夭了。

“从那以后，我再也不能待在埃西哈啦。我安插了一个人在那儿经管一切，便回到塞利维亚。我觉得在那儿比较安全。但是，临近满月的时候，我又开始恐慌起来。当然，我对自己说不要当一个倒霉的傻瓜。但是，您知道，我已力不从心。我真怕那声音会跟踪而来。我知道一旦在塞维利亚我仍旧听得见那怪声音，那我这一辈子就休想安宁了。我并不比任何人胆小，真该死，万事总该有个头儿。这是有血有肉的人所无法忍受的。我知道如此下去我非疯了不可。我开始酗酒来麻醉自己，我的焦急忧虑的心情在煎熬着我。我躺在床上彻夜不眠地盘算着日子。我深知这可怕的时刻终归是要降临的。它果然来了。在距离埃西哈六十英里远的塞维利亚，我照样听到了他的狂呼号叫。"

我沉默了半晌，不知说什么好。

"您最后一次是什么时候听到那声音的？"我问。

"四个星期前。"

我急忙抬头望望，惊愕不已。

"您抬头看什么？今天晚上该不又是满月吧？"

他眼里流露出又忧又怒的神色。他刚要张嘴说什么，又哽住了，他的声带好似已经瘫痪。但他终于凄惨地自言自语道：

"是的，今夜又是满月。"

他瞪起眼看看我，那双暗淡无光的蓝眼睛仿佛射出两道红光。我从来没有在一个男子汉的脸上看到过这样惊恐的表情。他急速地站起身，大踏步走出房间，砰的一声把门关上。

我不得不承认：那天晚上我也没睡好。

赴宴之前

屠珍　译

斯金纳夫人喜欢准时。她已经装束停当，身上穿的那件黑丝袍子既跟她的年龄相称，也适合她对新近亡故的女婿的悼念；这当儿，她正要往脑袋上戴一顶小帽。戴不戴这顶帽子，她倒有点犹豫不定，因为帽子上装饰的白鹭羽毛很可能引起她在宴会上必将遇到的几位朋友尖刻的非议；为了取得羽毛而屠杀那些美丽的白鸟，确实令人震惊，尤其是在交尾季节更加要不得；可是话说回来，这些羽毛如此漂亮而时髦，拒绝不要嘛，又显得太愚蠢了，何况还会触伤女婿的感情。他从婆罗洲那么老远的地方把羽毛带回来，希望她满心爱悦。凯瑟琳当时见到这几根羽毛就不大痛快，如今出了那桩事之后，她也准保后悔不该那样，不过凯瑟琳压根儿就没对哈罗德有过真正的好感。斯金纳夫人站在梳妆台前琢磨来琢磨去，临了还是把帽子戴上了，这毕竟是她唯一一顶漂亮的帽子啊！她用一枚顶端嵌着一颗大煤玉珠子的发针把它卡住。要是有人跟她谈起这几根羽毛，她也有话可答。

"我知道这种事怪骇人听闻的，"她会说，"我自己是决计想不到要买这些羽毛的，这可是我那可怜的女婿最后一次回国休假时带回来的。"

这就可以把她拥有这几根羽毛的缘由解释清楚，当作装饰品也便无可厚非。大家对她都挺友好，不会再说什么。斯金纳夫人从抽屉里取出一块干净手绢，往上面洒了几滴花露水，她一向不用香水，总觉得用它未免有点轻浮，花露水却很清爽怡人；她差不多打扮好了，朝镜子后面那扇窗户外头张望一下。卡农·海伍德举办的花园宴会碰上了好天气。气候暖和，苍穹蔚蓝，树梢还没有失去早春的一片嫩绿。小外孙女正在房后狭长的花园里忙不迭地耙松自己的小花床，斯金纳夫人看到这番情景，不禁泛起笑容。她真希望琼的脸色不是那么苍白，过去把孩子留在热带地区那么久真是造孽，小小的年纪一本正经，从没见她东窜西跑过。她安安静静地玩自己发明的游戏，给自己的花圃浇浇水什么的。斯金纳夫人用手掸掸前身衣襟，拿起手套，走下楼来。

凯瑟琳坐在窗前的写字台那儿，正忙着整理几张自己开列的名单，因为她是妇女高尔夫球俱乐部的名誉秘书，一遇到竞赛必定要忙乎一阵子。但是她已准备就绪，要去参加宴会了。

"到底还是穿上你这件罩衫啦。"斯金纳夫人说。

午饭时，她们商量过凯瑟琳是穿这件无袖套领罩衫呢，还是穿件薄绸的黑衫好。这件罩衫黑白两色，凯瑟琳觉得还够时髦，不过穿上它却没有一点家逢丧事的意思。可是米莉森特赞成穿这件。

“咱们何必个个穿得好像刚出完殡回来似的，”她说，“再说哈罗德已经死了八个月啦。”

斯金纳夫人觉得这种口气真有点冷酷无情。米莉森特从婆罗洲回来，神情举止一直异常，让人摸不着头脑。

“你不见得现在就打算脱掉丧服吧，亲爱的？”她问道。米莉森特没有直截了当地回答。

“现在人们不兴像从前那样服丧啦。”她说，停顿一下，接着往下说的口气，斯金纳夫人觉得颇为反常。凯瑟琳分明也有同感，疑惑不解地瞧了姐姐一眼：“我敢肯定哈罗德决不会要我没完没了地给他服丧。”

“我早早穿好衣服，就因为有点事想跟米莉森特谈谈。”凯瑟琳为了解答母亲那种疑问式的观察，说道。

“是吗？”

凯瑟琳没有解释。她把手里的名单搁在一旁，皱着眉头拿起一封信又看了一遍，有位太太在信里抱怨委员会办事太不公平，不该把她应享受的让棍数目从二十四减少成十八[①]。充当妇女高尔夫球俱乐部的名誉秘书，真要具备相当老练而周到的本领才行，斯金纳夫人慢条斯理地戴上她那副簇新的手套。窗外的遮篷使屋子里昏暗而阴凉。她注视着哈罗德生前托她妥善保管的一只染得

---

① 这里指高尔夫球赛，一般两人或四人竞赛，以高尔夫球棍击球入九洞或十八洞，以击球次数最少者为胜。但业余球员比赛时可享受让棍权利，数目不等，按水平决定。如业余球员打满一局，击棍八十四下，减去让棍十下，实为七十四下，而正式球员若为七十五下，则判输。

色彩鲜艳、硕大的木制犀鸟，觉得这个标本真有点奇特而粗野，哈罗德不知为何对它却十分看重。它带点宗教意味，卡农·海伍德也赞赏不已。沙发后面的墙上挂着几件马来西亚民族武器，叫什么名称她可早就忘了；几张临时安放的桌子上，这儿那儿都摆着哈罗德先后多次赠送的银器和铜器。她喜欢哈罗德，两眼不由自主地转向钢琴上摆着的他的照片，那上面还放着她的两个女儿、外孙女、姐姐和外甥的几幅照片。

“咦，凯瑟琳，哈罗德的照片哪儿去了？”她问道。

凯瑟琳环顾四周，照片确实已经不在原处。

“谁把它拿开了吧。”凯瑟琳说。

她感到惊奇，迷惑不解地站起来，朝钢琴那边走去。几幅照片重新给安排过了，中间并没露出空当。

“也许米莉森特把它拿到自己的卧室里去了。”斯金纳夫人说。

“我早就该有所察觉了，再说米莉森特自己有好几张哈罗德的照片，她都锁起来，没摆在外头。”

斯金纳夫人对于女儿没在自己的卧室里摆一张哈罗德的照片，确实感到十分纳闷。有一次她还特意提起这件事，可是米莉森特没有搭茬儿。米莉森特从婆罗洲回来，沉静得出奇；斯金纳夫人出于一片好心，想对她表示同情，她也并不领情。她好像不大愿意谈起自己不幸的遭遇。悲伤嘛，各人有各人不同的表达方式。斯金纳先生告诉老伴顶好别去打扰米莉森特，由她独自去排遣哀愁。一想到自己的丈夫，斯金纳夫人又把思路转到宴会上去了。

“你爹问我他该不该戴一顶大礼帽，”她说，“我认为还是戴着，保险点好。”

那可是一场盛会。他们会尝到宝滴糖果店的草莓和香草两色冰激凌，冰咖啡则由海伍德家里自制。社会名流均会到场。主人要把他们介绍给香港主教，这位主教如今正住在海伍德家里，是卡农的大学同学，要跟大家谈谈他在中国传教的见闻。斯金纳夫人有个女儿在东方侨居八年，女婿又曾经是婆罗洲一个地区的驻扎官员，因此她对这方面特别感兴趣。这事当然对她总比对那些跟殖民地这些事毫无关联的人更有意义。

正如斯金纳先生所说的那样："只知道英国的人，又能知道英国一些什么呢？"

这当儿，斯金纳先生走进来了。他继承父业，是个律师，在林肯法学会广场大街开业。每天清早，他到伦敦市区去上班，晚上才回来。他能陪伴老婆女儿去参加卡农家里的宴会，完全是因为卡农绝顶聪明地选定在星期六举办。斯金纳先生穿上燕尾服和灰色花呢裤子，显得挺精神。他的衣着并不十分讲究，却也干净利落，看上去像个受人尊敬的家庭法律顾问，而他确实也是。他的事务所向来不接办非法业务；如果有人找上门来，请他帮忙解决一件不大体面的事，斯金纳便会板起一副严肃的面孔。

“这类案子，我想敝事务所是不太有意承办的，”他会说，“您还是另请高明吧。”

他顺手把便条本子取过来，在上面潦潦草草地写下一个名字和地址，撕下来递给来客。

“我要是您，就会去拜访这类人。您要是跟他们提一下我的名字，保险他们会尽力帮您的忙的。”

斯金纳先生的脑袋瓜子光秃锃亮，胡子刮得干干净净，两片薄而没有血色的嘴唇老是紧闭着，蓝眼珠子却闪出羞怯的神情。腮帮子苍白无色，满脸都是皱纹。

“呦，穿上新裤子啦。”斯金纳夫人说。

“我觉得这是个把它露一下子的很好的机会，”他答道，“我还在考虑要不要在翻领上戴朵花哪。”

“要是我，可不戴，爹，”凯瑟琳说，“我觉得那不太像样儿。”

“好多人都会戴的。”斯金纳夫人说。

“只有小职员那种人才喜欢戴，”凯瑟琳说，“您也知道，海伍德什么人都得请；再说，咱们还在服丧期间呢。”

“主教讲完话，闹不清会不会要大家捐钱。”斯金纳先生说。

“我想不至于吧。”斯金纳夫人说。

“我认为这招儿可有点差劲。”凯瑟琳附和道。

“事先有个准备，比较保险，”斯金纳先生说，“让我代表咱们一家子来捐钱。十个先令够不够，还是捐一镑？”

“我觉得要捐就该捐一镑，爹。”凯瑟琳说。

“到时候见机行事吧。我不愿意比别人捐得少，可是也没有必要多捐。”

凯瑟琳把文件放进写字台的抽屉，站起来，看看手表。

“米莉森特准备好了吗？”斯金纳夫人问道。

“还早哪。人家请咱们四点钟去，我想用不着四点半钟以前就到。我吩咐戴维斯四点一刻把车开过来。”

往常出门都由凯瑟琳开车，但是像今天这样的大场合，就由花匠戴维斯穿上制服权当司机。这样汽车开到门口，气派显得大一些；而且凯瑟琳穿上崭新的衣衫，也不大愿意亲自开车。她看到母亲把手指一根根往新手套里伸到底，想自己也该戴一副。她闻闻自己的手套有没有肥皂味儿，果真还残存那么一点点，不过她相信谁也不会注意到。

房门终于开了，米莉森特走进来。她穿着寡妇的丧服，斯金纳夫人怎么也看不惯她这身打扮，可她也知道米莉森特必得穿它一年。这身衣服怪可惜了的，跟她一点也不相配，而对有些人倒挺合适。有一次，她自个儿就试戴过米莉森特的帽子，加上它那白带子啦，黑面纱啦，觉得倒挺像个样儿。当然喽，她希望亲爱的阿尔弗雷德比她长寿；要是事与愿违，他先走一步，那她就永远不再脱下丧服。维多利亚女王就没脱掉。米莉森特则另当别论，她还挺年轻，不过三十六岁；三十六岁就当了寡妇，也实在太惨了，何况再婚的机会也不太多。凯瑟琳如今也不大可能出嫁，她都三十五啦。米莉森特和哈罗德前一次回国，斯金纳夫人曾经建议他们邀请凯瑟琳到他们那里去住一阵子；哈罗德好像倒挺愿意，可是米莉森特不同意。斯金纳夫人也闹不清为什么不行，那原本可以给凯瑟琳制造个机会结交朋友。当然他们并无意要把她撵出家门，姑娘家总该出嫁嘛；不知怎的，他们在国内认识的男人个个都娶了老婆。米莉森特说那边的气候恶劣，她本人的脸色也的确不佳。如今谁也不会认为米莉森特当初曾经是两姐妹当中更漂亮的一个啦。凯瑟琳越长越水灵，当然有人说她太瘦；现在她把头发剪短，再加上一年四季风雨无阻地打高尔夫球，两腮红喷喷的，斯金纳夫人觉得她相当标致咧。没有人会这样品评米莉森特，她的身体完全走了形，她一向个儿就不高，如今一发胖，简直成了个矮墩子。她也当真太胖了，斯金纳夫人猜想这大概是热带气候热得她懒得活动的缘故吧。她的肤色泥土般灰黄，两只蓝眼珠子本来是她最出色的特点，如今也变得暗淡无光。

“她的脖子得想法治治，”斯金纳夫人心里想，“可怕的双下巴颏儿都长出来了。”

这件事她跟她丈夫谈过一两次。斯金纳先生说米莉森特已经是半老徐娘，不再像当年那么年轻了；说得也是，可她也没必要撒手听其自然，什么都不顾了呀。斯金纳夫人打定主意要跟女儿好好谈谈，当然她也应当尊重女儿的哀愁，等她服完一年丧再说。她也巴不得借这个理由往后推迟，说真的，一想到要进行这样一次交谈，她就感到有点发憷，因为米莉森特跟过去完全判若两人。她耷拉着一副脸子，叫她母亲跟她在一块儿时感到很不自在。斯金纳夫人是个直筒子，想到什么就大声说出来，可是你跟米莉森特说句话（不过是随便说说罢了），她却有个怪毛病，吭也不吭一声，你也不知道她到底听见没有。有时候，斯金纳夫人恼火极了，不得不提醒自己，可怜的哈罗德才死了几个月，这样才克制自己没对米莉森特大动肝火。

寡妇默默地向前走来，一丝光线从窗户那儿射进来，落在她那阴阴沉沉的脸蛋上。凯瑟琳背朝着窗户站在那里，凝神瞧了瞧姐姐。

“米莉森特，有件事我想跟你谈一谈，”她说，“今天早晨，我跟格拉迪丝·海伍德打高尔夫球来着。”

“你把她打败了吗？”米莉森特问道。

格拉迪丝是海伍德家唯一还没有嫁出去的姑娘。

“她告诉我一些关于你的事，我觉得你本人应该知道一下。”

米莉森特的目光越过妹妹，落到花园里正在浇花的小女儿身上。

“妈妈，您告诉安妮让琼在厨房里用午茶了吗？”她问道。

“说了，待会儿让她跟用人们一起用茶。”

凯瑟琳冷静地凝视着姐姐。

“主教这次回国，顺路在新加坡待了两三天，”她接着说，“他挺喜欢旅行，到过婆罗洲，许多你认识的人他都认识。”

“他一定很愿意见到你，亲爱的，”斯金纳夫人说，“他认识可怜的哈罗德吗？”

“认识，他在瓜拉苏达见过他。他清清楚楚地记得他。他说听见他的去世，感到万分惊讶。”

米莉森特坐下来，慢慢戴她的黑手套。斯金纳夫人见到女儿听了这席话一言不发，感到很诧异。

“哦，米莉森特，”她说，“哈罗德的照片不翼而飞，是你拿走了吗？”

“嗯，我把它收起来了。”

“我还以为你愿意把它摆在外面呢。”

米莉森特又沉默不语。这真是个惹人恼火的毛病。

凯瑟琳稍微转了转身，好面对着她的姐姐。

“米莉森特，你干吗对我们说哈罗德是得感冒死的？”

寡妇不动声色。她盯视着凯瑟琳，灰黄的脸色却泛起了红晕。她没回答。

“你这是什么意思，凯瑟琳？”斯金纳夫人吃惊地问道。

“主教说哈罗德是自杀死的。”

斯金纳夫人啊地惊叫一声，她的丈夫摆摆手，叫她静下来。

“真是这样吗，米莉森特？”

“是。”

“那你干吗没告诉我们？”

米莉森特沉吟片刻，手指懒洋洋地抚摸身旁桌子上的一件铜器。这也是哈罗德送的礼物。

“我是替琼着想，让她相信她爹是得感冒死的，这对她更好一些。我不想让她知道真相。”

“你让我们处于一种十分难堪的境地，”凯瑟琳皱了皱眉说，“格拉迪丝·海伍德怪我不够交情，没把真情实况告诉她。我费了好大的劲，才叫她相信我根本连一点影儿都不知道。她说她爹也不满意。他老人家说，咱们两家这么多年的交情，他还是你结婚的证婚人，两家如此亲密无间什么的，他确实认为我们应该信任他。不管怎么说，即使不愿意告诉他真情实况，也不必跟他撒谎。”

“在这一点上，我得说我同意他的观点。”斯金纳先生尖刻地说。

“我当然对格拉迪丝说，我们没有一点过错。你怎么跟我们说的，我们就怎么告诉了他们。”

“我希望这件事没把你们那盘高尔夫球局打散。”米莉森特说。

“真是的，亲爱的，我觉得你这话说得太不得当啦。”她爹嚷道。

他站起来，朝空壁炉那边走去；习惯成自然，他叉开燕尾服，站在它的前面。

“这是我自己的事，与旁人无关，”米莉森特说，“如果我不愿意告诉别人，我瞧不出干吗不可以。”

“你连你亲妈都不肯告诉，看起来你对你妈一丁点感情都没有。”斯金纳夫人说。

米莉森特耸耸肩膀。

“你应该想到，这种事早晚会露馅儿的。”凯瑟琳说。

“怎么？我可没想到两个多嘴多舌的老牧师除了议论我之外，再也没有什么别的可嚼舌的了。”

“主教说他去过婆罗洲，海伍德家里人自然就会问起他认不认识你和哈罗德。”

“谈了半天，都没谈到点子上，”斯金纳先生说，“我认为你原本应该把真情实况告诉我们，这样我们就可以决定如何应付最为妥善。作为一名律师，我可以向你进一言：如果想隐瞒实情，最后只会把事情搞得更糟。”

“可怜的哈罗德，”斯金纳夫人说，眼泪从涂了胭脂的腮帮上滴下来，“这似乎也太可怕啦。对我来说，他一直是个好女婿，什么事惹得他干出这种可怕的蠢事?”

“气候。”

“我看你还是一五一十地跟我们谈一下好，米莉森特。”她爹说。

“凯瑟琳会告诉你们。”

凯瑟琳迟疑一下。她要讲出来的事确实怪吓人的。这种事竟会出现在他们这样一个体面的家庭里，看来实在太可怕了。

“主教说他是抹脖子死的。”

斯金纳夫人惊吓得上气不接下气，感情一时激动，走到她那失去丈夫的女儿身边，想把她搂在怀里。

“我可怜的孩子哟。”她抽抽噎噎地说。

可是米莉森特直把身子朝后缩。

“请别来烦我，妈。这种磨磨蹭蹭的，我实在受不了。”

“米莉森特，你可真有点过分啦。”斯金纳先生拧起眉头说道。

他认为她的举止太没教养了。

斯金纳夫人用手绢轻轻按按眼睛，叹口气，轻轻地晃了晃脑袋，回到她原来的座位上去。凯瑟琳忐忑不安地玩弄自己脖子上戴的长项链。

“姐夫死亡的详细情况得由一位朋友来告诉我，看来真够荒谬绝伦的。这叫别人看来，我们个个都像是个大傻瓜。主教很想见见你，米莉森特；他想告诉你，他是多么为你难过。”她顿了顿，米莉森特一声也没吭，“他说米莉森特当时带着琼出门在外，回来的时候发现哈罗德已经死在床上。”

“那一定叫人吓了一大跳。”斯金纳先生说。

斯金纳夫人又哭开了，凯瑟琳把手轻轻搭在妈妈的肩头。

“妈，别哭啦，”她说，“把眼睛哭红，人家会笑话的。”

大家默不作声，斯金纳夫人擦干眼泪，竭力控制住自己的伤感。她感到特别奇怪的是，此时此刻她还戴着可怜的哈罗德送给她的白鹭羽毛哪。

“还有件事我也应该讲给你们听听。”凯瑟琳说。

米莉森特又不慌不忙地瞧着妹妹，目光坚定而警惕。她那副神情，就仿佛在等待听到一声生怕自己会错过的音响似的。

“我不想说任何伤你感情的话，亲爱的，”凯瑟琳接着说，“可是还有一件事我觉得你们应该知道。主教说哈罗德酗酒。”

“噢，我的天，多么可怕呀！”斯金纳夫人喊道，“多么骇人听闻哟！是格拉迪丝·海伍德告诉你的吗？你怎么回答的？”

“我说这纯粹是胡说八道。”

“这就是隐瞒真相的后果，”斯金纳先生烦躁地说，“事情总是这样的。你如果想把事情包起来，秘而不宣，各种流言蜚语便会不胫而走，说得比真相还要糟糕十倍。”

“主教在新加坡听人说，哈罗德是在发酒疯神经错乱的时候自杀的。我觉得为了咱们全家的体面，米莉森特，你应该否认这一点。”

“用这样难听的话谈论一位亡人，真是太不应该了，”斯金纳夫人说，“而且等琼长大了，对孩子也不利。”

“这种事有什么根据呢，米莉森特？”她爹问道，“哈罗德一向很有节制呀。”

“得啦。”寡妇说。

“他喝酒吗?”

“活脱儿是个醉鬼。”

三人都大吃一惊，万没料想会得到这样一句答复，语气还蛮讥讽。

“米莉森特，你怎么能用这种口气谈论你那死去的丈夫?”母亲把两只戴好手套的手攥紧，嘴里嚷道，“我实在不能理解。你回到家里，一直表现得古里古怪。我永远不能相信我的一个女儿会这样对待自己丈夫的亡故。”

“先别提这事啦，孩子妈，”斯金纳先生说，“以后还有机会谈。”

他走到窗前，朝那阳光明媚的小花园里瞧了两眼，又踱回到屋子中间。他从兜儿里掏出夹鼻眼镜，尽管并不打算把它戴上，还是用手帕擦了又擦。米莉森特瞧着他，两眼分明带着一种十分讥诮的神情。斯金纳先生窝了一肚子火。他干完了一个礼拜的工作，本来从现在到下礼拜一上班之前可以悠闲自在一番。他跟老婆说，这个花园宴会真讨人厌，还不如待会儿在自己的花园里安安静静地进午茶更有乐趣；话虽如此，他还是打算去一下。他对于有关在中国传教的活动并不那么感兴趣，不过认识一下主教嘛，也挺带劲儿。现在万没料到竟然出了这样一档子事！他这个人，最不爱卷入乱七八糟的事情里头去；突如其来，有人对他说他的女婿是个酒鬼，自杀身亡，这可真是太糟心啦。米莉森特若有所思地抚平自己的白袖口，那副沉静的样儿招他生气，可他没冲她发火，却对小女儿说：

“你干吗不坐下，凯瑟琳？屋子里有的是椅子。”

凯瑟琳拉过一把椅子，闷声不响地坐下。斯金纳先生走到米莉森特跟前停下来，面对着她。

“当然，我明白你干吗对我们说哈罗德是得感冒死的，可我认为这样做大错特错，因为这种事是包不住的，早晚会透露出来的。我闹不清主教跟海伍德一家人说的话有几分符合事实；你如果肯听我的忠告，就该尽量将情况如实讲给我们听，咱们好共同研究一下。如今没法指望这种事只传到卡农·海伍德和格拉迪丝耳朵里为止，不再远传出去。像伦敦这样一个地方，大家都爱议长议短的。不管怎样，我们要是知道事实真相，这对咱们大家都会有百利而无一弊的。”

斯金纳夫人和凯瑟琳觉得他谈得很得体。她们都等待米莉森特的答复。她哪，却无动于衷地听了，脸上泛起的那阵红晕早已消逝，又恢复了白里透灰的脸色。

“我要是一五一十地讲出来，我想你们不大会乐意听的。”她说。

“你应该懂得我们会同情你，理解你。”凯瑟琳一本正经地说。

米莉森特朝她瞥了一眼，一抹微笑隐现在她那紧闭的嘴唇边上。她冷眼瞧着他们三个人。斯金纳夫人感到很别扭，觉得米莉森特观望他们的那副神气，就像是他们三人全是时装店里的人体模特儿似的。她仿佛生活在另一个世界，跟他们三人一点关系都没有。

“你们也知道，我当初嫁给哈罗德，根本就不爱他。”她陷入沉思，喃喃说道。

斯金纳夫人刚要惊叹一声，她丈夫倏地做了个旁人几乎没有察觉的手势，多年的夫妻心领神会，她止住了。米莉森特接着说下去，声调平稳而缓慢，语气也没有多大变化。

“我那时二十七岁，看来也没有另外一个人想娶我。不错，他当时已经四十四，年纪似乎够大的，可他有个挺不错的职位，对不？我也不大会再有比这更好的机会了。”

斯金纳夫人又想哭出来，但是她猛然想起自己还得去赴宴。

“我现在才明白你干吗把他的照片拿开了。”她伤心地说。

“妈，别这样。”凯瑟琳喊道。

那张相片是哈罗德跟米莉森特订婚的时候照的，照得挺不错。斯金纳夫人一直把他当作一个相当正派的男人。他身材魁梧，个儿高高的，也许稍微胖了点，但举止庄重，仪表堂堂。他那时就已经开始秃顶，说真的，如今男人家秃顶都秃得特别早，不足为奇；另外，他说那种遮阳的硬壳帽也对头发大不利。他留了两撇小黑胡子，脸晒得黧黑；相貌中顶顶出众之处当然要属那一对大眼睛，棕色的，跟琼的眼睛一模一样。他的谈吐也很有风趣，凯瑟琳说他爱吹牛，斯金纳夫人却不以为然，男人家说话自以为是，她一点也不介意，特别是她一发现——哼，发现得可快了——米莉森特把他迷住了，便更加喜欢他啦。他对斯金纳夫人一向彬彬有礼，他谈到他所管辖的地区啦，猎获的珍禽啦，她都细心倾听，仿佛真感兴趣似的。凯瑟琳说哈罗德太自负，而斯金纳夫人却属于盲目接受男人自卖自夸的那一辈人。米莉森特很快就看出风向，尽管她对母亲啥也没说，做娘的心里却明白哈罗德要是向她求婚，准会得到她的认可。

哈罗德跟一些侨居婆罗洲三十多年的人住在一块儿，他们都很夸奖那个地方。没有理由说一个女人不能在那里过得舒舒服服；当然，小孩子长到七岁就得接回国来教养，不过斯金纳夫人想目前也还用不着操这份心。她请哈罗德到家里来吃饭，对他说他们一家人进午茶的时候总在家。他好像没什么要紧事，在老朋友家里的逗留快结束的时候，斯金纳夫人跟他说欢迎他到自己家里再小住半个月。也就是在这一次小住临尾时，哈罗德跟米莉森特订了婚。他们举行了像样儿的婚礼，然后到威尼斯度蜜月，接着动身去东方。轮船每到一个港口，米莉森特都往回寄一封信。看来她很幸福。

“瓜拉苏达这里的人待我都挺好。”她说，瓜拉苏达是个婆罗洲的重镇，“我们跟驻扎长官住在一起，大家轮流请我们吃饭。有那么一两次，我听到有人邀哈罗德去喝酒，他拒绝了，他说自己现在已经是个有家室的人，得改邪归正了。我纳闷他们干吗咯咯地笑个不停。长官夫人格瑞太太对我说，大家都很高兴见到哈罗德结了婚。她说，一个单身汉在边远地区服务委实太寂寞了。我们离开瓜拉苏达的时候，格瑞太太怪模怪样地跟我道别，我感到很纳闷。她好像庄重地把哈罗德交给我负责似的。”

他们一声不响地听着。凯瑟琳的目光一直没有离开姐姐冷冰冰的面孔，斯金纳先生直勾勾地盯着老婆坐的那张沙发后面墙上挂着的波纹刃口的短剑啦，笨重的“巴朗”短刀啦等马来土武器。

“过了一年半，我又回到瓜拉苏达，才明白他们的态度为什么那么古里古怪。”米莉森特喉头发出一点怪响，好像一声嘲笑的回音，“我那时才知道许多过去蒙在鼓里的事。哈罗德那次回国原来就是为了要结婚。跟谁结婚，他倒并不在乎。妈妈，您还记得当时咱们下了多大功夫要把他笼络住吗？其实，根本用不着费那么大的劲。”

“我不懂你这话是什么意思，米莉森特。”斯金纳夫人说，语调里也是酸溜溜的，因为对当时设下的圈套如此冷嘲热讽，她听了心里很不受用，“我当时觉得你把他迷住了啊。”

米莉森特耸耸她那胖乎乎的肩膀。

“他是个不可救药的酒鬼，每天晚上都抱一瓶威士忌酒上床，天亮前把它喝得一干二净。秘书长警告他如果再不戒酒就必须辞职，而且给他一次机会，让他回国休假。他建议他讨个老婆，这样回来以后就会有人看住他。哈罗德娶我，纯粹为了要一个看护人。住在瓜拉苏达的那帮家伙打赌，看我能让哈罗德的头脑保持清醒多久。”

“可是他爱你呀，”斯金纳夫人插嘴说，“你不知道他怎样经常跟我谈起你。就在你刚刚谈到的那段时间，你去瓜拉苏达生琼的时候，他给我写了一封多么动人的信提到你。”

米莉森特又瞧着母亲，灰黄的脸蛋染红了，两只搁在膝盖上的手微微发颤。她想起婚后头几个月过的日子。官方的汽艇把他们送到河口，他俩在哈罗德戏称为他们的海滨行邸的那个有走廊的平房里过了一夜。第二天他俩乘一条小划船顺游而上。根据她看过的小说，她原以为婆罗洲的河流都是黑不溜秋、怪吓人的，没想到天空竟是那么蔚蓝，点缀着朵朵白云；栲树和棕榈的短绿枝让潺潺流水冲刷过，在阳光下闪烁发光。河岸两旁连绵一片莽莽无径的丛林，远方在天空的背景上现出一座崎岖轮廓的高山。早晨的空气清新凉爽，她仿佛踏进一片友好而肥沃的大地，感到无限的自由。他们观望着两岸缠结的树枝上坐着的猴子，哈罗德有一次指着一段树干模样的东西，说那是一条鳄鱼。副长官穿着帆布裤子，戴一顶遮阳帽，在码头迎接他们，还有十来个小兵一字列儿排成行向他们表示敬意。她被介绍给副长官，那人名叫辛普森。

"啊，长官，"他对哈罗德说，"我很高兴见到你回来。你不在，真够叫人寂寞的。"

长官的小平房坐落在一个小山顶上，四周杂乱地生着五颜六色的野花。房子有点破旧，家具稀疏简单，房间里倒也宽敞而凉快。

"村子就在那边。"哈罗德指着说。

她顺着他的手势望去，椰子树林里扬起一阵当当的锣声。这使她心中浮现出一股奇特的感觉。

虽然她没有多少事可干，日子过得还算称心。每天早晨，小厮把茶端来，他俩在走廊里闲逛，享受清晨的芬芳（哈罗德只穿一件背心，腰间围着一条纱笼围裙，她穿着晨衣），快进早餐时才把衣服穿好。然后，哈罗德去上班，她用一两个钟头学习马来语。午饭后，他又去办公，她便睡个晌觉。喝完午茶，两人精神振作起来，就到外边去散散步，或者在平房下边哈罗德平整出来的那个九洞球场上打打高尔夫球。六点钟天擦黑，辛普森先生过来喝杯酒。他们一直聊到吃晚饭，随后哈罗德和辛普森先生有时下下棋。凉爽的夜晚实在迷人。萤火虫把走廊下面的一片矮树丛变成闪烁着抖动的冷光的盏盏明灯，花树熏得四下里香气袭人。晚饭后，他们读读六个星期前的伦敦报纸，然后上床睡觉。米莉森特对于婚后的生活很满意，自己有了家，那些穿着鲜艳围裙的土著仆人也很称心，他们光着脚丫子在房子周围走来走去，一声不响，却很和蔼可亲。作为一名驻扎官员的夫人，她得意扬扬地感到自己身份很高。哈罗德一口流利的马来语啦，他那种指挥若定的神气啦，他那副尊严的气派啦，都给她留下很好的印象。她时不时还走进法院旁听他审理案子。他那些五花八门的职务和他处理事务的精明能干，也激起她对丈夫的尊敬。辛普森先生告诉她，哈罗德了解当地土人的程度在整个婆罗洲也算第一流的。他坚定、机智和幽默，这种综合正是对付那种怯弱、喜好报复、生性多疑的土著种族所必不可少的。米莉森特开始对自己的丈夫怀有某种程度的钦佩。

他俩结婚将近一年的时候，有两名英国博物学家深入内地，路过这里，在他们家里住了几天。他们带来总督的一封亲切的介绍信，哈罗德说要好好款待他们一下。他们的到来带来生活上一个可喜的变化。米莉森特请辛普森先生过来赴宴（他住在“要塞”，平时只在星期天晚上到他们家来吃饭)，饭后四个男人坐下来打桥牌。米莉森特陪了一会儿，就去睡觉，可是他们闹哄哄的，吵得挺厉害，有一阵子叫她简直没法入睡。她也不知道几点钟哈罗德踉踉跄跄地进屋，把她吵醒的。她没吱声。哈罗德决定上床前先洗个澡；澡房就在他们的卧室底下，他从台阶往下走，显然他是失足摔下去的，只听扑通一声，他破口大骂起来，接着就呕吐不止。她听见他用一桶桶的凉水往身上泼啊浇的，过了一会儿，他拖着脚步走动，这次小心翼翼地爬上楼梯，悄悄上了床。米莉森特假装睡着，她恶心透了。哈罗德酩酊大醉，她决定明早跟他谈谈。两位博物学家对他会有什么看法呢？可是翌日清晨，哈罗德气宇轩昂，她倒拿不定主意该不该提起这件事了。八点钟，哈罗德和她，还有两位客人，坐下来吃早饭。哈罗德环视一下餐桌。

“麦片粥，”他说，“米莉森特，倒不如给你的客人喝点辣酱油呢，可我想他们大概别的也不想吃。鄙人倒想来一杯加苏打水的威士忌。”

两位博物学家笑了，但有点不好意思。

“您的丈夫真是个难对付的家伙。”其中一位说道。

“我如果让你们两位头一天晚上清清醒醒地上床睡觉，那我就觉得没有尽到地主之谊。”哈罗德用他那种周到的、堂皇的语气说道。

米莉森特嘲讽地笑笑，想到他的客人也跟她丈夫一样喝得烂醉如泥，心里倒宽松了些。第二天晚上，她一直陪着他们，到差不多的钟点大家就散了。两位陌生人继续上路，她倒很高兴。生活又恢复平静。几个月之后，哈罗德去视察他所管辖的地区，染上了很重的疟疾回来。这是她头一次见到她常常听人谈起的病症；哈罗德病愈后，身体虚弱，这对她来说也没有什么奇怪的。怪就怪在他的举止反常。他下班回来，两眼呆滞地凝视着她；有时他站在廊子上，身子有点摇晃，但还庄重，高谈阔论起英国的政治形势，一谈就前言不搭后语，带着一副跟他惯有的庄严不太相称的狡黠神气，瞅着她说道：

“这倒霉的疟疾，真把人搞垮了。唉，太太，你可不知道要当一名帝国的建设者得多么劳累哟。”

她觉出辛普森先生面带忧虑，有一两次他俩单独在一块儿，他好像要跟她说点什么，可是话到嘴边又由于腼腆而缩了回去。这种感觉越来越深，搞得她心神不定。有一天晚上，哈罗德不知为什么在办公室里待的时间比平时要久，她便盘问辛普森了。

“辛普森先生，你好像有什么话要跟我说？”她蓦地问道。

他脸红了，踌躇一下。

“没什么，您怎么会想到我有什么话要跟您说呢？”

辛普森先生是个瘦高挑的小伙子，二十四岁，长着一头卷曲的漂亮头发，他费好大的劲才把它梳得平平整整的。他的手腕让蚊子咬得又青又肿，留下不少伤疤。米莉森特坚定地望着他。

“是跟哈罗德有关的事，你不觉得坦白地告诉我更好些吗？”

他这时脸色变得通红，忸怩不安地坐在藤椅子上，晃来晃去。米莉森特非让他讲出来不可。

“我担心您会觉得我那样做太没礼貌了，”他终于开口说，“背地里说自己上司的坏话，那我可太要不得了。疟疾这种病真要人命，谁得了一回，都会垮下来的。”

他又迟疑一下，嘴角耷拉下来，仿佛要哭出来似的。对米莉森特来说，他就像个孩子。

“我会像坟墓那样缄默，不会把它讲出去。”她面带微笑说，竭力掩盖自己的不安，“千万告诉我吧！”

“我觉得很遗憾，您的丈夫在办公室里放一瓶威士忌酒，这样可以比平时多喝上几口。”

辛普森先生激动得声音都哑了。米莉森特突然感到浑身一阵冰凉，索索发抖。她克制自己，因为她明白如果想让这个孩子把话和盘托出，就别把他吓住。他不大愿意谈。她央求他，哄骗他，激发他的责任感，最后她还呜呜地哭了。辛普森不得不告诉她，哈罗德近半个多月来一直狂饮无度，当地土人都在谈论这件事，说他很快就会恢复结婚以前的老样子，不堪救药。从前他有个毛病，就是饮酒过量；可是当时的详细情节，不管米莉森特怎样逼问，辛普森先生都咬紧牙关不肯讲。

“你猜想他现在正在喝吗？”她问道。

“这我可不知道。”

米莉森特又羞又恼，突然感到周身发烧。那个称为“要塞”的官府，因为枪支弹药存放在里面而得名，法院也设在里面。它就位于哈罗德住的平房对面，盖在另外一个花园里。夕阳刚刚西下，米莉森特用不着戴帽子，站起身来就朝对面走去。她发现哈罗德坐在审理案件的大厅后面的办公室里，面前放着一个威士忌酒瓶子。他一边抽烟，一边跟三四个马来人说话；他们站在他的面前，脸上带着谄媚而又有点藐视的表情，听他说话。哈罗德满面通红。

那几个当地人一溜烟跑了。

“我过来看看你在干什么。”她说。

他站起来，因为他一向彬彬有礼地对待她，可是又歪倒了。他觉出自己站不稳，就装出一副庄严高贵的派头。

“请坐，亲爱的，请坐。我有点急事，多耽搁了一会儿。”

她怒目瞪视着他。

“你喝醉了。”她说。

他直瞪瞪地瞧着她，两只眼珠子鼓出了一点，肥嘟嘟的大脸露出一副傲慢的神态。

“我一点也不懂你在说什么。”他说。

她本来准备好一连串愤怒的规劝，却忽然放声大哭起来。她一屁股坐进椅子，两手捂着脸。哈罗德瞧了她一会儿，泪珠也流下脸颊；他张开两臂，朝她走去，扑通一下子跪了下来。他一边抽抽噎噎哭着，一边把她搂在怀里。

“请原谅我，请原谅我，”他说，“我向你保证永不再犯。这都是那该死的疟疾闹的。”

“多丢脸呵。”她呜咽着说。

他哭得像个孩子。这样一个神气的大个子男人做出自我谴责，确实很令人感动。过了一会儿，米莉森特抬起头来。他的两眼带着恳求和悔恨的神情，搜寻她的目光。

“你能向我保证永不再贪杯了吗？”

“一定，一定。我恨透了这个毛病。”

就在这个时刻，她告诉他自己已经怀孕。他真是喜出望外。

“这一直是我非常向往的事，而且从此可以端正我自己的行为。”

他俩回到自己的住宅。哈罗德洗了个澡，打个盹儿。饭后，他俩平心静气地谈了许久。他承认自己在结婚之前，有时喝酒喝过了量；在边远地区的岗位上，很容易染上一些坏习气。米莉森特提出种种要求，他都一一欣然应允。在米莉森特有必要到瓜拉苏达去分娩之前的几个月里，哈罗德一直是个极好的丈夫，温存，体贴，自豪而多情；他无可指摘。一艘小汽艇来接她，她得离家六个星期；他向她保证在她不在家的时候决不沾一滴酒。他把两只手温存地搭在她的肩膀上。

“我从来说话算数，”他庄重地说，“即使没有这次保证，你能想象我在你经历痛苦的时刻，会做出再给你增添麻烦的事吗？”

琼生下来了。米莉森特住在驻扎长官家里，他的夫人格瑞太太是个善良的中年妇女，待她很好。两个女人久久单独相处，除了闲聊，没有什么事可干；这期间，米莉森特对她丈夫过去酗酒的事，凡是该知道的都渐渐了解到了。使她最难以忍受的一点是，上级警告过哈罗德除非他带回一个老婆来，否则就不能再保住他的职位。这事在她心中暗暗结下怨恨的种子。她发现哈罗德过去是个多么不可救药的酒鬼，恍恍惚惚地老是感到不自在，而且担惊害怕自己不在家那段时间，他可能经不起那种嗜好的诱惑。她带着婴儿和保姆启程回家，在河口过一夜，派人找个独木舟先去通知一声。小汽艇靠近码头，她焦急地扫视岸边。哈罗德和辛普森先生站在那里，那队衣着整齐的小兵也在列队欢迎。她的情绪突然低落，因为哈罗德有点晃晃悠悠的，就像一个人在摇晃的船上想站稳脚跟那样，她明白他又喝醉了。

这次归来并不怎么愉快。她几乎忘记爹妈和妹妹一声不响地坐在那里听她讲述呢。这当儿，她醒悟过来，才意识到他们的存在。她所谈的一切，都好像是发生在遥远的过去。

“当时我知道自己在恨他，”她说，“我真能把他杀喽。”

“噢，米莉森特，别这样说话，”母亲喊道，“别忘了，他已经故世了，可怜的人。”

米莉森特瞧着母亲，毫无表情的面孔这时变得阴阴沉沉，布满愁容。斯金纳先生心神不定地动弹了一下。

“说下去。”凯瑟琳说。

“他知道我已经对他的过去一清二楚，就干脆不再有所顾虑了。三个月过后，他又因酒精中毒，发了一次癫病。”

“你干吗不离开他呢？”

“那又有什么好处？他会半个月之内就被革职。谁养活我和琼呢？我必须留在那里。他清醒的时候，我没什么可抱怨的。他一点也不爱我，但喜欢跟我在一块儿；我当初也不是因为爱他才嫁给他的，只不过是因为我要嫁人罢了。我想尽一切办法不让他喝酒，设法让格瑞先生禁止把酒从瓜拉苏达运来，可他从中国人那里又买到了。我就像猫盯耗子那样盯牢他。他太狡猾了，我看不住他。没过多久，他又发了一次酒疯。他玩忽职守，我担心事情会闹得怨声载道。我们那里离瓜拉苏达有两天的路程，这对我们是一种保护，可是我想还是有话传了过去，因为格瑞先生给我写了一封私人信提醒我注意。我把信给哈罗德看了。他大发雷霆，但是，我看出他害怕了，有两三个月没进一滴酒。接着他又故态复萌，到我们上次回国休假前一直如此。

“我们回家小住之前，我恳求他注意着点儿。我不想让你们任何一位知道我嫁给一个什么样的人。他在英国逗留期间，表现得还可以；在我们回去之前，我又警告过他。他变得十分疼爱琼，为她自豪，孩子也跟他很亲。她在我们两人之间，一向更喜欢爸爸。我问哈罗德，等孩子长大以后，是否愿意让她知道爸爸是个酒鬼；我发现自己终于有个绝招制服他了。这个想法吓了他一跳。我对他说我决不允许这种情况发生，只要他让琼看见自己的爸爸喝醉过一次，我就立刻把她带走，离开他。嗯，你们知道，我说这话的时候，他的脸色变得多么苍白。那天夜里，我跪在地上感谢上苍，因为我可找到一个解救自己丈夫的办法啦。

“他对我说，如果我支持他，他愿意再戒一次酒。我们下决心共同来战胜它。于是，他费了好大的劲儿来克服，只要觉得非喝一口不可的时候，就来找我。你们知道他喜欢摆出一副高傲的架子，在我面前却总是谦卑恭顺的，他就像是个孩子，完全依赖我。也许他在娶我的时候并不爱我，可是这时他爱我了，爱我和琼。我原本恨他，因为那种丢脸的事，他喝得烂醉，还要装出一副了不起的高贵派头，真叫人恶心透了；但是那当儿我心里出现一种奇特的感觉，那倒不是爱情，而是一种古怪而羞怯的温情。对我来说，他不光是一个丈夫，而像一个我得长期操心带大的孩子。他因为有我而感到十分自豪，而你们知道，我也一样。他啰啰唆唆的长篇大论，也不再惹我厌烦；我只觉得他那种摆谱儿的样子叫人好笑，也相当招人喜欢。我们终于取得胜利。足足两年，他一滴酒也没沾。他彻底戒了那种嗜好，而且还拿它当作笑料来谈论。

“辛普森先生那时离开我们调到别处去了，又来了一位名叫弗兰西斯的小伙子。

“‘你要知道我是一个改邪归正的酒鬼，弗兰西斯，’哈罗德有一次对他说，‘要不是我老婆的监督，我早就丢官卸职了。我娶到的是世界上最好的老婆，弗兰西斯。’

“听到他这两句话，你们猜不出我心里是什么滋味。我觉得自己没有枉费心机。我太高兴了。”

她顿住了，默默回想那条又宽又黄的混浊的河流，她在它的岸边居住了很久。黄昏时分，白鹭在抖动的阳光下闪闪发亮，成群结队地朝河面飞下来，飞得低而轻快，四散开来。它们宛如一只瞧不见的手在一把瞧不见的竖琴上弹奏出的一阕纯净轻快的曲调，圆润悦耳，春天般美妙，一组非凡的琶音。它们在葱翠的两岸之间拍翅飞翔，衬托着朦胧的暮色，真好比一股欢悦而幸福的思潮。

“随后琼病倒了。我们着急了三个星期。离得最近的大夫也在瓜拉苏达，我们只好容忍当地的一名土药剂师来治病。孩子病好后，我就带她到河口去呼吸呼吸新鲜的海洋空气。我们在那里待了一个星期。自从上次我生琼，这还是我头一次离开哈罗德。离我们不远的地方有个小渔村，房子搭在河边木桩上，可是说实在的，我们相当寂寞。我非常想念哈罗德，柔情脉脉地，忽然间我领会到我爱他了。小划船来接我们回去，我真高兴极了，因为我要告诉他我是多么爱他。我想这对他也会有很大的好处。我简直没法形容当时我是多么兴高采烈。我们朝上游划去，船夫头儿告诉我，弗兰西斯先生需要亲自到内地去逮捕一个谋害亲夫的女人，已经走了好几天啦。

“我感到诧异，哈罗德竟然没到码头来接我；他一向对这类事很拘泥；他常说夫妻应该相敬如宾，我猜不出什么事把他阻拦了。我走上通往我们住处的小山坡，保姆领着琼跟在我的身后。家里异常寂静，好像一个用人也不在，我闹不清是怎么回事；我想也许哈罗德没料到我会回来得这么快，所以出去了。我走上台阶。琼喊口渴，保姆便领她到下房去给她弄点喝的。哈罗德没在起居室。我喊他，也没有回应。我大为扫兴，因为我多么希望他在家呀。我走进卧室，哈罗德原来没出门，躺在床上睡大觉哪。我真觉得太有趣了，因为他一向表示，他从不睡晌觉。他说这是咱们白种人养成的一种毫无必要的习惯。我蹑手蹑脚地走近床边，想跟他开个玩笑。我撩开蚊帐。他仰八脚儿躺在床上，只裹着一条围裙，身旁有个威士忌酒的空瓶子。他喝得烂醉如泥。

“老毛病又犯了。我多年来的心机全都白费，美梦一下子破灭。一切都绝望啦，我火冒三丈。”

米莉森特又变得面红耳赤，两手紧紧抓住她坐的那把椅子的扶手。

“我揪住他的肩膀，使出全身的劲儿摇晃他。‘你这个畜生，’我喊道，‘你这个畜生。’我气得不知道干什么，说什么好了，只是一个劲儿摇晃他。你们绝想不到他那副模样叫人多么恶心，肥猪似的，光着半截身子；他有好几天没刮胡子，脸蛋又肿又紫。他呼哧呼哧地喘气。我朝他嚷啊叫的，但是他毫不理会。我想把他从床上拖起来，可他死沉死沉的。他像块木头似的躺在那儿。‘张开眼睛。’我嚷道。我又晃了他几下子。我恨透他了。一个星期以来我是那样一心一意地爱他，这使我更加恨他了。他对不起我。他太对不起我啦。我要告诉他，他是个多么肮脏的畜生。可他一点知觉都没有。‘睁开你的眼睛。’我嚷道。我决定要让他睁眼瞧着我。”

寡妇用舌头润润干嘴唇。她好像透不过气来，说不下去了。

“按他当时的情况，我倒觉得索性让他睡下去好。”凯瑟琳说。

“床旁边的墙上挂着一把‘巴朗’。你们都知道哈罗德多么喜欢古董玩意儿。”

“什么叫‘巴朗’？”斯金纳夫人问道。

“别傻不愣登的，孩子妈，”她丈夫不耐烦地说，“你身后墙上就挂着一把呢。”

他指着那把马来短刀，也不知怎的，目光一直不由自主地盯牢在上面。斯金纳夫人忽地缩到沙发一角上，做个受了惊吓的手势，好像有人跟她说她身旁盘着一条蛇。

“一股鲜血突然从哈罗德的喉咙里喷出来。脖子那儿一条又深又长的大红口子。”

“米莉森特，”凯瑟琳嚷道，耸地站起来，几乎是扑向她的姐姐，“凭上帝起誓，你这话什么意思？”

斯金纳夫人站起来，惊吓得咧着嘴，两只大眼瞪着她。

“短刀不再挂在墙上，而是在床上。哈罗德这时才睁开眼。那对眼睛长得跟琼的一模一样。”

“这我可就不懂了，”斯金纳先生说，“他要是处于你所说的那种情况，又怎么能自杀呢？”

凯瑟琳抓住姐姐的胳臂，怒冲冲地摇晃她。

“米莉森特，看在上帝分上，务必解释一下。”

米莉森特从妹妹手中挣脱出来。

“短刀在墙上哪，我告诉你们了。我也不知道怎么回事。到处都是血，哈罗德睁开了眼睛。他几乎是当场就完蛋了。他一句话也没说，只喘了几口气。”

斯金纳先生骇然，半晌说不出话来，最后才张口。

“你这个恶毒的小娘儿们，这是谋杀！”

米莉森特脸涨得绯红，轻蔑而敌意十足地瞪他一眼，倒把他吓得缩了回去。斯金纳夫人喊道：

“米莉森特，不是你干的吧？”

这当儿，米莉森特的举止让他们个个觉得自己血管里的血都好像凝成了冰。她咯咯地傻笑着。

“我不知道还能是谁干的。”她说。

“我的天！”斯金纳先生嘟囔道。

凯瑟琳直僵僵地站在那儿，两手按住心口，仿佛受不住心房激烈的跳动似的。

“后来，怎么样？”她问道。

“我尖声叫喊。我跑到窗前，把它打开，呼叫保姆。她从院子那边带着琼走过来。‘不要琼，’我喊道，‘别让她来。’她叫大师傅出来，托他照应孩子。我催她快点过来。等她到了，我把哈罗德指给她看。‘老爷自杀啦！’我喊道。她尖叫一声，就往房子外头跑。

“谁也不敢走近。他们全都吓傻了。我写信给弗兰西斯先生，告诉他出了什么事，请他速归。”

“容我问一声，告诉他出了什么事，这是什么意思？”

“我说，我从河口回来，发现哈罗德的喉咙被切断了。你们也知道，在热带，人死了得很快给埋掉。我买了一口中国棺材，士兵就在‘要塞’后面挖了一个坑，把他埋了。等弗兰西斯先生回来，哈罗德已经葬了两天。他是个年轻小伙子，我可以随便摆布他。我告诉他，我发现哈罗德手中握着那把短刀，无疑是在发酒疯的时候自杀了。我还把空酒瓶拿给他看。用人们也说自从我离家到海边去以后，他一直喝酒喝得很厉害。我在瓜拉苏达也这样说。大家都挺同情我，政府还给我一份抚恤金。”

好一阵子，他们全都愣住了。最后，还是斯金纳先生清醒过来。

“我是干法律这一行的。我是一个律师，有我的某些职责。

我们这个行当一向最受人尊敬，可你使我处于一种十分尴尬的境地。”

他搜索枯肠，寻找那些在他混乱的头脑中躲躲闪闪的词句。米莉森特藐视地瞅着他。

“您打算怎么办？”

“这是谋杀，确凿无疑；你认为我能默不作声吗？”

“别胡说八道啦，爹，”凯瑟琳厉声说道，“您怎么可以告发您的亲生女儿。”

“你使我处于一种十分尴尬的境地。”他又说了一遍。

米莉森特又耸耸肩膀。

“是你们硬要我告诉你们的。我把这事压在心头够久的了，也该让你们来一起承担了。”

这当儿，女仆打开房门。

“老爷，戴维斯已经把车开过来啦。”她说。

凯瑟琳故作镇定地吩咐几句，女仆退了出去。

“咱们该走了。”米莉森特说。

“宴会，我现在可没法去了，”斯金纳夫人惊惶失措地嚷道，“我实在太心烦意乱了。咱们怎么见海伍德家里的人呢？况且主教还想认识你。”

米莉森特做了个无所谓的手势，两眼依旧带着讥诮的神情。

“咱们一定得去，妈，”凯瑟琳说，“如果咱们不露面，就显得太古怪了。”她气咻咻地转向米莉森特，“唉，我觉得整个这件事简直是一团糟！”

斯金纳夫人可怜巴巴地望着她的丈夫。他走过来，伸手把她从沙发上扶起来。

“恐怕咱们还得去，老妈妈。”他说。

“可我还戴着一顶帽子，上面装饰着哈罗德亲手送给我的白鹭羽毛哪。”她呜咽着说。

他搀着她走出客厅，凯瑟琳紧跟在后面，隔开一两步米莉森特殿后随来。

“这件事，你们慢慢就会习惯的，”她从容不迫地说，“起先我心里无时无刻不在嘀咕，可现在一忘就是两三天，看来也并没有什么危险。”

他们没有搭理她。全家人穿过前厅，走出正门。三位女士坐在汽车后座上，斯金纳先生坐在司机旁边。这是一辆旧汽车，没有自动起动器；戴维斯走到车前，用手摇动曲柄发动引擎。斯金纳先生转身，气呼呼地瞧着米莉森特。

“你根本不该讲给我听，”他说，“我觉得你也太自私啦。”

戴维斯回到驾驶座上，他们就这样乘车去赴卡农家的花园宴会。

珍珠项链

贺广贤　王升印　译

“真是太巧了，我跟你坐到一块儿了！”我们入座就餐时，劳拉爽朗地说。

“我也觉得是。”我客气地说。

“怎么巧法儿，等会儿就知道了。我特别想找机会跟你聊聊。有个故事我得给你讲一讲。”

听到这里，我的心不禁往下一沉。

“你还是讲点儿自己的事，”我说，“要不就谈谈我的事吧！”

“不，这个故事我非得告诉你不可。我想你用得着的。”

“要讲就请吧。不过，咱们还是先看看菜单子。”

“难道你不愿意让我讲吗？”她满肚子委屈似的说道，“我还以为你愿意听呢。”

“愿意听啊。我当是你写好了剧本，要读给我听呢。”

“不。这是我的几位朋友经历的事，百分之百真实！”

“这算得了什么？真人真事从来就没有编出来的真实。”

“这话是什么意思？”

“没什么，”我说，“不过我总觉得这么说好玩就是了。”

“你还是让我讲吧！”

“那我可就洗耳恭听喽！汤也不喝了，它会使人发胖的。”

她不以为然地瞧了瞧我，然后又瞟了瞟菜单，轻轻地叹了口气。

“哦，好吧，要是你不想喝，我也就不喝了。老天爷呀，我可不能拿自个儿的体形开玩笑。”

“可是还有什么汤比放了大块黄油的更香呢？”

“罗宋汤[①]。”她叹着气说，“我就爱喝罗宋汤。”

“算了，算了。还是讲那个故事吧。上鱼之前咱们先不谈吃的。”

“嗯，事情发生的时候，我正好也在场，正跟利文斯顿一家子吃饭呢。——咦，你认识利文斯顿一家人吗？”

“不认识。”

“你可以去问问他们，准能证明我说的每个字儿都是真的。有一回他们请客，有位女客临到吃饭，却忽然不见了——你看看，有些人就是那样，不为别人着想——这么一来，吃饭的就只有十三个人了。所以他们只得把家里的女教师找来凑数[②]。这位教师叫鲁宾逊小姐，是个挺俊俏的姑娘，也就是二十出头吧，长得漂

① 一种用发酵的或新鲜的甜菜汁做成的汤，食用时常常加些酸乳脂或酸牛奶。

② 信仰基督教的人认为“十三”是个不吉利的数字，因此要避开它。

亮极了。就我个人而言，我是决不会雇一个又年轻又漂亮的姑娘当教师的。谁知道会出什么事啊？”

“人都往好处想嘛。”

我这种议论，劳拉连理都没理。

“她会整天一门心思想着年轻小伙子，哪儿还顾得了干自己的正事啊！等她对你的生活习惯刚一熟悉，马上就要辞活儿不干了。人家要结婚去了！不过，鲁宾逊小姐的履历上写的倒都不错。我应该这么说，她是个既讨人喜欢，又让人敬佩的姑娘。说真的，她没准是个牧师的女儿呢！

“同桌吃饭的还有位先生，我想你还没听说过这个人。但他在他那附近地区可有名啦。他就是波西里伯爵。对珍珠宝石这类东西，他比世界上谁都懂得多。当时他就坐在玛丽·林格特的旁边。玛丽那天戴了一串珍珠项链，扬扬得意。说话间她就问伯爵，她戴的项链怎么样。伯爵说挺不错的。听了这话，玛丽可憋了一肚子气，对伯爵说这串项链值八千镑哩！

“‘对，对，得值那么多钱。’他说。

“鲁宾逊小姐正好坐在伯爵对面。那天晚上，她显得格外招人喜欢。当然喽，我可认出了她那件衣裳，那是索菲的一件旧衣服。可是，要是不知道这位小姐的底细的话，谁也想不到她不过是个家庭教师！

“‘那位年轻小姐戴的是挂非常精美的项链。’波西里称赞说。

“‘啊？她不就是利文斯顿太太的家庭教师吗？’玛丽轻蔑地说。

“‘可我只好说实话嘛。’伯爵回答说，‘她戴的这挂项链，是我平生见到的最精美的了。肯定值五万镑的！’

“‘简直是在说梦话！’

“‘我敢担保！’

“玛丽探过身子去，尖声尖气地嚷了起来：

“‘哟，鲁宾逊小姐呀，听见波西里伯爵的话了吧？’她叫着说，‘他说了，你戴的那串项链能值五万镑哩！’

“这正巧是大伙都没讲话的时候，所以大家都听得一清二楚。我们都转过身来望着鲁宾逊小姐。她脸色一红，笑了笑说：

“‘哟，这我可真是捡了个便宜，只花了十五先令。’

“‘那真是捡到便宜了。’

“我们全笑了起来：这简直是离奇透顶。谁都听说过这类故事，妻子骗丈夫就玩把戏，故意把特别贵的珍珠项链说成假的。这样的故事都老掉牙了。”

“你太夸张了。”想起了我自己写过的这个故事，我这样对她说。

“要是一个姑娘有了一串值五万镑的项链，竟还要去当女教师，这不是太荒唐可笑了吗？显然，这位伯爵大人是搞错了。可是，这时出了件奇怪的事。真是‘巧事胳膊长’啊。”

“不能这么用词。”我分辩着说，“这个词用得太泛了。你没看过《英语用法词典》这本好书吗？”

“希望你别打岔了，我正讲到最有意思的地方。”

可是，我不得不再一次打断她，因为就在这时，一条烤得外焦里嫩的鲑鱼从我左胳膊肘那边悄悄地被端了上来。

“嗬！利文斯顿太太又拿丰盛的饭菜招待我们啦！”我打趣地说。

“鲑鱼会使人发胖吗？”劳拉问。

“可不是！”我一边说一边吃了一大口。

“瞎扯！”她说道。

“接着讲啊！”我恳求着，“‘巧事胳膊长’，胳膊又伸到哪儿去了？”

“嗯，就在这时候，大管家弯下腰凑到鲁宾逊小姐的耳朵边嘀咕了几句。我看她脸色有点发白。哎！不擦点胭脂抹点粉儿的，竟闹了这么个大笑话！真摸不透老天爷会用什么法子捉弄人啊！鲁宾逊小姐当时真透着惊慌，于是弯下腰来对利文斯顿太太说：

“‘太太，多森说大厅里有两个人要马上见见我。’

“‘好吧，你还是去看看吧。’索菲·利文斯顿说。

“鲁宾逊小姐站起来，走出了屋子。大伙的脑子里自然都闪出了同一个念头，但我是头一个说出口的：

“‘他们可别是来逮她的呀！’我对索菲说，‘要是那样的话，对你可就太可怕了，我亲爱的。’

“‘波西里，你保准那是真的项链吗？’

“‘对。’

“‘要是偷来的，今晚上她也没那份胆子戴出来。’我说。

“索菲·利文斯顿虽然脸上敷了粉，脸色还是惨白。我明白她心里在打鼓：首饰匣子里的东西还都在里边吗？我只戴了一串小小的钻石链，可也本能地把手伸到脖子底下，摸摸项链还挂着没有。

“‘别瞎说了，’利文斯顿先生搭腔了，‘鲁宾逊小姐怎么能得手偷一串贵重的珍珠项链呢?’

“‘也许她是个窝主吧。’我说。

“‘可是她履历上写得那么好哇!’索菲说。

“‘履历上可不都是那样写嘛!’我说。”

我实在出于不得已，再次打断了劳拉的话。

“好像你是存心不往好处想这件事啊。”我评论说。

“是啊，对鲁宾逊小姐不利的材料我真没有。相反，我倒是有各种根据，认为她是个挺本分的人。但是，要真的查出她是个罪恶昭彰的贼，而且是国际盗窃集团一个有名的成员的话，那人们才觉得过瘾呢!”

“简直是一部电影了。恐怕只有在电影里，才能见到这类耸人听闻的事件。”

“是啊。我们都屏住呼吸等待着，屋子里一点声音也没有。我伸着耳朵想听到从大厅里传来的混乱的挣扎声，或者至少也是被卡住脖子时发出的嘶叫声。我把这死一般的寂静看成是不祥之兆。忽然，门开了，鲁宾逊小姐走了进来。我一眼就看出来，她的项链不见了，脸色苍白，神情激动。她回到饭桌，坐下来，笑着扔在上边——”

“什么上边?”

“桌子上呗，傻瓜，一串项链。”

“‘这就是我的项链。’她说。

“波西里伯爵探过身子来。

“‘咦！这是假的呀！’伯爵惊异地说。

“‘我说过是假的嘛。’她笑了起来。

“‘这可不是您刚才戴过的那挂。’他说。

“她摇了摇头，神秘地笑着。我们大家都被迷住了。我真不懂在这个女教师这样成了大家注目的中心的时候，索菲·利文斯顿为什么觉得万分开心，而且当她提议让鲁宾逊小姐谈谈事情的经过时，话语里还带着刺儿。

“鲁宾逊小姐说，她走进大厅时见到两个人，自称是从扎罗特珠宝店来的。她说，她那串项链就是用十五先令从那儿买来的。后来扣环松了又送回去修理，直到请客这天下午才拿回来。来人说是他们给拿错了：有个人把一串真的珍珠项链送到店里重缀，店员不慎给弄错了。我真想不透怎么竟有人傻到那种地步，把那么贵重的项链送到扎罗特店里去！他们就连真珠子还是假珠子都分不出来嘛！可是你看，有些女人就是这么傻。不管怎么说吧，这就是刚才鲁宾逊小姐戴的那串项链，价值五万镑的那一串儿。她当然得把项链还回去喽——我想她也没有别的法子，尽管那是忍痛割爱的事情——他们把她自己的那串儿物归原主了。他们还说，虽然自己没有义务非这样做不可，但还是奉上司之命送上一张三百镑的支票，作为酬金或以别的什么名义吧——你是清楚的，当人们装得正经八百时谈话总是虚张声势，愚蠢不堪的！鲁宾逊小姐当真拿支票向大家炫耀了一番。她简直高兴死了。”

“她倒真是走运啊！”

“人们本来都这么想的。可是这却把她给毁了。”

“噢？这又怎么回事呢？”

“她休假的日期到了，就跟索菲·利文斯顿说，她决定到多维尔去玩一个月，要痛痛快快地把那三百镑花个精光。索菲自然是竭力劝她别这样，苦口婆心地要她把钱存到银行。可是她偏偏听不进去。还说她从来也没碰上过这样的机缘，今后怕再也遇不到了，因此下了决心了，要像贵夫人似的过上四周再说。索菲没法让她回心转意，只得依了她，还把许多自己不要的衣裳卖给了她——她在社交场合总穿这些衣裳，早就穿够了。她说是奉送给那位小姐的，我看她才不会白给她呢！不过她卖得很便宜就是了。这样鲁宾逊小姐就一个人动身去多维尔了。你猜后来怎么着？”

“不知道。但愿她玩得非常痛快吧。”我回答说。

“她该回来上班的前一星期，写信给索菲，说她改变了主意，要另找别的事做；要是她不回去，就请太太原谅了。可怜的索菲气得要命。其实是怎么回事呢？鲁宾逊小姐在多维尔攀上了一个阿根廷阔佬儿，跟他上巴黎去了，从此一直待在巴黎。我在佛罗伦萨旅馆亲眼见过她。嗐！她镯子排了一胳膊腕子，一串串的项链挂了一脖子！可是我才不理她呢！听说她在布洛涅树林[①]还有一处房产，并且还有一辆劳斯莱斯轿车呢！可是没过几个月，她就

① 法国巴黎西部的一个公园，原是个丛林，一八五二年划归巴黎市，遂变成了娱乐休息场所。园内有著名的赛马场等。

撇下了那个阿根廷人，跟一个什么希腊人勾搭上了！不知她现在又在跟谁鬼混呢。总之，她成了全巴黎最时髦的高级妓女了。”

“我敢断定在你提到她毁了自己时，你只看到了表面。”我说。

“我不明白你的意思，”劳拉说，“你就不能用这件事再编个故事吗？”

“真不凑巧，我写过一个关于珍珠项链的故事了。人不能老是没完没了地写这类东西呀。”

“我倒是想写一写，不过我当然会把结局改一改。”

“哦，怎么改呢？”

“我让她跟一个银行职员订婚。这个人只有一条腿，或是半边脸被炸坏了，在战争年代什么苦都受过了。他们都穷得要命，几年之内是没有希望结婚的。男的把平生积蓄的钱都花在买城郊的一所小房子上了。他们打算把买房所需的最后一笔钱付清之后就结婚。就在这时女的给男的拿来三百镑钱，他们简直不敢相信这是真的。两人都喜出望外，男的甚至抱住女的的肩膀笑了起来，笑得像个小孩子似的。他们买到了郊区的这所房子，结了婚。让他的老妈妈也跟他们一起生活。现在丈夫每天到银行上班；妻子要是小心别怀孕的话，白天还能出去当家庭教师。但男人常常闹病，因为他负过伤啊，你懂吧？女的就得伺候着他。一切都是既可怜，又甜蜜，又美好。”

“听起来可实在平淡得很啊。”我冒失地说。

“是的，可是有教育意义呀！”劳拉说。

美德

恺蒂　译

能够比得上一支上好的哈瓦那雪茄烟的东西真是少之又少。我年轻时手头拮据，偶尔抽到的雪茄，全是别人送的。我曾下定决心，等有钱了，我会每天在中饭和晚饭后都抽一支雪茄。在年少时我所下定的决心中，这也是唯一兑现了的。在我所实现的抱负里，只有这一个没有沾上幻灭的苦味。我喜欢淡雅而味足的雪茄烟，不能太小，你还没有品出味道呢就抽完了；但也不能大得让人生厌；这支雪茄要卷得恰到好处，你抽的时候可以完全不费力气；烟叶要很严实，不会在你的嘴唇上散了架，而且味道会一直持续到最后。当你抽完最后一口，把已经不成形的烟头放下，看着最后一团清烟在空气中散尽，如果你是那种性情敏感的人，当你想到为了你这半小时的快乐，有人在这支雪茄上所付出的努力、关爱、辛苦、思绪、麻烦，以及那复杂的组织和安排，你就不可能没有一种伤感。为了这个，有人在热带的烈日下常年劳作；为了这个，轮船要开过七大洋。在你品味着一打生蚝（并配以半瓶干白葡萄酒）时，这种思绪更耐人寻味；而当你面对的是一块嫩羊排，这种想法简直就无法让人忍受。因为千百万年来，自从地球能够让一代又一代的生物们生存，这些动物就已经存在，而它们的生命最后结束在一盘碎冰之上或银质的烤箱里，想到这些，就让人顿生敬畏之心。也许，人类麻木的想象无法理解吃一只生蚝时的庄严，而且，进化论也告诉我们这种两壳类的动物在历史长河中一直自我封闭，它们的这种态度当然也难引起食客的同情。它有一种漠然处之的态度，这让充满激情的人类觉得无法接受；而它的自我满足又是对人类的虚荣的一种非礼。但我不明白任何人面对着盘子上的那块小羊排，怎么会不感动得要流泪：这里，人类亲自插手了，人类的历史和你盘子上的那嫩嫩的一口紧密相关。

有时，人类的命运，仔细想想也让人觉得蹊跷。那些日常生活中安安静静生活着的普通人，那个银行的小职员，那个清扫垃圾的，唱诗班第二排中那个中年女人，他们的身后都有无限的历史，从原始的混沌开始，经过了种种事件，才到达现在如此这般的境遇，看着他们，你就会觉得奇怪。想想他们到达现在的处境，简直需要沧海桑田的变化，你就觉得他们的存在应该有一种非常重大的意义，或者说，那个创造了他们的上帝或其他什么力量，对于在他们身上所发生的一切应该有点在乎。然而，一个偶然事件降落在他们身上，所有的线索都中断了，那个和世界之始同时发生的故事，一下子就结束了，仿佛一点意义都没有，而只是一个傻瓜讲述的故事。这些如此重要且充满戏剧性的事件，其起因却是微不足道的琐事，难道这不很奇怪？

一个微不足道的偶然事件，原本可能完全不会发生，但其结果却不可估量。世界上的一切仿佛都是由盲目的偶然控制的。我们最小的一个举措可能影响到某些人的一生，而这些人原本和我们毫无关系。如果那天我没有去穿过马路的话，下面我要讲的故事就根本不会发生。生活真是令人赞叹，一个人必须有一种古怪的幽默感，才能看到有什么乐趣。

那是一个春天的上午，中饭之前我没什么事可做，就在邦德大街上溜达。我想去一下苏富比拍卖行，看看那里展览的东西有没有什么对我的胃口。街上正在堵车，我穿行在汽车缝隙里。等我到了马路的另一边时，碰上我在婆罗洲认识的一个熟人，他正从一家帽店里出来。

“你好，莫顿，你什么时候回来的？”我与他打招呼。

“我是一周前回来的。”

莫顿是婆罗洲的一个地区主管。我去那里时，总督把他介绍给我，我写信告诉他我会在他管辖的地区住一个星期，希望他能给我安排住在政府的招待所里。他到码头来接我，并且邀请我住在他家。我觉得不可能和一个陌生人同住一个星期，不想因此而麻烦他，而且，我也更想有独处的自由，但是他根本不听我的。

他说：“我的住处房间很多，招待所实在太糟糕了，而且，我已经有六个月没有和一个白人说过话，我一个人实在住腻了。”

于是，他的小船把我们送到他的寓所，但是，他给我倒了一杯酒之后，他就根本不知该拿我怎么办。他一下子变得害羞起来，他的谈话原本一直流畅自然，现在突然无话可说了。我尽了最大努力让他放松，让他觉得宾至如归（当然做到这点并不难，因为这里就是他的家），问他是否有新的唱片可以放给我们听。他打开了留声机，音乐声让他重新找回了自信。

他的寓所是一套平房，面对着一条河，他的客厅是一个很大的回廊。这是一个典型的毫无个人风格的政府官员的家，因为工作需要，说搬家马上就要搬家，所以，寓所里的家具和他完全没有关系，墙上挂着一些装饰品，有当地土人的帽子、动物的犄角、吹的号和长矛等物。书架上摆着的是侦探小说，还有些旧杂志。另外，他还有一架小钢琴，琴键是黄色的。他的家里很不整齐，但是还算舒服。

可惜的是，我不太能记得他的长相了。他很年轻，后来我才知道他只有二十八岁，笑起来像一个迷人的大男孩。我跟他一起度过的那个星期还算不错，我们顺着河流散了几次步，我们还去爬了山。我们和住在二十里以外的几个种植场主一起吃了次中饭，每天晚上，我们都到俱乐部去。俱乐部的成员只有一家工厂的经理，还有他的几位助手。他们的关系很僵，互相之间不予理睬，但是他们肯定也知道，当莫顿有访客时，他们不应该让他失望，所以，我们大家才在一起玩几圈桥牌，但是整个气氛还是很紧张。然后，我们回到寓所吃晚饭，听听音乐，上床睡觉。莫顿的案头工作并不多，让人怀疑他是否会觉得时日冗长，但是他年轻，精力充沛，情绪高昂。这是他的第一份这类的工作，他能够完全独立，这就很让他满足了。他正在修一条公路，所以他唯一的担心是在这条路修完之前被调走。修路是他内心真正的快乐，这原本就是他自己的主意，他花言巧语说服了政府拨给他修路的经费。他亲自做了测量和调查，并设计了路线，他还独立地解决了许多技术上的难题。每天早上，在去办公室上班之前，他都要开着他那辆老爷破车去工地，看看和前一天相比，那些苦力的工作有了什么进展。这条路，占据了他的全部心思，甚至在晚上做梦时，他梦到的也是这条路。他认为这条路会在一年内修好，他要在路修成之后才去休他的年假。他对这项工作如此充满激情，就像一位画家或雕塑家正在进行一项伟大的艺术创作。他的这种激情让我对他另眼相看，我喜欢他的热诚，也喜欢他的直率。他渴望修成这条路，这种激情让他完全不在乎独处的寂寞，不在乎是否会得到提拔，也根本不会想到是否到了下班回家的时间。我忘了这条路有多长，可能是十五或二十英里，我也忘了为什么要修这条路，我相信莫顿本人也并不在乎，他的激情是艺术家的激情，他的胜利是人类战胜自然的胜利。他边干边学，他所面对的敌人是原始丛林，是一下子就会把几个星期的工作冲垮的瓢泼大雨，是因为地貌而引发的事故，他要为他的民工们打气，让他们团结一致，他的资金也不够。但是他的想象力支撑着他，他的民工们渐渐取得了一种史诗般的气势，修路的波折如同一出伟大的传奇，展开着一环扣一环的情节。

他唯一的抱怨是日子太短。他还有许多事务要处理，他是那个地区的大法官，收税官，他也是当地的父母官（虽然他只有二十八岁），时不时地，他还得到地方上去视察，得离开家一段时间。如果他不在场，那么什么工作都不会完成。他希望自己能一天二十四个小时都泡在那里，让那些偷懒的苦力工作得再努力一些。在我到那里之前不久，发生了这样一件事，这事让他欣喜若狂。他把路的一段承包给一个中国工头，但这人要价太高，莫顿负担不起，双方都不愿意做出让步，所以一直无法达成协议。莫顿每每想到工程因此而搁浅，就不由得心中怒火万丈，然而，他又实在无计可施。一天早上，在去办公室的路上，他听说前一天晚上在一家中国赌馆中，发生了一场斗殴，一位中国苦力受了重伤，殴打他的人现在已经被缉拿归案。而这个肇事者，正是那个中国工头。他被带到法庭上，证据确凿，莫顿判他十八个月的劳改。

“现在，他还是得去修那该死的路，这回，可什么报酬都没有！”莫顿对我讲述这个故事时，他的眼睛闪闪发光。

一天早上，我们在工地上看到了这个中国工头，他穿着囚犯的衣服，对他的处境并不很在乎。看来，他虽然倒了霉，但是心态还不错。

莫顿说：“我告诉他，一旦公路修完，我就会取消他剩下的刑期，所以，他还挺高兴的，对我来说，当然也很不错。”

辞别莫顿时，我告诉他如果他回英国，一定告诉我一声。他对我保证说，他一到就会写信给我。一个人兴之所至，在那个时刻发出如此邀请时，当然是真心诚意的。但当一个人要兑现他的这一承诺时，往往就会有些不知所措。每个人在家和在国外时都是很不一样的，在国外时他们往往更容易相处，更有礼貌，也更为自然。他们可以告诉你许多有趣的事情，他们非常友善，他们曾热情款待过你，所以，当轮到你要报答他们对你的礼遇时，你就会有些紧张。这事并不容易，因为有些人在他们自己的环境里虽然有趣好玩，但是到了你的环境里就可能非常平淡乏味。他们变得拘谨而害羞，你把他们介绍给你的朋友们，但是你的朋友们觉得他们无聊至极。他们尽最大努力礼貌待客，但是，等到陌生人一走，大家都会松口气，因为谈话又可以流畅起来，回到大家都熟悉的话题上。那些住在遥远的殖民地的人对这种局面也非常了解，因为其结果可能让人失望，其经验可能让人感到屈辱，所以，他们很少兑现在遥远的驿站中诚挚发出并被诚挚接受了的邀请。但是莫顿不一样，他年轻，他是单身。通常都是那些太太比较难弄，其他女人看一眼她们寒碜的衣服，就知道她们是小地方来的，然后就把她们锁定在冰冷的漠不关心的态度里。但是男人可以打桥牌、打网球或是跳舞。莫顿还是有些魅力的，我一点都不怀疑，一两天后他就能站稳脚跟。

“你回来了，怎么也没告诉我一声？”我问他。

“我想你可能不想要我麻烦你。”他笑着回答。

“胡说八道！”

当然，现在我们站在邦德大街的街沿上聊着天，他看上去还真有些奇怪。以前我见到的他总是穿着卡其布的西装短裤和网球T恤，只有晚上从俱乐部回来后吃晚饭时，他才换上睡衣和布裙，这种穿法是人类所发明的最舒服的晚礼服。现在，穿着蓝色的斜纹哔叽布料的西装，他有些手足无措，在白色衬衫衣领的映衬下，他棕色的脸庞看上去颜色很深。

“路修得怎么样了?”我问他。

“修好了!为此我还推迟了我的休假呢。到快修好时，又有这样那样的不顺利，但我还是逼着他们完成了。我离开的前一天，我驾着车从路的一头开到另一头，再回来，一下都没停。”

我笑了，他的喜悦充满了魅力。

“你回伦敦以后都干了些什么?”

“买衣服。”

“玩得开心吗?”

“棒极了。当然有些孤独，但是我并不在乎，每天晚上我都去看一出戏。你记得你在沙捞越遇到的帕尔玛夫妇吗?他们原来也定好在伦敦度假的，我们还约了一起去看戏呢，但是，因为他母亲病了，他们到苏格兰去了。”

他的这番话，说得很轻快，却一下子触动到我的敏感处。他的这种经历太普遍了，但却让我伤感。这些人在休假的好几个月之前，就开始计划他们假期里的活动，当他们的轮船终于到岸后，他们的兴致如此高昂，竟无法掩饰自己的欣喜。伦敦!商店、俱乐部、戏院和餐馆；伦敦!他们将在这里度过一生中最难忘的时光；伦敦!然而，这个城市却一口就把他们吞下了。这是一个陌生浮躁的城市，虽然不是对他们充满敌意，但却对他们漠不关心，这些人一下子失去了方向。他们没有朋友，他们与那些认识的人毫无共同点，他们比在丛林深处时更加寂寞。所以，当他们在剧院里偶尔碰到一起在东方生活的熟人时（他们可能互相厌烦或根本就不喜欢），他们就像见到了救星。他们会约好在某天晚上相聚，说说笑笑，告诉对方自己的假期过得多么愉快，闲话一下他们的熟人，最后，他们会稍有些害羞地向对方倾吐：休假结束要回到东方的岗位上时，他们并不会有什么伤感。他们也去看望家人亲友，当然大家也很高兴见到他们，但是毕竟时过境迁，他们觉得自己像局外人，事实很简单：英国人的生活太死气沉沉了。回一次老家当然充满了乐趣，但是，老家已经不再是你可以生活的地方。有时候，你想到了你那能看到河流的房子，想到在你掌管的区域内的旅行，还有偶尔去一次山打根、古晋或新加坡，这些都多有意思。

因为我记得莫顿曾经多么向往着在公路修好之后，他不用再有任何牵挂，可以回来休假，所以，想到他一个人都不认识，单独在阴暗的俱乐部里用餐，或是在索霍区的餐馆里独自吃了晚饭后去剧院看戏，没有人能和他共享看戏的快乐，幕间休息时也没人和他一起喝一杯酒，我的心中就一阵痛楚。同时，我又自我安慰道，即使我知道他在伦敦，我也不会有多少时间陪他，因为那个星期我没有一丝空闲。那天晚上我已经约好和朋友一起吃饭看戏，而第二天我就有事要出国。

“你今天晚上做什么？”我问他。

“我要去圣亭剧院看戏。票早就都卖完了，但是有一个好心人帮我搞到了一张退票，他真棒。有时要买两张票很难，但只要一张票就容易些。”

“那你就过来和我们一起吃晚饭吧。我和两个朋友要去草市剧院看戏，然后去切罗餐馆吃晚饭。”

“那太好了。”

我们说定了晚上十一点在餐馆中见面，然后，就分了手，我去赴中午的约会。

我知道我要介绍莫顿认识的朋友不会太合他的胃口，因为他们是典型的中年人。但是在这个时节，我也实在想不出临时还能约到什么年轻人。我所认识的年轻女子们，如果我约她们出来和一个马来亚来的害羞的年轻人吃饭跳舞，她们没有一个会对我表示感激。我相信毕晓普夫妇能对莫顿照顾有加，而且，我们吃饭的地方有一个不错的乐队，莫顿能在那里看漂亮的女孩跳舞，这总比他无处可去十一点钟就回家睡觉要好得多。当我还是个医学院的学生时，我就认识了查理·毕晓普，那时，他身材瘦削，浅褐色的头发，硬生生的外表；他深色的眼睛长得不错，炯炯有神，只可惜他戴着眼镜。他圆圆的面庞总是红红的，整天乐呵呵的。他很喜欢女孩子，虽然他既无财亦无貌，但是他却有一种特殊的魅力，身边的女孩一个接着一个，从来没有少过，让他总是有色可餐。他聪明，傲慢，喜欢争论，脾气急，而且言语刻薄。回想起来，我要说他是个不太讨人喜欢的年轻人，但是，你绝对不会认为他单调乏味。现在，他五十多岁，中年发福，头发也掉得差不多了，但是他金丝边眼镜后面的眼睛仍然很明亮很精神。他还是有些武断，自以为是，喜欢争论，刻薄，但是他心地善良，而且喜欢逗乐。当你认识了一个人很久之后，你对他的缺点也就不太在乎了，就像接受自己的短处一样，你也会接受他的一切。查理是一位病理学家，隔一段时间，他就会送给我一本他新出版的薄薄的书。书的内容都很严肃，充满术语，里面黑乎乎的插图都是细菌的照片，我从来没有拜读过。但是我从别处听说查理对专业并不很精通，在同行中也不是很受欢迎，他一直把他的同行们都看成是傻瓜，而且向来不隐瞒自己的这一观点。但是他有份工作，我想每年能给他带来六百到八百镑的收入，而且，对于别人如何看他，他完完全全不在乎。

我喜欢查理·毕晓普，因为我们已经认识了三十多年；我喜欢他的太太马格丽，因为她是一个非常好的人。当年查理告诉我他要结婚时，我曾经十分惊讶。他当时已经四十出头，而且，他常常移情别恋，我一直觉得他肯定会永远单身。他虽然很喜欢女人，但是，他并不是重感情易伤感的那种人，他也从来没有明确的目标。从理想主义者的观点出发，查理对于女性的看法应该说很粗俗。他知道自己想要什么，然后就直言不讳地说出来，如果爱情和金钱都无法让他得到他想要的，那么他就会耸耸肩膀放弃。简单地说，他需要女人，并不是为了什么理想，他需要她们，更是生理上的需求。说来也奇怪，虽然他身材矮小长相一般，但是还是有不少女人来满足他的要求。至于他的精神需求，单细胞的生物就能够满足他了。他说话向来直爽，所以，当他告诉我他要和一个叫马格丽·霍布森的年轻女子结婚时，我就直截了当地问他为什么，他狡猾地一笑。

“三个原因。第一，如果不和她结婚，她就不和我上床。第二，她能逗得我像土狼那般大笑。第三，在这个世界上，她孤独一人，没有任何亲戚，所以，得有个人照顾她。”

“你的第一个理由是想炫耀，第二个理由纯属借口，只有第三个理由才是真正的原因，这说明，她可真把你给制服了。”

他大眼镜片后面的眼睛发出柔和的光。

“你可能真说对了。”

“她不仅把你给制服了，而且你也是那么高高兴兴地被她制服。”

“明天过来和我们一起吃中饭，看看她，她的长相可还不错哟。”

查理是一家男女都可以成为会员的俱乐部的成员，那时我也经常出入这个俱乐部，所以我们就约好了第二天在那里吃中饭。我发现马格丽是个很迷人的年轻女子，她那时还不到三十。我很早就注意到，吸引查理的女士们往往出身教养都不怎么样，所以，马格丽一看就是位出身良好的淑女，这点虽然让我觉得满意，但也确实让我有点惊讶。她不能算是漂亮，但是很清秀，有着深色的头发和清澈的眼睛，她的肤色很好，看上去很健康。她说话直截了当，有一种让人喜欢的直爽，她看上去诚实、朴素、可靠，我立刻就喜欢上了她。虽然她的言语并不精辟，但是很容易和她交谈，而且她也清楚别人在谈论什么，能很快地领会到一个笑话，她一点都不害羞，给人的印象是能干，有条有理。她的快乐平和说明她脾气很好，而且胃口也不错。

他们看上去非常相爱。当我第一次看到马格丽时，我曾经问过我自己她为什么会和这么个坏脾气的矮小男人结婚，他已经不再年轻，秃了顶，但是我很快就发现，原因是因为她爱他。他们经常互相开玩笑，常常在一起开怀大笑，时不时地他们会向对方递过一个眼神，仿佛交换一个小秘密。他们的关系还真让人感动。

一个星期后，他们在登记处结了婚。他们的婚姻应该说是很成功的，现在，十六年之后，一想到他们共同生活的那些乐趣，我总是会情不自禁地微笑。在我认识的所有人中，他们是最深爱着对方的。他们一向都不富裕，但是他们好像也不想要多少钱，他们没有野心，他们的生活就像永远不会结束的野餐。他们住在潘顿街的一所公寓里，我从来没有见过这么小的公寓，一间小小的卧室，一间小小的起居室，盥洗室同时也是厨房。但是他们从来都没有家的概念，他们总是在餐馆里吃饭，每天只有早餐是在公寓里吃的，那里只是他们每天回去睡觉的地方。他们的公寓还算舒服，但是如果有第三个人来喝一杯威士忌加苏打水，那里就会非常挤。虽然查理不爱理东西，但在一个钟点工的帮助下，马格丽还是尽量把这个小公寓打理整齐，只是，公寓里没有一样东西是带着他们自己的特点的。他们还有一辆小小的车，查理放假时他们就开着车到欧洲大陆去，每人一个行李包，他们随心所欲，想去哪里就去哪里。他们从来不会因为车子坏了而沮丧，坏天气也自有其乐趣，对他们来说，车胎被扎破了是一件好笑的事，如果他们走丢了只能睡在露天，他们会觉得那是他们一生中最好的时光。

查理依然脾气很坏，而且喜欢争论，但是无论他做什么，都不会扰乱马格丽的那种可爱的平和。她只需说一个字，就能让他镇静下来。她仍能让他开怀大笑，她替他有关某种鲜为人知的细菌的专著打字，她为他在科学杂志上发表的论文做校对。有一次我问她，他们是否吵过架。

“从来没有，”她说，“从来没有什么值得我们吵架的事，查理的脾气简直像天使一样。”

“胡说八道，”我说，“他傲慢，专横，好斗，脾气坏，他向来如此。”

她看看他，咯咯笑起来，我能看出来，她以为我是在开玩笑。

“让他胡说，”查理说，“他是个无知的傻瓜，他根本就不知道他使用的那些词语的意思。”

他们相亲相爱，他们在一起时是那么幸福，所以，不是万不得已，他们也绝对不分开。即使在他们结婚很多年后，查理还常常每天中午开着车，到西城和马格丽一起去餐馆吃中饭。人们常常会笑他们，虽然不是恶意的笑，但态度仍可以被称为是讪笑。因为如果有人请他们到乡村去度周末，马格丽总是要写信给邀请者说，如果可以给他们安排一张双人床的话，他们才会去。他们在同一张床上睡了这么多年，如果让他们单独睡的话，他们都睡不着。这总是让人有些尴尬，因为不成文的规矩是夫妻俩不仅要住两个房间，而且如果要他们合用一个盥洗室的话，他们都要表示有些不情愿。现代的住房不是为夫妻俩合住而设计的，但是朋友们也都知道，如果他们要毕晓普夫妇去他们那里做客，那么就得给他们安排一个双人床的房间。虽然有人觉得这个要求有些无礼，但满足这个要求并不太麻烦，而且这对夫妻很招人喜欢，所以，大家也就尽量宽容他们这种古怪的习惯。查理总是情绪高昂，虽然有些刻薄，但他特别会逗乐；而马格丽的平和让她特别容易相处。而且，这对夫妻也很容易招待，让他们自己到乡间田野上去散散步，就能让他们无比欣喜了。

当一个男人结婚之后，通常他的太太早晚会设法让他和他的老朋友们疏远，但是马格丽正相反，她让查理和他的老朋友们更亲近，因为她让他更宽容，也就让他更容易相处。他们给人的印象不像是一对夫妻，倒像是两位住在一起的中年单身汉，有时候，马格丽会发现她是半打男人中的唯一的女人，这些男人说着脏话，争论着，寻欢作乐，她不仅不会阻碍这种哥们义气，反而会对其推波助澜。我在英国时会和他们见面，因为他们总是到我前面提到的那家俱乐部里吃晚饭，如果我单独一人的话，就会和他们共进晚餐。

那天晚上，在去戏院前我们一起吃点心时，我告诉他们我邀请了莫顿和我们一起吃晚饭。

“你们可能会觉得他很枯燥乏味，”我说，“但他是个很不错的人，而且，我在婆罗洲时，他对我挺照顾的。”

“你怎么没早点让我知道？”马格丽大声叫道，“我可以再邀请一个年轻女子。”

“你干吗还要请其他年轻女子？”查理说，“不是有你嘛。”

“对这个年轻人来说，和我这把年龄的女人跳舞，可能不会太有乐趣吧。”马格丽说。

“胡说，这和你的年龄有什么关系？”查理转向我说，“和你跳过舞的人中，还有谁会跳得更好呢？”

当然有人跳得更好，但是马格丽确实也跳得不错，她步履轻盈，而且节奏感很强。

“没有人跳得更好。”我回答得很真心诚意。

等我们到达切罗餐馆时，莫顿已经在那里等着我们了。他穿着晚礼服，这让他那被太阳晒过头了的皮肤更为明显，也许因为我知道这套晚礼服已经有四年被藏在马口铁的盒子里，里面塞着樟脑丸，所以，我觉得他穿着这套衣服并不舒服，穿着卡其短裤的他要自由自在多了。查理·毕晓普很健谈，他很喜欢听他自己说话，莫顿则很害羞。我给他要了杯鸡尾酒，又点了瓶香槟。我觉得他可能会更喜欢跳舞，但我并不知道他是否会请马格丽跳舞，因为我很强烈地意识到我们和他并不是一代人。

“也许我应该告诉你毕晓普夫人跳舞跳得很好。”我说。

“是吗？”他的脸有些红了，“能请你跳个舞吗？”

她站起来，他们走进了舞池。那天晚上她特别出众，并不是说她的衣服有多好，她那件简单的黑色连衣裙可能只花了六个几尼，但是她看上去非常高雅。她有两条特别好看的腿，而且那个年代，短裙子正好很盛行。那晚她可能薄施了淡妆，但是和其他女人相比，她看上去非常自然。那种平顶短发的发型对她很合适，而且她一根白头发都没有，头发仍然光泽迷人。她并不是绝色美女，但是她的那种善良，她身心快乐的举止和风度，她健康的精神，让你相信或至少感觉到她什么都能拿得起放得下。等他们跳完一曲回到桌边时，她的眼睛发亮，双颊泛红。

“他跳得怎么样?”她的丈夫问。

“棒极了。”

“你也跳得很好。”莫顿说。

查理又继续说他的长篇大论，他的幽默感是冷嘲热讽的，他之所以有趣，是因为他对自己所说的话题那么感兴趣。但是莫顿对这些话题一无所知，他虽然礼貌地听着，假装有兴趣，但是我知道，音乐、香槟、餐厅的欢乐气氛，眼前的一切太让他兴奋了，他根本就无法集中思想听别人在说什么。等到音乐又起时，他的眼睛马上去搜寻马格丽的目光，查理看在眼里，笑着说：

“马格丽，去和他跳舞呀，看着你运动对我的身材也有好处。”

他们又下了舞池，查理用欣赏的目光注视着她好一会儿。

“马格丽今天玩得太高兴了，她喜欢跳舞，而跳舞只能让我气喘吁吁。这个年轻人还真不错。”

我安排的这个小聚会很成功，等到我们和毕晓普夫妇告了别，我和莫顿一起走向皮卡迪利圆形广场时，他热情地向我道谢。他真的玩得很高兴。然后我和他道了别，第二天，我就出了国。

我无法再多为莫顿做些什么，这让我有些遗憾，我知道，等我回到英国后，他也就该起程回婆罗洲了。偶尔我还会想到他，但是等到秋天我回家时，他已经不在我的脑海里了。在我回到伦敦的一个星期后，有一天晚上我去了俱乐部，查理·毕晓普也是这家俱乐部的会员，他正和三四个我也认识的男人坐在一起，我上前和他们打招呼。我回国后，和他们谁都没有见过面。其中有一位名叫比尔·马什，他的太太珍妮特是我的好朋友。他们邀请我和他们一起喝酒。

“你是从哪里钻出来的？”查理问，“最近可一直没有见到你呀。”

我立刻注意到他已经酩酊大醉，这让我非常惊讶。我知道查理喜欢喝酒，但是他总是很能控制自己，从来不会喝过量。在我们都很年轻时，他偶尔也会多喝几杯，但那仅仅是为了表示他是个很合群的好伙伴。而且，我们不能以一个人年轻时所做的事来判断一个人。我记得查理喝醉酒时很不友好，他本性里的那种攻击性被放大了，他的话更多，嗓门更大，喝醉时，他很容易和人吵架。就像现在，他变得很武断，认定了死理，对于因他轻率的断言而引来的不同意见，他什么都不听。其他人都知道他醉了，一方面，他的无理让他们生气；另一方面，又觉得在这种状况下，应该对他友好宽容，他们在这两种态度中挣扎。一个男人到了这个年龄，头秃了，发福了，戴着眼镜，又酩酊大醉，他可真不讨人喜欢。平时他一直都是衣冠楚楚的，但是这天他衣衫不整，身上到处都是烟灰。查理叫来了服务生，又要了一份威士忌，这个服务生已经在这个俱乐部里工作了三十年。

“先生，您面前已经有一杯酒了。”

“别管我的闲事，”查理·毕晓普说，“马上给我拿个双份威士忌来，要不然我就向俱乐部秘书长告状说你傲慢。”

“好吧，先生。”服务生说。

查理一口就把杯子里的酒喝完，他的手有些发抖，一些威士忌洒到他自己的身上。

“好了，查理，老伙计，我们最好打道回府吧。”比尔·马什说。然后，他告诉我：“查理最近这段时间住在我们家里。”

我当然非常惊讶，我也感觉到有什么不对，但觉得还是什么都不要问更保险。

“行啊，走吧，”查理说，“但走之前再让我喝一杯吧，我这个晚上就能过得更好了。”

看来这里的聚会还得有一会儿才能结束，所以，我起身告辞说我要散步回家了。

正当我要离开时，比尔对我说：“你明天晚上来和我们一起吃晚饭好吗？就是你、我、珍妮特和查理。”

“当然，我很乐意来。”我说。

这就证明果真出了什么事。

马什夫妇住在摄政公园东侧的一排房子里，女佣给我打开门后，就请我先去马什先生的书房，他正在那里等我。

“我想在你上楼前先和你通个气，”他一边和我握手一边说，“马格丽离开了查理，你知道吗？”

“这不可能！”

“他根本无法接受。珍妮特觉得让他一个人住在他那窄小可憎的公寓中，实在太糟糕，所以我们就请他来这里住一段时间。我们已经做了我们能做的一切，但是他还是每天狂饮，整整两个星期，他一直就没睡觉。”

“她真离开了他？”

我实在太惊讶了。

“是啊，她疯狂地爱上了那个叫莫顿的家伙。”

“莫顿，他是谁？”

我根本就没想到他会是我从婆罗洲来的朋友。

“真该死，是你介绍他们认识的，都是你干的好事。让我们上楼吧，我想我最好给你通个信。”

他打开书房的门，我们走出去，我完全糊涂了。

“但是，怎么会？”我说。

“你还是问珍妮特吧，她知道事情的来龙去脉。我可真搞不懂，对马格丽，我实在是一点耐心都没有，他的生活更是一团糟。”

他在我前面走进客厅，我进去时，珍妮特·马什站起来和我打招呼。查理坐在靠窗的位子上，正在读晚报，我走上去和他握手，他把报纸放下来。他现在很清醒，说起话来还像往常一样轻松自信，但他看上去像个病人。我们喝了一杯雪利酒后，就下楼吃晚饭。珍妮特是一个充满活力的女人，她身材高挑，皮肤白皙，长得很漂亮。整个晚餐，她的机敏活泼没有让话题间断。饭后，她让我们三人在一起喝一杯波尔图酒，但她走开时，给了我们很清楚的指令，就是不要超过十分钟。平时沉默寡言的比尔，这时突然话多起来，我也被卷入这场游戏中，可惜我不知道究竟发生了什么，所以，不能畅所欲言。但有一点很明显，马什夫妇不想让查理沉沦到沮丧之中，所以，我也就尽最大努力说些有趣的话。他似乎也心甘情愿随波逐流，而且他向来就爱滔滔不绝，所以，我们谈论一起刚刚报道的凶杀案，他站在一个病理学家的角度进行了分析。但是他说起话来毫无生气，他就像是一个空壳，让人感觉他是出于为主人考虑，才强打精神说话，而他的思绪完全在别处。所以，当楼上有人敲了一下地板，说明珍妮特已经等得不耐烦了，我们都觉得是一种解脱。这种情况，女人的参与往往能缓解整个气氛。我们回到楼上，玩了会桥牌。当我告辞时，查理说他要陪我走到马勒本大街。

“哦，查理，现在已经很晚了，你最好还是休息吧。”珍妮特说。

“散散步我能睡得更好。”查理回答。

她担心地看了他一眼。但是，如果一个中年病理学教授想要出去散散步，她也实在无法阻止他，她瞥了瞥丈夫，眼睛一亮。

“我想散散步对比尔也没有坏处。”

这话说得可真是毫无技巧，女人有时就是控制欲太强。查理闷闷不乐地看了她一眼。

“实在没有必要把比尔给拉出去。”他口气坚决地说。

“我根本就不想出去。”比尔笑着说，“我累了，我可要上床睡觉了。”

我想在我们走后，比尔·马什和他太太肯定会有一番争吵。

“他们对我太好了，”我们顺着栏杆走着，查理说，“真不知道没有他们我该怎么办，我都两个星期没合眼了。”

我也对此表示遗憾，但我没有追问他其中的原因。我们默默地又走了一段路，我想他送我出来，是为了要告诉我究竟发生了什么，但我觉得应该让他自己选择最佳的时机。我当然很想向他表示我的同情，但我又怕说错了话。我也不想让他觉得我急着要把他的心里话给掏出来。我不知道如何才能把话引到这个题目上。我想他不需要我的引导，因为他从来都不是转弯抹角的那种人，我想他肯定在斟酌如何措辞。我们走到了一个街角。

“你在教堂那里就能叫到出租车，”他说，“我再往前走一段。晚安。”

他点点头，步履懒散地走了。这出乎我的意料，但我也无能为力，只能往前走去，直到我叫到一辆出租车。第二天早上，我正在洗澡呢，电话响了，我不得不从澡盆里出来，浑身湿淋淋的，裹着一条浴巾去接电话。电话那头是珍妮特。

“好了，你对这一切怎么看？”她说，“你昨天晚上和查理聊到那么晚，我听到他凌晨三点才回来。”

“我们走到马勒本大街就分手了，”我回答，“他什么都没有对我说。”

“什么都没说？”

从珍妮特的声音中我能听出她正准备和我做一次长长的交谈，我想电话肯定就在她的床旁边。

“等一等，”我很快地说，“我正在洗澡。”

“噢，你的浴室里也有电话呀？”她急切地说，口气有些羡慕。

"不，没有。"我的口气生硬且坚定，"我已经在地毯上滴得到处都是水了。"

"噢！"她的声音很失望，而且有些恼怒，"那么，我什么时候能见你？你十二点钟能过来吗？"

这个时间对我来说并不方便，但是我不想开始和她争论。

"好吧，再见。"

我很快把电话挂掉，不让她再多说一句话。在天堂里，已经升了天的人使用电话时，只说他们需要说的，从不多说一句话。

我对珍妮特忠心耿耿，但是我也知道，对她来说，最让她兴奋的事，就是她朋友们的不幸。当然，她会非常热心地去帮助她们，但是，她也一定要掺和在里面。她是逆境中的朋友，管别人的闲事，就是她最大的乐趣。你如果开始一场恋爱，就肯定会发现她不知怎么就成了你的心腹知己；如果你闹离婚，也一定发现她在里面也插有一手。尽管如此，她还是一个好心的女人。所以，等到中午时分，我来到珍妮特的起居室里，看着她和我打招呼时那种按捺不住的热心时，我就忍不住要暗自发笑。当然，对于毕晓普家最近的灾难，她也很伤心，但这也让她兴奋，所以，现在又有一个新的人可以做她的听众，她可以把一切从头再娓娓道来一遍，这让她太刺激了。珍妮特的表情是一种一本正经的期望，就像一个母亲和家庭医生讨论她已婚的女儿的第一次分娩一样。珍妮特当然知道事情的严重性，所以，她不会轻率地讨论此事，但是，她也下定了决心要充分享受这里面的所有乐趣。

"当马格丽告诉我她做了最后的决定要离开查理时，世界上不会有别人比我更觉得恐怖。”她说，她肯定至少已经将同样的话以同样的语气说了十几遍，所以，说得很顺溜，“在我认识的所有的人中，他们是最相爱的夫妻。他们的婚姻太完美了，他们的关系那么好。当然，比尔和我也很相爱，但是我们时不时还是会吵架，有时候，我真恨不得杀了他。”

“你和比尔的关系我一点都不感兴趣，”我说，“告诉我毕晓普家的事。我来，不就是为了这个吗？”

“很简单，我觉得我必须见你，因为你是唯一能解释这一切的人。”

“哦，天哪，你可别这么说，要不是那天晚上比尔告诉我，我可是什么都不知道。”

“我同意，我突然意识到你可能真的是什么都不知道，要不然，你的责任可就重大了。”

“你还是从一开始说起吧。”我说。

“你就是开始，所有的麻烦都是你开始的。是你把那个年轻人介绍给他们的，这是为什么我急着要见你，你认识那个年轻人，我从来没见过他，我知道的关于他的一切都是马格丽告诉我的。”

“你什么时候吃中饭？”我问。

“一点半。”

“我也是。那你快点开始说故事吧。”

我的话给了珍妮特一个新的念头。

“你看，如果我不去会朋友吃中饭的话，你是不是也能不去？我们可以在这里吃点东西，家里肯定还有些熏肉，这样我们就不用赶时间了，我只需要下午三点到发型师那里去。”

“不，不，不，”我说，“我可不想这样，我最晚一定要一点二十分离开这里。”

“那我只能快点说了。你觉得杰瑞这个人怎么样？”

“谁是杰瑞？”

“杰瑞·莫顿，他的名字是杰瑞德。”

“我怎么会知道？”

“你在他那里住过，他的住处就没有什么信件之类的？”

“信总该有吧，只是我没有碰巧读到这些信。”我口气有些辛辣地回答。

“哦，别说傻话，我指的是信封。他这人怎么样？”

“还行，应该是吉卜林那类人，工作很努力，很诚心，愿意为建设大英帝国贡献力量等等之类。”

“我要问的不是这个，”珍妮特大叫道，她已经没了耐心，“我是说，他长得怎么样？”

“和普通人没啥两样。当然如果再见到他时我还能认出他，但是我却没有办法描述他有什么显著的特点。他看上去很干净。”

“哎呀，我的天呀，”珍妮特说，“你到底还算不算是位小说家呀？他的眼睛是什么颜色的？”

“我不知道。”

“你肯定知道，你不可能和一个人一起住了一个星期，却连他的眼睛是蓝色还是褐色都不知道。他的肤色呢，是深还是浅？”

“不深也不浅。”

“身材呢，是高还是矮？”

“中等身材吧。”

“你是要诚心把我惹火吗？”

“当然不是，但他就是那么普普通通。他身上没有任何引人注目的地方，他既不丑陋也不英俊，他看上去人挺好，像一位绅士。”

“马格丽说他笑起来很有魅力，而且身材也很好。”

“也可以这么说吧。”

“他发疯一样地爱上了她。”

“你怎么知道？”我冷冷地问。

“我看过他的信。”

“你是说她给你看了他写的信？”

“当然，你为什么这么问？”

面对着女人对于他们私生活的背叛，男人总是很难忍受。她们毫无羞耻感可言，她们可以互相倾诉最为私密的事情，丝毫不感到困窘，谦逊谨慎只是男性的美德。虽然男人对这一切早就知晓，但是每次面对女人的肆无忌惮时，他还是会震惊。如果莫顿知道他的书信不仅被马格丽阅读，还被珍妮特审查，而且，他的痴迷的恋情的进展还被每日汇报，他究竟会怎么想？根据珍妮特的说法，他对马格丽是一见钟情，在我安排的那个小宴会的第二天早上，他就打电话给马格丽邀请她去一个可以跳舞的地方喝茶。当我倾听着珍妮特的叙述时，我很清楚地意识到她讲的是马格丽的一面之词，所以，我也就将信将疑。有趣的是，我发现珍妮特其实是站在马格丽这一边的。当然，当马格丽离开她丈夫时，是珍妮特邀请查理过来到他们家住两三个星期，好让他不再悲惨孤独地待在那个空荡荡的小公寓里。她对他也非常照顾，她几乎每天都陪他吃中饭，因为他已经习惯了每天和马格丽一起吃中饭。她陪他去摄政公园散步，她让比尔每个星期天和他一起打高尔夫球，她非常有耐心地倾听他不幸的故事，并且尽了最大的努力来安慰他。她觉得他非常可怜，但是她还是站在马格丽一边，当我对马格丽的行为表示失望时，她对我的反驳如同一千块砖头砸在我的身上。这场婚外恋让她觉得刺激，一开始，马格丽面带笑容，春风得意，但又有些怀疑地前来告诉她有一位年轻人出现在她的生活里。到后来，心烦意乱、恼怒不安的马格丽又来向她宣布她无法再承受这种压力，她已经打点了行李，要搬出公寓。在这整个过程中，珍妮特都是必不可少的一分子。

“当然，一开始我根本无法相信我的耳朵，”她说，“你知道查理和马格丽的关系，他们实在是太亲近了，他们如此相爱，有时都让人觉得可笑。我从来没觉得那个矮男人有什么好，而且他外表上也实在不吸引人，但他对马格丽那么好，你就不能不喜欢他。有时候，我还真嫉妒她。他们没什么钱，他们的生活也乱糟糟的，但是，他们却很幸福。当然，我可从来没想到这事会有什么结果，马格丽一开始也只是觉得好玩。‘我当然不会当真，’她这样告诉我，‘但是，在我这个年龄，有这么个年轻人还是挺好玩的，已经有很多年没人给我送过花了，我得告诉他不要再送我花了，因为查理会觉得这很傻。他在伦敦一个人都不认识，他又喜欢跳舞，他说我跳舞跳得如同梦境般美好。而且，他总是一个人去看戏，好痛苦哟，所以，我就陪他去看了两三个日场。我答应陪他出去，他的那种感激劲儿，真让人觉得可怜。’‘听上去，他就像一头温顺的羔羊。’我说。‘他就是，’她说，‘我知道你是能理解我的，你不会责怪我吧?’‘当然不会，’我说，‘你对我还不了解吗? 如果我是你的话，也会这么做的。’”

一开始，马格丽和莫顿一起出去，并没向丈夫隐瞒，对于她的这个新的仰慕者，她丈夫还开着善意的玩笑。他知道这个年轻人很有礼貌，谈吐令人愉快，而且，很高兴在他工作繁忙时能有人陪马格丽玩。他从来没有想到过要嫉妒。他们三人也一起吃过几次晚饭，并去看过一场戏。后来，莫顿就求马格丽单独和他出去一个晚上，她说绝对不可能，但是他不停地求她，最终说服了她。马格丽就求助于珍妮特，让她给查理打电话，说他们打桥牌三缺一，请查理过来吃饭并玩牌。平时，查理绝对不会不带妻子单独一人去任何地方，但是马什家是他的老朋友，而且珍妮特编了一个什么荒唐的理由，让查理无法拒绝，只能答应。第二天，珍妮特和马格丽见了面，马格丽说前一个晚上太棒了，他们在美登海德吃了晚饭，又跳了舞，然后在那个美妙的夏夜开车回家。

“他说他太喜欢我了。”马格丽告诉她。

“他吻你了吗?”珍妮特问。

“当然，”马格丽笑了，“珍妮特，别犯傻。他真可爱，而且，他的脾气那么好。我知道，我不会相信他对我说的话，一半都不信。”

"哦，天哪，你不会是爱上他了吧?"

"我已经爱上他了。"马格丽说。

"亲爱的，这会有多尴尬呀?"

"噢，这不会持久的，而且，到了秋天，他就要回婆罗洲去了。"

"嗯，不能否认，你现在看上去可年轻多了。"

"我知道，我都能感觉到自己年轻了许多。"

很快，他们每天都会面，他们早上见面，在公园里散步，或是去画廊，中午时他们分手，马格丽可以去陪她丈夫吃午饭，午饭后他们又见面，开车去郊区或去河畔的什么地方。马格丽不再告诉她的丈夫，她自然而然地认为他不会理解。

"那你怎么一直就没有见过莫顿呢?"我问珍妮特。

"她不愿意让我见他。你知道，马格丽和我是同一代人，我能理解她。"

"明白了。"

"当然我也尽了最大努力帮她，每次她和杰瑞一起出去，她都说她是和我在一起。"

我是个凡事都有板有眼的人。

"他们真有关系吗?"我问。

"呃，当然没有，马格丽可不是那种女人。"

"你怎么知道?"

"她会告诉我的。"

"我想她会吧。"

“当然，我也问过她，但她一口否认了。我肯定她说的是实话。他们两个人之间根本就没有那种关系。”

“我觉得这很奇怪。”

“马格丽是个好女人。”

我耸耸肩。

“她对查理很忠诚，她完全不可能欺骗他。她最受不了的就是对他保守什么秘密。所以，当她意识到自己爱上了杰瑞，她想立刻告诉查理。我求她千万别这么做，我说这不会有任何好处，只能让查理更痛苦。而且，再过两个月，这个年轻人就会远走高飞，既然这件事不可能有什么结果，把它搞大也就没有任何意义。”

但是，杰瑞指日可待的离别还是成了整个冲突的导火线。如同往年一样，毕晓普夫妇已经安排了去国外旅行，他们早就计划开车去比利时、荷兰和德国北部。查理忙着整理地图和导游书，他从朋友那里搜集关于旅馆和路况的信息，他像小学生一样，兴冲冲地期待着他的假期。听他谈论着旅行计划，马格丽的心情越来越沉重。他们要去欧洲四个星期，而到了九月，杰瑞就要起航东去了。和他在一起的时间只剩下这么短，她无法忍受还要再失去那么多，一想到驾车旅行，她就充满了痛楚，离假期的时间越来越近，她也就越来越紧张，最后，她决定，只剩下一条出路。

“查理，我不想去旅行。”有一天，查理正在告诉她他刚刚听说的一家饭店，她突然打断了他的话，“我希望你能约别人和你一起去。”

他茫然地看着她，她也没有想到自己会说出这样的话，她的嘴唇有些颤抖。

“为什么？怎么回事？”

“没有什么，我就是不想去，我想一个人待一段时间。”

“你有什么不舒服吗？”

她看见他的眼睛里突然出现了恐惧，她实在无法再忍受他的关心。

“没有，我身体非常好。我爱上别人了。”

“你？爱上谁了？”

“杰瑞。”

他惊愕地看着她，他不能相信自己的耳朵。她理解错了他的表情。

“你怪我也没有用，我控制不了自己。再过几个星期他就要走了，我不想浪费他仅剩下的这点时间。”

他放声大笑起来。

“马格丽，你怎么会这么傻？你都可以做他的妈妈了。”

她的脸红了。

“他也很爱我，就像我爱他一样。”

“这是他告诉你的吗？”

“他告诉了我一千遍。”

“他是个骗子，就这么简单。”

他又咯咯笑起来，他胖胖的肚子随着笑声而晃动，他以为这是一个天大的笑话。我承认查理对他太太的态度的确不够好，珍妮特也认为他应该表现出关切和同情。他应该理解！我能看出她头脑中浮现的情景：坚定沉着，无声的忍受，最后的放弃。对于别人所做出的牺牲，女人们总是比较敏感，能够看到其悲切之美。如果查理怒火万丈，充满激情，甚至砸碎一两件家具（当然他事后得买新的），或是对准马格丽的下巴揍上一拳，这也能博得珍妮特的同情。但是嘲笑马格丽，这是不能原谅的。我没有指出要让一个矮胖的五十五岁的病理学教授突然像一个原始人那样行动，这有一定的难度。所以，去荷兰的行程取消了，毕晓普夫妇的八月是在伦敦度过的。他们当然很不高兴。他们每天还在一起吃中饭和晚饭，因为他们多年来一直这样，早就习惯了，而其他的时间，马格丽一直和杰瑞在一起。为了他们共同度过的这些时间，马格丽要付出许多代价，她要忍受的可真不少。她和杰瑞成了查理取笑的对象，而他的幽默则下流且充满讽刺。他就是不愿意把这件事当回事，他因马格丽的愚蠢而恼怒，但是他却从来没有怀疑过马格丽会对他不忠诚。我向珍妮特提及此事。

“他一点都没有怀疑过，”她说，“他太了解马格丽了。”

又是几个星期过去了，杰瑞远航而去。他是从提尔伯里港口出发的，马格丽前去送他。回家后，马格丽哭了四十八个小时。查理看着她，越来越恼怒，神经越来越烦躁。

“马格丽，”最后，他说话了，“我对你一直很耐心，但是现在，你得自己解脱出来，这个笑话闹得也太大了。”

“你为什么就不能不要管我？”她大叫道，“我失去了生活中所有美好的东西。”

“不要再做傻瓜了。”他说。

我不知道他还说了些什么，但是，他肯定很不明智地陈述了他对杰瑞的看法，而且他的描述肯定充满恶意，这就引发了他们的第一次家庭暴力。当她知道自己再过一个小时或者再过一天就能与杰瑞会面时，马格丽还能忍受查理的冷嘲热讽，但是现在，她已经永远失去了杰瑞，那她也就忍无可忍了。她已经自我控制了好几个星期，这天，她把这种自制完全抛到了九霄云外。她可能根本没意识到自己对查理究竟说了些什么，向来脾气就很暴躁的他动了手。他的行动把他俩都吓坏了，他抓过一顶帽子，飞也似的逃出了公寓。在那些痛苦的日子里，他们还是一直睡在同一张床上，但是，那天半夜他回到家里，发现她已经在起居室的沙发上替自己铺了一个小窝。

“你不能睡在那里，”他说，“别犯傻了，到床上来吧。”

“不，我不要，你别管我。”

那一夜，他们争吵着，最后她还是睡在沙发上，而且，她决心已定，以后的每天晚上她都在沙发上过夜。但是，他们的公寓那么小，他们根本就无法回避对方，他们连不想看见对方，不想听见对方都不可能。他们如此亲密地住了这么多年，他们的本能就是在一起生活。他试图和她讲道理，他真的认为她是蠢到了极点，所以，就无休止地和她争论，要她明白她是多么执迷不悟。他一点空间都不给她，他也不让她睡觉，每天他都和她谈到半夜，直到两人都精疲力竭，他相信他能把她从爱情中劝说出来。有时，两三天的时间他们互相一句话都不说。有一次回到家里，他发现她哭得那么伤心，她的眼泪让他心烦意乱，他告诉她他有多爱她，又回忆起他们这些年来在一起的快乐时光，希望以此来感动她。他说希望让发生的一切成为过去，他许诺永远不再提杰瑞这个名字，难道他们不能一起忘却这场噩梦吗？但是对她来说，查理所暗示的破镜重圆实在让她恶心。她告诉他她头疼得厉害，请他给了她一点安眠药。第二天早上，他出门时，她假装自己仍在熟睡，但等他一走，她就打点了一下行李，离开了家。她有几件继承来的珠宝装饰品，她将它们变卖了，得到一小笔钱，然后她在一家便宜的小旅馆中租了一个房间，并将地址向查理保密。

当查理发现马格丽真离开了他，他完全崩溃了。她的离家出走摧毁了他，他告诉珍妮特他的寂寞难以忍受，他写信给马格丽恳求她回来，他请珍妮特去为他当说客，他愿意做任何许诺，他卑躬屈膝，但是马格丽不为所动。

“你觉得她会回去吗？”我问珍妮特。

“她说她不会。”

这时已经快到一点半，我告别了珍妮特，因为我要赶到伦敦的另一头。

两三天后，我接到马格丽的电话，问我是不是可以和她见面。她建议到我的住处来，我就请她来喝茶。我尽量对她表示友好，她的感情生活和我无关，但是，在心底里，我却认为她真是个傻女人，所以，我对她的态度肯定也是冷冰冰的。她从来就不是美貌的那种人，过去的那些岁月对她改变极少。她的深色的眼睛仍然很好看，她的脸上几乎没有什么皱纹。她的穿着打扮很简单，如果她化了妆的话，那妆肯定化得很巧妙，让我根本看不出来。她仍然拥有她一贯就有的魅力，那就是她的完美的自然而然和友善的幽默感。

“我希望你能愿意为我做件事。”她开门见山地说。

“什么事?”

“查理今天就要从马什家里搬出来了，他要搬回到公寓里去。我怕他回去之后的几天比较难对付，如果你能请他出去一起吃晚饭，那就太好了。”

“我得看看我的日程安排。”

“有人告诉我他最近喝酒喝得很厉害，真让人担心，我希望你能劝劝他。”

“我想可能因为他最近家里有些不如意的事吧。”我刻薄地说。

马格丽的脸红了，她痛苦地看了我一眼，退缩了一下，仿佛被我打了一下。

“你认识他比认识我的时间长多了，我很能理解你会站在他那一边。”

“我亲爱的，实话告诉你吧，我这么多年还和他交往，主要是因为你的原因。我一直就不太喜欢他，但你却是个很好的人。”

她朝我笑笑，她笑得很甜，她知道我所说的都是真心话。

“你觉得对他来说，我是个好太太吗?”

“很完美。”

“他常常会得罪人，许多人不喜欢他，但是我却从来不觉得他难相处。”

“他也非常珍爱你。”

“我知道。我们在一起的日子很快乐，十六年，我们一直很完美很幸福。”她停顿了一下，垂下了眼光，“但我得离开他，一切都变得难以忍受，我们在一起乱糟糟的生活太可怕了。”

“我向来就不明白如果两个人不想在一起生活了，为什么还非得在一起。”

“这对我们来说，真是糟透了，因为我们一直这么亲密地生活在一起，想要逃离对方，简直不可能。到最后，我连看都不想再看他一眼。”

“我想这种情况对你们两人来说都不容易。”

“我爱上别人了，这不是我的错。你知道，这种爱和我对查理的爱是完全不同的。对查理的爱是一种母亲的爱，我在保护他，因为我比他要通情达理得多，除了我以外，没有其他人能对付他。而杰瑞则很不同，”她的声音柔和起来，她的脸上也染上了一层漂亮的光亮，“他让我找回了我的青春，在他面前，我就像个小女孩，我可以依靠他的力量，在他的照顾下我觉得很安全。”

“我也觉得他是个不错的年轻人，”我慢慢说，“我想他以后会很成功的。我刚刚认识他的时候，他那么年轻就已经担任了很重要的职务。现在他也只有二十九岁，对不对？”

她温柔地笑了，她很明白我话中的意思。

“我从来没有向他隐瞒过我的年龄。他说那没关系。”

我相信这肯定是事实，她不是那种会因自己的年龄而撒谎的女人，而且，告诉他自己的真实年龄，也让她感到刺激和兴奋。

“你今年多大？”

“四十四。”

“你现在打算怎么办呢？”

“我已经给杰瑞写了信，告诉他我离开了查理，一旦得到他的回信，我就会去他那里。”

这很让我吃惊。

“你知道，他住的那一小块殖民地很原始，你如果真去了，会发现你的处境很尴尬。”

“但是他要我答应他，如果他走了以后我的生活无法忍受，我就去他那里。”

“这是一个非常重要的决定，而你依据的只是一个恋爱中的年轻人所说的话，你觉得这样明智吗？”

那种极度兴奋的美丽表情又回到她的脸上。

“当然明智，因为这个年轻人是杰瑞。”

我的心往下一沉，我沉默了一会儿，然后我告诉了她杰瑞·莫顿修路的故事，我有些添油加醋，我觉得戏剧效果还不错。

“你为什么要告诉我这个？”我讲完之后，她问我。

“我觉得这是个很好的故事。”

她摇摇头，然后又笑了。

“不，你想告诉我他很年轻，充满了热情，他满脑子都是工作，不可能有时间去想其他事情。我不会影响他的工作的，你不如我了解他，他其实非常浪漫，他认为他自己是一个开拓者，他要参与一片新天地的开拓，我了解他的兴奋点。这非常了不起，难道不是吗？相比之下，这里的生活太单调了，太一般了。当然，那里的生活很孤独，所以，有人相伴总是强过没有，即使这个伴侣是个中年妇女。”

“你要提议和他结婚吗？”我问。

“我会让他做决定，我不想让他做任何他不想做的事情。”

她的解释是那么简单，她的那种甘心屈从又是那么感人，所以，等她离开我时，我已经对她一点都不生气了。当然，我还是觉得她很傻，但是一个人如果因别人的愚蠢而生气的话，那么他一辈子就会生活在永久的持续愤怒中。我相信船到桥头自会直。她说杰瑞很浪漫，确实，他很浪漫，但是，在这个世俗的世界里，浪漫之所以能遮人耳目，是因为它以精打细算的现实为基础，受害的是那些真把夸夸其谈当回事的人。英国人是浪漫的，这也是为什么其他人都觉得英国人很虚伪。其实他们并不虚伪：他们确实真心诚意地踏上通往天国之路，但是这个行程如此艰辛，一路上，他们如果看到有利于自己的好处，当然会顺便捡起。英国人的灵魂，就像威灵顿将军的军队一样，是要在酒足饭饱之后才能向前行进的。我猜想杰瑞在收到马格丽的信后，会花一刻钟的时间在困境中挣扎。对这件事本身我没什么同情，我更感兴趣的是看杰瑞如何把他自己从这当中解脱出来。我想马格丽会非常失望，但是，这对她也不会有太大的坏处，因为她会回到她丈夫身边，而且我毫不怀疑，经过了这番磨炼之后的这对夫妻，会在平和、安静和幸福之中生活一辈子。

但是事情却没有这样发展。那段时间，我一直没法约上查理·毕晓普一起吃饭，但我给他写了信，约他在下个星期和我一起吃晚饭，而且我也提议我们一起去看一出戏。对于这个提议我自己是有些疑惧的，因为我知道他喝酒喝得很厉害，而且，酒醉时他的话会很多，所以，我希望他在剧院中不至于惹人讨厌。我们要去看的那出戏要到八点一刻才开始，所以，我们约定七点钟在俱乐部里见面吃晚饭。我先到了，我等他，但是他一直没来。我给他的公寓打电话，没人接听，我想他可能正在路上。我最不喜欢看戏时错过开头，所以，我在俱乐部大厅里焦急地等他，希望他一到我们就能直接上去。为了节约时间，我已经点好了菜。时钟指向七点半，然后七点三刻，我不想再等他了，所以，就上楼去了餐厅，独自吃了晚饭。他仍然没有出现。我叫餐厅给马什家挂个电话，过了一会儿，服务生过来告诉我接通了比尔·马什。

“你知道查理·毕晓普是怎么搞的？”我问，“我们说好一起吃晚饭，然后去看戏，但他根本就没出现。”

“他今天下午去世了。”

“什么？”

这太让人震惊了，我的惊叹声让附近坐着的几位抬起头来。整个餐厅坐满了人，服务生在餐桌间穿梭忙碌，电话是在收银台上的，一个负责饮料的服务生端着一个放着一瓶霍克酒和两个长脚酒杯的托盘过来，给了收银员一张账单；英俊的前台带着两个男人去他们的座位，他们挤了我一下。

“你从哪里打来的电话?”比尔问。

我想他是听到了我周围的喧闹的声音。我告诉他后，他问我是否可以一吃完饭就到他家去，因为珍妮特想和我谈谈。

“我马上就过来。”我说。

珍妮特和比尔正坐在起居室里，他在看报纸，她在玩单人纸牌游戏，女用人领我进去后，她很快迎上前来，她走起路来脚步很轻，富有弹力，身体前躬着，就像一只黑豹在跟踪它的猎物。我立刻就看出她现在正处在最佳境界。她握住我的手，然后掉过头去，似乎是要掩饰她双眼中的泪光。她的声音很低沉，充满悲剧感。

“我去把马格丽接了过来，让她上床睡了。医生得给她打一针镇静剂，她疲乏到了极点，真是太糟糕了。”然后，她发出一声介于喘息和哭泣之间的声音，“真不明白，为什么这种事情总是发生在我的身上!”

毕晓普夫妇从来都没雇过用人，但每天早上，都有一位钟点工去他们家打扫卫生，洗刷早餐的餐具等。她自己有钥匙，那天早上，她如往常一样进了公寓，先打扫起居室。自从他的太太离开后，查理的作息时间就没有了规律，所以，她发现他还在睡觉，并没有觉得奇怪。但是时间过去了，她知道他还得去上班，所以，就去敲卧室的门。没人回答，但她能听到他在呻吟，就轻轻地推开了门。他正仰面躺在床上，打着呼噜。她叫他，但他没有醒过来，这让她觉得害怕，所以，她就去了同一层楼上的另一个公寓，那里面住着一位记者，她按门铃的时候记者还在睡觉，他穿着睡衣为她打开了门。

“对不起，先生，”她说，“您能过来看看我们家的先生吗？他的情况不妙。”

记者穿过走廊来到查理的公寓，在他的床边，有一个巴比妥的空瓶子。

“我想你最好把警察叫来。”他说。

警察来了，他打电话回警察局叫来了救护车。他们把查理送到了查令十字医院，他没有再醒过来。在他临终前马格丽赶到了他的床边。

“警察当然会对这件事做调查，”珍妮特说，“但是事情很明显，他最近三四个星期一直睡不好，他可能在吃巴比妥，那天晚上，他肯定一下子吃过量了。”

“马格丽也这么认为吗？”我问。

“她现在太伤心了，什么都不能想。但是我告诉她我敢肯定他没有自杀。他不是那种男人。我说得对不对，比尔？”

“你说得对，亲爱的。”他回答道。

“他有没有留下什么信？”

“没有，什么都没有。奇怪的是，马格丽今天早上收到了他的一封信，其实也根本算不上信，只有一句话：‘亲爱的，没有你我太孤独了。’就这样。当然，这根本不能说明什么，所以，她已经答应我警察调查时，她不会提到这封信。让别人平白无故地胡思乱想又能有什么好处？所有的人都知道，巴比妥这种药是很难把握的，我自己是说什么都不会吃这种药的，所以，很明显这是一场意外。我说得对不对，比尔？”

“你说得对，亲爱的。”他回答道。

我能看出来，珍妮特已经下定了决心要相信查理·毕晓普没有自杀，但是在她的内心深处，对于她想要自己相信的事，她到底相信多少，我不知道，我对于女性心理还没有那么了解。当然，她也很可能是对的。一个中年科学家，因为他的中年的妻子离开他就要自杀，这似乎不合情理；更能让人接受的是他因睡不着觉而恼怒，而且因为醉酒而神志不清，所以在吃安眠药时过了量。这也是验尸官对于这件事的看法。验尸官得到的信息是，去世的查理·毕晓普饮酒过度，所以他的妻子离开了他，很明显，他根本就不可能想到自杀这样的举动。验尸官对他的遗孀表示同情，并且强调了安眠药的危险性。

我非常不喜欢参加葬礼，但是珍妮特求我去参加查理的葬礼。他工作的医院的几位同事也想来参加，但是应马格丽的要求，他们被婉言谢绝了。所以，只有珍妮特、比尔、马格丽和我出席葬礼。我们要一起去殡仪馆接灵车，他们告诉我等他们上路后会打电话给我。我站在窗前等他们，看到他们的车来了，我就下了楼。但是比尔从车子里出来，在我还没能迈出门前先抓住了我。

“等一等，”他说，“我得先和你说件事。珍妮特要你在葬礼结束后到我家来喝茶，她说让马格丽一直闷闷不乐没有什么好处，所以，喝茶后我们再打几圈桥牌。你能来吗？”

“就穿着这个？”我问。

我穿着燕尾服，戴着黑领结，还有晚礼服的裤子。

“哦，没关系，至少能让马格丽分分心。”

“好吧。”

但是我们最终还是没有玩成桥牌。头发金黄的珍妮特穿着深色的丧服，看上去很雅致，她出演这个充满同情心的好朋友的角色，技巧也很高超。她哭了一点，擦眼睛的时候非常小心翼翼，不至于碰到眼睛上的睫毛油。当马格丽伤心地痛哭时，她的手臂温柔地环抱着她的肩膀。在困难中，她是个很好的帮手。我们回到她家时，有一封电报正等着马格丽，她拿了电报就上了楼。我想那肯定是查理的哪位朋友刚刚听到查理的死讯而发来的唁电。比尔去换衣服，珍妮特和我到了楼上的起居室中去摆桥牌桌。她取下帽子，把它放在钢琴上。

“虚伪是没有任何好处的，”她说，“当然现在马格丽肯定非常伤感，但是她得要振作起来，打几圈桥牌能够帮助她回到正常的生活里。当然，我也很替查理惋惜，但是，从他的角度来说，马格丽离开了他，我相信他可能永远不会从这个打击里恢复过来，所以，你不能否认，对她来说，现在事情可能就简单多了。她今天早上给杰瑞发了个电报。”

“说了些什么？”

“告诉他可怜的查理的事。”

这时，女用人进了房间。

“夫人，您能到毕晓普夫人那里去吗？她想见您。”

“当然。”

她很快离开了房间，只剩下我一个人。比尔进来了，我们一起喝了一杯酒。最后，珍妮特回来了。

她把一份电报递给我，上面写着：

请务必等我的信。杰瑞

“你觉得这是什么意思？”她问我。

“不就是上面写的意思吗？”我说。

“傻瓜！我当然也告诉了马格丽这电报没有什么特别的意思，但是她很担心。这封电报肯定和她发过去的关于查理去世的电报走差了。我想她现在肯定没有心思打桥牌。我的意思是，在她丈夫安葬的当天就打桥牌，可能不太好吧。”

“就是说呀。”我说。

“当然，他还会再发电报来回答她的电报。他肯定会的，对吗？现在我们所能做的就是好好坐着等他的信来。”

我觉得没有必要再继续这场谈话，就离开了。两天后珍妮特打电话给我，告诉我马格丽收到了一封莫顿发过来的表示哀悼的电报。她读给我听：

得悉噩耗，不胜悲痛，致以深切的哀悼。爱你的，杰瑞

“你有什么看法？”她问我。

“我想这很有礼貌。”我说。

“当然他不能说这个消息让他高兴极了，对不对？”

“当然不能。”

“而且，他确实还加上了爱你的。”

我能够想象这两个女人把两封电报研究来研究去，从每一个角度研究每一个字可能包含的各种含义，我几乎可以听见她们没完没了的对话。

“我真不敢想象如果他现在放弃马格丽的话，那她该怎么办。”珍妮特继续说，“当然，现在就要看他是不是一个真正的绅士了。”

“快别胡说了。”我说，并很快挂上了电话。

以后的几天里，我和马什夫妇又吃了几次饭。马格丽看上去非常疲劳，我猜想她是在心情焦急地等待仍然在路上的莫顿的信。悲伤和担忧已经把她折磨成了个影子，她现在看上去很脆弱，脸上有一种我从未见过的宗教的表情。她非常温柔，对别人的各种关心感激不尽，她的笑容没有自信，有些害羞，仿佛带着无限的痛苦。她的无助非常吸引人，可惜莫顿在万里之外。有一天早上，珍妮特又打来了电话。

“信终于到了，马格丽说我可以给你看，你能过来吗？”

她的紧张的口气已经告诉了我一切。我到她家后，珍妮特把信交给我，我读了一遍。这信写得很费心思，我猜想莫顿肯定是重复写了许多遍。很明显，他做了许多努力，尽量不说任何可能会伤害马格丽的言语，这点他还是挺君子的，但整封信中遮掩不住的是他的恐惧。很明显，他的双腿都在发抖。他可能觉得处理这件事的最好的办法是开些无关痛痒的玩笑，所以，他就在信中拼命取笑殖民地里的白人。如果马格丽一下子出现在那里，他们会说什么？而且，他可能很快就会因此而被炒鱿鱼。许多人觉得东方是自由放松的，其实根本就不是那样，那里人们的观念比伦敦郊区的人还要狭隘。他太爱马格丽了，他无法忍受那些可恶的女人们对她说三道四。另外，他也被派到了一个新的偏远的岗位上，从那里出来，无论去哪里，都要有十天的路程。她并不真的能搬进他的寓所去住，而那里根本没有旅馆，他的工作要求他常常要到丛林中去，一去就得是无数天，那里不是女人能生存的地方。他告诉她她在他的心中的地位非常重要，她不应该因他而烦恼，权衡再三后，他觉得她还是应该回到她丈夫身边，这会对她更好。如果他真成了她和查理之间的第三者，他会永远无法原谅他自己。嗯，我敢打赌，对他来说，这封信可真不容易写。

"当然，他写信的时候，还不知道查理已经死了。我告诉马格丽现在一切都改变了。"

"她同意你的看法吗？"

"她现在的状态很难和她讲道理。你对这封信怎么看？"

"嗯，很明显，他并不想要她。"

"但是两个月之前他可是很想要她的呀。"

"是啊，有时候环境变了，空气变了，风景变了，对一个人的影响可真大。现在，他肯定感觉离开伦敦已经有一年了。他回到了他的老朋友和旧的兴趣之中。我亲爱的，马格丽完全没有必要自欺欺人，他已经回到了那边的生活里，而那里是没有她的位子的。"

“我建议她根本就不要管这封信说些什么，就直接去他那里。”

“我希望她的理智能制止她，这样她就不会面对更惨痛的回绝。”

“那现在她该怎么办？这也太残酷了吧，她是这个世界上最好的一个女人，她真是太善良了。”

“仔细想想这事还挺滑稽。其实是她的善良引发了这一连串的不幸。她为什么没有和莫顿真正发生关系呢？查理还是什么都不会知道，事情的结果一点都不会比现在更糟。她和莫顿可以度过一段最美好的时光，而当他们分手时，他们就会让这场好时光优雅地告一段落。这样他俩都会留着美好的记忆，她可以回到查理的身边，心满意足，继续做他的好妻子，一如既往。”

珍妮特噘起了嘴巴，她轻蔑地看了我一眼。

“你知道，这个世界上还是有美德的。”

“去他妈的美德，这种只能带来破坏和痛苦的美德是一文不值的，你可以称之为美德，我叫它是怯懦。”

“但是，她和查理那时候还住在一起，叫她对查理不忠诚，单单这个想法就让她恶心。你知道，世界上有的女人就是这样的。”

“我的天，她可以在肉体上对他不忠诚，但同时却在精神上对他保持忠诚，女人们向来就很会驾驭这种戏法和表演。”

“你也太玩世不恭，太让人讨厌了。”

“如果你觉得面对现实，在生活中根据常识来做事就是玩世不恭的话，那么我确实玩世不恭，而且让人讨厌。但事实是，马格丽是个中年女人，查理已经五十五岁，他们结婚十六年。如果有个年轻人来对她表示好感，她当然会受宠若惊。但是，不要以为这就是爱情。这里只有生理的欲望，她要真相信他所说的一切，那她真是个傻瓜。说话的根本就不是他本人，说话的是他饥饿的性欲，他的性饥荒已经闹了四年了，至少从对白种女人的渴求这点来说是这样，所以，如果她要他兑现他所许下的那些不着边际的诺言的话，那就会摧毁他的生活，这是很残酷的。他喜欢上马格丽，这完全出于偶然，他想要她，他得不到她就更想要她。我敢说他也以为这就是爱情，但其实这只是色欲。如果他们上了床，那查理肯定今天还活着。所有这些痛苦都是她可恨的美德造成的。”

“你可真愚蠢，难道你看不出来她根本就做不到这点吗？她压根就不是那种放纵的女人。”

“我更喜欢一个放纵，而不是那种自私且愚蠢的女人。”

“噢，别再说了，我请你来，不是让你来招人讨厌的。”

“你叫我来干什么？”

“杰瑞是你的朋友，是你把他介绍给马格丽的，所以，她现在生活这么一团糟，都是为了他。而这一切不幸，又都是你造成的，所以，你得写信给他，让他对她负责任。”

“我才不会写这种信呢。”我说。

“那就请你走吧。”

我站起身要离开。

“咳，不幸中的万幸，查理是买了人身保险的。”珍妮特说。

我转回头看着她。

“看看，你倒敢骂我玩世不恭。”

这里，我就不重复我对她喷出的那些轻蔑的言语了，我把门重重地在我背后关上。但珍妮特还是一个很不错的女人，我常常会想，如果和她结婚的话，肯定会有不少乐趣。

流浪汉

汤伟　译

天晓得我抱怨过多少次，我连一半的时间都抽不出来，以完成哪怕是一半自己想做的事情。我不记得何时有过片刻属于自己的时间。我常幻想完完全全地闲上一周，并以此来娱乐自己。对大多数人来说，在你不忙于工作的时候，就会忙着去娱乐：骑马啊，打网球高尔夫球啊，游泳啊或赌博啊；但我想的是什么都不做。我将懒洋洋地躺一上午，然后游手好闲地待一下午，再东游西荡地把傍晚打发掉。我的大脑像一块石板，而流过的每一小时则像一块块海绵，把感观世界胡乱涂写在上面的东西擦得干干净净。时间，正因为它稍纵即逝，时间，正因为它一去不复返，所以它是世间最珍贵的财富，而虚掷光阴则是可以令人纵情其中的最精美的消遣。克娄巴特拉[①] 把一颗无价的珠宝溶在葡萄酒里，但

① 克娄巴特拉（前六十九—前三十），埃及托勒密王朝最后一位女王。她才貌出众，聪颖机智，擅长手腕，心怀叵测，一生富有戏剧性。她曾引诱过罗马统帅马可·安东尼（前八十二—前三十）。相传她在亚历山大城设盛宴款待安东尼时，曾将贵重的珍珠耳坠弄碎，溶入酒中。

她把酒献给安东尼。浪费一小时金子般的时间，就如同接过盛着溶有珍宝的酒杯，再把杯里的酒泼洒到地上。这样的举止非常壮观，并像所有壮观的举止一样荒唐可笑。当然，以上所述只是一种托词。在那一周时间里，我指望自己能随心所欲地阅读，因为对一个习惯读书的人来说，阅读就像奴役你的毒品；夺走你的阅读品，你会变得神经紧张、闷闷不乐、坐立不安；然后，你会去读五年前旧报纸上的广告，你会去读一本电话簿，就像被剥夺了白兰地的酒鬼会去喝虫胶或甲醇一样。但是极少有职业作家会阅读兴味索然的读物。我希望我的阅读是另外一种形式的休闲。我拿定主意，一旦那段幸福的时光来临，我终于可以享受不受干扰的闲暇，我就会去完成一个一直诱惑着我的计划：我将读完所有描写尼克·卡特[①]的作品。但是至今为止，就像一个要去勘察未知领土的探险家，我所做的还只停留在准备工作阶段。

不过在我的幻想中，我做这件事的时候不是被迫的，而是在自己选择的时机，处在我喜欢的环境里。当我突然面对无事可做的时光，并不得不尽量找事情来打发光阴时，我会禁不住手足无措（就像你乘汽轮时结识了一个船友，你在荒凉宽广的太平洋上邀请他去伦敦时住在你家，而他真的连招呼都不打，就带着一大堆行李出现在你家门口）。当我从墨西哥城赶到韦拉克鲁斯，搭乘一艘沃德公司的白色邮轮前往尤卡坦半岛时，沮丧地发现头天晚上码头工人宣布罢工，我要乘的船只无法靠岸。我被困在了韦拉

① 畅销侦探杂志和小说中的人物。

克鲁斯。我在迪里金西亚斯旅馆租了一间可以俯视市中心广场的房间，花了一个上午的时间来浏览市容。我在广场周边的街道上闲逛，不时瞥一眼那些精巧的庭院。我信步走过教区的教堂，怪兽状的滴水嘴和翘起的扶壁让教堂显得异常别致，带盐味的海风和炙热的阳光给粗糙雄伟的围墙涂抹上斑驳的绿锈，让它显露出岁月的痕迹；教堂圆屋顶上覆盖着蓝白相间的瓦片。这时候我发现我已看过了所有想看的东西，便在环绕广场的拱廊里一处阴凉的地方坐下来，要了一杯酒。太阳把无情的烈焰抛洒在广场上，耷拉着的椰子树沾满尘土，巨大的黑兀鹰不安地栖息其上，不过片刻，就突然降落地面，叼起几片残渣，扇动笨重的翅膀，飞上教堂的塔顶。我观察着穿过广场的人群：黑人、印第安人、克利奥尔人和西班牙人，还有来自西班牙大陆美洲[①]、身穿五颜六色服装的人，他们的肤色有的黑如乌木，有的白如象牙。随着早晨的逝去，我周围的桌子渐渐坐满了人，主要是一些想在午饭前喝一杯的男人，他们大多穿着白色亚麻布衣裳，但也有一些人冒着酷热，身着深色正装。一支小乐队由一个吉他手、一个盲人小提琴手和一个竖琴师组成，正在演奏拉格泰姆音乐，每演奏完一两个曲目，吉他手就会端着一只盘子在桌子之间游走一圈。我已经买好了当地的报纸，对那些不屈不挠向我兜售同一份报纸的报童毫不妥协。我拒绝了那些脏兮兮的顽童，哦，至少有二十次，他

① 指美洲大陆靠近墨西哥湾和加勒比海岸的地区。哥伦布发现该地区后，西班牙宣称对其具有统治权。

们企图把我一尘不染的皮鞋再擦上一遍；我已经花完了所有的零钱，只能对那些纠缠不清的乞丐频频摇头。他们不给你片刻的安宁。矮小的印第安妇人，衣衫不整，每人的背上都用布巾捆着一个婴孩，伸着一双瘦骨嶙峋的手，哭哭啼啼、长篇大套地倾诉凄凉；盲人被小男孩领到我的桌前；残疾人，瘸子以及破了相的人，向你展示着自然和意外事故给他们留下的创伤和残缺；衣不蔽体、半饥半饱的儿童为了几个小钱不停地向你哀求。但是他们随时留意着那个肥胖的警察，他会拿着皮带突然冲过来，照着他们的头或后背狠狠地抽上一鞭子。这时他们就会四散奔逃，等到胖警察被他的职责搞得精疲力竭、重新回到昏昏欲睡的状态之后，他们又重新跑了回来。

突然，我的注意力被一个乞丐吸引住了，他不像其他乞丐以及我身边坐着的人，那些人肤色黝黑，头发也是黑色的，而他的头发和胡子却红得耀眼。他的胡子乱蓬蓬的，长长的头发看上去像是有好几个月没有梳理过了。他只穿了一条裤子和一件棉布背心，这些衣服破烂不堪，又脏又臭，勉强遮体。我从来没见过这么瘦的人。他的腿和裸露的胳膊瘦得只剩下皮和骨头，透过背心上的破洞，你可以看见他消瘦身体上的每一根肋骨，也能数清他被尘土包裹的双脚上有几根骨头。在饥饿的人群里他显然最为可怜。他并不老，不可能超过四十岁，我不得不问自己是什么让他落到目前的境况。如果认为他本来能找到工作而不去工作，那就太荒唐了。他是唯一一个不开口说话的乞丐，其余的乞丐都在喋喋不休地倾诉着他们悲惨的命运，如果他们的索求得不到满足，他们会不停地唠叨下去，直到被你不耐烦地喝退为止。他什么都不说。我估计他觉得自己这副穷困潦倒的样子足以说明了一切。他甚至连手都不伸出来，只是看着你，但他的眼神是那么悲哀，姿势又是那么绝望，让人感到极其不自在；他就那么一直站着，不说话，也不动，凝视着你，如果你不搭理他，他就缓慢地走到下一张桌子跟前。如果别人什么也不给他，他既不显得失望，也不表现出任何恼怒。如果有人给他一个硬币，他会向前一小步，伸出爪子一样的手，拿过硬币，也不说一声谢谢，就木然地走开。我没有什么好给他的，当他来到我跟前时，为了不让他白等，我摇了摇头。

“Dispense Usted por Dios.[①]。”我说，用的是西班牙人拒绝乞丐时所用的卡斯蒂利亚礼貌用语。

但是他根本不理睬我的话。他站在我面前，和他站在其他桌子前的时间一样长，用悲凉的目光看着我。我还从来没见过这么失魂落魄的人。他的外貌有种让人恐惧的东西，神志看上去也不是很健全。过了一段时间，他走开了。

下午一点时我吃了中饭。当我从午睡中醒来，天气仍然很炎热，但是接近傍晚时，穿过那排我冒险打开的窗户的一小股凉风，把我再次诱惑到了广场上。我坐在旅馆的拱廊下面，要了一杯大杯的鸡尾酒。不久，大量的人群从四周的街道拥入广场，广场周边的餐馆里坐满了人，广场中央的亭子里，乐队开始演奏，

① 西班牙文。这是一种用于尊长的敬体，大意是“主在上，求您原谅我”。

人群更加密集了。人们挤坐在公共座椅上，像结满枝头的深色葡萄。到处都是喧闹的交谈声。黑色的兀鹰尖叫着从人们的头顶飞过，一旦发现有什么东西可以啄食，它们就会猛然坠落地面，再从人们的脚下急急忙忙地跑开。随着黄昏的来临，兀鹰蜂拥而来，似乎来自城市的各个角落，它们围绕教堂的尖塔打转，嘶哑地尖叫着，吵吵嚷嚷，焦躁地寻找着栖身之所。擦鞋的又过来央求我，报童把潮湿的报纸往我怀里塞，乞丐们一边哭诉他们的不幸，一边向你要钱。我又看到了那个留红胡子的怪人，他一副凄凉和一蹶不振的样子，一动不动地站立在一张又一张桌子跟前。他没有在我的桌前停留。我估计他还记得早晨没能从我这里获取分文，觉得再这么做没有用。红头发的墨西哥人很少见，由于我只在俄罗斯见过看上去这么穷困潦倒的人，我琢磨他会不会是个俄罗斯人。从他让自己堕落到如此不堪的地步来看，他倒是很像那些懒散的俄罗斯人。但是他的脸不像俄罗斯人；他消瘦的面容轮廓分明，一双蓝眼睛在脑袋上所处的位置与俄罗斯人也不一样。我在想他是不是个水手，一个英国人、斯堪的纳维亚人或者美国人，从船上开了小差，逐渐堕落到目前这种令人同情的状况。他不见了。由于没事可做，我一直在那里待到肚子饿了，吃完饭又回来。我一直坐在那里，直到稀疏的人群提醒我该上床睡觉了才离开。说实话，这一天显得很漫长，我在想我还要被迫在这儿消磨多少类似这样的日子。

然而我没睡多久就醒了，并且再也无法入睡。我的房间让人感到窒息。我打开百叶窗，看着窗外的教堂。天上没有月亮，但是明亮的星星照出了教堂朦胧的轮廓。伫立在教堂塔楼边缘和顶部十字架上的兀鹰挤靠在一起，不时动一小下，看上去很诡异。就在这时，不知道为什么，那个红色的衣衫褴褛的形象又出现在我的脑海里，我突然有种奇怪的感觉，觉得我曾经见过他。这个想法如此强烈，彻底打消了我的睡意。我确信我曾经见过他，但是我无法确定具体的时间和地点。我试图把他当时所处的环境在脑子里描绘出来，但是我能看见的只是深色浓雾中一个暗淡的身影。黎明降临，天气凉快了一点，我才又能入睡。

我在韦拉克鲁斯度过的第二天和第一天完全一样。但我在守候红发乞丐的到来，当他站在我邻近的桌子旁边时，我仔细观察着他。现在我非常确信我在哪里见过他。我甚至确信我认识他，曾和他说过话，但是当时的情形我却一点都想不起来了。他经过我桌旁时仍然没有停留，当我们的目光相遇时，我试图从中找出一丝与往事有关的线索。什么也没有。我在想是不是自己弄错了，误以为自己见过他，就像有时候大脑里闪过的一个怪念头：你在做某件事情的时候，确信自己在重复过去某个时候做过的一件事情。他曾经在某个时间介入过我的生活，我无法把这个念头从大脑里驱逐出去。我苦思冥想。我现在非常确定他不是英国人就是美国人。但是我不好意思上前招呼他。我反复琢磨着各种可能遇见他的场合。我为不能把他对上号而恼火，就像你在努力回想一个人的名字，那名字分明已经在你的舌尖上，却又一下子溜走了。这一天就这么慢慢地过去了。

新的一天又到来了，又一个早晨，又一个黄昏。这天是星期天，广场比平时更加拥挤。拱廊下的桌子全坐满了人。红头发的乞丐像往常一样出现在广场上，他那模样看上去很可怕，一声不吭，衣服破烂不堪，一副凄凄惨惨的样子。他站在一张桌子跟前，离我两张桌子远，无声地恳求着，没有任何手势。这时，我看见了那个每过一阵就要出来保护游客免受乞丐骚扰的警察，他从一根柱子后面偷偷绕过来，用皮带照着红发乞丐响亮地抽了一下，乞丐的身子一缩，但他既不抗议，也没有表露出任何憎恨；他似乎已对这种鞭打的刺痛习以为常，他缓缓移动的身躯悄然融入降临到广场的暮色之中。然而这残酷的一鞭却抽醒了我的记忆，我突然想起来了。

除了他的名字，我想起了所有其他有关的事情。他肯定也认出了我，因为这二十年来我的外貌变化不大，这就是他从第一天早晨以后，就再也没有在我桌前停留的缘故。是的，我认识他已经有二十年了。那时候我在罗马过冬，每晚都去色斯蒂娜街的一个餐馆用餐，在那里你能吃到上好的通心面，还能喝上一瓶优质葡萄酒。餐馆的常客包括一小群来自美国和英国的艺术院校学生，以及一两位作家。我们经常在那里待到很晚，无休无止地争辩着与文学和艺术有关的话题。他经常和一个年轻画家一起来，那人是他的朋友。他那时还是个大男孩，不会超过二十二岁；蓝眼睛、直鼻梁、红头发，长得很讨人喜欢。我记得他说了很多和中美洲有关的东西，他曾在美国水果公司工作过，因为想成为一名作家，他放弃了那份工作。由于他过于傲慢，而我们都还没到能够容忍年轻人自大的年龄，他在我们中间不怎么受欢迎。他觉得我们是一群可怜虫，并且对此直言不讳。他不给我们看他的作品，因为我们的赞誉对他来说毫无价值，对我们的批评他则报以嗤之以鼻的态度。他极其自负，让我们很恼火；但是我们中有些人不安地觉得那或许是有理由的。难道他执意把自己视为天才没有一点根据？为了成为一名作家，他放弃了一切。他那么自信，而这种自信也让他的一些朋友受到感染。

我回想起当时他那种意气风发、精力充沛、对未来充满信心以及目中无人的样子。这不可能是同一个人，但是我确信这就是他。我起身付了酒钱，去广场寻找他。我脑子里一片混乱，感到异常震惊。我对比着过去和现在的他，琢磨是什么让他变成现在这种样子。我怎么也想不到他会落到如此悲惨的境地。成百上千的年轻人带着奢望投身艰难的艺术行业，但他们中的大部分最终接受了自己的平庸，并在生活中找到一处落脚之地，好让自己不被饿死。这太可怕了。我问自己究竟发生了什么。是什么迟到的希望摧毁了他的精神？是什么样的失望击溃了他？又是什么样的幻灭把他碾成了碎末？我问自己能帮他些什么。我绕着广场走着。他不在拱廊里。想要在围绕乐队的人群里找到他是完全不可能的。天色越来越暗，我担心自己错过了他。我经过教堂时看见了坐在台阶上的他。我无法形容他看上去有多么可怜。生活抓住他，把他捆绑在拷问台上撕裂，肢解，再把这具鲜血淋漓的残骸扔在了这教堂前的石阶上。我走到他跟前。

“你还记得罗马吗？”我说。

他一动不动，也不回答我。他毫不在意我的存在，就像面前根本没有我这个人。他看都不看我一眼，空洞的蓝眼睛落在台阶底层那些为什么东西尖叫着争作一团的兀鹰身上。我不知道该做些什么。我从口袋里掏出一张黄色背面的纸币，塞进他手里。他看都没看它一眼。然而他的手动了一下，像爪子一样的细手指握紧纸币，搓揉着，搓成一个小纸团后把它移到拇指上，一下子弹到了空中，落到了聒噪的兀鹰中间。我下意识地转过头，就见一只兀鹰用嘴衔起它飞走了，两只尖叫着的兀鹰紧随其后。当我回过头来时，那个人已经走掉了。

我在韦拉克鲁斯又待了三天。我再也没有见到他。

蒙德拉哥勋爵

梅绍武　译

奥德林大夫瞧了瞧桌上的台钟：五点四十分。他对他的病人的迟到感到诧异，因为蒙德拉哥勋爵一向以准时而自豪的；他爱用简洁的方式表达自己的意思，即使说一句普普通通的话，也常常带有格言的意味，他总爱说准时是您对智者的敬意，对愚者的申斥。蒙德拉哥勋爵约定的时间是五点半。

奥德林大夫的外表没有什么引人注目的地方。他高个子，瘦削，肩窄，背有点驼；头发灰白稀疏，灰黄的长脸上刻着很深的皱纹。他还不到五十岁，却显得苍老，两只相当大的淡蓝色眼睛透出倦怠的神情。您跟他相处一会儿，就会发现他那两个眼珠子很少晃动，而是一个劲儿盯视着您的脸，可又一丝儿表情也没有，没给您什么不安的感觉。这对眼睛难得闪亮，既叫人摸不透他内心的想法，也不随着他的话语而变换神情。您如果生来就观察力敏锐，便会惊奇地发现他连眨巴眼儿的次数都比咱们一般人少得多。他长着两只大手，柔软而结实，冰凉而不黏糊糊的，手指修长而尖削。您除非仔细打量一番，否则简直说不上奥德林大夫的衣着是怎么样的。他穿深色的衣服，领带是黑的。这种装束使他那皱纹丛生、气色不好的脸显得越发苍白，暗淡的眼睛更加倦慵。他给您一个印象，仿佛是个病恹恹的人。

奥德林大夫是一位精神分析学家。他由于偶然的机会才干了这一行，一直惴惴不安地给人治疗。大战[①]爆发时，他刚刚取得合格执照不久，在几家不同的医院里实习；他自动向当局申请服务，没过多久便被派往法国。也就在那个时候，他发现自己有一种独特的天赋。他用自己那双冰凉而结实的手一抚摸病人就能减轻他们的某些痛苦，同那些患失眠症的人谈话也能常常导致他们入睡。他说起话来慢条斯理，嗓音没有特色，声调也不随言语而变化，可是悦耳、温柔且催人入眠。他告诉病人应该休息，甭担忧，需要睡觉，于是歇息就潜入他们疲劳的骨骼，镇静驱走他们的忧虑，就像一个人在一条坐满人的长凳上为了给自己占个位子而挤开别人一样；睡意也像绵绵春雨降在新翻的土地上那样落在他们疲倦的眼睑上。奥德林大夫发现靠他那种单调的低音跟人谈话啦，用他那对暗淡而不灵活的眼睛注视他们啦，拿他那双结实的长手抚摸他们皱眉的脑门啦，他就能减轻他们的忧愁，解决惹他们心烦意乱的内心冲突，消除折磨他们的恐惧。有时他取得奇迹般的疗效。有一个人被一颗爆炸的炮弹埋入土中而成了哑巴，他使他恢复了说话能力；另一个人由于飞机失事而瘫痪，他也使他的四肢恢复了功能。他对自己这种

① 指第一次世界大战。

本领也感到纳闷；他生性好疑，尽管人们说在这种情况下，首先得有自信心，可他压根儿也没很有把握做到这一点；只是由于他的医疗效果连最表示怀疑的观察者都深信不疑，才使他承认自己有某种闹不清打哪儿来的、靠不大住的本事，让他做出一些连他自己也没法解释的奇迹。大战结束后，他到维也纳去学习，继而又到苏黎世，最后在伦敦安顿下来干他这行古里古怪学来的手艺。他已经干了十五个年头，在他这个行业里享有盛名。人们相互传告他那些令人惊异的成就；尽管他收费很高，还是有很多病人前来求医，忙得他不亦乐乎。奥德林大夫也知道自己取得了一些极其罕见的成果；他使一些人免于自杀，另一些人没进疯人院；他减轻那种使人苦恼的悲伤，让一些婚事由不幸福转为幸福；他根除了变态的本性，从而使不少人解除了可憎的束缚；他还叫一些精神苦闷的人恢复了健康。但是，他尽管干了这么多了不起的事，心里却仍然怀疑自己未必比庸医强多少。

发挥一股他没法理解的力量，这跟他的性格是格格不入的；另外，利用病人对他的信任而他本人却无自信，这也违背他那颗诚实的良心。他现在阔得无须乎再工作，而且这种工作也搞得他精疲力竭。有十几次他都几乎放弃了这个行当。他熟悉弗洛伊德和荣格等人的全部著作，却并不满意；他深信他们所有的理论都是骗术，可是却有莫名其妙而明显的效果。十五年来，病人络绎不绝地来到他在温甫尔大街开设的诊所，进入后面一间暗室，因此还有什么样的人性他没见过呢？许许多多意想不到的事灌入他的耳中，有时是挺乐意讲出来的，有时是羞羞答答、吞吞吐吐或愤怒地讲出来的，这些事早就叫他一点也不感到惊奇了。再也没有什么事能使他为之震惊。他现在认识到男人个个是说谎家，他们的虚荣心多么的过分；他对他们的了解实际上比这还要糟呢，可是他明白评断或者谴责都不是他分内的事。然而，人们把那些骇人听闻的知心话年复一年地向他倾诉，他的脸色变得有点灰白了，皱纹更深了些，暗淡的眼睛更倦怠了。他难得笑笑，不过他偶尔为了解闷看本小说，也会微微一笑。那些作家果真相信他们所描绘的男男女女真是那样儿的吗？但愿作家们知道他们是多么的更加复杂，多么的更加叫人意想不到，灵魂里同时存在着什么互不相容的因素，什么隐晦而邪恶的念头在折磨着他们啊！

差一刻六点。在奥德林大夫治疗的所有古怪的病例当中，他不记得还有哪一个比蒙德拉哥勋爵这个病例更奇特的了。首先，这个病人的身份就使这个病例特殊。蒙德拉哥勋爵是一位能干的知名人士，四十岁不到就被任命为外交大臣，现在任职三年之后，他看到他的政策行之有效。大家公认他是保守党里一位最能干的政治家，可是因为他的父亲是贵族，他一旦丧父就得继承爵位，而不能再在下议院取得席位，这就使他不可能有朝一日荣任首相。不过，在这民主的时代，即使英国首相不能从上议院中推选出来，蒙德拉哥勋爵继续在下几届保守党执政的内阁里出任外交大臣，长期指导他的祖国的外交政策，看来是不会有什么障碍的。

蒙德拉哥勋爵有许多优良品质。他机智勤劳。他游历过许多国家，能流利地讲几种语言。从青年时代起，他就长于外交事务，认真了解别的国家的政治和经济情况。他有勇气，有见识，有决心。他在讲台上和议会里都是一名出色的演说家，发言清晰而确切，常常还带点诙谐。他也是个卓越的辩论家，答辩敏捷而受人称颂。他仪表堂堂，个儿高，漂亮；头尽管秃得厉害，身子胖了点，却给他增添了稳健和成熟的气派，对他颇为有利。年轻时，他有几分运动员的才能，曾经在划船比赛中充当牛津大学的划手，而且也被认为是英国的一名优秀射击手。二十四岁时，他跟一个十八岁的姑娘结了婚，她父亲是一位公爵，母亲是一大笔美国财产的继承人，所以她既有地位又有财富；他们生了两个儿子。多年来，他俩一直私下里分居，但是在公众场合中露面却总在一起，外表上保全了面子，双方也都没有外遇可以让人窃窃私语。蒙德拉哥勋爵的确有很大的野心，工作特别卖力，还应该添上热忱爱国这一点，因此任何享乐，只要有可能影响到他的事业，便引诱不了他。简而言之，他有许多优点足以使他成为一个受人欢迎的、饶有成就的人物。遗憾的是他也有大的缺点。

他是个极端势利的小人。他爹如果是这个称号的头一位拥有者，他这样子您就不会感到奇怪。如果他爹是一位受封的律师、一名制造商或者一个酿酒商，他过分重视自己的衔头地位，倒是情有可原的。蒙德拉哥勋爵的父亲的伯爵封号是继承当年查理二世[①]册封给他的祖先的，再追溯上去他们的祖先首次被封为男爵则是在玫瑰战争[②]时期。三百年来，这个世代相传的封号持有者

① 一六六〇年至一六八五年为英王。

② 英国历史上的一次战争，发生在一四五五年至一四八五年。

同英国其他贵族家庭密切相连。但是，蒙德拉哥勋爵重视自己的出身就像暴发户重视自己的金钱一样。他从不放过任何一次炫耀自己出身的机会，为的是让别人留下深刻印象。他愿意露一露自己的风度时，就显得落落大方，彬彬有礼，不过他只对那些跟他地位相等的人才这样做。对那些他认为比自己低一等的人，他就表现得冷冰冰的，十分傲慢。他粗暴地对待仆人，肆意侮辱秘书。政府机构的下级官员在他的连续任职下工作，对他既怕又恨。他傲慢得可怕。他不得不跟许多人打交道，可他知道自己比他们大多数人都要聪明得多，而且毫无顾忌地把这一点告诉他们。他对人性的弱点看不惯。他觉得自己生来就是为了指挥别人的；有些人期望他听取一下他们的论点，另一些人希望他讲一讲他做出某些决定的理由，这都招他生气。他极端自私自利；为他效劳的事，他一律看成是由于他的地位和才智而理应得到的权利，因此无须表示感谢。他压根儿就没想到过自己也该为别人尽点力。他有许多仇人，他藐视他们。他也看不出有谁值得他帮助、同情或者怜悯。他没有一个朋友。上司不信任他，因为他们拿不准他的忠诚是真还是假；在党内，他也不得人心，因为他专横跋扈，不讲礼貌；可是他的长处又很突出，爱国精神显著，学识扎实，处理事务的才能卓越，他们也就不得不容忍他。造成这种情况的另一种原因，是因为他偶尔也能招人喜欢：在他同一些他认为与自己地位相等的人一起的时候，或者在他同外国贵宾或名门闺秀一道而又想征服他们的时候，他也能表现得欢悦、诙谐而温文尔雅；他的举止于是叫您想起他的血管里流着切斯特菲尔德勋爵[1]血管里流过的一模一样的血；他会讲个挺有意思的故事，不加做作，通情达理，甚至见解深刻。您会对他那渊博的知识和纯正的兴趣感到惊讶。您觉得他是人世间最好的伙伴，而忘了昨天他还侮辱过您，而且可以在下一天遇到您却假装没看见。

蒙德拉哥勋爵差点儿没当成奥德林大夫的病人。一位秘书打电话给大夫，说勋爵大人想请他看病，请他能在明天上午十点钟到府邸来一趟。奥德林大夫回答说他不能到蒙德拉哥勋爵府去，却愿意约定后天下午五点钟请勋爵光临他的诊疗室。秘书接过口信，一会儿又打来电话说蒙德拉哥勋爵坚持非在府里会见奥德林大夫不可，大夫可以自定出诊费。奥德林答复说他只在自己的诊疗室里看病，遗憾地表示除非蒙德拉哥勋爵准备来访，否则无法效劳。过了不到一刻钟又传来简短的口信：勋爵大人将在明天而不是后天的下午五点钟来访。

蒙德拉哥勋爵被引进来的时候，并没有长驱直入，而是站在门口，傲慢地从上到下仔细打量他。奥德林大夫觉出勋爵在发脾气，便默不出声，目不转睛地注视着他。大夫看到的是个大块头，脑门上的灰发朝后平梳，好给眉宇增添一点贵族气派，胖胖的脸，轮廓分明，五官端正，一派目中无人的神气。他有点像一位十八世纪波旁[2]王朝的君主。

“看来要见你真跟要见首相一样难咧，奥德林大夫。我可是个

---

① 切斯特菲尔德勋爵（一六九四——一七七三），英国政治家及作家。

② 波旁家族曾在法国、西班牙和那不勒斯建立王朝，以绝对的封建专制统治著称。

大忙人。”

“请坐。”大夫说。

他脸上没有显露勋爵那句话对他有什么影响的痕迹。奥德林大夫在写字台后面那把椅子上坐下。蒙德拉哥勋爵依然站在那儿，阴郁地皱着眉头。

“我想我该告诉你，我是陛下的外交大臣。”他尖刻地说。

“请坐。”大夫重复一遍。

蒙德拉哥勋爵比画一下手势，仿佛要顿时转身，昂首阔步地走出那间屋子；如果说这是他的打算，他经过考虑后显然又改变了主意，他坐下了。奥德林大夫打开一本大簿子，拿起笔。他没有瞧着病人，就开始写起来。

“多大年纪？”

“四十二。”

“结过婚吗？”

“结过。”

“多少年啦？”

“十八年。”

“有子女吗？”

“两个儿子。”

奥德林大夫把蒙德拉哥勋爵这些生硬的答复一一记下。然后，他往椅背一靠，瞧着他。他没说话，只用他那不晃动的浅色眼珠严肃地端详他。

“您为了什么事要来看我？”他终于问道。

“我听说过你。我知道卡努特夫人是你的病人。她对我说经你一治疗，她的病好多了。”

奥德林大夫没有答话。他的眼睛依旧盯视着对方的脸，可是一点表情也没有，您会觉得他好像根本没有看见他。

“我创造不出什么奇迹，”他最后说道，没带笑容，眼睛里却影影绰绰闪现着一丝笑影儿，“即使我有那个本领，皇家医学院也不会认可。”

蒙德拉哥勋爵嘻嘻一笑，似乎减少了一点敌意。他说起话来也和蔼多了。

“你大名鼎鼎啊。大家好像都信任你。”

“您为了什么事要来看我？”奥德林大夫又问了一遍。

这当儿该轮到蒙德拉哥勋爵沉默了。他好像很难做出答复。奥德林大夫等待着。最后蒙德拉哥勋爵总算下了决心，才说：

“我很健康，只是按照惯例，前不久让我的私人大夫，奥古斯塔斯·菲茨赫伯特爵士，给我检查了一下身体。我想你听说过他吧。他说我的体格跟三十岁的人一样棒。我拼命工作，可从来也不觉得累，我热爱自己的工作。烟抽得很少，酒也喝得很有节制。运动量足够，生活有规律。我是个身心健康的人，早就料到来这儿向你讨教，你会觉得我又蠢又幼稚。”

奥德林大夫看出他得帮助他。

“我不知道能不能对您有所帮助。尽量试试看吧。您心烦意乱吗？”

蒙德拉哥勋爵拧起眉头。

“我干的工作非常重要。我奉召做出的一些决定都很可能影响到国家的福利，乃至世界的和平。我的判断能力不能出差错，头脑应该保持清醒，这是十分必要的。不管什么可能干扰我的干劲的烦恼，我都认为有责任把它们排除掉。”

奥德林大夫的视线一直没离开过他。他看出很多问题，发现这位病人尽管外表浮夸、傲慢而自负，内心却隐藏着一种难以排遣的忧虑。

“我请您到这里来，是因为根据经验，我知道，病人在大夫的诊疗室暗黑的环境里，比在自己习惯的氛围中，更容易无拘无束，畅所欲言。”

“这儿可确实够黑的。”蒙德拉哥勋爵尖刻地说。他顿住了。这个很有自信心的人，脑筋一向转得快，办事也果断，从来没惊慌失措过，这时却明明显得窘迫不安。他笑笑，好让大夫明白他很自在，而那双眼睛却暴露了他的忧虑。他又拾起话头，语气异常亲切。

“一桩微不足道的事，我都不好意思来打搅你。恐怕你会说别胡思乱想啦，白白浪费你的宝贵时间。”

“事情即使看来微不足道，也可能有它的重要性。那可能是一种根深蒂固的精神分裂的征兆。我的时间完全听您支配。”

奥德林大夫的声音低沉而严肃，单调的语气起到一种奇妙的镇静作用。蒙德拉哥勋爵终于决定坦率直言。

“问题是我最近总做一些叫人非常疲倦的梦。我也知道去注意这些梦是很无聊的事，可是——唉，坦白地说，我觉得它搅得我心烦意乱了。"

"能跟我说说您的梦吗?"

蒙德拉哥勋爵笑了，原本想笑得自然些，却变成了苦笑。

"都很荒谬，我都不好意思说出来。"

"没关系。"

"好吧，头一个梦是一个月前做的。我梦见自己出席康纳马拉府邸的宴会。那是一次官方宴会。由于国王和王后驾临，当然需要佩戴勋章，我就戴上了星形勋章和绶带。我走进一间存放衣帽的屋子，让人脱下我的大衣。有个小个子正在那儿，他叫欧文·格里菲思，是一名威尔士议员，说真的，我看到他感到十分惊讶。这个人粗俗不堪，我暗自想道：'真格的，莉迪娅·康纳马拉未免也做得太过分了，下一个她要请的人物，不知又该是谁啦?'我觉得他挺好奇地瞧着我，我没搭理他；我确实没有理睬那个粗俗的矮个子，就一直走上楼梯。我想你从来没去过那儿吧?"

"没去过。"

"对，你绝不可能去那家人家。那所府邸俗里俗气，却有华丽的大理石楼梯，康纳马拉夫妇站在楼梯顶端那儿迎接来宾。我过去跟康纳马拉夫人握手的时候，她诧异地瞧我一眼，咯咯地笑了起来；我一点也没在意，她本来就是个傻不愣登、没教养的女人，举止作风不比她那些受查理二世封为公爵夫人的祖先要好到哪里去。我应该说康纳马拉府那几间客厅倒还富丽堂皇。我穿堂入室，跟一些人点点头，握握手；接着我看到德国大使正在同一位奥地利大公聊天。我有句话正想跟他说，就走过去跟他握手。大公一看到我，也扬声大笑起来。我深受侮辱，便板起面孔，上下打量他，可他笑得更厉害。我刚想用两句尖刻的话顶他一下，忽然客厅里静了下来，我理解国王和王后驾到了。我就别过脸去不理大公，朝前走去；突然之间我发现自己没穿长裤，只穿着丝制的短内裤，露着鲜红色的吊袜带。怪不得康纳马拉夫人咯咯傻笑，怪不得大公放声大笑！我没法说我那一刹那是什么滋味。简直窘到极点啦。我出了一身冷汗，醒过来。噢，原来是一场梦，你不晓得我多么宽慰，可松了口气。”

“这种梦并不十分奇怪。”奥德林大夫说。

“我也这样想。不过，第二天发生了一件怪事。我正在下议院走廊里，格里菲思那个家伙慢慢从我身旁走过。他故意瞧瞧我的大腿，又直盯着我的脸瞧，我敢肯定他还眨了眨眼。我起了一种荒谬的想法：他昨天晚上准是在那儿瞧见我丢丑，而且他对这个玩笑感到有趣。我当然明白这是不可能的事，因为那不过是个梦罢了。我冷眼瞪了他一下，他就走开了，但是他咧嘴大笑了。”

蒙德拉哥勋爵从兜儿里掏出手绢，擦擦手心上的汗。他这时毫不掩饰自己的不安了。奥德林大夫的目光一直没离开过他。

“再说一说别的梦吧。”

“第二天晚上做的梦比头一次的更离奇。我梦见自己在议会里。那儿正在对外交事务进行辩论，不仅全国，而且全世界，都在密切注视这场辩论。政府决定改变政策，那将会极大地影响帝国的命运。这个场面具有历史意义。议会大厅里当然挤得满坑满谷。各国大使都到了。旁听席上也坐满了人。该由我来做当天晚上重要的演说。我小心翼翼地准备了讲稿。像我这样的人，树敌不少，许多人恨我这样年纪轻轻的就得到了高官厚禄，说真的，连最聪明的人在我这个岁数有了一个不太扎眼的一官半职也就心满意足了，因此我决定要让这次演说不至于对不起这个场面，而且要让那些贬低我的人闭上嘴。一想到全世界都在注意倾听我的发言，我就兴奋极了。我站了起来。你要是到过议会，就会知道在辩论过程中，议员们怎样相互聊天啦，窸窸窣窣地翻弄文件啦，查阅报告啦。可我一开始讲话，全场顿时鸦雀无声，静得跟坟墓里一样。突然我看见那个讨厌的矮个子，威尔士议员格里菲思，坐在对面一个席位上；他冲我伸舌头。我不知道你有没有听过杂耍剧场里一首粗俗的歌曲，名叫《一辆两人骑的自行车》。很久以前，这首歌相当流行。为了表示我对他多么瞧不起，我就唱起这首歌。第一段我唱得还不赖。全场一时都愣住了，我一唱完，对面席位上的议员们就喊，'听，听！'我举手叫他们安静下来，好接着唱第二段。议会里静悄悄的，大家都听我唱，我觉得第二段唱砸了，真有点恼火，因为我有一条很好的男中音嗓子，于是我决计要让他们对我做出公平的评断，便开始唱第三段；议员哄的一声笑了，笑声顿时传遍全场，各位大使啦，贵宾席上的旁听者啦，妇女席上的女士们啦，新闻记者啦，他们全都摇晃身子，吼叫，捧腹大笑，在位子上打滚，人人笑得前俯后仰，只有紧坐在我身后席位上的大臣们没有笑。他们在那一阵令人难以置信、前所未闻的喧嚣声中，惊呆地坐在那里。我朝他们瞥了一眼，忽然意识到了自己这种无法无天的行为。我让自己成为全世界的笑柄了，狼狈不堪地认识到自己非辞职不可了。我惊醒过来，发现原来不过是一场梦。”

蒙德拉哥勋爵叙述这个梦时，失去了庄重的举止，说完之后，脸色苍白，浑身哆嗦。但是他尽量想法恢复镇定，颤悠的嘴唇边上漾起一丝勉强的微笑。

“这件事如此古怪，我不免感到好笑。可我没再多想；第二天下午，我走进议会大厅，觉得情绪挺好。辩论进行得很沉闷，可我又不得不出席，我就翻阅一些必须过目的文件。我偶尔为了某种原因抬头看看，我发现格里菲思正在发言。他有一嘴难听的威尔士口音，外表也不招人喜欢。我想象不出他有什么可说的，值得我洗耳恭听，于是我打算继续看文件，忽然他引用了《一辆两人骑的自行车》这首歌中的两句歌词。我不得不瞟他一眼，发现他正盯视着我，讥诮地咧嘴狞笑。我耸耸肩膀。一个卑贱而不起眼的威尔士议员居然这样瞧我，真是滑稽。我在梦中唱了那首造成灾难的歌，他也居然引用了其中两句歌词，真是古怪的巧合。我又开始阅读文件，可是不瞒你说，我发现自己没法集中思想看下去了。我有点纳闷。欧文·格里菲思出现在我头一个梦里，就是康纳马拉府那个梦，我后来十分肯定他知道我那次当众出丑的情形。他刚才引用了那两句歌词，难道纯属巧合吗？我心里想他可不可能跟我做一样的梦呢，这种想法当然很荒谬，我就决定不再去想它。”

沉默片刻。奥德林大夫和蒙德拉哥勋爵面面相觑。

“别人的梦都十分令人厌烦。我太太偶尔也做梦，第二天非详细讲给我听不可，这真要把我逼疯了。”

奥德林大夫微微一笑。

“您没有惹我厌烦。”

“我再给你讲一个前几天做的梦。我梦见自己溜进兰姆豪斯街一家小酒馆。我向来没到过那条街，也不记得进牛津大学之后曾去过一家小酒馆，可我却看到了那条街和我进去的那个地方，我在那儿就像在家里一样惬意。我走进一间屋子，我不晓得他们管它叫沙龙酒吧还是雅座酒吧；那儿有个壁炉，一边有一把皮制的大扶手椅，另一边有一张小沙发；长长的柜台横跨整间屋子，越过它可以看到那间大众酒吧间。门旁边有一张大理石面的圆桌子和两把扶手椅。这是星期六晚上，里面挤满了人。灯光明亮，可是烟雾腾腾，熏得我的眼睛刺痛。我穿得像个无赖，头上扣一顶便帽，脖子上围块手绢。我觉得大多数人都喝醉了。我认为挺有趣儿。有个话匣子，还是无线电，我没闹清楚，正在呜噜呜噜地放送音乐；壁炉前有两个女人在跳怪里怪气的舞蹈。一小群人围着她俩，笑啊，欢呼啊，唱啊。我走过去瞧瞧，有一个人对我说：‘嘿，来一杯怎么样，比尔？’桌上的酒杯盛着一种黑不溜秋的液体，我晓得那叫黑啤酒。他敬我一杯，我不想与众不同就喝起来。一个正在跳舞的女人甩掉别人，攥住那个酒杯。‘喂，怎么回事？’她说，‘你在喝我的啤酒。’‘哦，太抱歉了，’我说，‘是这位先生敬的，我还当是他的哪。’‘没关系，伙计，’她说，‘我不在乎。来跟我跳个舞吧。’我还没来得及拒绝，她已经搂住我，我们就跳起舞来了。过了一会儿，我发现自己坐在扶手椅上，那个女人坐在我的大腿上，两人共享一杯啤酒。我该告诉你，性这玩意儿在我的生活当中没占过重要地位。我结婚早，因为处在我这个地位，结婚不仅合乎需要，而且也为的是一劳永逸地解决性这个问题。我决定生两个儿子，如今也有了，于是我便把这事一股脑儿撇在一边。我总是忙得不可开交，没工夫多想那种事；像我这样经常出头露面的人，要是干出点丢丑的事，那简直等于疯了。一个政治家所能有的最宝贵的东西就是一份同女人毫无瓜葛的清白记录。我看不上那些为了女人而身败名裂的人。我瞧不起他们。那个坐在我腿上的女人喝醉了；她既不漂亮，也不年轻；说实话，不过是个邋里邋遢的老婊子。她叫我感到恶心，但是她把嘴凑过来，跟我亲嘴的时候，尽管一嘴臭烘烘的啤酒味儿，牙也烂了，我讨厌她，可我还是要她——全心全意要她。突然之间我听到一个声音。'这就对了，老小子，尽兴玩乐吧。'我抬头一看，原来是欧文·格里菲思。我想从椅子上蹦起来，可是那个可怕的娘儿们却不让我晃动。'别理他，'她说，'专有一批爱捣乱的家伙，他只是其中一个。''得啦，'他说，'我认识莫尔，你付了钱，她不会叫你吃亏的。'你知道，让他见到我这样荒唐，我倒不怎么感到苦恼，而他居然敢叫我'老小子'，这可真把我惹火了。我推开那个娘儿们，猛地站起来，迎面对他说，'我不认识你，也不想认识你。''我可认识你，'他说，'莫尔，我提醒你，一定要把钱收到，这家伙会赖账溜走的。'近旁桌子上有个啤酒瓶，我二话没说，抄起它来就使劲朝他脑袋上砸去。我的动作如此凶猛，一下子把我吓醒了。"

“这种梦并不难以理解，”奥德林大夫说，“这是人的复仇本性在人品无可指摘的人身上所起的反应。”

“这事太荒唐了。我还没说我为什么要谈这个梦。就是因为第二天发生了怪事，我才告诉你了。我急着要查点东西，就走进议会图书馆。我找到了那本书，便开始阅读起来。我坐下来的时候没有发现格里菲思就坐在我身旁的一把椅子上。另一名工党议员进来了，朝他这边走来。‘你好，欧文，’他对他说，‘你今天好像很虚弱。’‘我头疼得要命，’他答道，‘我觉得好像有人用酒瓶子砸裂了我的脑袋。’”

这当儿，蒙德拉哥勋爵痛苦得脸都灰了。

“我过去有种想法，后来又认为荒诞不经，这时我觉得并没错：我知道格里菲思和我在做同样的梦，他同我一样记得一清二楚。”

“这没准儿还是巧合。”

“他说这话的时候，并没冲他的朋友说，而是故意冲着我说的。他绷着脸，怨气冲天地瞧着我。”

“您能说一说为什么这个人会一再出现在您的梦中吗？”

“不能。”

奥德林大夫的视线一直没有离开病人的脸，他知道对方在撒谎。他手里有支铅笔，于是他便在吸墨纸上画了一两道曲里拐弯的线。要让人说实话，总得费一段时间；他们也明白除非自己一五一十全讲出来，大夫对他们也无能为力。

“您刚才说的梦是在三个星期前做的。后来还做吗？”

“天天晚上都做。”

“格里菲思每次都出现吗？”

“都出现。”

大夫又在吸墨纸上画了几条线。他要用宁静、单调的气氛和那间小屋里的暗淡光线对蒙德拉哥的感觉产生影响。蒙德拉哥勋爵往椅背上一靠，扭头避开大夫严肃的目光。

“奥德林大夫，你得给我治一治。我智穷力竭了。如果照这样下去，我就快疯了。我害怕睡觉。有两三个晚上我一直没合眼。我坐着看书，一打瞌睡就披上上衣遛弯儿，遛得精疲力竭为止。可我得睡觉啊。我要干的工作都需要我思想高度集中。我必须完全控制自己的每个官能。我需要休息，可是睡眠并没有使我做到这一点。我刚一睡着就做梦，他总在场，那个粗俗的小无赖冲我狞笑，嘲弄我，藐视我。这简直是一种极为可怕的迫害。我告诉你，大夫，我并不是梦中那样的人；用梦中那种情况来判断我是不公平的。随你问谁都可以，我诚实，耿直，正派。至于我的道德品质，无论在私生活还是在公事上，没人能说我什么坏话。我的唯一抱负就是为祖国服务，使它保持伟大。我有钱，有地位，那些对地位比较低的人的种种引诱根本动摇不了我的心，所以廉洁奉公对我来说也算不得什么赞扬，但是我可以要求得到。荣誉啦，个人利益啦，自私的念头啦，都不能诱使我背离我的责任一丝一毫。我牺牲了一切才成为我现在这样一个人。崇高的威望是我的目的。对我来说，它近在咫尺，唾手可得，可我却犯了神经衰弱症。我不是那个可恶的矮个子所见到的那样一个卑鄙、懦弱而好色的家伙。我已经向你讲了我做的三个梦，一派无稽之谈；那个家伙看到我做出一些非常卑鄙、无耻而可怕的事，即使这跟我的生命有关，我也不会讲出来的。可是他记得清清楚楚。我简直不敢面对他那种讥诮和厌恶的眼神，我连说话都有点犹豫了，因为我知道我的话对他来说一钱不值，全是彻头彻尾骗人的鬼话。他看到我干的那些事，但凡有点自尊心的人都不会干，干了就会被撵出他们的社交圈子，而且会被判处长期监禁；他听见我说的那种下流话，看到我不仅荒唐而且令人作呕，他瞧不起我，也不再假装把这一点掩饰起来。我跟你说，你如果没法给我治一治，我不是自杀，就是把他杀了。”

“我如果是你，就不会杀他，”奥德林大夫用他那种抚慰的声调冷静地说，“在咱们这个国家，杀死一个同胞，后果是很尴尬的。”

“我不会因此而被绞死，如果你说的是这个意思。谁会知道是我把他杀死的呢？我做的梦教会我怎样做了。我跟你说过，我用啤酒瓶砸了他的脑袋，第二天他就头疼，眼睛看不清楚，这是他自己说的。这说明他醒着的时候能感觉到梦中的遭遇。下一次我再打他的时候，不再用酒瓶啦。哪天晚上，我会发现自己在梦中手里有把刀或者口袋里有把手枪，准会如此的，因为我巴不得那样，然后我就会抓住机会。我会像宰猪那样宰他，我会像开枪打狗那样毙了他。正中心窝。然后我就会摆脱那种残酷的迫害。”

有人会认为蒙德拉哥勋爵神经错乱了。奥德林大夫多年来一直在给人治疗心灵上的毛病，他知道要在我们称之为身心健康的人和神经错乱的人之间画一条清楚的分界线，该有多么困难啊。他明白有些外表健康而正常的人，看上去没有什么痴心妄想，生活上守本分，工作上恪守职责，不仅给自己增光，而且有利于他们的同胞，可是等您得到他们的信任，撕去他们处世的假面具，您就会发现他们不仅反常得骇人听闻，而且性情怪僻，内心的奢望荒唐至极，由此您只好管他们叫作疯子，这些例子比比皆是。您如果把他们统统送进疯人院，全世界的疯人院恐怕都不够用。不管怎样，一个人不能因为做怪梦而神经极端衰弱，就被判定是个疯子。这个病例很特殊，但是，在奥德林大夫的观察下，也不过是其他病例的夸大表现而已；然而他也吃不准自己过去经常奏效的治疗方法用在这儿是否会起作用。

“您请教过别位跟我同行的大夫吗？”他问。

“只问过奥古斯塔斯爵士。我只告诉他我做噩梦。他说我工作过度劳累，建议我出外巡游。荒唐！国际局势现在正需要我密切注视，我离不开外交部。没我不行，这点我清楚。我的前途全仗着我眼下的一举一动。他给我镇静药，一点作用都不起。他给我补药，非但没用而且效果更糟。他简直是个老傻瓜。”

“那个人为什么老出现在您的梦中，您能说出点理由来吗？”

“这个问题你问过我。我回答过了。”

这话倒也确实，可是奥德林大夫对那种答复并不满意。

“您刚才说过迫害。欧文·格里菲思干吗要迫害您呢？”

“我也不知道。”

蒙德拉哥的目光闪开了一点，奥德林大夫确信他没说实话。

“您有没有伤害过他？”

“从来没有。”

蒙德拉哥勋爵没有晃动，奥德林大夫却古怪地觉得他蜷缩成一团。他看到面前是个傲慢的大个子，给人印象好像向他提出这些问题是侮辱他似的，然而不管怎么说，在这种假象后面却露出点躲躲闪闪和惊慌失措的样儿，让您联想到一只落入陷阱、受了惊吓的野兽。奥德林大夫朝前探探身，用他那双眼睛的威力迫使蒙德拉哥勋爵跟他对视。

“您敢肯定吗？”

“肯定。我们两人各走各的路嘛，这一点你好像不大理解。我也不想唠唠叨叨地反复讲，可我得提醒你一下，我是王国政府的大臣，而他只是一名默默无闻的工党议员。我们两人之间当然没有任何社会关系。他出身十分低微，不是我去任何一家府邸心想遇见的那种人；在政治观点上，由于我们各自的地位悬殊，也不可能有任何共同点。”

“除非您把真实情况一股脑儿告诉我，否则我也无能为力。”

蒙德拉哥勋爵耸起眉毛，气急败坏地说：“我不习惯别人怀疑我的话，奥德林大夫。你如果非要那样不可，我觉得再占用你的时间，就等于白白浪费我自己的时间。请把你的诊疗费通知我的秘书，他会给你寄来一张支票。”

从奥德林大夫脸上的全部表情看来，您会觉得他仿佛根本没听见蒙德拉哥勋爵说的话。他继续盯视着对方的眼睛，说话的声调既严肃又低沉。

“您有没有对这个人做过他认为是人身攻击的事？”

蒙德拉哥勋爵犹豫不决。他避开对方的目光，接着好像由于奥德林大夫的眼神有股叫他没法抗拒的逼人屈服的力量，他又只好回视。他气呼呼地答道：

“只要他是个卑鄙下流的无赖，我就会攻击他。”

“您刚才描绘他正是这样一个人。”

蒙德拉哥勋爵长叹一声。他顶不住了。奥德林大夫懂得这声叹气意味着他终于要吐露真情了。他这会儿不再坚持。大夫低下两眼，又开始在吸墨纸上画模糊不清的几何图样。沉默延续了两三分钟。

“我很愿意把事情和盘托出，好有助于你的治疗。我方才没说，那只是因为事情琐碎，无关紧要，我看不出怎么会跟这个病情有任何牵扯。格里菲思在最近的选举当中赢得一个席位，他几乎立刻惹人讨厌。他爹是个煤黑子，他小时候也在矿上干过活；他后来当过寄宿学校的校长和新闻记者。他是义务教育从工人阶级当中培养出来的那种半瓶子醋、自高自大的知识分子，学识浅陋，考虑不周，想出来的计划不切合实际。他骨瘦如柴，脸色发灰，一副挨饿的样儿，外表总是邋里邋遢的；天晓得当今的议员都不大注意服饰喽，不过他那身打扮简直是对议会尊严的一种侮辱。扎眼的寒酸相，领子压根儿就没干净过，领带也向来打得七拧八歪的；他好像一个月没洗澡，两只手总是脏里吧唧的。工党在前排议席上总算还有两三位议员有点本事，其他的可都不怎么样。在这个盲人的王国里，只有国王独具慧眼；格里菲思油嘴滑舌，对一些问题摸到了不少浮光掠影的情况，因此他那个党的议员头头一有机会就推举他发言。看来他真以为自己是个外交专家咧，他没完没了地向我提出一些叫人厌烦的愚蠢问题。不瞒你说，我打定主意狠狠地奚落他，觉得这完全是他咎由自取。一开始，我就讨厌他那种说话的腔调，嗓音呜里呜噜，口音俗不可耐；他那种神经质的举动叫我极端反感。他说起话来羞羞答答，而又含含糊糊，好像讲话对他来说是种折磨，可是内心又有那么一股激情，非逼他讲不可，因此他往往会说些叫人非常难堪的话。我承认他偶尔也有一种慷慨激昂的辩论口才。这对他那个党的议员混乱的思想产生了一些影响。他们被他那副诚恳的样儿所感动，而没有像我那样对他那种感情用事的态度感到恶心。政治辩论中出现点感情用事嘛，也是常有的事。各个国家都为自身利益着想，可是工党议员却宁愿相信他们的目标是利他主义的；政治家如果能用漂亮的词句来说服选民，让他们相信他为国家利益在进行的困难交易是有助于人类福利的，他还情有可原，而格里菲思那帮家伙错就错在投机取巧地利用那些漂亮词句的表面价值。他是个怪人，一个叫人讨厌的怪家伙。他管自己叫作理想主义者。他总爱冗长乏味地胡说八道，这些话知识界已经多年来惹得大家够厌烦的了。什么不抵抗主义啦，人类的情谊啦，你知道，都是些没用的废话。糟糕的是这些话不但影响了他自己的党，而且居然动摇了我们某些愚蠢透顶、头脑稀里糊涂的议员。我听说外面谣传工党政府一旦执政，格里菲思很可能任职；我甚至听说建议他掌管外交部哩。这个想法很怪，但并非不可能。有一天，格里菲思就外交事务展开一场辩论，我乘机把这次辩论搞得激烈起来。他发表了一个小时的讲话。我觉得这正是一个可以把他彻底打败的好机会，老天爷作证，先生，我确实把他打败了。我把他的讲话驳得粉碎。我指出他在推理上的错误，强调他知识欠缺。在下议院里，摧毁性最大的武器就是嘲讽：我嘲笑他，讥讽他；我那天的竞技状态良好，议会里哄堂大笑。他们的笑声使我兴奋，我出足风头。反对党议员都沉着脸子，沉默地坐在那里，可是其中有几位也沉不住气跟着笑了一两回；你知道，看到一位同僚，也许一位敌手，被人嘲讽，这并不叫人感到特别难受。如果说有谁让别人嘲笑为傻瓜蛋，我可让格里菲思丢尽了面子。他坐下来，缩成一团，我看到他脸色苍白，不一会儿就用手捂住脸。我坐下来的时候，已经把他彻底毁掉了。我永远破坏了他的声誉；即使工党政府执政，他也不再有机会任职，就如同看门的警察不可能出任大臣一样。我后来听说他的父亲——那个老矿工和他的母亲，还有他那个选区的一些支持者，都从威尔士赶来，期望看到他赢得一场胜利。然而他们看到的却是他的奇耻大辱。他只靠微小的多数赢得一席议员席位。这样一次事件很可能轻易地让他丧失席位，可这跟我毫不相干。”

“如果我说是您让他身败名裂了，这话是不是过重啦？”奥德林大夫问。

“我认为你不应该这么说。”

“那是您对他的一次非常严重的攻击哩。”

“他自己找的。”

"您对这事一点都没感到不安吗?"

"我想如果我事先知道他的父母在场，也许会手下留点情。"

奥德林大夫无须再说什么，他着手用一种他认为会起作用的办法来治疗这位病人。他试着用暗示让他在醒着的时候忘掉自己的梦，想法让他睡得酣畅而不做梦。他发现说什么也没法破除蒙德拉哥勋爵的抗拒。一个钟头过后，他打发了他。后来，他又见过蒙德拉哥勋爵六次。他对他没多大帮助。可怕的梦继续每夜折磨这个不幸的人，他的健康状况显然越来越不佳，体质很快下降。他精疲力竭，没法控制自己的浮躁。蒙德拉哥勋爵没有从大夫的治疗当中得到什么益处，十分生气，可是还继续来治，因为这不但看来是他唯一的希望，而且能跟某人开诚布公地谈谈，对他来说也是一种宽慰。奥德林大夫最后得出结论：只剩下一种方法能使蒙德拉哥勋爵得救，可是他又非常了解勋爵，确信他决计不会自愿那样做。蒙德拉哥勋爵如果想免于即将来临的精神崩溃，就必须被诱导采取一个步骤，而这个步骤却又同他对出身的自负和自鸣得意的态度相抵触。奥德林大夫深信再拖延下去就不好办了。他采取暗示的方式治疗他的病人，经过几次会见之后，发现此公对这种方式颇为敏感。最后他想法让他处于一种昏昏欲睡的状态。他用低沉、柔和而单调的声音安抚他那受尽折磨的神经。他翻来覆去说几句相同的话。蒙德拉哥勋爵挺安静地躺在那儿，闭上眼睛，呼吸均匀，四肢松弛。然后，奥德林大夫用轻轻的不变语调说出他准备好了的话。

"您得到欧文·格里菲思那儿去，说明您很抱歉让他遭受那次极大的攻击。您得说您要尽一切力量来排除那次您对他造成的不良影响。”

这两句话在蒙德拉哥勋爵身上所起的作用，如同鞭子抽打在他脸上一般。他晃动两下，摆脱身上受到催眠的状态，耸地站起来。两眼闪现怒火，他冲奥德林大夫劈头盖脸地骂起来，那一连串愤怒的谩骂词儿连他自己也没听到过。他辱骂他，诅咒他。奥德林大夫听见过各式各样的脏话，有时竟出自高雅的贵妇人之嘴呢，而现在蒙德拉哥勋爵骂出了那样猥亵的词儿，连大夫也感到惊奇，勋爵居然也熟知这些词汇。

“向那个威尔士臭崽子道歉？我倒宁愿自杀了事。”

“我认为这是使您能够恢复健康的唯一办法啦。”

一个看来神志还算清醒的人竟会这样无法控制自己的狂怒，这种情况连奥德林大夫也不常见到。勋爵的脸涨得通红，眼睛暴出来。他确实唾沫星子四溅。奥德林大夫冷静地观望着，等待这场风暴自行消逝；不一会儿，他就看到蒙德拉哥勋爵由于几个星期处于神经紧张状态而身子骨虚弱，很快就精疲力竭了。

“坐下。”他于是严厉地说。

蒙德拉哥勋爵像一摊烂泥似的瘫在椅子里。

“老天爷，我乏极了。我得休息会儿才能走。”

约莫五分钟他俩一语不发地呆坐着。蒙德拉哥勋爵是个横行霸道的恶棍，可也是位绅士。他打破这片沉默时，恢复了自制力。

“我对你恐怕太无礼了吧。我对自己方才说的话也感到害臊；你如果不再给我治疗，我只能说你是有一定的道理的。我可不希望这样。我觉得来这儿，确实对我有些好处。我认为你是唯一能治好我这种毛病的大夫啦。”

“别再考虑方才说的话啦。那没有多大关系。”

“可是有一件事你不该要求我做，那就是向格里菲思道歉。”

“我对您这个病例可没少费工夫想。我没有不懂装懂，可是我相信唯一能解救您的办法就是我提的那个建议。我认为我们谁都不是一个自我而是多个自我，其中一个自我在您内心起来反对您对格里菲思的攻击，而且在您的头脑里以格里菲思的形象出现，正在惩罚您，因为您干出了那种残酷的事。我如果是个神甫，就会告诉您，那是您的良心采用了那个人的容貌和形态，严厉要求您忏悔，劝您洗清罪孽。”

“我的良心清白无辜。我如果败坏了那个人的事业，那不是我的过错。我就像踩死我的花园里的一条鼻涕虫那样把他踩死。我没有什么可后悔的。”

蒙德拉哥勋爵说完这几句话就走了。奥德林大夫一边翻阅摘记本，等待他来到，一边在考虑，既然他往常的各种治疗方法均告失败，怎样才能使他的病人在心理上接受他认为唯一还能救他的办法呢。他瞥了一眼台钟。六点整。蒙德拉哥勋爵没有来，怪事儿。他知道他原本打算来的，因为一位秘书早晨来电话说勋爵会像往常那样准时来到。他一定是让紧急事务缠住了。这个想法促使奥德林大夫想起一些别的事：蒙德拉哥勋爵现在很不宜于工作，不适合处理重要的国家大事。奥德林大夫琢磨应不应该同某一位当权人士，首相或者常务外交次官取得联系，把这种想法告诉他：蒙德拉哥勋爵的思想很不稳定，因此把重大的事务交到他手里办是很危险的。但是这件事需要办得谨慎。他可能招来不必要的麻烦，白白起劲，反而遭到严厉斥责。奥德林大夫耸耸肩膀。

“说来说去，”他心里想，“政治家在过去二十五年里把这个世界搞得真是乌七八糟；他们疯也好，正常也好，我认为局势也不会因此而有多大改变。”

他按了一下电铃。

“蒙德拉哥勋爵如果现在来到，你就告诉他，我在六点十五分另有一次约会，所以恐怕不能接见他啦。”

“是，先生。”

“晚报来了吗?”

“我这就去看看。”

仆人马上把报拿来了。头一版上出现通栏标题：外交大臣惨死。

“我的天!”奥德林大夫喊道。

他一阵哀痛，破题儿第一遭失去惯常镇定自若的神情。他感到震惊，震惊得毛骨悚然，可是一点也不感到奇怪。蒙德拉哥勋爵可能自杀这个想法已经在他脑海里出现多次，因此他认为自杀是无疑的了。报纸上说蒙德拉哥勋爵在一个地下铁道车站等车，站在月台边上，车辆刚刚急驶而来就见他扑倒在铁轨上。据估计他是突然昏厥的。报纸接着说蒙德拉哥勋爵近几周一直由于工作过度劳累而感到不适，但是当前国际局势需要他密切注视，因此他觉得自己不能不到班。蒙德拉哥勋爵是重要政治人物在当今政治的紧张压力下的又一牺牲品。另有一段简短文章谈到这位已故政治家的才干、勤奋、爱国心和远见。紧接着是对首相选择接替人的各种推测。奥德林大夫一字不漏地看了。他并不喜欢蒙德拉哥勋爵。他的死亡惹得大夫动了感情，主要还是不满意自己，因为他对勋爵的病束手无策。

也许他错在没有跟蒙德拉哥勋爵的私人医师取得联系。他灰心丧气，每逢他认真治疗，却遭到失败，他就对自己糊口为生的那套江湖医术的理论和实践起反感。他在跟阴暗而神秘的力量打交道，而这种力量也许超越了人们可以理解的范围。他就像一个被蒙住两眼的人，试图摸索着朝前走，而又不知往何处去。他无精打采地翻阅报纸，突然一愣，不由得又惊叹一声。他的视线落到靠近一栏低端的一小段新闻上。一名议员暴卒，他看到了这个小标题。某某区议员欧文·格里菲思先生，午后在舰队街住宅突然发病，在被送进查令十字医院时已经死亡。据悉出于自然死亡，但将会验尸。奥德林大夫简直不敢相信自己的眼睛。蒙德拉哥勋爵前一夜终于在梦中发现自己掌握了他所需要的武器——刀或枪，就把那个折磨他的人干掉了；正如同上次用酒瓶砸他的脑袋使他第二天头痛难熬，这次梦中的谋杀几小时之后也在那个醒着的仇人身上起了作用，这一切难道真的可能吗？要不然，也许比这还要神秘而恐怖，难道蒙德拉哥勋爵从死亡中求得解脱，而他十分残酷对待的那个仇敌却怒火未息，也就不惜一死，紧跟着他追到冥界，在那儿依旧折磨他吗？这可太古怪了。合乎理性的看法只能是把这一切看成纯属巧合。奥德林大夫按一下电铃。

“告诉密尔顿夫人，我很抱歉今天不能接见她啦。我不大舒服。”

确实如此，他像患了疟疾似的，浑身索索发抖。他凭某种心灵的感觉好像注视一个荒凉而可怖的空间。灵魂中的茫茫黑夜吞没了他，他莫名其妙地感到一阵古怪而由来已久的恐怖。

教堂堂守

叶念先　译

那天下午，在内维尔广场的圣彼得教堂举行了一个洗礼仪式，仪式过后，堂守阿尔伯特·爱德华·弗曼仍然没有脱掉法袍。除了身上穿的这件外，他还有一件新法袍，只是在葬礼和婚礼时才穿用（上流社会是非常喜欢在内维尔广场的圣彼得教堂举行这些典礼的）。新法袍的褶子总是叠得见棱见角，好像它不是驼绒做的，而是永不磨损的青铜铸成的。现在，他穿的是他的第二等的袍子。他穿着这件法袍很得意，因为它象征着他职务的尊严，不披着这种长服（当他脱掉它回家的时候），他就有一种衣着不整、手足无措的感觉。他在这座教堂任堂守的十六年中更换过许多件这样的法袍，每一件袍子穿破之后，他从来舍不得扔掉。他把所有这些袍子用牛皮纸整整齐齐地包起来，放在卧室衣柜的抽屉底儿上。

这会儿，教堂堂守正一声不响地忙碌着，换下大理石的洗礼盘上的涂漆的木盖，搬开为一位体弱的老妇人安放的椅子。事情干完以后，他在法衣室里等待牧师更换衣服，以便把那里也收拾一下，然后回家去。没过一会儿，他看见牧师走过圣坛，在高高的祭台前跪了一下，就从走廊走过来；但牧师还穿着他的法衣。

“他干吗还在这儿磨蹭着不走啊？”教堂堂守自言自语道，“他不知道我想喝茶了吗？”

牧师到这个教堂任职不久，是一个四十岁刚出头、面色红润、精力旺盛的人。阿尔伯特·爱德华念念不忘前一任的牧师。那是一个老派的传教士，布道时声音清晰、从容不迫，常常到一些高贵的教民家里去吃饭。这位牧师喜欢教堂里的一切布置都按照老样子，而且他绝不没事找事，小题大做，和这个什么事都要插一手的新任牧师完全不一样。但阿尔伯特·爱德华对这位新牧师却一直隐忍着。圣彼得教堂处在一个很好的居民区，它的教区居民都是一些很有教养的人。新的教区牧师是从伦敦东部来的，不能期望他很快就同本区有教养的教民的谨慎持重的习惯合拍。

“他真是瞎忙一气，”阿尔伯特·爱德华想，“但是时间长了，他会变聪明的。”

教区牧师继续在侧廊中往前走，直到用不着提高声音（在这神圣的地方，提高声音讲话是不适宜的）就可以同堂守讲话才停住。

“弗曼，你能不能到法衣室来几分钟。我有点事要跟你说说。”

“完全可以，先生。”

牧师等他走过来，两人一起向教堂走去。

“我想这次洗礼办得很好，牧师。你一抱起那个婴儿，他马上就不哭了，真有意思。”

“我早就注意到了，孩子们总是这样的，”牧师微微一笑说，“这种事我干多了。”

这件事是牧师暗暗感到骄傲的源泉：他知道怎样抱起一个哭哭啼啼的小孩，让他安静下来；他也注意到母亲和保姆看着他如何把小孩抱在穿着法衣的臂弯里，眼睛里流露出敬佩而又感到有趣的目光。堂守知道恭维一下牧师的这种才能会使他高兴的。

牧师在阿尔伯特·爱德华的前面走进了法衣室。使阿尔伯特·爱德华吃惊的是他发现两个教区委员也在那儿；他没有看见他们走进来。他们愉快地向他点了点头。

“下午好，大人。下午好，爵士。”他向两位教区委员打了招呼。

他们都是上了年纪的人，他们做教区委员的时间几乎和他当教堂堂守一样长。他们现在正坐在老牧师多年以前从意大利带来的一张漂亮的狭长桌子旁边，牧师在他俩之间的空位上坐下来。阿尔伯特·爱德华面对着他们，在桌子的另一边坐下来。他不知道这是怎么回事，心里有些不安。他想起过去教堂的管风琴师曾经惹的一场麻烦，当时大家为了把事情平息下来，费了不少手脚。像内维尔广场圣彼得这样的大教堂是经受不起流言蜚语的。牧师的红彤彤的脸膛上流露出宽厚而又决心已定的神情，但另外两个的神色却有些局促不安。

“他在缠磨着他们干一件什么事，”教堂堂守思忖道，“他骗了他们，他们本心一点儿也不想这样干。就是这么回事，你就等着瞧吧。”

但是这些想法却并没有显露在他那张轮廓鲜明、五官端正的脸上。他恭恭敬敬但又一点也不谄媚地坐在那儿。他在未被任命到教堂工作之前曾经当过仆役，但都是在一些名门大家里，他的仪表和举止是非常得体的。他从一家大商人家当小听差开始一步步地从四等仆役升到一级大仆人；他只手给一个贵族寡妇当了一年管家。后来又给一个退休的大使管事，手下带着两名听差，最后才到圣彼得教堂来。他身材高大，瘦削，严肃，很有气派。他的外表即便不像公爵，至少也像个专扮公爵的老派演员。他老练，坚定，胸有成竹。他的品行是无可指摘的。

牧师语调轻快地开口了。

“弗曼，我们要跟你说点不太愉快的事。你在这里工作已经许多年了，我想爵士和将军都会同意我的看法，你忠于职守，人人对你都很满意。”

两个教区委员点了点头。

“但是我最近了解到一件极不平常的事，我觉得我有责任把这种情况告诉教区委员。我发现你既不能读也不会写，这使我感到万分吃惊。”

堂守的脸上丝毫也没有显露难堪的表情。

“先前那个牧师知道这件事，牧师，”他回答说，“他说这没有什么关系，他还说这个世界上知书识字的人太多了点儿，他不喜欢这样。”

“这是我听到过的最奇怪的事，”将军喊起来，“你的意思是说，你在这个教堂里干了十六年堂守，从没学会读书写字吗？”

“我十二岁就给人当差，大人。我工作的第一个地方有一个厨子教过我念书，但是我好像没有念书的脑子。后来一件事接着一件事，我就总没有工夫念书了。我从来没有感到这是个欠缺。我总是想不通，有不少年轻人本来可以做一些有用的事，却偏偏把许多宝贵时间浪费在读书上。”

“但是你不想看看报，知道点消息？”另一个教区委员说，“你从来不想写一封信吗？”

“不，我的大人，我好像不写信也过得挺好。近来他们什么事都在报上登照片，外面发生什么事我都知道。我的妻子简直是个学者，如果我想写信她就能给我写。我好像也不怎么喜欢买赛马票，用不着计算什么。”

两个教区委员感到不安地瞥了牧师一眼，然后又低头看着桌子。

“哎，弗曼，我已经把这件事同这两位绅士谈了，他们完全同意我的意见，这种情况是不允许继续下去的。在圣彼得教堂这里不能再有个既不能读也不能写的堂守了。”

阿尔伯特·爱德华的一张瘦削、灰黄的脸一下子变红了，他不安地倒动着两只脚，但是什么也没说。

“你要理解，弗曼，我对你本人一点意见也没有，你对工作很尽职；我对你的品格和能力评价极高；但是由于你大字不识，很可能会犯什么错误。我这样做完全是出于慎重，也是根据原则。”

“你是否可以学习学习，弗曼？”会长问道。

“不，先生，恐怕我不成，现在不成了。您也知道，我不像过去那样年轻啦。我是小娃儿的时候似乎就不能把字眼儿装进我的脑袋里，现在就更没有多大希望了。”

“我们不想难为你，弗曼，”教区牧师说，“但是教区委员和我都已经决定了，我们给你三个月时间，到时你还不能读书写字，恐怕你就只好换个工作了。”

阿尔伯特·爱德华一直不喜欢这位新牧师。一开始他就说让这个人来圣彼得教堂是个错误。他不是那种上层社会教民需要的人。这时他把身子挺直了一点。他知道自己的价值，他不会让别人这样贬低他的。

“非常抱歉，牧师，恐怕这没什么用，我已经是一只老狗，学不会新把戏了。我不会读书和写字也过了这么多年。我不想夸耀自己，自吹自擂是不顶用的。不妨这么说，我在慈悲的上帝叫我过的这种生活里，还是尽了自己的职责。即使我还学得会读书写字，我也不想学了。”

“这样的话，弗曼，恐怕你必须离开这个地方了。”

“好的，牧师先生，我完全了解您的意思。什么时候您找到一个代替我的人，我愿意马上辞去我的职务。”

虽然如此，这个打击对阿尔伯特·爱德华还是相当厉害。当他在牧师和教区委员身后像往常一样彬彬有礼地关上教堂大门的时候，他的嘴唇颤抖起来，再也无法保持往日的沉着和尊严了。他慢慢走回法衣室，把他的法袍挂到该挂的木钉上。他想到这件法袍经历过多少隆重的葬仪和典雅的婚礼，不禁深深叹了一口气。

他把屋内的东西整理好，穿上自己的外衣，手上拿着帽子，走出了侧廊。他把教堂的门在身后锁上，漫步穿过广场。由于愁思满腹，他并没有走上回家的路，尽管家里有一杯很好的浓茶在等着他。他向另一条街拐去，慢慢地往前走，心情非常沉重。他不知道自己该干什么。他不想重新捡起仆役的旧职；这么多年来，他一直不再受人驱遣（教区牧师和教区委员们爱怎么说就怎么说，可是内维尔广场圣彼得教堂完全是由他一手经管），今后他绝不可再降低自己的身份，受人支使了。他积蓄了一笔钱，可是如果不出去干活，还是不够维持生活的，再说生活的费用也一年比一年高。在这以前，他从来没有为这个问题伤过脑筋；圣彼得教堂的堂守就像罗马教皇一样，是个终身职位。他曾经幻想在自己死后的第一个主日，教区牧师在晚祷布道时会赞誉他几句话：堂守阿尔伯特·爱德华·弗曼如何忠于职守，品格端正，堪为楷模。但如今却一切都成幻景，他不禁长叹了一口气。阿尔伯特·爱德华是一个不抽烟，不喝酒的人，但也绝不是滴酒不沾，一点烟不吸。也就是说，在吃饭时，他喜欢喝一杯啤酒，在劳累时，也有时吸一支烟解解乏。现在他觉得倒是需要吸支烟来提提精神，但他身上没带着那些东西，他开始找寻附近一带是否有个店铺可以买一包金叶牌的香烟。他沿着街往前走，一时竟找不到一家店铺。这是一条很长的街，街上有各种商店，但就是没有一处卖香烟的地方。

“怪事。”阿尔伯特·爱德华想。

为了证实是否真没有纸烟店，他又回过头来在这条街上走了一遭。没有，真的没有，他没有弄错。他停了下来，沉思着前后看了看。

“我不会是唯一一个走过这条街想买纸烟的人，”他说，“如果有人在这里开个小店铺，买卖准保不错。只经营烟草和糖果就成了。”

他突然浑身颤了一下。

“这是好主意，”他说，“真是奇怪，一个人在无意间倒常常想到好主意。”

他转身回家，喝了他那杯浓茶。

“阿尔伯特，你今天下午怎么不爱说话？”他妻子说。

“我正在想一件事。”他说。

他把这件事的每个方面都考虑了一遍。第二天，他又到那条街上。运气很好，他找到了一间出租的小店铺，对他非常合适。二十四小时之后，他就把这间铺面房租了下来。在他离开了圣彼得教堂一个月之后，阿尔伯特·爱德华·弗曼已经经营起一家卖纸烟，兼卖报纸的小铺子。他的妻子认为，在他当过圣彼得教堂堂守后干这种事实在是往下坡溜，他却回答说，一个人总要跟着形势走，现在的教堂远非昔比，因此也就乐得撒手不管了。阿尔伯特·爱德华买卖做得很出色，一年左右之后，他忽然灵机一动，打算再开一家店，雇用一个经理。他着手寻找另一条没有纸烟铺的长街。他找到了这样一条街，也找到一家出租的店铺。他把这家店租下来，开了张。生意非常好。于是他又想，既然可以经营两家店，为什么就不能经营半打呢？于是他就在伦敦到处溜达，只要发现哪条街上没有纸烟铺，有铺房出租，他就租了下来。十年间，他已经开了至少十家纸烟店，他赚的钱源源而来。每星期一他到所有的店铺亲自转一周，把一周的钱收上来，存到银行里。

一天早上，他正去银行存储一沓钞票和一袋很重的银圆的时候，收款员告诉他，银行经理想见见他。他被请到经理室，经理连忙同他握手寒暄。

“弗曼先生，我想跟您谈谈您在我们这儿存钱的事。您知道您存了多少了吗？”

“大概数目我是知道的，可能有一两镑的出入。”

“不算您今天早上存的，已经三万镑出头了。这是一笔非常大的存款，我认为您用它进行投资会是有利可图的。”

“我不想担风险，经理。在银行里存着保险。”

“您一点也不用担心，我们给您开一张表，把绝对可靠的股票开列出来。您得到的利息会比存在我们银行里多得多。”

弗曼先生脸上显出为难的神情。

“我从来没有干过股票、证券的买卖，我还是想把它们全部放在你们手里。”他说。

经理笑了笑。

“一切都交给我们去办。下次您来的时候只要在一份过户凭单上签个字就成了。”

“签名我倒是会，”阿尔伯特犹犹豫豫地说，“但是我怎么知道我签的是什么呢？”

“我想您是能看懂的呀。”经理语气有些尖刻地说。

弗曼先生对他真挚地赔了个笑脸，解除了对方的疑虑。

“呃，经理，我说的是实话。我真的不识字。我知道这事听起来十分可笑，可这是实情。我既不识字，也不会写字，只会写我的名字，这还是我开始做买卖才学会的。”

经理大吃一惊，一下子从椅子上跳起来。“天下竟有这样的事，这是我第一次听说呢。”

“您瞧，是这么回事，我小时候一直没有机会念书，后来有机会又太晚了。我不想学了。我这个人有点儿固执。”

经理呆望着他，好像他是个史前的怪物似的。

“您是说您大字不识，一个字不会写，却搞起一桩大买卖，攒了三万镑钱？我的天呀！如果您知书识字，现在该有多大成就呀？”

“我可以告诉您，经理先生，”弗曼先生说，他那带着贵族神态的脸上露出一丝微笑，“要是会读书写字，我就离不开内维尔广场上的圣彼得教堂了。到现在我也不过是个教堂堂守呢。”

患难之交

汤伟　译

三十年来我一直在研究我的同类，我对他们还是不够了解。我很难根据一个仆人的外貌来决定是否雇用他，尽管我觉得多数情况下，我们是在以貌取人。我们经常凭借一个人下巴的形状、眼神和嘴的轮廓来判断他们。我很怀疑这么做的正确性到底有多少。小说和戏剧之所以经常失真于生活，是因为作者，或许是出于需要，总是把角色写得表里如一。他们不敢让角色自相矛盾，以免造成理解上的困难，但是大多数人的言行都是自相矛盾的。我们是一些不一致品质的偶然组合体。逻辑教科书告诉我们，如果说黄色是管状的，或者感激之情比空气要重，都是很荒谬的。但是对一个由自相矛盾的特质混合而成的人来说，黄色完全可以是一辆马车，而感激之情可能会是下周中的某一天。当别人告诉我说，他们对一个人的第一印象永远不会错，我耸耸肩。我觉得他们不是目光短浅，就是过于自负。就我来说，我发现认识越久的人，越是让我迷惑不解。我最老的朋友，恰恰是那些我对他们一无所知的人。

之所以产生以上的想法，是因为今天早晨读报时，我看到了爱德华·海德·伯顿在神户逝世的消息。他是一个商人，在日本做了很多年生意。我和他相交甚浅，但他曾让我大吃一惊，因此也引发了我对他的兴趣。要不是我亲自从他嘴里听到那则故事，我绝不会相信他会做出那样的事情。他的外貌举止给人一种非常成熟稳重的印象，所以他的这种做法就更加让人张口结舌。如果说存在一个表里如一的人，那就应该是他。他个头很小，五英尺四多一点的样子，身材单薄，白头发，有一张满是皱纹的红脸膛和一双蓝眼睛。我估计我认识他时他六十岁左右。他的衣着整洁不张扬，穿戴总是与他的年龄和地位相符。

伯顿的办事处设在神户，但他常来横滨。我有一次碰巧在那里逗留几天，等一艘船，在不列颠俱乐部被人介绍与他相识。我们在一起打桥牌。他的牌打得很好，牌品也好。不管是在打牌时，还是打完牌后大家一起喝一杯的时候，他的话都不多，但他说出来的话都很得体。他有一种冷幽默，似乎很受俱乐部里其他人的欢迎。他离开后，别人把他描述成最优秀的人中的一个。那次我俩碰巧都下榻格兰德大酒店，第二天他邀请我共进晚餐。我见到了他太太，胖胖的，上了点年纪，笑眯眯的，还见到了他的两个女儿。这显然是一个和睦友爱的家庭。我认为伯顿给我印象最深的是他的善良。他的蓝眼睛里流露出一种让人愉悦的东西。他说话的声音很温和，即使动怒，你也很难想象他会提高嗓门；他的笑容和蔼可亲。他是一个有爱心的男人，你会因此被他吸引。他颇具魅力，但是身上没有一点让人厌恶的东西：他喜欢打牌，喝鸡尾酒，他能够抓住重点地讲述一个生动有趣的故事。年轻时他也算是一名运动员。他是个有钱人，但他的每一分钱都是自己挣来的。我估计他受到别人爱戴的原因之一是他如此矮小瘦弱，他唤起你保护的本能。你会觉得他连一只苍蝇都不忍心伤害。

一天下午，我正坐在格兰德大酒店的休息室里。这是在大地震之前，那里还放着带皮扶手的椅子。从窗户那里可以把车水马龙的港口一览无余。那里停靠着开往温哥华、旧金山或途经上海、香港和新加坡开往欧洲的巨轮，停靠着来自各个国家的货轮，饱经风浪，遍体鳞伤。帆船船尾高翘，挂着鲜艳的风帆，还有无数小舢板。到处是一派令人兴奋的繁忙景象，尽管如此，不知道为什么，却让人觉得精神放松，似乎传奇故事就在你眼前，让你不由得伸出手去触摸它。

伯顿心情愉快地来到休息室，看见了我。他在我身边的一张椅子上坐下。

“喝一小杯如何？”

他拍拍手招来一个仆人，要了两杯杜松子酒。仆人端酒来的那会儿，外面街上正走过一个人，他看见我后朝我挥了挥手。

“你认识特纳？”我点头致意时伯顿说。

“在俱乐部认识的。听说他是个靠家里汇款生活的人。”

“是，我相信他是。这儿有很多这样的人。”

“他桥牌打得很好。”

“他们通常都这样。去年这里有个家伙，奇怪的是他和我一个姓。他是我知道的最好的桥牌手。我估计你从来没在伦敦见过他。他说他叫伦尼·伯顿。我相信他在好些一流的俱乐部里打牌。”

“没见过。我想我没听说过这个名字。”

“他是个相当了得的牌手。他对牌好像有一种天生的直觉。简直不可思议。我过去常和他一起打牌。他在神户待了一段时间。”

伯顿呷着他的杜松子酒。

“这是个有趣的故事，”他说，“他不算是个坏人。我喜欢他。他总是衣冠楚楚，风度翩翩。他一头鬈发，面色白里透红，有几分帅气。女人们都喜欢他。他没什么坏心眼，要我说，只是生活上有点放荡。当然，他酒喝得太多。这些家伙都是这样。每个季度都能收到一点汇款，他玩牌再挣一点。他赢了我不少钱。这个我很清楚。”

伯顿温和地轻声笑了笑。根据我的经验，我知道他打桥牌时，哪怕输得再多也会神态自若。他用瘦骨嶙峋的手抚摸着剃得光光的下巴，手上的青筋都暴露在外面，手背看上去几乎是透明的。

“我估计这就是他破产后来找我的原因，还有就是他和我同姓。一天他来办事处找我，跟我要份工作。我相当惊讶。他告诉我他家里不再给他寄钱了，他想找份工作。我问他多大了。

“‘三十五岁。’他说。

“‘这些年来你都做过些什么？’我问他。

“‘嗯，没做过什么。’他说。

“我忍不住大笑起来。

“‘我恐怕目前还帮不了你什么，’我说，‘三十五年后再回来

找我吧，到时我再看看能帮你点什么。’

“他没有离开。他脸色发白，迟疑了一会儿后他告诉我，他牌运不佳已经有一段时间了。他不想老是玩桥牌，于是玩起了扑克，结果被人暗算了。现在他身无分文。他典当了所有的东西。他无法付旅馆账单，别人不再给他赊账。他彻底完蛋了。如果找不到事情做，他就只好去自杀。

“我打量了他一番，看得出来他现在已经彻底崩溃了。他酒喝得比过去凶多了，人看上去有五十岁。姑娘们要是现在见着他，不会再像过去那样喜欢他了。

“‘那么，除了打牌你还会什么？’我问他。

“‘我会游泳。’他说。

“‘游泳！’

“我简直不敢相信自己的耳朵，这个回答听起来荒唐透顶。

“‘我上大学时是校游泳队的。’

“我看出一点他的用意。我认识太多那些在大学里被人当成偶像的人，所以一点也不为所动。

“‘我年轻的时候游得也不错。’我说。

“我突然有了个主意。”

伯顿停顿了一下，转过身来看着我。

“你熟悉神户吗？”他问道。

“不熟悉，”我说，“我有一次从那里路过，但是只在那里住了一晚。”

“那你不知道汐屋俱乐部。年轻的时候，我从那里下水开始游，绕过灯塔，然后在樽见的小海湾上岸。总长度超过三英里，灯塔那里的水流很难对付。我把这一点告诉了那个和我同姓的年轻人，我对他说如果他愿意这么做，我会给他一份工作。

“我看出来他有点为难。

“‘你自己说你是一名游泳好手。’我说。

“‘我身体状况不太好。’他回答道。

“我什么也没说，只是耸了耸肩。他看了我一会儿，然后点点头。

“‘好吧，’他说，‘你要我什么时候去？’

“我看了看表。刚过十点。

“‘游这一段不会超过一小时十五分钟。我会在十二点半开车到小海湾那里接你，把你带回俱乐部，穿好衣服后一起去吃饭。’

“‘就这样。’他说。

“我们握了握手。我祝他好运，他走了。那天早晨我有很多事情要做，但总算在十二点半赶到了樽见的小海湾。其实我不需要那么着急，他根本就没有现身。”

“他在最后一刻退却了？”我问。

“没有，他没有退却。开始时还行。但是他的身体肯定是被酗酒和放荡生活摧毁了。灯塔附近的水流超出了他的掌控。我们三天后才找到尸体。”

我停顿了一下，没说什么。我被惊呆了。随后我问了伯顿一个问题。

“你给他那份工作的时候，知道他会被淹死吗？”

他温和地微微一笑，用那双善良坦诚的蓝眼睛看着我，一只手摸着下巴。

“呃，那时候我办事处并没有空缺。”

满满一打

屠珍　译

我喜欢爱尔松这个地方。它是英国南部的一个海滨休养地，离布赖顿城不远，带点儿乔治王朝[①]后期城镇格调的那种魅力。它既没有闹市那种熙熙攘攘，也打扮得并不十分鲜艳夺目。十年前，我经常去那里。那当儿您还能在这儿、在那儿看到一幢幢古老的房子，结构结实而浮夸，看上去并不讨厌（就像一位出身显赫但后来陷入潦倒的贵妇人，她对祖先的荣耀所显露出的那份谨慎的骄傲感叫您觉得有趣，而并不惹您反感）。这些房屋还是欧洲第一位绅士统治时代建造起来的，失宠的臣仆足可以在这里度过残烛晚年。这里的大街有一种懒洋洋的气氛，医生也好像无精打采似的。家庭主妇不紧不忙地操持家务。她们一边跟卖肉的聊天，一边瞧着他从一大块南丘种绵羊肉上割下一块最好的颈肉；当杂货店掌柜往顾客网兜里放进半磅茶叶和一包食盐时，她们会客客气

① 指英国国王乔治一世至四世统治的时期（一七一四——一八三〇）。

气地问候一声那内掌柜的。我说不清爱尔松一度是不是个时髦的城镇，反正当时肯定不是；不过，它还算体面，吃住费用低廉。上了年纪的老处女和居孀的贵妇住在那里，还有过去长期侨居印度的公民和退伍军人，他们都略带忐忑不安的心情期待每年八、九月份的到来，因为这两个月会招来大批度假的游客。他们倒也乐意租出自己的房子，拿这笔钱到一家瑞士人开的带膳宿的公寓去过几个星期的尘世生活。我从来没有在一年一度闹哄哄的时刻到爱尔松去过。那时节，寄宿公寓全部满员，身穿运动衫的青年在海边闲遛，江湖卖艺人在海滩上献艺，海豚饭店的弹子房里直到晚上十一点钟还听得见咔嗒咔嗒的撞球声。我只在冬天去。那个季节，海边上的每所房子，一百多年前建造的带凸肚窗、用灰泥粉饰的房屋，都挂上一张招租告示；海豚饭店只剩下一名跑堂服侍旅客，连带搬行李、擦皮鞋什么的。晚上十点钟，看门人走进吸烟室，朝您那么显眼地瞪一眼，您就得站起来回房睡觉去。爱尔松在那个季节是个十分安宁的休养地，海豚饭店也是个非常舒服的旅馆。当初，摄政王爷带着菲茨赫伯特夫人就曾经不止一次乘马车来过这里，在这儿的咖啡室里喝茶。一想到这事儿，倒也蛮有趣哩。大厅里还悬挂着一幅镜框，里面镶着萨克雷先生的一封亲笔信。内容是预订一间起居室和两间卧室，都要面朝大海而且还提出要一辆轻便马车到车站去接他。

战后两三年，有一年十一月我患了重流感，到爱尔松去疗养，好恢复恢复体力。我是下午到达的。把行李一打开，把东西安置好，我就到海边去散步。天空乌云密布，平静的大海显得灰暗而寒冷。几只海鸥紧贴着岸边飞翔。游艇由于冬季而下了桅杆，搁浅在铺满卵石的沙滩上。浴场更衣用的小屋一个挨一个地排列着，灰不溜秋、破破烂烂的。市政当局在这儿那儿设置了一些长凳却没有人坐。不过倒稀稀拉拉有几个人为了锻炼身体而在来回走溜儿。我从一位老上校身边走过，只见他长着一个红鼻头，穿着一条灯笼裤，踩着沉重的脚步朝前走，后面跟着一条小猎狗。两个穿短裙和肥鞋的老太婆，还有一个相貌不起眼、头戴宽顶无檐小圆帽的姑娘。我从未见过如此凄凉的海滨。一幢幢提供膳宿的公寓酷似那些邋里邋遢的老处女，在等待着永不回还的情人；连那友好的海豚饭店也好像变得凄凉而惨淡。我的心沉下来了，生活突然显得那么单调乏味。我回到旅馆，拉上起居室的窗帘，拨开壁炉的火，拿起一本书想排遣自己的悒郁。不过，一到该换衣服去吃饭的时候，我的情绪还算好。我走进咖啡室，看到旅客都已经入座，我朝他们心不在焉地瞥了一眼。一位中年妇女独自一席，另两位头顶略秃、脸膛红彤彤的年迈绅士，可能是高尔夫球爱好者，在另一桌闷声不响地吃着饭。剩下来就是坐在那间凸肚窗室里的一伙三个人了，顿时引起我惊奇的注意。他们包括一位老绅士和两位妇女，年纪大的那位可能是他的夫人，另一个年轻的可能是他的女儿。首先引起我注意的是那位老太太。她穿一件肥肥大大的黑绸子长裙，戴一顶黑纱小帽；手腕上挎着沉甸甸的金手镯，脖子上戴着一串货真价实的金项链，上面还挂着个不算小的保藏纪念品的金盒儿，衣领处别着个不算小的金饰针。我真没想到至今还有人佩戴那种首饰。我经常在路过旧首饰店和当铺的时候，停下来瞧一眼这类式样陈旧得出奇的玩意儿。它们那么实在，昂贵，而且难看；使我不免带着一丝怜惜的微笑，想到那些当年佩戴它们而今早已谢世的妇女。它们使人联想到那个时代，妇女衣裙上的荷叶边和腰垫正在取代箍形裙衬，卷边平顶帽正在驱走朝前撑起的大檐帽。那阵子，英国人就喜爱结实而质地优良的玩意儿。他们星期日上午去教堂做礼拜，然后，去公园散步。他们备十二道菜设宴请客，主人还当众把整块牛肉和整只鸡切开；宴会后，会弹琴的女士奏一曲门德尔松[①]的《无言歌》来助兴，嗓音高亢的男士唱一首英国古老民歌。

那位年轻点的女人背朝着我，起先我只能看出她身材苗条，勃发青春。她那一头浓厚的棕色头发梳理得很仔细。她穿一套灰色服装。三个人正在低声细语。过了一会儿，她扭过头来，使我看到了她侧面的轮廓。她美得惊人，鼻子纤细而笔直，两腮线条明晰；我这时才看出她那发型是按亚历山德拉王后的式样梳理的。晚餐一结束，他们就站起来，老太太目不斜视，仪态万方地走出去，那位年轻点的跟随在后。我这时才吃惊地发现她敢情年纪也不轻了。她的上衣相当简朴，裙子比当时时兴的要长一些，剪裁上也显得有点老式。我敢说腰身做得比当时一般的式样还分明，不过那仍然是一件姑娘穿的衣裳。她瘦个儿，像丁尼生[②]作品里的一位女主人公，两腿修长，气质潇洒。希腊女神那种鼻子，嘴长

① 门德尔松（一八〇九—一八四七），德国作曲家。

② 丁尼生（一八〇九—一八九二），十九世纪英国的桂冠诗人。

得挺俏，两只眼睛又大又蓝。她的皮肤当然绷得紧了点，脑门和眼角也露出了皱纹。想必年轻时一定很漂亮。她叫您想起阿尔玛-泰德玛[①]常画的那些五官端正的罗马淑女。然而，她们尽管衣着古老，却透着那么一股顽固的英国派头。那是一种冷肃的完美类型，人们足有二十五年没见到过了，如今就像旧警句那样过时了。我像是一名考古学家，发现了一尊埋藏甚久的雕像，如此意外地撞上了这件旧时代的幸存物，真是感到无比激动。因为前天的往事是那么容易让人遗忘啊。

两位女士离座时，那位绅士起身相送，接着他又坐下。跑堂给他送来一杯浓浓的红葡萄酒。他闻一下，呷一口，啧一啧。我仔细观察他。他是个小个子，比他那位仪表堂堂的夫人矮得多，身体壮实而不算肥胖，一头漂亮的灰色鬈发。他那张脸皱纹丛生，带着一丝幽默的表情，两唇紧闭，下巴方正。按照咱们现在的看法，他的衣着有点奢侈。他上身穿黑色丝绒上装和带褶皱的低领衬衫，打一条宽黑领带；下身穿一套肥大的晚礼服长裤，叫您看上去真有点像戏装。他拘谨地喝完红酒就站起来，走出那间屋子。

我穿过大厅时，心里纳闷这三位怪人到底是谁呢，于是就去看一眼旅客登记簿。我看到有人用女性带棱带角的笔锋，用四十多年前时髦的学堂教导女孩子所写的那种字体，写下了如下的姓名：爱德温·圣克莱尔先生和夫人以及波齐斯特小姐。他们的地址是伦敦贝斯瓦特区里恩斯特广场十八号。这想必就是引起我极

① 阿尔玛-泰德玛（一八三六——九一二），画家，出生于荷兰。

大兴趣的那三位的姓名和住址。我向老板娘打听这位圣克莱尔先生的底细，她说他准是伦敦城里的什么重要人物吧。我走进弹子房，打了一会儿台球，然后就上楼去。路过休息室，那两位红面孔的老头儿正在看晚报，那位中年妇女手捧一本小说在打盹。另一个角落里坐着那一伙三个人。圣克莱尔夫人在编织毛线，波齐斯特小姐在忙着刺绣，圣克莱尔先生正在用一种谨慎而洪亮的嗓音高声朗读。我路过时，发现他朗读的是狄更斯的《荒凉山庄》。

第二天，我大部分时间都在写作和阅读。但是，下午我出去散了会儿步，在返回的途中，我在海边一条长凳上稍坐片刻。那天没有前一天那么冷，空气凉爽。没什么更好的事可做，我就眺望一个从远处朝我走过来的人。那是个男的，等他走近，我才看出是一个衣衫相当褴褛的小个子。他穿一件薄薄的黑大衣，戴一顶有点破旧的呢帽。他把两手插在口袋里走着，好像感到有点冷似的。他从我面前走过，瞧我一眼，走过几步，犹豫一下，停住脚步，转过身来，又一次走近我坐的那条长凳，从口袋里伸出一只手轻触帽檐向我致意。我注意到他戴着两只破旧的黑手套，猜想他大概是个困窘的鳏夫；要么也可能是一个像我这样刚从流感恢复过来的沉默寡言的人。

“对不起，先生，”他说，“能给我根火柴吗?”

“当然可以。”

他便在我身旁坐下来。我在摸寻兜儿里的火柴，他掏摸口袋里的纸烟。他取出一包金叶牌香烟，可是面色沉了下来。

“哎呀，糟糕透啦！连一根烟卷也没剩下。”

“我敬你一支吧。”我微笑着答道。

我取出自己的烟盒，他拿了一支。

“纯金的吗？”他问道。我把烟盒关上，他顺手在上面嗒地轻弹一下。“这种玩意儿我从来也留不住。过去我有三个，全给人偷走啦。”

他沉郁地盯视着自己那双急需修理的破靴子。他是个干瘪的小老头，长着一个瘦长鼻子，两只暗淡的蓝眼珠，肤色灰黄，满脸皱纹。我当时说不上他多大岁数；可能三十五，也可能六十。他除了那份寒碜劲儿之外，真没有什么显眼的地方。不过，他尽管明明十分贫寒，却还整洁。他看上去还正派，至少是竭力在保持正派。不，我不认为他是沉默寡言的人，我觉得他准是个律师事务所的文书，新近丧偶，由一位好心的老板送到爱尔松来消愁解闷的吧。

“您要在这里逗留很久吗，先生？”他问我。

“也许十天到半个月。”

“您这是头一次到爱尔松来吗，先生？”

“过去也来过。”

“我很熟悉这个地方，先生。我敢斗胆说一句，我还从来没到过的海滨休养地不多哩。爱尔松数第一，别的地方很难比得过它的，先生。这儿的人挺不赖，如果您明白我的意思。爱尔松这里不闹哄哄的，也没有什么下流玩意儿。爱尔松给我留下非常美好的回忆，先生，我对昔日的爱尔松熟悉得很。我曾在圣马丁教堂举行过婚礼哪。”

“真的吗？”我轻声说。

“一场十分幸福的婚姻，先生。”

“很高兴听到这件事。”我回答说。

“那次婚姻维持了九个月。”他若有所思地说。

这句话倒还新鲜，很显然，他要大谈其婚姻史了，可老实说，我没那份热情听这些呀。但是，这当儿我虽非洗耳恭听，也多少带几分好奇心在等待他做进一步的补充，谁知他却什么也没说。他微微叹口气，最后还是我打破这阵沉默。

“看来这儿没有多少游客。”我说。

“我喜欢这样。我不是那种爱热闹的人。我刚才说过，我算计自己在不少休养地轮番度过了很多年，可我从不在旺季去。我喜欢冬季。”

“你不觉得这有点凄凉吗？”

他转身冲着我，把一只戴黑手套的手往我的胳臂上一搭。

“是凄凉。可就因为凄凉，一线阳光才特别受欢迎。”

我感到这种说法十分愚蠢，所以没有答话。他把手放回去，站起身来，说：

“好了，我不再耽误您的时间，先生。很高兴跟您相识。”

他很有礼貌地摘下那顶脏帽子行个礼，就信步走去。这时，天气转凉了，我想还是回海豚饭店去。我刚走上宽台阶，一辆由两匹瘦骨嶙峋的马拉着的马车驶过来停下。下车的是圣克莱尔先生，他戴的那顶帽子看上去像是一顶圆顶硬礼帽和大礼帽两者之间相结合的不愉快的产物。他用手先接下老伴儿，然后又接下外甥女。看门人在她俩身后把车毯和靠垫拿进旅馆。圣克莱尔先生付车费时，我听见他关照车夫明天还像往常那样按时来。看得出圣克莱尔先生每天下午都要坐马车兜兜风。如果有人说他们从来没坐过汽车，我真是一点儿也不会感到惊奇的。

老板娘告诉我，他们不好交际，也不想同旅馆里任何一位客人来往。我就漫无边际地瞎想起来：我望着他们一日进三餐；我看到圣克莱尔先生和夫人每天上午坐在饭店门口台阶的顶端，他看《泰晤士报》，她织毛线；我猜想圣克莱尔太太一生压根儿就没看过一张报纸，因为他们只订《泰晤士报》，别的什么报也不看，而且圣克莱尔先生当然天天把它带进城里去。临近十二点，波齐斯特小姐就来同他们相聚。

"今天散步开心吗，埃莉诺？"圣克莱尔太太问。

"很开心，格特鲁德舅妈。"波齐斯特小姐答道。

于是，我明白了，圣克莱尔太太每天下午乘马车去"遛个弯儿"，波齐斯特小姐每天上午去"散会儿步"。

"等你织完这一行，亲爱的，"圣克莱尔先生看一眼他老伴儿的毛线活，说，"咱们该去散散步，做做饭前的保健活动。"

"那敢情太好了。"圣克莱尔太太答道。她把活计收拾好交给波齐斯特小姐："你要是上楼去，埃莉诺，能把我的毛线活带上去吗？"

"当然可以，格特鲁德舅妈。"

"我敢说你散完步，一定有点累了吧，亲爱的。"

"午饭前我想先去休息一会儿。"

于是，波齐斯特小姐走进旅馆，圣克莱尔先生和太太便并肩沿着海边慢慢溜达。走到一个地方，又慢慢走回来。

我每次在楼梯上遇到他们当中任何一位，都鞠躬致意，却只能得到不带笑容而彬彬有礼的点头答礼；早晨我还向他们贸然道一声早安，事情也就到此为止了。看来，我永远也不会有机会跟他们任何一位说上一句话。可是不久，我觉出圣克莱尔先生偶尔也朝我瞧上一眼，我心想他大概听说过我的名字，才好奇地瞧瞧我吧。不过这也许只是瞎猜罢了。过了一两天，我正在房间里坐着休息，看门人捎来一个口信。

“圣克莱尔先生向您致意，并且问您能不能借给他一本《惠特克年鉴》[①]。”

我惊讶不已。

“天晓得他怎么会认为我手边有《惠特克年鉴》呢？”

“哦，先生，老板娘告诉他，您会写书嘛。”

我看不出这两者之间有什么联系。

“请转告圣克莱尔先生，万分抱歉，我手边没有《惠特克年鉴》。如果有，当然非常愿意借给他。”

这对我来说可是个好机会。我当时迫切希望进一步了解这几位怪人物。过去，在亚洲中心地带，我时而碰到一个孤独的部落，客居在某小城镇的陌生人中间。谁也说不清他们是怎么流落到那儿的，或者为什么定居在那里。他们过自己的生活，说自己的语言，同四邻没有任何往来。谁也不知道他们是不是哪个游牧民族在横跨

① 一种书目性质的工具书。

这块大陆做大迁移时所落下的一伙人的后代；或者是否是当年一度在这个国家建立帝国的某些显赫人物的行将消亡的残存子孙。他们确实是个谜。他们既没有未来，也没有历史。论性质，这个古怪的小家庭对我来说，好像跟他们有些相似。他们属于一个已经消逝的时代。他们叫我们想起我们父辈阅读的那种消遣的旧式小说里的人物。他们属于十九世纪八十年代，而且从那时候起就一直没动过窝儿。过去的四十年，他们能够生活下来，就好像世界停滞不前似的，真也算得上是个奇迹！他们把我带回到童年时代，叫我想起那些早已谢世的人。我纳闷是不是单单由于这段时差才叫我得出他们比现时当中任何一位都要古怪的印象呢。一个人如果让人认为“真有点与众不同”，老天在上，那可是话中有话哩。

于是，那天晚餐后，我走进休息室，大胆向圣克莱尔先生打了个招呼。

“我真抱歉手头上没有《惠特克年鉴》，”我说，“不过，我如果有什么其他能为您效劳的书，当然非常乐意借给您。”

圣克莱尔先生显然吃了一惊。两位女士一直低头盯视着手里的活计。一阵尴尬的沉默。

“没什么关系。只不过因为老板娘告诉我，您是一位小说家。”

我绞尽脑汁思索。我的职业和《惠特克年鉴》之间显然有那么一点我疏忽了的联系。

“在以往的年月里，特罗洛普[①]先生常到里恩斯特广场我们家

① 特罗洛普（一八一五—一八八二），英国著名小说家。

来赴宴。我记得他说过，对一位小说家来说，最有用的两本书就是：《圣经》和《惠特克年鉴》。”

“我发现萨克雷也在这家旅馆里住过一次哩。”我竭力希望不让这次谈话中断。

“我一向不大赏识萨克雷先生，尽管他不止一次同我岳父，已故的沙金特·桑德斯先生一起吃过饭。我认为，他太爱冷嘲热讽。至今，我的外甥女还没读过他那部《名利场》哩。”

波齐斯特小姐一听见提到自己就微微脸红了。这当儿，跑堂送进来咖啡。圣克莱尔太太转身对她丈夫说：

“亲爱的，也许这位先生不会嫌弃跟咱们一块喝杯咖啡吧。”

尽管没有直接对我说，我还是立刻做出答复。

“那可太感谢啦。”

我坐了下来。

“特罗洛普先生一直是我最喜爱的作家，”圣克莱尔先生说，“他是一位地地道道的绅士。我欣赏狄更斯，可查尔斯·狄更斯从来也不会描绘一位绅士。据我了解，如今年轻人却觉得特罗洛普先生的小说有点沉闷。我的外甥女波齐斯特小姐更爱读威廉·布莱克先生的作品。”

“我好像还没有读过他的大作。”我说。

“哦，我看您跟我一样，您不赶时髦。有一次，我外甥女劝我读一位名叫罗达·布劳顿的小姐写的一本小说，可我连一百页都读不下去。”

“我并没说我喜欢那本书，爱德温舅舅，”波齐斯特小姐辩解道，脸又红了一下，“我跟您说过那本书比较轻浮。可是人人都在谈论它。”

“我敢说那不是你格特鲁德舅妈愿意你读的那类书，埃莉诺。”

“我记得布劳顿小姐有一次告诉我说，她年轻时，人家都说她写的书轻浮；可等她老了，人家又说她的书太沉闷。所以问题很难说，因为她足足写了四十年同一类型的书。”

“噢，您认识布劳顿小姐？”波齐斯特小姐问道，这是她第一次跟我直接搭话，“多有意思啊！您认识韦达[①]吗？”

“我亲爱的埃莉诺，再往下真不知你还会说出什么荒唐话啦。我敢说你从来没读过韦达写的东西吧。”

“可我读过，爱德温舅舅。我读过她的《在两面旗帜下》，而且我十分喜欢那本书。”

“你叫我诧异，也吓了我一大跳。我简直不知道这年头女孩子家要成什么样子啦。”

“您一向说，我一到三十岁，您就给我彻底的自由，愿意读什么都行啊。”

“但是，亲爱的埃莉诺，自由和放纵之间总还有个区别呀。”圣克莱尔先生一边说，一边面带微笑，好让他的谴责不至于招人反感，态度却还是蛮严肃的。

在叙述这段对话时，我不知道有没有把它留给我的那种老派而可爱的气氛的印象表达出来。我能通宵达旦地听他们议论十九

---

① 英国通俗小说家玛丽·路易丝·德·拉·拉梅的笔名，擅长写浪漫小说。

世纪八十年代里那些年轻一代的堕落。我很想看一看他们在里恩斯特广场的宽宅大院。我当会见识一下那套僵立在客厅里的、用红锦缎覆盖的家具，件件都有固定的位置；还有那装满德莱斯顿瓷器的柜橱，会叫我回忆到童年。他们惯常在饭厅里起居，因为客厅只有在宴请客人时才使用。饭厅里铺着一块土耳其地毯，立着一个被银具压得咯咯直响的红木餐具柜。墙壁上挂着许多幅曾使汉弗莱·瓦德夫人和她那位在一八八〇年供职于美国文理科学院的叔叔马修[①]异常赞赏的绘画。

次日上午，我在爱尔松饭店后院的一条幽径里闲遛，碰到波齐斯特小姐正在"散会儿步"。我本想陪她一起走一段，可又确实感到让这位五十年华的老闺女哪怕跟我这样一把年纪的男人单独遛弯儿，也会使她发窘的。我走过她身旁的时候，她点下头，脸红了。说来也奇怪，在她身后几码远，我碰上了那位在海边跟我说过几分钟话，戴黑手套，又寒酸又可笑的小老头儿。他用手轻轻碰了碰那顶旧呢帽的帽檐向我致意。

"劳您驾，先生，能给我根火柴吗？"他问道。

"当然可以，"我带点儿火气地说，"可我身上没带烟卷。"

"那就让我敬您一支吧，"他一边说，一边掏出那个纸烟盒，是个空盒，"哎呀，我也一支没有了。多么赶巧啊！"

他继续朝前走去。我觉出来他加快了点步伐。我对他起了疑心，但愿他不会去纠缠波齐斯特小姐。我一时打算转身跟上去，

---

① 指英国诗人兼评论家马修·阿诺德。

可我没那么办。他是一个文质彬彬的小老头，我想他不至于去招一位单身的女人讨厌吧。

当天下午，我又见到了他。我正坐在海边上，他迈着蹒跚的小步子朝我走来。这当儿起了一阵微风，他就像一片枯叶顺风飘来。这次，他没有犹豫就直截了当坐在我旁边了。

“咱们又见面啦，先生，世界可真小。如果不打扰您，请允许我在这儿歇个腿儿，真有点累了。”

“这是公共的凳子，你跟我有同等权利坐在这儿。”

我没等他要火柴，立刻敬了他一支烟。

“您可真够交情，先生。我每天必须限制自己的吸烟量。不过，我每吸一支，都从中得到乐趣。随着年岁的增长，人生的乐趣也就逐渐减少，可我的体验是：人能从剩下的几项乐趣当中得到更大的享受。”

“这是一种令人非常欣慰的想法。”

“对不起，先生，我想您八成是那位著名的大作家吧。”

“我只是个普通的作家，”我答道，“你怎么会这么想的呢？”

“我在插图报刊上见到过您的照片。我想您大概没认出我来吧。”

我朝他看看，一个干瘪的小老头，身穿一套褴褛却还算整洁的黑服装，长鼻子，水汪汪的蓝眼睛。

“我好像没见过你。”

“我敢说我变样儿了，”他感叹道，“有一个时期，联合王国所有的报纸上都刊登我的照片。当然，那些报纸上的照片从来就不像我本人。不瞒您说，先生，我要不是看到照片下面印着我的名字，我永远也猜不到其中有几张是我哩。”

他沉默一会儿。这时潮水退了，海滨那片圆卵石的边缘出现一段狭长的黄泥地带。防波堤一半埋在泥里，活像史前野兽的脊梁骨。

“当一名作家一定是件挺有意思的事，先生。我常想我本人也可以写点什么。有一阵子，我还真读了不少书。近来我可跟不上了，首先我的眼睛也不如过去那么好啦。我相信要是试一下的话，我也能写出一本书来。”

“人家说，谁都能写出本书来。”我答道。

“不是指小说，您知道。我不是个写小说的人才；我更喜欢历史什么的。回忆录嘛，如果谁认为我值得一写的话，我倒不在乎把我的回忆录写出来。”

“如今这很时髦。”

“在某些方面，世间没有几个人有我这样的经历。前不久，我真的就此事写信给一家周报社，可他们压根儿就没答复我。”

他朝我上下打量好久。我这副庄严的气派不至于使他快要伸手向我借一个五先令银币吧。

“您当然不知道我是谁，先生，对不？”

“说老实话，真不知尊姓大名。”

他好像斟酌了一下，把手指上的黑手套捋捋平整，瞧瞧其中一个窟窿，然后并非很坦然地转向我。

“我就是那个大名鼎鼎的莫蒂梅尔·埃利斯[1]。”他说。

---

① 曾一度引人注意的新闻人物。

“哦?”

我不知道该怎么表示如雷贯耳的惊叹，因为说老实话，我从来就没听说过这个姓名。我看出他脸上显露一股失望的表情，我本人也有点窘。

“莫蒂梅尔·埃利斯，”他重复说，“难道您真没听说过这个姓名吗?”

“恐怕是这样。我常出国，不在英国。”

我纳闷他的名望应该归功于哪一方面呢。我思索到几种可能性。他绝不可能是位运动员，在英国只有这一行常能给人带来真正显赫的名望。不过他也可能是个信仰疗法专家或者是位台球冠军。当然人世间谁也不会像一位下野的内阁部长那么无声无臭，可他也可能是个倒台的商会主席。但是，他看上去绝不像个政客。

“这就是因为您自己名望大，才会这样，”他抱怨道，“真格的，足足有好几个星期我是全英国议论最多的中心人物。再瞧瞧我，想必您在报纸上见到过我的照片吧。莫蒂梅尔·埃利斯。”

“十分抱歉。”我一边说，一边摇摇头。

他停顿一下，卖个关子，好让自己的身份一经披露更见效果。

“我就是那位大名鼎鼎的重婚犯。”

现在我倒要向读者请教请教。您如果碰上一个素昧平生的人告诉您，他是个大名鼎鼎的重婚犯，您该怎么答复呢?老实说，我有时自负地认为自己在跟人顶嘴时，嘴挺伶俐，通常不会失算，可现在我却目瞪口呆，无言答对了。

“我娶过十一个老婆，先生。”他接着说。

"大多数人认为，娶一个就够对付的了。"

"嗯，那是功夫不到家。您要是娶过十一个老婆，就可以说把女人琢磨得差不多了。"

"那你为什么只到十一个就为止了呢？"

"这啊，我猜您会这么说的。我头一眼见到您，心里就说这人一脸聪明相。您知道，先生，就是这事整天搅得我心烦意乱。'十一'确实像个可笑的数字，对不？好像还差点什么没了结似的。三个嘛，谁都可能碰上，七个也还可以，人家都说九是个吉祥数，十个也没什么不好，可是十一个！这是我深以为憾的一件事。如果能把这个数凑满一打，我倒也无所谓。"

他解开大衣纽扣，从里面的兜儿里掏出一个鼓鼓囊囊、油油渍渍的皮夹子，从中取出一大卷剪报。那些纸片又皱又脏，破损不堪。他铺开两三张。

"喏，您先看看这几幅照片。请问您，像我吗？简直太不像啦。唉，看到这些照片，您还当我是个土匪哪。"

那些剪报的篇幅都挺长。依照那些二流编辑的看法，莫蒂梅尔·埃利斯明明是个值得报道的新闻人物。一条的标题是：《一个多婚的男人》。另一条是：《责问无情无义的流氓》。还有一条是：《卑鄙无耻的坏蛋遭遇滑铁卢》。

"你不会把这些称为好报道吧。"我喃喃说。

"我从来不在乎报纸上说什么，"他耸一下他那窄肩膀，"为了这桩事，我真认识了不少记者哩。我不怪别人，我怪的是那个法官，他待我太苛刻了。可您知道，这对他一点好处也没有，没过一年他就一命呜呼啦。”

我朝手中那篇报道扫了一眼。

“他判了你五年徒刑。”

“我认为这太卑鄙了。再看看他们怎么写的，”他用食指指着报上的一段话，“‘他的三位受害人请求对他宽大处理。’这表明她们对我的看法。尽管如此，他还是判了我五年。再看看他怎么称呼我：‘一个无情无义的流氓’——我，天下最讲情义的男人——‘社会上的害人虫，公众的危害’。还说他希望有权毙了我。他判我坐五年牢，我倒也无所谓。可您永远也甭想不让我说，这判得过重了。我倒要向您请教请教，他有权对我那样说话吗？没有，根本没有。即使我活到一百岁也不会原谅他。”

这位重婚犯气得满面通红，两只水汪汪的眼睛还冒了一阵子怒火。这可是个叫他恼火的话题。

“我能看看这些剪报吗？”我问他。

“我给您就是让您看的。我希望您看一下，先生。您要是看完之后，不认为我遭人诬陷，那就算我把您看走了眼。”

我把那些剪报粗粗看了一遍，明白了莫蒂梅尔·埃利斯为什么那么熟悉英国各个海滨休养地。那些地方都是他的猎获场所。他的办法是：等旺季过后才到那里去，租一套寄宿公寓空下来的房子。显然，他用不了多长时间就能结识一个女人，不是寡妇就是老处女。而且我注意到她们的年龄当时大都是在三十五到五十之间。她们在证人席上都声明是在海边上跟他头一次见面的。一般是在半个月之内向她们求婚，随后不久就结婚。他要弄花招劝诱她们把自己的积蓄交给他来保管；几个月后，他借口得去伦敦办点公事，就这样一去不复返了。其中只有一位后来又撞上过他。她们大伙儿都是直到后来必须出庭作证才在法庭上见到他。她们都是一些蛮体面的女人：一位是医生的女儿，另一位是牧师的姑娘，还有一位是开设寄宿公寓的女房东，一位是商业推销员的未亡人，另一位是退休的女裁缝。总的说来，她们的资产总数为五百镑到一千镑不等。反正，不管数量多寡，受骗的妇女个个都给剥得一个子儿也不剩。有几位谈到她们所过的那种比原来更贫寒的日子，真叫人辛酸落泪。但是，她们却一致承认他是个好丈夫。不仅有三位居然要求对他宽大处理，而且还有一位在证人席上说，如果他愿意的话，她还准备跟他一起过。他注意到我正在看这一段。

"她还要为我去干活儿哪，"他说，"没错儿。可我说，最好还是让过去的事过去吧。谁也没有我那么喜欢切一块最好的颈头肉吃的。我承认我是好马不吃回头草的。"

莫蒂梅尔·埃利斯没有娶上他的第十二位老婆来凑满一打，以便达成他向往的双数，那只是因为发生了一起意外事故。本来他已经和一位叫阿伯德的小姐订好婚约——"要说财产的话，她总共有两千镑战争公债券。"他推心置腹地告诉我——而且已经在教堂公布了结婚预告。可是，就在这节骨眼儿，原先的一个老婆撞上了他，一通盘问，还报了警。他当天就给逮捕了，才没来得及举行第十二次婚礼。"那个女人坏透了，不是个玩意儿，"他对我说，"她不说实话，骗得我好苦哟。"

“她怎么骗你的?”

“喏，那是在某年十二月份，我在伊斯特本碰上了她，在码头上，交谈中她告诉我说，她干的是女帽行业，已经退休。她说她赚了点钱，可不肯说出具体数目。不过，她暗示给我的那笔钱数约莫一千五百镑。可等我跟她结了婚——您会相信吗?——她连三百镑都没有。就是这个娘们把我出卖了。但是，您要知道，我从来也没埋怨过她。好多别的男人要是发现自己上了当，就会大发脾气。我可连失望的情绪都没有向她表露。我只是一声没吭，一走了之。”

“想必带着那三百镑了吧。”

“哎，哎，先生，您得通情达理呀，”他用委屈的声调答道，“您总不会认为三百镑永远花不完吧。我都跟她结了四个月的婚，她才坦白实情。”

“恕我问一问，”我说，“请别认为我这一问对你个人的魅力有什么贬低的意思。可是——她们为什么要嫁给你哪?”

“因为我向她们求婚啊。”他答道，显然对我这一查问感到十分诧异。

“那么你从来没碰过钉子吗?”

“很少碰。在我干的这行事业当中，至多也没超过四五次，当然，每次没有把握，我绝不求婚。我倒也不是说我没抽过空签，白费心机。当然也不可能每次都一拍即合呀，如果您明白我的意思。好几次我都是白白浪费了几个星期的时间去跟一个女人混熟之后，才发现行不通。”

我一时陷入沉思。可我很快就发现我那位朋友表情多变的脸展现出喜色。

“我理解您的意思，”他说，“是我这副长相叫您感到纳闷。您不明白她们看中我哪一点了。这都是读小说、看电影造成的后果。您认为女人要的是那种牛仔型的，或是那种古老的西班牙浪漫风度，亮眼睛啦，棕色皮肤啦，还会跳一手好舞。您真逗我乐。”

“荣幸之至。”我说。

“您成家了吧，先生？”

“是的。不过，我只有一个老婆。”

“那您就没法做出判断。您不能把单一说成一般，如果您明白我的意思。喏，我问问您，如果您平生只饲养过一条猛犬的话，又能对狗类有多大了解呢？”

这是一句反诘，我肯定用不着回答。他停顿一下，又接着说：

“您错了，先生，您大大地错了。她们也许爱上一个漂亮小伙子，可她们不一定愿意嫁给他。她们倒不十分计较长相。”

“道格拉斯·杰罗尔德[1]机智诙谐，但丑陋不堪，常说如果跟一个女人打交道让他先下手十分钟，他就可以战胜在场最漂亮的男人。”

“她们不要机智诙谐，她们不要一个能逗人乐的男人，她们认为他不严肃。她们也不要一个长得太漂亮的男人，她们认为他

① 道格拉斯·杰罗尔德（一八〇三—一八五七），英国剧作家，幽默作家。

不专爱。安全第一，她们要的是对待爱情严肃认真的男人。其次是——殷勤。我可能不是个美男子，也不一定会逗人乐。可是说真的，我具备每个女人所要求的条件：沉稳。证据就是：我让我的每个老婆都挺愉快。”

“你能有三位妻子出面请求对你宽大处理，还有一位愿意再接受你回家，确实值得大加称赞。”

“您不知道我在监狱里那阵子多么焦虑。我怕释放我的时候，她会在门口等着我。于是，我跟狱长说：‘看在上帝面上，先生，务请把我偷运出去吧，别让人看见我。’”

他又捋平那副戴在手上的手套，瞧瞧拇指上那个窟窿。

“这就是住寄宿公寓的下场，先生。一个男人没有一个女人照应，怎么能保持干净利落呢？我结婚结得次数太多啦。现在没有个老婆简直没办法适应。有的男人不愿意结婚，我无法理解。问题是你除非有心去做一件事，否则什么也办不成。而我本人喜欢做个有妇之夫。对我来说，干一点女人家欢喜的琐事并不费难。而有些男人就不愿意费那个心。我方才说过，女人要的是殷勤。我出门之前，必定吻一下我的老婆，回来之后再亲一下，从来也没忘记过。而且我很少回家时不给她带点巧克力糖或者几朵花。我从不计较这笔开销。”

“可你花的毕竟是她的钱哪。”我插嘴说。

“是她的，又怎么样？送礼不在乎钱多少，而在于您那份心意。女人家就在乎这个。我不是爱吹牛的人，可我可以大言不惭地说，我是个好丈夫。”

我把手中有关那次审判的报道又胡乱翻阅一下。

“我想告诉你，使我感到惊讶的是什么，”我说，“这些妇女都是规矩人，年纪不轻，文静，体面。可是，她们跟你短短相识之后，居然没打听你的底细就嫁给了你。”

他意味深长地把手搭在我的胳膊上。

“嗨，您这就不理解了，先生。女人个个都巴不得结婚啊。不管她们多么年轻，或是老掉了牙，个儿高也好，个儿矮也好，黑头发也罢，黄头发也罢，都有一个共同点，那就是要嫁人。您别忘了，我每次都是在教堂里跟她们结婚的。只有在教堂里举行婚礼，女人才真正感到放心。您说我不是个美男子，嗯，我压根儿也没认为自己是呀。即使我只有一条腿或者是个驼子，也照样可以找到不少女人会抢机会嫁给我咧。她们在乎的不是那个男人，而是嫁人。这是她们所犯的一种狂热，一种病态。可不是嘛，她们个个跟我第二次见面就会倾心于我，几乎无一例外。不过，我在表态之前总先要把底摸摸清楚。事情一经公布出来就出现了罕见的大惊小怪，因为我结了十一次婚。十一次，这有什么了不起，连一打都没凑满。我要是乐意的话，蛮可以结三十次。不瞒您说，先生，我考虑这些机会时所表现的那股克制劲儿，连我自己都大吃一惊。”

“你方才说过，你非常喜欢阅读历史书。”

“对，瓦伦·哈斯丁[①]说过这句话，对不？我读到这句话时深

---

① 瓦伦·哈斯丁（一七三二—一八一八），英国政治家，曾长期任驻印度总督，后因犯贪污罪受审。

有体会。简直太适合我啦。”

“这么多次求爱，你就不嫌有点单调吗？”

“这一点嘛，先生，你认为自己有个逻辑的头脑。每当看到同样的动机怎样取得同样的效果，总感到乐滋滋的。如果您明白我的意思。比如说，碰到一个从没结过婚的老处女，我总以鳏夫的身份去对付。效果就跟魔法一样灵。您知道，老处女喜欢那种略知一二的男人。可是，撞上一个寡妇，我就总是说自己是个老处男，寡妇害怕事情知道得太多的结过婚的男人。”

我还回他的剪报。他把它们整整齐齐地折好，又放进他那个油渍渍的皮夹子。

“您知道，先生，我一直认为我被人误判了。瞧瞧他们都说了我什么：‘社会上的害人虫’，‘不讲道德的坏蛋’，‘卑鄙的流氓’。现在，您瞧瞧我。我倒要问问您，我像他们所说的那种人吗？您了解我，您是一位判断人物的行家。我已经把自己的经历全部告诉您了，您认为我是个坏家伙吗？”

“我跟你相识尚浅。”我用自认为相当圆滑的口气答道。

“我怀疑那位法官，怀疑那个陪审团，怀疑社会公众有没有从我的角度考虑过问题。我被押进法庭时，围观的公众都呸呸地讥笑我，警察不得不保护我，以免遭到他们的暴力袭击。可是，他们这些人有谁想到过我待这些女人的好处？”

“你拿走了她们的钱。”

“我当然得拿走她们的钱。我跟任何人一样也得活呀。可您知道我为了换取她们的钱，付出什么代价吗？”

这又是一句反诘。尽管他瞧着我，好像期待我答复，可我一声没吭。我确实不知道怎么回答好。他提高嗓门，加重语气地说下去。我可以看出他是严肃认真的。

“我给您说说，我给了她们什么才换到她们的钱。浪漫的爱情嘛。瞧瞧这块地方。”他用手比画一个大圆圈，把大海和地平线都囊括进去了，“像这样的地方，英国有一百处。瞧瞧那个大海和那半边天；瞧瞧这些寄宿公寓；再瞧瞧那个码头和这片海滨。难道它们不叫您伤感吗？死气沉沉，没有一丁点儿生气。您因为体衰精疲才到这儿待上一两个星期，好倒是好，可是您倒替那些长年累月住在这儿的女人想想。她们一点机会也没有。她们几乎谁也不认识，她们只有一点刚够糊口的钱，别的什么也没有。我都怀疑您知不知道她们的生活多么可怕啊。她们的生活就跟海滨一样，一条又长又直的水泥马路，从一处海滨休养地通到另一处海滨休养地，没个尽头。即使是旺季，她们也一无所得。她们是圈外人。她们还不如死了好。就在这当儿我来了。请您注意，我从来也不接近一个不乐意承认自己是三十五岁的女人。我给她们爱情。您知道，她们好多人从来没有领略过有个男人在背后鼓舞她打起精神来是什么滋味。她们好多人从来没有领略过在黑暗里一个男人搂着她的腰同坐在一条长凳上是什么滋味。我给她们带来了变化和兴奋。我使她们恢复了自尊心。她们被束之高阁，我静悄悄地来到，有意识地把她们取下来，给那些干巴巴的生活投下一线阳光，这就是我。难怪她们要向我扑来，难怪她们还要我回到她们身边去。唯一出卖我的是那个女帽商。她说她是个寡妇，我个人的看法是她压根儿就没结过婚。您说我用卑劣的手段伤害了她们，怎么，我给十一条生命带来了幸福和光彩呀；她们心里明白永远也不会再有这种机会喽。您说我是个坏蛋和流氓。您错了，我是一位慈善家。五年徒刑，他们判了我。他们应该给我颁发皇家慈善协会奖章才对。”

他拿出他那包空了的金叶牌纸烟盒，瞧着它，沉郁地摇摇头。我递给他我的烟盒，他谢都没谢一声就取了一支。我观望着一个好人同自己的情感在做搏斗的景象。

“可我从中捞到了什么呢？我问问您？”他又接着说，“不过是吃饭、住房、够买烟卷的钱。我可从来不会攒钱。如今，事实证明我不再少俊了，口袋里连两个半先令都没有。”他斜眼瞟我一下，“我现在这般处境，实在是落魄到极点了。我向来不负债，一辈子没跟朋友借过钱。我不知道，先生，您能不能帮我个小忙。说出此话，实在丢脸。可问题是您如果肯借给一镑，就帮我大忙了。”

说真的，这个重婚犯确实给了我足值一镑钱的消遣。我伸手去掏皮夹子。

“很乐意借给你。”我说。

他瞧着我掏出来的钞票。

“凑个双数，能成吗，先生？”

“我想可以吧。”

我就递给他两张一镑的钞票。他接过去，微微叹口气。

“一个过惯舒服家庭生活的人，到时候不知去哪儿住一宿，您可领会不到那是什么滋味啊。”

“不过，有一件事我倒要向你讨教，”我说，“我并不希望你觉得我这个人太刻薄，可我有个看法，那就是女人一般说来都把‘施比受更为有福’这句格言当作我们男性专用的准则。你是怎样说服那些体面而显然节俭的女人把她们的积蓄全部那么放心地托付给你的?”

他那貌不惊人的脸蛋一下子舒展开欢畅的微笑。

“先生，您知道莎士比亚说过‘野心每每自招失败’的话吧?这就是解释。对一个女人说要她把资财交给您来管理，六个月之内保险翻一番，她就会甭提多快地把钱交给您了，贪婪，就是这么回事，贪婪而已。”

从这个叫人好笑的流氓再转回到圣克莱尔夫妇和波齐斯特小姐那种高雅的格调，浅紫色的手提包啦，箍形裙衬啦，真给人一种（犹如热汁加冰激凌那样）刺激人胃口的强烈感觉。现在，我每天晚上跟他们一起消磨。两位女士饭后一起身离席，圣克莱尔先生就朝我这边点头致意，请我过去喝一杯红葡萄酒。喝完酒，我们再到休息室去喝咖啡。圣克莱尔先生津津有味地喝他那杯老白兰地。我同他们一起消磨的时光那么沉闷，简直对我有着另一种古怪的魅力。他们从老板娘那里听说我写过剧本。

“亨利·欧文[①]爵士在文化宫演出时，我们常去看戏，”圣克莱

① 亨利·欧文（一八三八—一九〇五），英国著名演员。

尔先生说，“我还荣幸地跟他见过一次面哪。爱弗瑞德·密莱司[1]爵士带我到加立克俱乐部去吃晚饭，把我介绍给厄尔温先生。那当儿他还没有被封为爵士。”

“告诉这位先生，他跟你说什么来着，爱德温。”圣克莱尔太太说。

圣克莱尔先生摆出一副演戏的架势，模仿亨利·欧文还真有点像。

“‘您有一张适合当演员的脸，圣克莱尔先生，’他对我说，‘您几时想粉墨登台就来找我。我会分配您一个角色。’”圣克莱尔先生又恢复他的本来面目，“这句话真够使一个年轻人晕头转向的。”

“可他没使您头脑发热。”我说。

“我不否认当时我若是另外一种处境，也许就要受到诱惑。可我得替自己的家族考虑啊。如果我不去经商，就会伤透老人家的心。”

“您是经营什么的？”我问。

“敝人是茶商，先生。我的公司在伦敦城里，是字号最老的一家。我整整用了四十年工夫尽最大的努力争取我的同胞喝锡兰茶，而不喝中国茶。您知道我年轻的时候，普遍都喝中国茶。”

我认为这是他的了不起的个性，花费毕生精力去说服公司购买他们并不愿意买的东西。

① 爱弗瑞德·密莱司（一八二九—一八九六），英国名画家。

“不过，我丈夫年轻时参加过多次业余客串演出。大家都公认他聪明过人。”圣克莱尔太太说。

“莎翁的戏，您知道，有时也演《造谣学校》。我从来都不会同意上演糟粕。可这都是往事喽。我有天分，也许弃之不用怪可惜的。不过现在已经为时太晚。我们在家设宴请客，我有时在一些太太的百般要求下，也还朗诵哈姆雷特那段精彩的独白。仅此而已。”

哦！哦！哦！我一想到那些宴会就浑身直起鸡皮疙瘩。心想不知道我会不会被邀请参加一次。圣克莱尔太太半惊讶、半拘谨地朝我微微一笑。

“我丈夫年轻时豪放不羁。”她说。

“那当儿我挺放荡。我认识不少画家和作家，比如说，威尔基·柯林斯[①]，甚至还有给报纸写文章的人。瓦茨给我太太画了一张像，我还买过一张密莱司的画。我认识不少先拉斐尔派的画家。”

“您有罗塞蒂的画吗？”我问。

“没有。我欣赏罗塞蒂的才华，可我不大赞成他的私生活。我从不购买一位我不大愿意邀请到我家吃饭的画家的作品。”

我正有点头昏眼花，这当儿波齐斯特小姐看看表，说：“您今天晚上不打算给我们朗读点什么吗，爱德温舅舅？”

我便起身告退了。

---

① 威尔基·柯林斯（一八二四—一八八九），英国小说家。

就是在这样的一个晚上，我同圣克莱尔先生一道喝红酒时，他向我吐露了波齐斯特小姐的一段伤心史。她原来和圣克莱尔先生的一位内侄，一个律师订了婚约。后来发现他和他的洗衣婆的女儿早就私通了。

"这件事太不像话了，"圣克莱尔先生说，"太不像话了。当然我的外甥女只好采取唯一可能的步骤。她把订婚戒指、他的信和照片全部退还给他，对他说明她永远不能嫁给他了，她恳求他同那个受他玷污的姑娘结婚，还应允将会待她如同亲姐妹一样。这件事使她心碎了。她从此再也没爱过别的男人。"

"他跟那个姑娘结婚了吗？"

圣克莱尔先生摇摇头，叹口气。

"没有。我们大大错看了他。我老伴儿一想到她的亲侄子的行动居然如此不检点就十分痛心。过了一阵子，我们听说他同另外一位出身很好的姑娘订了婚。她本人就有一万英镑的财产。我认为我有责任写封信把他的情况详细奉告她的父亲。他却十分无礼地答复了我的信。他说他宁愿他的爱婿在婚前而不是在婚后有个情妇。"

"后来呢？"

"他们结婚了。如今我老伴儿的侄子是国王殿下的一名大法官，他的妻子被封为贵妇人了。不过，我们从来都不同意接待他们。我内侄受封爵位时，埃莉诺建议邀请他们来家吃饭，可我老伴儿说永远不许他玷污我们的家门，我完全支持她。"

"那个洗衣婆的姑娘呢？"

"她嫁给一个与自己同阶级的人，如今，在坎特伯雷开一家酒馆。我的外甥女嘛，她自己有点钱，尽量照应那个姑娘，还是她的大女儿的干娘哩。”

可怜的波齐斯特小姐。如同作为维多利亚式道德祭坛上的祭品牺牲了自己，我恐怕她从中得到的唯一安慰就是自认为干得很漂亮吧。

“波齐斯特小姐风姿出众，”我说，“年轻时想必是个无可挑剔的美人儿吧。我真奇怪她为什么不再许身他人呢。”

“大家公认波齐斯特小姐是个美人儿。阿尔玛-泰德玛对她那么赏识，竟然要求她充当他要画的一张画里的模特儿，我们当然不能同意这种要求。”圣克莱尔先生的语气表示那种要求深深伤害了他的庄重感，“波齐斯特小姐除了她的表哥之外，再也没有爱过别人了。她也不再提起他。如今，他俩分手足有三十年了。但是，我深信她仍然爱着他。她是一个真诚的女子，亲爱的先生，一次生命，一次爱情。我也许因为她给剥夺了婚姻和当母亲的欢乐而感到遗憾。可我得承认：我钦佩她这种忠贞不渝。”

然而，女人的心却莫测高深。男人若认为她会永远一成不变，那就太莽撞了。莽撞，爱德温舅舅。您已经认识埃莉诺多年，因为她母亲患病体衰去世后，您就把这个孤儿领到里恩斯特广场上您那座舒适，甚至是豪华的府邸来，当时她还只是个孩子。可是一谈到实质问题，爱德温舅舅，您真了解埃莉诺吗？

就在圣克莱尔先生向我吐露波齐斯特小姐为何至今还是个老

处女那个动人的内情之后没过两天，我午后打了一轮高尔夫球，回到旅馆，老板娘突然焦急不安地前来找我。

“圣克莱尔先生问候您。并且请您一回来就马上到二十七号房间去一趟。”

“好的，可是为什么事呢？”

“唉，少见的一阵大乱。他们会告诉您。”

我敲下门，听到一声“进来，进来”。这叫我想起圣克莱尔先生曾经在伦敦也许是最高雅的剧场里扮演过莎士比亚戏剧中的人物。我走进房间，看到圣克莱尔夫人躺在沙发里，脑门上盖着一块浸过花露水的手绢，手里握着一瓶嗅盐。圣克莱尔先生站在壁炉前面，那副架势颇像是不许屋中任何其他人享受一点温暖似的。

“我这样不讲礼貌地请您到我的房间里来，真得先向您道歉。可我们遇到了麻烦事，十分苦恼。我们想也许您能指点指点我们。”

他显然十分焦急不安。

“出了什么事？”

“我们的外甥女，波齐斯特小姐私奔了。今天早上，她捎话给我的老伴，说她又犯那头疼的老毛病了。每次她一头痛就愿意独自一人休息不受干扰。我老伴直到下午才去看看她需不需要帮点什么忙。屋子里没有人，她的行李都收拾好了。她那个镶银的梳妆匣子不见了，枕头上放着一封说明她这次鲁莽行动的信。”

“我很抱歉，”我说，“真不知道我又能帮什么忙。”

“我们的印象是：您是她在爱尔松所认识的唯一的男人。”

他这句话我一听就明白了。

“我可没跟她私奔，”我说，“我碰巧是个有家室的人。”

“我也看出您没跟她私奔。一开始我们想，也许……可是，不是您，那又是谁呢？”

“我怎么知道？”

“给他看看那封信吧，爱德温。”圣克莱尔夫人从沙发那边说。“你别动，格特鲁德，那会让你犯腰风湿痛的。”

波齐斯特小姐患“她的”头痛毛病；圣克莱尔太太犯“她的”腰风湿痛。圣克莱尔先生又有什么毛病呢？我愿意赌五镑，圣克莱尔先生准保也有“他的”痛风症。他递给我那封信，我就怀着一本正经表示同情的那种神情看那封信。

最亲爱的爱德温舅舅和格特鲁德舅妈：

您们收到这封信时，我已经走远了。我今天早晨就要跟一位我深深爱恋的绅士结婚啦。我知道，我这样不辞而别非常错误，可我担心您们会出面竭力阻拦我这场婚姻。所以，既然什么也不能改变我的决心，我想还不如对您们只字不提为好。这样也就可以避免许多的不愉快。我的未婚夫是个性情十分孤独的人。由于他长期居住在热带国家，目前身体状况不佳。因此，他认为我们还是悄悄地举行婚礼为好。您们要是知道我是多么的无比幸福的话，我希望您们就会原谅我。请把我的箱子送到维多利亚车站行李处。

您们疼爱的外甥女埃莉诺

“我永远也不会原谅她，”我把信退还给圣克莱尔先生时，他说，“她永远也不许再登我的门，辱没我的门风。格特鲁德，你永远也不准当着我的面再提埃莉诺的名字。”

圣克莱尔太太低声哭泣起来。

“您是不是太严厉了？”我说，“有什么理由不准波齐斯特小姐结婚呢？”

“她这个岁数吗？”他生气地答道，“这太不像话了。我们将成为里恩斯特广场那一地区众人的笑柄。您知道她多大岁数吗？她都五十一啦。”

“五十四。”圣克莱尔太太一边哭一边纠正说。

“她一直是我的掌上明珠。我们待她如同亲生女儿一样。她已经当了多年老处女。我认为她实在不应当再想嫁人这档子事了。”

“她在咱们眼里一直是个孩子呵，爱德温。”圣克莱尔太太乞求道。

“可她嫁的是个什么人？招人痛恨的是这场欺骗。她可能就在咱们眼皮底下跟他勾搭上的。她连他的名字都不告诉咱们。我是净往坏处想。”

突然，我灵机一动想起来了。那天早上，吃完早餐我到烟铺买烟卷，碰见了莫蒂梅尔·埃利斯。我有好几天没见到他了。

“你看上去挺潇洒嘛。”我说。

他的靴子修补好了，还干干净净地打上了黑鞋油，帽子也刷过了。他戴着干净的硬领和一副新手套。我想，他把我那两镑钱派了很好的用场。

“今天上午我得去伦敦办点公事。”他说。

我点点头就走出烟铺。

我又记起，两星期前我在乡间散步，遇见了波齐斯特小姐，而且在她身后没隔几步又碰上了莫蒂梅尔·埃利斯。他俩是否可能在一块散步，一见到我，他就往后退了几步呢？我的天，我恍然大悟。

“我记得您说过，波齐斯特小姐自己有些积蓄。”我说。

“有一点，三千镑。”

这时，我确信无疑。我茫然注视着他们。突然，圣克莱尔太太大叫一声，跳了起来。

“爱德温，爱德温，要是他不跟她正式结婚，那可怎么办？”

圣克莱尔先生一听此话，用手一捂脑袋，颓然跌坐在一把椅子上。

“这件丢脸事简直要把我气死了。”他哼哼唧唧地说。

“别慌，”我说，“他会跟她正式结婚的。他一向会的。他会在教堂里跟她举行婚礼的。”

他们没理会我说的什么。我猜，多半他们认为我忽然神志不清了。我眼下深信不疑：莫蒂梅尔·埃利斯终于如愿以偿。波齐斯特小姐让他凑满一打了。

简

黄昱宁　译

第一次见到简·福勒的情形，我记忆犹新。其实，若非那一瞥之间她的诸般细节便让我印象深刻，我也不会认定我的记忆可靠，因为回首往昔，我必须承认，要相信这不是记忆跟我开的奇妙卓绝的玩笑，绝非易事。当时我刚从中国回到伦敦，正跟托尔太太一起喝茶。彼时居室装修之风正盛，托尔太太乐此不疲；凭着女人家那股子不达目的誓不罢休的劲头，那些被她舒舒服服坐过好多年的椅子啦，桌子啦，橱柜啦，还有那些她自从婚后就一直在静静凝视的装饰品，那些与她厮混了一辈子的画作，一律成了牺牲品，她干脆就把自己交到一位行家手里，任其裁夺了。她的客厅里，但凡跟她有过点瓜葛、被她寄托过情感的物件，都已荡然无存；那天她请我来，就是为了参观她如今居所里登峰造极的时髦风范。但凡能酸洗的，都经过酸洗处理，但凡不能酸洗的，就刷上油漆。没有一组物件是般配的，但它们混在一起倒也彼此和谐。

“你还记得我以前在客厅里搁的那套可笑的家具吗？”托尔太

太问道。

窗帘颇为华丽，却也冷峻；沙发上盖着意大利凸纹锦缎；我坐的那把椅子则铺着斜针绣品。房间很漂亮，华贵而非奢靡，新颖而无造作；可我觉得它少了点什么；我张口大唱赞歌，心里却自问，为什么我会那么偏爱那套被她嗤之以鼻的家具上那些破破烂烂的印花布，那些我熟稔已久的维多利亚时代的水彩画，还有以前装点着壁炉台的那些可笑的德累斯顿瓷器。装修师们鼓捣出那些房间，同时创造出一种有利可图的行业，而在所有这些房间里，我搞不懂我到底在想念什么。是“心思”吗？然而，托尔太太正在欢欢喜喜地往四下里看。

“你不喜欢我的雪花石膏灯吗？”她说，“它们发出的光有多么柔和啊。”

“我个人倒是很喜欢能把东西看清楚的灯光呢。”我笑道。

“要把你说的这种灯跟那些借着光也没法把你看真切的灯搭配起来，该有多难啊。”托尔太太笑起来。

我不晓得她多大年纪。当年我还是个小伙子的时候，她就已嫁做人妇，比我年长好大一截，可如今她却拿我当同龄人看待。她老是说自己的年龄不保密，不就是四十嘛，说完便莞尔一笑，加上一句：女人家都是要减掉五岁的。她向来都不会刻意掩饰她染发这回事（那是一种很美的棕色，略带点红），她还说，之所以要染发，是因为头发刚开始发灰的时候真是惨不忍睹；只要等到头发全白了，她就再也不染啦。

“那时候他们就会说，我长着一张多么年轻的脸啊。”

与此同时，这张脸上还敷脂施粉，只是涂抹得小心翼翼罢了，至于她那双眸子里闪动着的活泼神采，有不少也得归功于艺术修饰。她得算是个美妇人，一身精致优雅的礼服，借着那盏雪花石膏灯昏黄的光，她看起来比她自诩的四十岁，连一天都不老。

“也只有在我自己的梳妆台跟前，我才能忍受一只跟三十二盏蜡烛一样亮的电灯泡发出的没遮没拦的光，”她脸上浮出玩世不恭的微笑，又说，“在那里，我得让它先把那个残忍的真相告诉我，再跟我说说该怎样一步一步纠正它。”

我们说起我们共同的朋友，开开心心地讲他们的闲话，托尔太太把新鲜出炉的流言蜚语也透露给我。反正这里妥协一点，那里将就一点，我就发觉，能坐在一张舒适的椅子上，一旁壁炉里火光明亮，一张迷人的桌上摆着迷人的茶点，还能跟这位风趣的、魅力十足的女人说说话，着实是一桩挺惬意的事。她把我看成一个摆脱了臭皮囊的回头浪子，有心对我多加照料。她对自己张罗晚宴的本事颇为自负；无论是将来宾安置得妥妥帖帖，还是为客人献上美味佳肴，都费不了她什么力气；那些受到邀请的宾客，几乎人人都把这当成赏心乐事。眼下她就定下了一个日子，问我想跟谁会面。

“只有一件事我得跟你打声招呼。如果简·福勒还在这里，我就只能把这事儿给推迟啦。”

“谁是简·福勒？”我问道。

托尔太太惨然一笑。

“简·福勒是我的一桩心病啊。”

“哦！”

“你还记得我在整饬屋子之前，钢琴上摆过一张照片吗——照片上那个女人穿着紧身连衣裙，袖子紧紧的，戴着金制纪念盒[①]，宽宽的额头，头发向后梳起来，露出两只耳朵和一副架在又大又塌的鼻子上的眼镜？喏，那就是简·福勒。”

“在你尚未涅槃重生的岁月里，房间里曾经摆过那么多照片呢。”我含糊其词地说。

“一想起那些照片我就直哆嗦。我把它们统统扔进一只棕色大纸袋子，藏到阁楼里去了。”

“那么，谁是简·福勒呢？”我又问了一遍，笑起来。

“她是我的小姑子。我丈夫的妹妹，嫁给北方一个工厂主。她已经守寡好多年啦，而且她很有钱。”

“那她为什么是你的心病呢？”

“她是个好人，她不修边幅，她土里土气。她看上去要比我老二十岁，逢人便说我当年跟她一起上学。她把家庭观念看得比什么都重，既然我是她唯一在世的亲戚，她就对我忠心耿耿。她但凡到伦敦来，除了我这里，她就压根儿也不会考虑住到别处去——她以为那样会伤我的心——她会跟我一起待上三四个礼拜。我们就坐在这里，她织织毛线念念书。有时候她非要带我到克拉里奇酒店[②]去吃晚餐，可她看起来活像一个滑稽的清洁女工，我但

① 指嵌有亲人头发或照片的盒子，一般挂在项链上。

② 英国伦敦一家久负盛名的酒店，位于伦敦西区市中心，建于二十世纪初，到那里吃晚餐，是身份显赫、出手阔绰的象征。

凡生怕让谁看见这一幕，那人就会偏巧坐在邻桌上。我们开车回去的路上，她说她很乐意给我点优待。她亲手替我织好茶壶保暖套——但凡她住在这里我就非用不可，还有铺在厨房桌上的小桌布和搁在桌面中央的小装饰品。”

托尔太太停下喘口气。

“我早该想到啦，像你这么有手段的女人，对付这样的情形总是有办法的。”

“啊，可你看不出来吗，我没机会呢。她真是善良得无与伦比呢。她有一颗金子般的心。她让我厌烦透顶，可我无论如何也不能让她猜到这一点啊。”

“那她几时来呢？”

“明天。”

然而，托尔太太的答案刚出口，门铃就响了。客厅里传来一阵忙乱的响动，一两分钟后，管家引来了一位年长的女士。

“福勒太太到。”他宣告。

“简，”托尔太太一边嚷嚷，一边猛地跳起来，“我没想到你今天就来了。”

“这话你的管家已经跟我说啦。我在信里肯定说是今天到的。”

托尔太太终于回过神来。

“好吧，也没什么要紧的。不管你什么时候来，我都很乐意见到你。还好今晚我也没什么安排。”

“我可千万不能给你添麻烦。晚饭如果能吃上一只煮鸡蛋，我也就心满意足啦。”

一时间，托尔太太那俊美的五官略略扭曲了一下。一只煮鸡蛋！

“哦，我想我们能做得更好点。”

我想起这两位女士其实年龄相仿，不由得肚里暗笑。福勒太太看起来至少有四十五岁。她是个挺高大的女人；戴着一顶阔边草帽，一袭黑色的面纱从帽檐垂到肩膀上，披着一件古怪地集庄重与繁琐于一身的斗篷，身穿一条黑色连衣长裙，那鼓鼓囊囊的样子就好像里面穿了好几件衬裙似的，脚上还蹬着一双敦实的靴子。她显然是个近视眼，因为她看你的时候得透过那副硕大的金边眼镜。

“你不想喝杯茶吗？”托尔太太问道。

“如果不太麻烦的话就来一杯好了。我把斗篷脱下来。”

她先是将那副黑手套扯下来，再脱掉斗篷。她脖子上挂着一条纯金链子，链子上悬着一只硕大的金制纪念盒，我敢肯定盒子里搁着一张她先夫的照片。接着，她脱下帽子，连同手套和斗篷一起，整整齐齐地搁在沙发角落里。托尔太太噘起嘴。当然啦，那些行头跟托尔太太新装修的客厅那份既冷峻又奢华的美，是不怎么般配。我纳闷，福勒太太这一身特立独行的装扮，究竟是从哪里淘来的。这些并不是旧衣服，质料也挺贵。想到如今的裁缝居然还在做那些已经有四分之一个世纪无人问津的衣服，我真是大吃一惊。福勒太太灰白的头发梳得整洁素淡，整个额头和耳朵都露出来，发路中分。显然，这些头发从未领略过“马塞尔先生牌”烫发钳的滋味。眼下，她的目光落在茶桌上，桌上摆着乔治王时代的银茶壶和“老伍斯特”[1]的茶杯。

“玛丽昂，我上回来的时候送你的那个茶壶保暖套呢?”她问道，“你不用了吗?”

“用啊，我每天都用呢，简，”托尔太太对答如流，“真不走运，不久前我们出了点事故。它给烧啦。”

“可再上回我送你的那个也给烧了。”

“恐怕你会觉得我们太粗心了。”

“其实也没什么要紧，”福勒太太笑起来，“我很乐意再给你做一个。我明天就到‘利伯蒂’买点绸缎来。”

托尔太太勇敢地绷住脸。

“我不配呢，你知道。你的教区牧师的太太会不会需要一个保暖套?”

“哦，我刚替她做了一个。”福勒太太轻快地说。

我发觉她一笑便露出小小的洁白而整齐的牙齿。这些牙齿真是漂亮。当然，她的笑容也颇为甜美。

不过，我觉得眼下是该让两位女士单独相处的时候了，便起身告辞。

翌日清晨，托尔太太来按我门铃，一听到她的声音，我就知道她情绪高昂。

“我来告诉你一条特大新闻，”她说，“简要结婚啦。”

---

① 伍斯特是一座英格兰中西部城市，该地区一家工厂自一七五一年起所生产的瓷器久负盛名。

“胡说。”

“她的未婚夫今晚要来吃晚餐，算是介绍给我认识，我想让你也一起来。”

“哦，可我在会碍事的。”

“不会，你不碍事的。是简自己提议让我邀请你的。来吧。”

她笑得花枝乱颤。

“男的是谁呢？”

“我不知道。她说他是个建筑师。你能想象哪种人会娶简吗？”

我反正也无所事事，何况我相信在托尔太太那里能吃上一顿丰盛的晚餐。

我到场时，只见托尔太太还是一个人，穿了一件对她而言稍嫌装嫩的茶点礼服，显得光彩照人。

“简正在忙着给自己的梳妆打扮收尾。我真想让你看到她的模样。她都乱作一团啦。她说他崇拜她。他名叫吉尔伯特，她说起他的时候，嗓音就变得很滑稽，直打哆嗦。弄得我总想笑出来。”

“我不知道他会是什么样子。”

“哦，我相信我知道。高大魁梧，秃头，大肚子上挂着根粗粗的金链子。脸盘又大又肥，胡子刮得干干净净，嗓门隆隆作响。”

福勒太太进来了。她穿一件硬邦邦的黑丝绸礼服裙，下摆宽大，裙裾曳地。裙子在颈项处开成一个羞答答的V字领，衣袖长至肘部。她戴着一条钻石项链，钻石嵌在银吊坠上。她手上攥着一副黑色长手套和一把黑色的鸵鸟羽毛扇。看到她这副情形，你唯一能想到的就是一位可敬的、北方乡下某个富足的厂主的寡妇。

“你的脖子长得真美，简。”托尔太太说，脸上带着和气的微笑。

比起她那张饱经风霜的脸，她的脖子确实年轻得叫人吃惊。它很光滑，没有皱纹，肤质白皙。接着，我又注意到，她的头颅安在肩膀上的位置，显得颇为妥帖合宜。

“玛丽昂有没有把我的新闻告诉你？”她一边说，一边转过脸朝向我，脸上带着她特有的着实迷人的微笑，就好像我们早就是老朋友了。

“我得祝贺你啊。”我说。

“等你看到我那个小伙子以后再祝贺吧。”

“我觉得，听你说你那‘小伙子’的口气，也太甜蜜了吧。”托尔太太笑起来。

透过福勒太太那副怪模怪样的眼镜，她的眼睛确凿无疑地闪闪发亮。

“可别以为会是个老态龙钟的人哟。你不会希望我嫁给一个一只脚已经踏进坟墓的年老体衰的绅士吧？”

她就给了我们这么一条警告。事实上，已经没有时间再讨论了，因为管家猛地推开门，用响亮的嗓门宣告：

“吉尔伯特·内皮尔先生到。”

进来一位年轻人，穿着一身剪裁合体的小礼服。他身材纤瘦，个头不高，一头金发带点自来卷，脸刮得很清爽，一双蓝眼睛。他并不算特别英俊，但长着一张亲切的、讨人喜欢的面孔。没准十年以后他会形容憔悴、面色枯黄；但现在，趁着年华正好，他显得清新可人、风华正茂。因为，毫无疑问，他最多只有二十四岁。我闪过的第一个念头是：这是简·福勒的未婚夫的儿子（可我并不知道他是个鳏夫啊），跑来通报他父亲突发中风，没法来吃晚饭了。但他的目光突然落在福勒太太身上，脸上倏然露出喜色，张开双臂向她走去。福勒太太也向他张开双臂，双唇泛起一抹端庄的微笑，转过身向着她嫂嫂。

“玛丽昂，这就是我的小伙子。”她说。

他伸出双手。

“我希望你能喜欢我，托尔太太，”他说，“简告诉我，你是她在这世上唯一的亲戚。”

托尔太太的那张脸看起来真是精彩绝伦。那会儿，我满怀敬佩地目睹了良好的教养和社交习惯是如何与女人的天然本能勇敢搏斗的。因为，她的脸上掠过一时间来不及掩饰的情绪，先是惊讶，再是沮丧，随即飞逝而去，脸上换了一副和蔼可亲、热烈欢迎的面目。但她显然说不出话来。如果吉尔伯特觉得有那么点尴尬，那也顺理成章，而我在拼命不让自己笑出来，所以也想不出说什么好。只有福勒太太异常镇静。

“我知道你会喜欢他的，玛丽昂。没人比他更喜欢品尝美食啦。”她转过身对那小伙子说，“玛丽昂的晚餐远近闻名。”

“我知道。”他笑道。

托尔太太飞快地回了几句，然后我们一起下楼。在那顿饭里上演的精妙喜剧，我可不会轻易忘怀。托尔太太吃不准这一对到底是不是在跟她搞恶作剧，也不敢肯定简是不是故意隐瞒未婚夫的年纪，就为了要她出丑。可是，后来简再没拿这事开玩笑，而她也使不了什么坏。托尔太太又吃惊，又恼火，又满腹狐疑。不过她到底恢复了自制力；无论如何，她也不会忘记自己是个无懈可击的女主人，让晚宴进展顺利是她的本分。她说起话来轻快活泼；但我怀疑，吉尔伯特·内皮尔有没有发现，她转过头来看他的时候，那张友善的面具底下，罩着多么严酷、多么刻毒的目光。她在打量他。她在试图挖出藏在他灵魂里的秘密。我看得出她怒火中烧，因为在她敷的那层胭脂底下，她的脸颊正闪着愤怒的红光。

“你气色真好，玛丽昂。”简一边说，一边透过她的大圆眼镜和蔼地注视她。

“我妆化得潦草。我敢说我的胭脂搽得太多啦。”

“哦，那是胭脂吗？我还以为是天然的呢。要不我也不会提的。”她朝吉尔伯特羞涩地微笑，“你知道，我和玛丽昂当年是一起上学的。现在看我们这副情形，你绝对想不到这一点吧。不过，当然啦，我一向都过着很安静的日子。”

我不知道她说这些话是什么意思；简直难以置信，她说得那么言简意赅；可是，不知怎么的，这些话激怒了托尔太太，气得她连自己的面子都抛到九霄云外去了。她嫣然一笑。

“我们谁也别想回到五十岁啦，简。”她说。

如果她说这话是为了让寡妇难受，那她可扑了个空。

“吉尔伯特说，为了他，我不准承认自己超过四十九岁。”她温柔地答道。

托尔太太的手微微发抖，可她总算想到怎么回嘴了。

“你们的年纪，当然有点差距啰。”

“差二十七岁，”简说，“你觉得差得太多了？吉尔伯特说我看上去比实际年龄小得多。我跟你说过的，我可不会乐意嫁给一个一只脚踩进坟墓的男人。”

我实在忍不住笑出来，吉尔伯特也笑了。他的笑容坦白率性，有点孩子气。看起来简不管说什么都能把他逗乐。可是托尔太太已经到了崩溃的边缘，我害怕如果不让她松一口气，她会一时忘记自己是个要在这个圈里周旋的女人。我尽其所能，施以援手。

“我猜你正忙着置办嫁妆吧。”我说。

“不是。我想去利物浦，找第一次出嫁时请的那位裁缝。但吉尔伯特不让我去。他主意可大呢，当然啦，他品位不凡。”

她含着爱意融融的微笑看看他，刻意摆出一副端庄娴静的样子，就好像她是个十七岁少女似的。

托尔太太妆面底下的脸色顿时变得惨白。

“我们要到意大利去度蜜月。吉尔伯特从来都没机会进修文艺复兴的建筑，而对于一位建筑师而言，亲眼看一看实物的重要性毋庸置疑。半路上我们会在巴黎停一停，在那里采办服装。”

“你打算去很久吗？”

“吉尔伯特已经跟他的事务所安排好了六个月的假期。对他可够优待的，不是吗？你瞧，在此之前，他还从来没有请过两周以上的假呢。”

“为什么没有呢？”托尔太太问，她的口气正在无可救药地变得越来越冷。

“他从来都负担不起啊，可怜的宝贝。”

“噢！”托尔太太说，音量升到惊叹的级别。

咖啡煮好了，两位女士上楼。我和吉尔伯特开始用那种有一搭没一搭的方式，那种两个彼此无话可说的男人之间通常会采取的口吻，聊起天来。但是，两分钟以后，管家给我递来一张条子。条子来自托尔太太，是这么写的：

> 快上楼来，然后尽快离开。把他也带走。我非得把这事跟简谈开了，才能觉得舒服点。

我毫不费力地撒了个谎。

“托尔太太头痛，想上床睡觉了。我想，如果你不介意，那我们最好还是走吧。”

“当然。”他回答。

我们上楼，五分钟以后就到了大门口。我叫了辆出租车，并且提出让小伙子搭一程。

“不用，多谢，”他答道，“我走到街角，跳上一辆巴士就可以了。”

托尔太太一听到大门在我们身后关上的声音，就跳起来吵架了。

“你疯了吗，简?”她嚷道。

“我相信，比起大多数不常住疯人院的人来，我不见得更疯狂。”简温和地回答。

“我能问问你为什么要嫁给这个小伙子吗?”托尔太太用那种令人生畏的彬彬有礼的腔调问道。

“部分原因是，他不接受否定回答。他向我求了五次婚。我肯定已经懒得拒绝他了。”

“那你觉得他为什么那么想跟你结婚?”

“我能逗他开心。”

托尔太太发出一声愤怒的惊叹。

“他是个不要脸的流氓。我差点当着他的面告诉他。”

“那样你就错啦，而且那样做很不礼貌。”

“他一个子儿都没有，而你有的是钱。你不能糊涂到这种地步吧，连他娶你是为了钱都看不出来。”

简镇静如常。她只是淡定自若地看着她嫂子大发雷霆。

“我觉得他不是那种人，你知道，”她答道，“我觉得他很喜欢我。”

“你是个老太婆啦，简。”

“我跟你一样大，玛丽昂。”她笑道。

“我可从来没放任自流过。以我这年纪衡量，我显得很年轻了。没人会以为我超过四十岁。可即便是我，也从来没梦想过嫁给一个比自己小二十岁的小伙子。”

“二十七岁。”简更正。

“你是不是想告诉我，你能让自己相信，一个小伙子有可能喜欢一个老得足够当他妈的女人?”

“我在乡下住了好多年。我敢说有好多关于人类天性的事儿，我还闻所未闻。他们跟我说，有个叫弗洛伊德的男人，一个奥地利人，我相信……”

可是托尔太太连一点礼貌都不讲了，生生打断了她的话。

“别发痴啦，简。这太丢人了。这真不像话。我一向以为你是个理智的女人。我真是做梦也想不到你有可能爱上一个小男孩。”

“可我没爱上他啊。这个我跟他说了。我当然很喜欢他，否则也不会想到嫁给他。我想，只有跟他说清楚我对他到底是怎样的感情，才是公平的。”

托尔太太喘着粗气。血直冲她脑门，她呼吸困难。她手里没扇子，但她抓起一张晚报，冲着自己一个劲地扇风。

“既然你没爱上他，那你为什么还想嫁给他?”

“我已经守寡很久啦，一直都过着安安静静的日子。我想换换花样。”

“你要结婚就结婚好了，可你为什么不嫁个跟你年纪相当的人呢?”

“没有哪个跟我年纪相当的人向我求过五次婚啊。实际上，根本没有哪个跟我年纪相当的人向我求过婚。”

简一边回答一边咯咯直笑。这么一来，托尔太太的怒火就攀上了最后一座高峰。

“别笑，简。我受不了。我想你心里不会觉得这样做是对的。

真可怕。”

所有这些让她不胜负荷，她顿时泪如雨下。她知道，在自己这个年纪，哭一场可是要命的事，她的眼睛会一连肿上二十四小时，这下可有的她好看了。可是一点办法都没有。她还是哭了。简始终镇定自若。她一边透过大眼镜注视玛丽昂，一边若有所思地把手搁在大腿上，在黑色丝绸礼服裙上摩挲。

“你会过得非常非常难受的。”托尔太太一边抽抽搭搭，一边小心翼翼地抹着眼泪，生怕黑色睫毛膏晕开。

“我可不这么想，你知道，”简用她那种平静而温和的口吻回答，仿佛每个字眼背后都藏着微笑，“我们里里外外都商量过了。我一向认为自己是个很好相处的人。我想我会让吉尔伯特过得既快乐又舒心。还从来没有人能好好照料他呢。我们是经过深思熟虑才决定结婚的。而且我们决定，但凡有谁想要自由了，另一方就不能挡他的道。”

此时，托尔太太已经完全缓过神来，能说出一句刻薄话了。

“他说动你给他多少钱安置他？”

“我想每年给他一千镑，可他不听。我提出这个建议的时候他很恼火。他说他赚的钱足够他自己用了。”

“他比我想象的更狡猾。”托尔太太语带尖酸。

简稍停片刻，用善意然而坚定的眼神看着她嫂子。

“你瞧，我亲爱的，我跟你的情形不一样，”她说，“你还从来没有当过那么久的寡妇，是吗？”

托尔太太看看她。她的脸略略泛红。她甚至觉得有点不舒服。

可是，毫无疑问，简那么单纯的人，是不会含沙射影的。托尔太太不失端庄地打起精神来。

“我实在是心烦意乱，真得上床睡觉了。”她说，“我们到明天上午再接着谈吧。”

“恐怕不太方便，亲爱的。我和吉尔伯特明天就去领证。”

托尔太太举起双手做了个沮丧的手势，可她已经无话可说。

结婚手续在登记处办理。我和托尔太太是见证人。吉尔伯特一身挺括的蓝色正装，看上去真是年轻得离谱，而且他显然很紧张。对于任何男人而言，这一刻都很难熬。不过，简始终气定神闲，教人钦敬。她简直就像个摩登女郎，因为屡“嫁”不鲜而习惯成自然。唯有她面颊上的一抹绯红表明，在她镇定的面目底下，还按捺着一点点兴奋。对于任何女人而言，这一刻都惊心动魄。她穿着一身宽宽大大的银灰色天鹅绒礼服裙，我能认出剪裁出自那个替她做了那么多年礼服的利物浦裁缝之手（这裁缝显然是个品行完美的寡妇）；可她为了迁就这个场合的浅薄无聊，戴上了一顶硕大的、插着蓝色鸵鸟毛的阔边女帽。跟她那副金边眼镜配在一起，看起来特别古怪。登记仪式一结束，登记员（我想，他多少被这一对的年龄差距给吓着了）就跟她握了握手，柔声说出他那些严格按照官方套路表达的祝福；于是新郎面颊泛红，吻了她。托尔太太一副听天由命却又心绪不宁的样子，也亲了亲她；接着，新娘又满怀期待地看看我。显然，我应该也亲亲她才对。我亲了。

我承认，当我们走出登记处时，当我们经过那些势利地等着参观这对新婚夫妇的人流时，我有点害羞，直到钻进托尔太太的汽车才松了一口气。我们开车前往维多利亚车站，因为这对快乐的人儿要赶两点钟的火车去巴黎，而且简坚持婚礼喜宴一定要摆在车站餐厅里。她说，如果不能及时赶到月台上，她就会紧张，向来如此。至于托尔太太，纯粹是出于强烈的家庭责任感才肯出席的，对于喜宴的顺利进行也帮不上什么忙；她什么也吃不下（这点我也没法怪她，因为菜确实不好吃，而且，不知怎么的，我不喜欢在午餐上喝香槟），说话时声调紧张兮兮。不过，简浏览菜单的时候一丝不苟。

“我一向认为，旅行出发前得饱餐一顿。”她说。

我们送他们上路，然后我开车送托尔太太回家。

“你看会撑多久？”她说，“六个月？”

“让我们期望最好的结局吧。”我笑道。

“别犯傻了。不可能有‘最好’的。你不觉得他之所以娶她，只是为了钱吗？肯定不会长久的。我只希望她用不着承受那些她注定要遭的罪。”

我笑了。这些仁慈的话语用那种口气说出来，不免让我对托尔太太的用意略感怀疑。

“好吧，但凡它撑不下去，你就可以这样慰问啦：‘我早就跟你说过。’”我说。

“我向你保证，我永远都不会这么说。”

“那你就可以祝贺自己很有克制力，居然没说‘我早就跟你说过'，并且享受这种满足感。"

"她又老又邋遢又迟钝。"

"你真的觉得她迟钝吗？"我说，"她的话是不多，可但凡她说了什么，就总能说到点子上。"

"我这辈子还没听到她开过一个玩笑呢。"

等吉尔伯特和简度完蜜月回来，我已经又去了远东，这一回在那里待了将近两年。托尔太太写信不在行，虽然我间或给她寄过明信片，却得不到她一丁点消息。不过，等我回到伦敦，只过了一个礼拜就碰上了她；当时我在外面吃饭，发现她就坐在邻桌。那是场大型派对，我觉得我们就像是塞进烤馅饼里的那二十四只乌鸫[①]，而且我多少有点迟到，一陷进人堆里就晕了，都没法集中精神注意那里都有谁。可是，我们一坐下，刚开始打量长桌周围，我就发现有好些宾客的照片上过画报，因而为人熟知。我们的女主人热爱那些被严格界定为"名流"的人，于是这成了一场星光灿烂的聚会。我和托尔太太先是沿着两个人几年未见、今朝重逢时的惯常套路寒暄了几句，然后我问起简。

"她很好。"托尔太太干巴巴地说。

"这场婚姻走势如何？"

① 此话出自英国十八世纪开始流传的一首家喻户晓的儿歌，读来朗朗上口，但内容诡异难懂，后人对其曾有过多种诠释，成为西方很著名的典故。这首儿歌的开头几句是："唱一首六便士之歌，装满一袋黑麦，二十四只乌鸫，塞进同一只烤馅饼。馅饼一打开，鸟儿便齐声歌唱，这难道不是，献给国王的美味佳肴？"小说主人公在这里做此联想，可能是讽刺派对的场面混乱。

托尔太太顿了顿，从面前的一碟盐渍杏仁里拿起一颗。

“看起来很成功。”

“那么你错了？”

“我说过它撑不下去，现在我还是说它撑不下去。这是违反人类天性的嘛。”

“她过得开心吗？”

“他们都过得很开心。”

“我猜你不大见到他们。”

“先前我常常能见到他们。可是现在……”托尔太太微微噘起嘴，“简越来越有气派了。”

“你这是什么意思呢？”我笑道。

“我想我该告诉你，她今晚就在这里。”

“这里？”

我吓了一跳。我又把桌子周围打量了一番。我们的女主人是个令人愉快、善于款待的女人，可我无法想象她会在这样的晚宴上邀请一个无名建筑师的又老又邋遢的老婆。托尔太太看出我的困惑，也精明得足以看穿我在想什么。她勉强笑了笑。

“往女主人的左边看。”

我看了。说也奇怪，那一刻，当我被领进拥挤的客厅时，坐在那边的那个女人就凭着出挑的容貌让我眼前一亮。我觉得我在她眼里察觉到一星半点认识我的意思，可是，在我看来，我以前根本就没见过她。她并不是个年轻女子，因为头发呈铁灰色；头发剪得很短，绷紧的发卷厚厚地铺在她轮廓优美的头颅上。她并未刻意装嫩，因为她在聚会上之所以引人注目，恰恰是因为一不抹唇膏，二不涂胭脂，三不打粉底。她的脸并不见得有多漂亮，面色泛红，饱经风霜，但因为不施粉黛、自然天成，所以看上去赏心悦目。与之形成奇特对比的是她肩膀的白皙。这副肩膀实在是很漂亮。即便是三十来岁的女人，如果能有这样一副肩膀，也会深感自豪。不过，她的礼服可真是超凡脱俗。礼服黄、黑两色，领口开得很低，下摆裁得很短，这样的款式在当时很时髦；这身衣服的效果，几乎和化装舞会上的礼服差不多，却又与她如此相得益彰，尽管它穿在别人身上会惨不忍睹，但一配上她，就洋溢着一股浑然天成、简洁率真的气息。奇特而不作状，夸张而非炫耀，为了使这幅画面臻于完美，她戴上了一块用宽宽的黑带子系住的单片眼镜。

“你不是要告诉我，那就是你的小姑子吧。”我倒抽一口凉气。

“那就是简·内皮尔。”托尔太太冷冰冰地说。

恰好在此时，她开口说话了。东道主朝她的方向转过身，致以满怀期待的微笑。坐在她左首的一个头发一半秃一半白、面相既敏锐又聪慧的男人，身子热切地往前倾，而坐在对面的那对夫妻也不再跟别人搭话，竖起耳朵认真听。她话音刚落，他们就突然往后一仰靠在椅背上，猛地大声笑起来。桌子另一头，有个男人在跟托尔太太讲话——我认出那是一位著名政治家。

“你小姑子又讲了个笑话，托尔太太。”他说。

托尔太太报以微笑。

“她真是无价之宝，不是吗？”

“让我喝一大口香槟酒，然后，看在老天分上，跟我说说是怎么回事。”我说。

好吧，关于事情的来龙去脉，以下就是我听到的说法。蜜月伊始，吉尔伯特就带着简在巴黎四处拜访女装裁缝，她由着自己的性子挑了几件“长袍”，他也没提出异议；可他也说服她穿上了一两件他自己设计的“礼服”。看起来他对这种活儿有点慧根。他还雇了个法国女仆。这样的事情简以前可从来没经历过。缝缝补补的事情她亲力亲为，需要“梳妆打扮”的时候她习惯按铃喊女仆过来。吉尔伯特设计的礼服与她以前穿过的款式迥然相异；不过他很谨慎，并没搞得太离谱；既然这样能讨他欢心，她就说服自己——虽然不无疑虑——尽量多穿他设计的，少穿自己挑的。要跟这些衣服搭配，她以前常穿的那些层层叠叠的衬裙当然就没法上身了，这些玩意——虽说她有过那么一段煎熬——终究让她给扔了。

“你说怪不怪，”托尔太太说，听起来似乎是在嗤之以鼻，“除了薄薄的真丝紧身衣，她什么都不穿。依我看，以她这把年纪居然没死在感冒上，也真是个奇迹。”

吉尔伯特和法国女仆教她怎么穿衣打扮，而且，说来意外，她居然学得很快。法国女仆对夫人的胳膊和肩膀赞不绝口。如果这么漂亮的东西都不露出来，那可真是条丑闻。

“再等一阵，阿方西娜，”吉尔伯特说，“接下来我替夫人设计的一大批衣服，就要让她充分表现。”

那副眼镜当然很可怕。不管是谁，戴上金边眼镜都好看不到哪里去。吉尔伯特试了试一副玳瑁边的。他摇摇头。

“若是戴在一个女孩子脸上倒是恰如其分，”他说，“你年纪太大了，不适合戴眼镜，简。”突然，他的灵感来了。“没错，我有办法了。你得戴单片眼镜。”

“哦，吉尔伯特，我不能。”

她看着他，他那股子兴奋劲——艺术家的兴奋，逗得她笑起来。他对她真好，她也想尽其所能让他高兴。

“我试试。”她说。

他们去一家眼镜店，先挑到合适的尺寸，看她得意扬扬地将一只单片眼镜搁在眼睛上，吉尔伯特拍起手来。此时此地，当着惊呆的店员，他在她的双颊上亲了亲。

“你看上去真美。”他大声说。

于是他们直奔意大利，花去了几个月的快乐时光，研习文艺复兴及巴洛克时期的建筑。简非但渐渐习惯了这番“改头换面”，而且发觉自己还挺中意的。起初，当她走进一家饭店的餐厅、人们都转身盯着她看时，她还有点害羞——以前可没人会对她抬一下眼皮，可是现在，她发觉这种轰动效应也并不讨厌。女士们都围到她身边，问她这身衣服是哪里来的。

“你喜欢吗?”她故作端庄地问道，“是我丈夫替我设计的。”

“如果你不介意，我想照着这样子也做一件。”

毫无疑问，简确实过了多年安安静静的日子，但她绝对没有丧失她正常的性别本能。她胸有成竹。

“很抱歉，不过我的丈夫很特别，他可不愿意听说有谁要把我的礼服照抄过去。他想让我独一无二。”

她还以为人们听她这么说会笑，可他们没笑；他们只是这样回答：

“哦，我当然能理解。你确实独一无二。”

可她发现他们用脑子记下了她的款式，不知怎么的，这事让她心烦意乱。平生第一次，她没有穿别人都在穿的衣服，她暗自寻思，不明白别人为什么都想学着她的样子穿衣服。

“吉尔伯特，”她说，以她平素的口气衡量，这一句显得颇为急切，“下一回你替我设计礼服，我希望你能设计一点别人没法照抄的东西。”

“唯一的办法就是设计只有你才能穿的东西。”

“这个你做不到吗？”

“能做到，只要你能为了我做一件事。”

“什么事？”

“剪掉你的头发。”

我想这是简第一次犹豫不决。她的头发又长又厚，从少女时代起她就为此深感自豪；挥刀剪发可是个很激烈的举动。那真是让她破釜沉舟了。对她而言，让她如此为难的并不是第一步，而是最后一步；可她还是接受了（“我知道玛丽昂会觉得我纯粹是个傻瓜，而且我再也不能回到利物浦啦。”她说），当他们在回家的路上经过巴黎时，吉尔伯特把她领到了（她直犯恶心，心跳得那么快）全世界最好的发型师身边。当她走出店门时，一头干净利落的灰色鬈发显得既活泼，又时髦，放肆不羁。皮格马利翁完成了他的奇幻杰作：伽拉忒亚复生[1]。

“好吧，”我说，“可这不足以解释简今晚为什么会在这里，身边围着一群诸如公爵夫人、内阁大臣这样的人物；也不能解释为什么她的一边坐着宴会主人，另一边坐着海军元帅。”

“简是个幽默大师，”托尔太太说，“你没发觉她一说话他们都笑起来吗？”

毫无疑问，托尔太太如今满腹怨毒。

“当简写信告诉我他们蜜月结束要回家时，我想我得邀请他们一起来吃饭。我其实不太情愿，但我觉得我只能这么做。我知道这场派对是死路一条，我可不想为此赔上哪个举足轻重的人物。而另一方面，我也不想让简以为我没有什么体面的朋友。你知道，我以前请来的人可从没超过八个，可是这一回，我想如果能请来十二个，事情会更顺利。在派对举行之前，我忙得没空见简一面。她让我们大家都等了一小会儿——这正是吉尔伯特的聪明之处——最后她款款登场。我大惊失色，你当时哪怕用一根羽毛都能把我放倒。她使得其他女人看起来又邋遢又土气。她让我觉得自己就像是个浓妆艳抹的老厌物。”

托尔太太喝了点香槟。

“我真希望能跟你描述清楚那件礼服是什么样子。要是穿在别人身上，肯定糟糕透顶；她穿起来就天衣无缝。还有单片眼镜！

① 这是希腊神话中的典故：塞浦路斯王皮格马利翁善雕刻，热恋自己所雕的少女像伽拉忒亚，爱神阿佛洛狄忒见其感情诚挚，遂赋予雕像生命，使二人结为夫妇。

我都认识她三十五年了，还从来没看到她不戴双片眼镜呢。”

“可你知道她有副好身材吧。”

“我怎么会知道？除了你跟她初次相逢时她身上穿的那种衣服，我还从来没见她穿过别的。你那时就觉得她有一副好身材吗？她似乎对她自己创造的轰动效应浑然不觉，把这事看成理所当然。我想到这场晚宴，不由如释重负地叹了口气。单凭这身装扮，即便她反应有点儿迟钝，问题也不大了。她当时坐在桌子的另一头，我听到那边时时传来笑声。我挺高兴，心想，别人都玩得挺尽兴；可是，晚宴结束之后，至少有三个人来找我，告诉我我的小姑子是无价之宝，问我能不能允许她们邀请她，这可真让我吃惊。一时间我都搞不清楚自己究竟是双脚着地呢，还是在玩倒立。二十四小时之后，我们今晚的这位女主人就给我打来电话，说她听说我的小姑子在伦敦，听说她是无价之宝，问我能否邀请她共进午餐。这个女人的直觉从来就不出错：过了一个月，人人都在谈论简。我今晚能在这里，并不是因为我已经跟女主人认识了二十年并且请她吃过一百顿饭，而是因为我是简的嫂子。”

可怜的托尔太太。这种处境很难堪，尽管眼看着她遭了报应、转胜为败，我忍不住发笑，但我觉得她还是值得同情的。

“人们向来都抵挡不住那些让他们欢笑的人。”我说，想安慰安慰她。

“她可从来都没让我笑过。”

我又听到桌子另一头传来一阵哄笑，我猜简又说了什么好笑的话。

“那么，你的意思是，只有你没发觉她是个很风趣的人啰？”

“难道你以前就觉得她是个幽默大师？”

“我得承认，以前没这么想。”

“她现在说的，和过去三十五年里说的话没什么两样。别人都笑，我就跟着笑，因为我不想让自己看上去像个大傻瓜，可是我并不觉得有什么好笑。”

“就像维多利亚女王。”[①]我说。

这是一句愚蠢的俏皮话，托尔太太厉声告诉我——她说得没错。我换了一种策略。

“吉尔伯特在这里吗？”我一边问，一边打量桌子周围。

“吉尔伯特也受到了邀请，因为她但凡出门就非得带着他不可，不过，今晚他去了建筑学会——反正不管叫什么玩意吧——办的晚宴。”

“我很想和她叙叙旧。”

“吃完饭去跟她谈谈吧。她会请你去她的‘礼拜二’。”

“她的礼拜二？”

“她每个礼拜二晚上都在家。在那里，所有你听说过的人物，你都能碰得上。那是全伦敦最好的派对。她只用了一年，就做到了我二十年都做不到的事。”

“可是你跟我说的这些真是不可思议。到底是怎么做到的呢？”

---

① 维多利亚女王以不苟言笑著称，曾在某次看喜剧演出后毫不留情地说：“我们不觉得好笑。”（We are not amused.）此事流传开以后，这句话就成了英语里非常著名的典故。

托尔太太耸耸她那副虽然漂亮却显得肥胖的肩膀。

“如果你能告诉我，我会很高兴。”她答道。

晚饭后我试着往简坐的那张沙发跟前凑，可走到一半就挤不过去了，又过了一会儿，女主人向我走来，说：

“我得把你介绍给我这场派对上的明星。你认识简·内皮尔吗？她是无价之宝。她比你看过的喜剧有意思多了。”

我给带到沙发跟前。那个晚餐时一直坐在她身边的元帅仍然跟她在一起。他没有一点挪窝的意思，简跟我握了握手，把我介绍给他。

“你认识雷金纳德·弗洛比歇爵士吗？”

我们开始聊天。简和我以前认识的没什么两样，很简洁，很朴实，不造作，然而，毋庸置疑，她那光彩照人的形象替她的谈吐平添了某种特殊的味道。突然间，我发觉自己也笑得前仰后合。她刚才说的那句话，既通情达理又切中要害，但一点也谈不上机智诙谐，可她说话的口吻，她透过单片眼镜看我的温柔眼神，使得这些言辞具有无可抵挡的魅力。我觉得轻松愉快，优哉游哉。当我起身离开时，她对我说：

“如果礼拜二晚上你没有更好的安排，就来看看我们吧。吉尔伯特要是看到你，会多高兴啊。”

“等他在伦敦待满一个月，他就会知道不可能有更好的安排了。”元帅说。

于是，周二那天——不过时间挺晚，我去了简的家，我得承认，嘉宾阵容让我有点吃惊。作家与画家，政客与演员，贵妇与美女，弹眼落睛地济济一堂。托尔太太说的没错，这确实是一场盛大的派对；自从“斯塔福德宅邸”[①]出售之后，我还从来没在伦敦见过这样的盛况。场内并不提供什么特殊的娱乐表演。点心数量充裕，却也并不奢华。简似乎在用她那种安安静静的方式自得其乐；在我看来，她并未费尽气力讨客人们的欢心，可他们似乎都喜欢待在那里，于是这欢快、愉悦的派对直到凌晨两点才告终。此后，我常常看见她。我不但常去她的家，而且即便是赴外面的午宴和晚宴，也几乎次次都遇上她。我对幽默不在行，很想弄明白她的天赋异禀究竟在哪里。将她说的话重复一遍是不可能的，因为那种风趣的感觉就像某些酒一样，一挪地方就变味。她并没有制造警句的天分。她在对答时从来没有说过什么珠玑妙语。她的评论里没有恶意，反驳别人时也不会暗里藏针。有些人认为智慧的精髓就是不合体统的惊人之语，而不是简明扼要；可她从来没说过一句会让维多利亚时代的人们脸红的话。我觉得她的幽默属于无心插柳，我也相信它并没有经过刻意策划。它宛若一只蝴蝶在花间时而飞舞，时而停驻，全凭自己的兴致，既不耍心计，也非孜孜以求。它得仰仗着她说话的口气和她看人的眼神。诚然，吉尔伯特帮她打造的这身华丽而夸张的造型，在她的幽默中注入了微妙之处；但她的造型只不过是其中的一项要素而已。如今，

① 位于伦敦西区圣詹姆斯宫附近的一幢著名豪华宅邸，始建于一八二五年，在近一个世纪的时间里都以其买主斯塔福德侯爵二世的姓氏命名。文中提到的“出售”是指一九一二年，一位兰开斯特郡的肥皂商将这幢房子买下，并将其改名为“兰开斯特宅邸”，次年又将其赠予英政府，成为伦敦重要的历史遗迹和外交接待场所。

毫无疑问，她本人就是时尚，她只要一张嘴，大家就会笑起来。他们再也不会大惊小怪，为什么吉尔伯特会娶一个比自己年长那么多的太太。他们发觉，对简这样的女人而言，年龄无关紧要。他们都觉得他实在是个撞上了大运的小伙子。元帅当着我的面引用了莎士比亚的话："年龄不能使她衰老，习惯也不能陈腐了她的变化无穷的伎俩。"[①]她的成功让吉尔伯特很开心。随着我对他的了解日益加深，我越来越喜欢他了。显然，他既不是个流氓，也不是个吃软饭的。他非但为简深感自豪，而且确实对她忠心耿耿。他对她的善意真让人感动。他是一个心地无私、性情和蔼的人。

"呃，你觉得简现在怎么样？"有一回他对我说，话里带着几分孩子气的得意。

"我不知道究竟是哪一个更了不起，"我说，"是她，还是你。"

"哦，我不值一提。"

"胡说。你不会以为我傻到看不出是你，只有你，才能让简变成现在这样吧。"

"我唯一的优点，就是在肉眼看不真切的地方，看见了那些本来就存在的东西。"

"我能理解你看出她的容貌有变得光彩照人的潜力，可是，你究竟是怎么让她变成一个幽默大师的呢？"

"可我以前一向都认为她说的话能让人捧腹大笑啊。她一直都

---

① 此话出自莎士比亚的《安东尼与克莉奥佩特拉》第二幕第二场，此句引文出自朱生豪译本。

是个幽默大师。”

“以前就有这想法的人，可只有你一个。”

托尔太太——诚然是出于宽宏大量——承认她以前看错了吉尔伯特。她越来越喜欢他了。但是，尽管表面如此，她还是毫不动摇地认定这场婚姻不会持久。我只好嘲笑她了。

“为什么呀，我还从来没见过这么心心相印的一对呢。”我说。

“吉尔伯特已经二十七岁了。是该到了有个美女靠近的时候了。那天晚上在简家，你有没有注意雷金纳德爵士的那个漂亮的小侄女？我觉得简对他们两个人都很在意，我也有点疑心。”

“普天之下，我不相信简会怕哪个丫头跟她较量。”

“等着瞧吧。”托尔太太说。

“你说过它只能撑足六个月。”

“好吧，现在我估计能撑三年。”

但凡有人固执己见，出于人类天性，别人就会希望事实证明他错了。托尔太太就属于过分自信的那种人。可我却没有得到那份满足，因为她所一贯坚持的信念，她替那对不般配的夫妻预测的结局，终于还是确凿地发生了。然而，命运很少会按照我们希望的方式，把我们想要的东西给我们，尽管托尔太太可以讴歌自己判断得何等准确，可我想，到头来她还宁可自己看错了。因为事情发生的方式，完全出乎她意料之外。

某日，她给我一条十万火急的口讯，幸好我及时赶去见到了她。我刚给带进房间，托尔太太就从椅子上站起身朝我走来，步态如同一只悄悄靠近猎物的豹子一般敏捷。我发觉她很兴奋。

“简和吉尔伯特分手啦。”她说。

“不会吧？好吧，你终于还是说对了。”

托尔太太看看我，脸上的表情让我难以捉摸。

“可怜的简。”我咕哝了一句。

“可怜的简！”她跟着说了一遍，可是那声调里透出的嘲讽让我目瞪口呆。

她费了好大的劲，才告诉我究竟发生了什么事。

先前，趁吉尔伯特还没到访，她跳起来打电话给我，叫我过来。他一进屋——脸色苍白，神情狂乱——她就看出有什么可怕的事情发生了。还没等他开口，她就知道他要说什么了。

“玛丽昂，简离我而去了。”

她向他微笑，握住了他的手。

“我知道你想表现得像个绅士。如果别人认为是你离开她，那对她是很残忍的。”

“我跑来告诉你是因为我知道你一定会同情我。”

“哦，我不怪你，吉尔伯特，”托尔太太说，态度很和蔼，“这事总要发生的。”

他叹了口气。

“我也这么想。我没法指望一直都能留住她。她太出色了，而我只是个彻头彻尾的凡夫俗子。”

托尔太太拍拍他的手。他真是干得很漂亮。

“那下一步会怎样？”

“嗯，她要跟我离婚。”

“简总是说，但凡你想娶个小姑娘，她是不会从中作梗的。”

“你不会认为，在当过简的丈夫以后，我还会乐意娶别人吧。”他回答。

托尔太太给搞糊涂了。

“毫无疑问，你的意思是你已经离开简了。”

“我？这是我最不愿意做的事。”

“那么她为什么要跟你离婚？”

“她打算，等离婚判决一生效，她就嫁给雷金纳德·弗洛比歇爵士。”

托尔太太不折不扣地尖叫起来。接着，她好一阵眩晕，只好去拿嗅盐。

“你替她做了那么多，她还是要这么干？”

“我没替她做什么呀。”

“你是说，她这样利用你，而你听之任之？”

“我们在结婚前就说好啦，不管谁想要自由，另一方都不能挡道的。”

“可是这样安排是为你考虑的。因为你要比她年轻二十七岁啊。”

“好吧，到头来这条对她很有用。”他苦涩地答道。

托尔太太又是忠告，又是争辩，又是说理；可吉尔伯特坚持认为，哪条规则对简都不适用，不管她想做什么，他都必须照办不误。他弄得托尔太太好不沮丧。她把这通对话一五一十地告诉我，这才觉得好受了许多。看到我跟她一样惊讶，她很高兴，至于我为什么没像她一样对简的所作所为深感愤慨，她则归咎于我身为男性，天生就可耻地缺乏道德观。正当她兀自沉浸在亢奋情绪中时，大门打开，管家领着——简本人进来。她一身黑白相间，无疑正适合她眼下多少有点暧昧的处境，可是，看到她穿着一条那么别致那么奇妙的裙子，再配上一顶如此亮眼的帽子，我着实倒抽了一口气。可她的温和淡定一如既往。她上前来亲了亲托尔太太，可是托尔太太却怀着冰冷的怒意缩了回去。

“吉尔伯特来过了。”她说。

“是，我知道，”简笑笑，“是我叫他来看看你的。我今晚要去巴黎了，我不在的时候，希望你对他格外好一点。我害怕刚开始的时候，他会很孤单，如果我能指望你对他略加照应，就会觉得好受些。”

托尔太太拍拍巴掌。

“吉尔伯特刚才跟我说了一件我几乎无法相信的事。他告诉我，你要跟他离婚，然后嫁给雷金纳德·弗洛比歇。”

“你忘了吗，就在我嫁给吉尔伯特之前，你建议我嫁给与自己年纪相当的男人？元帅今年五十三岁。”

“可是，简，你样样都亏欠吉尔伯特呢，”托尔太太愤慨地说，“没有他你活不下去的。没有他替你设计服装，你就什么都不是了。”

“哦，他答应继续替我设计服装呢。”简温和地回答。

“没有哪个女人会想要一个更好的丈夫了。他一直都那么善待你。”

“哦，我知道他很可爱。”

“你怎么能这么没心没肺?”

“可我一直都不爱吉尔伯特啊，”简说，“我一直跟他这么说。现在我开始觉得需要一个和我年纪相当的男人来跟我做伴了。我想，也许我嫁给吉尔伯特的时间已经够长了。跟年轻人没什么话好说。”她略停片刻，冲着我们绽开迷人的微笑。“我当然也不会对吉尔伯特弃之不顾啦。我已经跟雷金纳德都安排好了。元帅有个侄女跟他天生一对。等我们一结婚，就会邀请他们到马耳他来跟我们一起住——你知道，元帅要去地中海指挥部——如果他们堕入情网，我可一点儿都不会惊讶。”

托尔太太鼻子里轻轻哼了一声。

“那你有没有跟元帅约定，如果你们想要自由，那么谁都不能挡了对方的道?

“这个我提过，”简镇定地答道，“可是元帅说，但凡是好东西，他一望便知，他不会乐意娶别人，而如果有谁想娶我——他的旗舰上有八门十二英寸口径的大炮，他会在近距离讨论这个问题。”她透过单片眼镜看了我们一眼，尽管我怕托尔太太会发火，还是忍不住笑起来。“我想元帅是个激情四溢的男人。”

托尔太太朝我气呼呼地皱皱眉头。

“我从来都不觉得你风趣，简，”她说，“我一直不明白，为什么你说的话能让大伙儿发笑。”

“我从来都不觉得自己风趣啊，玛丽昂，”简笑笑，露出亮闪闪、齐刷刷的牙齿，“我很高兴能赶在有太多人改变我们的主意之前，离开伦敦。”

“我希望你能把你那惊人成就的秘诀告诉我。”我说。

她转向我，那温和而朴实的眼神是我如此熟悉的。

“你知道，自从我嫁给吉尔伯特并在伦敦定居之后，我说的话就开始让大家发笑，对此，没有人比我自己更惊讶了。同样的话我说了三十年，以前怎么没人看出有什么可笑的。我想准是我的衣服或者我的短发或者我的单片眼镜起了作用。后来，我发觉那是因为我说的是真话。说真话是如此非同寻常，以至于人们反倒觉得幽默了。总有一天别人也会发现这个秘诀的，一旦大家讲真话成了习惯，那当然就不会觉得有什么风趣可言了。”

“为什么只有我一个人不觉得好笑呢？”托尔太太问道。

简犹豫了一会儿，似乎在认认真真地寻找一种合意的解释。

“也许当真相出现在你眼前时，你并不知道那就是真相，亲爱的玛丽昂。”她用她那种温文尔雅、富有教养的方式回答。

毫无疑问，她就此一锤定音。我觉得简一向就有一锤定音的本事。她确实是无价之宝。

插曲

冯涛　译

那是一次相当小型的派对，因为我们的女主人喜欢大家有共通的话题；我们一起吃饭的人最多不超过八个，通常就只有六个。饭后一起来到起居室的时候，座椅的安排都相当讲究，不论是哪两个人都甭想躲到某个角落里说悄悄话去，以免扫了大家的兴。我一进门就很高兴地发现，所有的人我都认识。除了女主人外有两位聪明又优雅的女客，除了我以外还有两位男宾。其中的一位是我的朋友奈德·普雷斯顿。我们的女主人历来就有个规矩，那就是从不邀请妻子跟丈夫同来，因为据她说那会让夫妻双方都倍感拘谨，没办法尽兴；要是有哪对夫妇不乐意单人独往的话，那就干脆甭来算了。不过因为她的餐桌上一直都能提供美酒佳肴，再加上谈论的话题也总是相当有趣，她邀请的人通常都会来的。大家有时候指责她邀请丈夫们的频率要高于邀请妻子，不过她为自己辩解说，这根本由不得她，谁让做了丈夫的男人本来就比为人妻的女人多呢?

奈德·普雷斯顿是个苏格兰人，天生好性情，总是兴兴头头的，很有讲故事的天分，有时未免讲得太过冗长，因为他真是罕见地健谈，不过总是极富戏剧性，可以说高潮迭起。他是个单身汉，有一笔不大的收入，不过也足敷他那清心寡欲的生活之需。他算是挺有造化的，因为他罹患一种慢性结核病，这种病能一拖好多年，不会置人于死地，不过却也妨碍你外出工作谋生。他时不时地会旧病发作，得缠绵病榻两三个礼拜，不过发作过后又会大为好转，他又会一如既往地快活、开朗和健谈。我怀疑他未必有足够的钱去某家昂贵的疗养院疗养，不过可以肯定的是他的脾气可绝对无法适应那里的生活。他见多识广，喜欢跟人交际。只要身体状况允许，他总不愿意待在家里，喜欢出去吃午饭，出去吃晚饭，喜欢一直坐到很晚，抽着他的烟斗、喝掉大量的威士忌。假如他能满足于过病人的那种残缺不全的生活，他也许到现在还活着，可他才不干呢；而且谁又能因此而责怪于他？他是在五十五岁上死于大出血的，去世的那天夜里他刚从某人的宅邸里回来，他满可以为自己的表现心满意足了，因为全仗了他，那晚的派对相当成功。

他具有某些痨病患者所特有的那种发热病般蓬勃的活力，总是想方设法找点事来满足他那行动的热望。不知道他从哪儿听说沃姆伍德·斯克拉比斯监狱[①]需要囚犯监察员，这勾起了他极大

① 通常简称“斯克拉比斯”，位于伦敦市区西部哈默史密斯–富勒姆区（London Borough of Hammersmith and Fulham）的沃姆伍德·斯克拉比斯地区，是一家B类男囚监狱，由“女王陛下监狱部”（Her Majesty's Prison Service）经管。

的兴趣，他于是自己跑到内政部求见专司监狱管理的官员，主动请缨干这份差事。这个工作是没有报酬的，虽然也颇有不少人或是出于同情或是纯属好奇愿意尝试一下，但要不了多久也就感到厌烦了，要么就是嫌占用的时间太多，于是就开始打退堂鼓，至于他们原本殷切关心的诸如囚犯们所面临的各种问题、囚犯们的利益以及未来等等也全都随之弃置一旁，无人问津了。有鉴于此，内政部的官员们也都长了个心眼，绝不再接受那些看着就干不长的人，对于应征者的履历、性格以及总体的适应能力都会进行仔细的查考。然后还会有一个试用期，对其进行谨慎的观察，如果印象不佳就干脆婉言谢绝，告诉对方不需要再费心干下去了。不过奈德·普雷斯顿却让那位阴沉、干练的面试官员相当满意，觉得他在各个方面都足堪信赖，而且从一开始他就跟典狱长、狱吏和囚犯们处得很好。他丝毫没有等级观念，所以囚犯们不管入狱前是什么身份，跟他在一起都觉得很放松很自在。他既不讲道又不说教。他生平不要说犯罪了，就连亏心事都从来没做过，可是他却把囚犯们犯下的罪行当作他的肺结核一样的疾病来看待：你不得不忍受这样讨厌的麻烦事儿，但整天挂在嘴边上却没有丝毫益处。

沃姆伍德·斯克拉比斯是一座关押初罪犯人的监狱，是幢冰冷阴森、令人望而生畏的建筑。奈德曾带我去过一次，当穿过一道道为我们打开的牢门，进入监狱内部后，我身上忍不住一阵阵地直起鸡皮疙瘩。我们穿过一个个犯人们正在里面劳作的巨大房间。

“你要是看到自己的什么朋友，就假装根本没看见好了，”奈德嘱咐我，“他们可不喜欢被人认出来。”

“难道我在这儿会碰到我的什么朋友？”我冷冰冰地问。

“这你可说不准。你要是有朋友因为经常开空头支票或是在某个公园里因为什么伤风败俗的勾当被抓，我并不觉得这有什么值得大惊小怪的。你要是知道我在这儿能多么经常地意外碰到曾一起吃过饭的朋友，你肯定会大吃一惊的。”

奈德的职责之一是帮助那些刚被抓进监狱的囚犯度过最初最为难熬的几天。他们经常会因为经受的审判和刑罚，精神上受到极大的打击；在经历过初步法律程序后，他们还不得不忍受入狱服刑的整套过程：脱光衣服、淋浴、体检、接受盘问，最后换上囚服被带进牢房里，再关门上锁，经过这一番折腾之后，他们的精神几乎都要崩溃了。有时候他们会歇斯底里地哭喊；有时候会吃不下饭睡不着觉。奈德的任务就是要帮他们振作起来，而他那轻松愉快的举止和亲切自然的态度经常能产生神奇的效果。如果他们担心牵挂着老婆孩子，他会亲自前去探望，如果他们穷愁潦倒，他会自掏腰包资助他们。他告诉他们各种新闻和消息，帮他们消除自感与世隔绝、被亲人抛弃的苦恼。他会遍读各份体育报刊，以便能告诉他们哪匹马在哪项重要赛事上夺魁，或者拳击冠军是否打败了自己的对手。他会为他们出狱以后的未来安排出谋划策，在他们就要刑满释放的时候帮他们留意着有没有适合他们的工作机会，然后还会不辞劳苦亲自前去说服雇主们给他们一个重新做人的机会。

因为大家对犯罪的话题都有浓厚的兴趣，所以只要有奈德在场，话题迟早会转移到这上面来。那天吃过晚饭之后，我们都手持酒杯在起居室里舒舒服服地就座了。

“斯克拉比斯最近有什么有趣的案子吗，奈德？”我于是问他。

“也没什么。”

他说话的嗓门儿又高又尖，笑起来非常粗豪，咯咯作响。他这会儿就这么咯咯一笑。

“我今天刚去看过一个姐们儿，她可真叫来劲儿。她丈夫是个入室行窃的夜盗。警察已经盯了他好几年了，可一直都抓不到他现行，直到最近才终于让他认了罪。他每次行窃之前都会跟他妻子精心编造好一套他不在犯罪现场的证据，所以此前他虽然已经被逮捕过三四次，而且正式提交法庭审讯，警方却一直都找不到破绽，不能证明他有罪，他总能化险为夷、逃脱罪责。话说他前不久再次被捕，可他一点都不着急上火，他跟他妻子一起炮制的不在场证据完美无缺、无懈可击，他料想肯定会跟从前一样被无罪释放。可谁知他妻子走上证人席之后却并没有提供他们商量好的证词，他真是大吃了一惊！结果他被判有罪，入狱服刑。我去看他的时候，与其说他是担心被抓到了号子里，还远不如说他因为他妻子没替他辩白而感到大惑不解，于是他就求我去看看她，问问她这唱的究竟是哪一出。我也就跑了一趟，你们知道她是怎么对我说的？她说：‘噢，先生，是这样的：这套不在场的证词实在是太漂亮啦，我实在不舍得就这么轻易用掉它。’”

我们当然全都哈哈大笑。讲故事的就喜欢有鉴赏力的听众，而且奈德·普雷斯顿从来都不喜欢长篇大套地让人厌烦。他又讲了两三个有趣的段子，这些段子无一不印证了他一直津津乐道的一个观点：那就是英国在实现普遍的民主之前，相较于富裕和有教养的阶层，在所谓的下层社会中总是存在着更强烈的激情、更多的浪漫情感、更多不计后果的真性情，相比而言上层社会总显得谨小慎微、墨守成规。

“只是因为劳动阶层读书不多，”他道，“只是因为他们不善于表达自己，你就认为他们缺乏想象力，那你可就错啦：他们恰恰拥有极为丰富的想象力。只是由于他们表面上粗鲁无文，你就认为他们神经粗壮、缺乏情感，那你又错啦：他们其实拥有极为细腻的情感。”

然后他又给我们讲了个故事，下面我想用我自己的语言把它复述一遍，尽量把它讲好。

弗雷德·梅森是个非常漂亮的小伙子，个头高挑、体格匀称，碧蓝的眼睛，俊美的五官，而且总是面带友善、愉悦的微笑。不过最让他与众不同的还是他那头浓密的深红色美发，而且如波浪般卷曲，走在大街上的时候拥有极高的回头率。实在是太漂亮了。或许正是这一头美发赋予了他如此性感的外貌，他那迷人的男性气质如同香水般醉人。他两道浓密的剑眉，颜色只比头发略浅一点点，而且他天生丽质，不像一般红头发的人那样皮色丑陋，连带着一头红发都黯然失色；他的皮肤同样光彩照人，呈漂亮的橄榄色。他的眼神坦率而大胆，每当他浅笑宛然甚或纵情大笑时，那神情真可说是勾魂摄魄。正值青春年少的他浑身洋溢着健康活力，总不缺少欢欣开怀的理由。他年方二十有二，总给人一种尽情享受生命、生机勃勃的愉快感觉。拥有如此的相貌，尤其是浑身洋溢的那种牵惹人心的性感魅力，他在女人堆里自然是无往而不利。他迷人、温柔而又热情洋溢，不过在感情问题上未免有些过于随便，而且男女不论。他也并非铁石心肠或是厚颜无耻，他天性温和友善，不过他总能让他朝云暮雨的对象们明白：他所求的不过是一时的寻欢作乐，要想让他跟任何人厮守终身那是绝对不可能的。

弗雷德是个邮差，在布里克斯顿工作。那是伦敦一个人口稠密的地区，以比其他任何郊区都窝藏了更多的罪犯而著称，因为有轨电车通宵达旦来往于泰晤士河两岸，所以一个罪犯在西区入室行窃之后可以毫无困难地乘车溜回来。弗雷德喜欢他的工作。布里克斯顿区有无数条街道，街道两旁鳞次栉比的矮小房屋里的住户大都是劳动阶级，有在附近工作的工人，也有职员、店员和各类技术工人——有的还要每天都到河对岸去工作。弗雷德体格强壮、身体健康，走街串巷地递送信件对他来说是一种乐趣。有时候包裹需要递交收件人，挂号邮件需要签收，他便有了跟人打交道的机会。他是个很喜欢交际的小伙子，不论他负责哪个地段，要不了多久他就跟当地的住户混得很熟了。过了一段时间以后他的工作有所变动，他不再直接送信，转而负责从各个邮筒里取出邮件，送到布里克斯顿区的中心邮局。有时取完邮件后他的邮袋会变得相当沉重，可他很以自己的力气为傲，这点分量只会让他呵呵一笑。

有一天他正在一条相对高尚的街道上清空邮筒，那条街上都是半独立式住宅，他刚把邮袋扎好，一个姑娘朝他跑了过来。

“邮差先生，”她喊道，“请把这封信带上好吗？我是特地跑来想赶上这班发送的。”

他冲她友善地一笑。

“我向来都乐意为女士们效劳。”他道，把邮袋放下，袋口打开。

“本来不想给您添麻烦的，可这是封急件。”她把手里的信递给他的时候解释道。

“写给谁的——一个小伙子？”他咧嘴一笑。

“不关你的事。”

“好嘛，还挺傲气。不过我可得告诉你，这家伙一点儿都不好。千万不要相信他。”

“你还真够老脸皮厚的。”她道。

“别人也都这么说。”

他摘下帽子，用手理了理他那一头蓬松的红色鬈发。那姑娘一见之下不由得呆住了。

“你的头发是在哪儿烫的？”姑娘嘻嘻地笑问道。

“你高兴的话我哪天带你去。”

他用那双愉快的眼睛俯视着她，他身上有种什么东西奇特而又微妙地令她心头为之一颤。

“好了，我得上路啦，”他道，“我要是不脚不沾地儿地干好我的工作，这个国家不定会出什么意外呢。”

“我可没缠住你啊。”她冷冷地道。

“这正是你做得不对的地方。”他回道。

他瞄了她一眼，这一下搅得她的心怦怦直跳，自觉得脸一直红到了耳朵根。她转身赶快往家里跑去。弗雷德留意到她家跟邮筒之间隔着四户人家。那正是他的必经之路，他走过那户人家的时候抬头向上望了望，看见窗户上挂的网眼窗帘抽动了一下，知道她在看他呢。他自己很是得意。接下来的几天里，每逢经过这户人家他都会朝里面张望一下，可是再也没见到那姑娘的影子。有天下午他刚踏上她住的那条街道时，竟意外撞见了她。

“哈啰。”他停下来跟她打招呼。

“哈啰。”

她的脸涨得通红。

“最近没见到你呀。”

“这对你也没什么损失吧。”

“这只是你的想法而已。”

她比他印象中的还要漂亮，深色头发，深色眼睛，相当高挑的个头，身段苗条，体格优美，皮肤白皙，一口雪白的牙齿。

“哪天跟我一起看场电影怎么样？”

“你还真是挺想当然的嘛，是不是？”

“这可是很值得的。”他说着，放肆而又迷人地咧嘴一笑。

她也忍不住笑了。

“我不这么认为，不行。”

“噢，去吧。青春一去不复返哪。”

他身上有种特别吸引人的特质，让她不忍心断然拒绝。

“真的不行。我们家可不喜欢我跟素不相识的小伙子出去。要知道我是爸妈的独养女儿，他们可宝贝我了。说起来啦，我连你姓甚名谁都不知道。”

“这好办啊，我这就可以告诉你，不是吗？弗雷德，弗雷德·梅森。你就不能说是跟一位闺蜜去看电影吗？”

她此时的感受是她从来未曾经历过的。她搞不清到底是痛苦还是快乐。她只是奇怪地感觉喘不上气来。

“我想是可以这么做。”

两人约定了日期、时间和地点。那天晚上弗雷德等她来了以后一起走进电影院，可是电影开演后当他伸出胳膊搂住她的腰肢时，她却一声不吭地只管盯着银幕，轻轻地把他的手臂挪开了。他又握住她的手，她再次轻轻地抽了回去。他很吃惊，他通常约会的那些姑娘可不是这么做的。他不明白，如果不是为了搂搂抱抱，干吗还要到电影院里来呢。看完电影后他送她回家。她告诉了他自己的名字：格蕾丝·卡特。她父亲在布里克斯顿街上开了一家店，经营布匹，手底下有四个伙计。

“他生意肯定做得挺不错的。”弗雷德道。

“他没什么好抱怨的。”

格蕾茜[①]是伦敦大学的学生，等拿到学位后打算去当个老师。

“有这么好的生意等着你去做，干吗还要当什么老师呢？”

---

① 格蕾丝的昵称。

“爸不想让我跟他的店铺有任何瓜葛——在他供我接受了这么好的教育以后。他想让我力求上进，你应该懂我的意思。”

她父亲一开始不过是给店里跑腿的小听差，后来才当上了布店的伙计，因为他扎实肯干、忠实可靠再加上脑瓜子好使，现在成了家生意兴隆的小店老板。事业上的成功使他对自己的独养女儿寄予了厚望。他不想让她跟自己的生意再有任何关系，而是希望她能嫁给个医生律师之类的专业人士，或者至少是伦敦金融商业区的什么人。到了那时他就把布店卖掉，正式退休，颐养天年；而格蕾茜也就脱胎换骨，成了个上层社会的夫人了。

等他们走到她住的那条街道的拐角时，格蕾茜伸出手来。

“你最好不要送我到家门口了。”她道。

“你不打算吻我一下道个晚安吗？”

“我不。”

“为什么？”

“因为我不想这么做。”

“你还会跟我一起去看电影的，对吗？”

“我想还是不再去了为好。”

“噢，别这么狠心嘛。”

他的语气中的恳求是那么温暖恳切，她觉得实在是不忍心一口回绝。

“我要是肯来的话你能放规矩点儿吗？”他马上点头。“你能保证？”

“拿我的头发担保。”

跟她分手后他不禁挠了挠头。这姑娘可真有意思，之前他还从没遇到过像她这样的女孩子。很高傲很优越，这是毫无疑问的。不过她的声音当中有种特别抓人的东西，又热情又温柔。他努力去想那种感觉到底像什么。感觉就像她说出来的话在亲吻着你。听起来挺蠢的，可是真的，那种感觉确实就像是这样。

打那以后，两个人每周总会一起去看一两场电影。过了一段时间她就允许他搂着她的腰、牵着她的手了，不过也就仅此而已，除此以外再不许他越雷池半步。

“你曾经让小伙子亲过吗？”他有一次问她。

“没，从来没有，”她很坦率地说，“我妈这个人很好笑，她说姑娘家一定得让男人尊重你才行。”

“我甘愿放弃世上的一切，就为了能亲你一下，格蕾茜。”

“别犯傻了。”

“你就不能让我亲你一下吗？”她摇了摇头，“为什么不？”

“因为我太喜欢你了。”她嗓音嘶哑地道，然后快步地从他身边走掉了。

这句话着实让他吃了一惊。他此前从来没有像想要她这样地渴望过一个女人。她说的那句话彻底要了他的命。他无时无刻不想念着她，他一心只盼望着他们将一起度过的每一个夜晚，他生平还从没对任何东西有过这样强烈的企盼。有生以来头一遭，他对自己失去了把握。她在任何方面都要比他优越，不论是她父亲日进斗金一样地大赚其钱还是她接受的教育，以及所有的一切，而他只不过是个邮差。他们已经约好下周五晚上见面，而他简直像热锅上的蚂蚁一般焦虑不安，唯恐她不来赴约了。他对自己一遍又一遍地重复她对他说过的话：也许那话的意思是她已经下定决心要甩掉他了。当他终于看到她沿街向他走来时，他几乎都要喜极而泣了。那天晚上他既没有搂她的腰，也没有握她的手，一直到送她回家的时候他都没说过一句话。

“今晚上你可真够安静的，弗雷德，”她终于说道，“你到底怎么啦?”

他又走了几步才开口回答。

“我不想告诉你。”

她蓦然停下脚步，抬头望着他。她脸上现出恐怖的神情。

“不管是什么一定要告诉我。”她嗓音都有些抖颤了。

“我完蛋啦，我已经情不自禁，我全心全意迷恋着你，茶不思、饭不想，夜不能寐。我从来都不知道我爱你能爱到这样的程度。”

“哦，原来就这么回事啊？你真把我吓了一大跳。我还以为你要跟我说你马上就要结婚了呢。”

“我？你把我当成什么人啦？我想娶的只有你。”

“那好啊，又有什么妨碍你呢，傻瓜?”

“格蕾茜！你这话可当真?”

他猛地把她搂到怀中，尽情地畅吻她的嘴唇。她并没有抗拒，而且回吻着他，他感觉她的激情就如同他自己的一样热切。

他们商量好，由格蕾茜告诉父母说她已经跟他订婚了，而他要在礼拜天过来跟她父母正式见个面。由于布店礼拜六很晚才打烊，等卡特先生到家的时候已经筋疲力尽了，所以一直到礼拜天吃过正餐之后格蕾茜才把消息捅了出来。乔治·卡特是个生气勃勃的人，个头不高，不过相当健壮，气色红润，随着生意日渐兴隆，身体也在发福。他的头顶基本上已经秃光了，嘴上蓄了一撮灰白的唇髭。就像很多从劳动阶级爬到雇主地位的人一样，他是个非常苛酷的工头，竭尽所能以最少的工资榨取他那几个伙计最大的工作量。他世事洞明，容不得半点废话和胡来，不过他倒也通情达理，甚至相当和善，所以伙计们也并不讨厌他。卡特太太是个文静可亲的女人，长相相当讨人喜欢，昔日的美貌还依稀辨得出来。夫妇俩都已经五十出头，因为他们结婚挺晚的，是在“相恋”了将近十年之后才最终喜结连理的。

当格蕾茜把事情的原委和盘托出之后，夫妇俩显得十分吃惊，不过并没有露出不悦的神情。

“你这个小滑头，”她父亲道，“嗐，我倒是从来都没觉察到你已经交上男朋友啦。好吧，我想这也是迟早的事儿。他叫什么名字啊？”

“弗雷德·梅森。”

“是你在学校里认识的？”

“不是。你一定也见过他的。他就负责收我们街头那个邮筒的信件，他是个邮差。”

“噢，格蕾茜，”卡特太太叫道，“你是在开玩笑吧。我们让你接受了这么好的教育，你可不能就嫁个普通的邮差啊！”

卡特先生一时间都说不出话来了。他原本就红润的面孔更是涨得通红。

“你妈说得对呀，闺女，”他憋了半晌终于爆发出来，“你不能这样子自暴自弃啊。嗐，这简直太荒唐啦。”

“我没有自暴自弃呀。你们等见见他再说不迟。”

卡特太太已经开始哭了。

“你这不是自甘堕落吗，真是丢人现眼哪。我再也甭想抬起头来做人啦。”

“噢，妈，别这么说啊。他是个很棒的小伙子，而且有份不错的工作。”

“你懂什么呀。”她呜咽道。

“你是怎么认识他的？”卡特先生插进来问道，“他出身什么样的家庭？”

“他爸是开邮车的。”格蕾茜故意挑衅似的道。

“工人阶级。”

“哎，那又怎么样？他爸为邮局工作了二十四年，全局上下都很敬重他。”

卡特太太咬着自己的手绢角儿。

“格蕾茜，我想告诉你件事儿。你爸跟我结婚前，我是给人家家里当女用人的。他一直都不让我告诉你，因为他不想让你为我抬不起头来。这也是我们订婚了那么多年后才结婚的原因。我服侍的那位夫人说如果我肯一直服侍到她终老的话，她就会在遗嘱里留一笔钱给我。”

“我后来发家致富靠的就是那笔钱，”卡特先生插话道，“要不然的话，我怎么也不可能有今天。而且我还不妨告诉你，你妈真是一个男人能娶到的最贤惠的妻子。”

“我从来就没接受过正规的教育，”卡特太太继续道，“可我一直都有雄心壮志。我这辈子最感到骄傲的时刻就是你爸说我们能雇得起一个女用人来帮我，他那时候还说：‘总有一天你会有专门的厨师和女仆来伺候你的。’他已经说到做到了，可你现在却要掉头往回走。我可是一心一意指望你能嫁个绅士啊。”

她再度大放悲声。格蕾茜是个孝顺孩子，不忍心看他们这么难过。

“对不起啊，妈，我知道您对我很失望，可我也没办法呀，我真的是情不自禁。我很爱他，我实在是太爱他了。我敢肯定您只要见到他，也会喜欢他的。我们约好了今天下午去公园里散散步，我能不能带他回来吃晚饭？”

卡特太太焦虑不安地看了看丈夫。他叹了口气。

“我不愿意，也没必要假装愿意，不过我觉得见见他也好。”

这顿饭吃得比预料中的要顺利。弗雷德并不腼腆，他跟格蕾茜父母谈话的态度就像是老相识一样亲切自然。即便是他从来没有由一位女仆伺候着在摆设有桃花心木家具的餐厅里文雅地用过餐，用餐后又来到摆设着一架大钢琴的起居室里就座，他也没有显出丝毫的窘迫。等他告辞以后，卡特先生和太太回到卧室就寝的时候，老两口详详细细地把这个小伙子讨论了一番。

“他确实是一表人才，这个你没办法否认。”她道。

“光是绣花枕头有什么用？心地厚道才是最重要的。你不觉得他图的是咱闺女的钱财吗？”

“呃，他肯定知道你什么地方是藏着点干货的，不过呢，他倒也是真心爱她的。”

“噢，你又是凭什么这么笃定的？”

“嘻，你就只需要看看他看咱闺女的那眼神吧，这不是明摆着嘛。”

“呃，不管怎么说这才是最重要的。”

最后，卡特夫妇对这门婚事也就不再表示反对了，只提出一点，那就是得等格蕾茜拿到学位以后才同意他们正式完婚。也就是说他们还有一年的转圜余地，老两口私底下还抱着一线希望，巴望她兴许到时候会改变主意呢。打那以后，他们就经常能见到弗雷德了，他每个礼拜天总会跟他们一起度过。渐渐地，他们也开始越来越喜欢他了。他为人总是那么随和，性情总是那么开朗，成天价兴致勃勃的，而且最重要的是，他是那么显而易见、全心全意地深爱着格蕾茜，结果没过多久卡特太太就臣服于他的魅力之下了，又过了一段时间，就连卡特先生也开始承认他看来确实是个不错的小伙子。弗雷德和格蕾茜非常幸福。她每天都去伦敦上课，学习非常用功，然后两人一起度过快乐的傍晚。他送给她一枚非常精美的订婚戒指，还经常带她出去到西区吃饭和看戏。每逢天气晴好的礼拜天就开车带她去乡野郊游，据他说汽车是一个朋友借给他的。当她问他哪来的那么多钱花在她身上时，他哈哈一笑，说是有个哥儿们给他透露了点赛马的内幕，他把宝压在一匹很不被看好的赛马上，赚了一大笔。两个人一起没完没了地讨论着结婚后他们将拥有的那一套小房子，还有如何亲手装修布置新房的无限乐趣，乐此不疲。他们比以往更加情投意合了。

然后突然间就大祸临头了。弗雷德因为偷窃他敛集的信件中夹寄的钱而被捕。很多人为了图省事，寄钱的时候不去买汇票，而是直接把钞票塞在信封里，要发现信封里是否有夹寄的钱并不困难。弗雷德被告上法庭，他认了罪，被判处两年的强制劳役。格蕾茜也去了法庭，直到最后一刻她都希望他能证明自己是清白的。当他认罪的时候，那对她真是个致命的打击。法庭不允许她跟他见面，把他直接从被告席押上了囚车。她回到家，把自己反锁在卧室里，扑倒在床上痛哭失声。等卡特先生从店里回来后，格蕾茜的妈妈上楼来叫她。

“格蕾茜，你到楼下来，”她道，“你父亲有话要跟你说。”

格蕾茜从床上爬起来，下了楼。她都懒得去擦干满面的泪痕。

“看过报纸了？”他对她道，把《新闻晚报》递给她。

她没说话。

“唉，这就是那个年轻人的下场。”他语气严厉地继续道。

弗雷德被捕的时候格蕾茜的父母也十分震惊，可是看到她是如此地悲痛欲绝，同时又如此坚定不移地相信他是清白的，一切都能解释清楚，老两口都不忍心开口，叫她一定要跟他一刀两断。不过事已至此，他们觉得是该把事情跟女儿说说清楚了。

“吃饭看戏的钱原来就是这么来的。还有那辆汽车。原本我就觉得蹊跷，礼拜天正是自己用车子的时候，怎么会心甘情愿地借给他使，哪里来的这样的朋友？我想车子是他租的吧？”

“应该是的，”她悲悲切切地回答道，“可是当时他说什么我都信他。”

“你这也算是侥幸脱了身，闺女，我也只能这么说啦。”

“他这么做完全是为了讨我的欢心。他不想让我觉得跟他在一起的时候，享受不到在家里习惯了的那种舒适生活。”

“我希望你别再替他找借口啦。他就是个贼，这是明摆着的。”

“我不在乎。”她愠怒地道。

“你不在乎？你这话是什么意思？”

“就是我说的这个意思。我要等着他，等他一出狱我就嫁给他。”

卡特太太吓得倒吸了一口冷气。

“格蕾茜，你可千万不能这么做啊，”她叫道，“想想这该有多丢人现眼哪。而且还有我们呢，你让我们把脸往哪儿搁？我们可是一向都把头抬得高高的。他是个贼呀，一时做贼就一世是贼啊。”

“不许再叫他贼，”格蕾茜尖叫道，狂怒得直跺脚，“他的所作所为完全都是因为他爱我。我不在乎他是不是个贼。我现在比以前更加爱他。你根本就不知道什么是爱。就为了一个老太太有可能留一笔钱给你，你就肯等上十年才嫁给爸。你好意思把那个也叫爱？”

“不许跟你妈这么说话。”卡特先生吼道。这时他突然想到了什么，用锐利的目光扫了她一眼：“你是不是已经不得不嫁给那个家伙啦？”

格蕾茜脸涨得通红。

“不。从来就没有过那样的事。而且我也绝不会那么做。他太爱我了，他绝不想做出任何事后可能会后悔的事。”

在那些夏日的傍晚，当他们俩搂抱着、亲吻着一起躺在郊外田野中的时候，她的欲望经常会像他的一样强烈。她知道他有多么想要她，而且只要他开口她就准备委身于他。可是当两个人的激情马上就要控制不住的时候，他总会突然跳起来说：

“来，咱们还是去走走吧。”

他会硬把她给拉起来。她知道他心里想到的是什么。他想一直等到他们结婚。他对她的爱已经赋予了他一种之前从未有过的细腻精微的情感。他自己可能都说不清楚，可是他对于她有一种奇怪的感觉，他觉得如果他在结婚前就占有了她，那会把美好的东西给糟蹋了的。正因为她猜透了他内心的想法，她只有比以前更加爱他。

“真不知道你这是中了什么邪，”卡特太太悲叹道，“你一向都是个乖乖女，一天都没让我们操过心。”

“别说啦，孩子她妈，”卡特先生气冲冲地道，“我们得把这事儿一了百了地说个清楚。你必须得跟这个人一刀两断，明白吗？我必须得为自己的身份考虑，你要是认为我会认个贼囚当女婿，那你绝对是痴心妄想。这些废话我已经说够了。你得向我保证，从今以后再也不会跟那个家伙有任何瓜葛。”

“你以为事到如今我还会放弃他吗？我已经说过等他一出狱就会嫁给他，你还要我跟你说多少次？”

“好吧，那你就从我的家里滚出去，滚得越快越好。而且永远都不要回来。”

“她爸！”卡特太太哭喊道。

“闭嘴。”

“我很高兴这就走。”格蕾茜道。

“噢，是吗？那你以为你能怎么谋生呢？”

“难道我就不能工作？我可以在佩恩和伯金斯商店里找份工作。他们会乐意雇用我的。”

“噢，格蕾茜，你可不能去商店里站柜台呀。你不能这么自贬身份。”卡特太太道。

“你能不能给我闭嘴，她妈，”卡特先生吼道，不禁勃然大怒，“工作，就你？你这辈子除了大学里的那点蠢事，干过一丁点活儿吗？都是你妈的好主意，送你去读什么书。好得很呀，你就去试试吧：一站就是几个钟头，对那帮蠢八婆点头哈腰、笑脸相迎去，而她们无非就是存心找碴儿刁难你，以显示她们跟你相比有多高贵。我敢打赌，等你被女经理骂个狗血喷头——因为你既不精明又不麻利，你就会喜欢你的工作啦！好得很，你就嫁给你那个贼囚去吧。我想你自己也知道他还得靠你养活。你应该明白，像他这种蹲过大狱的人，谁都不会给他一份工作的。滚，滚，给我滚出去！”

他气得简直是肝胆俱裂，一屁股跌坐在一把椅子上直喘粗气。卡特太太给吓坏了，连忙倒了杯水给他喝。格蕾茜一声没吭地溜出了房间。

第二天，等她父亲去上班、母亲外出购物以后，她把日用物品收拾了一下就离开了家。“佩恩和伯金斯”是布里克斯顿街上的一家大型百货商店，凭着漂亮出众的仪表和讨人喜欢的举止，她没费吹灰之力就被录用了。她被分配在女士内衣的柜台。她先是在基督教女青年会凑合了几天，然后就跟同柜台的一位姑娘合租了一个房间。

奈德·普雷斯顿在弗雷德被关进监狱的当天傍晚见到了他。他发现他精神上整个都垮了，但全都是因为格蕾茜。他对待自己行窃的罪行本身倒是满不在乎。

“我得全心全意为她着想，对不对？她家里的人，他们都觉得我配不上她；我想证明给他们看我跟他们一样优秀。我们到西区去的时候，我总不能就在小酒馆里给她买个三明治和半杯苦啤酒喝吧，嗐，她这辈子还从没踏进过小酒馆的门槛儿呢，我必须得带她去正经的餐馆。如果有人蠢到把钱直接往信封里塞，那可是他们自己招的，怪不得别人。”

可是他非常害怕。他不能肯定格蕾茜也会像他这样看待这件事。

“我必须得知道她有什么打算。她要是现在就把我给甩了——噢，那对我来说可一切都完了，您明白吗？我就得找个办法自行了断了，我向上帝发誓我说到做到。”

他就将他跟格蕾茜的恋爱故事原原本本都告诉了奈德。

“我要是愿意的话，早就不止一次地占有过她了。我也确实想这么做，而且她也心甘情愿。我知道得很清楚。可是我尊重她，您明白吗？她跟别的姑娘可不一样。她是千里挑一啊，我告诉你。”

他说了又说。他暴跳如雷，他泣不成声。从他那一连串语无伦次、喋喋不休的话语中可以清楚无误地归结出一点，那就是一种热恋、一种痴狂。奈德向他保证他会代他去见见那位姑娘。

“告诉她我爱她，告诉她我所做的一切全都是因为我想让她享有最美好的一切，还要告诉她没有了她我就不能独活。”

奈德一有机会就抽出时间去了卡特夫妇的家，可是当他说要求见格蕾茜的时候，开门的女仆却说她已经不在那儿住了。于是他就要求见见她母亲。

“我去看看她是否在家。”

他把名片递给女仆，心想名片一角上印的俱乐部的名字应该能够打动她，使她乐意见他一面。女仆让他先在门口稍等片刻，一两分钟后就回来请他进去了。他被领到一间装饰呆板、很少使用的起居室。他等了有一会儿卡特太太才走进来，用手指尖捏着他的名片，他猜想她刚才是因为考虑换一身什么样的衣服接待他合适才来迟了的。她身上的黑绸衣裙明显是正式场合才穿的。他告诉她自己跟沃姆伍德·斯克拉比斯监狱的关系，提起他跟一个叫弗里德里克·梅森的人有工作上的接触。一听他提到这个名字，卡特太太马上就摆出一副敌对的态度。

“不要跟我提起那个人，”她叫道，“一个贼，他就是个贼。他给我们惹出了多少麻烦。他们应该判他五年才对，至少五年。”

“我很遗憾他给您带来了麻烦，”奈德温和地道，“如果您能把情况说得稍微具体些，也许我能略尽绵薄之力，帮您把情况理理清楚。”

奈德·普雷斯顿确实有两下子。也许是因为他绅士的身份使卡特太太对他另眼相看。“人家到底是位上流人士。”她也许正在暗自琢磨。反正没过多久，她就把事情的经过原原本本告诉了他。她越说越难过，已经开始淌眼抹泪了。

“如今她已经一走了之，离开我们啦。跑啦。我真不知道她怎么能做出这等事来。上帝明鉴，我们爱她呀。她就是我们的一切，我们在这个世上的所作所为还不全都是为了她。她爸让她滚出这个家，那只不过是一时的气话，她怎么能当真呢。可是这闺女的脾气也实在太犟了。她爸当时是在气头上啊，他一直就是个急性子，我们发现她离家出走以后她爸还不是跟我一样着急上火嘛。你知道这丫头去了哪儿，干了什么吗？她竟然在佩恩和伯金斯商店里找了份差事。卡特先生最受不了的就是他们，总是在利用大减价抢我们的生意。不公平的竞争，他管这个叫。而且一想到我们的格蕾茜竟然跟一大帮女店员混在一起——噢，真是丢人现眼哪。”

奈德暗自记下这个商店的名字。他原来根本就没把握能从卡特太太嘴里套出格蕾茜的去处的。

“她离家出走以后您见过她吗？”他问。

“当然见过。我早就知道佩恩和伯金斯肯定巴不得录用她哪，这么个人才出众的姑娘。我就去那儿找她，果不其然，她是在那儿呢——在女士内衣柜台上。我等在商店外头，一直到它打烊，这才上去跟她说话。我求她回家来。我说她爸愿意既往不咎，让她回去。你知道她是怎么说的？她说，除非我们再也不说弗雷德一句坏话，而且还得答应一等他从监狱里放出来就让她嫁给他，否则她绝不回家。我当然得把这些话都告诉她爸。我从没见过他气成那样子，我觉得他都快被气疯啦，他说他宁肯眼看着她死在他脚底下，也绝不让她嫁给那个贼囚。”

卡特太太再度大放悲声，奈德·普雷斯顿一找到机会就赶紧告辞了。他直接去了那家商店，来到女士内衣的柜台，说是要找格蕾丝·卡特。有人把格蕾丝指给了他，他就走到她跟前。

“我能跟您说两句话吗？我是从弗雷德·梅森那儿来的。”

她脸色唰地一下变得煞白，一度都像是说不出话来了。

“请跟我来。”

她把他带到一条过道，过道里有一股子消毒剂的气味，像是通往厕所间的。过道里就他们两个人。她神情焦急地紧盯着奈德。

“他让我转达他对您的爱。他很为您担忧。他唯恐您过分伤心。他急切地想知道您是不是会甩了他。”

“我？”她眼中盈满泪水，可脸上却是狂喜的表情，“告诉他只要他爱我，我什么都不在乎。告诉他如果有必要的话我会等他二十年。告诉他我一天天都在数着日子，他一出狱我马上就跟他结婚。”

因为怕女经理责怪，她擅离岗位不能超过一两分钟时间。她把这一两分钟内所能表达的所有爱意全都托付奈德带给弗雷德·梅森。奈德赶回斯克拉比斯的时候已经将近六点钟了。囚犯要到五点半才能放下工具、停止劳作，弗雷德那时刚刚干完活儿。当奈德走进牢房时，他的脸一下子变得煞白，跌坐在床上，仿佛他的两条腿已经无法承载焦虑的重负。不过当奈德把好消息告诉他以后，他如释重负，长出了一口气。一度他都激动得说不出话来。

“您走进来的那一刹那我就知道您已经见过她了。我能闻到她的气息。”

他呼哧呼哧地吸气，仿佛她身体的气息充满了他的鼻翼，他的面孔整个儿化作了一张欲望的面具。他的五官刹那间似乎奇怪地变得面目模糊了。

“你知道，那一刻让我觉得很不舒服，我不得不把目光移开，不去看他，”奈德·普雷斯顿讲到这里的时候说，发出他那标志性的尖声大笑，“那简直就是赤裸裸的情欲嘛。”

弗雷德是个模范犯人。他干活儿卖力，从不惹麻烦。奈德给他开了个书单让他阅读，他就按图索骥地从图书室里借阅，不过也就仅限于此。

“不知怎么搞的，我就是读不下去，”他道，“我刚翻开书页就开始想念格蕾茜。您知道，在她平平常常地亲你一下的时候——噢，那是多么甜蜜，而当她真正亲吻你的时候，我的上帝，那真让你心醉神迷。”

弗雷德被允许每个月见格蕾茜一次，可是两个人会面的时候中间隔着一层玻璃屏障，还有狱吏在一旁盯着，这个过程实在是太痛苦了，所以几次见面之后两人一致同意，她还是不要再来看他为好。一年的时间倏忽已过。由于弗雷德在狱中表现良好，他的案子有望发回重审、减免刑期，所以再过半年他就可以获释了。格蕾茜把她薪水中的一分一厘全都存起来，随着弗雷德刑满释放的日期越来越近，她已经着手为他准备好了一个家。她在一幢房子里租下了两个房间，而且以分期付款的方式布置停当。其中一间当然是他们的卧室，另一间则用作起居室兼厨房。这间房子里原本有个老式炉灶，她把它拆掉换成了煤气灶。她想把新家的一切布置得崭新、整洁而又舒适。她费尽心力把那两个小房间收拾得明亮而又漂亮。为了做到这一切，她节衣缩食、克勤克俭，结果把自己给煎熬得苍白而又消瘦。奈德疑心她一直都在忍饥挨饿，每次去看她的时候总会带上一盒巧克力或是一块糕点，这样一来她至少能有点东西吃。他给监狱里的弗雷德带去有关格蕾茜的一切消息，告诉他她都在干什么，而格蕾茜要他保证把她添置的每一样东西都详详细细讲给弗雷德听。奈德就这样充当着信使，在两人间传递着柔情蜜意，还远不止柔情蜜意，而是激情四溢的爱的信息。他深信，弗雷德将来一定会奉公守法、正直做人的，他还在一家在伦敦开连锁饭店的公司里为他谋到一份门卫的差事，工资优厚，而且通过替客人招呼出租或是把汽车开到门口，他还能得到额外的小费。他一出狱就可以去上班。格蕾茜已经做好了必要的准备，他们马上就可以成婚。弗雷德十八个月的牢狱生涯马上就要到头了。格蕾茜真是欣喜若狂。

正在这时奈德·普雷斯顿那周期性的老毛病又发作了一回，导致他有三个礼拜不能前往监狱探视。这让他很苦恼，因为他很不愿意丢下他的犯人不管，所以一等到能下床活动的时候他就来到了斯克拉比斯。典狱长告诉奈德，梅森一直都要求见他。

“我想你最好去看看他。我不知道他到底是怎么了。自从你生病以来他的举止就一直相当反常。”

当时正好还有两个礼拜弗雷德就将刑满释放了。奈德·普雷斯顿来到了他的牢房。

“喂，弗雷德，你这一向可好啊？”他问，“很抱歉我一直都不能来看你。我病了，也一直没能去看望格蕾茜。她现在肯定激动得坐立不安了。”

“嗯，我想请您去看看她。”

他那乖戾的举止不禁使奈德吃了一惊。他像是变了一个人，丝毫都不像以往那样欢快和有礼貌了。

“我当然要去的。”

“我想请您告诉她，我不打算跟她结婚了。”

奈德简直惊呆了，好一阵子只能茫然不解地盯着弗雷德·梅森，说不出话来。

“你这话到底什么意思？”

“就是我说的那个意思。”

“事到如今你可绝不能让她失望啊。她父母已经把她赶出了家门。她一直都在辛辛苦苦地操劳，已经给你准备好了一个家。她还拿到了结婚许可，一切都准备停当了呀。”

“这个我不管。反正我不打算跟她结婚了。”

“可是为什么，为什么，究竟是为什么呢？”

奈德真是目瞪口呆了。弗雷德·梅森沉吟了片刻。他的脸色阴沉、晦暗。

“我来告诉你。十八个月以来我日日夜夜、无时无刻不在想念着她，现在我已经对她厌烦死了。”

奈德的故事讲到这里的时候，我们的女主人和客人忍不住哄堂大笑起来。他显然因为大家的反应吃了一惊。这之后大家又谈了点闲话，派对也就结束了。奈德和我因为是同一个方向，就一道沿着皮卡迪利大街[①]信步朝前走。一度我们俩谁都没有说话。

“我注意到你刚才没有跟大家一起哄笑。”他突然对我说。

“我不觉得那有什么可笑的。”

“那你是怎么看的？”

“呃，我觉得我能理解他的态度，你知道。人的想象可是件捉摸不透的事，到了一定程度它是会枯竭的；我猜想，在这么长的时间里他一刻不停地思念着她，已然耗尽了她能赋予他的所有激情，我觉得他的话是真实可信的，他确实已经对她厌烦得要死了。他已经把整个柠檬的汁水全都榨干了，也就只能把那个空瓤一扔了事了。”

“我也不觉得这有什么好笑的。这也就是为什么我没把故事的结局告诉他们。起先我还不能接受。我以为那不过是歇斯底里之类的大发作。我接连两三天每天都去看他。我试图说服他。我真是倾尽了全力。我以为只要他能亲自再去见她一面，一切就会峰

① 伦敦著名的繁华街道之一。

回路转的，可他连再见她一面都不肯。他说他一想起她的样子就感到厌烦。我没办法说动他。最后只得把实情告诉了她。”

我们又默默地走了一段距离。

“我又在那个令人厌恶、臭气烘烘的过道里见到了她。她立刻就看出肯定是出了岔子，脸唰地一下变得惨白。她不是个情感外露的姑娘，脸上有一种优美而且相当高贵的表情。宠辱不惊。当我把事情告诉她的时候，她的嘴唇微微哆嗦了一下，一度什么话都没说。当她终于开口说话时，她的语气也是相当平静，仿佛——噢，就仿佛她只是错过了一班公共汽车，不得不等下一辆一样。就仿佛那确实是件麻烦事，你知道，可根本不值得大惊小怪一样。‘事到如今，我也没什么别的办法，只能把头伸到煤气灶里去了。’她说。

“她就真这么干了。”

风筝

冯涛 译

我知道这个故事挺怪异的。我自己都理解不了，之所以想白纸黑字把它写下来，无非是抱着一线希望：或许我写的过程中能对它有更清楚的认识，或者更确切地说是希望有哪位读者因为对于人性的复杂程度比我有更深切的认识，能够不吝指教，给我个解释，使我心中的疑问能豁然开解。当然，我最先想到的也就是其中或许隐含着某些弗洛伊德式的玄机。时至今日，我已经读过不少的弗洛伊德，还有其追随者的几种著作，而且为了写这个故事，我最近还特意又浏览了一遍“现代文库”版的弗氏文集，他的基本著作大多已收录于其中。这多少也算是桩苦差，因为他是个相当无趣而且啰唆的作者，而且他在号称由他开创了某某理论时那种刻薄的态度明显地表现出一种虚荣和自负，以及对于同行们的嫉恨。就这么个人，竟然摇身一变成了一个科学家，一门学科的创始人。不过，我相信，他这个人在为人处世上倒应该是个和善、温厚的老家伙。因为我们都知道，一个人在为人和为文方面往往会有巨大的反差。在作品当中越是表现得苛酷粗暴、尖酸刻薄，在实际生活中有可能反而会温良恭谨，畏首畏尾，连一只鹅都不敢嘘。不过这话又扯远了，跟我要说的本题无关。话说尽管特意重读了弗洛伊德的著作，但却丝毫未能澄清我脑子里一直存在的疑问。所以我只能就事论事，尽量把事情的经过如实讲清楚，也就仅限于此了。

首先我要声明的一点是，这并非我自己的故事，而且跟故事相关的那些人我一个都不认识。这是有天傍晚我的朋友奈德·普雷斯顿讲给我听的，他之所以讲给我听是因为他不知道该怎么处理摆在他面前的难题，而他原以为我或许能给他提出点建议，对他有所帮助的，但事实证明我一点忙都帮不上。在上面一个故事里我已经介绍过奈德·普雷斯顿，我想读者应该知道他的情况了，所以我只需提醒一下我的朋友是沃姆伍德·斯克拉比斯监狱的监察员。他对待自己的职责非常认真，把囚犯们的麻烦当作自己的一样看待。我们一直都喜欢在皇家咖啡馆[①]一起用餐，那间又低又长的房间里处处皆是画家们一直都很喜欢描绘的老皇家咖啡馆那既匪夷所思又优美迷人的装饰遗迹；我们当时正坐在咖啡馆里慢悠悠地啜着咖啡和利口酒，奈德则公然违背他的医生的禁令，吸着巨长的上好哈瓦那雪茄。

---

① 位于伦敦皮卡迪利广场摄政街六十八号，是一家著名的餐厅和聚会场所，于一八六五年开业，到十九世纪九十年代已经成为著名的风尚地标，王尔德、萧伯纳、弗吉尼亚·伍尔夫、丘吉尔以及伊丽莎白·泰勒和戴安娜王妃等各界名流都曾是这里的常客。

“眼下我正跟斯克拉比斯里一个很有趣的伙计在打交道，”他开口道，沉吟了片刻，“我要是知道该怎么对付他就好了。”

“他是怎么关进去的？”我问。

“他离开了他妻子，法庭责令他每周付给她一定数额的赡养费，可是他拒不执行，一个子儿都不肯付。我跟他摆事实讲道理，一直讲到口干舌燥了都是白搭。我跟他说这不过是在自暴自弃、自毁前程。他回答说他宁肯一辈子把牢底坐穿，她也甭想从他手里拿到一个子儿。我跟他说他不能眼看着她饿死吧，而他只回了我一句：‘为什么不？’他行为优雅、举止大方，有很好的工作，没有任何经济问题，他看起来也相当愉快，只是对他妻子痛恨到了极点，只要一想到她的日子有多难熬，他就是坐牢也开心。”

“他为什么这么讨厌她？”

“她毁了他的风筝。”

“她做了什么？”我叫道。

“你听到了。她毁掉了他的风筝。他说他至死都不能原谅她。”

“他肯定是疯了。”

“不，他没疯，他绝对地通情达理，而且是个相当聪明、体面的小伙子。”

他名叫赫伯特·桑伯里，他母亲是位非常优雅的女士，从来不许别人叫他赫伯或是伯蒂，总是叫他的大号赫伯特，就像她从来都不叫她丈夫萨姆而永远是塞缪尔一样。桑伯里太太名叫贝阿特丽丝，当初桑伯里先生在跟她订婚以后曾斗胆叫过她一次贝阿，她马上就表示坚决反对。

“我的教名是贝阿特丽丝，”她说，“我一直都叫贝阿特丽丝，将来也一样，不论是对你还是对我最亲最近的人来说都是如此。”

她是个小个儿女人，不过很健壮很活跃，身材瘦长而又结实。她皮色发黄，五官端正，生得线条清晰、轮廓分明，眼睛虽小，却像珠子般浑圆、明亮。她的头发在她这个年纪黑得有些可疑，总是梳理得干净利落、一丝不乱，发型跟维多利亚女王的几位公主一模一样，这种发型自打她可以自作主张以来就再没有变过。她这一生当中从来都没用粉扑碰过自己的鼻子，就更别说用什么胭脂和唇膏了，为了保持头发最初的色泽而采取的措施，如果情形属实的话，算是她对于轻浮和虚荣做出的唯一妥协。她从来都只穿上好面料的黑色衣裙，而且从不考虑什么流行时尚，只管按照既耐用又得体的样式裁制（由街角的一个小女人奉命执行）。她唯一的装饰就是脖子上系的一条细金链子，上面挂了个小小的金质十字架。

塞缪尔·桑伯里也是小个儿。跟他妻子一样瘦削精干，只不过头发是浅黄棕的沙砾色，现在已经相当稀疏，所以他只得一边留得很长，小心地梳上去盖住头顶心的一大片光秃。他的眼睛是淡蓝色，面色苍白。他是一家律师事务所的书记，是从办公室的小听差一路干到目前这个令人尊敬的位置的。他的雇主称呼他桑伯里先生，有时候让他负责去见某位无足轻重的客户。二十四年来，塞缪尔·桑伯里每天一早都是乘同一班火车赶往伦敦市中心，当然礼拜天和每年两周的海滨度假除外，每天傍晚又是乘同一班火车回到他居住的郊区。他的衣着非常干净整洁；上班的时候是一条素净的灰色长裤、一件黑色外套再配上一顶圆顶硬礼帽，回到家以后他就换上拖鞋和一件已经不再适合穿着上班的磨光了的黑色旧外套；不过礼拜天他跟桑伯里太太一起去小教堂的时候，他则换上一件大礼服再配他的圆顶硬礼帽。这样一来，他既表现出他对休息日的尊重，同时又表达了对于骑自行车去教堂，甚或一直在街上闲荡等着小酒馆开张的那些人不敬神行为的抗议。原则上来讲，桑伯里夫妇都是绝对的禁酒主义者，不过碰到礼拜天，为了补偿一下塞缪尔工作日每天都吃的烤饼①、黄油外加一杯牛奶的节俭午餐，贝阿特丽丝会为他准备一顿烤牛肉加约克郡布丁②的丰盛正餐，而且为了他健康的缘故她也会鼓励他喝上一杯啤酒。由于她绝不容许在家里存放酒精饮料，早上做完礼拜后他就会拿一个水罐从家里溜出来到街角的小酒馆里沽上一夸脱啤酒；不过他无论如何都不肯单饮独酌，所以，完全是出于酬酢往还的缘故，她也会陪着喝上一杯。

赫伯特是上帝赐予他们夫妇的独子，当然绝非是他们有意节制生育的结果。只是碰巧他们就生了这么一个孩子。夫妻俩对他是百般溺爱。刚生下来的时候他是个可爱的婴儿，然后又长成一个漂亮的孩童。桑伯里太太可说是精心细致地将他带大的。她教

① 或直接音译为“司康”，是一种英国特色的茶点，用大麦或燕麦粉加苏打、糖、盐等烤制而成。

② 或译“约克夏布丁”，亦是一种传统的英式美食，用牛奶、面粉、鸡蛋和烤牛肉的滴油等调制烘焙而成，经典的吃法就是配烤牛肉同食。

他用餐时要端坐在桌前，不许把两肘靠在桌上，她教他如何像个小绅士般使用刀叉餐具。她教他在端起茶杯喝茶时要把小拇指跷起来，当他问她为什么要这么做时，她说：

“这个用不着你操心。就是该这么做。这就表示你懂事明理，知道好歹。”

赫伯特就这么按部就班地到了上学的年龄。桑伯里太太很焦心，因为她从来都不让他跟街上的孩子一起玩儿。

“近朱者赤，近墨者黑，[1]”她道，“我一直都是独善其身，而且将来也会继续独善其身下去。”

虽然他们自打结婚以来就住在这同一幢房子里，可她一直刻意地跟所有的邻居都保持距离。

“你从来都不知道伦敦住的都是些什么人，”她道，“一桩事会引出另一桩来，还没等你明白过味儿来，你已经跟一大帮社会渣滓搅和到一块儿了，到了那时你就是想脱身都来不及啦。”

她很不喜欢赫伯特被扔到郡议会学校里，跟一大帮粗野孩子混在一起，于是她对他说：

“听好喽，赫伯特，照我的榜样做；一定要独善其身，要尽一切可能少跟外人有任何交往。”

不过赫伯特在学校里却跟大家处得很好。他学习用功又一点都不蠢。各门功课的成绩都相当出色。而且发现他对于数字很有

---

① 原文“evil communications corrupt good manners”，直译应该是“不良交往败坏良好德行”，系引自《圣经·新约·哥林多前书》5：33，和合本译作：滥交是败坏善行。

天分。

“如果这是事实的话，”塞缪尔·桑伯里道，“他将来最好就当个会计师吧。一个优秀的会计师总不乏上好的工作机会的。”

于是事情就这样决定下来，赫伯特就奔着会计师的前程去了。他个头儿也长高了。

“嘿，赫伯特，”他妈妈道，“你很快就跟你爸爸一样高啦。”

到他从学校里毕业的时候，他又长高了两英寸，等他长足身量的时候，他身高五英尺十英寸[①]。

“正好是合适的高度，”他妈妈道，“不太高也不太矮。”

他是个相貌堂堂的小伙子，有他母亲那样端正的五官和深色的头发，不过继承了他父亲的蓝眼睛，虽说肤色相当苍白，不过生得光滑、干净。塞缪尔·桑伯里帮他进了每年两次为他自己的律师行进行会计结算的会计师事务所，到他年满二十一岁的时候[②]，他每周就能给他妈妈带来一笔相当不错的小收入了。她再返还他三个半克朗[③]的硬币用来买午餐、十个先令当零花，其余的她都为他存入储蓄银行，以备将来不时之需。

赫伯特二十一岁生日的那天夜里，桑伯里先生和太太上床以后——我得顺便说一句的是，桑伯里太太从来都不说“上床”两字，她只会说“就寝”，不过桑伯里先生可不像他妻子那么文雅，

① 约合一米七八。

② 当时英国的法定成年年龄。

③ 英国旧币制单位半克朗相当于两先令六便士。

他总是说："我该去贝德福德[1]了。"——桑伯里先生和太太上床以后，桑伯里太太道：

"有些人就是不知道他们有多幸运；感谢主，我知道。谁都没有过比咱们赫伯特更好的儿子啦。从小到大几乎没生过一天病，而且从来没让我操过一刻的心。我只是想说明，只要你抚养孩子的方法对头，他们就能为你增光添彩。想想看他都二十一了，真是不敢相信啊。"

"是呀，我想在咱们还没搞清情况之前，他就该结婚成家，离开咱们啦。"

"他为什么会想这么做？"桑伯里太太暴躁地道，"他在这儿有个很好的家，不是吗？你可不能往他头脑里灌输这种愚蠢的主意，塞缪尔，否则你跟我就会吵架啦，你也知道这是我最不愿看到的。结婚成家，瞧你说的！他可是有脑子的，绝不会打这种蠢主意。他知道什么样的生活是舒服富裕的。他有脑子，赫伯特可不傻。"

桑伯里先生不言语了。他早就知道跟贝阿特丽丝回嘴只是徒劳。

"我不赞同一个男人在有了自己成熟的想法之前就急着结婚，"她继续道，"而一个男人在三十五岁之前是不会有他成熟的想法和真正的主见的。"

"他一直对自己的现状挺满意的。"桑伯里先生想改换一下

① 原文是"Me for Bedford"，贝德福德是英国中部贝德福德郡的首府，这是桑伯里先生对于"上床"开玩笑的说法，惜乎译文中无法传达。

话题。

“他确实应该感到满意。”桑伯里太太道，仍旧有些心烦意乱。

夫妻俩确实很慷慨大方。桑伯里先生送给他一块银质腕表，指针是夜光的，在黑地里都能看得见；而桑伯里太太则送了他一个风筝。这当然不是她送他的头一个风筝。头一个要一直追溯到他七岁大的时候了，事情的缘起是这样的。他们住的地方附近有一块巨大的公共绿地，礼拜六下午碰上天好的时候桑伯里太太就会带她丈夫和儿子去那儿散散步。她说塞缪尔在空气污浊的办公室里关了整整一个礼拜之后，去呼吸一下新鲜空气对他有好处。公地上总是有很多人，不过像桑伯里太太这种喜欢独善其身的上等人，总是尽其所能躲得他们远远的。

“看它们风筝啊，妈妈。”有一天赫伯特突然道。

有清爽的微风吹着，有几只风筝，有大有小，正在空中翱翔。

“是那些，赫伯特，不是它们。”桑伯里太太道。

“想去看看它们是从哪儿放起来的吗，赫伯特？”他父亲问道。

“噢，是的，爸爸。”

公地中央有一个小缓坡，一家人走到近前的时候，看到男孩儿女孩儿还有几个大人正从坡上快步冲下来，给手上的风筝一个动力，让它吃住风。有时风筝没有吃住风就会掉到地上，不过吃住风之后就会升起来，放风筝的赶快放开手里的筝线，风筝就会扶摇直上，越飞越高。赫伯特直看得心醉神迷。

“妈妈，我能有个风筝吗？”他叫道。

他已经知道，当他想要什么东西的时候，最好是先向他妈妈开口。

“要风筝干吗?”她道。

“放呀，妈妈。”

“这么牙尖嘴利的，也不怕割伤自己。”她道。

桑伯里先生和太太越过小男孩儿的头顶会意地相视一笑。想想看他都想要个风筝了。真长成个小大人了呢。

“你要是肯做个好孩子，每天早上不用我告诉你就主动刷牙的话，如果圣诞老人在圣诞节那天真给你带个风筝来，我也不会感到惊讶的。”

当时距离圣诞节已经不远了，圣诞老人果然给赫伯特带来了他的第一个风筝。一开始他不太会操作，桑伯里先生不得不亲自从山坡上跑下来，先为他把风筝放起来。那是个很小的风筝，不过当赫伯特眼看着它越升越高，感觉到它拽动手里筝线的小小拉力时，他真是激动万分、陶醉不已；从此以后，每逢礼拜六下午，一等他父亲从城里回来，他就缠着父母赶快到公地上去。他很快就掌握了要领，桑伯里先生和太太亲切地注视着他从小坡顶上跑下来，当他们眼看着风筝很快吃住微风，他手里的筝线越放越长时，他们的心都会因为骄傲而涨得满满的。

这成了赫伯特情之所钟的最大嗜好，随着他年龄见长、个头见高，他妈妈给他买的风筝也越来越大。他非常善于估计和利用风向和风速，能娴熟地掌控他的风筝，做出让你觉得不可思议的事情。公地上也有其他放风筝的，不仅有孩童，也有大人，由于再也没有比共同的爱好更能拉近人们彼此之间的距离的了，没过多久，尽管桑伯里太太一直都秉持她那孤高排外的做派，她发现她、她的塞缪尔还有她儿子却跟各色人等都有了泛泛之交。他们会相互比较各自的风筝、吹嘘自己的过人成就。有时候赫伯特，现在已经是个十六岁的大小伙子了，会向另一位放风筝的好手发出挑战。他会施展策略，故意使他的风筝迎风追上对手的风筝，让自己的筝线跟对手的搅在一起，然后突然猛地一拉，将对手的风筝带下来。不过在这之前很久，桑伯里先生就已经被儿子的热情所感染，自己也爱上了放风筝，他经常会要求自己亲自去放一把。看到他这样一个身着条纹西裤、黑色外套、头戴圆顶硬礼帽的正人君子一路从小山头上跑下来，那感觉一定挺滑稽的。桑伯里太太也会颇有尊严地跟在他后面一路小跑，等风筝已经平稳地升到高空以后，她会从他手里接过筝线，抬头仰望着它在空中翱翔。对于他们一家三口来说，礼拜六的下午成了一周当中最为盛大的日子，等桑伯里先生和赫伯特一大早离开家去赶开往城里的火车时，他们所做的头一件事一定是抬头望天，看看那天的天气是否适合放风筝。他们最喜欢的是那种刮阵风的日子，正因为风向的不确定，反而给了他们演练技能的最好机会。整整一个礼拜，每天傍晚他们讨论的都是这个。他们很鄙视那些比他们的小的风筝，对于比他们大的则满怀艳慕。他们讨论起其他放风筝的表现时就跟拳击手或足球运动员谈起他们的对手时一样激烈而又轻蔑。他们的野心就在于拥有一个比任何人的风筝都更大的风筝，能够飞得比别人的都高。一般的风筝线他们早就弃置不用了，因为他们在赫伯特二十一岁生日那天送给他的风筝足有七英尺高，他们用钢琴的钢丝缠在一面小鼓上当筝线。可是赫伯特犹不满足。他不知道从哪儿听说某某人已经发明了一种立体的箱形风筝，这个念头马上就对他产生了无限的诱惑。他想他自己也能设计出同类型的风筝来，由于他自己也多少会一点绘图，他马上就着手开始了设计。他做了一个小型的模型，有天下午把它拿出去试放，不过没有成功。他是个倔强执拗的孩子，决不肯轻易认输。他的设计肯定有什么地方不对头，那他就下定决心改正错误，最终把它给做对。

然后，一件不幸的事情就发生了。赫伯特开始在晚饭后外出。桑伯里太太不太高兴，不过桑伯里先生好言相劝。毕竟，这孩子都二十二了，他整天待在家里肯定觉得无聊啦。如果他想出去走走或是看场电影，这也没什么大不了。赫伯特已经堕入了情网。有个礼拜六的傍晚，一家三口在公地上开心地玩了一阵子后，回家吃晚饭的时候，他突然出乎意料地说：

“妈妈，我已经邀请了一位年轻女士明天过来喝茶。可以吗?”

“你什么?”桑伯里太太道，一时间都忘了正确的语法。

“您听到了，妈妈。”

“我能问一下她是谁，你又是怎么认识她的吗?”

“她姓贝文，贝蒂·贝文，我是有天礼拜六下午在电影院里认识她的，当时正在下雨。也是碰巧。她就坐在我身边的位子上，她的手提包掉了，我给她捡起来，她说谢谢，我们就很自然地聊了起来。”

“你是想跟我说，你落入了这么个老套的圈套吗?把手提包给掉了，你听听！”

“您想岔了，妈妈，她是个好姑娘，真的，而且也受过良好的教育。”

“这事儿是什么时候发生的呢？”

“大约三个月前。”

“噢，你三个月前碰到了她，现在才请她明天来喝茶？”

“瞧您说的，打那以后我当然也跟她见过面的。认识她的第一天，看完电影后，我问她愿不愿意礼拜二傍晚再跟我一起看场电影，她说她不知道，也许可以也许不行。不过她终究还是来了。”

“那还用说。我早该提醒你一声的。”

“打那以后我们大约一个礼拜一起看两场电影。”

“这就是你最近这么频繁外出的原因喽？”

“没错。不过，您听我说，我并不想把她强加给您，要是您不愿意她过来喝茶的话，我就说您头疼，带她出去了。”

“你妈妈当然愿意让她过来喝茶，”桑伯里先生道，“是不是，亲爱的？只不过你妈妈受不了陌生人。她从来都不喜欢见人的。”

“我但求独善其身，”桑伯里太太沉着脸道，“她是干什么的？”

“她在城里一家打字事务所里工作，住在家里，如果您把那个也叫家的话；您看，她妈妈去世了，她爸爸又续了弦，又生了三个孩子，她跟她后妈处不来。总是不断地埋怨、抱怨，找她的碴儿，她说。”

桑伯里太太把茶会安排得非常时髦讲究。她把起居室里一张小桌子上的小摆设拿走，那张小桌子他们从来都没用过，上面铺上一块台布。又取出他们同样从来都没用过的整套茶具和镀金的茶壶，然后她做了烤饼，烤了个蛋糕，还有切成薄片的黄油面包。

“我想让她见识见识咱们可不是等闲之辈。”她告诉她的塞缪尔。

赫伯特去接贝文小姐，桑伯里先生特意守在门口接他们，以免赫伯特把她领进了他们平常吃饭喝茶的餐厅。赫伯特把那位年轻的小姐引进起居室以后，惊讶地瞥了一眼备好的茶桌。

“这就是贝蒂，妈妈。”他介绍道。

“是贝文小姐吧，我想。”桑伯里太太道。

“没错儿，不过您就叫我贝蒂，好吗？”

“初次相见就这么称呼恐怕为时过早了，”桑伯里太太亲切地微微一笑，道，“你不坐下来吗，贝文小姐？”

真够奇怪的，或者也许根本就没什么好奇怪的，贝蒂·贝文看起来非常像桑伯里太太年轻时候的模样。她有同样线条清晰、轮廓分明的五官以及同样珠子般浑圆、明亮的小小的眼睛，不过她把嘴唇涂得血红，两颊上也淡淡地抹了层胭红，而且她那头短短的黑发是自来卷。桑伯里太太一瞥之下就把所有这一切尽收眼底，她能把她身上那件时髦的人造丝裙子值多少钱精确地估算到几便士，还有她脚上那双鞋跟高得离谱的高跟鞋和头上那顶轻佻的帽子。她的裙摆很短，露出一大截肉色的玻璃丝袜。桑伯里太太很不认同她的妆容和她的衣着，马上已经对她这个人很不喜欢了，不过她已经下定决心要表现得像位贵夫人，倘若她都不知道该如何表现得像位贵妇的话，那天底下就没人知道了，所以，一开始一切倒还顺利。她斟好了茶，让赫伯特递给他女朋友一杯。

“问问贝文小姐要不要用一点黄油面包或是烤饼，塞缪尔，亲爱的。”

“都来点儿吧，”塞缪尔道，把两个盘子都递给她，以他那种粗率的方式，“我喜欢看人大快朵颐。”

贝蒂很没把握地拿了片黄油面包和一块烤饼放到她的茶碟里，桑伯里太太殷勤和蔼地谈起了天气。她心满意足地眼看着贝蒂的举止越来越局促不安。然后她把蛋糕切开，给她的客人递上一大块。贝蒂咬了一口，当她把蛋糕往茶碟里放的时候，一不小心掉到了地上。

“噢，真抱歉。”姑娘赶忙把蛋糕捡起来，道。

“一点关系都没有，我再给你切一块。”桑伯里太太道。

“噢，不用麻烦了，我没那么挑剔。地板很干净的。”

“希望如此，”桑伯里太太面带尖酸的微笑道，“不过说什么也不能让你吃一块掉到地上的蛋糕。把它拿过来，赫伯特，我再给贝文小姐切一块。”

“我不想要了，桑伯里太太，真的吃不下了。”

“很遗憾你不喜欢我的蛋糕。我可是特意给你烤的。”她尝了一口，“我觉得味道还可以呀。”

“不是这样的，桑伯里太太，这是个很漂亮的蛋糕，我只是一点都不饿。”

她谢绝再喝茶，桑伯里太太看得出来她很高兴已经把给她的一杯喝掉了。“我估摸着他们家是在厨房里吃饭的。”她心下暗道。

这时赫伯特点了根香烟。

“给咱也来一根，赫伯，”贝蒂道，“我真是巴不得抽上一口。”

桑伯里太太并不赞同女性吸烟，不过她只是微微地抬了抬眉毛。

“我们更喜欢叫他赫伯特，贝文小姐。”她道。

贝蒂可不是个傻子，她看得出来桑伯里太太一直都在竭尽所能地让她不舒服，现在她可看到反击的机会了。

“我知道，”她道，“他告诉我他的名字叫赫伯特的时候，我差一点笑出声来。想想看竟然管他叫赫伯特。真够滑稽的。”

“很遗憾你不喜欢我儿子受洗时取的教名。我觉得这是个很好的名字。不过我想这都取决于你是出身于哪个阶层的。”

赫伯特插进来英雄救美了。

“在事务所他们都管我叫伯蒂，妈妈。”

“那么我只能说，他们都是一群庸碌之辈。”

桑伯里太太由此陷入威严的沉默，接下来的谈话明显已经有些尴尬，就只能由桑伯里先生和赫伯特负责维持了。桑伯里太太觉察到贝蒂被激怒了，倒是并没有感觉不满意。她还觉察到那姑娘很想走，可是不知道该如何启齿。她决定不去帮她。最后还是赫伯特把这个难题接了过去。

“好了，贝蒂，我觉得我们差不多该走了，”他道，“我送你回去。”

“已经要走了吗？”桑伯里太太道，站起身来，“你肯光临寒舍，真是非常高兴。”

“漂亮的小东西。”两位年轻人离开之后桑伯里先生试探着道。

“漂亮个鬼。看看她涂脂抹粉的那一脸。她要是洗了脸、没把头发烫卷的话，看起来肯定就大不一样了，听我的话准没错。粗鄙，一点没错，粗鄙得如同泥土。”

一个钟头以后赫伯特回来了。他很生气。

“我说，妈妈，你这么对待这个可怜的姑娘到底什么意思啊？我真为你感到羞耻。”

“不许跟你母亲这么说话，赫伯特，”她勃然怒道，“你压根都不应该把这么个女人带到我的家里来。她真是粗鄙，粗鄙得如同泥土。”

当桑伯里太太勃然大怒的时候，不仅是她的语法会摇摇欲坠，有些音发起来都会走形。赫伯特对她说的这番话并没太在意。

“她说她这辈子从没受过这样的侮辱。我费了九牛二虎之力才算是把她安抚下来。”

“哼，她永远都别想再到这个家里来了，我就跟你把话挑明了吧。”

“这只是你的想法罢了。我已经跟她订婚了，所以你自己看着办吧。”

桑伯里太太猛吸了一口气。

“你不会吧？”

“没错儿，我就会。我已经考虑了有很长时间了，又碰上她今晚这么心烦意乱，所以我就正式向她求了婚，我费了好大的劲才总算是说服了她，这么跟你说吧。”

“你这个傻瓜，”桑伯里太太尖叫道，“白痴。”

接下来的场面可就相当不好看了。桑伯里太太跟她儿子吵了个昏天黑地，当可怜的塞缪尔想息事宁人，做个和事佬的时候，母子俩都粗暴地告诉他闭嘴。最后赫伯特冲出了房间、奔出了大门，桑伯里太太则气得痛哭失声。

第二天谁都没再提昨天的事儿。桑伯里太太对待赫伯特的态度冰冷而又客气，他则面色阴沉、一言不发。晚饭后他就出去了。到了礼拜六他告诉父母当天下午他要订婚去，所以不能跟他们一起去公地了。

“我敢说没有你我们也能对付。”桑伯里太太冷冷地道。

就快到一家三口通常去海边度两周假期的时候了。他们一直都是去荷恩湾[①]的，因为桑伯里太太说去那儿度假的都是上层社会的人士，而且多年以来他们都租住同样的寓所。有天傍晚，赫伯特竭力轻描淡写地说：

“顺便说一句，妈妈，您最好写信告诉他们一声，今年不需要预订我的房间了。贝蒂和我这就要结婚了，我们打算去骚森德[②]去度蜜月。”

有那么一会儿，房间里死一般沉寂。

“有些突然啊，是不是，赫伯特？”桑伯里先生心神不宁地道。

“嗯，贝蒂的事务所在裁员，她失业了，所以我们就想还是马

① 英国东南肯特郡的一个海边城镇。

② 英国东南埃塞克斯郡滨海城镇，是一处游憩胜地。

上结婚的好。我们已经在戴比尼街上租定了套两居室，正在用我储蓄银行里的钱置备家具呢。”

桑伯里太太一声都没吭。她面色煞白，眼泪从她瘦削的面颊上滚落。

“噢，别这样，妈妈，别把它看得太严重嘛，”赫伯特道，“男人到了一定时候总归是要结婚的。要是爸爸没跟您结婚的话，也就不会有现在的我了，是不是？”

桑伯里太太不耐烦地用手抹去了泪水。

“不是你爸爸跟我结婚，是我跟他结的婚。我知道他诚实可靠，品行端正。我知道他会成为一个好丈夫和好父亲。我从来就没有为此感到后悔，你爸爸也一样。我说的没错，塞缪尔，对不对？”

“千真万确，贝阿特丽丝。”他马上道。

“您知道，等您了解了贝蒂以后您会喜欢她的。她是个好姑娘，真的很好。我相信您会发现你们之间是有很多共同点的。您得给她个机会，妈妈。”

“她永远都别想踏进这幢房子一步，除非是踩着我的尸首。”

“这太荒唐了，妈妈。只要您肯通情达理地想想，一切还不是跟从前一样吗？我是说，我们还可以一如既往地在礼拜六去放风筝，就跟从前一样。只不过这一次我因为要订婚，所以比较难办。您看，她眼下还不明白放风筝有什么意思，不过会明白过来的，等我结婚以后情况就不同了，我是说我可以过来跟您和爸爸放风筝；这才合情合理啊。”

“这只是你的想法。好吧，你给我听好喽，如果你娶了那个女人，我就不准你再放我的风筝了。我可从来就没把它送给你，这是我从家务开支里省出钱来买的，它是我的，明白了吗？”

“那好吧，你就自己留着它吧。反正贝蒂说那是小孩子的玩意儿，我自己倒是真该觉得羞愧的，都这把年纪了还整天惦记着放风筝。”

他站起身来，再一次气冲冲地昂首阔步走出了家门。两周之后他就结了婚。桑伯里太太拒绝前去参加婚礼，也不让塞缪尔去。他们照常去度了假又回来了，然后重拾惯常的日程。礼拜六下午他们就自己前往公地，去放他们那个巨大的风筝。桑伯里太太从来都不提她儿子的名字。她下定决心绝不宽恕他。不过桑伯里先生还经常在早班火车上碰到他，因为父子俩乘的是一班列车，两人在挤进同一节车厢的时候会谈几句家常。有天早上桑伯里先生抬头望了望天。

“今天是放风筝的好天气。”他道。

“您跟妈妈还放吗？”

“你以为呢？她现在跟我一样擅长了。你真该看看她把裙子别起来从小山坡上跑下来的样子。我这么跟你说吧，我还真不知道她还有这两下子。跑？嘿，她能跑得比我都好。”

“别逗我笑了，爸爸！”

“我都纳闷你竟然没给自己买个风筝，赫伯特。你一直都这么酷爱风筝的。”

“这话没错。我也的确提起过一回的，可您知道女人都是怎么回事，贝蒂说：‘别这么幼稚啦。’噢，我真不知道这都是怎么回事。我当然不是想要个小孩子的风筝，而它们大风筝[①]要花不少钱的。我们刚开始置备家具的时候，贝蒂说从长远来看，买最好的反而更划算，所以我们是以分期付款的方式买的家具，每月付一笔钱外带租金，所以我赚的钱也就刚刚够我们开销。人家都说两个人一起生活并不比一个人过更费钱，可至少到目前为止我可没觉得。”

“她不工作吗？”

“噢，是呀，她说她辛辛苦苦地干了这么多年以后，现在终于结了婚，她打算松缓松缓，而且家里也总得有人负责打扫和烧饭吧。”

就这样过去了有半年时光，然后有个礼拜六的下午，当桑伯里夫妇正一如既往地待在公地上的时候，桑伯里太太对她丈夫道：

“你看到了吗，塞缪尔？”

“我看到赫伯特了，如果你是这个意思的话。我没跟你提是因为我以为这只会让你心烦。”

“别跟他说话。就假装你没看见他。”

赫伯特站在一帮无所事事看热闹的人当中。他并没试图跟他父母搭话，不过他的目光一刻都不离地紧跟着过去一直都是由他放飞的那只巨大的风筝，这一点并没有逃脱桑伯里太太的注意。天气开始转冷了，桑伯里夫妇也就回家去了。桑伯里太太的脸上

① 时隔多年，赫伯特仍旧像第一次看到风筝时那样说“它们风筝”（them kites），而不是“那些风筝”（those kites），尽管他妈妈当时就纠正过他。

洋溢着恶意的兴奋。

“不知道他下礼拜六还会不会来。”塞缪尔道。

“如果我不认为打赌是错误的话，我会跟你赌六个便士他肯定会来，塞缪尔。我可是一直都在等着这一天哪。”

“此话当真?”

“我从一开始就知道，他心里是绝对放不下这件事的。”

她说的没错。下一个礼拜六以及打那以后的每个礼拜六，只要是天气不错赫伯特就肯定会在公地上出现。他们之间并没有交流。他只是在那儿站一会儿，看着他们放风筝，然后就溜达着走开。不过在同样的情形持续了几个礼拜之后，桑伯里夫妇给他准备了一个惊喜。他们这一次放的不再是那个他过去经常放的风筝，而是一个全新的，一个箱形的风筝，个头不大，就是按照他过去亲自设计的那个模型制作的。他看到这在那些放风筝的人群当中激起了很大的兴趣；大家满怀好奇地围着它看，桑伯里太太则饶有兴致地说个不停。塞缪尔头一次从山坡上跑下来的时候，那风筝并没有放起来，而是悲惨地砰的一声摔到了地上，赫伯特紧张地攥紧拳头、紧咬牙关。他受不了眼看着它跌下来。桑伯里先生再度爬上那个小山头，这第二次上箱形风筝终于成功地吃住了风。看热闹的人群中爆发出一片喝彩。桑伯里先生放了一会儿以后就把风筝拽下来，拿着它回到了小山头上。桑伯里太太走到她儿子面前。

“想试一下吗，赫伯特?”

他激动得气都透不过来了。

“是的，妈妈，想。”

“这只是个小个儿的，因为他们说你得先掌握它的诀窍。它不像咱们原来放的那种风筝。不过我们已经完成了制作一个大型风筝的设计图，而且他们说等你熟悉了它的性能之后，碰上合适的风向，你能把它放到两英里那么高。”

桑伯里先生也走了过来。

“塞缪尔，赫伯特想试一下这个风筝。”

桑伯里先生把风筝递给了他，面带满意的微笑，赫伯特摘下帽子来请他妈妈给他拿着。然后他飞快地冲下山坡，风筝非常饱满地吃住了风，当他眼看着它冉冉升起时，心下不禁欣喜若狂。看到那个小小的黑色风筝那么惬意地在空中翱翔，感觉真是太棒了，不过就在欣喜之余，他已经在想着那个正在制作当中的了不起的大风筝了。此前他们可从来都没能做到这一点。能放飞到两英里的高空，妈妈说。哇噢!

“你干吗不回家来喝杯茶呢，赫伯特?”桑伯里太太道，“我们正好可以给你看看我们定制的新风筝的设计图。也许你还能提点建议呢。”

他犹豫了。他跟贝蒂说他只是出来走走，活动活动腿脚，她并不知道他每个礼拜都到公地这儿来，而且她还在等着他回去呢。可是这诱惑实在是难以抗拒。

“我倒是不介意。”他道。

喝完茶以后他们就看设计图。这个风筝堪称巨大，装有他见所未见的各种小配件，肯定要花一大笔钱。

“你们自己永远都甭想把它给放起来。”他道。

“我们可以试试啊。”

“我想你们不会乐意我在一开始的时候帮你们一下吧？”他挺没把握地问。

“也许不是个坏主意。”桑伯里太太道。

他回到家的时候已经挺晚的了，远远晚于他的预期，贝蒂非常恼火。

“你到底去哪儿啦，赫伯？我还以为你死了呢。晚饭什么的早就预备好了，就等你了。”

“我碰上了几位朋友，聊了几句。”

她目光犀利地看了他一眼，不过没有搭腔。她在生闷气。

吃罢晚饭后他建议他们该出去看场电影，可是她拒绝了。

“你要想去的话你去就是了，”她道，“我不想去。”

下个礼拜六他又去了公地，他母亲又让他放风筝。新风筝已经正式下了订单，预计三个礼拜之后能拿到。不一会儿他母亲对他说：

“伊丽莎白在那儿。”

“贝蒂？”

“在刺探你。”

他又惊又怒，不过他摆出一副天不怕地不怕的架势。

“让她刺探去好了。我不在乎。”

话虽如此，他毕竟还是挺紧张的，就没跟他父母回去喝茶。他直接回了家。贝蒂正在等他。

“原来这就是跟你聊天的朋友啊。我已经疑心了有段时间了，就是你每个礼拜六都出去散步去，然后突然之间我才恍然大悟。放风筝去，你，一个成年男人。我称之为可鄙可笑。”

“我才不管你称之为什么呢。我就是喜欢，你就算是不喜欢，你也得受着。”

“我才不受这个呢，我实话告诉你吧。我可不想看着你出乖露丑，像个傻瓜。”

“我自打小时候起就每个礼拜六下午去放风筝了，只要我高兴我就随时继续放去。”

“就是那个老婊子，她一心只想把你从我身边夺走。我知道她。在她那样对待我以后，你但凡还是个男人就永远不要跟她讲话。”

“我不许你那样称呼她。她是我母亲，只要我愿意我随时都有权利去看她。”

争吵持续了一个钟头又一个钟头。贝蒂冲着他尖叫，赫伯特也冲着她怒吼。他们之前也有过一些鸡毛蒜皮的小争执，因为他们俩都挺固执的，不过这次才是他们头一次真正的吵架。礼拜天两个人谁都不搭理谁，在接下来的这个星期里头，他们俩之间虽然表面上维持着和平，不过全都一肚子怨气。碰巧接下来的两个礼拜六都是瓢泼大雨。贝蒂看到那大雨倾盆的时候，不禁暗自得意，不过即便是赫伯特大感失望，他也丝毫没有表现出来。他们对于争吵的记忆渐渐淡忘了。他们统共也就两居室，而且睡在同一张床上，两个人必然会同意还是忘掉他们之间的分歧为好。贝蒂想尽各种办法对她的赫伯好，而且她认为现在她已经让他尝到了她牙尖嘴利的厉害，知道她不是好惹的，不会受任何人的蒙蔽，他也就会通情达理了。从他这方面来说他算得上是个好丈夫，在钱财上很大方，而且为人可靠。假以时日，她会把他驾驭得服服帖帖的。

可是持续了两周的坏天气毕竟还是放晴了。

“看起来明天是放风筝的好天气啦，”父子俩在等早班火车的站台上碰到后，桑伯里先生道，“新风筝已经送到了。”

“真的？”

“你妈妈说，我们当然很高兴你能过来帮我们试放，不过谁都无权硬插到一对夫妻中间横加干涉，我的意思是，你要是怕贝蒂跟你大吵大闹的话，你最好还是别来了。我们在公地上认识了一个年轻小伙子，他对我们这个风筝也真是狂热得不得了，他说如果有什么人能把它放起来的话，那肯定非他莫属。”

赫伯特感到一阵揪心的嫉妒。

“我绝对不准任何生人碰我们的风筝。到时候我肯定会来的。”

“噢，你好好考虑考虑吧，赫伯特，就算你不来的话我们也会非常理解的。”

“我会来的。”赫伯特道。

于是第二天他从城里下班回家后，马上就把上班的正装脱下来换上一条宽松裤和一件旧外套。贝蒂走进卧室。

“你干吗呢？”

“换衣服。”他喜气洋洋地回答。他实在是太兴奋了，都没办法瞒着贝蒂了："他们的新风筝已经送到了，我要放风筝去。"

"噢，不行，你不能去，"她道，"我不同意。"

"别犯傻了，贝蒂。我要去，我跟你说，你要是不喜欢风筝的话，你可以干点别的。"

"我不让你去，就是不让你去。"

她把门砰地一关，而且站到门前挡住他的去路。她两眼放光，下巴紧绷。她个头娇小而他却是个高大健壮的大男人。他抓住她的两只胳膊把她推到一边让开去路，可是她狠狠地踢了他小腿一脚。

"你想让我给你下巴上来一拳吗？"

"你要是走了就不要再回来。"她喊道。

他把她整个儿抱起来，虽然她拼命挣扎、又踢又打，他还是把她往床上一扔就出去了。

如果说那个小个儿的箱形风筝就已经在公地上引起了一番骚动的话，那么跟这个新的比起来就实在是算不得什么了。不过它也确实很难驾驭，虽然他们已经跑得气喘吁吁，而且其他热心的风筝高手们也都尽力帮忙，赫伯特还是没办法把它给放起来。

"没关系，"他说，"我们很快就能掌握窍门的。今天的风向不太对头，就这么回事。"

他跟他爸妈一起回去喝茶，一边详细地讨论新风筝的细节，就跟以往完全一样。他一直拖延着不肯走，因为他都无法想象贝蒂会跟他怎样地大吵大闹，不过当桑伯里太太走进厨房准备晚餐的时候，他也就不得不回家去了。贝蒂在看报纸。她抬头看了他一眼。

“你的包已经打好了。”她道。

“我的什么?”

“你听到我说的话了。我说过你要是走了的话就没必要再回来了。我忘了你还有东西在这儿。一切都已经打好包了。就在卧室里。”

他非常惊讶地看了她一会儿。她假装继续看她的报纸。他真想狠狠地揍她一顿。

“好吧，就照你说的办吧。”他道。

他走进卧室。他的衣服已经放在了一个手提箱里，还有一个棕色的纸袋子，贝蒂把剩下的所有东西都塞在了里面。他一手拎着手提箱，另一只手拿着那个纸袋子，一言不发地穿过起居室，离开了自己的家。他来到父母的房子前，按响了门铃。她开的门。

“我回家来啦，妈妈。”他道。

“真的吗，赫伯特？你的房间已经为你准备好了。把手里的东西放下，快进来。我们刚刚坐下吃晚饭。”母子俩走进餐厅，“塞缪尔，赫伯特回家来啦。赶快出去沽一夸脱啤酒来。”

在饭桌上以及当晚剩余的时间里，他把他跟贝蒂之间闹的别扭告诉了他们。

“噢，你能脱身出来是你的幸运，赫伯特，”桑伯里太太听他讲完以后道，“我早就告诉过你她绝对不配做你的妻子。粗鄙，她粗鄙得就像是泥土，而你却一直都是在这么高雅的环境里长大的。”

他发现睡在自己的床上感觉很惬意，这张床他从小一直睡到现在，并且发现礼拜天一早从楼上下来吃早饭，胡子没刮脸都没洗，一边还可以阅读《世界新闻》也同样很惬意。

“咱们今天早上不去小教堂啦，”桑伯里太太道，“这对你来说是够心烦的，赫伯特；咱们今天就都一块儿松缓松缓。”

在接下来的这个礼拜里，他们花了很多时间来讨论风筝，同样也花了很多时间来谈论贝蒂。他们讨论的重点是她接下来会怎么做。

“她会竭尽全力把你弄回去。”桑伯里太太道。

“她想都别想。”赫伯特道。

“你得给她提供生活费。”他父亲道。

“他为什么该这么做？”桑伯里太太叫道，“她设了圈套诱使他娶了她，而现在又把他从他为她一手创建的家里给赶了出来。”

“她只要不来打搅我，该给她什么我都给。”

他每天都觉得越来越舒服，事实上他已经开始觉得仿佛从来就没有离开过了，他就像只小狗在它自己那个特别的篮筐里安顿了下来；有他妈妈替他洗刷衣物、修补鞋袜感觉真好；她为他提供的都是他一直习惯了的而且是最喜欢吃的东西；贝蒂是那种敷衍凑合的厨子，一开始的时候还兴致勃勃的，像是搞个野餐之类的，但那可不是一个男人能真心喜欢的那种饮食方式，而且他一直都秉持他妈妈的观念，认为新鲜现做的食物要比买的罐头食品强得多。他已经腻味了每天都吃罐头三文鱼了。除此以外，有了可以来回走动的充足的家居空间，也比只能禁闭在两个小房间里舒服多了，更何况其中一小间还得兼做厨房之用。

“我生平犯的最大的错误无过于当时贸然离开家了，妈妈。”有一次他对她这么说道。

“这个我知道，赫伯特，不过你现在已经回来了，你也没有理由再次离开家了。”

他的薪水是每周五一付的，那天傍晚他们刚吃完晚饭的时候门铃响了。

“是她。”他们异口同声道。

赫伯特的脸唰地一下白了。他母亲瞟了他一眼。

“你交给我就是了，”她道，“我来会会她。”

她打开房门。贝蒂正站在门廊上。她想挤进门去，但桑伯里太太挡住了她的去路。

“我想见见赫伯。”

“不行。他不在。”

“不，他在。我眼看着他跟他爸爸一起进的门，然后再没有出来。”

“他不想见你，如果你想胡搅蛮缠的话我就打电话叫警察过来。”

“我想要我这个礼拜的生活费。”

“这也就是你想见他的全部目的啦。”她掏出自己的钱包，“这三十五先令给你。”

“三十五先令？光租金一个礼拜就十二先令啦。”

“最多就只能给你这么多。他在这儿还得付膳食费，是不是？”

“还有家具的分期付款呢。”

“这个到该付款的时候由我们来料理。这钱你是要还是不要吧？”

既迷惑又不满，遭到恫吓的贝蒂站在那里进退失据，茫然不知所措。桑伯里太太把钱往她手里一塞，砰的一声直接把门摔到她脸上，然后回到餐厅。

“我已经把她给收拾得服服帖帖的了。”她道。

门铃又响了，一遍又一遍地响个不停，可是谁都不去管它，过了一会儿也就停了。他们猜想贝蒂已经走了。

第二天是个好天，风速也刚好合适，赫伯特在失败了两三次之后，发现自己终于掌握了放飞那个巨大的箱形风筝的窍门儿。它高飞入天，随着他不断地放开筝线，它扶摇直上，越飞越高。

“哇噢，它飞得足有一英里高哪，而且只多不少。”他兴奋地对他母亲道。

他这辈子还从没有过如此陶醉和激动的时刻。

几个礼拜过去了。他们一起炮制了一封信，由赫伯特执笔写给贝蒂，正告她只要她不再骚扰他或是他家庭的成员，每周六上午她就能收到三十五先令的汇单，而且他还会按时付清家具的分期付款。桑伯里太太原本坚决反对这一条的，不过桑伯里先生有生以来头一回提出了不同意见，赫伯特也同意是该这么做。赫伯特这时候已经娴熟地掌握了新风筝的放飞技巧，而且能够玩出好多了不起的花样来了。他已经不屑于跟其他放风筝的同场竞技了。他已经远远高出了他们的等级。礼拜六的下午就是属于他的荣耀时刻。他尽情地享受着他在看热闹的人群中唤起的钦佩和惊叹以及他明知在其他不那么走运的风筝爱好者心中激起的羡慕和嫉妒。然后有一天傍晚，当他跟父亲一道从火车站往家里走的时候，贝蒂意外地拦住了他的去路。

“哈啰，赫伯。”她道。

“哈啰。”

“我想单独跟我丈夫谈谈，桑伯里先生。”

“你想跟我说的话里面没有一句是我爸爸不能与闻的。”赫伯特愠怒地道。

她犹豫了一会儿。这下子桑伯里先生被搞得进退两难。他不知道到底是该走还是该留。

“那好吧，”她终于道，“我想请你回家来。那天晚上我给你打包的时候并不是真心要赶你走。我那么做只是想吓唬吓唬你。我当时正在气头上。我很抱歉做出这样的事来。这实在是太傻了，为了个风筝争吵不休。”

“噢，我可不想回去，明白吗？你把我赶出来的那天实在是帮了我个最大的忙。”

泪水开始沿着贝蒂的面颊淌下来。

“可是我爱你啊，赫伯。你要是想放你那个愚蠢的破风筝，你自管放去好了，我不在乎，只要你能回来。”

“多谢你啦，但这可不够。我知道我的日子什么时候才算是过得舒坦，而且我这辈子也已经过够了婚姻生活啦。咱们走吧，爸爸。”

他们继续快步向前走去，贝蒂并没有试图跟上来。下个礼拜天他们一家去了小教堂，吃完正餐后赫伯特马上跑到存放煤炭的小棚子里去看他的宝贝风筝，他们一直把风筝放在棚子里的。他真是一刻都离不了它。他简直是溺爱它。可是这次他马上就跑回屋里去了，他脸色煞白，手里提着把短柄的小斧头。

“她把它给毁了。就是用这玩意干的。”

桑伯里夫妇发出一声惊恐的叫喊，连忙跑到煤棚里去看。赫伯特的话是真的。那个风筝，那个崭新、昂贵的风筝已经变成了一地碎块。它是被那柄斧头残忍地袭击的，木制部分已经被劈成碎片，线轴也被砍作数段。

“她肯定是趁咱们在小教堂的时候干的。看到咱们都出去了才下的手。”

“可她是怎么进来的呢？”桑伯里先生问道。

“我本来有两把钥匙的。前面我回家来的时候注意到少了一把，不过当时也没怎么当回事儿。”

“你也不能肯定就是她干的，公地上的那些人里面有些很势利眼的家伙，也不能排除是他们干的可能。”

“好吧，咱们马上就能查明真相的，”赫伯特道，“我这就去当面问问她，如果真是她干的，我就杀了她。”

他的愤怒是如此骇人，就连桑伯里太太都有些害怕了。

“你想因为谋杀被人家吊死吗？不，赫伯特，我不让你去。让你爸爸去吧，等他回来以后咱们再决定该怎么办。”

“没错儿，赫伯特，还是让我去吧。”

他们费了不少力气才算把他说服，最后还是桑伯里先生去了。半个钟头以后他回来了。

“确实是她干的。她毫不隐讳地都告诉我了。她还很为此感到骄傲呢。我都不想重复她的原话，真让我感到震惊，长话短说吧，就是她嫉妒那个风筝。她说赫伯特爱那个风筝都远甚于爱她，所以她才把它给砍了个稀巴烂，她还说如果需要的话她还会原样再干一回的。”

“她没当面跟我说这些话算她走运。就算是被绞死我也会把她的脖子给拧断的。好吧，她再也别想从我这儿拿到一分钱啦，就这么定了。”

“她会告你的。”他父亲道。

“让她告去。”

“下个礼拜就到该为那些家具付新一期的款子了，赫伯特，”桑伯里太太轻描淡写地道，“换了是我，这笔钱我就不付。”

“这么一来他们就得把家具给拉走了，”塞缪尔道，“而且前面已经付过的那些钱也就都打了水漂啦。”

“那有什么关系？”她回答道，“他负担得起。这么一来他就能一劳永逸彻底把她给摆脱掉了，他也就真正重新回到我们身边来了，这才是最重要的。”

“我才不在乎钱不钱的，”赫伯特道，“我最想看到的就是他们上门把家具拉走时她脸上的表情。那几件家具对她来说可重要了，重要得不得了，还有那架钢琴，她可宝贝那架钢琴啦。”

所以下个礼拜五的时候他就没给贝蒂邮寄每周的生活费，当她把家具店的一封信寄给他以后——信上说如果在规定的某某期限之前他仍旧不支付新一期款子的话，他们就要把家具拉走了——他回了他们一封信，说他不打算继续支付欠款了，他们可以随时就便把家具给拉走。贝蒂开始经常在车站上堵截他，眼看他根本都不搭理她以后就跟在他后面在大街上对他破口大骂。傍晚时分她会来到他们家门前狂按门铃，一直按到他们觉得自己都快被逼疯了都不肯罢休，桑伯里先生和太太费尽九牛二虎之力才总算拦住赫伯特，不让他跑出去对她大打出手。有一次她扔了块石头，把他们家起居室的窗户都给打碎了。她在明信片上写下最下流的污言秽语，不断地往他的办公室里寄。最后她走上治安法庭[①]，控告她丈夫将她遗弃，而且不履行扶养她的义务。赫伯特接到了传票。两人在庭上各执一词，互不相让，如果说治安官觉得这件事实在有点匪夷所思的话，他也并没有表现出来。他竭力劝说这夫妻俩庭外和解，可是赫伯特断然拒绝回到他妻子身边。治安官只得命令他每周支付给贝蒂二十五先令的扶养费。他却说他一分钱都不付。

“那你就得进监狱了，”治安官道，“下个案件。”

可是赫伯特竟然说到做到。因为贝蒂的控诉，他再度被带到治安官面前，治安官问他出于什么原因竟然不服从判决。

“我说过我不会付钱给她，我说到做到，在她毁了我的风筝之后她一分钱都别想得到。如果你要把我送进监狱的话，那我就进

① 或译治安官法庭，为英格兰和威尔士刑事审判系统中的最低审级。

监狱好了。”

治安官这次对他可是毫不宽容。

“你真是个愚蠢透顶的年轻人，”他道，“我限你在一周的时间内付清拖欠的扶养费，如果你再有任何的蠢言愚行，你就得进监狱服刑，直到你恢复理性为止。”

赫伯特仍旧拒绝付钱，正是因此我的朋友奈德·普雷斯顿才认识了他，我也因此才听到了这个故事。

“你对此有何高见？”奈德把故事讲完之后问道，“你知道，贝蒂不是个坏姑娘。我已经见过她几次，除了她对赫伯特的风筝那疯狂而又荒唐的嫉妒之外，她的所作所为没有任何错处；而赫伯特无论如何都不是个傻瓜。事实上他的聪明程度还要高过平均水平。依你之见，在放风筝当中到底有什么东西竟然使得这个该死的傻瓜如此疯狂痴迷呢？”

“我不知道。”我回答道。我沉思默想了一会儿。“你看，我对于放风筝这件事确实一无所知。也许，当他注视着风筝直上云霄时，他体验到了一种唯我独尊的权力感；当他似乎能驱使天空中的风遵从他自己的意志时，他体验到了一种超越于天地万物之上的神秘感。也许正是为此，他以某种奇怪的方式使他的自我与如此自由飞翔、远远高出于他之上的风筝产生了认同，而那种感觉就像是从现实生活的千篇一律和单调乏味中逃离了出来。也许正是为此，以某种朦胧而又混沌的方式，它就代表了一种自由和历险的理想。而你知道，如果一个人一旦被理想这种病毒所感染，那么就连国王陛下所有的内科和外科医生都要对他束手无策啦。

不过所有这套说辞都纯属异想天开，可能只是我的强作解人和不经之谈罢了。我想你还是拿这个问题去请教那些对于人类这种动物的心理比我懂得多得多的高人去吧。”

吞食魔果的人

陆谷孙　译

多数世人，甚至可以说天下芸芸众生，都过着随遇而安的生活。纵然有人愤愤然以为自己似方凿圆枘，只要换个环境，可能更有作为，多数人若不是对各种遭际安之若素，也只有得过且过地认命。这些人像有轨电车，永远在同样的轨道上运行，倒回去再开出来，周而复始，一成不变，直到爬不动了被当作废铁卖掉。在这世上，你难得找到一个勇于掌握自己人生轨迹的人。倘若果真找到，那就值得好好看看此人了。

正是出于这个缘故，我怀着好奇心遇上托马斯·威尔逊。他做的事既有意思，又很大胆。当然，故事尚无结局，而且不到实验结束，不可能就说成功。只是从我当时已经听说的种种，此人似乎确实与众不同，所以我就想认识他。别人告诉我，他为人矜持内向，可我认定，只要有耐心，再加上一点手腕，自己可以说服对方对我推心置腹。我要从他本人嘴里听到那些事实。人嘛，都会夸张，都爱浪漫化，所以他的故事或许一点也不像别人要我相信的那么奇特，对此我心中有数。

这种印象在我终于结识他时果然得到印证。那是在卡普里岛的露天市场，当时我在朋友的别墅里消暑过八月。时间是日落前一刻。不管是当地人，还是外来客，大家都聚在这儿闲聊乘凉。那儿有一个俯瞰那不勒斯海湾的露台，从这儿可以看到缓缓西沉的太阳和金光四射背景前伊斯基亚岛的剪影。这是世间最令人心旷神怡的美景之一。我和我的朋友兼房东正站在那儿观看，只听得他突然说：

“瞧，那就是威尔逊。”

“哪里？”

“坐在矮墙上、背朝我们的那一位。穿了件蓝衬衫。”

我只看见一个模糊的背影和小小的头颅，头发灰白，短而稀松。

“但愿他转过身来。”我说。

“马上就会。”

“请他到莫甘诺餐馆来跟我们喝一杯。”

“好吧。”

摄人魂魄的美景一刻已然不再，太阳像个橙子的顶部，正沉往红酒一般颜色的海水中去。我们转过身来，背倚矮墙，看着漫步来回走过的行人。他们全都在不停地说话，那兴高采烈的声音，听着不由得让你也兴奋起来。接着，那口已裂了好几道缝的教堂大钟鸣响，送来悦耳的洪亮声音。在卡普里岛的露天市场，钟楼矗立，下方是从港湾拾级而上的步道，再上一段台阶就是教堂。

真是个多尼采蒂歌剧的理想场景。你甚至会觉得，这说话滔滔不绝的人众，随时都可能突然放声来个大合唱。好一派引人入胜又带些虚幻意味的景象！

我是过于专注地看着周围，而没注意到威尔逊已从矮墙攀下，朝我们这边走来。他刚走过我们身边时，我的朋友叫住了他。

“喂，威尔逊，好几天没见你下水了。”

“换换感受，我去了另外那一边的海里。”

朋友这时拿我做了介绍。威尔逊跟我握手，虽说彬彬有礼，态度总有些淡漠，毕竟有太多的生人来到卡普里，待上几天或几周。我敢说他老是在结识那些来而复去的过客。朋友接着便邀请他跟我俩一起喝一杯。

“我这正要去吃晚餐呢。”

“不能推迟一会儿？”我问。

“我想可以吧。”他微笑着说。

他的牙齿长得并不好看，但那笑容挺可爱，温馨且充满善意。他身穿一件蓝色棉布衬衣和一条褐色长裤。裤子皱巴巴的，一点都不干净，质地是薄帆布。脚上穿的是一双平底旧凉鞋。这身打扮足可入画，与周围的地理环境和气候都十分契合，只是同他的尊容绝对不配。他的脸很长，布满皱纹，给晒成了深棕色，唇薄，灰色的小眼睛并拢着，显出紧凑又轮廓分明的器官。灰白头发经精心梳理。这可不是一张平常的脸，年轻时的威尔逊甚至可能是个俊男，所以至今相貌仍不失端庄。蓝衬衫敞着衣领，褐色的帆布裤看上去真不像是他的衣物，倒像某次沉船事故发生时，见他穿着睡衣睡裤，好心的陌生人不管匹配与否，随手拖来给他穿上的。虽说穿着随意，他看上去还是像个保险公司某家分店的经理，按理说该穿黑色上装，配上黑白条纹的西裤，白领下系一条并不惹人反感的领带。我很自然地设想着，自己因为丢了一块表，跑去向他索取保险金，而他显然对我印象不佳，所以我在回答他一个又一个问题时，他的神色弄得我方寸大乱。虽说他礼数周到，可索保的人不是笨蛋就是恶棍。

提起脚步，我们慢悠悠穿过露天市场，沿街往莫甘诺餐馆走去。我们在餐馆花园里坐定。四周的人说各种语言：俄语、德语、意大利语和英语。我们点了饮品。老板娘卢西亚太太一摇一摆地走过来，用她那甜美的低嗓门跟我们互致问候。虽说已是发胖的半老徐娘，这女人身上还留有三十年前大美人儿的余韵。须知当年的她，曾是画家争相拙劣描摹的对象。老板娘长一双天后赫拉似的水汪汪的大眼睛，笑起来亲切又殷勤。我们三个说了一会儿闲话，因为卡普里这地方总有各式各样的丑闻八卦，供人作为谈资。但特别有意思的事一件也没有，于是过了一会儿威尔逊便起身辞去。过后不久，我们信步走回朋友的别墅去进晚餐。回去的路上，朋友问我对威尔逊有什么观感。

“没什么观感，”我说，“我不信你讲的故事有一丝一毫的真实性。”

“为什么没有？”

“他不是做那种事情的那种人。”

“谁说得准一个人有多大能耐？”

“在我看来，他绝无超乎寻常之处，一个生意人罢了，靠着金边优质证券有项不错的退休收入。我看你的故事只不过是卡普里一般的街谈巷议而已。”

“随你怎么想吧。”朋友说。

我们习惯在一个名叫“提比略大浴场”的海滩游泳。我们乘坐出租马车沿公路来到某一地点，然后在阵阵蝉噪声中，冒着火辣辣的刺鼻日晒，步行穿过柠檬矮林和葡萄园，直抵峭壁崖顶，这儿有一条陡危的羊肠小道通向大海。一两天后某日，正当我们准备下崖时，朋友说道：

“哦，又是威尔逊。”

咔嚓咔嚓，我们踏过海滩，浴场唯一的短处在于这儿布满砾石而非细沙。当我们行近时，威尔逊看见了我们，并挥了挥手。他站着，口衔烟斗，只穿一条泳裤。他的躯体呈深棕色，精瘦，但也并非瘦骨嶙峋。鉴于他布满皱纹的脸和灰白头发，这副体格还算保留着年轻人的强健。我们走得热不可耐，赶快脱了衣服，一头扎进海水。游出海岸才六英尺，这儿已是三十英尺清澈见底的深水。水温虽高，仍给人通体有劲的舒泰。

待我离水登滩，威尔逊伏卧在一方浴巾上看书。我点燃一支香烟，走去坐在他的身旁。

“游得痛快？”他问。

他把烟斗夹在书本里，标示自己读到的地方，然后合起书，把它放在身旁的碎石上。显然，他愿意说说话。

“妙不可言，”我说，“世上最好的浴场。”

“当然，人说这就是古罗马皇帝提比略的大浴场，”他指指那一半入水一半留在陆地上的大片砖瓦狼藉，“可那全是胡扯。知道吗，这儿只是皇帝当年的别墅之一。”

这我知道。可是别人想说什么，由他们去说，你听着就是了。你任由他们赐教，他们会对你产生好感的。威尔逊咯咯一笑。

“好玩的老家伙，提比略。可惜眼下大家都说，关于这位皇帝的所有故事，没有丝毫的真实性。”

他开始对我讲述有关提比略的一切。可本人也读过苏埃托尼乌斯的恺撒众皇考，还有早期罗马帝国的各种史书，因此他说的对我而言并无十分新鲜的内容。不过，我也就此注意到此人并非阙学之辈。我说出了这点感想。

“哦，这个嘛，我来此定居以后，自然而然发生了兴趣，何况又有充裕的读书时间。住在这样一个地方，浮想联翩，好像历史都会变成真事，甚至可能觉得自己就生活在历史中的古时。”

我真该在这时插话提醒，现在是一九一三年；世界既便捷又舒适；谁也无法想象会发生什么严重的事情，来干扰人生安意其中。

“你来此多久？”我问。

“十五年。”他向蔚蓝而平静的大海投去一瞥，薄薄的嘴唇上流连着一种出奇温馨的笑影，“我与这地方是一见钟情。我敢说，你一定听说过业已变成神话的那个德国人[①]，乘坐那不勒斯渡船

① 疑指德国作家奥古斯特·柯皮斯，其人曾于一八二六年发现“蓝洞”胜景。

来此，本来只为吃顿午餐，看看蓝洞，不料就此留下，一住就是四十年。呃，我不能说自己跟他完全一样，但到头来我也会这样。只是，在我，一待就是四十年不可能了。二十五年吧。不管怎样，总是胜于‘眼睛一亮，到此一游’吧。”

我等他继续往下说，因为方才的话里似乎终于含有某些涉及我曾听说的故事的内容了。可就在这时，我那朋友浑身湿漉漉的上岸来了，因为游了一英里而非常自傲，谈话也便扯到其他方面去了。

那次以后，不在露天市场，便在海滩，我又数次邂逅威尔逊。他亲切有礼，总是乐于与人交谈。我发现，他不仅对这座岛屿，即使对邻接的大陆，都是了如指掌。他通读百科，阅书无计，专攻的是罗马史，对此博闻而致精。他似乎想象力有限，聪敏不过常人；他爱笑，但并不失态；简单直白的笑话就可激发他的幽默感。常人一个而已。我不曾忘记我俩单独短暂闲聊那次他说过的一句奇怪的话，只是之后他再没有去接近过那个话题。那次，我和朋友从海滩回来，在露天市场下了出租马车，吩咐车夫五点钟来接上我们去阿纳卡普里。我们准备去攀登索拉罗峰，在我们特别中意的一家小酒馆进餐后，披一身月光下山。那是个月圆之夜，夜景特别美妙。我们给车夫下指示的时候，威尔逊正站在一边。我们带上他乘车是免得他一路挨晒，从扬尘的路上走回。主要是出于礼貌而非其他，我问他愿不愿意同我们一起夜游。

“我请客。”我说。

“不胜荣幸。”他答。

谁知到了出发的时间，我那朋友觉得不舒服了，说是在水里泡得太久，再去受累走长路，力有不逮。结果我只好独自与威尔逊结伴去了。我们爬上山，眺望万里云平的胜景，薄暮时分回到客栈，又热又饥渴难当。晚餐是事先订好的。食物不错，因为店主安东尼奥厨艺出色，酒更是他自己葡萄园的佳酿。酒味很淡，简直可以当水喝，所以在吃通心面的当儿，一瓶已经下肚。待到喝完第二瓶，我们已经醺醺然觉得人生无憾。我们坐在花园里，头顶是果实累累的葡萄藤。清风漻然，夜静人孤。侍女给我们端上“丽乡”牌乳酪和一盘无花果。我点了咖啡和斯特雷加橙味甜酒，后者是意大利产的最佳酒品。威尔逊谢绝雪茄，而是点燃了他的烟斗。

“上路前还有充裕的时间，”他说，“等月亮爬上山还得一个小时。”

“有没有月亮无所谓，”我心情轻松地说，“不错，我们有的是时间。这是卡普里令人愉快的特色之一，就是说，从来无须奔忙。”

“闲暇，”他说，“要是大家都懂得该有多好！这是人类能够拥有的最高无价之宝。可惜庸人太多，甚至不懂如何去争取闲暇。工作？他们为工作而工作。他们没有头脑去认知，工作唯一的目的其实就是获得闲暇。”

对于某些人，几杯下肚就爱发表一点总结性的高论。他的这些话是对的，但没人敢说这些话又是独创见解。我什么也没说，只顾擦火柴点燃雪茄。

“我第一次来卡普里就逢圆月，”他若有所思地说，“今晚可能是一样的月相。”

“就是啊，你知道的。”我微笑着说。

他笑了。花园里唯一的照明来自悬在我们头顶上方的油灯。借这点灯火进餐，光亮不足，可这会儿两人谈心，晦暝反增情调。

“我不是那意思。我是说月圆可能在昨晚。十五年了。今天回首，像是才过去一个月。在那之前，我从未来过意大利。我是来度假避暑的。我从马赛乘船到了那不勒斯。又四处游览一阵，庞贝啦，帕埃斯图姆啦，以及类似的一两个去处，然后来到这儿过了一周。从海上，我就立刻喜欢上这地方的外观了。我是说，我眼看这地方渐行渐近，接着从轮船上放下小艇，把我们送到码头登岸。这儿的人叽叽呱呱围上来，要替你搬行李，还有替旅馆招徕顾客的，玛丽娜街上那些破败的房屋，徒步上坡去旅馆，在露台进餐——瞧，这一切顿时攫噬了我。真相就是这样。我不知道那会儿是不是神魂颠倒了。要知道，在这之前我从未喝过卡普里葡萄酒，只是听说过而已。这会儿想来当时准是醉了。别人都去睡觉了，就我还坐在露台上，看着海上生明月。还有维苏威火山喷出大团火红的浓烟。当然，我现在知道了，我喝的酒是劣质黄汤，天哪，还叫什么卡普里葡萄酒，可在当时我不觉得有什么不对头。把我灌醉的可不是酒，而是这个岛的形状，这些叽叽喳喳的岛民，还有月亮、大海以及花园里的欧洲夹竹桃。这种植物我以前从未见过。”

说了这么长一段话，他渴了，于是举起杯来，不料杯子已经空了。我问他要不要再来一杯斯特雷加橙味甜酒。

“这是让人反胃的蹩脚货。咱们还是要瓶葡萄酒吧。葡萄酒喝着才叫棒，那可是纯粹的葡萄汁水，不伤人。”

我于是又点了葡萄酒，上酒之后把两人的杯子斟满。他饮了一大口，发出惬意的感叹，过后又接着说下去。

“第二天，我觅路去了我们现在去的那浴场。我发现在那里游水还不错。过后，我巡游全岛。说来有幸，在廷本利奥海岬人们正在过节，给我一头撞上了。我看到圣母像和教士队伍，侍僧们捧着香炉左摆右晃，还有大群欢笑着快乐而狂热的民众，其中不少人穿戴鲜亮。我碰到一个英国人，便问他这儿都在干什么。‘喏，这里在庆祝圣母升天呢，’他说，‘至少，按天主教会的说法，该是这个名目。而实际上只是岛民自己寻乐子。这是维纳斯节。你知道，这可是异教徒过节呀。什么美丽女神如芙蓉出水啦，以及诸如此类的瞎胡闹。’听他这么说，我顿时生出一种怪异的感觉，仿佛给带回到久远的过去，你明白我的意思吧。这次经历以后，某夜我下山借着月光去看法拉廖尼礁群。如果命运三姐妹要我继续当我的银行经理，她们就不应任我去作那次散步。”

“你原来是银行经理啊？”我问。

对他的身份，我猜错了，不过错得不算离谱。

“不错，我是约克城市银行克劳福德大街支行的经理。上班方便，因为我住在亨登路北段，从家出发去银行只需三十七分钟。”

他呼哧呼哧抽烟斗，再次把它点着。

“那是我的最后一夜。周一上午必须返回银行。当我看到月光下突起在海面的那两座巨礁，看到捕乌贼的星星点点渔火，海天清寂，如诗如画，我就对着自己说，呵，说到底，干吗非回去？没有妻孥靠我生活。太太四年前已死于支气管肺炎，女儿去跟外婆，也就是我妻子的母亲，一起过日子。岳母大人是个老糊涂，没有照顾好孩子。女儿患上血中毒，截去一腿也没把她救过来。她也死了，可怜的小乖乖。”

“太可怕了。”我说。

“是的，当时我痛不欲生，自然，要是女儿跟我一起生活，那打击会更大。可我要说老天还算仁慈，一个独腿女孩还会有什么出息。妻子的死也让我难过。我们夫妇相敬如宾，虽说我不知道这种和美日子能否永远维持下去。妻子是那种老在关注别人怎么想的女人。她不爱旅行。英格兰的伊斯特本就是她度假的理想地点了。知道吗，在她生前，我从未渡过英吉利海峡。”

“在我想来，你总有别的亲戚，是不？”

“一个没有。我没有兄弟姐妹。父亲有个兄弟，不过早在我出生前就去了澳大利亚。我看这世上难以找到像我这样孑然一身的人了。我看不出任何理由，说我不能随心所欲地生活。当年，我三十四岁。”

他曾告诉我上岛已十五年，这么说来，他应是四十九岁，与我的估计相去不远。

“我是十七岁开始工作的，所谓的前途就是日复一日做着同样的事情，直到退休领取养老金。我自问这值得吗。来个‘大撒把’，在这儿度过余生，有什么不对吗？这里可是我见过的最美的地方。可是我接受过业务训练，生性又爱瞻前顾后。‘不行，’我说，‘不可这样忘我造次。要像自我告诫的那样，明天就回去，把事情想个透。也许回到伦敦，想法就全变了。’该死的笨蛋，不是吗？就这样，蹉跎了一年光阴。”

“这么说，你还是没改主意？”

“当然，初衷不改。我在工作的时候，老是想到这儿的海泳，这儿的葡萄园，这儿上山的路，这儿的月亮和大海，还有傍晚的露天市场，人人都在下班之后，出来四处走一走，找人唠嗑几句。只有一点顾虑，那就是别人都在工作，我有什么理由游手好闲呢？这时，我读到一本可算历史类的书，作者是美国人马里恩·克劳福德。他写到锡巴里斯和克鲁图纳两座古城[①]。前者的居民享受生活，成天作乐，而后者的居民吃苦耐劳，如此等等。有一天，克鲁图纳人跑来把锡巴里斯给灭了，而过了一段时间，来自别处的一批批其他人，又把克鲁图纳灭了。锡巴里斯没有留下遗迹，一块石头也没有；克鲁图纳呢，仅留孤柱一根。读书到此，我意已决。”

“怎么讲？”

“到头来结果一样，是不？回顾起来，谁是谁非啊？[②]”

我没作答，他接着说。

---

① 详见该作者一九〇〇年两卷本著作《南方的统治者：西西里，卡拉布里亚，马耳他》(*The Rulers of the South: Sicily, Calabria, Malta*) 中的内容。

② 原文“who were the mugs ?”疑典出西方叠杯成堆最后终于倾倒责任何在的寓言。感谢我生张楠为我“谷歌”此一寓言。

“钱是个问题。在银行，服务不足三十年是不给养老金的。到期之前提出退休，可得一笔遣散费。想靠这笔钱，加上卖屋所得以及先前辛辛苦苦的少量积蓄，买份年金保险打发余生，那是不够的。说来也荒唐，一方面为了过快活日子牺牲一切，另一方面又没足够的进项供你过快活日子。我想要座小屋，雇个仆人照顾我，还需要有钱买烟丝和马马虎虎过得去的食物，不时还能买几本书，留出一点应急的花费。自己到底需要多少钱，我清楚得很，最后全部财产只够我买下为期二十五年的一份年金保险。”

“当时你三十五岁？”

“是。年金可以维持到我六十岁那年。说到底，谁都不能保证自己必定可以活过那年纪。许多人五十几岁就死了。再说了，活满六十，人生的福禄康宁也都算享尽了。”

“从另外的角度说，谁都不能肯定六十岁必死啊。”我说。

“这个，我倒也没话说了。事在人为嘛，对不？”

“换了我，宁可留在银行，直到有资格领取养老金的那一天。”

“那我得干到四十七岁。到时可只能老态龙钟地到这儿来享受生活了。如今我已经年过四十七，说起享受生活，还跟任何时候一样来劲儿。可到底年岁不饶人，年轻人特有的乐趣不该再有我的份儿。你知道，到了五十岁你照样可以过三十岁时的舒坦日子，但舒坦的含义毕竟不同了。我当时的想法是，趁着自己年富力强，生趣盎然，过上完美无憾的生活。二十五年对我来说，似乎还是颇长的一段时间，为二十五年的逸游而付出相当的代价，好像也划得来。我打定主意等上一年，也确实等了。最后，我递上辞呈，待他们发下遣散费，我就买下一份保险年金，接着便到这儿来了。”

“保了二十五年？”

“是的。”

“有没有后悔过？”

“从来没有。迄今为止已经是钱有所值了，何况还有十年。你不认为度过二十五年完美的快活日子后，人应该死而无憾了？”

“也许。”

他并未用言语说出他以后的打算，但是意思非常明白。以上一切，我的朋友告诉过我一个大概，但是从他本人嘴里说出来，听上去自别有一番滋味。我偷偷看他一眼，实在看不出这人身上有什么非同寻常的地方。看着那张匀整又端庄的脸，没人能想象他会做出如此不同凡响的举动。我并未责怪他。以如此乖张的方式安排的毕竟是他本人的生命，至于为什么他不能以自己中意的方式打发生命，我也说不上来。尽管如此，我仍无法防止背脊一阵阵发冷。

“有点凉意了？”他笑着问，“我们不妨开始下山吧。月亮这会儿该高挂天空了。”

分手时，威尔逊问我，要不要哪天去看看他的小屋。过了两三天，问到他的住处后，我果然去了。这是一间小小的农舍，地处葡萄园内，离城很远，海景则可尽收眼底。门边长了一株欧洲夹竹桃，花浓如染。屋子里只有两个小房间，外加一个微型厨房，还有一个可堆柴薪的披棚。卧室陈设简陋，像修士的僧房。起居室倒是很舒适，透出好闻的烟草味儿。起居室搁两张宽大的扶手椅，那是他从英国带来的。另外，有一张卷盖式书桌、一架竖式小钢琴以及几个被塞得满满当当的书架。墙上镜框里是G. F. 瓦茨和莱顿勋爵画作的拓片。威尔逊告诉我，这农舍是葡萄园园主的房产，房东现已住到山上更高的地方去了，他太太每天来打扫房间并做饭。首游卡普里时，他就发现了这小屋，回来定居时便租下了它，从此一直住在这里。看见钢琴和琴上摊开的乐谱，我问他愿不愿意弹上一曲。

“嗨，琴艺不行，不过我一向喜欢音乐，胡乱敲敲琴键可开心啦。”

他在钢琴前坐下，弹出贝多芬一首奏鸣曲中的一个乐章。琴艺确实不怎么样。我看看他的乐谱：舒曼和舒伯特、贝多芬、巴赫，还有肖邦。在他进餐的桌上，有一副油腻腻的扑克牌。我问他玩不玩接龙之类的单人牌戏。

“常玩。”

从我亲眼所见，加上从别人那儿听来的细节，我给自己勾勒了一幅图画。这画面在我看来肯定是对他过去十五年来生活相当确切的描绘。他的生活无疑绝不损害他人。游泳，远足，虽说对卡普里了如指掌，从不丧失对她的爱美之心；弹奏钢琴，独玩纸牌，读书。每每有人相邀，他欣然前往，即使聚会有点无聊，他也总是乐呵呵的不失宾客之礼。别人冷落他，他不觉得委屈。他爱跟人交往，却又始终保持着某种孤傲，不使人际关系发展到熟稔的程度。他勤俭度日，可也不亏待自己。他从不欠人一个子儿。

在我想象中，他不是那种嗜性如命的男子。如果说，在年龄稍轻的那几年，他偶尔还会同某位上岛旅游的异性有过短暂的艳遇，对方见到这里的氛围也会扭头便走，而他的感情，即使在关系尚未了断之际，我敢肯定，也一定是极有节制的。我想他是打定了主意，决不让自己精神的独立性受到任何干扰。他唯一的狂热激情都寄托于大自然的至美之中，他从生活赐予人的简朴而自然的事物中寻求快乐。你可以说这种活法再自私没有。此话有理。他对于其他人毫无用处。但是另一方面，他不损害任何人。他唯一的目标就是自得其乐，看来确实做到了。极少数人知道到哪里去寻找幸福，而找到幸福的人更少。他是个蠢人还是智者，我不知道。可他确知自己的心思无疑。此人在我眼里要说有什么特别，那就是他实在是个再普通不过的常人。我若不知他的故事，就绝不会回过头想起他来，想到十年之后的某日——除非一场偶然袭来的病早早切断了生命的纽带——他必须蓄意告别这他深爱着的人世。我不知道，是不是这种经常萦绕在他头脑里的想法，给了他特殊的热情，让他尽情享受生命的每时每刻。

如果我压下不表他忌谈自己的习惯，那是对他有失公允。我看跟我在一起的那位朋友是唯一听他把自己的故事和盘托出之人。我还相信，他之所以把故事告诉我，是因为他猜测我已经知道一切。再说，他讲故事的那一夜，他是喝高了。

我的卡普里之行结束了，离岛而去。第二年，战争爆发。在我身上发生了好些事情，人生道路因而剧变。重返卡普里已是十三年后的事了。我那朋友已回来了一阵子，可他的家境不再殷实如前，换了居处，没有房间供我居住。这样我就只好住旅馆。朋友到小艇泊地迎接我，与我共进晚餐。进餐时我问他新居的准确地点。

“你知道的，”他回答说，“就是威尔逊从前的小屋。我搭建了个阁楼，布置得很舒齐。”

脑子里充斥着如许事情，多年来我不曾想到过威尔逊，而这会儿蓦地一惊，我记起了往事。我们结识时他还有十年的光阴，准保早就到期了。

“如他所说，自杀了？”

“十分可怕的故事。”

威尔逊的计划原本不成问题，只有一个缺点，而我认为，恰恰是这缺点，他不可能预见到。那就是，他从未想过，在这幽遐之地，一无搅扰地得意尽欢二十五年以后，自己的性格会慢慢软化。意志要发挥力量就得有各种障碍去一一有待克服，一马平川式的顺溜，或者说不用费力就如愿以偿，因为一个人的愿望全在唾手可得的范围之内，那么意志只会变得软绵无力。倘若你老是在平地行走，用于爬山的肌肉准就萎缩。这些观点虽说陈腐，却说出了事实。威尔逊的保险年金到期时，他不再有决心自我了断，可那是他为这么多年以来逍遥平静的生活同意付出的代价。我从朋友还有其他人后来的叙述中断定，他并不缺少勇气。只不过下不了决心，于是就一天天往后推。

他居岛这么多年，结账又如此准时，所以要贷点钱绝非难事。他一生不向人借钱，这时只好开口了，而且发现许多人愿意给他支几个小钱。多少年来，他从不拖欠房租，所以房东，还有那位侍候他的房东太太阿孙塔，愿意在几个月内保持现状不变。他跟人说有个亲戚过世，由于法律手续繁琐，死者留给他的钱一时半会拿不到，这才发生短时间的拮据。大家都相信他说的。他设法这样尴尬地拖过一年有余的时光。再往后，当地的商家再不给他赊账了，再也没人借钱给他，房东下了逐客令，除非在规定时限还清拖欠房租，不然就走人。

大限前一天，他走进自己的小卧室，关上门窗，拉上窗帘，点燃了一火盆的焦炭。翌日早晨，阿孙塔来给他做早餐时，发现他已昏迷，但尚未断气。这个房间通风好，所以虽说他做好各种阻断新鲜空气透入的准备，环境并未彻底封闭。整个事情甚至暗示，尽管已经走投无路，他在最后一刻了断的决心似乎有所动摇。威尔逊旋即被送往医院。一度，他病得很重，最后却还是痊愈了。炭中毒或昏迷的结果是他不再能够完全自控精神官能。他不算疯子，至少没疯癫到非进疯人院不可的地步，只是脑子显然出问题了。

“我去看过他，”朋友说，“我设法引他说话，而他却一味怪异地看着我，好像已弄不清曾在哪儿见过我。真可怜，他躺在床上那模样，花白的胡须一周没刮。不过除了那怪异的目光，人看上去还算正常。”

“怎么个怪异？”

“我不知道如何形容。迷惘。我的比喻可能牵强：你往上扔一块石头，石头不落下来，就这样停留在半空了……”

“这可够玄乎的。”我笑着说。

“跟你说，他的眼神就是这样。”

怎么处理他是件棘手的事。他没钱，也没有挣钱的途径。财产都卖了，可远不够抵债。他是英国人。意大利当局绝不愿意负责接收他的事情。那不勒斯的英国领事没有钱来处理他的个案。当然，他可以被遣返回英国去，但是即便回国，看来也没人会管他。阿孙塔，他的仆人，曾说他是个好主人和好房客，只要有钱，总是随时付讫。她又说，他可以在她和她丈夫住处的木棚里住下，跟夫妇俩吃在一起。他听说了房东太太的好意，然而是不是真听明白，谁也说不上。阿孙塔来医院领他回去，他一声不吭跟着走了。他似乎丧失了自主意志。房东太太收容他迄今已有两年。

“你知道，舒适是不用谈了，”朋友说，“他们草草给他搭了张东倒西歪的床铺，给了他几条毯子。小棚没有窗户，冬天滴水成冰，夏天就像火炉。吃的是粗茶淡饭。农家伙食你知道，礼拜天吃顿通心面，难得一尝肉味。”

“那他怎么打发时间呢?”

“他在山里到处乱跑。有两三次，我想见见他，可是没辙。他一见有人来，像只野兔撒腿便跑。阿孙塔有时下山来跟我闲聊，我会给她一点钱，让她替他买回烟丝，可谁知道他最终拿到烟丝没有。”

“他们待他还好吗?”我问。

“阿孙塔是好心肠，这个我有把握。她把他当作小孩。恐怕她老公就没有这份善心了，老是抱怨收留这么个人花销有多大。我并不认为房东生性残忍，或有诸如此类的弱点，可我看房东对他有些苛刻，要他提水，清扫牛棚，做这样那样的杂活。”

“听上去够惨的。”我说。

“他是自作自受。毕竟，种瓜得瓜嘛。”

“我认为从总体上说，我们大家都是种瓜得瓜，种豆得豆，”我说，“话这么说，可他的经历真够骇人。”

两三天后，朋友和我去散步，正走在地中海橄榄树丛中的一条小道上。

“瞧，威尔逊，”朋友突然说，“别看他，那样你只会吓着他。一直往前走。”

双目低垂着看路，我自顾自往前走，可眼角的余光扫到一个藏身在地中海橄榄树后的男子。我们走近时，他潜伏着一动不动，但我可感知他在紧盯着我们。待我们走过，我听见一阵噼噼啪啪狂奔的脚步声。像一头被追逐的猎物，威尔逊逃着找安全的藏匿处去了。那是我此生最后一次看到他。

他于去年去世。那种潦倒的生活，他忍受了六年。某日早晨，山坡上发现了他的尸体。从安详的卧姿看，他像是在睡眠中死去的。从倒毙的地点，他完全可以看见那叫作法拉廖尼的两座拔海而出的巨礁。又是月圆之夜。他定是借着月光去看礁群了。也许他就死于月皎时分嵯峨之美。

信

冯涛　译

外面的码头上骄阳似火。大街上摩托车、卡车、公共汽车、私家车和出租车熙来攘往、川流不息，每个司机都在摁喇叭；黄包车在人群中灵活地闪展腾挪、往来穿梭；气喘吁吁的苦力们相互喊着号子借以调整呼吸；他们扛着沉重大包，侧着身子，迈着碎步朝前奔，吆喝着行人赶快让道儿；流动小商贩们在沿街叫卖自家的商品。新加坡是个万国辐辏、五方杂处之地；所有肤色的人种一应俱全，黑种的泰米尔人[①]、黄种的中国人、棕种的马来人，还有亚美尼亚人、犹太人和孟加拉人，众声嘈杂，相互间扯着嗓门声音嘶哑地吆来喝往。不过在里普利、乔伊斯和内勒先生的联合律师事务所里却是一派宜人的清凉；跟大街上的尘土飞扬、阳光刺眼相比这儿是一片昏暗，跟那永无休止的喧闹相比这儿更是一派舒适的宁静。乔伊斯先生坐在他私人办公室的桌前，电风扇

① 居住在印度南部和斯里兰卡北部的达罗毗荼人的一支。

开足马力冲着他直吹。他靠在椅背上，胳膊肘搭在椅子扶手上，十指伸开，指尖相互搭在一起。他凝视的目光停留在面前一个长长的书架上插满的一卷卷已经翻烂了的《判例汇编》上。在一个小橱子顶上摆放着一只只涂了层日本漆的方形铁皮盒子，盒子上标着各位诉讼委托人的姓名。

门上响起一记敲门声。

“请进。”

一个身穿白色帆布长裤，显得异常整洁利落的华人职员把门打开了。

“克罗斯比先生求见，先生。”

他一口漂亮的英文，每个字眼都发得准确无误，乔伊斯先生经常会对他掌握的词汇量之大感到惊叹。他叫王志成，广东人，曾在格雷律师学院[①]学习法律。为了准备日后自己独立开业，眼下正在里普利、乔伊斯和内勒先生的联合律师事务所里见习，为期一到两年。是个勤勉、上进，堪为楷模的年轻人。

“请他进来。”乔伊斯先生道。

乔伊斯先生起身跟来客握手，然后请他坐下。他站起来时阳光正照在他身上，不过面孔仍旧在阴影中。他生性少言寡语，眼下他看着罗伯特·克罗斯比足有一分钟时间，一声都没吭。克罗斯比身材魁伟，足有六英尺多高[②]，肩宽背阔、肌肉发达。他是个

① 伦敦培养律师的四大机构之一。

② 超过一米八三。

橡胶种植园主，经常要在整个园区走动，一天的工作结束后又喜欢打打网球松散筋骨，练就了一副好身板儿。他皮肤被晒得黝黑，他那双毛茸茸的手和套在笨重靴子里的脚都奇大无比，乔伊斯先生不由得暗想，这样一个醋钵大小的拳头抡出去，还不一拳就能打死一个弱小的泰米尔人嘛。可他那双蓝眼睛当中却没有一丝儿凶相；而是充满了信任和友善；而且他的五官相貌虽说生得粗大、平常，却显得慷慨、坦率而又真诚。不过此刻却是愁云满面，形容晦暗而又憔悴。

“你看起来这一两天都没怎么睡觉啊。”乔伊斯先生道。

“是没怎么睡。”

乔伊斯先生这时注意到他那顶宽边双檐的旧毡帽，克罗斯比把它放在桌子上了；然后目光又转移到他穿的卡其布短裤，短裤底下露出两条长满红毛的大腿，注意到他上身的网球衫领口敞开着，没有系领带，还有外面那件卷起了袖口的脏兮兮的卡其布夹克。他看起来活像在橡胶丛林里长途跋涉后刚刚钻出来似的。乔伊斯先生微微皱了下眉头。

“要知道你可得打起精神来呀。你必须保持头脑冷静。”

“噢，我没什么。”

“今天见过尊夫人了？”

“还没，我打算下午去见她。你知道，他们竟然当真逮捕了她，这可真他妈太可耻啦。”

“我想他们是不得已而为之。”乔伊斯先生用他那平静、柔和的语调道。

“我本以为他们会允许她交保释放的。”

“这可是项非常严重的指控啊。”

“见他的鬼。她只是做了任何一个正派女人处在她的位置上都会做的事儿。只不过十个当中倒有九个没有她的胆量罢了。莱斯丽是这个世上最善良的女人。她连一只苍蝇都不忍心伤害。唉，真是该死！老兄。我跟她结婚足有十二年了，难道我还不了解她？上帝啊，要是那个家伙落到我手里的话，我准定把他的脖子给拧断。我会毫不犹豫地把他给宰了。换了是你，也不会饶了他。”

“我亲爱的伙计，大家都站在你这一边哪。没有一个人为哈蒙德说一句好话。我们会把她救出来的。我相信，不论是诸位陪审推事还是法官大人，没有一位不是在出庭前就已经下定决心要促成她的无罪宣判的。”

“这整个儿就是场闹剧，”克罗斯比言辞激烈地道，“她首先根本就不该被逮捕，我这可怜的姑娘在经历过这番磨难后，还得承受审判的折磨，这太可怕了。自打我来到新加坡，我碰到的每个人，不论男女，没有一个不对我说莱斯丽那样做是完全合情合理的。这几个星期竟然一直把她给关在监狱里，实在是糟糕透顶。”

“法律毕竟是法律。再说了，她承认是她杀了那个人。确实很可怕，我对你和尊夫人都深表同情。”

“我没什么。”克罗斯比插了一句。

“不过事实是她确实犯了谋杀罪，在一个文明的社会里审判是概所难免的。”

“除掉一个为非作歹的恶棍也算谋杀？她击毙他就如同射杀一条疯狗。”

乔伊斯先生再度往椅背上一靠，并再度把十个手指的指尖搭在一起，看着像是搭起了一个屋顶的骨架。他沉吟片刻。

“身为你的法律顾问，”他终于开口道，语气平和，一双冷静的棕色眼睛直视着他的委托人，“有一点颇让我有些担心，如果我不直言相告的话那就不能说是称职了。假如尊夫人只朝哈蒙德开了一枪，那整个案子处理起来就会一帆风顺了。可不幸的是，她连开了六枪。”

“她的解释非常简单。在那种情况下任何人都会那么做的。”

“也许吧，”乔伊斯先生道，“当然啦，我觉得她的解释也是非常在理的。可我们对事实视而不见却是没有好处的。换个立场考虑问题总是明智的，我不能否认，如果是由我来代表国王陛下提起公诉的话，我会特别针对这一点来提出质询的。”

“我亲爱的伙计，这可真是太白痴啦。”

乔伊斯先生用犀利的目光瞟了罗伯特·克罗斯比一眼。他那棱角分明的嘴唇上隐含着一丝微笑。克罗斯比是个好伙计，可不管怎么说都称不上聪明。

“我敢说这确实没什么大不了的，”律师道，“我只是觉得有必要提醒一声。你已经用不着等很长时间了，等这一切都结束后我建议你跟尊夫人到某个地方去旅行一趟，把这一切都忘掉。虽说我们几乎铁定会无罪释放，这种审判的过程总归还是很耗神的，到时候你们两位都会需要休息一下。”

克罗斯比脸上这才头一次露出笑容，这一笑奇特地改变了他的整个面部表情。你忘了他的一切粗鲁不文，只看到他灵魂的善良美好。

“我觉得我比莱斯丽更需要休息。她竟然坚强地挺了过来，真是神奇。上帝作证，你的委托人可真是个有胆有识的小女人哪。”

“没错，我对她的自控能力也是大为感佩，”律师道，“我怎么都没料到她竟然有这般的杀伐决断。”

身为她的辩护律师，他在她被捕后有必要多次跟她会面。虽说已经想方设法、竭尽所能使她的处境不至于太过艰难，事实上她仍旧身陷囹圄，等着因为谋杀罪出庭受审，即使她精神崩溃、歇斯底里也丝毫不足为奇。可她看起来却能沉着镇定地忍受磨难和考验。她花大量时间阅读，尽一切可能锻炼身体，而且经官方好意批准，把绣制枕套的花边作为消磨漫长闲暇时光的娱乐。乔伊斯先生去狱中见她的时候，她总是整洁利落地穿一件凉爽、干净、样式简单的衣裙，头发仔细地梳理过，连指甲都精心修剪过。她言谈举止泰然自若。她甚至能拿她牢狱生活的各种小小的不便开几句玩笑。谈到这桩悲剧事件的时候她的态度竟然带点漫不经心的放任和随性，使得乔伊斯先生不禁暗想，只有凭借良好的教养，她才不至于在这极端严重的事态中发现些许荒唐可笑的端倪。这令他大感惊讶，因为他从来没有想到她居然颇有幽默感。

他跟她的交往虽说时断时续，算起来也有些年头了。她每次来新加坡的时候，通常总会跟他和他妻子一起吃顿饭，有一两次她还跟他们一起在海边的小别墅里度过周末。他妻子也曾跟她一起在他们的种植园里住过十天半个月，并在那里见到过杰弗里·哈蒙德几次。这两对夫妇虽谈不上是至交，也算得上是好友了，也正是这个缘故，罗伯特·克罗斯比在大难临头后就火速赶到新加坡，恳请乔伊斯先生亲自为他那不幸的妻子担当辩护律师。

她每次对案情经过的陈述都跟她第一次对乔伊斯讲的一模一样，就连细枝末节都从来分毫不差。在悲剧发生仅仅几个钟头之后，她就能非常冷静地把前后的经过讲述出来，就跟现在的态度一般无二。她的讲述非常连贯，语气平稳自持，唯有当她描述一两处细节时脸上才会泛起一丝红晕，这也就是她仅有的一点精神慌乱的表现了。谁都不会想到这样的事情竟会发生在像她这样的女人身上。她三十刚刚出头，体质娇弱，身材不高不矮，与其说是漂亮，不如说是优雅更合适。她的手腕和脚踝异常纤细，她极其瘦弱，透过她手上白皙的皮肤，骨头都隐约可见，而且蓝色的血管非常突出，历历在目。她面色苍白，略显菜色，连嘴唇都没什么血色。你不会注意到她眼睛的颜色。一头浓密的浅褐色头发，微微有点自来卷；她这一头秀发只要略加修剪就会非常漂亮的，不过你很难想象克罗斯比太太会刻意求助于任何此类的修饰手段。她是个文静、可爱、毫不装腔作势的女人。她待人接物风度优雅迷人，如果说她并非那么大受欢迎的话，只是因为她略有些羞涩矜持。这也是很可以理解的，因为身为种植园主的妻子，她的生活相当寂寞，不过在她自己家里，跟她熟悉的人相处时，她却自有其文静娴雅的魅力。乔伊斯太太在她家小住了半月之后，就曾告诉她丈夫，莱斯丽是个非常讨人喜欢的女主人。她说，她可远比大家以为的更有魅力和涵养；等你跟她熟悉以后，你会对她的博览群书和宜人风度而惊叹不置的。

像她这样的女人是绝不会犯下谋杀罪的。

乔伊斯先生竭尽所能对罗伯特·克罗斯比说了一大通给他宽心的话以后才把他送走，然后独自留在自己的办公室里翻阅本案的卷宗。其实这也不过是种下意识的动作，因为他对案情的所有细节都已了如指掌。这个案子已经成为轰动一时的新闻，从新加坡到槟榔屿的整个马来半岛，它是每家俱乐部、所有餐桌上大家讨论的热门话题。克罗斯比太太提供的事实相当简单。事发那天她丈夫因为公务去了新加坡，晚上就她一个人在家。她独自一人吃了晚饭，当时是差一刻钟九点，很晚了，饭后她就坐在起居室里绣她的枕套花边。起居室的门朝向凉台敞开着。她住的这幢带凉台的平房里一个人都没有，用人们都回后院自己的住处睡下了。她突然惊讶地听到花园的石子路上传来脚步声，听声音是穿着靴子的，所以来人应该是个白人男子而非本地的土著；可她又没听到有汽车驶近的马达声，她实在想不出这么晚了还有谁会来看她。有人走上通往住宅的几级台阶，穿过凉台，出现在她正坐在里面的起居室门前。一时间她没认出来者是谁。她坐在一盏带灯罩的电灯旁边，而他站在门口背对着黑暗。

“可以进来吗？”他问道。

她连声音也没听出来是谁。

“是谁啊？”她问。

她做活儿的时候是戴着眼镜的，说话时她把眼镜摘了下来。

“杰夫·哈蒙德。”

“噢，当然啦。快请进来喝一杯吧。”

她起身热情地跟他握了握手。见到是他她有点吃惊，因为虽说他是他们的邻居，可无论是她还是罗伯特近来跟他的来往都不怎么密切，她已经有好几个礼拜没见过他了。哈蒙德也是个橡胶种植园主，他的橡胶园距离他们的有将近八英里远，她挺纳闷他为什么选在这么晚的时候过来看他们。

“罗伯特不在家，”她说，“他到新加坡去了，要在那儿过夜啦。”

也许他也觉得有必要对他的深夜造访做个解释，因为他说：

“很抱歉这么晚还来叨扰。今晚上我感觉相当寂寞，所以就想过来看看你们过得怎么样。”

“你到底怎么来的？我没听到有汽车声呀。”

“我把车停在公路上了。我想你们可能都已经上床睡下了。”

这解释也很自然。种植园主都是黎明即起的，为的是监督工人上工的情况，所以吃过晚饭后就很乐意早点上床睡觉。第二天，也确实在距离克罗斯比家四分之一英里的地方找到了哈蒙德的汽车。

由于罗伯特不在家，威士忌和苏打水就没放在起居室里。莱斯丽考虑到小厮可能已经睡了，就没叫他进来伺候，而是自己去把酒水拿了来。客人给自己调制了一杯威士忌加苏打水，并且装上了烟斗。

杰夫·哈蒙德在这片殖民地交游颇广。这时他已经年近四十，不过他刚来到这里的时候还是个小伙子。大战[①]爆发后，他是第一批奔赴战场的志愿军，而且表现相当不俗。两年后他膝盖受伤，因伤退役，不过是佩戴着杰出服务勋章和军功十字勋章重返马来联邦[②]的，可谓衣锦荣归。他是整个殖民地最棒的台球手之一，原来还曾经是舞姿最漂亮的跳舞行家和一流的网球选手。虽说现在已经跳不得舞，而且因为膝伤网球的水准也大不如前，不过他那大受欢迎的天赋魅力仍旧不减当年，所到之处深得大家的欢心。他个头高挑，相貌英俊，一双勾魂摄魄的碧眼，一头乌黑拳曲的美发。老江湖们都说他唯一的毛病就是太贪恋女色，这次灾祸发生后，这些人更是大摇其头，断言他们早就料到他会在这上面栽跟头的。

然后他就跟莱斯丽谈起了当地的一些新闻，即将在新加坡举行的赛马、橡胶的价格，还有最近在附近出没的一只老虎，有好几回差点儿就被他给猎杀了。她一心想在规定的期限内把手头正在忙活的花边绣完，因为她想把它寄回国去当作母亲的生日礼物，所以她又戴上眼镜，还把放着枕头的小桌子朝自己的座椅又拉了拉。

“你要是不戴这种巨大的牛角眼镜就好了，”他道，“我真不明白好好的一个美女干吗老把自己打扮得其貌不扬呢。”

---

① 指第一次世界大战。

② 马来联邦（Federated Malay States），是英国在马来半岛的殖民政体之一，由马来半岛上四个接受英国保护的马来王朝所组成，包括雪兰莪、森美兰、霹雳和彭亨，于一八九五年成立，首府吉隆坡，一直维持到一九四六年，当时华人称之为四州府。

这话让她微微吃了一惊。之前他还从来没用这种语气跟她说过话。她觉得最好还是置之不理为好，权当没听见。

“你也知道我从来都没有自命是什么绝代佳人，而且你要是问我的意见的话，不瞒你说，我才不在乎你是不是认为我其貌不扬呢。”

“我可不认为你其貌不扬。我觉得你美若天仙。”

“你这张嘴可真甜，”她语带讥讽地道，“不过你要是真这么想的话，我只能认为你的眼光可不怎么样。”

他咯咯一笑。不过他从自己的椅子上站起来，在挨着她的那把椅子上坐了下来。

“你总不至于觍着脸硬是一口咬定你这双手也不是这个世上最漂亮的吧。”他道。

他作势像是要握住她的一只手。她轻轻地敲了他一下。

“别干傻事。坐回到你原来的位子上去，说话放尊重点儿，否则的话我就要送客啦。”

他坐着没动。

“难道你不知道我疯狂地爱着你吗？”他说。

她仍旧相当冷静自持。

“不知道。我也根本就不相信，即便果真如此，我也不希望你把它说出来。”

其实她心里对他的这番话大为吃惊，因为在她跟他认识的这七年中间，他从未对她表示过特别的关注。他刚从战场上回来时，他们见面的次数确实挺多的，有一回他病了，罗伯特还开车前去把他接到自己家里来休养。他跟他们一起住了有两个礼拜。不过因为他们的趣味并不相投，这种相识关系始终没有发展成熟为真正的友谊。在最近这两三年间，他们很少跟他见面。只不过有时他会过来打打网球，有时他们会在某位种植园主的派对上碰到他，不过经常的情况是他们一个月都见不到他一回。

这时他又调了一杯威士忌加苏打水。莱斯丽疑心他来之前就一直在喝酒。他的举动有点反常，这让她略微有些不安起来。她不以为然地看着他在那儿自斟自饮。

“换了是我，我就不再喝了。”她道，依旧平心静气。

他一口喝干，把杯子放下。

“你以为我之所以跟你说这个是因为我醉了?”他很突然地问道。

“这是最明显不过的解释了，不是吗?”

“不，这是谎言。自从第一次跟你见面我就爱上了你。我只是一直把话都憋在心里，现在我已经情难自已，一定要把话说出来啦。我爱你，我爱你，我爱你。”

她站起身来，小心地把枕头放到一边。

“晚安。”她道。

“我不走。”

她终于忍不住，开始发火了。

“可是，你这个傻瓜，难道你不知道，除了罗伯特我从没爱过任何人，就算我没爱上罗伯特，也绝不会爱上你这样的人。”

“我才不管呢，罗伯特又不在家。”

“如果你不马上离开，我就把小厮们叫来把你给扔出去。”

“他们才听不见呢。”

她大为震怒。她作势要走到凉台上去，在那儿喊人他们肯定会听见的，可是他一把抓住了她的胳膊。

“放开我。”她怒不可遏地叫道。

“算了吧，我已经抓住你啦。”

她张开嘴大叫：“来人哪，来人哪！”可他急忙用手把她的嘴给捂住了。还没等她醒过神来，他已经把她搂在怀里，疯狂地亲吻着她了。她挣扎着，拼命挣脱他那灼热的嘴唇。

“不，不，不，”她叫道，“放开我。我不。”

之后发生的事情她就有些糊涂了。在这之前他对她说的一切她都记得一清二楚，可是这以后他的话语就像透过一层恐怖和恐惧的迷雾冲击着她的耳鼓。他似乎是在向她求爱。他狂暴地倾诉着他狂热的激情。他一直疯狂地把她紧紧搂在怀里。她毫无办法，因为他是个体格强壮、孔武有力的大男人，而且她的手臂也被他紧紧地箍在身体两侧；她的挣扎根本就是徒劳，而且她自觉越来越气力不支；她唯恐自己会晕厥，他那灼热的气息直喷到她脸上，让她感觉极度恶心。他吻着她的嘴唇，她的眼睛，她的面颊，她的头发。他手臂的力量铁箍一般让她透不过气来。他把她抱起来，两脚都离地了。她拼了命想踢他，可是他把她抱得更紧了。他已经把她扛了起来。他不再说话，可她知道他面色苍白，目光中充满灼热的欲火。他在把她往卧室里抱。他已经不再是个文明人，而成了一个蛮子。他匆忙中绊到了挡在路当间的桌子上。他膝盖受过伤，本来腿脚就不大灵便，再加上怀里还抱着个女人，结果站立不稳摔倒在地上。她马上乘机从他怀里挣脱出来。她逃到了沙发后面。他一骨碌爬起来，向她猛扑过去。书桌上放着把左轮手枪。她并非一个神经过敏的女人，不过因为罗伯特夜里不在家，她本来是打算上床睡觉的时候带到卧室里去的。所以书桌上才放着那把枪的。当时她已经被吓得魂不附体。她都不知道自己在干什么了。她听到一声爆响。她看到哈蒙德趔趄了一下。他喊了一声。他说了些什么，可她没听见。他踉踉跄跄地走出房间，来到凉台上。她当时已经完全陷入狂乱状态，完全无法自控，她就跟着他出去，是的，她肯定是跟了出去，虽说她已经完全记不清楚这些了，她身不由己地继续射击，直到把枪膛里的那六发子弹全部打光为止。哈蒙德跌倒在凉台的地板上。他蜷缩成一团，血肉模糊。

当小厮们被枪声惊醒冲到上房里来的时候，发现她就站在哈蒙德身边，左轮枪仍旧握在手里，而哈蒙德已经气息皆无。她朝他们望了一会儿，一言未发。他们站在那儿都吓坏了，挤作一团。她任由左轮枪从手里跌落，一言不发地掉头走进起居室。小厮们眼看着她走进自己的卧室，转动钥匙把门反锁上。他们不敢触碰那具死尸，但是惊恐地望着它，激动地低声议论着。还是仆役长最先回过神来；他已经服侍克罗斯比夫妇多年，是个头脑冷静的华人。罗伯特是骑摩托车去新加坡的，汽车还在车库里停着。他让司机赶快把车开出来；他们必须马上去面见民政事务助理专员，向他报告事情的经过。他把左轮枪捡起来，放到口袋里。民政事务助理专员名叫威瑟斯，住在离此最近的市镇郊区，距此大约三十五英里。他们花了一个半小时来到他家。所有的人都睡下了，他们不得不把小厮们叫起来。威瑟斯很快就从屋里出来，他们向他禀明了来意。仆役长还把左轮枪拿给他看，以证明自己所言非虚。民政事务助理专员回屋穿好衣服，叫人把车开出来，不一会儿就跟在他们后面驶上阒无人迹的公路。他来到克罗斯比家的时候天刚破晓。他快步跑上凉台的台阶，看到哈蒙德尸体的时候突然又停下脚步。他摸了摸死者的脸，已经都冰冰凉了。

“太太呢?”他问小厮。

华人仆役长指了指卧室。威瑟斯走过去敲了敲门。没有应答。他又敲了敲。

“克罗斯比太太。”他叫道。

“是谁?”

“威瑟斯。”

又停了片刻。然后传来开锁的声音，门慢慢打开了。莱斯丽站在他面前。她没有上床睡觉，身上还是那件吃饭时穿的茶会礼服。她站在那儿，一言不发地望着民政事务助理专员。

“是府上的小厮把我叫来的，”他道，“哈蒙德。这到底是怎么回事?”

“他想强奸我，被我开枪打死了。”

“我的上帝！我说，您最好离开这儿。您必须把事情的经过详详细细告诉我。”

“现在不行。我做不到。你得给我点时间。派人把我丈夫叫回来。”

威瑟斯年纪还轻，面对远远超出他职权范围的突发状况，不知道该如何是好。莱斯丽一直拒绝开口，直到罗伯特赶回家以后她才跟丈夫和威瑟斯讲述了事情的经过，打那以后，尽管她又重复讲述了许多遍，但即使是细枝末节都没有丝毫出入。

乔伊斯先生反复琢磨的是开枪这一点。身为她的律师，他感觉棘手的是莱斯丽不是只开了一枪，而是整整六枪，尸检的结果还表明，其中有四枪是在哈蒙德近身的地方开的。人们很容易推测，他在已经倒下之后，她还站在他身旁，居高临下地将剩余的子弹全部射入他的身体。她承认，尽管对于此前发生的一切她的记忆都非常准确清晰，可是开枪时的情况她却完全不记得了。她的记忆一片空白。这表明她当时的愤怒已经无法自控；可是，你很难相信像她这样一位文静、娴雅的女性竟会愤怒到无法自控的程度。乔伊斯先生跟她相识已有多年，一直都觉得她是个冷静自持的人；而且悲剧发生之后的这几个星期以来，她态度的沉着镇定也一直都是令人惊叹的。

乔伊斯先生耸了耸肩。

“事实上，我觉得，”他暗自思忖，“你永远都不会知道，即便是在品行最为端庄的女人心里都可能隐藏着怎样桀骜不驯的野性。”

门上传来一记敲门声。

“请进。”

那位华人职员走了进来，然后又把门关上了。他关门的动作很轻柔，态度审慎而又果决，然后朝乔伊斯先生的办公桌走来。

“可否打搅您一下，先生？我有几句话想私下里跟您谈谈。”他道。

这位职员字斟句酌的讲话方式每每都让乔伊斯先生觉得有些好笑，这会儿他就微微一笑。

“谈不上打搅，志成。”他回答道。

“我想跟您谈的这件事，先生，非常微妙而且机密。”

“但说无妨。”

乔伊斯先生的目光碰上了他这位手下那精明的眼神。王志成一如既往地一身当地最为入时的装束。脚上一双锃明瓦亮的漆皮皮鞋和色泽艳丽的丝袜。黑色领带上别着镶有珍珠和红宝石的领带夹，左手的无名指上戴着颗钻戒。整洁的白色上衣口袋里露出一支金自来水笔和一支金头铅笔。手腕上戴了块金表，鼻梁上架了副隐形的夹鼻眼睛。他轻轻咳嗽了一声。

“这件事跟克罗斯比的案子有关，先生。”

“噢？”

“我了解到一个情况，先生，此情况在我看来将使此一案件呈现出不同的面貌。”

“什么情况？”

“我了解到存在一封信，先生，是由被告写给此一悲剧中不幸的受害者的。”

“这没什么好大惊小怪的。在过去这七年当中，克罗斯比太太无疑会经常有写信给哈蒙德先生的情况的。”

乔伊斯先生对于他手下这位职员的才智是有很高评价的，他说这番话无非是不想贸然暴露自己的想法。

“这是极有可能的，先生。克罗斯比太太之前肯定跟死者经常有信件往还的，邀请他跟她一起吃个饭、约他打个网球之类的。我刚得知这一情况的时候最先也是这样想的。但是，这封信却是在已故的哈蒙德先生死亡的那天写的。”

乔伊斯先生的眼睫毛都没动一下。他仍旧面带通常跟他讲话时一贯饶有兴趣的微笑看着王志成。

“这是谁告诉你的呢？”

“我了解到的这一情况，先生，是由我的一位朋友告诉我的。”

乔伊斯先生明白最好不要再追根究底了。

“您一定还记得，先生，克罗斯比太太一直宣称在那个不幸的夜晚之前，她已经有好几个星期没有跟死者有过任何来往了。”

“那封信在你手里吗？”

“不在我手里，先生。”

“具体的内容是什么？”

“我的盆友[1]给了我一份抄件。您愿意研读一下吗，先生？”

“应该看看。”

王志成从上衣内侧的口袋里掏出一个巨大的皮夹子。里面鼓鼓囊囊地塞满了各种纸片、新加坡元的纸币和香烟卡。他很快从这一团乱麻中抽出半张薄薄的便笺纸，呈给乔伊斯先生过目。信

① 王志成把“friend”发成了“fliend”。

的内容如下：

罗今晚不在。我急欲见你。十一点钟等你来。我已孤注一掷，如若不来，后果自负。来时不要开车。——莱。

抄件是用外国学校里教华人的那种连体字的写法写的。书法本身的毫无个性与充满不祥噩兆的词句之间极不协调，显得诡异无比。

“你凭什么认为这个字条是克罗斯比太太写的？”

“我对内情提供者的可靠性是绝对信赖的，先生，”王志成回答道，“而且这件事也很容易证明其真伪。克罗斯比太太无疑马上就能告诉您她本人是否写过这样一封信。”

自打谈话一开始，乔伊斯先生的目光就一刻都没离开过他这位职员那谦恭殷勤的面孔。现在他疑心是否真在其中窥测到了一丝嘲讽的表情。

“克罗斯比太太竟会写出这样一封信来，这实在令人难以置信。”乔伊斯先生道。

“您既然持这样的观点，先生，那这件事自然也就到此为止了。我的盆友之所以向我披露这一内情，完全是因为他考虑到我在您的事务所服务，您或许会希望在它被递交给副检察司之前，知道有这封信的存在。”

“原件在谁手上？”乔伊斯先生厉声问道。

王志成丝毫没有流露出他由这个问题以及问题提出的口气中

已经察觉到乔伊斯先生态度有所转变。

“您无疑应该记得，先生，在哈蒙德先生死后，曾经曝出他跟一个华人妇女姘居的新闻。这封信就在这个女人手上。”

这件事正是促使公众舆论最为猛烈地谴责哈蒙德的主要原因之一。大家这才知道他让一个华人妇女跟他住在一起，两人已经姘居了有好几个月了。

一度两个人都没有说话。的确，该说的已经全都说过，而且双方都已心照不宣。

“我得对你表示感谢，志成。这件事情我还要再考虑一下。”

“很好，先生。您是否希望我把您考虑的结果转告给我的朋友呢?”

“我觉得你还是跟他保持接触为好。”乔伊斯先生神色庄重地回答道。

“是，先生。”

王志成轻手轻脚地退了下去，再度审慎地把门关好，留下乔伊斯先生独自思索。他目不转睛地盯着用清晰而又缺乏个性的字体抄写的莱斯丽的那封信。模糊的疑虑令他心绪难安。这些疑虑是如此可怕，他竭力想把它们统统从头脑中驱散。对于这封信一定有个简单无误的解释，莱斯丽毫无疑问能马上给出这个解释来，可是，老天爷，这无论如何得有个解释。他坐不住了，起身把信往兜里一揣，拿起他的遮阳帽。他走出自己的办公室时王志成正在自己的办公桌前忙着写东西。

“我出去一会儿，志成。”他道。

“乔治·里德先生约好了十二点钟要过来的，先生。我该对他说您去了哪里？”

乔伊斯先生朝他淡然一笑。

“就说你也不知道我去哪儿了。”

不过他心里非常清楚，王志成知道他这是要到监狱里去。虽然罪案发生在贝兰达，审判也将在贝兰达巴鲁举行，不过因为当地的监狱不方便收监一位白人妇女，克罗斯比太太还是被送到了新加坡关押。

她被带进探视室后，一见到乔伊斯先生在等她，就朝他伸出一只纤瘦、漂亮的手来，并朝他愉快地微微一笑。她仍旧一如既往地一身整洁而又素雅的裙装，一头浓密的浅褐色头发也精心梳理过。

“没想到今天上午你会来看我。”她亲切优雅地道。

她简直就像是在自己家里一样自在放松，乔伊斯先生几乎都要等着她叫小厮拿苦味金酒来待客了。

“身体怎么样？”他问。

“再好不过了，谢谢你。”她眼睛里闪过一丝饶有兴致的光芒，“这儿真是个休息疗养的绝佳所在。”

值班人员告退出去，屋里就剩下了他们俩。

“快坐下吧。”莱斯丽道。

他在一把椅子上坐下。他有点不知道该从何说起。她是如此地冷静自持，使他几乎难以开口说起他打算要谈的事情。她虽然说不上漂亮，可仪态中自有某种宜人的风度。她举止高雅，不过这种高雅完全来自良好的教养，绝没有一丝社交场上的忸怩作态。你只需看她一眼，马上就能知道她平常跟什么样的人交往，她生活在怎样的环境当中。她的娇弱反而为她平添了一种独一无二的风韵。你根本不可能将她跟哪怕一丝一毫的粗鄙联系到一起。

“我很期待今天下午能见到罗伯特。”她道，语气轻快而又从容。(听她讲话真是种享受，她的嗓音和语调无一不具有她那个阶层与众不同的特色。)“可怜的亲人哪，这对他的神经真是巨大的考验。谢天谢地要不了几天就全都结束了。”

“从现在算起只有五天了。”

“我知道。每天早上我一醒来就对自己说：‘又过去了一天。’”她说着又笑了，“就像我当初在学校里盼着假期来临一模一样。”

“顺便问一句，我想在灾祸发生前你已经有好几个星期跟哈蒙德没有任何形式的接触了，是不是这样？”

“我对此相当肯定。我们最后一次碰到他是在麦克法伦家举办的一次网球派对上。我想那天我跟他说过的话不会超过两句。他们有两个网球场，你知道，而且我们碰巧没有分在同一组。”

“你也没有给他写过信？”

“噢，没有。”

“你能肯定吗？”

“噢，相当肯定，”她回答道，微微一笑，“我给他写信也无非是邀请他一起吃个饭或是打打网球，而我们已经有好几个月都没有这两方面的接触了。”

“你们曾一度跟他有过相当密切的关系。后来为什么就不再请他过来了呢？”

克罗斯比太太耸了耸瘦削的肩膀。

“人都是会厌倦的吧。我们之间没有多少共同的东西。当然啦，他生病的时候罗伯特和我为他做到了力所能及的一切事情，不过最近一两年来他身体一直都挺好，而且他交游颇广，很受大家欢迎。他有很多应酬，我们似乎没有任何必要经常向他发出邀请。”

“你能肯定情况就是这些吗？”

克罗斯比太太犹豫了片刻。

“呃，不妨直言相告吧。我们听说他跟一个华人女人住在一起，罗伯特就说他不会再让他上门了。我亲眼见过那个女人。”

乔伊斯先生坐在一把直背椅子上，一只手托住下巴，眼睛直盯着莱斯丽。当她说这番话的时候，她那乌黑的瞳仁中突然充溢了一道阴暗的红光，一瞬即逝，这是真的，还是只不过是他的想象？那效果真令人震惊。乔伊斯先生在椅子上调整了一下坐姿。他把十指的指尖相互搭在一起。他把话说得很慢，字斟句酌。

“我想我应该告诉你，有一封以你的笔迹写给杰夫·哈蒙德的信存在。”

他密切地观察着她。她凝神端坐，面不改色，只不过在回答前停顿的时间过长了一些。

“我过去倒是经常因为这事儿那事儿的给他送个便条过去，或者我知道他要去新加坡的时候托他给我带点东西。”

“这封信是要他过来看你，因为罗伯特去了新加坡。”

“这不可能。我从没干过这种事情。”

“你最好还是自己看看吧。”

他把信从兜里掏出来，递给她。她只瞥了一眼就面带鄙夷递还给他。

“这不是我的笔迹。”

“我知道，据说这是一份跟原信一模一样的抄件。”

现在她开始读信了，读的过程中她身上发生了一种恐怖的变化。她那张没有血色的脸变得非常吓人。颜色都绿了。脸上的肌肉仿佛突然间消失了，只剩下一张皮紧紧地绷在骨头上。她的嘴唇收缩起来，露出牙齿，那形象犹如一张鬼脸。她眼睛从眼眶里暴突起来，死盯着乔伊斯先生。他觉得在他面前的简直就是一具骷髅，在向他口齿不清地胡言乱语。

“这是什么意思？”她悄声道。

她嘴巴发干，只能发出一种嘶哑的声音。根本就不是人在说话了。

“这得由你来告诉我了。”他回答道。

“这不是我写的。我发誓不是我写的。”

“说话要非常慎重。如果原件是你的笔迹，否认也没有用。”

“那就是伪造的。”

“要证明它是伪造的会很难。要证明它是真迹却很容易。”

她那瘦削的身体整个儿哆嗦了一下。可是额上却沁出豆大的汗珠。她从包里拿出一块手帕，擦了擦双手的手心。她又扫了一眼那封信，然后斜瞟了一下乔伊斯先生。

“信上没有写日期。如果确实是我写的，我也全都忘了，有可能是几年前写的。如果你给我点时间，我会尽力回想当时的情形。”

“我注意到没写日期了。如果这封信落到检察司手里，他们会盘问府上的用人，这样很快就能查明在哈蒙德死的那天是否有人给他送过一封信。”

克罗斯比太太两只手十指交叉，拼力紧攥在一起，而且身体在椅子上摇晃了几下，他还以为她就要晕倒了。

“我向你发誓我没有写过这封信。”

乔伊斯先生沉吟了一会儿。他把目光从她那神情狂乱的脸上移开，低头望着地板。他在沉思。

“既然如此，我们就不必再纠缠下去了，”他终于打破沉默，语速缓慢地道，“如果这封信的持有者认为有必要递交检察司的话，你可要做好心理准备。”

他这番话是在暗示，他已经没有别的话要对她讲了，不过他却并没有起身告辞的意思。他在等着。他觉得自己等了很长时间。他没有看莱斯丽，但能感觉到她一动不动地坐着。她一声不吭。最后还是他先开了口。

“如果你对我没什么话要说了，我想我这就告辞回办公室去了。”

“如果有人看到这封信，他会怎么想？”这时她问道。

“他就会知道你是蓄意撒谎。”乔伊斯先生厉声回答。

“什么时候？”

"你斩钉截铁地声称你至少有三个月时间没有跟哈蒙德有任何形式的往来了。"

"整件事对我打击太大了。那个可怕的夜晚发生的一切就像是一场梦魇。如果我忘记了某个细枝末节，也没什么好奇怪的吧。"

"如果跟哈蒙德会面的每个细节你都记得一清二楚，可恰恰忘记了这么重要的一点，即他死的那天夜里正是应你的紧急要求去府上见你的，这可未免太说不过去啦。"

"我没忘。但发生了那么可怕的事情之后我就不敢提这个茬儿了。我觉得要是我承认他是应我的邀请而来的，你们就谁都不会相信我的话了。我这么做也许很愚蠢；可我当时已经昏了头了呀，而且我一旦说过我跟哈蒙德毫无来往之后，也就只能一口咬定了。"

这时莱斯丽已经重新恢复了她那令人叹赏的沉着镇定了，她坦然面对着乔伊斯先生那探询的目光。她那温婉的风度很容易化解人们对她的怀疑。

"既是如此，你就需要解释清楚你为什么单单拣罗伯特不在家的那天晚上请哈蒙德过来看你。"

她把目光完全聚焦在这位律师身上。他原本以为那双眼睛没什么特别实在是大谬不然，那双眼睛非常迷人，而且除非他看错了，那双美目中间正闪烁着晶莹的泪光。她的话音也微微有些哽咽。

"我是想给罗伯特一个惊喜。下个月就是他的生日了。我知道他一直想要一支新枪，而你也知道我在运动这方面简直一窍不通。

我是想跟杰夫讨教一下。我打算请他帮我订购一支。”

“或许你记不大清楚这封信具体是怎么措辞的了吧。你想再看一下吗？”

“不，我不想看。”她赶紧道。

“依你看来，一个女人想跟某位不太相熟的朋友讨教该买支什么样的枪，她会给他写出这样一封信来吗？”

“我敢说那确实相当过分，相当感情用事。可我平常确实就是这样表达的，你知道。我愿意承认这是非常愚蠢的。”她微微一笑，“再说了，杰夫·哈蒙德也并非什么不太熟的朋友。当初他生病的时候，我曾像个母亲一样照顾过他。我之所以在罗伯特外出的时候请他过来，是因为罗伯特不欢迎他到我们家来。”

同一个姿势坐了那么久，乔伊斯先生实在有些累了。他站起来，在房间里来回走了一两趟，仔细斟酌他打算说的那番话的措辞；然后他俯身趴在刚才坐的那把椅子的靠背上，以非常严肃的语气一字一顿地说：

“克罗斯比太太，我想跟你非常、非常认真地谈一谈。这个案子的进程应该说是相当顺利的。在我看来只有一点需要解释清楚：据我判断，在哈蒙德已经中弹倒地之后你至少还又向他开了四枪。我很难接受一位体质纤弱、惊恐万分而且一向自控能力很强的女士，更不用说她教养良好、生性温雅，会突然陷入如此极端、完全失控的癫狂状态。不过当然，这也是可以采信的。虽然杰弗里·哈蒙德是社会上的宠儿，而且总体来说对他的评价也很高，我还是准备证明，他是有可能犯下你在为自己的行为辩护时指控他犯的那种罪的那种人。而且，在他死后被发现的他一直跟一个华人女人姘居的事实，也使我们对他的指控有了确凿的依据。这也使他失去了所有可能会对他怀有的同情。我们已经下定决心要充分利用这种关系会在所有体面人士心里激起的对他的憎恶感。今天早上我还对你丈夫说，我有把握能让你无罪获释，我跟他这么说并非只是给他吃颗定心丸。我不相信陪审推事们在离开法庭前会判你有罪的。”

他们相互注视着对方的眼睛。克罗斯比太太奇怪地一动不动。她就像只被蛇催眠了的小鸟一般。他继续以同样平静的语气往下说。

“可这封信却使案情呈现出完全不同的面貌。我是你的法律顾问，将在法庭上代表你的利益。我把你的陈述当作事实来接受，并将根据其内容为你辩护。当然，对于你的陈述我可能相信，也可能有所怀疑。辩护律师的职责是说服法庭，让其相信现有的证据并不足以使其做出有罪的判决，至于他私底下认为他的委托人是清白还是有罪，则完全是另一回事，与此毫不相干。”

他惊讶地发现莱斯丽的眼神中竟然闪过一丝笑意。他感觉受到了冒犯，继续往下说的语气有些冷淡了。

“你并不打算否认哈蒙德是应你的紧急，甚至可以说歇斯底里的要求才来到府上的吧？”

克罗斯比太太迟疑了片刻，似乎是在思索。

“他们可以证实这封信是由府上的某位男仆送到他家里去的。他是骑自行车去的。”

“你千万不要以为别人都比你蠢。这封信会使他们对你产生怀疑，尽管在此之前所有的人都没有怀疑过你。我不想告诉你当我看到这份抄件时，我个人是怎么想的。除了能使你的脖子免于套进绞索所必需的情况之外，我不希望你告诉我任何事情。”

克罗斯比太太尖叫了一声。她腾地跳起来，吓得面如死灰。

“你不认为他们会绞死我吧？”

“如果他们得出你杀死哈蒙德并非出于自卫的结论，陪审推事们就有责任做出有罪裁定。罪名就是谋杀。而法官则有责任宣判你死刑。”

“可他们又怎么能证明呢？”她喘息不止。

“我不知道他们怎么能证明。也不想知道。可是如果他们产生了怀疑，如果他们开始进行一系列调查，如果他们审问那些当地的土著——结果他们会有怎样的发现呢？”

她突然瘫作一团。他还没来得及伸手去扶她，她就倒在了地上。她晕了过去。他四顾想找点水，可是没找到，而他又不想受到外人的打扰。他摊开她的四肢让她平躺在地板上，跪在她身边等她苏醒。等她终于睁开眼睛，他在她的目光中发现的那极端的恐惧一时令他手足无措。

“安静地躺着别动，”他道，“一会儿就会好的。”

“你不能让他们绞死我。”她悄声道。

她哭了起来，哭得歇斯底里，他则低声竭力让她安静下来。

“看在老天的分上，镇定一下。”他道。

“给我一分钟时间。”

她的勇气实在令人惊叹。他能看得出她自我调控的努力，没过多久她就恢复了镇定。

“扶我起来。”

他伸出手，扶她站起来。握住她的胳膊，他把她搀到椅子前。她疲惫不堪地坐下。

“先不要跟我说话，给我一两分钟时间。”她道。

“很好。”

当她终于开口时，说的话完全出乎了他的意料。她轻轻叹了口气。

“恐怕事情都被我搞得一团糟了。”她道。

他没答话，又是一阵沉默。

“就没有可能把那封信弄到手吗？”她终于道。

“我想，如果那封信的持有者不准备待价而沽的话，也就不会有人特意来告诉我这件事了。”

“信在谁的手里？”

“住在哈蒙德房子里的那个华人女人。”

莱斯丽的颧骨上倏地闪过一片红晕。

“她准备漫天要价吗？”

“我想这个女人很精明，深知这封信的价值。如果不出个大数目的话，恐怕未必能把它弄到手。”

“你想眼看着我被绞死吗？”

“你以为将一件不受欢迎的物证弄到手是件轻而易举的事吗？这无异于唆使证人提供伪证。你无权向我提出这样的建议。”

“那我会发生什么事?”

“正义必将得到伸张。”

她脸色变得煞白。全身微微哆嗦了一下。

“我把自己全交在你的手上。当然我无权要求你做任何不正当的事情。”

乔伊斯先生没有再讨价还价，因为她那惯于自我克制的话音中微微的哽咽显得相当动人，简直让人无法承受。她以谦卑的目光楚楚可怜地望着他，他觉得如果铁石心肠拒绝了她那目光中的求恳，他的心下半辈子都甭想安宁了。毕竟，可怜的哈蒙德是无论如何不可能起死回生了。他很想知道在那封信背后到底有怎样的隐情。仅从这封信就断定她是在毫无挑衅的情况下杀死了哈蒙德是有失公允的。他在东方已经住了很长时间，而且他的职业荣誉感可能也不像二十年前那么强烈了。他盯着地板。他下定决心要做一件他明知不正当的事情，但这使他感觉如鲠在喉，他隐隐地对莱斯丽生出一丝怨愤。他说话的时候不觉有些尴尬。

“我不太清楚你丈夫的境况到底怎么样?”

她脸涨得通红，飞快地瞟了他一眼。

“他有很多锡矿的股份，在两三个橡胶种植园也有少量股份。我想他能筹得到钱。”

“可是不得不告诉他这笔款项的用途啊。”

她沉默片晌，像是在掂量。

“他依然爱我。为了能救我他会不惜一切牺牲的。有任何必要让他看到那封信吗?”

乔伊斯先生微微皱了下眉，她马上就注意到了，于是继续道：

“罗伯特跟你是老朋友了。我不是在求你为了我做任何事，我是在求你拯救一个纯朴、善良、从未伤害过你分毫的人，使他免遭所有可能的痛苦。”

乔伊斯先生没有回答。他起身打算告辞，克罗斯比太太以非常自然的优雅风度伸出一只手。尽管刚才那一幕使她深受打击，尽管她形容憔悴，她仍旧强打精神，彬彬有礼地跟他道别。

“你真是太好了，平白为我承受这么多麻烦。真不知道该如何感激你才好。”

乔伊斯先生回到事务所。他坐在自己的办公室里，一动不动，什么工作也不想做，只是在沉思默想。许多奇怪的念头在他脑际闪过。他微微哆嗦了一下。门上终于响起他一直期待的那记谨慎的敲门声。王志成走了进来。

“我正想出去吃午餐了，先生。”他道。

“好的。”

“不知道我出去之前，您有什么事需要我做的，先生。”

“没什么。你跟里德先生另约时间了吗？”

“是的，先生。他下午三点再来。”

“很好。”

王志成转身离开，走到门口的时候把细长的手指放在门把手上。然后，仿佛突然想起了什么，又转过身来。

“您有什么吩咐希望我转告我的盆友吗，先生？”

虽然王志成的一口英语讲得极好，这个“r”音他发起来却总有些困难，总是把“friend”发成“fliend”。

“什么朋友?”

“跟克罗斯比太太写给已故哈蒙德的信有关的那位盆友，先生。”

“噢！我都忘了。我跟克罗斯比太太提过这件事了，她矢口否认她曾写过任何此类的信件。那显然是伪造的。”

乔伊斯先生把那份抄件从兜里掏出来，递给王志成。王志成没理会这一姿态。

“既然如此，先生，我想如果我的盆友把那封信交给副检察司的话应该不会有人反对了吧。”

“没人反对。不过我不太明白那样做对你的朋友又有什么好处呢。”

“我的盆友，先生，认为伸张正义是他的职责。”

“我是绝对不会去干涉任何人履行他的职责的，志成。”

律师和华人职员的目光交汇了。两人的唇角都没有一丝笑意，但彼此心照不宣。

“我非常理解，先生，”王志成道，“不过以我对克罗斯比此案的研究，我个人认为这样一封信的出现对于我们的委托人将会是非常有害的。”

“对于你在法律事务上的才干我一直有很高的评价，志成。”

“我倒是想到过，先生，如果我能说服我的盆友，让他劝说那位持有此信的华人妇女将它交到我们手上的话，那就会省却很多麻烦了。”

乔伊斯先生漫不经心地在吸墨纸上信手勾画着一张张面孔。

“我想你的朋友是个生意人。你认为在什么样的条件下他会愿意将信交出来？”

“信并不在他手上。是由那位华人妇女持有的。他只是那位华人妇女的一个亲戚。她什么都不懂；只是在我的盆友告诉她之后，她才明白这封信的价值。”

“他给这封信估了个什么价？”

“一万元，先生。”

“仁慈的上帝！你到底想让克罗斯比太太到哪儿弄这一万元去！我告诉你，那封信是伪造的。”

他说这番话的时候抬头望着王志成。这位职员丝毫不为他的喊叫所动。他站在桌旁，仍旧谦恭、冷静而又机警。

“克罗斯比先生在勿洞橡胶园拥有八分之一的股份，在吉兰丹河橡胶园的股份有六分之一。如果他以他的财产作抵押，我有位盆友愿意借给他这笔钱。”

“你的朋友还真不少啊，志成。”

“是的，先生。”

“哼，你可以告诉他们，让他们见鬼去吧。对于一封很容易就解释清楚的信，我认为最多也就值五千，我绝不建议克罗斯比先生再多付一个子儿。”

“那位华人妇女并不想出卖这封信，先生。我的盆友费了九牛二虎之力才总算说服了她。少于刚才说的那个数儿的话，就算是给她也是毫无用处。”

乔伊斯先生看了王志成至少有三分钟时间。这位职员则是坦然承受他这犀利的审视目光，没有丝毫的窘相。他以毕恭毕敬的姿势站在那里，目光低垂。乔伊斯先生很了解他这位手下。聪明的家伙，志成，他暗想，我真想知道他自己能从这里面捞多少。

“一万块可是个很大的数目。”

“相较于眼睁睁看着自己的妻子被绞死，克罗斯比先生肯定会愿意付这个数儿的，先生。”

乔伊斯先生再度陷入沉吟。除了已经说出来的这些，志成还知道些什么？如果他这么明显地不肯讨价还价，他肯定是极有把握，成竹在胸了。之所以确定下这样一个数目，是因为这件事不管到底是谁在幕后主使，他都很清楚这已经是罗伯特·克罗斯比能够筹措到的最大数目了。

“那个华人女人现在在哪儿?”乔伊斯先生问。

“她暂住我那个盆友家，先生。”

“她能到这儿来吗?”

“我想还是您去见她更好一些，先生。今晚我可以带您去，她会把信交给您的。她是个很无知的女人，先生，她连支票都弄不懂。”

“我也没打算给她支票。我会带现钞去。”

“如果少于一万块，那就只是在浪费宝贵的时间啦，先生。”

“我完全明白。”

“我吃过午餐后就去告诉我的盆友，先生。”

“很好。你最好今晚十点在俱乐部门口等我。”

“乐于从命，先生。”王志成道。

他向乔伊斯先生微微一躬，离开了房间。乔伊斯先生也出去用午餐。他去了俱乐部，果不出所料，在那儿见到了罗伯特·克罗斯比。他正坐在一张拥挤的桌边，乔伊斯先生经过他身边时，一边在找个空位，一边轻轻碰了一下他的肩膀。

“你走之前我有几句话想对你说。”他道。

“没问题。你吃完了叫我一声就是啦。”

乔伊斯先生已经想好了该如何跟他说这件事。用过午饭后他打了一圈桥牌以消磨时光，等着俱乐部里的人散尽。他不想专门为了这件事跟克罗斯比在他的办公室里见面。不一会儿克罗斯比就走进牌室，站在一旁观战，一直等到他们打完。另几个牌搭子打完牌就各忙各的去了，屋里就剩下了他们俩。

“出了桩相当倒霉的事儿，老伙计。”乔伊斯先生道，尽量采用一种相当随意的口吻，“看来在哈蒙德被杀的那天晚上，是尊夫人写了封信请他到府上去的。”

“可这不可能啊，”克罗斯比叫道，“她一直都说她跟哈蒙德没有任何来往。据我所知她已经有好几个月没见过他啦。”

“事实上确实存在这么一封信。现在在那个跟哈蒙德同居的华人女人手里。尊夫人本来是想送你一样生日礼物，想请哈蒙德帮她采办的。悲剧发生以后，她因为情绪过于激动就把这个茬儿给忘了，而一旦矢口否认她跟哈蒙德有任何来往之后，她又怕承认她前面说错了话。摊上这种事当然是挺倒霉的，不过我敢说也没什么好奇怪的。”

克罗斯比没有说话。他那张宽大的红脸膛上完全是一副困惑不解的表情，看到他这副不开窍的样子乔伊斯先生是既感到宽慰又觉得恼怒。他是个蠢汉，而乔伊斯先生对于愚蠢历来缺乏耐心。可是自打那场灾祸发生以来，他的痛苦和忧虑已经触动了律师的恻隐之心；而克罗斯比太太在求他帮她，说不是为了她本人，而是为了她丈夫的时候，她这话正说到了点子上。

“我不说你也知道，这封信如果落到了控方手里，那情况可就相当棘手了。这就证明尊夫人撒了谎，而她就要被要求解释撒谎的原因。如果哈蒙德并非不请自来，硬闯到府上去，而是应尊夫人之请而来的话，那么情形可就稍有不同啦。这就很容易引发陪审推事们的疑窦，使他们的想法产生一定程度的动摇了。”

乔伊斯先生不禁有些踌躇。现在真正需要他下定决心了。可惜现在不是取笑的时候，否则一想到他正在为了某人迈出如此重要的一步，而此人对于这一步的严重性竟然一无所知，他肯定会忍俊不禁的。即便在他对这件事考虑过一番之后，他没准儿还以为乔伊斯先生现在做的就跟任何一位律师一样，是正常业务的一部分呢。

“我亲爱的罗伯特，你不仅是我的客户，而且是我的朋友。我认为我们必须把那封信弄到手。那得花一大笔钱。要不然的话我就宁肯根本不跟你提起了。”

“要多少？”

“一万块。”

“那可真是不少。眼下市场萧条，再加上杂七杂八的事儿，这差不多就是我全部的家当啦。”

“你能马上把钱准备好吗？”

“我想可以吧。如果我以锡矿的股份和在那两家种植园的权益做担保的话，老查理·梅多斯会借钱给我的。”

“你准备借吗？”

“是不是绝对必要？”

“如果你希望尊夫人无罪获释的话。”

克罗斯比脸涨得通红，嘴角奇怪地耷拉下来。

“可是……”他不知道该如何表达，脸都憋成了酱紫色，“可是我不明白。她可以解释的呀。你该不会是说他们会发现她确实有罪吧？他们不能因为她除掉了一个害虫和恶棍而绞死她吧。”

“他们当然不会绞死她。他们最多只能判她过失杀人。也许坐个两三年牢就能放出来。”

克罗斯比惊得一跃而起，他那张红脸显得惊恐欲狂。

“三年。”

这时他那迟钝的智力当中像是透进了一丝光亮。他的脑海原本漆黑一片，突然间掠过一道闪电，尽管接下来还是同样深沉的黑暗，但却留下一抹虽说看不见却能隐约察觉的疑惑。乔伊斯先生看到克罗斯比那双红色的大手，因为干过各种零活而倍显粗糙和有力的大手，哆嗦了起来。

“她原本打算送我什么礼物的？”

“她说她想送你一支新枪。”

克罗斯比那宽阔的红脸膛涨得更红了。

“你需要什么时候把钱准备好?”

他的嗓音里带上了一种古怪的东西。听起来活像是被一双无形的手扼住了他的咽喉。

“今晚十点钟。我想你可以六点左右送到我办公室去。”

“那个女人会来见你?”

“不，我去见她。”

“我会把钱带来。我跟你一起去。”

乔伊斯先生目光犀利地看了他一眼。

“你觉得有必要这么做吗?我想你还是让我独自处理这件事为好。”

“那是我的钱，不是吗?我要去。”

乔伊斯先生耸了耸肩。两人站起来握手告别。乔伊斯先生好奇地看了他一眼。

十点钟的时候两人在空荡荡的俱乐部里碰了面。

“都准备好了?”乔伊斯先生问。

“是的。钱就在兜里揣着。”

“那咱们走吧。”

两人走下台阶。乔伊斯先生的汽车在广场上等着他们，天色已晚，四周一片寂静。两人走近汽车时，王志成从一幢房子的阴影中走了出来。他在副驾驶座上就座，告诉司机该怎么走。汽车驶过欧罗巴大饭店，在“海员之家”的街角处拐上维多利亚大街。这条街上的华人店铺仍在营业，很多闲人在街上游荡，行车道上黄包车、汽车和出租马车仍旧不少，为街上平添了一分热闹景象。他们的汽车突然间停了下来，志成转过身来。

“我想我们还是从这里走过去比较好，先生。”他道。

他们下车，志成头前带路。两人隔开一两步的距离紧跟其后。不一会儿他请他们停下脚步。

“您在这儿稍等片刻，先生。我进去先跟我的盆友打个招呼。”

他走进一家临街的店铺，柜台后面站了有三四个华人。这属于那种挺奇怪的店铺，店里什么商品都不摆，你会很纳闷他们到底在那儿卖什么。他们看到他跟一个敦实的男人开始交谈，那人一身帆布衣服，一条大金链子横挂在胸前，那人飞快地朝外面的夜色中扫了一眼。他给了志成一把钥匙，然后志成就出来了。他向两人招招手，钻进店铺一侧的一个边门。他们跟他进去，来到一段楼梯脚下。

“请稍等片刻，我划根火柴。”他道，他总是那么有办法，“你们请上楼来。”

他捏着根日本火柴走在前面，但那点光亮实在没办法驱散黑暗，两人只得跟在后面摸索着上楼。来到二楼，他打开一间房门，走进去，点亮了盏煤气灯。

“请进吧。”他道。

那是个四四方方的小房间，只有一扇窗，唯一的家具就是两张铺着席子的中式矮床。房间的一角上放着只大箱子，锁着把精巧的挂锁，箱子上有一个破旧的托盘，托盘里摆着鸦片烟枪和烟灯。屋里有股淡淡的苦兮兮的鸦片烟味儿。两人落座以后，王志成敬上香烟。过了一会儿，门开了，他们刚才看到在柜台后面站着的那个华人胖子走了进来。他用非常标准的英语跟他们道了声晚上好，然后就在他那位同胞身边坐了下来。

“那位华人妇女马上就到。”志成道。

店里的一个伙计端进来一个托盘，上面摆着一个茶壶和几个茶杯，那个华人要给他们斟茶。克罗斯比谢绝了。几个华人小声交谈着，但克罗斯比和乔伊斯先生一声不响。终于，屋外传来说话声；有人在低声叫门；那个华人走到门前。他把门打开，先跟外面的人说了几句话，然后领进来一个女人。乔伊斯先生定睛观瞧。自打哈蒙德死后，他没少听见人们议论她，不过倒是从来没见过。她体形挺敦实的，年纪也不轻了，宽宽的脸盘上毫无表情。她脸上涂脂抹粉，两道眉毛就是两条细细的黑线，不过她给你一种颇有个性的印象，她的装束不中不西：浅蓝色的上衣配一条白裙子，不过脚上趿拉着一双中式的丝面拖鞋。她脖子上挂了根沉甸甸的金链子，手腕上戴着金镯子，耳朵上吊着金坠子，漆黑的头发上别着精美的金簪子。她慢腾腾地走进来，一副从容自信的神情，只是脚步有些沉重拖沓。她挨着王志成在床沿上坐下。他跟她说了句什么话，她点点头，漫不经心地朝那两个白人瞟了一眼。

“信她带来了吗?”乔伊斯先生问。

“是的，先生。”

克罗斯比一句话都没说，直接掏出一卷五百元的大钞。他数出二十张，递给志成。

“你数数看对不对。”

那位职员数了一遍，递给那个华人胖子。

“一点没错，先生。”

那华人又数了一遍，然后装进兜里。他又跟那个女人说了句什么，她便从怀里掏出了一封信。她把信递给志成，他看了一遍那封信。

“这正是那封信的原件，先生。”他道，正要递给乔伊斯先生的时候被克罗斯比一把夺了过去。

“让我看看。”他道。

乔伊斯先生看着他读信，然后伸手去要那封信。

“最好还是由我来保管。”

克罗斯比小心地把它叠好，揣到了兜里。

“不，我打算亲自来保管。它可是花了我不少钱。”

乔伊斯先生没有再坚持。那三个华人眼看着这段小插曲，不过他们到底怎么想的，抑或到底有没有什么想法，从他们那木然、冷漠的表情当中根本就无从揣测。乔伊斯先生起身告辞。

“今晚您还有什么事需要我做吗，先生？”王志成说。

“没什么了。”他知道他这位职员希望能留下来，以便收取原来说好的抽成。他转身问克罗斯比：“准备走吧？”

克罗斯比没有回答，但站了起来。那华人走过去给他们开门。志成找了截蜡烛头，点着了给他们照路，两个华人一直把他们送到街上。留那个女人默然地坐在床上抽烟。他们来到街上以后，那两个华人才告辞，再度回到楼上。

“你打算怎么处理那封信？”乔伊斯先生问。

“留着。”

他们走到等着他们的汽车跟前，乔伊斯先生请他的朋友搭自己的车。克罗斯比摇了摇头。

“我想走走。”他犹豫了一下，脚步迟疑地拖拉着，“哈蒙德死的那天晚上我之所以去新加坡，部分原因是我认识的一个人想出让一支新枪，而我想把它买下来。晚安。”

他加快脚步，很快就消失在夜色当中。

审判的进程果不出乔伊斯先生所料。陪审推事们走上法庭的时候就已经一致决定要无罪开释克罗斯比太太。她代表自己提供证词。她对案情的陈述既简明扼要又直截了当。副检察司是个老好人，对于自己的职责明显没有多大热情。他以敷衍的态度问了几个必须要问的问题。他代表检察机关提出的诉状完全可以当作被告的辩护词，陪审推事们花了不到五分钟时间就做出了大快人心的裁定。那天的法庭里挤满了人，判决宣布后，根本就无法阻止挤得水泄不通的旁听席上爆发出雷鸣般的掌声和欢呼声。法官大人恭喜克罗斯比太太，她已经重获自由。

对哈蒙德的行为明确表示最大反感的莫过于乔伊斯太太了；她堪称忠于自己朋友的楷模，坚持克罗斯比太太在审判结束后跟她待一段时间，因为她跟大家一样对于庭审的结果有十足的把握，直到克罗斯比夫妇做好离开的准备才肯放她走。在那桩恐怖的灾祸之后，无论如何也不能再让可怜、亲爱而又勇敢的莱斯丽重返那个灾难的发生地了。庭审于十二点半正式结束，等他们到达乔伊斯府上的时候，一席盛大的午宴早已准备就绪。鸡尾酒已经调制停当，而乔伊斯太太那价值百万的鸡尾酒在整个马来联邦可说是名闻遐迩，乔伊斯太太提议为莱斯丽的健康而干杯。她本来就是个健谈、活跃的女人，这会儿更是兴致最高的时候。幸亏她精神头十足，因为另外三位全都沉默寡言。她倒并没有起疑，因为她丈夫历来就话少，而另外两位显然是因为经受了这么长时间的重压，现在自然是精疲力竭了。整个午宴的过程中，就她一个人兴高采烈、劲头十足地上演着一场独角戏。然后咖啡端了上来。

“现在，孩子们，”她以她那种欢快而又匆忙的做派说道，“你们必须得休息一下，等用过下午茶之后我带你们俩开车到海边兜风去。”

乔伊斯先生难得在家用午餐，自然得回事务所去。

“恐怕我不能从命了，乔伊斯太太，”克罗斯比道，“我必须马上赶回种植园去。”

“不会就是今天吧？”她叫道。

“是今天，现在就得走。我已经有很长时间对种植园都疏于照管了，还有些紧急事务急等着回去料理。不过，我很感激您能留莱斯丽在这儿住几天，一直等我们决定了下一步该怎么办。”

乔伊斯太太正想对他再次挽留，不过她丈夫及时阻止了她。

“如果他必须要走，那肯定有必须走的理由，别再强留人家啦。”

大律师说话的口气当中似乎别有意味，她不由迅速地瞟了他一眼。她把已到嘴边的话又咽了回去，一时间大家谁都没有说话。

然后还是克罗斯比又开了口。

“如果您肯原谅我的话，我马上就得动身了，这样天黑前才能赶得回去。”他起身离席，“莱斯丽，你送送我好吗？”

“当然。”

夫妻俩一起离开了餐厅。

“我觉得他未免太不体贴人了吧，”乔伊斯太太道，“他肯定知道莱斯丽现在正想跟他待在一起呢。”

“我敢肯定如果不是绝对必要，他是不会走的。”

“好吧，我这就去看看莱斯丽的房间是不是准备好了。她需要绝对的休息，当然啦，然后再来点儿娱乐。”

乔伊斯太太离开了餐厅，乔伊斯又坐了下来。不一会儿，他听到克罗斯比摩托车的引擎启动的声音，然后就是车轮碾过花园小道上铺的石子儿的响亮摩擦声。他起身走进起居室。克罗斯比太太正站在起居室的中央，茫然望着面前的一片虚空，手里是一封打开的信。他认出了那封信。他进来时她抬头瞥了他一眼，他看到她的面色死一样白。

“他知道啦。”她悄声道。

乔伊斯先生走到她跟前，把那封信从她手里接过去。他划着一根火柴，点着了信纸。她眼睁睁地看着它燃烧。到他再也拿不住了的时候，他把它丢在瓷砖地面上，两个人都眼看着那张纸片蜷缩、变黑。然后他抬脚把它踬成灰烬。

“他知道什么了？”

她盯视了他很长、很长时间，眼睛里显出一种奇怪的神情。

那到底是轻蔑还是绝望？乔伊斯先生没办法分辨。

“他知道了杰夫是我的情人。”

乔伊斯先生一动不动，一声没吭。

“他已经做我的情人好多年了。差不多他刚从战场上回来就成了我的情人。我们都知道必须要加倍小心。我们成为情人之后我就开始假装讨厌他，罗伯特在的时候，他也很少到我们家来。我经常是开车到我们都知道的一个地方，他在那儿跟我见面，一星期两三次，罗伯特去新加坡的时候他就在夜深人静小厮们都睡了以后到我家里来。我们一直都在约会，经常见面，没有一个人对此产生过丝毫的怀疑。可是近来，也就一年前吧，他开始变了。我不知道究竟是怎么回事。我不相信他不再喜欢我了。他也总是矢口否认。我都快疯了。我跟他大吵大闹。有时候我都觉得他恨我。噢，你要是知道我都忍受了什么样的痛苦就好了。我就像是在地狱里苦熬。我知道他已经不再需要我了，可我就是不能放他走。悲惨！悲惨啊！我爱他。我已经把一切都给了他。他就是我全部的生命。后来我听说他正跟一个华人女人姘居。我无法相信。我不愿意相信。最后我见到了她，亲眼看到她戴着金镯子和金项链在村子里溜达，一个又老又胖的华人婊子。她比我还老。太可怕了！村子里的人都知道她是他的情妇。我从她身边走过时，她看了看我，我知道她也知道我也是他的情妇。我派人去叫他。我告诉他我必须见到他。你已经看过那封信了。我写那封信时简直是疯了。我都不知道我是在干什么。我也顾不了这许多了。我已经有十天没见到他啦。那简直就是一辈子呀。上一次我们分别时，他还抱着我并且吻着我，告诉我不要担心。而他离开我的怀抱就径直投入了她的怀抱。”

她讲这番话的语气一直低沉而又激烈，这时她停了一下，狠命地绞着手。

“那封该死的信。我们一直都非常小心。每次我给他写张便条什么的，他看过之后马上就撕掉。我怎么知道他竟然单单把那封信给留下了呢？他还是来了，我告诉他我已经知道那个华人女人的事了。他矢口否认。他说那不过是恶意的诽谤。我当时简直发了狂。我都不知道跟他说了些什么。噢，我当时真是恨透了他。我真想把他撕成碎片。我说尽了一切能伤害他的话。我对他破口大骂。我甚至可能朝他脸上啐了唾沫。最后他终于翻了脸。他跟我说，他对我腻味透了，他再也不想见到我啦。他说他对我厌烦得要死。他承认他确实是跟那个华人女人相好。他说他已经认识她好多年啦，战前就认识她了，还说只有那个女人才是他唯一的真爱，其他所有的女人在他都不过是逢场作戏而已。他说他很高兴我知道了这件事，说我现在终于可以不再纠缠他了。往后发生的事我就记不得了，我发了狂，我气疯了。我抓起那把左轮枪就放。他大喊一声，我看到我击中了他。他跌跌撞撞地冲向外面的凉台。我追出去，再度开枪。他跌倒在地，我就站在他面前不停地扣动扳机，一直到手枪发出咔嗒咔嗒声，我知道所有的子弹都已经打光了。”

她终于停下来，激动得上气不接下气。她的脸已经不再是张人脸，完全被残忍、狂怒和痛苦扭曲得不成人形。你万万不会想到，这样一个文静、娴雅的女人竟会有如此恶魔般的激情。乔伊斯先生不禁后退了一步。他完全被她的样子给吓呆了。那已经不再是一张脸，而是一个疯癫而又狰狞的面具。这时他们听到有个声音正从另一个房间里呼唤，一个响亮、友善、欢快的声音。那是乔伊斯太太。

“快来呀，莱斯丽亲爱的，你的房间准备好了。你必须马上上床睡觉啦。”

克罗斯比太太的五官渐渐恢复了原形。那些激情，曾如此清楚地刻在脸上的，逐渐平复，就像一张揉皱了的纸被手捋平了一样，不出一分钟那张脸就变得冷静而又镇定，不再有一丝皱纹。她仍旧有点苍白，不过唇上已经绽放出可爱而又亲切的笑容。她再度成为那个教养良好，甚至举止高雅的淑女。

“这就来，多萝西亲爱的。给你添了这么多麻烦，真是太抱歉了。”

在劫难逃

冯涛　译

我跟船长握手道别，他祝我好运。然后我来到下面一层满是乘客的甲板，穿过拥挤的马来人、中国人和迪雅克人[①]朝舷梯走去。从船舷上方望去，我看到我的行李已经放到了渡船上。那是艘体形庞大、样子笨拙的渡船，巨大的方形船帆是由竹席编制的，船上乌泱泱地挤满了指手画脚的土著。我爬上渡船之后，大家特意给我让出一块地方。距离海岸还有三英里远，劲风迎面吹来。近岸的时候，我看到一簇簇繁茂的椰子树，绿油油地一直铺展到水边，椰树丛中点缀着村庄棕色的屋檐。一个会讲英语的中国人指着一幢带有凉台的白色平房，告诉我那就是民政事务专员的官邸。他并不知道我正是要去政务官府上投宿的。我口袋里揣着一封写给他的介绍信。

等我弃舟登岸，我的行李也放在我脚边之后，在这片晶光闪

① 加里曼丹岛南部和西部的土著居民。

耀的海滩上我不禁觉得有几分孤凄，就像被人遗弃在这里了。这可真是个僻远的所在，婆罗洲[1]北海岸的一个小镇，想到这就要向一个素昧平生的陌生人自我引荐，并贸然宣称我打算就此托庇在其屋檐下，享用他的饭食、饮用他的威士忌，直到另一艘渡船来到把我带去我要前往的那个港口，不觉真有点儿畏葸赧然。

不过我倒是真该把这些疑虑统统抛开的，因为我来到那幢白色平房门前把信呈上后，主人立刻满怀热诚地出来迎接，他体格健壮、面色红润、性情快活，看起来有三十五岁上下。他一边拉起我的手，一边大声吩咐一个小厮快拿喝的来，又吩咐另一个看管好我的行李。他打断了我的致歉。

“仁慈的上帝，老兄，你不知道我见到你有多高兴。千万别以为我留你食宿是在帮你的忙。事实恰恰相反。你老兄愿意待多久就尽管待多久。待上一年算了。”

我笑了。他把当天的公务统统推到一边，向我保证他没有任何事儿不可以等到明天再做，然后就在一把躺椅上躺了下来。我们谈了又喝，喝了又谈，一见如故。等白天的暑气渐渐消散之后，我们到热带丛林里散了很长时间的步，回来的时候已经浑身透湿。洗澡更衣后感觉神清气爽，然后我们就坐下来用餐。我实在累坏了，虽然做主人的明显非常乐意彻夜不眠地跟我秉烛长谈，我还是不得不请求他许我上床休息。

---

① 加里曼丹岛的旧称，属马来群岛，为世界第三大岛，位于菲律宾的西南面，苏禄海和爪哇海之间。文莱王国在其西北海岸，岛的其他部分被印度尼西亚和马来西亚分占。

"好吧，我这就去你的房间看看，是否一切都齐备了。"

那是个前后都带凉台的巨大房间，家具稀少，不过有张巨型大床，罩着蚊帐。

"这床挺硬的。你不介意吧？"

"一点都不。今晚上终于可以不用摇摇晃晃地好好睡一觉了。"

我的主人面带沉思地看着那张大床。

"上次睡在这上头的是个荷兰人。你想听我讲个滑稽故事吗？"

我其实只想上床睡觉，可是客随主便，再加上我本人间或也被认为是个幽默作家，我深知肚子里憋着个逗趣故事一直想讲却又找不到人听的感觉有多难受。

"他就是乘坐送你上岸的那条船来的，那是那条船上一次沿着海岸运送乘客的时候。他来到我的办公室，向我打听邮政驿站在哪儿。我告诉他这儿根本就没有，不过要是他没有别的地方可去的话，我不介意留他宿夜。他对我的邀请欢喜雀跃。我告诉他先把他的行李包裹派人送过去。

"'我所有的一切尽在于此了。'他道。

"他取出一个闪亮的黑色小包。那未免有点过于寒素，不过那也不关我的事，于是我就告诉他先到我的官邸休息，我处理完手头的公务马上就回去。我说这番话的时候，我办公室的门打开了，我的秘书走了进来。那荷兰人当时背朝着门口，也许我的秘书门开得有些突然，反正那个荷兰人大叫一声，原地跳起来足有两英尺高，并突然掏出一把左轮枪。

"'你到底要干吗？'我问他。

"等他看清楚进门的是我的秘书后，他整个人都瘫了下来。他倚靠着办公桌，喘着粗气，面对我的问话哆嗦得像是发起了高烧。

"'请您原谅，'他道，'是我的神经。我的神经糟透了。'

"'看来是这么回事。'我说。

"我对他的态度相当简慢。说实话我都但愿没有邀请他住到我家里去了。他看起来不像是酒喝得很多的样子，我疑心他是不是某个警方正在追缉的什么逃犯。若是果真如此，我心里暗想，他应该不至于傻到会自投罗网吧。

"'你最好去躺下来。'我说。

"他于是向我告退先走了，当我回到家里的时候，发现他相当安静地坐在凉台上，不过坐得笔直。他已经洗过澡、刮了脸，而且换上了干净衣服，看起来相当体面了。

"'你干吗这样子坐在凉台当间儿？'我问他，'在躺椅上躺下岂不舒服多啦。'

"'我宁肯这么端坐着。'他道。

"怪人，我暗道。不过在这样的暑气中一个人要是宁肯端坐着而不愿意躺下，那是他的自由。他外表不怎么好看，个头很高、块头很大，脑袋方方的，粗硬的短发刚毛般直竖着。我觉得他有四十上下。他给我留下最深印象的就是他的表情。他目光中有一种神情，他眼睛是蓝色的，相当小，正是他眼睛里的那种神情令我大惑不解；他的脸整个儿都松弛下垂；让你觉得他马上就要哭出来了。他有一种迅速扭头朝左后方看去的习惯，就仿佛他自己觉得听到了什么声音。上帝作证，他可真是神经过敏。不过我们一两杯酒下肚之后，他也就打开了话匣子。他英语说得非常好；除了有点轻微的口音以外你根本听不出他是个外国人，而且我得承认他还真是健谈。他是无处不到，无书不窥。听他讲话可真是种享受。

“我们在下午喝了三四杯威士忌，后来又喝了很多苦味金酒[①]，所以等到晚饭摆上桌以后，我们俩已经是兴头十足、相谈甚欢，我也已经认定他是个呱呱叫的好伙计了。用餐当中我们自然又喝了很多威士忌，我碰巧还藏了一瓶本笃会甜酒[②]，于是我们饭后又喝了点利口酒。我忍不住想，我们俩可算是醉得够呛了。

“最后他终于讲了他来到这里的缘由。那故事可真够离奇的。”

我的主人停下话头，嘴巴微张地看了我一眼，就仿佛时至今日回想起来，他仍旧因这个故事的离奇而倍感震惊。

“他是从苏门答腊来的，那个荷兰人，他对一位阿奇人[③]干过什么事，那位阿奇人发誓要干掉他。一开始他并没有当真，不过在那家伙两三次试图付诸实施以后，事情就变得相当难缠了，于是他就想三十六计走为上计，不如暂时躲出去避避风头。他去了巴达维亚[④]，决心在那儿好好快活快活。可是他在那儿待了才一个星期，他就看到那个家伙鬼鬼祟祟地贴着墙根溜过。上帝啊，他

① 在殖民地的马来亚非常流行的一种酒精饮料，主要以金酒加苦味汁调配而成。

② 由法国本笃会修士首酿的一种含有香草的名品甜酒。

③ 印度尼西亚苏门答腊岛北部一族群。

④ 印度尼西亚首都和最大港市雅加达的旧称。

已经跟踪而来了。看来他是要动真格的了。那荷兰人开始觉得这已经绝非是个玩笑，他觉得最好的办法就是赶快逃往苏腊巴亚[1]。有一天，他正在那儿四处溜达的时候，你知道那边的大街上有多么拥挤，他偶然一回头，竟然看到那个阿奇人正安安静静地跟在他后头呢。他吓了一大跳。只要是人，都会吓一大跳的。

“那荷兰人径直回到旅馆，收拾起随身的行李，乘下一班船就去了新加坡。他当然栖身在范维克酒店，所有的荷兰人都住那儿，有一天他正在酒店前面的庭院里小酌的时候，那个阿奇人沉着坚毅地走了进来，盯着他看了足有一分钟，然后又出去了。那荷兰人跟我说他当时整个儿都瘫掉了。当时那家伙完全可以把他手里的曲刃短剑[2]直接刺进他的身体，他连抬抬手防卫一下的力气都没有了。那荷兰人知道他只是在等待最佳的时机，那个该死的土著肯定会把他给杀掉的，他在那人的眼神中看到了这一点；他的精神已经彻底被摧毁了。”

“可他为什么不去报警呢?”我问。

“我不知道。我猜在这件事上他不想让警察掺和进来。”

“可他到底对那个人干了什么?”

“这个我也不知道。他不肯告诉我。不过从我问他时他看我的眼神中可以看出，那应该是桩相当卑劣的罪行。我有种感觉，好像他也知道那个阿奇人决意对他采取的报复他是罪有应得。”

---

① 印度尼西亚爪哇岛东北岸港市，即泗水。

② 马来亚和印度尼西亚人使用的一种波浪形的双刃短剑。

我的主人点了根香烟。

“后来呢？”我催促道。

“在新加坡和古晋[1]之间跑船的那位船长在航行间歇就住在范维克，而那条船破晓时分就将起航。荷兰人觉得这是能把那家伙甩开的绝佳机会；他把行李都留在酒店里，跟那位船长一起走到船上，就仿佛他只是想送他远行，而在船只起航的时候他留在了船上。他的神经到那时为止还算是马马虎虎过得去。除了能彻底摆脱那个阿奇人之外，他什么都不在乎了。他在古晋感觉相当安全。他在客栈里订了个房间，还在中国人的店里买了一两套西装和几件衬衣。可他告诉我他睡不着觉。他老是梦到那个人，十次倒有五六次他会惊醒过来，因为他感觉有一把曲刃短剑正要割穿他的咽喉。上帝作证，我真为他觉得难过。他跟我说这些话的时候浑身哆嗦，他的声音都因为极端的恐怖完全嘶哑了。而那正是我先前注意到的那种表情的真正含义。你该记得，我告诉过你他脸上有种滑稽的表情，一开始我搞不懂那到底是什么意思。说到底，那就是恐惧。

“有一天，他正在古晋的俱乐部里待着的时候，他偶尔朝窗外看了一眼，看到那个阿奇人就坐在那里。两人的目光相遇了。那荷兰人竟然完全崩溃，昏了过去。等他恢复神志以后，他的第一个念头就是逃。呃，你也知道，古晋那个地方是没有多少交通工具的，那条把你送到这儿的船就是他唯一可以迅速逃离的机会。

[1] 马来西亚一港市。

他就上了那条船。他非常肯定那个人并不在船上。”

“可他为什么来到了这里?”

“呃，那条旧货轮在这条海岸线上要停靠十几个地方，而那个阿奇人是绝不可能猜到他会选择这个地方的，因为他是在看到只有唯一的一条渡船把乘客们送上岸的时候才决定在这儿下船的，而那条渡船运送的乘客统共也不超过十二个人。

“‘无论如何，在这儿我总归还算是安全的，’他道，‘只要我能安安静静待上一段时间，我的神经就会恢复正常了。’

“‘你高兴待多久就待多久，’我说，‘你在这儿肯定会安然无恙的，至少在下个月那艘船再度靠岸之前可确保无虞，而且如果你高兴，到时候我们还可以亲眼看到下船的到底都是些什么人。’

“他对我千恩万谢。我看得出来这对他是个多大的安慰。

“天已经挺晚的了，我建议他我们该上床睡觉了。我把他带到这个房间看看一切是否已经准备妥当。他把浴室的门锁上，把百叶窗都闩好，虽然我告诉过他这里没有任何危险，我刚出门还是听到他立刻就把大门反锁上了。

“第二天早上，当小厮给我把茶端来的时候我问他有没有叫过那个荷兰人。他说他这就去。我听到他把门敲了一遍又一遍。这可奇了，我暗想。那小厮砰砰砰地砸门，可就是没有反应。我感到有点不安，就起身走了过去。我也敲了敲门。我们闹出来的噪声足可以把死人都给惊醒了，可那个荷兰人还是在酣睡。后来我把门撞开了。蚊帐仍旧整齐地掖在床单底下。我把蚊帐撩开。但见他仰面朝天躺在床上，两只眼睛瞪得溜圆。他已经死去多时，身体都硬了。一把曲刃短剑就横搁在他的咽喉部位，你尽可以说我是在夸大其词，不过我向上帝发誓那绝对是真的，他浑身上下连一丝伤痕都找不到。房间里也没有其他人，空空如也。

“真滑稽，是不是？”

“呃，那就全凭你的幽默观了。”我回答道。我的主人迅速地看了我一眼。

“你不介意睡在那张床上吧，是不是？”

“呃——不。不过我倒是宁愿你明天早上再给我讲这个故事。”

雷德

冯涛　译

船长把手往裤袋里一插，挺费劲地掏出一块巨大的银表，因为他那两个裤袋并非在身体两侧，而是在前面，而且他又是个大胖子。他看了看表，然后再度抬头看了看那正在西沉的太阳。掌舵的卡纳卡人[①]瞥了他一眼，不过没有说话。船长的目光定格在他们正在驶近的那个岛屿上。岛外泛起的一圈白色水沫标出了礁石的位置。他知道礁石当中有个缺口，足可以容他的船只通过，等他们再靠近一点的时候他应该就可以看到了。他们还有将近一小时的天光可以利用。礁石环绕的潟湖水很深，他们可以舒舒服服地在里面抛锚泊船。岛上椰林掩映的村落已然在望，这个村落的酋长是大副的朋友，上岸去过夜的话应该是挺愉快的。这时大副正好走上前来，船长于是转向他。

① 原文“Kanaka”为夏威夷语，表示“人”的意思，用于称呼夏威夷及南洋群岛的土人，含有贬义。

“咱们得带上一瓶酒，再找几个姑娘跳跳舞啊。”他道。

“我没看到那个缺口。”大副道。

大副是个卡纳卡人，一个皮肤黝黑的漂亮小伙子，看着有点像罗马帝国晚期的某位皇帝，略显矮壮；不过面目清秀、棱角分明。

“我绝对肯定在这儿就有个缺口，”船长道，透过望远镜眺望着，“真不明白怎么就看不出来。派个水手爬到桅杆顶上看看去。”

大副叫来一个手下，给他下了命令。船长看着那个卡纳卡人爬上去，等着他回话。可那个卡纳卡人冲着底下喊话说他什么都看不见，只看到一圈毫无间断的白色水沫。船长的萨摩亚话说得跟土著一样流利，冲着那水手破口大骂。

“还要他待在上头吗？”大副问。

“那还有个屁用？”船长回答道，“那个该死的傻瓜什么玩意儿都看不见。我敢打赌，要是我在上头的话一准儿能发现那个缺口的。”

他怒冲冲地看了看那根细长的桅杆。对一个天生爬惯了椰子树的土著来说，爬根桅杆简直不在话下。可是他码子肥身子重，根本甭想爬上去。

“下来，”他喊道，“废物，不比一条死狗有用。咱们就只能朝着礁石开过去，直到找到那个缺口为止。”

那是艘载重七十吨、装有煤油发动机的纵帆船，在没有顶头风的时候时速在四到五海里之间。这艘船早已经残破不堪，很久以前曾漆成过白色，可是现在已经是肮里肮脏、邋里邋遢，而且斑驳陆离了。有一股子刺鼻的煤油和常拉的干椰子肉味儿。眼下他们距离礁石已经只有一百英尺了，船长吩咐舵手绕着那圈礁石开，留心寻找那个缺口。可是在已经绕圈儿走了几英里后，他意识到他们已经走过了头，只得改变航向，再慢慢往回开。礁石外头的那圈白色水沫连成一片，一点缺口都不见，而且太阳眼看就要落下去了。一边大骂手下的愚蠢，船长也只能接受现实，等到明天一早再说了。

“掉个头，”他道，“怎么能在这儿下锚呢。”

他们又掉头朝海里开了一小段，不一会儿天就快黑透了。他们下锚停船。船帆收起来以后，船开始不停地摇晃起来。在阿皮亚[1]，大家都说总有一天它会翻个底朝天的；而船东，一个经营着一家最大的百货店的德裔美国人就说过，不论出多少钱都甭想诱使他乘坐这艘船出海。船上的厨子，穿一条又脏又破的白裤子、套一件瘦长白罩衫的中国人，走过来说晚饭已经备好了，船长走进船舱的时候，发现轮机长已经在餐桌旁就座了。轮机长是个麻秆儿一样的瘦高挑，长着根特别瘦弱的脖颈。底下穿一条蓝色工装裤，上头是一件无袖的运动衫，露出两条瘦伶伶的胳膊，从胳膊肘到手腕全都刺满了文身。

“见鬼，只能在海上过夜啦。”船长道。

轮机长没搭腔，两人一声不吭地吃着晚饭。船舱里点了盏昏暗的油灯。吃完最后一道罐头杏子以后，中国佬给他们端来一杯

① 南太平洋岛国西萨摩亚首都。

茶。船长点了根雪茄，来到上层的甲板。在夜色中那个小岛变成了漆黑的一团。天上群星璀璨。万籁俱寂，唯闻无止无休的浪花拍溅声。船长一屁股倒在一把折叠躺椅上，懒洋洋地抽着烟。不一会儿，三四个水手也来到甲板上坐下来。其中一个拿着班卓琴，另一个携着六角手风琴。他们开始演奏，有一位开始唱歌。和着那两种乐器，土著的歌声听来非常新奇。然后有两个人随着歌声开始跳舞。那是一种野蛮人的舞蹈，激烈而又原始，节奏飞快，伴有手脚的飞速舞动以及身体的极度扭曲；整个舞蹈相当肉感，甚至富有情色意味，但这种情色中却毫无激情。极具动物性，直截了当，怪诞但又毫无神秘感，简单自然，几乎可以说孩子般天真稚拙。最后他们累了，就四仰八叉地躺在甲板上睡了，一切又重归静寂。船长沉重地从躺椅上站起身来，费力地从甲板升降口的扶梯上爬下去。他走进自己的房舱，脱掉衣服，爬到铺位上躺下来。在夜晚的暑热中，他稍稍有些气喘。

第二天一早，当晨曦悄悄漫过宁静的海面，昨晚曾遍寻不见的那圈礁石的缺口豁然展现在他们面前，就在他们泊船处稍稍向东的位置。船驶进潟湖，水面上波纹不兴，宛若镜面，深水处的珊瑚礁之间，可以清楚地看见五颜六色的小鱼儿往来穿梭。船长命人将船停锚泊好，吃过早饭后走上甲板。碧空如洗，阳光明媚，不过清晨的空气仍然令人倍感愉快而又凉爽。那天是礼拜天，天地间弥漫着一种静谧的气氛，沉静得宛如大自然也在休息一般，给他一种特别的舒适感。他坐下来，望着林木葱茏的海岸，四肢百骸感觉懒洋洋的，无限地轻松惬意。过不多久，一抹淡淡的微笑在他嘴角缓缓地舒展开来，他把雪茄的烟蒂扔进了水里。

“我想我该上岸了，”他道，“把小船放下去。”

他手脚僵硬地爬下舷梯，由水手将小船划向一个小海湾。椰子树一直铺展到水边，并非一排排的，不过间隔的距离井然有序。宛如一组跳芭蕾的老处女，虽已是徐娘半老却仍旧浮华风骚，装腔作势地站立在那里，端着一派忸怩作态的优雅气度缅怀过往的岁月。他懒洋洋地信步穿过椰林，沿着一条隐约可见的蜿蜒小径迤逦走去，行不多远就来到一条宽阔的小溪前。溪上横跨一座小桥，不过小桥是由独株的椰子树干搭建而成，足有十几株，首尾相连，交接处由叉开的枝干支撑，一直伸进小溪的河床。你得从椰树干那光滑的圆柱形表面上走过，既窄又滑，而且连个扶手都没有。过这样的桥可得有稳健的步伐和强大的心脏才行。船长犹豫了一下。可是他看到对面的林木掩映中有一幢白人的住房，于是横下心来，小心翼翼地踏上了桥面。他时时留心着脚下，步步为营，即便如此，走到椰树首尾相接或是碰到高低不平的地方时，仍旧会稍稍踉跄一下。当他走到最后一根树干并终于踏上对岸坚实的土地时，忍不住长出了一口气。刚才他因为全神贯注于过桥的困难，根本就没留意到岸上正有人在看着他，当突然听到有人跟他说话时，不禁吃了一惊。

“如果没走惯了的话，过这样的桥确实是需要点胆魄的。”

他一抬头，发现有个人就站在他面前。那人显然是从他刚才看到的那幢房子里走出来的。

“我看到你犹豫来着，”那人继续道，嘴角挂着一抹微笑，“我一直在看你会不会掉进去。”

“你这辈子都休想。”船长道，现在他已经恢复了自信。

“从前我自己就掉进去过。我记得有天傍晚我打猎回来，就掉进去了，连人带枪一样不剩。现在我都是让一个小男孩替我背着枪。”

这人不算年轻了，下巴上留着几茎胡须，已经略显灰白，长了一张瘦脸。身上穿了件汗衫，没有袖子，下面是一条帆布裤子。既没穿鞋，也没着袜，他讲的英文略微带点口音。

“你是尼尔森?”船长问道。

“正是在下。”

“我听人说起过你。我想你应该就住这儿附近。”

船长跟随主人走进那幢带凉台的小平房，沉重地在对方指给他的椅子上落座。趁尼尔森出去拿威士忌和酒杯的工夫，他四顾打量了一下这个房间。心下不禁暗自纳罕。他从没见过这么多书。书架顶天立地，占满了四面墙壁，而且全都插满了书籍。有一架大钢琴，上面乱扔着乐谱，还有一张巨大的桌子，桌面上杂乱地堆满了书籍和杂志。这个房间让他感觉有些局促不安。他想起尼尔森确实是有所谓怪人的声誉的。谁对他都不是很了解，尽管他已经在这些岛上住了很多年了，可那些认识他的人都一致认为他是个怪人。他是瑞典人。

“你这儿的书可真不少呀。”尼尔森回来后他说。

“它们没什么害处。”尼尔森微笑道。

“这些书你都读过吗?”船长问。

“大部分吧。”

“我也喜欢读点什么的。我让他们定期给我送《星期六晚邮报》。”

尼尔森给他的客人倒了一大杯威士忌，并且敬了他支雪茄。船长主动说起了来到这里的缘由。

“我昨晚上就到了，可是没找到入口，所以只得把船泊在了外头。之前我从没跑过这条航线，不过我的手下有点私货想送到这儿来。有个叫格雷的，你认识吗？”

“认识，他的铺子就在这儿不远。”

“呃，他想让我们帮他送一大批罐头食品过来，还要了些干椰子肉。他们觉得我与其在阿皮亚闲着没事儿干还不如跑一趟的好。我主要是在阿皮亚和帕果帕果[①]之间跑船，不过最近他们那儿暴发了天花，情况倒还不算严重。”

他喝了一口威士忌，点上了雪茄。他本是个寡言少语的人，不过尼尔森身上有种什么东西让他觉得有些紧张，而他一紧张，话也就多了起来。那个瑞典人睁大了一双黑色的大眼睛看着他，眼神中有一丝饶有兴味的表情。

“你这个小安乐窝拾掇得挺齐整呀。”

“我尽量吧。”

“你的椰子树肯定花了你不少心血。看起来真不错。眼下干椰子肉的价钱挺不错的。我从前也经营过一个小种植园，是在乌波

① 南太平洋美属东萨摩亚首府。

卢[①]，不过我不得不把它给出手了。”

他再度环顾了一下这个房间，四壁书架上的那些书给他某种莫名其妙、颇不友善的感觉。

“我猜你在这儿一定觉得有些寂寞吧。”他道。

“我已经习惯了。我在这儿住了都有二十五年啦。”

现在，船长再也想不出还有什么话好说了，于是就默默地抽着烟。尼尔森显然并无意打破沉默。他以一种沉思默想的眼神望着他的客人。他这位客人个头很高，超过了六英尺，而且非常粗壮。赤红的脸膛上长满了小脓疱，面颊上紫色的小血管经纬毕现，五官全都陷进肥肉里去了。眼睛里布满血丝，脖颈整个儿埋在一圈圈的肥肉褶子里。除了后脑勺还有一圈挺长的鬈发——几乎全白了——之外，头顶上都秃光了；他那宽阔、闪亮的前额本来有可能给人一种聪明的假象的，相反却让他显得特别弱智。他穿了件蓝色的法兰绒衬衫，领口敞开着，露出他那覆盖着一层红色胸毛的肥厚的胸脯，底下是一条已经很旧了的蓝色哔叽长裤。他以一种笨拙难看的姿态沉重地坐在椅子上，大肚子向前腆着，两条肥胖的粗腿直撅撅地戳在地上。所有的灵活和弹性都已经从他的四肢上消失不见了。尼尔森不禁无端地揣摩他年轻的时候会是个什么样的人。几乎不可想象，这样一个臃肿痴肥的庞然大物也曾有过欢蹦乱跳的年少时光。船长喝干了杯子里的威士忌，尼尔森见状把酒瓶直接推给他。

---

① 西萨摩亚的主岛之一，首都阿皮亚所在地。

“请自便吧。”

船长一哈腰，用一只大手抓住了酒瓶。

“那么你究竟又是怎么到这个地方来的呢？”他道。

“噢，我来到南太平洋本是出于健康原因。当时我有肺病，医生说我都没有一年好活了。你看，他们岂不是大错特错了。”

“我是说，你是怎么决定在这儿定居的？”

“我是个感伤主义者。”

“噢！”

尼尔森知道船长根本就不明白他是什么意思，于是他饶有兴致地望着他，深色的眼睛里闪烁着一丝嘲讽的光芒。也许恰恰是因为这位船长是如此粗鄙和愚钝，他才心血来潮，想在他面前畅快地一诉衷肠。

“你刚才过桥的时候，一心只顾得上保持平衡了，没有留意到这地方可是个公认的人间天堂啊。”

“你这幢小房子确实相当漂亮。”

“啊，我刚来的时候还没有它呢。这里原来是一间土人的茅屋，有蜂巢式的屋顶，还有柱子支撑，掩映在一棵大树枝叶扶疏、开满红花的绿荫里；周围是一圈色彩斑斓的巴豆灌木树篱，叶子是黄、红、金色俱全。然后四外全都是椰子树，就跟女人一样耽于幻想，也像女人一样贪慕虚荣，整天都伫立在水边，顾盼着自己水中的倒影，百看不厌。我当时还年轻——老天，那已经是四分之一个世纪之前的事儿啦——我只想在我跨入死亡的幽谷前，在我仅剩的那一点点时间当中，尽享这个世界上美好动人的一切。看到这个地方的第一眼，我就怦然心动，如痴如狂，我都怕我会情不自禁地痛哭失声。当时我还没满二十五岁，虽然我竭尽所能假装把生死置之度外，可我真的不想死。然而不知为什么，这个地方那超凡脱俗的美妙似乎使我能比较容易地接受命运的摆布了。从我来到这里的那一刻起，我就觉得我已经度过的那段生命已经完全消隐于无形，如同过眼云烟，不论是斯德哥尔摩和那里的大学，还是后来在波恩的游历：感觉那全都是某个不相干的别人的生活，仿佛我终于已经实现了我们那班哲学博士们——不才在下就是一位，您知道——整天坐而论道、一直大谈特谈的'实在'[①]似的。'一年，'我对自己叫道，'我还有一年的时间好活。这一年的时光我要在这里度过，然后我就可以死而无憾了。'

"我们在二十五岁的时候总有些愚蠢和感伤，而且喜欢情节剧般的夸张，不过如果年少时不这样的话，到我们年过半百的时候或许对待人生和世事也就不会这么洞明和达观了。

"快喝吧，我的朋友。别让我的信口开河冒渎了你的酒兴。"

他用清瘦的手朝酒瓶子挥了挥，船长一口干掉了杯中物。

"你一口都不喝嘛。"船长道，一边伸手去够那瓶威士忌。

"我有节制饮酒的习惯，"瑞典人微笑道，"更喜欢陶醉于我自认比酒精远为精微奥妙的对象当中。不过这也许只是虚荣矫饰而

---

① "实在"（reality），在哲学概念中指实存的与可能存在的东西，尤指绝对存在而非偶然存在的事物。黑格尔认为"实在"是本质与实存的统一。

已。可不管怎么说，其效果却更为持久，其结果也更为无害。”

“听说如今美国正时兴可卡因的买卖呢[①]。”船长道。

尼尔森忍不住轻声一笑。

“不过我难得能见到白人，”他继续道，“再说啦，偶一为之的话我也不认为一滴威士忌就能给我带来什么害处。”

他给自己倒了点酒，加了些苏打水，呷了一小口。

“没过多久，我就发现这个地方具有如此这般超凡脱俗之魅力的原因所在了。原来，爱曾在此短暂驻留，就仿佛一只迁徙的候鸟碰巧落脚在汪洋中的一艘船头，暂时收拢它那倦飞的翅膀，获得片刻的憩息。一种美丽激情的馨香回荡在这里的空气当中，宛如五月里我家乡的草原上那盛开的山楂花，清香四溢。在我看来，但凡是人们曾经历过热爱或者苦痛的地方，总会留下一抹淡淡的气息，永远不会完全消散。就仿佛它们已经因此而具有了一种精神上的魅力，会对任何偶尔在此驻足的过客产生某些神秘的影响。但愿我能把我的意思表达清楚。”他淡淡地一笑，“虽说我无法想象即便是我当真做到了，您是否能够理解。”

他略作沉吟。

“我想这个地方之所以美丽，就因为这里曾极其美丽地被爱过。”说到这里他耸了耸肩膀，“不过这或许纯粹只是我的审美感因为一对年轻恋人的美丽爱情与一个与之相配的美丽背景的美妙

---

① 这位粗鄙无文的船长还以为瑞典人所谓的“远为精微奥妙”的东西指的是可卡因、鸦片等迷幻药，故有此说。

结合而得到了愉悦和满足罢了。”

即便换了个不像这位船长这么鲁钝的人，如果他对尼尔森的这番玄妙的言辞感觉困惑不解的话，那也是完全情有可原的。因为就连他本人也似乎在微微地讪笑自己的这番言辞。就仿佛这是他的情感直接在诉说，而他的理性却觉得这实在是荒唐的无稽之谈似的。他曾经自称是个感伤主义者，而当他的感伤之中又掺进了怀疑主义之后，结果可经常就会付出沉重的代价了。

他沉吟片刻，望着船长的目光中突然生出了一丝迷茫。

“您知道，我忍不住觉得我不知在哪儿曾跟您有过一面之缘。”他道。

“我不能说我记得见过你。”船长答道。

“我有种奇怪的感觉，觉得我对您似曾相识。这已经让我困惑了有段时间了。可是不论我如何冥思苦想、搜索枯肠，就是想不起在何时或是何地曾跟您有过一面之缘。”

船长沉重地耸了耸肥厚的肩膀。

“我头一次来到南太平洋诸岛这里是三十年前的事儿了。一个人可不能指望记得这么长的时间里遇到的每个人。”

瑞典人摇了摇头。

“您知道，人有时候对于他之前从未涉足的某个地方会生出一种奇怪的似曾相识感。我对您的感觉就有类于此吧。”他嘴角露出一抹古怪的微笑，“或许我是在某一段前世中跟您相识的。也许，也许您曾是古罗马一艘战舰的舰长，而我当时是划桨的奴隶。您来到这里已经有三十年了？”

“整整三十年啦。”

“不知道您认不认识一个叫雷德的人？”

“雷德？”

“我也就只知道他这个名字。我并不认识他本人，从来也没见过他。然而我却觉得我对他的认识要更甚于我熟悉的很多人，我的几位兄弟，比方说，我曾跟他们朝夕共处过很多年的同胞兄弟。他就活在我的想象里，就像保罗·马拉泰斯塔[①]或是罗密欧一样栩栩如生。不过我敢说您从没读过但丁或是莎士比亚吧？”

“我不能说我读过。”船长道。

尼尔森吸着雪茄，往椅子里一靠，心不在焉地看着静止的空气中飘浮着的烟圈。他嘴角浮现着一丝微笑，可是眼神却很阴沉。然后他看了看眼前的船长。在他那粗俗臃肿的身躯中有种东西特别招人厌烦。他对于自己的脑满肠肥有一种肥满的自鸣得意。简直令人怒不可遏。它刺激着尼尔森的神经，让他忍无可忍。不过眼前这个痴肥的俗物跟他脑海中那个俊朗的美少年之间的强烈反差又让他忍俊不禁，不觉欣然解颐。

“看来雷德称得上大家见过的最漂亮的尤物了。我曾经跟不少当时认识他的人谈起他，都是白人，而大家众口一词，全都惊叹

---

① 保罗·马拉泰斯塔（约一二四六—一二八五），意大利里米尼的封建领主马拉泰斯塔·达·韦鲁基奥的第三子。保罗的长兄，继承领主之位的乔瓦尼娶拉文纳封建领主圭多·达·波伦塔的女儿弗兰切斯卡为妻，这纯粹是一种政治联姻，因为乔瓦尼不但跛脚，而且相貌丑陋、举止粗野；保罗则是个美少年，后来叔嫂二人产生不伦之恋，被乔瓦尼发现后当场把他们杀死，这一事件曾轰动一时。但丁将其写入《神曲·地狱篇》第五章，由弗兰切斯卡代表两位不幸的情人向诗人倾诉衷肠。

道，你看到他的第一眼，他的美貌真会令你屏息凝神、叹为观止。大家管他叫雷德就是因为他那一头烈焰般的美发[①]，天生自来卷，而且留得很长。那种奇妙的颜色肯定是先拉斐尔派[②]的画家们最趋之若鹜的。我不认为他为此而骄矜自喜，他一派纯真无邪，根本不会把它放在心上，不过就算他当真引以为傲的话也没人会责怪于他。他个头高挑，有六英尺一到两英寸高[③]——在原本盖在这里的那间土著茅屋里，支撑房顶的中央立柱上就刻着他身高的标记——他简直就像是一尊希腊的神祇，宽肩膀窄腰身；他就像是阿波罗，也同样具有普拉克西特利斯[④]所赋予太阳神的那种柔和的圆润，而且那种温雅甚至娇柔的优美风度简直令人困惑难安，充满了神秘感。他的皮肤晶莹白润，如牛奶、似锦缎；简直像是少女的肌肤，吹弹可破。”

---

① 雷德，即“Red”。

② 全称先拉斐尔派兄弟会，为英国一群年轻画家因反对欠缺想象力而又矫揉造作的皇家美术学院的历史绘画，于一八四八年由皇家美术学院的三名学生罗塞蒂、亨特和密莱司发起组成的团体。他们宣言要在作品中寻求表现一种新的道德严肃性及真诚性，其灵感来自十四和十五世纪的意大利艺术；他们视文艺复兴全盛时期以前，尤其是拉斐尔时代以前的作品为直接而不繁复地描绘自然的典型意大利绘画，因此采用先拉斐尔派一名以表达他们的倾慕之情。晚期的先拉斐尔主义可以伯恩-琼斯的画作为代表，抒情而略嫌平淡的中古风味中时常流露出诉诸感官的弦外之音。

③ 约合一米八五到一米八八。

④ 公元前四世纪的雅典雕塑家，希腊最有创造性的艺术家之一，他将雄伟风格一变而为优美，对此后希腊的雕塑发展具有深刻影响。其著名作品现仅存大理石雕像《赫尔墨斯与婴孩狄俄尼索斯》，其他作品存有罗马复制品。他以阿波罗为题材的雕像现存罗马复制的《猎蜥者阿波罗》，在这件作品中阿波罗以一个美少年的形象出现，身靠树干，正用箭射杀一只蜥蜴。

“我是个小孩儿的时候，我自己的皮肤也挺白的。”船长道，布满血丝的眼睛里有亮光在闪烁。

不过他的话并没有引起尼尔森的注意。他的故事正讲到兴头上，外来的干扰让他很不耐烦。

“而且他的相貌就像他的身体一样俊美。他有一双巨大的蓝眼睛，非常深邃，所以有人说他的眼睛是黑的，而且他跟大多数红头发的人都不一样，他有两道深色的剑眉和长长的深色睫毛。他的五官如雕塑般完美，他的嘴唇就像一道猩红的伤口。他当时年方二十岁。”

讲到这里，瑞典人似乎出于戏剧性的考虑，故意吊人胃口一般停住了话头，呷了一口威士忌。

“他独一无二、无与伦比。再也没有任何人能比他更为俊美了。他的出现就宛如一簇野生榛莽中突然绽放出一朵惊艳绝伦的鲜花。他就是造化神秀的一次美妙的奇迹。

“有一天，他就在你们今天早上停靠的那个小海湾上了岸。他是一名美国水手，他从一艘阿皮亚的兵舰上溜了号。他诱使某个好脾气的土著让他搭了顺风船，此人碰巧驾驶一艘独桅帆船从阿皮亚开往萨福图[①]，然后又搭乘独木舟在这儿上了岸。我不知道他为什么要开小差。或许是兵舰上枯燥的生活和各种约束让他感到厌烦了，也许是他惹上了什么麻烦，也许是南太平洋和那些极富

① 萨福图（Safotu，毛姆误拼作了Safoto）是南太平洋萨摩亚岛链中最大也是海拔最高的岛屿萨瓦伊岛（Savai’i）北岸的一个重要村落。

浪漫色彩的岛屿深入了他的骨髓。时不时地它们就会出其不意地俘获住某个人，他会发现自己就像个小飞虫陷入了蜘蛛网。或许是他生就了一副温柔秉性，而这些妩媚的青山，这片醉人的碧海就像大利拉魅惑了拿细耳人[①]一般，已经将他身上那北方的豪气销蚀殆尽。不管怎么说吧，他反正是想把自己给藏起来，而且他觉得躲在这么一个与世隔绝的角落里等着他的兵舰从萨摩亚开走，将会很安全。

“小海湾附近有一间土人的茅舍，正当他站在那里拿不定主意该朝哪个方向走时，一个年轻姑娘走了出来，邀请他进屋去。他对当地的土语几乎一个字都不懂，而那姑娘对英语也几乎一无所知。可他完全懂得姑娘那甜美微笑的含义，还有她那美丽的手势，于是就跟她进了屋。他在一领席子上坐下来，她给了他几片菠萝吃。对于雷德我只是道听途说，不过在他们俩初次相逢的三年后，我亲眼见到了那位姑娘，她当时还未满十九岁。你无法想象她有多么优美高雅。她有宛如芙蓉般热烈的娇媚，也具有同样绚烂的色彩。她个头高挑、体形窈窕，长着她那个种族所特有的精致五官，两只大眼睛就像棕榈树下两泓深不见底的止水；她的秀发乌

---

① “拿细耳人”是指据《圣经》记载“归耶和华为圣”的以色列男女，见《圣经·旧约·民数记》第六章。此处的“拿细耳人”特指犹太人士师参孙，参孙凭借上帝所赐的神力，徒手击杀雄狮并只身与以色列的外敌非利士人征战多年。可惜他个性顽强，在婚姻的事上不尊重以色列人的律法和父母的劝诫，随自己的喜好娶非利士女子为妻；他更随意放纵肉体的情欲，与妓女和坏女子大利拉交往，不知儆醒，终至不能抵挡女色的诱惑和缠累，泄露了超人力气的来源和秘密，给敌人有可乘之机，被非利士人挖其双眼并被囚于监狱中推磨，受尽羞辱。事见《圣经·旧约·士师记》。

黑而又卷曲，披散流泻在背后，脖子上还围了个香气四溢的花环。她的一双纤手非常可爱，如此细巧，生得又是如此精妙，一见之下你的心弦都几乎要被崩断了。在那些日子里，她动不动就开颜欢笑。巧笑倩兮，美目盼兮，搅得你膝盖都打战，飘飘欲仙。她的皮肤就像是夏日里一块成熟的玉米田。老天在上，我又如何能描绘得出她的美艳？她实在太漂亮了，真是貌若天仙。

“于是这对金童玉女，她年方二八，他刚刚二十，一见之下就已经相互钟情了。那才是真正的爱情，并非出于同情，出于共同的利益或是情趣相投，而是至真至纯的爱情。那就是亚当从伊甸园中醒来，但见夏娃用露珠般莹润的目光凝视着他时感觉到的那种爱。那就是将野兽还有神祇吸引到一起的爱。那就是将世界变成一个奇迹的爱。那就是赋予生命以重要意义的爱。您应该没听说过，那位聪明绝顶而又愤世嫉俗的法国公爵[①]曾有句名言，说两个情人之中总有一个主动去爱，而另一个只不过容忍自己接受对方的爱罢了；这确实是我们大多数人都不得不接受的一个严酷的事实；可是时不时地也会出现两个人同时在爱又彼此被爱的例外。那时你就可以想象当约书亚[②]向以色列人的上帝祈祷时，太阳高悬天空、静止不动的情形了。

“即使是现在，经过了这么多年之后，当我想起这一对恋人，

---

① 疑指法国箴言与回忆录作家拉罗什富科公爵（一六一三——一六八〇），此人著有《箴言录》五卷，以愤世嫉俗著称。

② 据《圣经·旧约·申命记》记载，约书亚是以色列人领袖摩西亲自指定的继承人，以色列人出埃及后，他带领他们离开旷野最终进入应许之地：那留着奶与蜜的迦南美地。

想起他们是如此年轻、如此美丽、如此单纯，还有他们的爱情的时候，我仍会感觉到一阵剧痛。它撕裂着我的心扉，就如同在某些特定的夜晚我凝望一轮满月从碧空万里的苍穹朗照着那一片珊瑚海时一样，感觉痛彻心扉。当你凝神观照极致之美时，总是伴随着痛楚。

“他们都还是孩子。她善良、甜蜜而又温婉。我对他一无所知，不过我愿意相信他那时候无论如何肯定是纯真而又坦率的。我愿意相信他的灵魂跟他的肉体一样美丽。不过我敢说，他的灵魂也就跟当这个世界还年轻时那些深山老林里的生物一样简单——以芦苇做笛、在山涧中沐浴，而且你也许可以看到一群群的小鹿跟在长着胡须的马人[①]后面从林间空地上疾驰而过。灵魂是一种烦人的东西，当人发展完善了灵魂之后，他也就失去了伊甸乐园。

“话说在雷德来到这个小岛前，这里刚刚暴发过一场时疫，这也都是由白人带到南太平洋来的，岛上的居民有三分之一都丧了命。看来那个姑娘失去了她所有的近亲，当时寄居在一户远房表亲家。这房亲戚家里有两个干瘪的老太婆，弯腰驼背、皱纹堆累，两个年轻点的女人，还有一个男人和一个男孩儿。雷德就在这个家里住了几天。不过，也许是因为他觉得自己离海岸太近了，有可能会意外碰上白人，暴露了他的藏身地；也许是这对情人受不了跟别的人为伍，唯恐外人剥夺了他们相互间哪怕一时一刻共处

① 希腊神话中人首马身的半人半马怪。

的欢愉。反正有天早上他们就出发了，就他们俩，带着属于那位姑娘仅有的几样东西，沿着一条椰林中绿草如茵的小径，一直来到你看到的这条小溪旁。他们必须得越过你前面经过的那座独木桥，姑娘因为看到他害怕，开心地笑了起来。她拉住他的手一直走到第一根树干的尽头，到了那里他实在怕极了，只得又退了回去。他必须把衣服脱个精光，才敢鼓起勇气再冒一次险，而她就为他把衣服顶在头上。他们就在这儿的那间空茅屋里安顿下来。我不知道她是对它有任何所有权（这些岛上的土地占有权是个非常复杂的问题），还是房主在时疫期间死去了，反正也没有人提出任何异议，这房子也就归他们所有了。他们的家当就只有几领草席子，他们在上面睡觉；一块镜子的碎片还有一两只碗。在这片美丽宜人的土地上，这已经足可以开始居家过日子了。

“人们都说，幸福的人是没有历史的，幸福的情人当然也是一样。他们俩整天什么都不做，而日子却总是显得太短。姑娘有个土著名字，不过雷德叫她萨丽。他很快就学会了当地很容易学的土话，他经常就歪在草席上，一躺就是几个钟头，听她开心地叽叽喳喳。他是个沉默寡言的小伙子，没准儿他的脑子也一直都浑浑噩噩。他一根接一根地抽着她用当地的烟草加露兜树[①]叶给他卷的香烟，一边看着她那灵巧的手指熟练地编织草席。经常会有土人进来串门儿，没完没了地拉扯些旧日里南太平洋诸岛部落

① 为产于东半球热带地区的状类棕榈树的乔木或灌木，有大型的支柱根和集生于枝顶的窄而且带刺的叶子，叶纤维可用作织席子和类似的工艺。

战争频仍的陈年往事。有时候小伙子会去暗礁附近捕鱼，带回家满满一篮子五颜六色的鱼儿。有时候他夜里也会点着盏灯笼去抓龙虾。他们的茅屋周遭长满了大蕉[①]，萨丽就把大蕉果烤熟了充作他们简单的饭食。她会用椰子做出美味的食物，小溪旁的面包果树[②]为他们提供面包果。逢到节日，他们就宰一口小猪，在炙热的石头上把它烹熟。他们俩一起在小溪里沐浴；傍晚时分他们就来到潟湖，乘一叶独木舟荡起船桨悠闲地遨游，舷外长长的浮体[③]宛若展开巨大的翅翼。海水一片湛蓝，映着落日显出紫虚虚的葡萄酒色，正如《荷马史诗》中对于希腊大海的描述一模一样[④]；不过在潟湖中，海水的颜色却变幻莫测，如蓝晶，似紫翡，又宛若祖母绿；而西斜的落日又在一瞬间将其化作了一片流金。然后又变幻出珊瑚红、棕、白、粉、紫诸般色彩；而且呈现出不可思议的诸般奇妙形状。那片珊瑚海就像是一座由魔法点化的花园，匆忙来去的鱼儿则宛如翩翩起舞的彩蝶。奇异地缺乏现实感。珊瑚礁

① 为产于热带一种类树的大型草本植物，状类于香蕉树，结相似的果实，其果实也叫大蕉，为热带地区的主要食物。

② 为产于南太平洋地区的一种常青木材树木，结有大而圆的淡黄色可食果实面包果。

③ 一种又长又细的浮标，通过突出的圆材平行地连在航行的独木舟上，用作防止船翻的工具。

④ 《荷马史诗》中惯于将大海描述为“葡萄紫的”或者“酒色的”“酒蓝色的”，是为所谓的“史诗套语”(Epic clichés)。随便举一例，如《奥德赛》第五卷一三一至一三二行：“宙斯用轰鸣的闪光霹雳向他的快船/猛烈攻击，把快船击碎在酒色的大海里”(王焕生译文)；“宙斯扔甩的霹雳闪亮，粉碎他的快船，在酒蓝色的大海之中”(陈中梅译文)；“当时宙斯用灿烂霹雳在葡萄紫的大海上把他的快船打成碎片”(杨宪益散文体译本《奥德修纪》)。

之间形成一处处水潭，潭底铺满一层洁白的细沙，水质清冽透明，正是沐浴戏水的绝佳所在。然后，遍体清爽、满心欢畅，两人在薄暮中手挽着手，踏着小径上如茵的青草，漫步朝小溪走去，而此时八哥正在他们头顶的椰树间喧嚷欢唱。然后夜幕降临，那片闪烁着金光的苍穹显得远比欧洲的天际更要开阔宽广，温软的晚风轻柔地拂过敞开的茅舍，那绵长的春宵也同样只是苦短。她年方二八而他也刚满二十岁。晨曦悄悄爬进支撑茅舍的木柱间，窥视着那一双在彼此的怀抱中酣眠的可爱的孩子。阳光躲在大蕉那破损的巨大叶片后面，不忍心惊扰他们，但又按捺不住恶作剧的戏耍冲动，终于像是波斯猫伸出爪子一般，将一缕金黄的光线直射到他们脸上。两人睁开惺忪的睡眼，微笑着迎接全新的一天。一周，一月，一年就这样悄然逝去。这一双璧人——我不愿说他们相互间爱得如何激情四溢，因为激情当中总是伴有一丝悲伤的阴影，一抹苦涩或是苦痛的况味，我宁肯说他们全心全意地爱着对方，就像当初他们金风玉露一相逢，便胜却人间无数，如此单纯，又如此自然，他们认定他们的相遇正是神明庇佑，是天作之合。

“如果你问他们的话，我毫无疑问他们会认为他们之间的爱情永远不会终止。我们现在不是知道：爱情最本质的因素就是对其自身永恒不朽的信念吗？然而，或许在雷德的心底已然悄悄播下了一粒小小的种子，连他自己都懵然不知，姑娘也丝毫没有察觉，这粒种子有朝一日会扎根发芽，成长为厌烦。终于到了某一天，有个土人由小海湾过来，告诉他们有一艘英国的捕鲸船就停在离岸边不远的锚地那边。

"'嚯，'他说道，'不知道能不能拿些坚果和大蕉去换它个一两磅烟草来。'

"萨丽用不知疲倦的双手为他用露兜树叶卷的香烟抽起来味儿够劲，也很惬意，可它们仍旧让他觉得心有不足；他突然间渴慕起了真正的烟草，猛烈、刺激而又辛辣。他已经有好多个月没有抽过一斗烟了。一想到这里，他的嘴里禁不住流出口水来。人们也许会想，某种不祥的预感应该会使萨丽设法劝阻他不可前去，但是她全身心完全都被爱所主宰，她绝不会想到世上会有任何一种力量能将他从她身边夺走。他们一起上山，采了一大篮子的野柑橘，皮色青绿，但却甜美而又多汁；他们又从茅屋周遭采了些大蕉，从树上摘了些椰子、面包果和芒果。他们一起把这些果实抬到了小海湾边，装到一只摇摇晃晃的独木舟上，雷德和那个给他们捎信来的土著男孩摇起短桨，划出了暗礁圈。

"自此以后她再也没能见到他。

"第二天，那男孩一个人回来了。他哭得一把鼻涕一把泪，以下就是他讲述的事情的经过：他们划了挺长的距离才来到那艘捕鲸船前，雷德朝船上打了个招呼，有个白人越过船舷看了一眼，就让他们上了船。他们把带来的水果都搬上船去，雷德把它们堆在甲板上。那个白人开始跟他讲话，他们像是达成了某项协议。一个人到甲板下面拿来了烟草。雷德马上就拿起一撮，点燃了烟斗。男孩模仿着他迫不及待吞云吐雾的样子。然后他们又对他说了些什么，他就跟他们到船舱里去了。透过敞开的舱门，男孩好奇地朝里张望，看到有人拿出了一瓶酒和几只酒杯。雷德又是喝又是抽。他们像是在问他什么事儿，因为他摇了摇头，呵呵一笑。那第一个跟他说话的白人也呵呵笑了，并且又给雷德的酒杯满上。他们又继续说呀，喝呀，没完没了，男孩因为弄不懂他们在干吗，观察了不一会儿就累了，于是在甲板上蜷起身子睡着了。后来有人把他给踢醒；他一骨碌爬起来，发现那艘大船正慢慢驶出潟湖。他看到雷德还坐在桌子旁，头沉重地枕在胳膊上，睡得正酣。他作势朝雷德跑去，想把他叫醒，可是一只粗糙的大手抓住了他的胳膊，一个人怒容满面冲他嚷嚷着他听不懂的话语，朝船舷一侧指了指。他大喊着雷德的名字，可马上就被抓住，直接从船上扔进了海里。万般无奈之下，他只得游向已经有些漂离原处的独木舟，把它推进暗礁圈。他爬上小舟，一路不停地呜咽着划回了岸边。

“事情很明显。那艘捕鲸船由于水手开小差或是患病，正缺人手，雷德上船的时候船长曾邀他加入；见他拒绝后就一不做二不休把他给灌醉，绑架了他。

“萨丽简直是悲痛欲绝。整整有三天她又哭又号。当地的土人想尽了一切办法来安慰她，可丝毫无济于事。她什么都不肯吃。后来因为精疲力竭，她陷入阴沉的漠然状态。她每天都在小海湾边上度过，目不转睛地望着那片珊瑚海，徒然地希望雷德会出乎意料地想办法逃回来。她在白色的沙滩上一坐就是几个钟头，泪水不断地从面颊上滚落，直到夜幕降临才拖着疲惫不堪的身躯，穿过小溪，回到那曾经如天堂般幸福的茅舍。雷德来之前曾跟她同住的亲戚希望她重新回到他们身边，可她不肯；她坚信雷德终有一天会回来，她希望他能在当初离开她的地方找到她。四个月后她产下一个死胎，在她分娩期间前来照顾她的老婆婆留下来跟她在茅舍里同住。生命中的一切快乐都被剥夺得一干二净。如果说极度的痛苦因岁月的流逝而不再那么锥心刺骨了的话，那么取而代之的则是根深蒂固、永无尽期的忧郁和哀伤了。你简直无法想象，在这些情感虽说无比暴烈但却不能持久的土著当中，竟有这样一个对爱情如此忠贞不渝的女人。她自始至终坚信不疑，雷德或迟或早、总有一天会回到她的身边。她无时无刻不在等待着他，每次有人经过这个椰子树搭的独木桥时，她总会留心地张望：说不定那就是他终于回来了。”

尼尔森停下话头，轻轻叹了口气。

“后来她到底怎么样了？”船长问。

尼尔森苦涩地一笑。

“噢，三年后她跟了另外一个白人。”

船长讥讽地咯咯一笑。

“她们这种人总归是这样子的。”他道。

瑞典人憎恶地看了他一眼。他不知道这个粗俗、臃肿的男人怎么竟会激起他如此强烈的反感。不过他的思绪已经游离开去，往事又一幕幕展现在他面前。他又回到了二十五年前，他初次踏上这个小岛时的情形。他当时已病入膏肓，又厌倦了那纵酒、狂赌和肉欲横流的阿皮亚，他决意弃绝壮志凌云的一切梦想，将所有名扬四海的希望断然抛诸脑后，但求安然地度过他那已经屈指可数的残生。他寄居在一个混血的商人家里，此人在距离海岸几英里远的一个土著村庄里开了一爿杂货店；有一天，他漫无目的地沿着椰林中那条芳草萋萋的小径漫步，偶然发现了萨丽居住的那间茅舍。这个地方的美丽简直勾魂摄魄，令他欣喜若狂到几乎感到痛楚。然后他就看到了萨丽。她是他此生见过的最美丽的造物，而且她那双瑰丽的黑色眼睛中蕴含的悲伤奇怪地令他感动不已。卡纳卡人是个漂亮的种族，他们中间是不乏美人的，但那只是一种匀称美观的动物之美，是空洞的，没有灵魂的。可萨丽那双悲剧般的眼睛却如此深沉而又神秘，你在其中能深切地感受到一个在黑暗中跋涉的灵魂的复杂和悲怆。混血商人跟他讲了萨丽的故事，她的不幸遭际深深打动了他。

"你认为他还会回来吗？"尼尔森问。

"恐怕不会啦。你想呀，那艘船要几年以后才会付清他的薪水，到了那时他早就把她给忘得一干二净了。我敢担保他酒醒以后刚发现自己被绑架的时候一定是怒不可遏，就算是他跟人家打起来都不足为奇。不过他终究还是得逆来顺受，我猜要不了一个月，他就会暗自庆幸，能从那个小岛上脱身真是天大的幸事了。"

可是尼尔森却一直都对这个故事念念不忘。也许是因为自己病弱的身体，雷德那璀璨夺目的健康才特别唤起了他的遐想。他自己长相丑陋，整个外表都毫无魅力可言，所以他对别人出众的容貌异常珍视。他还从未激情四溢地恋爱过，当然也从未被人热恋过。这一对璧人相互之间的吸引让他感到一种独一无二的快慰。

它具有“绝对”[1]的那种不可言喻之美。他又再度来到小溪边的那间小小的茅舍。他颇有语言天赋，而且拥有一个充满活力的大脑，习惯于工作，他已经花费了大量时间用来学习当地的语言。素习难改的他正在搜集材料，准备就萨摩亚的语言撰写一篇论文了。跟萨丽同住的那个老丑婆请他屋里坐，又奉上卡瓦酒[2]请他饮用，敬烟给他抽。她很高兴有个人可以聊聊天，而在她说话的时候他的眼睛却一直在看萨丽。她让他想起了那不勒斯博物馆里的普绪客雕像[3]。她五官的轮廓具有跟普绪客同样清晰而又纯净的线条，而且虽说她已经生育过一个孩子，她却仍具有处女的风韵。

一直到他跟她见过两三次以后，他才终于诱使她开了金口。而她无非是问他在阿皮亚是否见到过一个叫作雷德的人。自打他消失以后已经整整过去两年的时间了，而她显然仍旧无时无刻不在惦念着他。

尼尔森没过多久就发现他爱上了她。唯有通过意志的努力他才能强忍住每天都跑到小溪边去看她的冲动，而就算他的人不在那里，他的心也一直跟她在一起。最初他因为把自己看作一个垂死之人，所以但求能看到她，能偶尔听她说说话，他对于萨丽的

① “绝对”（the Absolute）在哲学概念中指最高或最终的实在，即精神性的本体。

② 用产于澳大利亚和太平洋诸岛的一种卡瓦胡椒的根酿制的酒。

③ 普绪客是希腊罗马神话中的人物，是人类灵魂的化身（希腊语原意即为“灵魂”），以长着翅膀的少女形象出现，为爱神厄洛斯（丘比特）的恋人。现存那不勒斯国家博物馆中的普绪客大理石雕像据信是公元前一世纪的作品，毛姆显然对这一雕像印象极为深刻，曾称其为“存世的代表少女美的最优秀作品”（见《刀锋》第四章），在其中“我”曾对伊莎贝儿说起：“可有人告诉过你，你的鼻子跟那不勒斯博物馆里的普绪客雕像一模一样？”

爱情给了他一种妙不可言的幸福感。他因为爱的纯洁无瑕而欢喜雀跃。他对她别无他求，只想能有幸围绕着她这个优美的人儿编结出一张美丽的幻想之网。然而户外的空气、稳定的气温、充足的休息以及简单的饮食已经开始对他的健康产生了意想不到的奇妙影响。他的体温不再在夜间升到骇人的高度，他咳嗽得少了，体重也开始增加；他已经有六个月时间没有吐过血了；他突然之间看到自己有了继续活下去的可能。他曾仔细地研究过自己的病患，现在的确已经出现了希望的曙光：只要他特别小心，他就有可能阻断病情的继续发展。这令他大为振奋，他又可以展望自己的未来了。他为自己制订了计划。显然任何紧张活跃的生活方式对他而言都是不可能的，但他可以在这片岛屿上生活下去，而且他拥有的那份小小的收入在别的地方虽然不敷使用，在这里却也绰乎有余了。他可以种植椰子树；这样他也就有事可干了；他还要派人把他的藏书和钢琴都运过来；不过他那敏锐的目光不容遮蔽，他已经看穿了所有这些打算无非是想暂时遮掩他那已然深陷其中不能自拔的欲望而已。

他想要萨丽。他爱的不仅是她的美，还有他从她那痛苦的眼睛后面窥测到的悲哀的灵魂。他将用他的激情将她灌醉。总有一天他会使她忘记过去。他任由自己沉湎于狂喜当中，他幻想着自己也会给她带来幸福，这幸福他原本以为再无奢望得到，可是现在却奇迹般地成为现实。

他请她跟他同住。她拒绝了。这本就在他意料之中，并没有因此而沮丧，因为他认定迟早有一天她会屈服的。他的爱是无法抗拒的。他把自己的希望告诉了那个老太太，结果出乎意料地发现她和邻居们早就觉察了他的意图，并且都极力规劝萨丽接受他的好意。毕竟，每个土著都是很乐意为一个白人管管家务的，更何况按照岛上的标准尼尔森算得上一个财主了。他寄居其家的那个商人专门去找她，跟她说可千万别犯傻；这么好的机会错过了可永远都不会再来，而且已经这么长时间了，根本就不能指望雷德还会回来啦。姑娘的抗拒只是增强了尼尔森的欲望，原本那非常纯洁的爱情现在已经变成折磨人的激情。他下定决心不达目的誓不罢休。他搅得萨丽一刻都不得安宁。最后，萨丽实在拗不过他的坚持不懈和再三纠缠，拗不过她周围所有人轮番的恳求和恼恨，终于答应了。可是第二天，当他欢欣鼓舞地前去看她的时候，他发现前天夜里她已经将她曾跟雷德共同居住过的茅舍付之一炬。那个老丑婆颠颠地跑上前来怒骂萨丽，可他并没往心里去；这没什么关系；他们将在原地盖起一幢带凉台的平房。说起来了，如果他想把钢琴和大量藏书运来的话，欧洲式的房屋反而方便得多呢。

于是他就建了这幢已经居住多年的小木房子，萨丽也成了他的妻子。不过除了最初几个星期他因为欣喜若狂，对她给他的一切都心满意足之外，他可以说几乎没有品尝到幸福的滋味。她确实已经向他屈服了，因为不胜厌倦和疲乏，可是她让渡给他的仅仅是她毫不珍惜的部分。他曾隐约窥见的她的灵魂一直都在躲避着他。他知道她根本就没把他放在心上。她仍旧爱着雷德，仍旧每时每刻都在等他回来。尼尔森知道，她只要得知了他的踪迹，她就会把他的爱情、他的柔情、他的同情、他的慷慨统统抛诸脑后，毫不犹豫地弃他而去。她丝毫不会想到他的悲痛和难过。极度的痛苦攫住了他的心，他猛烈地敲打着、撞击着她那阴沉地抗拒着他的无法渗透的自我。他的爱情变成了一杯苦酒。他尽力想用温存融化她的心，可她仍旧是坚冰一块；他装出冷淡的态度，可她压根就没有注意到。有时他在狂怒中对她大肆辱骂，而她也只是吞声饮泣。有时他忍不住想她不过是个骗子，她的灵魂什么的只是他自己一厢情愿的想象而已，纯属子虚乌有，他之所以无法进入她心灵的圣殿是因为她心里根本就没有这样的圣殿。他的爱变成了一个他渴望逃离的牢笼，可他就是没有勇气把牢笼的门打开——尽管轻而易举——走到外面的广阔天地。那是一种无止境的折磨，最终他变得麻木不仁、万念俱灰。最终那灼人的火焰本身也已燃尽，当他看到她的眼睛注视着那座独木桥时，他心里充溢的不再是狂怒，只不过是不耐烦了。这么多年来他们一直生活在一起，习惯和方便的绳索已经将他们捆作一团，当他再度回顾旧日的激情时，也不过淡然一笑罢了。如今她已经老了，因为岛上的女人老得很快，如果说他对她已经不再有爱，却仍旧有着宽容和忍耐。她从不打搅他。他满足于自己的钢琴和藏书。

他的思绪促使他接着说下去。

“当我现在回首反思雷德和萨丽那段短暂的热恋时，我想他们也许应该感谢残酷的命运在他们的爱情似乎仍旧处在最高潮的时候将他们俩生生拆散。他们虽然痛苦难当，但那痛苦却自有其大美不言。他们由此而避免了爱情的真正悲剧。”

“我实在不大懂你的意思。”船长道。

“爱情的悲剧不在于生离或是死别。您觉得他们两个人彼此之间的感情能维持多久？噢，人世间最可怕的苦痛莫过于你眼看着一个你曾用全部的心灵和灵魂去热爱的女人，你曾觉得她哪怕只有一分一秒离开你的视线你都无法忍受的，现在你却意识到哪怕再也见不到她你都无所谓了。爱情的悲剧就在于冷漠。”

不过当他说这番话的时候，一件绝对异乎寻常的事情发生了。虽然他表面上一直在对着船长说话，其实这些话却并不是说给他听的，他只是把自己的思绪诉诸语言倾诉给自己听罢了，他的眼睛虽然一直注视着面前的这个人，其实却一直对他视而不见。可是现在却突然有一个形象展现在他眼前，并非他实际看到的这个人的形象，而是另外一个人。就仿佛他正往一面哈哈镜里观瞧，镜中人不是被扭曲得异常矮胖就是被拉扯得特别细长，不过眼前发生的事情却截然相反，在这个肥胖、丑陋的老头子身上，他却依稀瞥见了一个美少年的身影。他再度迅速而又仔细地审视了他一番。到底出于什么突如其来的心血来潮把他恰恰带到了这个地方？他心脏突然的一阵悸动几乎让他喘不过气来。一种莫名无稽的怀疑一下子攫住了他。这个想法应该是绝不可能的，可也许恰恰就是事实。

“您叫什么名字？”他突然问道。

船长的脸皱缩起来，狡黠地哧哧一笑。一下子显得非常恶毒而又可怕的粗鄙。

“有多少年我都没有听到这个名字啦，我自己都几乎已经忘了。不过三十年前在这片岛上的时候，大家都叫我雷德。”

他低低地、几乎不出声地嘿嘿一笑，他那巨大的身形随之哆嗦了一下。真令人厌恶。尼尔森不禁打了个冷战。雷德却大为开心，泪水从他那布满血丝的老眼中滚落下来。

尼尔森突然倒吸一口冷气，因为正在这时一个女人走了进来。她是个土著，一个气度威严的女人，相当健壮却并不显胖，皮肤黝黑，因为当地人总是随着年岁的增长越来越黑，头发已经完全灰白。她穿一件黑色的宽松长罩衣，薄薄的质地更显出乳房的丰满。那个时刻终于到来了。

她跟尼尔森谈了她对某件家务事的意见，他做了回答。他疑心他的声音在她听来是否跟自己感觉到的一般不自然。她朝坐在窗边椅子上的那个人漠然地瞟了一眼，然后就走出了房间。那个时刻就这么来了又过去了。

尼尔森一度说不出话来。他奇怪地被震惊了。然后他说：

“如果您肯赏光留下来吃点东西的话我会深感荣幸的。家常便饭而已。”

“我看就不必啦，”雷德道，“我得去找那个叫格雷的人。把他的货交给他，我想明天就回阿皮亚去。”

“我派个男孩儿给您指路，陪您一起过去。”

“那敢情好。”

船长好不容易才从椅子上站起身来，瑞典人叫了个在种植园干活的男孩过来。他把船长要去的地方告诉了他，男孩儿轻快地踏上了独木桥。雷德准备跟着他过去。

“可别掉进去啊。”尼尔森道。

“绝对不会。”

尼尔森一路目送他过了桥，在他消失在椰林深处以后仍旧继续望着。然后颓然跌坐在椅子上。这就是那个一直妨碍他得到幸福的人？这就是这些年来萨丽一直深爱、一直不顾一切等待的那个人？真是太荒诞了。他突然被一阵狂怒攫住，真想跳起来把周围的一切都砸个稀巴烂。他被愚弄了。他们俩最后终于还是见了面，可结果压根儿就浑然不觉。他开始呵呵惨笑起来，而且笑得越来越厉害，直到变得歇斯底里。诸神跟他开了一个残酷的玩笑。而他都已经老了。

最后萨丽进屋来告诉他饭已经备好了。他在她面前坐下，努力想吃点东西。他很好奇，如果他现在告诉她那个坐在椅子上的胖老头就是她至今仍以青春时代的全副热情不顾一切时刻惦念的恋人，她会说些什么？多年前，当他因为她使得他如此不幸而恨她的时候，他会很高兴把这件事告诉她的。他当时一心只想着像她伤害他那样去伤害她，因为他的恨也就是他的爱。可是现在他已经不在乎了。他无精打采地耸了耸肩膀。

“那人来这儿想干吗？”过了一会儿她问。

他没有马上回答。她也老了，现在不过是个又老又胖的土著女人罢了。他弄不懂自己为什么曾如此疯狂地爱过她。他把他灵魂的所有珍宝毫无保留地敬献在她面前，而她竟然视之如粪土，一点都不放在心上。浪费啊，多大的浪费啊！而如今，当他看着她的时候，他所感到的竟只剩下了鄙弃。他的耐心终于耗尽了。

他回答了她的问题。

“他是一艘纵帆船的船长，从阿皮亚来的。”

“噢。”

“他给我捎来了家里的消息。我大哥病得很重，我得回去一趟。”

“你要去很久吗?”

他耸了耸肩膀。

附 录

“食莲”还是“吞枣”①

陆谷孙

安迪公子真能缠人。时值溽暑，正想“逸游自恣”几日，他那边又是短信，又是快递，非要我译篇毛姆不可。余姚话说“像前世欠伊个”一样，拗不过他，只好上电脑。而我这个人的毛病在于，单打一犹可，若头绪纷繁，心理压力必定陡增（玩电脑也是这样，这边下载如要十分钟，宁可枯等，不像学生那么善于multi-tasking，鼠标乱窜的同时，在键盘上噼里啪啦一阵击打，早就把几件事情一举完成）。所以对我来说，事情要么不做，做了就追求个“快”字，最好一蹴而就，早早脱手，转骛其他。约稿的公子可以证明，这上万字的短篇，不数日即译出。我这么说，非为自炫，而是立此存照，给自己一个参照系，看看效率这东西如何衰减，会不会像这篇故事里威尔逊购买的保险年金，受到期限的制约，过了一定的年龄，总有一天，变成枯木朽株，任你安迪

① 此篇为陆谷孙先生为译文《吞食魔果的人》撰写的译后记，原附于文尾。——编者注

公子十二道金牌催逼，就再也榨不出多少汁水来了。

就文题“The Lotus Eater”的翻译说几句：

香港的董桥兄在一篇文章中，从早年曾虚白、周作人对lotus eater的讨论说起，典引丁尼生的诗和大英百科的释文，认为《食莲人》是“漂亮”的“求诗意”的译法。盖lotus一词多义，遍查牛津、韦氏、大英、维基等纸质和电子资源后，总括起来，大概能指三“莲”一“枣”。三“莲”者，“亚洲莲”“埃及睡莲”“佛座莲”也，显然都与文本用意不合，剩余的唯有一“枣”，即希腊神话中奥德修斯的随从，在北非某岛被岛民怂恿而误食的所谓忘忧花果。这种果子具有“莲”所没有的致幻和致瘾效应，看维基提供的照片当属枣类无疑。有鉴于此，“食莲”虽美，是否信译，似成问题了，而判断译文良窳，区区素以一“真”二“美”（如果“美”得起来的话）为准。复从拉丁学名返查到1963年中国科学院编写、科学出版社出版的《英拉汉植物名称》（试用本），这才找到《英汉大词典》采用的“落拓枣”之名。至此，究竟是“食莲”还是“吞枣”，基本上有了答案。根据上述求证，不取“食莲人”，改译“吞枣人”，另加脚注？如是，不但“诗意”荡然无存，叠床架屋，递相模敩，不足为训。为防谬计，鄙意文题翻译用词中既不出“莲”，也不出“枣”，避实就虚为好，好在原文中主人公入魔也没写到吃了什么。

避实就虚，说说容易，做起来难。原因是神话里的lotus eaters一族“花头经”实在太多。吃下何种花果之后会陶陶然酣睡一场，然后“此间乐，不思蜀”，非要奥德修斯绑着他们回去不可。知足忘忧，终日倦慵，耽于逸乐，摒弃劳作——要把这些特点归纳到一个词，殊非易事。根据毛姆故事主人公威尔逊的个性特征，我曾想译作“散淡人”，但马上自我否定了，因为“能指”和“所指”俱狭于英文原文，又怕读者跟诸葛孔明和卧龙岗发生联想；接着想到“幽遐人”，一查《汉语大词典》，说是“幽遐”二字一般只用以修饰地点，只好放弃；继而想到四字成语“逸游自恣”，用来描摹主人公好像还算贴切，却又太酸；搔头半天，又试用过“着魔人”，怕有人回译过去，成了英文里的the possessed，导致毛姆与陀思妥耶夫斯基撞车；译“入魔人”吧，生生把“走火入魔”四字拆开，于心不忍；还想到过“忘川中人”，那是paraphrase，而非翻译，更何况尽管两者都源出希腊神话，意象已由lotus偷换作通往地狱的Lethe，诚属张冠李戴。最后决定半实半虚，于是有了现在这个差强人意的文题译法：“吞食魔果的人。”“莲”啊，“枣”啊，全避开了。以上文字也算是给董桥兄一个解释，兼及自辩，只是写了一大通，仍难自恕。董兄精通中西，当代超迈高士，商榷云云，我不敢也。

“工作的目的乃是赢得闲暇”，安迪公子识人深眇，知道我这人老是把“Not working is the real work for me”（不工作才是真正受罪）挂在嘴上，或许这才派我翻译此文，给我洗洗脑子——人家以最后六年为代价，也要换得前二十五年的carpe diem，人生深厉浅揭的真谛即在于此。毛姆这个短篇，文字清通易译，但翻译时总觉得这位高寿老人由远及近，娓娓道来，有点啰唆，行文的进展速度犹如卡普里悠闲生活的节奏，特别是跟当时开始在文坛崭露头角的现代派作家一比，尤觉他有曲写毫芥的毛病。如酒店老板娘与三位食客完全无涉，也要来上一段“天后赫拉”“水汪汪的眼睛”之类冗笔。对话本是小说诸多元素中的一种，这儿却多少成了叙事主体（是否与作家本人生活中出语艾艾口吃有关？）；而身在卡普里这样的风景胜地，大有象征意象可以挖掘利用，可是每逢写景段落，莫不一语带过，唯有故事最后主人公“死于月皎时分嵯峨之美”一句耐得咀嚼。我本人倒宁可读他的阿申敦间谍短篇。不好，一时笔滑，闯进文本评论的领域来了，赶快就此打住。

卡普里之恋

董桥

南京译林出版社要出毛姆短篇小说集，上海陆灏组织翻译，请了陆谷孙先生迻译“The Lotus Eater”。陆先生译毕写了一篇译后记，嘱咐陆灏传真给我一阅。毛姆这个短篇的题目害苦中国几代读书人难进难退，陆谷孙译后记里说：“香港的董桥兄在一篇文章中，从早年曾虚白、周作人对lotus eater的讨论说起，典引丁尼生的诗和大英百科的释文，认为《食莲人》是‘漂亮’的‘求诗意’译法。”我没有写过专文论lotus eater，只在小品《湾仔从前有个爱莲榭》里漫笔写了一下毛姆这个短篇。我说周作人音译希腊文lotos为“落拓”，陆谷孙主编的《英汉大词典》“lotus eater”条于是译作“食落拓枣的人”。求诗意，我说“食莲人”确实比“食落拓枣的人”漂亮，不列颠百科全书也译作“食莲者”，李黎有一篇文章好像就叫《吃莲花的人》。

陆先生的译后记里归纳lotus一词的多义，说是查牛津、韦氏、大英、维基等纸质和电子资源，大致可以总结为三“莲”一

“枣”：亚洲莲、埃及睡莲、佛座莲，那都与毛姆用意不合，剩下来的只数一枣了，那是希腊神话中奥德修斯随从在北非受岛民怂恿误食的忘忧花果，足以致幻，也会致瘾：“‘食莲’是否信译，似成问题了”，陆先生于是想到译作“吞枣人”再另加脚注，可惜“诗意”尽失而又“叠床架屋”，不好；他最后决定文题翻译用词中既弃用“莲”字也弃用“枣”字，“避实就虚为好”，索性译为“吞食魔果的人”！陆谷孙不愧是辞书编纂家，是翻译家，细心推敲过的一字一词稳固如山，清澈如水，问字学辞的人都可放心延纳。欣幸之余，我这个偏心音缀的老派人毕竟奢望陆先生的文题翻译能再减少两三个音节，那样，中文题目跟英文原题lotus eater会呼应得再亲近些。

翻译从来艰难。毛姆笔下雅驯的英文迻译中文尤其费神。陆先生说时值溽暑，原想轻轻松松过几天，没想到陆灏这位公子真能缠人，又是短信又是快递非要他翻译一篇毛姆小说不可，余姚话说“像前世欠伊个”似的拗不过他，只好上计算机开工。陆先生性子急，答应做的事总想快快做完，上万字一篇“The Lotus Eater”他花三天时间译毕，真可怜。这样苦的差事我早岁做过好几年，现在老了回想起来都难受。翻译名家汤新楣先生一辈子做翻译，他晚年跟我说，年纪轻轻，识浅心粗，拿起原文瞄一句译一句不知天多高地多厚，交了卷仿佛没自己的事了；岁数一大，英文中文玩味深了，心中老惦记着深山里老虎多，手握着译笔那才叫一字一惊心：“还有宋淇那样的译林高手中学西学兼备，长年靠在软椅上细细掂量译稿里的旮旮旯旯，译者不冒冷汗才怪！”

汤先生说他从此越发敬佩夏济安那样的中英文名家，英美散文大师笔下再硬的坚果他都轧得碎。还有思果先生，八九十岁还在译狄更斯的砖头小说，那是凡人干的圣人功业。乔志高先生更不用说，英文造诣比谁都深厚，简直母语，晚年译费兹杰罗是吃饭喝水稀松平常的闲事，可敬的是那份毅力，那份干劲。姚克先生也了不起，英文通透，中文高洁，翻译剧作，当代译手都望不见他的项背。傅雷先生，梁实秋先生，朱生豪先生，他们更是译坛巨人，今后还会有好几代人坐在他们手种的大树下乘凉。我好奇，很想知道这几位名家会怎么译毛姆的lotus eater。直译“食莲人”或是照古意译“忘忧果”，脚注怕是省不掉了。毛姆宁用lotus不用lotos，老先生或许也在求通俗，求诗意，汤新楣可能不避直译“食莲”，情愿文尾多附几句小字注文。夏济安、梁实秋古文根基深，维基刊登的照片陆先生肯定是枣类无疑，那么，夏、梁两位名家也许会沿用陆先生的“魔”字把小说题目译为“魔枣瘾”再加小注。我记得海明威的*A Farewell to Arms*中文译名宋淇和汤新楣和乔志高都偏爱《战地春梦》，宋先生说《告别武器》甚至《永别了，武器》硬邦邦，谁买，谁看：“英文不同，arms毕竟带着怀抱之联想，比武器温润多了！”汤先生当年译的这部《战地春梦》我有幸负责编校，逐句对读，逐字推敲，比上一个学年的翻译课管用。海明威英文简洁里荡着淡淡的诗意，汤先生的中译亦步亦趋，浅白里竟也浮现动人的韵味。有一回，我应邀到学堂里讲一堂翻译心得，一位漂亮女生问我直译与意译怎么取舍，我说懂行的译者从来不计较要直译还是意译：“译得对，译得好，那才是本分。”夏济安译霍桑《古屋杂忆》里头写的那间Saint’s Chamber，夏先生信手译为“慕圣斋”，那是直译，也是意译，更是精译！女生一脸迷惘，远看加倍漂亮。

陆谷孙说毛姆这个短篇文字清通易译，可惜娓娓道来之际嫌他有点啰唆，跟故事毫无关涉的饭店老板娘也要来一段“天后赫拉”“水汪汪的眼睛”那样的冗笔。读毛姆我倒偏爱读他这些冗笔，仿佛老年人东一句西一句的闲话，徐訏先生说那是会讲故事的人加盐加醋的本事。那个老板娘Donna Lucia三十年前的艳丽韵味毛姆说是惹过许多画家替她画肖像，如今人到中年，一身富泰，昔日的姿色倒还依稀认出些丽影，连说话低沉甜柔的声音都在。原文这七行淡描陆先生说了我找来再读，确然旖旎：陆谷孙到底是大学教授，淡淡一丝女人香闻了都不自在！译后记里还说卡普里这样的旅游胜地大有象征意象可以挖掘，小说里写景文字偏偏少得可怜。我记得毛姆还有一个短篇“Mayhew”也写卡普里，写景也写得不多，我几年前第一次从Positano坐船去卡普里竟然想起写景的那三行文字：“Capri is a gaunt rock of austere outline, bathed in a deep blue sea; but its vineyards, green and smiling, give it a soft and easy grace. It is friendly, remote, and debonair.”人老了偏爱古旧的人与事，毛姆短篇小说集1951年出版的一套三册我从南洋带到台湾带到英伦，临走送给Leonora留个泛黄的念想。如今床头那套四册版本是1976年Pan Books Ltd出版的平装本，每本四百多页厚，越老越读越亲切，都快成了我生命中的魔果、魔枣、魔莲了，十足卡普里那座小岛，天老了地荒了还那么销魂。